LIVRE

CB071151

LIVRE

E L JAMES
CINQUENTA TONS DE LIBERDADE
PELOS OLHOS DE CHRISTIAN

TRADUÇÃO DE
ALEXANDRE RAPOSO, ANA RODRIGUES,
CÁSSIA ZANON, MARIA CARMELITA DIAS,
MARIA DE FÁTIMA OLIVA DO COUTTO
E REGIANE WINARSKI

intrínseca

Copyright © 2012, 2021 by Fifty Shades Ltd

TÍTULO ORIGINAL
Freed

PREPARAÇÃO
Carolina Vaz
Clara Alves
Ilana Goldfeld
Marluce Faria
Milena Vargas
Stella Carneiro

REVISÃO
Nina Lopes
Juliana Souza

DIAGRAMAÇÃO
Ilustrarte Design

DESIGN DE CAPA
Erika Mitchell e Brittany Vibbert/Sourcebooks

FOTOS DE CAPA
Erika Mitchell
Andrew Melzer/Sourcebooks (coração)

ADAPTAÇÃO DE CAPA
Henrique Diniz

CIP-BRASIL. CATALOGAÇÃO NA PUBLICAÇÃO
SINDICATO NACIONAL DOS EDITORES DE LIVROS, RJ

J29L

James, E. L., 1963-
    Livre : [cinquenta tons de liberdade pelos olhos de Christian] / E L James ; tradução Ana Rodrigues ... [et al.]. - 1. ed. - Rio de Janeiro : Intrínseca, 2021.
    23 cm.

    Tradução de: Freed
    Sequência de: Mais escuro
    ISBN 978-65-5560-242-5

    1. Romance inglês. 2. Romance erótico inglês. I. Rodrigues, Ana. II. Título.

21-70674   CDD: 823
                                 CDU: 82-31(410)

Camila Donis Hartmann - Bibliotecária - CRB-7/6472

[2021]
Todos os direitos desta edição reservados à
EDITORA INTRÍNSECA LTDA.
Rua Marquês de São Vicente, 99, 3º andar
22451-041 — Gávea
Rio de Janeiro — RJ
Tel./Fax: (21) 3206-7400
www.intrinseca.com.br

Para Eva e Sue.
Obrigada, obrigada, obrigada,
por tudo que vocês fazem.

E para Catherine.
Sofremos uma baixa.

DOMINGO, 19 DE JUNHO DE 2011

Estamos imersos em uma sensação de prazer pós-sexo, deitados sob lanternas de papel rosa, flores do campo e cordões de luzinhas cintilando nas vigas. À medida que minha respiração vai voltando ao normal, abraço Anastasia bem apertado. Ela está esparramada em cima de mim, o rosto no meu peito, a mão descansando sobre o meu coração acelerado. A escuridão está ausente, afastada por minha apanhadora de sonhos... minha noiva. Meu amor. Minha luz.

Será possível eu ser mais feliz do que me sinto agora?

A cena está marcada na minha memória: o ancoradouro, o ritmo suave das águas batendo, as flores, as luzes. Fechando os olhos, sinto a mulher nos meus braços, seu peso, o lento sobe e desce das suas costas conforme respira, suas pernas enroscadas nas minhas. O cheiro de seu cabelo enche minhas narinas e me reconforta. Este é o meu lugar feliz. O Dr. Flynn ficaria orgulhoso. Esta mulher linda aceitou ser minha. Em todos os sentidos. De novo.

— Podemos nos casar amanhã? — sussurro no ouvido de Ana.

— Hmm. — O som em sua garganta reverbera como um leve tamborilar em minha pele.

— Isso é um sim?

— Hmm.

— Um não?

— Hmm.

Abro um sorriso. Ela está esgotada.

— Srta. Steele, você está sendo incoerente? — Sinto que ela retribui meu sorriso, e minha felicidade irrompe em uma gargalhada, enquanto abraço Ana ainda mais apertado e beijo seu cabelo. — Então está combinado. Vegas amanhã.

Ana levanta a cabeça, os olhos semicerrados na suave luz das lanternas. Ela parece sonolenta, mas satisfeita.

— Acho que meus pais não ficariam muito felizes com isso.

Ela abaixa a cabeça, e passo a ponta dos dedos por suas costas nuas, de alto a baixo, apreciando o calor de sua pele brilhosa.

— O que você quer, Anastasia? Vegas? Um casamento grande, com tudo a que tem direito? Vamos, diga.

— Grande não. Só os amigos e a família.

— Tudo bem. Onde?

Ela dá de ombros. Imagino que não tenha pensado no assunto.

— Pode ser aqui? — pergunto.

— Na casa dos seus pais? Eles não vão se importar?

Dou uma risada. Grace agarraria a oportunidade com unhas e dentes.

— Minha mãe ficaria no sétimo céu.

— Aqui, então. Tenho certeza de que minha mãe e meu pai vão preferir.

Eu também.

Para variar, estamos de acordo. Sem discussões.

Seria a primeira vez?

Delicadamente, acaricio seu cabelo, meio despenteado por causa de nossos momentos de paixão.

— Bom, já resolvemos onde; agora vamos definir quando.

— Você tem que perguntar para a sua mãe, é claro.

— Hmm. Posso dar a ela um mês, no máximo. Quero muito você, não posso esperar mais do que isso.

— Christian, eu já sou sua. Faz um bom tempo. Mas tudo bem: um mês está bom.

Ela dá um beijo suave no meu peito, e fico contente que a escuridão permaneça sossegada. A presença de Ana a mantém afastada.

— É melhor voltarmos. Não quero que Mia nos interrompa como daquela vez.

Ana ri.

— Ah, é verdade. Foi por pouco. Minha primeira trepada de castigo.

Ela roça os dedos no meu queixo, e eu rolo o corpo, mantendo-a junto de mim e pressionando-a contra o tapete felpudo.

— Nem me lembre. Não foi um dos meus melhores momentos.

Seus lábios se abrem em um sorriso tímido, mas seus olhos brilham com humor.

— Para uma trepada de castigo, correu bem. E recuperei minha calcinha.

— Recuperou mesmo. E foi merecido. — Rindo com a lembrança da cena, dou-lhe um beijo rápido e me levanto. — Venha, coloque a calcinha e vamos voltar para o que restou da festa.

F ECHO O ZÍPER DO vestido cor de esmeralda de Ana e cubro seus ombros com meu casaco.

— Pronta?

Ela me dá a mão e caminhamos até a escada do ancoradouro. Fazendo uma pausa, ela olha para trás, para o nosso abrigo cheio de flores, como se agora *ela* estivesse memorizando o cenário.

— E todas essas flores e luzinhas?

— Está tudo bem. O florista volta amanhã para desmontar o caramanchão. Fizeram um trabalho e tanto. E as flores vão para um asilo de idosos perto daqui.

Ela aperta minha mão.

— Você é um homem bom, Christian Grey.

Espero ser bom o suficiente para você.

MINHA FAMÍLIA ESTÁ NA área de lazer, abusando do aparelho de karaokê. Kate e Mia dançam e cantam "We Are Family", com meus pais de plateia. Acho que todos estão meio bêbados. Elliot está afundado no sofá, bebericando uma cerveja e repassando a letra da música em silêncio.

Kate avista Ana e faz sinal apontando o microfone.

— Ai, meu Deus! — Mia solta um gritinho, abafando o som. — Olhe só essa joia! — Ela agarra a mão de Ana e assobia. — Christian Grey, mandou bem.

Ana olha Mia com um sorriso tímido, enquanto Kate e minha mãe cercam Ana para examinar o anel de noivado, soltando exclamações justificadas de admiração. Por dentro, me sinto um gigante.

Isso. Ela gostou. Todas gostaram.

Parabéns, Grey.

— Christian, posso falar com você? — Carrick pergunta e se levanta, a expressão sombria.

Agora?

Com um olhar firme, ele me conduz para fora da sala.

— Hum. Claro.

Dou uma espiada em Grace, que deliberadamente evita meu olhar.

Será que ela contou para ele sobre a Elena?

Merda. Espero que não.

Sigo meu pai até seu escritório. Ele me faz entrar e fecha a porta.

— Sua mãe me contou — diz, sem qualquer preâmbulo.

Olho para o relógio: 0h28. Já está muito tarde para uma conversa desse tipo... em todos os sentidos.

— Pai, estou cansado...

— Não. Você não vai escapar desta conversa.

A voz dele soa dura, e seus olhos se estreitam, quase se fechando, enquanto ele me observa por cima dos óculos. Ele está furioso. De verdade.

— Pai...

— Calado, filho. Você precisa me ouvir.

Ele se senta na beira da mesa, tira os óculos e começa a limpá-los com um lenço de algodão que pega do bolso. Fico de pé na frente dele, como já fiz várias e várias vezes, com o mesmo sentimento de quando eu tinha quatorze anos e havia acabado de ser expulso da escola — de novo. Resignado, inspiro profundamente e, suspirando o mais alto que consigo, ponho as mãos nos quadris e espero pela bronca.

— Dizer que estou decepcionado é pouco. O que Elena fez foi criminoso...

— Pai...

— Não, Christian. Você não tem permissão para falar neste momento. — Ele me olha com uma cara feia. — Ela merece ser presa.

Pai!

Ele faz uma pausa e recoloca os óculos.

— Mas acho que o que me deixa mais decepcionado é você ter nos enganado. Toda vez que você saiu de casa mentindo que ia estudar com seus colegas, que nós nunca chegamos a conhecer, na verdade você tinha ido trepar com aquela mulher.

Meu Deus!

— Como eu vou acreditar em qualquer coisa que você já contou para nós? — continua ele.

Ah, mas que caralho. Essa é uma reação completamente exagerada.

— Posso falar agora?

— Não. Não pode. É claro que eu me culpo. Achei que tivesse dado a você algum senso de moralidade. E agora fico me perguntando se de fato ensinei alguma coisa para você.

— É um comentário retórico?

Ele me ignora.

— Ela era uma mulher casada, e você não respeitou isso, e agora está prestes a se tornar um homem casado...

— Isso não tem nada a ver com a Anastasia!

— Não ouse gritar comigo — diz ele, em voz baixa, exalando tamanha cólera que imediatamente me deixa mudo. Acho que nunca o vi ou o ouvi tão irritado. É preocupante. — Tem tudo a ver com ela. Você está prestes a firmar um compromisso colossal com essa jovem. — Seu tom se suaviza. — Foi uma surpresa para todos nós. E fico feliz por você. Mas estamos falando da santidade do matrimônio. E, se você não respeita isso, então não vale a pena se casar.

— Pai...

— Se você é tão indiferente aos votos sagrados que vai confirmar em breve, então precisa seriamente considerar um acordo pré-nupcial.

O quê? Ergo as mãos para silenciá-lo. Ele foi longe demais. Sou adulto, pelo amor de Deus.

— Não meta Ana nessa história. Ela não é uma interesseira querendo dar o golpe do baú.

— A questão não é ela. — Ele se levanta e vem em minha direção. — A questão é você. Você assumir suas responsabilidades. Você ser uma pessoa decente e confiável. Você servir para o casamento!

— Fala sério, pai, eu tinha quinze anos, porra! — grito, e então nos encaramos, olhando furiosos um para o outro.

Por que ele está tendo uma reação tão ruim assim? Sei que sempre fui uma enorme decepção para o meu pai, mas ele nunca expressou isso de forma tão veemente.

Ele fecha os olhos e aperta a parte superior do nariz, e percebo que, em meus momentos de tensão, faço a mesma coisa. Esse hábito vem dele, mas, no nosso caso, qualquer semelhança é mera coincidência.

— Tem razão. Você era uma criança vulnerável. Mas o que você não percebe é que o que ela fez é errado, e claramente ainda não consegue ver isso, porque continua a se relacionar com ela, não apenas como amiga da família, mas também nos negócios. Vocês dois mentiram para nós durante todos esses anos. E é isso o que mais nos magoa. — Ele baixa o tom de voz. — Ela era amiga da sua mãe. Achamos que fosse uma boa amiga. É exatamente o oposto. Você *vai* cortar todos os vínculos financeiros com ela.

Vá se foder, Carrick.

Eu quero dizer a ele que Elena foi uma força para o bem, e que eu não continuaria a me relacionar com ela se pensasse o contrário. Mas sei que minhas palavras vão entrar por um ouvido e sair pelo outro. Ele não quis escutar quando eu tinha quatorze anos e estava com dificuldades na escola, e parece que continua sem querer escutar agora.

— Já terminou? — As palavras saem amargas entre meus dentes cerrados.

— Pense no que eu disse.

Dou meia-volta para sair. Já ouvi o suficiente.

— Pense no acordo pré-nupcial. Vai poupar muito aborrecimento para você no futuro.

Eu o ignoro. Saio pisando forte do escritório e bato a porta.

Vá a merda!

Grace está parada no corredor.

— Por que você contou a ele? — disparo, mas Carrick me seguiu e ela não responde. Apenas dirige ao marido um olhar glacial e cheio de ira.

Vou chamar Ana. Vamos para casa.

Sigo o som de gritos estridentes até a área de lazer e encontro Elliot e Ana no microfone assassinando "Ain't No Mountain High Enough". Se não estivesse tão bravo, eu riria daquilo. A voz desafinada de Elliot não pode ser classificada exatamente como canto e está abafando a voz suave de Ana. Felizmente, a música está quase no fim, de modo que sou poupado do pior.

— Acho que Marvin Gaye e Tammi Terrell estão se revirando nos túmulos — observo de forma seca quando eles terminam.

— Achei que foi uma interpretação muito boa. — Elliot faz uma reverência teatral para Mia e Kate, que estão rindo e aplaudindo com uma animação exagerada.

Definitivamente estão todos bêbados. Ana dá uma risadinha. Ela está corada e linda.

— Vamos para casa — digo.

Ela fica decepcionada.

— Eu disse para a sua mãe que nós íamos ficar.

— Você falou isso? Agora?

— Foi. Ela trouxe uma muda de roupas para nós. Eu estava ansiosa para dormir no seu quarto.

— Querido, realmente espero que vocês fiquem. — É uma súplica da minha mãe; ela está na porta, Carrick atrás dela. — Kate e Elliot vão ficar também. Gosto de ter todos os meus filhos debaixo do mesmo teto. — Ela estica o braço e agarra minha mão. — E essa semana achamos que tínhamos perdido você.

Resmungando um xingamento entredentes, mantenho minha raiva sob controle. Meus irmãos parecem completamente alheios ao drama que está se desenrolando diante deles. Eu esperaria essa falta de noção de Elliott, mas não de Mia.

— Fique, filho. Por favor. — O olhar do meu pai me fulmina, mas ele aparenta certa cordialidade. Nem parece que acabou de me dizer que sou uma total e completa decepção.

De novo.

Eu o ignoro e respondo para minha mãe.

— Tudo bem. — Mas só porque Ana me lança um olhar de súplica, e sei que, se eu for embora me sentindo tão mal assim, será uma mancha em um dia que, fora isso, tinha sido maravilhoso.

Ana passa os braços ao meu redor.

— Obrigada — sussurra ela.

Eu sorrio, e a nuvem carregada de mau humor começa a se dissipar.

— Venha, pai. — Mia coloca o microfone nas mãos dele e o arrasta para a frente da tela. — Última música! — diz ela.

— Para a cama — digo a Ana, e não é um pedido. Já aguentei o suficiente da minha família por uma noite. Ela assente e entrelaça os dedos nos meus. — Boa noite, pessoal. Obrigado pela festa, mãe.

Grace me abraça.

— Você sabe que nós te amamos. Só queremos o melhor para você. Estou muito feliz com a novidade. E muito feliz que você esteja aqui.

— Sim, mãe. Obrigado. — Dou um beijo rápido em seu rosto. — Estamos cansados. Vamos nos deitar. Boa noite.

— Boa noite, Ana. Obrigada — diz e lhe dá um abraço rápido.

Seguro a mão de Ana para sair enquanto Mia coloca "Wild Thing" para Carrick cantar.

Isso eu não quero ver.

ACENDENDO AS LUZES DO quarto, fecho a porta e puxo Ana para meus braços, procurando seu calor e tentando tirar da cabeça a bronca inflamada de Carrick.

— Ei, você está bem? — murmura ela. — Você parece chateado.

— Só estou com raiva do meu pai. Mas isso não é novidade. Ele ainda me trata como se eu fosse um adolescente.

Ana me abraça mais apertado.

— Seu pai te ama.

— Bom, hoje ele está muito decepcionado comigo. De novo. Mas eu não quero falar disso agora.

Beijo o topo de sua cabeça, e ela vira o rosto para cima, focando em mim, a compaixão e a compreensão brilhando em seus olhos. Sei que nenhum de nós dois quer trazer à tona o fantasma de Elena... a *Mrs. Robinson*.

Eu me lembro do início da noite, quando Grace, com toda a sua glória vingativa, enxotou Elena para fora da casa. Imagino o que ela teria dito, tantos anos atrás, se tivesse me flagrado com uma garota no quarto. De repente, sinto-me energizado pela mesma adrenalina de adolescente que me dominou quando entramos às escondidas aqui no final de semana passado, durante o baile de máscaras.

— Estou com uma garota no meu quarto. — Sorrio maliciosamente.

— O que você vai fazer com ela? — O sorriso de resposta de Ana é sedutor.

— Hmm. Todas as coisas que eu queria fazer com as garotas quando eu era adolescente. — Mas não conseguia. Porque eu não aguentava ser tocado. — A não ser que você esteja muito cansada. — Eu traço a curva macia de seu rosto com os nós dos dedos.

— Christian. Estou exausta. Mas também estou animada...

Ah, baby. Dou um beijo rápido nela e me compadeço.

— Talvez a gente possa só dormir. Foi um dia longo. Venha. Vou colocar você na cama. Vire-se.

Ela obedece e eu abro o zíper do seu vestido.

Enquanto minha noiva dorme ao meu lado, mando uma mensagem para Taylor pedindo-lhe para nos trazer uma muda de roupas do Escala pela manhã. Eu me acomodo ao lado de Ana e observo seu perfil, maravilhado com o fato de ela já estar dormindo... e de ela ter concordado em ser minha.

Será que algum dia serei bom o suficiente para ela?

Será que sirvo para o casamento?

Meu pai parece duvidar.

Suspiro e me deito virado para cima, fitando o teto.

Vou provar que ele está errado.

Ele sempre foi rígido comigo. Mais do que com Elliot e Mia.

Filho da puta. Ele sabe que tenho uma herança maldita. Fico remoendo sua bronca de mais cedo até cair no sono.

Braços para cima, Christian. Papai está sério. Ele está me ensinando a mergulhar na piscina. *Isso mesmo. Agora enrosque os dedos dos pés na borda da piscina. Ótimo. Arqueie as costas. Certo. Agora se jogue.* Eu caio. E caio. E caio. Tibum. Na água fria e clara. No azul. Na quietude. No silêncio. Mas minhas boias de braço me impulsionam de volta para o ar. E eu procuro o papai. *Olhe, papai, olhe.* Mas Elliot pula em cima dele. E os dois caem no chão. Papai faz cócegas em Elliot. Elliot ri. E ri. E ri. E papai beija a barriga dele. Papai não faz isso em mim. Eu não gosto. Eu estou na água. Eu quero estar lá em cima. Com eles. Com o papai. E estou parado nas árvores. Observando papai e Mia. Ela grita de alegria enquanto ele faz cócegas nela. E ele ri. E ela se esquiva, se liberta e pula em cima dele. Ele a balança, girando, e a agarra. E eu fico parado nas árvores sozinho. Observando. Desejando. O ar tem um cheiro bom. De maçã.

— Bom dia, Sr. Grey — sussurra Ana quando abro os olhos.

O sol da manhã reluz pelas janelas, e estou enroscado ao redor dela como uma trepadeira. A sensação de nostalgia e angústia, certamente evocada pelo meu sonho, se dissipa quando vejo Ana. Estou encantado e excitado, meu corpo acordando para saudá-la.

— Bom dia, Srta. Steele.

Ela está linda de morrer, apesar de estar usando a camiseta *I ♥ Paris* de Mia. Ela segura meu rosto entre as mãos, os olhos cintilando e o cabelo rebelde e brilhante no sol da manhã. Desliza o polegar pelo meu queixo, fazendo cócegas na minha barba por fazer.

— Eu estava olhando você dormir.

— Estava, é?

— E apreciando meu lindo anel de noivado.

Ela estica a mão e balança os dedos. O brilhante capta a luz e reflete pequenos arco-íris nos meus pôsteres de filmes antigos e de kickboxing pendurados nas paredes.

— Ah! — Ela faz um ruído de aprovação. — É um sinal.

Um bom sinal, Grey. Tomara.

— Eu nunca vou tirar.

— Ótimo! — Eu me movo de forma a cobri-la. — Você está me olhando há quanto tempo? — Esfrego meu nariz no dela e pressiono meus lábios contra a sua boca.

— Ah, não. — Ela empurra meus ombros, e a pontada de decepção que sinto é real, mas ela me faz rolar e ficar virado para cima, e monta nos meus quadris. Sentando-se, ela arranca a camiseta em um gesto rápido e a joga no chão. — Eu pensei em te acordar com um serviço de despertador.

— Ah, é? — Meu pau e eu nos regozijamos.

Antes que eu possa me preparar para sentir o seu toque, ela se inclina e dá um beijo suave no meu peito, seu cabelo caindo em volta de nós dois, formando um abrigo castanho. Olhos azuis brilhantes me espiam.

— Começando aqui. — Ela me beija mais uma vez.

Eu inspiro com força.

— Depois descendo para cá. — Ela desliza a língua em uma linha errática descendo pelo meu esterno.

Isso.

A escuridão continua quieta, subjugada pela deusa montada em cima de mim ou pela minha libido em explosão. Não sei dizer qual das duas.

— Você tem um gosto magnífico, Sr. Grey — sussurra junto à minha pele.

— Fico feliz de saber. — As palavras saem roucas da minha garganta.

Ela me lambe e me mordisca ao longo da base do meu tórax enquanto seus seios passeiam pela minha barriga.

Ah!

Uma, duas, três vezes.

— Ana!

Agarro os joelhos dela enquanto minha respiração se acelera e se retrai. Mas ela se contorce em cima da minha virilha, então eu relaxo, e ela se levanta e me deixa esperando, cheio de desejo. Acho que ela vai me deixar possuí-la. Ela está pronta.

Eu estou pronto.

Porra, estou tão pronto.

Mas ela desce pelo meu corpo, beijando toda a extensão da minha barriga, sua língua deslizando pelo meu umbigo, depois passeando nos pelos abaixo da minha cintura. Ela me dá mais uma mordiscada, que sinto direto no pau.

— Ah!

— Ah, te encontrei — sussurra ela, e encara com voracidade meu pau ávido, depois me fita com um sorriso espevitado.

Lentamente, com os olhos nos meus, ela me leva à sua boca.

Santo Deus.

Sua cabeça se move para cima e para baixo, os dentes ocultos por trás dos lábios, enquanto ela me empurra mais para dentro de sua boca a cada movimento. Alcanço seu cabelo e o tiro do caminho, para apreciar a visão ininterrupta da minha futura mulher com os lábios em volta do meu pau. Faço uma contração, empurrando os quadris para cima, querendo ir mais fundo, e ela aceita, firmando a boca em volta de mim.

Mais forte.

Ainda mais forte.

Ah, Ana. Você é uma deusa, porra.

Ela pega o ritmo. E, fechando os olhos, agarro seu cabelo.

Ela é tão boa nisso...

— Isso — sibilo entre os dentes e me perco no subir e descer da sua boca deliciosa. Vou gozar.

De repente, ela para.

Merda. Não! Abro os olhos e a vejo se movendo por cima de mim, depois se enterrando tão-de-va-ga-ri-nho no meu pau prestes a explodir. Dou um gemido, saboreando cada precioso centímetro. Seu cabelo cai pelos seus seios nus e estendo os braços para acariciá-los, deslizando os polegares pelos mamilos intumescidos, várias e várias vezes.

Ela solta um gemido longo, empurrando os seios contra as minhas mãos.

Ah, baby.

Então, se lança para a frente, me beijando, sua língua invadindo minha boca, e eu provo e saboreio meu gosto salgado em sua doce boca.

Ana.

Levo as mãos para os seus quadris e afasto seu tronco do meu, depois a puxo de volta, me impulsionando contra ela ao mesmo tempo.

Ela grita, se agarrando nos meus punhos.

E eu faço de novo.

E de novo.

— Christian! — exclama ela em direção ao teto, em um apelo baixo, à medida que segue meu ritmo, e nos movemos juntos. Ao mesmo tempo. Como um. Até ela cair em cima de mim, me levando junto e desencadeando minha própria liberação.

Encosto o nariz em seu cabelo e tamborilo os dedos em suas costas.

Ela me deixa extasiado.

Isso ainda é novo. Ana no comando. Tomando a iniciativa. Eu gosto.

— Agora, essa é minha ideia de culto de domingo — sussurro.

— Christian! — Ela vira a cabeça para mim, os olhos arregalados de repreensão.

Dou uma risada alta.

Será que em algum momento vai perder a graça? Chocar a Srta. Steele?

Eu a abraço forte e rolo para deixá-la embaixo de mim.

— Bom dia, Srta. Steele. É sempre um prazer despertar com você.

Ela acaricia meu rosto.

— E com você, Sr. Grey. — Seu tom é suave. — Precisamos nos levantar? Eu gosto de ficar aqui no seu quarto.

— Não. — Dou uma olhada no relógio na mesa de cabeceira. São 9h15. — Meus pais estão na missa. — Mudo de posição para ficar ao lado dela.

— Eu não sabia que eles frequentavam a igreja.

Faço uma careta.

— Eles vão à igreja, sim. São católicos.

— E você?

— Não, Anastasia.

Deus e eu seguimos caminhos diferentes há muito tempo.

— Você tem religião? — pergunto, lembrando que Welch não conseguiu achar nenhuma afiliação religiosa quando checou o passado dela.

Ela balança a cabeça.

— Não, nenhum dos meus pais pratica alguma religião. Mas eu gostaria de ir à igreja hoje. Preciso agradecer... a alguém por trazer você de volta a salvo depois do acidente com o helicóptero.

Solto um suspiro, visualizando um raio me queimando e me reduzindo a cinzas se eu pisar no chão sagrado de uma igreja... mas, por ela, eu vou.

— Tudo bem. Vou ver o que podemos fazer. — Eu a beijo rapidamente. — Venha, tome um banho comigo.

HÁ UMA PEQUENA BOLSA de viagem de couro no lado de fora do meu quarto: Taylor já entregou as roupas limpas. Pego a bolsa e fecho a porta. Ana está enrolada em uma toalha, gotas de água cintilando em seus ombros. Sua atenção está focada em meu quadro de avisos, na fotografia da prostituta viciada. Ela olha para mim, uma pergunta estampada em seu lindo rosto... uma pergunta que não quero responder.

— Você ainda tem isso — diz.

É, ainda tenho a foto. E daí?

Enquanto sua pergunta paira no ar entre nós, seus olhos ficam ainda mais luminosos ao sol da manhã, me absorvendo, me implorando para dizer alguma coisa. Mas não consigo. Esse não é um lugar para onde eu queira ir. Por um instante, me recordo da pontada no estômago que senti quando Carrick me entregou a foto tantos anos atrás.

Droga. Não vá por esse caminho, Grey.

— Taylor trouxe uma muda de roupas para nós — sussurro enquanto jogo a bolsa sobre a cama.

Segue-se um silêncio absurdamente longo antes que ela responda.

— Tudo bem — diz, e caminha até a cama e abre a bolsa.

JÁ COMI O SUFICIENTE. Meus pais voltaram da missa, e minha mãe preparou seu tradicional brunch: um prato delicioso, e cheio de colesterol, de ovos, bacon, salsicha, batata rosti e bolo inglês. Grace está meio calada, e desconfio que esteja de ressaca.

Evitei meu pai a manhã inteira.

Não o perdoei pela noite passada.

Ana, Elliot e Kate estão em um debate acalorado — sobre bacon, por incrível que pareça — e discutindo quem deve comer a última salsicha. Eu meio que ouço, achando engraçado, enquanto leio uma matéria sobre o índice de falência de bancos locais na edição de domingo do *Seattle Times*.

Mia dá um grito e volta para seu lugar na mesa, segurando o notebook.

— Vejam só isso. Tem uma nota no site do Seattle Nooz sobre o seu noivado, Christian.

— Já? — reage mamãe, surpresa.

Será que esses babacas não têm nada melhor para fazer?

Mia lê a coluna em voz alta.

— Ficamos sabendo aqui no Nooz que o solteiro mais cobiçado de Seattle, Christian Grey, finalmente foi laçado, e que os sinos de casamento estão prestes a badalar.

Dou uma conferida em Ana, que empalideceu e encara Mia, e depois a mim, com os olhos bem abertos.

— Mas quem é essa moça sortuda? — continua Mia. — O Nooz está em seu encalço. Ela deve estar lendo um tremendo de um acordo pré-nupcial. — Mia começa a rir.

Olho para ela, irritado. *Cala a porra da boca, Mia.*

Ela para e franze os lábios. Ignorando-a, e a todos os rostos que se entreolham ansiosos à mesa, volto minha atenção para Ana, que fica cada vez mais pálida.

— Não — formo a palavra com a boca, sem emitir som, tentando tranquilizá-la.

— Christian... — começa meu pai.

— Não vou discutir isso de novo — me dirijo a ele rispidamente. Ele abre a boca para dizer alguma coisa. — Nada de acordo! — disparo com tanta veemência que ele desiste de falar.

Cale a boca, Carrick!

Pegando o jornal, me vejo relendo a mesma frase da matéria sobre os bancos várias vezes, irado.

— Christian — murmura Ana —, eu assino qualquer coisa que você e o Sr. Grey queiram.

Ergo o olhar, e ela parece suplicante, um brilho de lágrimas represadas nos olhos. *Ana. Pare.*

— Não! — exclamo, implorando para ela esquecer esse assunto.

— É para proteger você.

— Christian, Ana... acho que vocês deveriam discutir isso em particular — repreende-nos Grace. Ela faz cara feia para Carrick e Mia.

— Ana, isso não tem nada a ver com você — murmura meu pai. — E, por favor, pode me chamar de Carrick.

Não tente se redimir com ela agora. Estou fervilhando por dentro, e, de repente, há uma explosão de atividades ao redor. Kate e Mia se levantam para arrumar a mesa e Elliot rapidamente espeta a última salsicha com seu garfo.

— Eu definitivamente prefiro salsicha — brada ele, com uma leveza forçada.

Ana está fitando as próprias mãos. Ela parece abatida.

Meu Deus. Pai. Olhe o que você fez.

Estico o braço e seguro as mãos de Ana entre as minhas. Sussurro de forma que só ela me escute:

— Pode parar. Ignore meu pai. Ele ficou muito bravo por causa da Elena. Todas as repreensões são dirigidas a mim. Minha mãe deveria ter ficado de boca fechada.

— Ele tem certa razão, Christian. Você é muito rico, e eu não posso lhe oferecer nada além das dívidas que fiz para pagar a faculdade.

Meu amor, eu aceito você de qualquer modo. Você sabe disso!

— Anastasia, se você me deixar, pode levar tudo que não vai ficar pior. Você já me deixou uma vez. Eu sei como é.

— Aquilo foi diferente — sussurra ela. E franze a testa mais uma vez. Mas... pode ser que você queira me deixar.

Agora ela está sendo ridícula.

— Christian, você sabe que eu posso fazer algo excepcionalmente estúpido... E você... — Ela se contém.

Ana, acho isso muito improvável.

— Pare. Pare agora mesmo. Esse assunto está encerrado, Ana. Não vamos mais discutir isso. Nada de acordo pré-nupcial. Nem agora... nem nunca.

Vasculho meus pensamentos, tentando encontrar um assunto mais leve, e baixa uma inspiração. Viro-me para Grace, que está torcendo as mãos e olhando ansiosamente para mim, e pergunto:

— Mãe, podemos fazer o casamento aqui?

Sua expressão se transforma, de alarme para alegria e gratidão.

— Querido. Seria maravilhoso. — E, como se pensasse melhor, acrescenta: — Vocês não querem um casamento na igreja?

Eu lhe lanço um olhar atravessado, e ela cede na mesma hora.

— Nós vamos adorar se o casamento for aqui. Não é, Cary?

— Sim. Claro que sim. — Meu pai sorri afavelmente tanto para Ana quanto para mim, mas não consigo olhar para ele.

— Já pensaram em uma data? — pergunta Grace.

— Daqui a quatro semanas.

— Christian. Não é tempo suficiente!

— É tempo de sobra.

— Preciso de oito semanas, no mínimo.

— Mãe. Por favor.

— Seis? — suplica ela.

— Isso seria maravilhoso. Obrigada, Sra. Grey. — Ana entra na conversa e me lança um olhar de advertência, desafiando-me a contradizê-la.

— Seis semanas, então — murmuro. — Obrigado, mãe.

ANA FICA EM SILÊNCIO no caminho de volta a Seattle. Provavelmente está pensando na minha explosão com Carrick de manhã. A discussão na noite passada ainda me incomoda, a desaprovação dele agindo como uma broca, esfolando minha pele. Lá no fundo, tenho medo de que ele esteja certo; talvez eu não sirva para o casamento.

Droga, vou provar que ele está errado.

Não sou o adolescente que ele pensa que sou.

Fixo o olhar na estrada à frente, desanimado. Minha garota está aqui ao meu lado, marcamos a data do nosso casamento, e eu deveria me sentir o rei do mundo, mas estou remoendo fragmentos do esporro raivoso do meu pai por causa da Elena e do acordo pré-nupcial. O aspecto positivo é que acho que ele sabe que fez uma tremenda cagada. Ele tentou se redimir comigo quando fomos embora mais cedo, mas sua tentativa desajeitada e inadequada de consertar as coisas ainda dói.

Christian, sempre fiz tudo ao meu alcance para proteger você. E fracassei. Eu devia ter te amparado.

Mas eu não queria ouvi-lo. Ele devia ter dito isso na noite passada. Mas não foi o que fez.

Balanço a cabeça. Quero me livrar dessa tristeza.

— Ei, tenho uma ideia. — Estico o braço e aperto o joelho de Ana.

Talvez minha sorte esteja mudando: há uma vaga livre em frente à Catedral de St. James. Ana espreita por entre as árvores a majestosa construção que ocupa um quarteirão inteiro na Nona Avenida, e depois se volta para mim, os olhos inquisidores.

— Igreja — ofereço como explicação.
— Bem grande para uma igreja, Christian.
— Verdade.

Ela sorri.

— É perfeita.

De mãos dadas, vamos até um dos portões frontais que dão na antecâmara, depois continuamos até a nave. Instintivamente, estico a mão para a pia de água benta para me benzer, mas me detenho bem a tempo, sabendo que, se um raio tiver que cair, será justo agora. Observo o ar de surpresa e perplexidade de Ana, mas desvio o olhar para admirar aquele teto impressionante, enquanto espero o julgamento de Deus.

Nada. Nenhum raio hoje.

— Velhos hábitos — resmungo, sentindo-me um pouco constrangido, mas aliviado por não ter me transformado em um monte de cinzas na soleira majestosa.

Ana volta a atenção para o magnífico interior da igreja, os tetos altos decorados, as colunas de mármore cor de ferrugem, os vitrais elaborados. A luz do sol cai como um raio pela abertura do domo do transepto, como se Deus estivesse sorrindo para o local. Um ruído sussurrante ecoa pela nave, nos envolvendo em uma calma etérea, perturbada apenas pela tosse ocasional de um dos poucos visitantes. É um local sereno; um refúgio contra a agitação de Seattle. Eu tinha me esquecido da tranquilidade e da beleza deste lugar, mas também faz muitos anos que não entro na catedral. Sempre adorei a pompa e a solenidade de uma missa católica. O ritual. O responsório. O cheiro de incenso. Grace fez questão que os três filhos fossem versados em todos os fundamentos católicos, e houve uma época em que eu faria qualquer coisa para agradar minha nova mãe.

Contudo, a puberdade chegou e tudo isso foi por água abaixo. Minha relação com Deus nunca se recuperou e isso mudou a relação com minha família, principalmente meu pai. Sempre estivemos em permanente conflito, desde os meus treze anos. Enxoto as recordações. São dolorosas.

Agora, parado no meio do esplendor silencioso da nave, sou dominado por uma sensação familiar de paz.

— Venha. Quero lhe mostrar uma coisa.

Seguimos pelo corredor lateral, o som dos saltos de Ana ecoando nas pedras do piso, até chegarmos a uma pequena capela. Suas paredes douradas e o chão escuro formam o cenário perfeito para a delicada imagem de Nossa Senhora, cercada de velas tremeluzentes.

Ana fica deslumbrada ao vê-la.

Sem dúvida, ainda se trata de um dos mais lindos locais de devoção que já conheci. A Virgem, olhos humildemente voltados para o chão, segura o filho no alto. Seu manto azul e dourado cintila à luz das velas acesas.

É deslumbrante.

— Minha mãe costumava nos trazer aqui para a missa. Este lugar era o meu predileto. A capela dedicada à Santíssima Virgem Maria — sussurro.

Ana está imóvel, imersa no ambiente, na imagem, nas paredes, no teto escuro coberto de estrelas douradas.

— Foi isso que inspirou sua coleção? De Madonas? — pergunta, com um toque de admiração na voz.

— Foi.

— Maternidade — murmura e me fita rapidamente.

Dou de ombros.

— Já vi do tipo bom e do tipo ruim.

— Sua mãe biológica? — pergunta.

Confirmo com a cabeça, e os olhos de Ana se abrem completamente, revelando uma emoção profunda que não quero admitir.

Desvio o olhar. É muita coisa.

Coloco uma nota de cinquenta dólares na caixa de ofertas e lhe entrego uma vela. Ana aperta minha mão brevemente, me agradecendo, depois acende o pavio em um dos círios e coloca a vela em um suporte de ferro na parede. A luz tremula e brilha no meio das outras.

— Obrigada — diz em voz baixa para a Virgem e passa um braço ao redor da minha cintura, pousando a cabeça no meu ombro. E juntos ficamos, em um silêncio contemplativo, nessa belíssima capela no coração da cidade.

Aquela paz, aquela beleza, além da companhia de Ana, restauram meu bom humor. Que se dane o trabalho hoje à tarde. É domingo. Quero me divertir um pouco com a minha garota.

— Quer ir ao jogo? — pergunto.

— Jogo?

— Os Phillies vão jogar contra os M's no Safeco Field. A GEH tem um camarote.

— Claro. Parece divertido. Vamos. — Ana sorri.

De mãos dadas, voltamos para o R8.

SEGUNDA-FEIRA, 20 DE JUNHO DE 2011

Meu dia não começou nada bem, e estou a ponto de matar alguém. Há hordas de repórteres, incluindo alguns de equipes de TV, acampados em frente ao Escala e à Seattle Independent Publishing.

Será que eles não têm mais o que fazer?

Foi fácil evitá-los em casa, porque entramos e saímos pela garagem subterrânea. Na SIP, a história é outra. Estou perplexo e horrorizado em ver que esses abutres conseguiram rastrear Ana tão rápido.

Como?

Para despistá-los, contornamos o prédio da SIP e usamos as portas dos fundos, de carga e descarga. Agora, porém, Ana está encurralada dentro do escritório e tenho sentimentos conflitantes quanto a isso. Pelo menos ela está segura lá dentro, mas tenho certeza de que não vai suportar o confinamento por muito tempo.

Fico com o coração apertado. É claro que a imprensa de Seattle está curiosa sobre a minha noiva. É uma parte do *bônus* que acompanha Christian Grey. Só espero que esse excesso de atenção não a afugente.

Sawyer para diante da Grey House, onde mais alguns jornalistas sensacionalistas estão à espreita, mas, com Taylor ao meu lado, passo por eles como um raio, ignorando suas perguntas histéricas.

Que porra de jeito de começar essa manhã!

Ainda aborrecido, espero o elevador. Tenho uma lista de coisas para fazer mais comprida do que o meu pau, e preciso lidar com as consequências do fim de semana: ligações perdidas de meu pai, minha mãe e Elena Lincoln.

Por que diabos ela está me ligando, eu não sei. Já terminamos. Deixei isso claro na noite de sábado.

Preferia estar em casa com a minha garota.

No elevador, verifico o telefone. Há um e-mail de Ana.

De: Anastasia Steele
Assunto: Como agradar uma noiva
Data: 20 de junho de 2011 09:25
Para: Christian Grey

Meu queridíssimo futuro marido,
Sinto que seria um descuido meu não agradecer por
a) sobreviver a um acidente de helicóptero
b) uma exemplar proposta de casamento romântica
c) um fim de semana maravilhoso
d) um retorno ao Quarto Vermelho
e) uma joia muito linda, que todo mundo notou!
f) meu serviço de despertador hoje de manhã (principalmente isso! ;))

Bj
A

Anastasia Steele
Editora Interina, Ficção, SIP

P.S.: Você tem alguma estratégia para lidar com a imprensa?

De: Christian Grey
Assunto: Como agradar um homem
Data: 20 de junho de 2011 09:36
Para: Anastasia Steele

Minha querida Ana,
Muito de nada.
Obrigado pelo fim de semana maravilhoso.
Eu te amo.
Volto a escrever sobre uma estratégia para a p**** da imprensa.

Christian Grey
CEO, Grey Enterprises Holdings, Inc.

P.S.: Acho que os serviços de despertador são subestimados.
P.P.S.: P**** de BLACKBERRY!!!!!!!!!!!

Quantas vezes tenho que falar para você, mulher!

Achando graça e mais calmo por causa de nossa troca de e-mails, disparo para fora do elevador. Andrea está em sua mesa na minha antessala.

— Bom dia, Sr. Grey — diz ela. — Eu... ahn... estou feliz de ver o senhor de novo aqui.

— Obrigado, Andrea. Agradeço. E agradeço também por toda a sua ajuda na sexta-feira à noite. Foi inestimável.

Ela cora, constrangida, acho, com a minha gratidão.

— Onde está a funcionária nova? — pergunto.

— Sarah? Saiu para resolver uma coisa. Gostaria de um café?

— Sim, por favor. Puro. Forte. Tenho muita coisa para fazer.

Ela fica de pé.

— Se meu pai, minha mãe ou a Sra. Lincoln ligarem, anote o recado. Transfira todas as perguntas da imprensa para Sam. Só me passe a ligação se a Administração Federal de Aviação, a Eurocopter ou a Welch telefonarem.

— Sim, senhor.

— E, claro, Anastasia Steele.

O rosto de Andrea se suaviza com um de seus raros sorrisos.

— Meus parabéns, Sr. Grey.

— Está sabendo?

— Todo mundo está sabendo, senhor.

Dou uma risada.

— Obrigado, Andrea.

— Vou pegar o seu café.

— Ótimo, obrigado.

Em minha mesa, faço meu computador despertar. Há outro e-mail de Ana à minha espera.

De: Anastasia Steele
Assunto: Os limites da linguagem
Data: 20 de junho de 2011 09:38
Para: Christian Grey

. ** **** *******!
*** ***** ** **********.
** ** ***. ******,

Bj
A

Dou uma gargalhada, apesar de não fazer a menor ideia do que ela quis escrever. Andrea entra com o meu café e se senta, para podermos repassar a agenda do dia antes de meu primeiro telefonema.

Fico grudado ao telefone pelo que pareceram três horas seguidas. Quando finalmente desligo, me levanto e me alongo, são 13h15. O *Charlie Tango* está sendo resgatado hoje e deve chegar ao Boeing Field à noite. A Administração Federal de Aviação entregou a investigação sobre o pouso de emergência para o Conselho Nacional de Segurança nos Transportes. O engenheiro da Eurocopter, um dos primeiros a chegar ao local, diz que foi uma sorte incrível eu ter conseguido apagar o fogo com os extintores. Vai ajudar a acelerar tanto a investigação deles quanto a do Conselho. Tenho esperanças de receber o relatório inicial amanhã.

Welch me informou que, por precaução, coletou todas as filmagens das câmeras de segurança do heliporto de Portland da última semana, além daquelas do interior e do entorno do hangar privativo do *Charlie Tango* no Boeing Field. Minhas costas se arrepiam. Welch acha que pode ter sido sabotagem, e devo admitir que, no fundo, pensei nessa possibilidade, uma vez que *ambos* os motores pegaram fogo.

Sabotagem.

Mas por quê?

Pedi a ele que sua equipe vasculhasse todas as gravações e visse se encontrava algo suspeito.

Depois de muita bajulação de Sam, o responsável por minha assessoria de imprensa, concordei em dar uma breve entrevista coletiva à tarde. A voz irritante de Sam ressoa em minha cabeça. "*Você precisa tomar a dianteira nesse caso, Christian. A notícia da sua escapada milagrosa ainda está circulando na imprensa. Eles têm uma filmagem aérea da operação de resgate.*"

Francamente, acho que Sam só adora o drama. Espero que uma coletiva de imprensa faça esse pessoal parar de perseguir a Ana e a mim.

Andrea me chama pelo interfone.

— O que é?

— A Dra. Grey está na linha de novo.

— Merda — sussurro entre os dentes. Imagino que não possa evitá-la para sempre. — Tudo bem, pode passar.

Apoiado na mesa, espero pelo tom suave da sua voz.

— Christian. Sei que você está ocupado, mas duas coisas.

— Sim, mãe.

— Achei uma cerimonialista que eu gostaria de contratar. O nome dela é Alondra Gutierrez. Ela organizou o baile da Superando Juntos deste ano. Acho que você e Ana deviam conversar com ela.

Reviro os olhos.

— Claro.

— Ótimo. Vou marcar uma reunião para o final desta semana. Segundo, seu pai realmente quer falar com você.

— Conversei muito com meu pai na noite em que anunciei meu noivado. Nós também estávamos comemorando meu vigésimo oitavo ano neste mundo e, como você bem sabe, sempre reluto em dar atenção a essas datas. — Emendo uma fala na outra. — E eu tinha acabado de sobreviver a um pouso forçado assustador. — Minha voz vai subindo de tom. — Papai jogou mesmo um balde de água fria em cima de mim. Acho que ele já disse o suficiente naquela conversa. Não quero falar com ele agora.

Ele é um metido arrogante.

— Christian. Pare com esse mau humor. Converse com o seu pai.

Mau humor! Eu estou puto da vida, Grace.

O silêncio de minha mãe se alonga entre nós, salpicado de censura.

Suspiro.

— Tudo bem, vou pensar no assunto. — A outra linha do meu telefone pisca. — Preciso desligar.

— Muito bem, querido. Eu aviso a você sobre a reunião com Alondra.

— Tchau, mãe.

O interfone toca de novo.

— Sr. Grey, Anastasia Steele quer falar com o senhor.

Meu rancor desaparece.

— Maravilha. Obrigado, Andrea.

— Christian? — Sua voz está curta e irregular. Ela parece amedrontada.

Fico com um nó na garganta.

— Ana, está tudo bem?

— Hum... Eu saí para tomar um pouco de ar. Achei que eles já tinham ido embora. E, bom...

— Os repórteres e fotógrafos?

— É.

Filhos da mãe.

— Não fiz nenhum comentário. Só saí correndo de volta para o prédio.

Merda. Eu devia ter mandado Sawyer vigiá-la, e fico agradecido mais uma vez por Taylor ter me convencido a mantê-lo depois do incidente com Leila Williams.

— Ana, vai ficar tudo bem. Eu ia ligar para você. Acabei de concordar em dar uma entrevista coletiva hoje à tarde sobre o *Charlie Tango*. Eles vão perguntar sobre o nosso noivado. Vou comentar o mínimo possível. Espero que seja suficiente e eles fiquem satisfeitos.

— Ótimo.

Arrisco a sorte.

— Você gostaria que eu mandasse o Sawyer para servir como seu guarda-costas?

— Gostaria, sim — diz ela de imediato.

Uau. Essa foi fácil. Ela deve estar mais abalada do que pensei.

— Tem certeza de que está bem? Normalmente você não é tão receptiva.

— Tenho meus momentos, Sr. Grey. Em geral, ocorrem depois de eu ser perseguida por jornalistas pelas ruas de Seattle. Foi um exercício e tanto. Eu estava sem fôlego quando cheguei ao escritório. — Ela está fazendo pouco caso da situação.

— É verdade, Srta. Steele? Você costuma ter tanta energia.

— Ora, Sr. Grey, a que o senhor está se referindo? — Ouço o sorriso em sua voz.

— Acho que a senhorita sabe — murmuro.

Sua respiração fica ofegante, e o som viaja direto para a minha virilha.

— Está flertando comigo? — pergunta ela.

— Espero que sim.

— Quer testar minha energia mais tarde? — Sua voz está baixa e provocante.

Ah, Ana. O desejo atravessa o meu corpo como um raio.

— Nada me daria maior prazer.

— Fico contente em ouvir isso, Christian Grey.

Ela é boa demais nesse jogo.

— Estou muito feliz por você ter me ligado — digo. — Ganhei o dia.

— Meu objetivo é satisfazer. — Ela dá uma risadinha. — Tenho que ligar para o seu personal trainer, para manter o mesmo ritmo que você!

Eu rio.

— Bastille vai adorar.

Ela fica em silêncio por um minuto e depois fala:

— Obrigada por me fazer sentir melhor.

— Não é isso que eu deveria fazer?

— É, sim. E você é muito bom nisso.

Eu me deleito com suas palavras amorosas. *Ana, você faz com que eu me sinta inteiro.*

Alguém bate na porta, e sei que é Andrea ou Sarah com o meu almoço.

— Preciso desligar.

— Obrigada, Christian — diz Ana.

— Pelo quê?

— Por ser você. Ah, e mais uma coisa. A notícia de que você comprou a SIP ainda está sob sigilo, não é?

— Está, por mais três semanas.

— Tudo bem. Vou tentar me lembrar disso.
— Certo. Até mais, baby.
— Tudo bem. Até mais, Christian.

Andrea e Sarah capricharam hoje. Recebo meu sanduíche favorito — club sandwich de peru com picles à parte —, um pouco de salada e chips de batata, tudo servido em uma bandeja com um pano de linho da GEH, copo alto de cristal com água com gás e um vaso combinando exibindo uma empertigada rosa cor-de--rosa.

— Obrigado — balbucio, confuso, enquanto as duas, agitadas, arrumam a bandeja.

— É um prazer, Sr. Grey — diz Andrea, com um sorriso que está se tornando cada vez menos raro.

Ambas estão estranhamente distraídas e um pouco irrequietas hoje. *O que estão tramando?*

Enquanto me concentro no almoço, checo minhas mensagens. Há mais uma de Elena.

Merda.

> ELENA
> Me ligue. Por favor.
> Elena
> Me ligue. Vou enlouquecer.

> ELENA
> Não sei o que dizer. Fico pensando no que aconteceu o fim de semana todo. E não sei por que as coisas fugiram tanto ao controle. Me desculpe. Me ligue.

> ELENA
> Por favor, atenda as minhas ligações.

Tenho que lidar com ela. Meus pais querem que eu corte todos os vínculos com a Sra. Lincoln, e, para ser sincero, não sei como vamos superar tudo o que dissemos um para o outro no sábado à noite.

Falei coisas de fato horríveis.

Ela também.

Chegou a hora de acabar com isso.

Eu disse a Ana que doaria a empresa para Elena.

Percorro minha lista de contatos e encontro o número da minha advogada pessoal. Por ironia, foi Elena quem nos apresentou. Debra Kingston é uma advogada comercial que aprecia o mesmo estilo de vida que eu. Ela preparou as minutas de todos os meus contratos de dominação e acordos de confidencialidade, e tratou dos meus negócios com a Sra. Lincoln e nosso empreendimento.

Pressiono o botão de ligar.

— Christian, boa tarde. Tem tempo que não nos falamos. Pelo que soube, é o momento de lhe desejar parabéns.

— Obrigado, Debra.

Meu Deus! Ela também sabe.

— O que posso fazer por você?

— Quero doar o salão de beleza para Elena Lincoln.

— Como é que é? — Sua voz transmite descrença.

— Você entendeu direito. Quero doar o negócio todo para Elena. Gostaria que você redigisse um contrato. Tudo. Empréstimos. A propriedade. Os ativos. Tudo para ela.

— Tem certeza?

— Tenho.

— Está cortando os vínculos?

— Estou. Não quero ter nada a ver com aquilo. Nenhum compromisso.

— Christian, enquanto sua advogada, preciso perguntar se você tem certeza de que quer fazer isso. É uma doação incrivelmente generosa. Você provavelmente vai perder centenas de milhares de dólares.

— Debra, estou bem ciente desse fato.

Ouço-a expressar sua contrariedade no outro lado da linha.

— Tudo bem, se você insiste. Vou lhe mandar uma minuta nos próximos dias.

— Obrigado. E quero que toda a correspondência com ela seja feita através de você.

— Vocês dois realmente se desentenderam.

Não vou discutir minha vida privada com Debra. Bom, não *esse* aspecto de minha vida privada.

— Entendi — acrescenta ela. — Para manter a cara-metade feliz?

Que. Merda. É. Essa?

— Debra, só prepare a porra do contrato.

Sua resposta é direta.

— Está bem, Christian. E vou avisar à Sra. Lincoln.

— Ótimo. Obrigado.

Com isso Elena deve me deixar em paz.

Desligo.

Uau. Eu fiz mesmo isso.

E a sensação é boa. De alívio. Acabei de me despedir de uma pequena fortuna pelos padrões GEH, mas tinha uma dívida com ela. Sem Elena, não haveria GEH.

— *Estive pensando em nossa conversa recente, Christian.*
— *Sim, madame?*
— *Você, largando Harvard. Vou emprestar cem mil dólares para você começar o seu negócio.*
— *Faria isso?*
— *Christian, tenho muita fé em você. Está destinado a ser um mestre do universo. Vai ser um empréstimo e você pode me pagar no futuro.*
— *Elena... eu...*
— *Você pode agradecer me mostrando o que aprendeu mais cedo hoje. Você por cima. Eu por baixo. Não me marque.*

Balanço a cabeça; assim começou meu treinamento como Dominador. Meu sucesso como homem de negócios está vinculado à minha escolha de estilo de vida. Dou um sorriso ao chegar a essa conclusão e depois franzo a testa. Não consigo acreditar que nunca percebi essa conexão.

Merda. Não posso me encolher aqui no meu canto. Devo um telefonema a ela.
Hora do espetáculo, Grey.
Com relutância, pressiono o contato dela no meu celular.
Ela atende ao primeiro toque.
— Christian, por que não me ligou antes?
— Estou ligando agora.
— Qual diabo é o problema com a sua mãe e a sua... noiva? — Ela fala a última palavra com escárnio.
— Elena, este telefonema é uma cortesia que estou fazendo. Estou doando a empresa para você. Entrei em contato com Debra Kingston; ela está preparando a papelada. Acabou. Não podemos mais continuar assim.
— O quê? Do que você está falando?
— Estou falando sério. Não tenho mais energia para as suas bobagens. Pedi que você deixasse Ana em paz e você ignorou o meu pedido. Colhemos o que plantamos, Sra. Lincoln. Acabou. Não me telefone mais.
— Chris... — Escuto o sobressalto em sua voz quando desligo.
Meu celular toca na mesma hora, o nome dela piscando na tela. Desligo e verifico minha lista de tarefas.
Tenho cerca de uma hora antes da coletiva de imprensa; então, para afastar Elena da mente, pego o telefone do escritório e ligo para o meu irmão.

— E aí, espertalhão. Está pensando melhor se quer se casar?
— Vá se foder, Elliot.
— *Ela* está pensando melhor? — pergunta com sarcasmo.
— Será que você consegue deixar o seu babacão interior calado por dois minutos?
— Tanto tempo assim? Não sei, não.
— Estou comprando uma casa.
— Uau. Para você e a futura Sra. Grey? Foi rápido. Ela está grávida?
— Não!
Pelo amor de Deus.
Ele dá uma risada no outro lado da linha.
— Deixa eu adivinhar. É em Denny-Blaine ou Laurelhurst?
Ah, as regiões preferidas dos milionários do setor tecnológico.
— Não.
— Medina?
Eu rio.
— Perto demais de mamãe e papai. Fica à beira d'água logo a norte de Broadview.
— Você está brincando.
— Não. Quero ver o sol se pôr no Sound, e não nascer em cima de um lago.
Elliot ri.
— Cara. Quem diria que você é tão romântico?
Rio com escárnio. Não eu, com certeza.
— Precisa de uma reforma completa.
— Precisa? — Isso desperta o interesse de Elliot. — Quer indicação de alguém?
— Não, cara. Quero que você seja o responsável. Quero alguma coisa sustentável e que respeite o meio ambiente. Você sabe, toda essa merda que você defende nos jantares de família.
— Ah. Uau. — Ele parece surpreso. — Posso ver o lugar?
— Sim, claro. Ainda não formalizei nada, mas vamos seguir com os levantamentos na semana que vem, ou talvez até a outra.
— Claro. Que máximo. Mas você vai precisar de um arquiteto. Eu só posso fazer uma parte.
— Qual é o nome da mulher que supervisionou a reforma de Aspen?
— Hmm... Gia Matteo. Ela é legal. E agora está em uma firma chique no centro da cidade.
— Ela fez um ótimo trabalho na casa de Aspen. E pelo que me lembro ela tinha um portfólio impressionante e criativo. Você a recomendaria?

— Sim. Hmm... Claro.
— Você parece hesitante.
— Bem, você sabe. Ela é o tipo de mulher que não aceita não como resposta.
— O que quer dizer com isso?
— Ela é... ambiciosa. Ávida. Determinada a conseguir o que quer.
— Não vejo problema nisso.
— Nem eu — diz Elliot. — Na verdade, até prefiro uma mulher predadora.
— É mesmo?
Bom, Kavanagh combina com essa descrição.
— Ela e eu... — A voz de Elliot vai morrendo.
Reviro os olhos, não consigo evitar. Meu irmão sofre de incontinência sexual.
— Vai ser constrangedor?
— Não, óbvio que não. Ela é uma baita profissional.
— Vou ligar para ela. E vou dar uma olhada no portfólio atualizado dela. — Anoto o nome da arquiteta.
— Legal. Me avise quando pudermos explorar o lugar.
— Está certo. Até mais.
— Valeu.

Desligo, imaginando com quantas mulheres ele já deve ter trepado. Balanço a cabeça. Será que ele sabe que Katherine Kavanagh tem planos de fisgá-lo? Será que ele não conseguiu reparar nisso no fim de semana? Espero que não acabe ficando com ela. É provável que seja a mulher mais irritante que conheço.

Sam enviou por e-mail a declaração para a coletiva de imprensa, que começa dentro de meia hora. Reviso-a e faço algumas alterações; como sempre, sua prosa é exagerada e pretensiosa. Às vezes não sei por que o contratei.

Vinte minutos depois, ele bate à porta.
— Christian. Já está pronto?

— Então, sr. Grey, o senhor está sugerindo que isso pode ser sabotagem? — pergunta o jornalista do *Seattle Times*.
— Não estou dizendo isso de forma alguma. Só não descartamos nenhuma possibilidade e estamos esperando o relatório sobre o acidente.
— Parabéns pelo noivado, Sr. Grey. Como o senhor conheceu Anastasia Steele? — Acho que é uma mulher que trabalha no *Seattle Metropolitan*.
— Não vou responder a nenhuma pergunta sobre minha vida pessoal. Só vou reiterar que estou feliz que ela tenha concordado em ser minha esposa.
— Foi a última pergunta, obrigado, senhoras e senhores. — Sam vem me resgatar e me conduz apressado para fora do auditório da GEH.

Graças a Deus já acabou.

— Você se saiu bem — comenta Sam, como se eu precisasse da aprovação dele.
— Tenho certeza de que a imprensa vai querer um registro de você e Anastasia juntos. Acho que não vão parar de assediar vocês enquanto não conseguirem uma foto.
— Vou pensar no assunto. Neste exato momento, só quero voltar para a minha sala.

Sam dá um sorriso malicioso.
— É claro, Christian. Vou lhe mandar uma compilação da cobertura da imprensa sobre a coletiva, quando tivermos.
— Obrigado. — *Por que ele está com esse sorriso malicioso?*

Entro no elevador e fico satisfeito em me ver sozinho ali dentro. Checo o telefone. Há três ligações perdidas de Elena.

Pelo amor de Deus, Sra. Lincoln. Nossa história já acabou.

Há também um e-mail de Ana.

De: Anastasia Steele
Assunto: Novidades!
Data: 20 de junho de 2011 16:55
Para: Christian Grey

Sr. Grey,
Você se sai bem em coletivas de imprensa.
Por que isso não me surpreende?
Você estava um gato.
Amei sua gravata.
Bj
A

P.S.: Sabotagem?

Minha mão vai até a gravata. *A gravata Brioni. Minha predileta.*

Eu estava um gato. Essas palavras me dão mais prazer do que deveriam. Gosto de parecer um gato para Ana, e seu e-mail me dá uma ideia.

De: Christian Grey
Assunto: Vou mostrar quem é gato
Data: 20 de junho de 2011 17:08
Para: Anastasia Steele

Minha querida futura esposa,
Talvez eu possa usar a gravata hoje à noite, quando eu for testar a sua energia.

Christian Grey
CEO Impaciente, Grey Enterprises Holdings, Inc.

P.S.: A sabotagem é mera conjectura. Não se preocupe com isso. Não é um pedido.

As portas do elevador se abrem.
— Feliz aniversário, Sr. Grey! — Há uma cacofonia de vozes. Andrea está perto da porta, segurando um enorme bolo confeitado, com "Feliz aniversário" e "Parabéns, Sr. Grey" escrito em glacê azul em cima. Há uma vela dourada e solitária acesa.
Mas que merda.
Isso nunca aconteceu.
Nunca.
O grupo — que inclui Ros, Barney, Fred, Marco, Vanessa e todos os diretores de departamento — inicia um coro empolgado de "Parabéns pra você". Fixo um sorriso no rosto para esconder minha surpresa e, quando eles terminam, apago a vela. Todos comemoram e começam a aplaudir, como se eu tivesse feito algo merecedor de celebração.
Sarah me oferece uma *flûte* de champagne.
Há gritos de "Discurso! Discurso!"
— Bom, isso foi uma surpresa. — Eu me viro para Andrea, que dá de ombros levemente. — Mas obrigado.
Ros intervém:
— Estamos todos felizes por você ainda estar aqui, Christian, ainda mais eu, porque significa que também estou aqui. — Ouve-se um punhado de risadas e aplausos educados. — Então, queríamos expressar nossa gratidão de alguma forma. Todos nós. — Ela estende o braço para os nossos colegas. — Queremos também desejar um feliz aniversário e parabéns pelas boas novas. Vamos brindar. — Ela ergue sua taça. — A Christian Grey.
Meu nome ecoa por todo o escritório.
Levanto a *flûte* pra brindar e tomo um grande gole.
Mais aplausos.
Realmente não entendo o que deu na minha equipe. Por que isso agora? O que aconteceu?
— A ideia foi sua? — pergunto a Andrea quando ela me dá uma fatia de bolo.
— Não, senhor. Foi de Ros.

— Mas vocês fizeram tudo isso juntas.
— Sarah e eu, senhor.
— Bom, obrigada. Eu agradeço.
— De nada, Sr. Grey.

Ros me dirige um sorriso caloroso e indica a *flûte* na minha direção; e me lembro de que lhe devo um par de Manolos azul-marinho.

LEVO TRINTA E CINCO minutos para me libertar da pequena reunião em meu escritório. Estou comovido, e fico surpreso de estar comovido. Devo estar amolecendo com a idade. Porém, como sempre, estou ansioso para voltar para casa... ansioso para ver Ana.

Ela vem correndo da entrada dos fundos da SIP e meu coração dispara ao vê-la. Sawyer está ao seu lado; ele abre a porta do Audi e ela desliza para junto de mim, enquanto Sawyer se acomoda na frente, perto de Taylor.

— Oi. — Seu sorriso é deslumbrante.
— Oi. — Pegando sua mão, beijo os nós dos dedos dela. — Como foi o seu dia?

TERÇA-FEIRA, 21 DE JUNHO DE 2011

Os olhos de Elena são como pedras. Frios. Duros. Ela está diante do meu rosto. Com raiva. *Eu fui a melhor coisa que já aconteceu para você. Olhe para você agora. Um dos empresários mais ricos e bem-sucedidos dos Estados Unidos. Controlado, focado, não precisa de nada. Você é o mestre do seu universo.* Agora ela está de joelhos. Na minha frente. Curvada. Nua. Sua testa pressionando o piso do porão. Seu cabelo, uma grinalda reluzente nas tábuas escuras de madeira. Sua mão está estendida. Espalmada. Suas unhas vermelhas. Ela está implorando. *Mantenha a cabeça no chão.* Minha voz ecoa pelas paredes de concreto. Ela quer que eu pare. Está no limite. Aperto ainda mais o chicote. *Chega, Grey.* Com os dedos, envolvo o meu pau, duro por causa de sua boca, coberto de pontos vermelhos do seu batom. Minha palma se move para cima e para baixo. Rápido. Mais rápido. Mais rápido. *Isso.* Eu gozo e gozo. Com um grito alto e gutural. Tingindo as suas costas com a minha porra. Estou de pé acima dela. Ofegante. Inebriado. Saciado. Ouve-se um barulho forte. A porta se abre de supetão. A silhueta do homem ocupa o vão da porta. Ele urra, e o som de gelar o sangue Inunda o cômodo. *Não.* Elena grita. *Merda. Não. Não. Não.* Ele está aqui. Ele sabe. Ela se coloca de pé entre mim e ele. *Não*, ela grita, e ele a esbofeteia com tanta força que ela cai no chão. Ela grita. E grita. E grita. *Largue ele. Largue ele.* Estou em estado de choque. E ele me acerta. Um gancho de direita no queixo. Eu caio. E caio. Minha cabeça gira. Estou desmaiando. *Não. Pare de gritar. Pare.* E a gritaria continua. Sem parar. Estou embaixo da mesa da cozinha. Minhas mãos nos ouvidos. Mas elas não bloqueiam o barulho. Ele está aqui. Escuto o som de suas botas. Botas enormes. Com fivelas. Ela está gritando. E gritando. O que ele fez? Onde ela está? Sinto o fedor antes de ver o homem e ele espia por baixo da mesa, o cigarro aceso na mão. *Você está aqui, seu merdinha.*

Acordo de repente, respirando com dificuldade e encharcado de suor, o medo disparando em minhas veias.
Onde estou?
Meus olhos se ajustam à luz. Estou em casa. Escala. O nascer do sol, prestes a acontecer, lança um brilho rosado sobre a silhueta adormecida de Ana, e sinto o alívio me invadir como uma brisa fresca de outono.
Ainda bem, porra.
Ela está aqui. Comigo.
Solto uma respiração longa e tranquilizante enquanto tento desanuviar a mente.
Que diabo foi isso tudo?
São raras as vezes em que sonho com Elena, muito menos com *aquele* tenebroso momento de nossa história. Estremeço enquanto permaneço deitado fitando o teto, e sei que estou ligado demais para voltar a pegar no sono. Penso em despertar Ana — desejoso de me perder nela mais uma vez —, porém sei que não é justo. Na noite passada, ela demonstrou sua energia além da conta; ela tem que trabalhar mais tarde e precisa dormir. Além disso, estou inquieto, minha pele está pinicando, e o pesadelo me deixou com um gosto amargo na boca. Deve ser o fim da minha amizade e dos negócios com Elena que está assombrando minha psique. Afinal, a Sra. Lincoln foi minha estrela guia por mais de uma década.
Merda.
Tinha que ser feito.
Está acabado. *Tudo aquilo acabou.*
Eu me sento e passo a mão no cabelo, tomando o cuidado de não perturbar Ana. É cedo — 5h05 —, e neste momento preciso de um copo d'água.
Rolo para sair da cama e acabo pisando na minha gravata, descartada após as divertidas brincadeiras de ontem à noite. Uma lembrança deliciosa de Ana invade meus sentidos, suas mãos atadas acima da cabeça, seu corpo rígido, a cabeça inclinada para trás em êxtase enquanto ela agarra as ripas cinza-claras da cabeceira e eu uso minha língua para dar total atenção a seu clitóris. Trata-se de uma recordação muito mais agradável do que os vestígios do pesadelo. Pego a gravata, dobro-a e coloco-a sobre a mesa de cabeceira.
Não é comum que eu tenha pesadelos quando Ana dorme ao meu lado. Espero que seja só dessa vez. Ainda bem que hoje tenho uma consulta com Flynn, pois vou poder destrinchar essa nova situação com ele.
Vestindo a calça do pijama, pego meu celular e saio do quarto. Talvez um pouco de Chopin ou Bach me tranquilize.

Quando me sento ao piano, verifico as mensagens. Há uma, de Welch, enviada à meia-noite, que me chama a atenção.

> WELCH
> Suspeita de sabotagem.
> Relatório inicial de manhã cedo.

Merda. Meu couro cabeludo fica formigando enquanto o sangue foge da minha cabeça.

Meus temores se confirmaram. Alguém quer me ver morto.

Quem?

Minha mente repassa os poucos sócios nos negócios que desbanquei ao longo dos anos.

Woods? Stevens? Carver? Quem mais? Waring?

Será que eles chegariam a esse ponto?

Todos ganharam dinheiro; rios de dinheiro. Apenas perderam suas empresas. Não dá para acreditar que o acidente possa estar ligado a minhas transações comerciais.

Será que é algo pessoal?

Só há uma pessoa que merece tanto destaque a esse respeito: o Linc. Porém, o ex-marido de Elena já se vingou dela, e isso aconteceu anos atrás. Por que agiria agora?

Talvez seja outra pessoa. Um funcionário insatisfeito? Uma ex? Não consigo pensar em ninguém que pudesse fazer tal coisa. Com exceção de Leila, todas estão muito bem de vida.

Preciso processar essa história toda.

Ana! Merda!

Se estão atrás de mim, podem machucá-la. O medo me invade como um fantasma, provocando arrepios. Tenho que proteger Ana a qualquer custo. Mando uma mensagem para Welch.

> Reunião hoje cedo.
> 8:00 Grey House

> WELCH
> Entendido

Mando uma mensagem de texto para Andrea, dizendo para cancelar todos os meus compromissos, e depois um e-mail para Taylor.

De: Christian Grey
Assunto: Sabotagem
Data: 21 de junho de 2011 05:18
Para: J B Taylor

Welch me informou que o *Charlie Tango* pode ter sido sabotado. O relatório inicial vai estar em nossas mãos hoje de manhã. Vamos nos reunir na Grey House às 8:00.

Recontrate Reynolds e Ryan, se ainda estiverem disponíveis. Quero Ana com vigilância o tempo todo. Sawyer pode ficar com ela hoje.
Obrigado.

Christian Grey
CEO, Grey Enterprises Holdings, Inc.

Preciso liberar toda a energia reprimida e decido malhar. Entrando no closet sem fazer barulho, mudo de roupa rápida e silenciosamente, para não despertar Ana.

Enquanto corro na esteira, assisto aos mercados na TV, escuto Foo Fighters e me pergunto quem quer me matar, porra.

ANA CHEIRA A SONO e sexo e um pomar perfumado no outono. Por um instante, sou levado a uma época mais feliz, livre de problemas, só eu e minha garota.

— Ei, baby, acorde. — Acaricio sua orelha com meu nariz.

Ela abre os olhos, e sua expressão, já suave do sono, se ilumina como uma aurora dourada.

— Bom dia — diz, e passa o polegar em meus lábios; depois me dá um beijo casto.

— Dormiu bem? — pergunto.

— Hum... você tem um cheiro tão gostoso. Você está tão gostoso.

Abro um sorriso. Não passa de um terno bem-cortado.

— Tenho que ir para o escritório cedo.

Ana se senta na cama.

— Já?

Ela olha o despertador. São 7h08.

— Houve um imprevisto. Sawyer vai ficar grudado em você hoje e manter a imprensa afastada. Tudo bem?

Ela concorda com a cabeça.

Ótimo. Não quero assustá-la com a notícia sobre *Charlie Tango*.

— Vejo você mais tarde. — Beijo sua testa e saio antes de cair na tentação de ficar.

O relatório é breve.

Sistema de Relatos de Acidentes e Incidentes da Administração Federal de Aviação

INFORMAÇÕES GERAIS
Fonte de Dados: BASE DE DADOS DE ACIDENTES E INCIDENTES
Número do Relatório: 20110453923
Data Local: 17-JUN-11
Cidade: CASTLE ROCK
Estado: WA
Nome do aeroporto: HELIPORTO DE PORTLAND
Tipo de Evento: INCIDENTE
Colisão no Ar: NÃO NO AR

INFORMAÇÕES DA AERONAVE
Dano à aeronave: SUBSTANCIAL
Fabricante/Marca da Aeronave: EURCPT
Modelo da Aeronave: EC-135
Série da Aeronave: EC-135-P2
Hrs de Voo: 1.470
Operador: GEH INC
Tipo de Operação: TÁXI/TRANSPORTE AÉREO
Nº Registro: N124CT
Total de Pessoas a Bordo: 2
Mortos: 0
Feridos: 0
Classe de Peso da Aeronave: ATÉ 5.670 KG
Número de Motores: 2
Marca do Motor: TURBOM
Modelo do Motor: ARRIUS 2B2

INFORMAÇÕES AMBIENTAIS E DE OPERAÇÕES
Condições Primárias de Voo: REGRAS DE VOO VISUAL
Condições Secundárias de Voo: FATOR TEMPO DESCARTADO
Plano de Voo Arquivado: SIM

PILOTO NO CONTROLE
Certificado do Piloto: PILOTO COMERCIAL
Classificação do Piloto: HELICÓPTERO
Qualificação do Piloto: QUALIFICADO
Tempo voo — Horas Totais: 1.180
Total na Marca/Modelo: 860
Total nos Últimos 90 Dias: 28

OBSERVAÇÕES SOBRE O EVENTO
EM 17 DE JUNHO DE 2011, ÀS 14:20 PT APROXIMADAMENTE, UM EC-135, N124CT, PERTENCENTE À GREY ENTERPRISES HOLDINGS INC., E OPERADO PELA MESMA, SOFREU UM GRAVE INCIDENTE. A AERONAVE APRESENTAVA ESTABILIDADE QUANDO DE SÚBITO INCLINOU E A LUZ DE FOGO NO MOTOR #1 ACENDEU. O PILOTO ESTABILIZOU O MOTOR #1 COM O EXTINTOR DE INCÊNDIO E TENTOU RETORNAR PARA O AEROPORTO DE SEATTLE-TACOMA COM O MOTOR REMANESCENTE. A LUZ DE FOGO NO MOTOR #2 ACENDEU. O PILOTO FEZ UM POUSO DE EMERGÊNCIA NO CANTO SUDOESTE DE SILVER LAKE. AO POUSAR, O PILOTO UTILIZOU O SEGUNDO EXTINTOR DE INCÊNDIO E DESLIGOU E EVACUOU A AERONAVE. NÃO FOI REPORTADO NENHUM FERIDO. O PILOTO UTILIZOU O EXTINTOR DE INCÊNDIO PORTÁTIL A BORDO. O FABRICANTE DA AERONAVE ESTÁ EXAMINANDO OS MOTORES DA AERONAVE E A AVALIAÇÃO INICIAL É QUE O DANO É SUSPEITO E PODE SER RESULTADO DE INTERFERÊNCIA DOLOSA. O CONSELHO NACIONAL DE SEGURANÇA NOS TRANSPORTES VAI REQUERER REVISÃO ADICIONAL.

Na minha sala, Welch, Taylor e eu nos debruçamos sobre o relatório. O rosto grisalho de Welch está mais sulcado do que nunca, na luz crua da manhã, a expressão soturna.

— No momento, o Conselho de Segurança nos Transportes apenas suspeita de sabotagem, mas temos que prosseguir como se houvesse uma interferência dolosa. Com esse propósito, já checamos todas as gravações das câmeras do heliporto de Portland e não encontramos nenhuma atividade suspeita. — Ele se mexe na cadeira e pigarreia. — No entanto, há um problema no hangar da GEH no Boeing Field.

Ah, é?

— Duas das câmeras não estavam funcionando, e por isso não temos a cobertura completa.

— O quê! Como isso foi acontecer? — *Para que eu pago a essa gente, porra?*

— Estamos nos empenhando para descobrir — responde Welch, a voz profunda e rouca, como um carro velho. — É uma falha grave.

Não diga, Sherlock.

— Quem é o responsável?

— Há um sistema de turnos. Então, acaba que são quatro ou cinco pessoas.

— Se descobrirmos que foram negligentes, estão despedidos. Todos eles.

— Senhor.

Ele olha para Taylor.

— No momento, não temos nenhuma pista sobre quem está por trás disso — diz Taylor.

— Vão fazer uma análise detalhada da aeronave — acrescenta Welch. — Minha esperança é de que eles descubram alguma coisa.

— Quero mais do que só esperança, porra! — grito.

— Sim, senhor. — Os dois homens falam ao mesmo tempo, ambos parecendo contritos.

Merda. Não é culpa deles. Grey. Controle-se.

Continuo em um tom mais comedido:

— Descubram quem fez a cagada no hangar. Demitam essas pessoas. E logo que tiverem uma ideia do que aconteceu, quero saber. Enquanto isso, se assegurem de que o jato está protegido e a salvo.

— Sim, senhor — diz Taylor.

— É para já — grunhe Welch. Ele está uma fera. Não é para menos, já que tudo isso aconteceu sob a sua responsabilidade. — O Conselho Nacional de Segurança nos Transportes está concentrado no caso, e espero que eles informem às autoridades legais à medida que as investigações avançarem; e, se necessário, que convidem as autoridades para uma investigação paralela. Vou entrar em contato com o Conselho para confirmar isso.

— A polícia? — pergunto.

— Não. Vai ser o FBI.

— Tudo bem. Talvez eles descubram alguma coisa. Como estamos em relação à escolta pessoal?

— Tanto o Reynolds quanto o Ryan estão disponíveis e começam hoje.

— Quero manter Anastasia fora disso. Ela não precisa se preocupar. E quero ver a lista de quem pode estar por trás da sabotagem. Tenho que admitir que estou meio perdido.

— Meu pessoal está compilando uma lista de suspeitos em potencial — garante Welch.

— Vou fazer o mesmo.

— Senhor, agora que isso está na página da Administração Federal de Aviação, a imprensa pode perceber e começar a fazer perguntas — lembra Taylor.

Merda.

— Tem razão. Pode entrar em contato com o Sam agora. Vou dizer para ele vir até aqui.

— Pode deixar — responde ele.

Se isso se tornar público, tenho que contar a Ana, também.

Como é que chegamos a isso, porra?

Sabotagem!

Não preciso dessa merda agora.

Deixo os dois homens discutindo prováveis suspeitos e coloco minha cabeça porta afora. Andrea ergue o olhar do computador.

— Sr. Grey?

— Peça a Sam e Ros para se juntarem a nós.

— Está bem.

Ouço uma batida na porta da minha sala. É Andrea.

— O senhor gostaria de um café?

— Sim, por favor.

Na tela do computador há uma lista de todas as aquisições que fiz desde que comecei a empresa. Examino cada uma para ver se consigo encontrar algum possível suspeito. Até agora, sem resultados; é decepcionante. Bem no fundo estou preocupado com Ana — se alguém quer me fazer mal, ela poderia acabar como um efeito colateral. Como eu poderia viver em paz se isso acontecesse?

— Com leite?

— Não. Puro. Forte.

— Sim, senhor.

Ela fecha a porta e surge um e-mail da minha garota.

De: Anastasia Steele
Assunto: Calmaria antes/depois da tempestade?
Data: 21 de junho de 2011 14:18
Para: Christian Grey

Meu queridíssimo Sr. Grey,

Você está muito quieto hoje. Isso me preocupa.

Espero que tudo esteja bem na terra dos negócios e altas finanças.

Obrigada pela noite passada. Você tem uma boca e tanto. ;)

Bjs
A
P.S.: Vou ver o Sr. Bastille no final da tarde.

Ana! Uma onda suave se espalha por baixo do meu colarinho e afrouxo a gravata. Ela é bem provocativa ao escolher as palavras. Digito a resposta.

De: Christian Grey
Assunto: A tempestade está aqui
Data: 21 de junho de 2011 14:25
Para: Anastasia Steele

Minha querida noiva,

Devo lhe dar os parabéns por se lembrar do seu BlackBerry.

As nuvens da tempestade estão se juntando aqui e vou informá-la em casa sobre a previsão do tempo e o iminente dilúvio.

Enquanto isso, espero que Bastille não pegue muito pesado com você. Esse é o meu trabalho. ;)

Agradeço a VOCÊ pela noite passada. Sua energia e sua boca continuam a me surpreender da melhor maneira possível. ;) ;) :)

Christian Grey
Meteorologista & CEO, Grey Enterprises Holdings, Inc.

P.S.: Gostaria que você pegasse o resto dos seus pertences no seu apartamento nesta semana. Você nunca está lá...

De: Anastasia Steele
Assunto: Previsão do tempo
Data: 21 de junho de 2011 14:29
Para: Christian Grey

Seu e-mail pouco fez para aliviar minhas preocupações. Fico mais tranquila ao saber que, se necessário, você possui um estaleiro e pode sem dúvida construir uma arca. Você é, afinal, o homem mais competente que conheço.
Bjsss
Sua amada Ana

P.S.: Vamos conversar hoje à noite sobre quando vou me mudar para a sua casa.
P.P.S.: Você gosta mesmo de meteorologia?

O e-mail dela me faz sorrir e passo o dedo indicador pelos Bjsss.

De: Christian Grey
Assunto: Você É O Que Eu Gosto Mesmo.
Data: 21 de junho de 2011 14:32
Para: Anastasia Steele

Sempre.

Christian Grey
CEO loucamente apaixonado, Grey Enterprises Holdings, Inc.

São 17h30 quando o Dr. Flynn acena para que eu entre em seu consultório.
— Boa tarde, Christian.
— John. — Ando lentamente até o sofá, me sento e espero que ele se acomode em sua cadeira.
— Então, um grande fim de semana para você — diz, soando afável.
Desvio o olhar. Não sei por onde começar.
— O que foi? — pergunta ele.
— Alguém está tentando me matar.
Flynn empalidece... Acho que pela primeira vez na minha frente.
— O acidente? — indaga.
Confirmo com um movimento da cabeça.
— Sinto muito por ouvir isso. — Ele franze a testa.
— Meu pessoal todo está focado no caso. Mas não faço ideia de quem possa ser.
— Não tem nenhuma suspeita?
Balanço a cabeça.
— Bem — diz ele —, espero que a polícia esteja investigando e que você encontre o culpado.
— Vai ser o FBI. Mas minha preocupação principal é Ana.
John assente.
— A segurança dela?
— Isso. Contratei uma segurança adicional, mas não sei se será suficiente. — Engulo em seco diante da crescente ansiedade.

— Já conversamos sobre isso. Sei que você detesta se sentir fora do controle. Sei que sente pânico em relação à Ana, e compreendo esse sentimento. Mas você tem os recursos e providenciou medidas para mantê-la a salvo. É tudo o que se pode fazer. — Seu olhar é equilibrado e sincero, e suas palavras, reconfortantes. Ele sorri e acrescenta: — Você não pode trancafiar a Ana.

Minha risada é catártica.

— Eu sei.

— Também sei que você gostaria, mas se coloque no lugar dela.

— É, eu sei. Eu entendo. Não quero afugentar a Ana.

— Exato. Ótimo.

— Não é só disso que eu quero falar.

— Tem mais?

Solto um longo suspiro e relato, do modo mais breve possível, a discussão que tive com Elena na minha festa de aniversário, e as brigas subsequentes com cada um dos meus pais.

— Tenho que confessar, Christian, que não há monotonia quando se trata de você. — Flynn esfrega o queixo em resposta ao meu sorriso resignado. — Só temos uma hora; sobre o que você prefere conversar?

— Tive um pesadelo na noite passada. Com a Elena.

— Estou escutando.

— Cortei meus vínculos com ela, atendendo aos pedidos dos meus pais. Doei a firma para ela.

— Muito generoso de sua parte.

Dou de ombros.

— É verdade. Mas me sinto bem com isso, acho. É claro que ela continua me ligando, mas foram só duas vezes hoje.

— Ela teve uma influência imensa em sua vida.

— Teve, sim. Mas chegou a hora de eu seguir em frente.

Ele parece pensativo.

— O que você achou mais perturbador, a discussão com Elena ou com os seus pais?

— Com a Elena foi esquisito, porque a Ana estava presente. Nós estávamos rancorosos um com o outro. — Meu arrependimento transparece em meu tom de voz, e, bem no fundo, eu gostaria que nós tivéssemos nos afastado em condições mais amigáveis. — E a Grace estava tão furiosa comigo... Eu nunca a tinha ouvido falar palavrão. Mas a briga com o meu pai foi o pior. Ele foi um babaca.

— Ele estava irritado?

— Muito. — Ignoro a pontada de culpa por minha deslealdade em relação a Carrick.

— Fico me perguntando se ele não está projetando em você uma raiva que sente de si mesmo. Consegue entender por que ele se sente dessa forma, não é?

Não. Sim. Talvez.

— Quer você concorde ou não — continua Flynn —, é provável que seu pai ache que a Elena se aproveitou de um adolescente vulnerável. Era o papel dele proteger você. Ele fracassou. Talvez seja assim que ele vê a situação.

— Ela não se aproveitou. Eu estava mais do que disposto. — Minha frustração ecoa nas palavras.

Estou tão farto dessa discussão...

John suspira.

— Já conversamos muitas, muitas vezes, e não quero discutir com você sobre isso de novo, mas talvez você possa tentar encarar a situação a partir do ponto de vista do seu pai.

— Ele disse que talvez eu não esteja preparado para ser um bom marido.

Flynn parece espantado.

— Ah. Como você se sentiu a respeito disso?

— Com raiva. Preocupado que ele pudesse estar certo.

Envergonhado.

— Em que contexto ele disse isso?

Faço um gesto de desdém com a mão.

— Ele estava me dando uma bronca, falando sobre a santidade do casamento. Disse que, se eu não respeitava isso, era melhor não me casar.

John franze a testa.

— Já que a Elena era casada — explico.

— Entendo. — Flynn crispa os lábios. — Christian — fala ele, com delicadeza. — O seu pai pode ter alguma razão até certo ponto.

O quê?

— Ou você estava ali por vontade própria, ciente de que ela era uma mulher casada mas mesmo assim quis continuar o relacionamento, este que custou a ela o casamento e muito mais, considerando o que aconteceu, ou você era um adolescente vulnerável de quem ela se aproveitou. Qual dos dois? Não dava para você ser os dois.

Eu o encaro furioso.

Que. Diabo. É. Isso?

— Casamento é coisa séria — continua.

— Porra, John, eu sei. Você está falando igualzinho a ele!

— Estou? Não foi minha intenção. Só estou aqui para lhe oferecer alguma perspectiva.

Perspectiva? Foda-se.

Enfurecido, eu o encaro, depois abaixo o olhar para minhas mãos, à medida que o silêncio cresce entre nós.

Perspectiva o caralho.

— Acho que Carrick está errado — balbucio depois de um tempo, e percebo que pareço o adolescente carrancudo que meu pai ainda acha que eu sou.

— É claro que está. Não importa a minha opinião sobre o seu relacionamento com a Sra. Lincoln, ao longo dos anos você demonstrou um compromisso constante com ela. Acho que o seu remorso por romper todo o contato com ela é que está pesando na sua consciência.

— Não existe remorso! — disparo. — Fiz isso por livre e espontânea vontade.

— Culpa, então?

Suspiro.

— Culpa? Não me sinto culpado.

Será?

John permanece impassível.

— Daí os pesadelos? — questiono.

— Talvez. — Ele dá toques curtos sucessivos no lábio com o dedo indicador. — Você está abrindo mão de um relacionamento crucial, de longa data, para agradar a seus pais.

— Não é pelos meus pais. É pela Ana.

Ele concorda com a cabeça.

— Está rejeitando tudo o que você conhece por Anastasia, a mulher que você ama. É um passo gigantesco. — Ele sorri mais uma vez. — Na direção certa, se me perguntar.

Eu o fito, sem saber o que dizer.

— Pense em tudo o que eu falei. Nosso tempo acabou. Podemos continuar essa conversa no nosso próximo encontro.

Eu me levanto, sentindo-me meio confuso. Como sempre, Flynn me deu muito material para refletir. Porém, antes de nos falarmos de novo, tenho uma pergunta pendente.

— Como está a Leila?

— Evoluindo bem.

— Bom, que alívio.

— É mesmo. Nos vemos semana que vem.

Taylor está esperando do lado de fora, no Q7.

— Vou para casa caminhando — informo a ele. Preciso de um tempo para refletir. — Vejo você lá no Escala.

Ele me lança um olhar aflito.

— O que foi?
— Senhor, eu ficaria muito mais confortável se fosse de carro.

Ah, sim. Alguém está tentando me matar.

Fecho a cara quando Taylor abre a porta traseira, mas, resignado, entro no automóvel.

Não sou mais o mestre do meu próprio universo?

Meu mau humor piora.

— ONDE ESTÁ A ANA? — pergunto à Sra. Jones quando entro na sala de estar.
— Boa noite, Sr. Grey. Acredito que esteja tomando banho.
— Obrigado.
— Jantar em vinte minutos? — indaga enquanto mexe uma panela no fogão. O aroma é irresistível.
— Melhor que seja em trinta.

Ana no banho traz possibilidades. A Sra. Jones esconde um sorriso, mas percebo e o ignoro. Saio em busca da minha garota. Ela não está no banheiro, mas no quarto, junto à janela, enrolada em uma toalha e meio molhada do banho.

— Oi — cumprimenta ela com um enorme sorriso que desaparece quando me aproximo. — O que aconteceu?

Antes que eu possa responder, dou um abraço apertado nela e a mantenho ali, inspirando seu perfume doce, pós-banho. Tranquiliza a minha alma.

— Christian. O que houve?

Ela passa as mãos pelas minhas costas, me aproximando de si.

— Só quero abraçar você.

Enterro o rosto em seu cabelo, que está enrolado no alto em um coque caótico.

— Eu estou aqui. Não vou a lugar nenhum. — Sua voz está tingida de tensão.

Detesto quando Ana fica ansiosa. Seguro sua cabeça, puxando-a para trás, e pressiono os lábios nos dela, beijando-a, despejando minha ansiedade no beijo. Ela retribui na mesma hora, acariciando meu rosto, se abrindo para mim, a língua duelando com a minha.

Ah, Ana.

Quando ela se afasta, estamos ambos ofegantes, e estou de pau duro.

Duro para caralho. Por ela.

— O que há de errado? — pergunta ela, me convencendo com gentileza, seu olhar examinando meu rosto em busca de indícios.

— Mais tarde — murmuro nos lábios dela, e começo a levá-la de costas até a cama.

Ela agarra minhas lapelas e tenta tirar o paletó ao mesmo tempo em que sua toalha cai no chão, deixando-a nua nos meus braços.

Estendendo a mão, puxo o elástico que segura seu coque precário e solto seu cabelo, que se espalha em torno dos ombros e seios. Minhas mãos deslizam por suas costas, e eu agarro seu traseiro, puxando Ana para mim.

— Quero você.

— Dá para perceber. — Ela se contorce junto à minha ereção.

É foda. Abro um largo sorriso e, com delicadeza, a empurro até a cama, onde ela se esparrama em toda a sua nudez gloriosa, enquanto fico de pé acima dela, as pernas entre seus joelhos.

— Assim está melhor — sussurro, minha irritação prévia já esquecida.

— Sr. Grey, por mais que eu goste de você de terno, agora parece estar vestido demais. — Sua ansiedade desapareceu, seus olhos brilham para mim, cheios de desejo e provocação. É excitante.

— Bem, tenho que ver o que posso fazer a respeito disso, Srta. Steele.

Ela morde o lábio inferior e desliza os dedos para baixo, entre os seios. Os mamilos estão rosados, eretos e prontos. Para a minha boca.

Faço uso de toda a minha força de vontade para não arrancar minhas roupas e me enterrar nela. Em vez disso, agarro o nó da gravata e o puxo aos poucos para que ele se desfaça devagar. Quando ela se afrouxa, eu a jogo ao chão e desabotoo o primeiro botão da camisa.

Ana abre a boca em um arquejo sensual, de quem está gostando.

Em seguida, eu me livro do paletó e o deixo cair no chão, onde ele aterrissa com um leve baque. Imagino que seja meu telefone, mas ignoro o barulho e puxo a bainha da camisa para fora da calça.

— Tiro ou não? — pergunto.

— Tire. Agora. Por favor. — Ana não hesita.

Abro um sorriso e solto a abotoadura esquerda, depois repito o processo com a direita.

Ana se retorce na cama.

— Fique quieta, baby — sussurro enquanto desabotoo o botão inferior da camisa; depois meus dedos passam para o seguinte, e o próximo, sem desviar os olhos dos dela.

Quando termino de abrir a camisa, a peça recebe o mesmo destino do paletó. E então me ocupo do cinto. Ana arregala os olhos, e nós absorvemos um a visão do outro. Arrasto a ponta do cinto pela tira do cós e abro a fivela; e, o mais devagar possível, eu o puxo para fora.

Ana vira um pouco a cabeça, me observando, e reparo que o movimento para cima e para baixo de seus seios aumenta à medida que sua respiração acelera.

Dobro o cinto em dois e o deixo deslizar por meus dedos.

Ah, Ana... as coisas que eu gostaria de fazer com isso.

Seus quadris também sobem e descem.

Puxo as duas pontas do cinto de forma que ele dê um estalo. Ana não pisca, mas sei que não é o que ela quer, então eu o jogo no chão. Ela força uma respiração rasa, parecendo ao mesmo tempo aliviada e talvez um pouco decepcionada, não sei. Porém, não está na hora de pensar nisso. Tiro os sapatos e as meias, depois abro o botão da calça e desço a braguilha.

— Pronta? — pergunto.

— E à sua espera. — Sua voz está rouca de desejo. — Mas estou gostando do show.

Abro um sorriso e baixo a calça e a cueca, liberando minha ereção. Ajoelhando-me no chão, percorro uma trilha de beijos na parte interna de sua panturrilha, até a coxa, ao longo da linha dos pelos pubianos, chegando ao umbigo, a cada um dos seios, até que estou pairando sobre ela, posicionado e pronto.

— Eu te amo — sussurro, e a penetro, beijando-a ao mesmo tempo.

Ela geme.

— Christian.

E começo a me mover. Devagar. Saboreando-a. Minha doce, doce Ana. Meu amor. Ela enrosca as pernas em torno do meu tronco, seus dedos mergulhando no meu cabelo e puxando com força.

— Também te amo — ronrona ela em meu ouvido e se move comigo, no mesmo ritmo.

Juntos.

Nós.

Como um só.

E, quando desmorona em meus braços, ela me leva consigo.

— Ana!

ELA ESFREGA O NARIZ em meu peito e fico tenso, esperando pela escuridão. Assim, ela para e ergue a cabeça.

— Por mais que eu tenha apreciado o seu striptease improvisado e o que veio depois, vai me dar a previsão do tempo que você mencionou em suas mensagens e me contar qual é o problema?

Arrasto as pontas dos dedos para cima e para baixo em suas costas.

— Podemos comer primeiro?

Ela sorri.

— Podemos. Estou com fome. E talvez eu precise tomar outro banho.

Abro um sorriso.

— Gosto de deixar você suja. — Eu me sento e dou um tapa em seu traseiro. — Levante-se! Falei para a Gail que levaríamos meia hora.

— Você falou? — Ana fica escandalizada.
— Falei, sim.
E sorrio.

O PRATO DE CURRY verde tailandês da Sra. Jones é delicioso, assim como a taça de Chablis que tomamos para acompanhar.

— Então, chegou o relatório inicial da Administração Federal de Aviação, e, em algum momento, vai se tornar público.

— Ah, é? — Ana ergue os olhos do prato.

— Parece que o *Charlie Tango* foi adulterado.

— Sabotagem?

— Exato. Aumentei nossa segurança até descobrirmos o responsável. E acho que é melhor você ficar aqui por enquanto.

Ela concorda com um aceno de cabeça, os olhos arregalados de preocupação.

— Temos que nos precaver.

— Tudo bem.

Ergo uma sobrancelha.

— Eu posso fazer isso — acrescenta ela, rápido.

Ótimo. Essa foi fácil.

Mas ela parece abalada.

— Ei, não se preocupe — murmuro. — Vou fazer tudo ao meu alcance para proteger você.

— Não é comigo que estou preocupada, é com você.

— Taylor e a equipe dele estão focados nisso. Não se preocupe.

Ela franze a testa e larga o garfo no prato.

— E não pare de comer.

Ana mexe o lábio inferior, e estico o braço para pegar sua mão.

— Ana. Vai ficar tudo bem. Confie em mim. Não vou deixar nada acontecer com você. — Mudo de assunto, esperando levar a conversa a algo mais seguro. — Como foi com Bastille?

Sua expressão se abre, com um sorriso carinhoso.

— Ele é bom. Meticuloso. Acho que vou gostar das aulas com ele.

— Estou ansioso para lutar com você.

— Achei que já tínhamos feito isso, Christian.

Eu rio. *Ah, touché, Anastasia... touché.*

QUINTA-FEIRA, 23 DE JUNHO DE 2011

O sol da manhã flui pela janela da minha sala quando Ros entra, e nos sentamos na pequena mesa de reuniões.

— Como você está se sentindo? — pergunto.

— Bem, obrigada, Christian. Acho que me recuperei totalmente da aventura do pouso forçado do helicóptero na semana passada.

— Seus pés?

Ela ri.

— Sim. Bolhas sob controle. E você?

— Sim, obrigado. Acho que sim. Se bem que saber que foi sabotagem é uma merda.

— Quem faria uma coisa dessas?

— Não tenho a menor ideia.

— Já considerou algum funcionário insatisfeito?

— O pessoal de Welch está examinando todos os arquivos de funcionários e ex-funcionários para ver se eles topam com alguns possíveis suspeitos. Só identificamos Jack Hyde, o cara que demiti da SIP.

— O editor de livros? — É evidente a descrença de Ros, a julgar pela interrogação em tom agudo. Sua expressão chocada quase me faz rir.

— Isso.

— Parece improvável.

— Parece. Welch está tentando encontrá-lo, pois, pelo visto, Hyde não voltou para o apartamento dele desde a demissão. Welch está seguindo essa pista.

— Woods? — sugere ela, como se tivesse tido uma inspiração súbita.

— Ele é, com certeza, um suspeito. De novo, Welch está investigando.

— Seja quem for, espero que você pegue o canalha.

— Também espero. — Quanto antes, melhor. — Qual é o primeiro compromisso em sua agenda hoje de manhã?

— Kavanagh Media. Precisamos acelerar esse negócio. Você já aprovou os custos?

— Eu sei. Eu sei. Tenho algumas dúvidas, que vou discutir com Fred. Porém, uma vez resolvido isso, nossa proposta final pode ser enviada. Se o pessoal de lá aprovar o custo por metro, podemos iniciar as pesquisas de fibra ótica.

— Tudo bem. Vou segurar o projeto até você checar com Fred.

— Vou me encontrar com ele mais tarde, aí poderemos conversar. Ele vai me mostrar a versão mais recente do tablet. Acho que estamos prontos para o próximo protótipo.

— Boa notícia. Já pensou no próximo passo com Taiwan?

— Li os relatórios. São interessantes. É óbvio que o estaleiro deles está prosperando, e entendo por que querem expandir. Mas o que não compreendo direito é por que estão se voltando para os Estados Unidos para conseguir investimento.

— Tio Sam está do nosso lado — afirma Ros.

— Verdade. Tenho certeza de que terão vantagens fiscais, mas é um passo considerável mudar parte da nossa base de construção para longe de Seattle. Preciso saber se são estáveis e se funciona para a GEH.

— Christian, vai ser mais barato a longo prazo. Você sabe disso.

— Sem dúvida, e com o preço do aço subindo como está no momento, pode ser a única maneira de manter o estaleiro da GEH aberto a longo prazo e assegurar os empregos daqui.

— Acho que devíamos fazer um estudo de impacto abrangente para avaliar o que isso vai representar para nosso estaleiro e nossa força de trabalho.

— Isso — respondo. — É uma boa ideia.

— Tudo bem. Vou falar com Marco e encarregar a equipe dele disso. Mas acho que não vamos poder protelar isso por muito tempo. Eles vão acabar procurando outra opção.

— Entendi. O que mais temos?

— A fábrica. Detroit. Bill identificou três locais possíveis, terrenos abandonados, e estamos esperando que você tome uma decisão.

Ela me lança um olhar determinado, pois sabe que tenho adiado fazer isso.

Porra, por que tem que ser em Detroit?

Suspiro.

— Muito bem. Sei que Detroit está oferecendo os melhores incentivos. Vamos fazer uma análise comparativa de custos, depois repassamos os prós e contras de cada local. Vamos tentar concluir isso até semana que vem.

— Tudo bem. Ótimo.

Voltamos a conversar sobre Woods e a que recursos legais vamos recorrer, se for o caso, por seu desrespeito ao nosso acordo de confidencialidade.

— Acho que ele se ferrou — sussurro com desdém. — A imprensa não foi nada gentil com ele.

— Rascunhei uma carta e ameacei com um processo legal.

— E expressou nossa decepção?

Ela ri.

— Sim.

— Vamos ver se com isso ele fica calado. Babaca — murmuro entre os dentes, mas Ros franze a testa desaprovando o epíteto que usei.

— Ele é um babaca! — exclamo na defensiva. — E é um suspeito.

Sempre profissional, Ros ignora minha falta de educação.

— Um assunto pessoal: estamos avançando na compra da sua casa. Mas vai ter que colocar o dinheiro sob custódia. Vou lhe mandar os detalhes e você pode continuar com os levantamentos.

— Eu disse ao empreiteiro que vamos começar isso na semana que vem, mas agora não sei se vou precisar deles. Planejo fazer mudanças na casa.

— Mal não faz. Seria bom para o seu empreiteiro saber com o que estão lidando.

Aquiesço.

— Tem razão.

Ros franze o cenho mais uma vez.

— Sabe, andei pensando... — Ela faz uma pausa.

— O que é?

— Considerando a ameaça à sua vida, você já pensou em instalar um quarto do pânico em seu apartamento?

Isso me deixa surpreso.

— Não, nunca me ocorreu, porque moro em uma cobertura. Mas você está certa, talvez eu deva fazer isso agora.

Seu sorriso é sombrio.

— Acho que isso é tudo.

— Ainda não. — Pego a sacola da Nordstrom que estava embaixo da mesa e que Taylor havia entregue no início da manhã. — Isso é para você. Conforme prometido.

— Como assim?

Ros franze a testa, confusa, quando pega a sacola e dá uma olhada no que tem dentro.

— Manolos. Do seu número, espero.

— Christian, você... — protesta ela.

Ergo as mãos.

— Dei minha palavra. Espero que sirvam.

Ela inclina a cabeça e me olha com o que parece ser afeição. É desconcertante.

— Obrigada. E, só para deixar registrado, apesar do que aconteceu, eu voaria de novo com você, a qualquer momento.

Uau. Que baita elogio.

Quando Ros sai, volto à minha mesa e telefono para Vanessa Conway, do setor de aquisições. Tenho pensado em fazer isso há dias.

— Sr. Grey — atende ela.

— Oi, Vanessa. Esta é uma tarefa difícil, mas aqui vai ela: depois que meu helicóptero caiu, Ros e eu fomos resgatados por um sujeito chamado Seb, que estava dirigindo um caminhão. Ele trabalha sozinho. Não sei se temos alguma vaga para ele; ele dirige um caminhão enorme.

— Quer que eu entre em contato com Seb?

— Quero. Mas antes você vai precisar encontrá-lo. Não sei nada sobre ele.

— Hmm. Vou ver o que posso fazer.

— Ele viaja principalmente entre Portland e Seattle. Acho.

— Tudo bem. Deixe comigo.

— Obrigado, Vanessa. — Desligo e desejo mais uma vez que Seb tivesse me dado um cartão.

Pelo menos, ele tem o meu, se não jogou fora. Gostaria de recompensá-lo de alguma maneira.

Volto-me para o computador e checo minhas mensagens. Há um e-mail de Ana.

De: Anastasia Steele
Assunto: Saudades de você
Data: 23 de junho de 2011 11:03
Para: Christian Grey

Só isso.

Bjs
A

De: Christian Grey
Assunto: E eu, mais ainda
Data: 23 de junho de 2011 11:33
Para: Anastasia Steele

Gostaria que você mudasse de ideia e levasse o resto das suas coisas para o Escala neste fim de semana. Você já passa todas as noites comigo, e qual o sentido de pagar aluguel por um lugar onde você nunca fica?

Christian Grey
CEO, Grey Enterprises Holdings, Inc.

Estou sutilmente tentando convencer Ana a vir morar de vez comigo. Mas por enquanto ela se recusa. Por que está hesitando tanto? Desde que chegou a Seattle, ela mal tem ficado em seu apartamento. Ela aceitou se casar comigo... mas não aceita isso?

Não entendo. É irritante.

Vem morar comigo, Ana.

De: Anastasia Steele
Assunto: Fique comigo
Data: 23 de junho de 2011 11:39
Para: Christian Grey

Bela tentativa, Grey.
Tenho algumas lembranças maravilhosas de você em meu apartamento.
Eu lhe disse. Eu quero mais.
Eu sempre quero mais.
Fique comigo lá.
Bjs
A

Ah, Ana, Ana, Ana. Você sempre quer mais. E eu iria, se fosse seguro.

De: Christian Grey
Assunto: Sua segurança
Data: 23 de junho de 2011 11:42
Para: Anastasia Steele

Significa muito mais para mim atualmente do que criar lembranças.
Posso manter você segura em minha Torre de Marfim.
Por favor, reconsidere.

Christian Grey
CEO, Grey Enterprises Holdings, Inc.

P.S.: Espero que goste da cerimonialista.

Minha mãe vai se encontrar hoje conosco no Escala, com a cerimonialista. Não era assim que eu queria passar a noite. Por que não podemos apenas ir para Las Vegas e nos casar? A essa altura, já seríamos marido e mulher. Eu me sentiria muito melhor se Ana parasse de procrastinar e viesse morar comigo.
Por que ela está relutante?
Será que ela precisa do apartamento como um refúgio, no caso de mudar de ideia?
Merda.
Dúvida é uma palavra feia para um sentimento feio.
Por que ela não quer se comprometer totalmente?
Basta, Grey.
Ela aceitou se casar com você!
Com o intuito de me desviar desses pensamentos inquietantes, pego o telefone para ligar para Welch e obter uma atualização da investigação sobre o acidente, além de perguntar se ele localizou Jack Hyde e descobrir o que ele sabe sobre quartos do pânico.

TAYLOR NÃO VAI ME deixar ir e voltar a pé do escritório do prefeito; então, após um longo almoço com o prefeito, me sento com relutância no banco traseiro do Audi para o curto trajeto de volta à Grey House. Não sei se aprecio vê-lo me cercando como uma mãe superprotetora. É sufocante. Deixo escapulir um suspiro longo e lento, lembrando que Ana me acusa de cercá-la da mesma forma.
Droga! Espero que ela esteja tolerando o olhar vigilante de Sawyer.
Algo positivo foi que Taylor me aconselhou a parar de jogar golfe. Pelo visto, existem muitas árvores ao redor do campo de golfe nas quais um assassino pode se esconder. Não sou fã do esporte; portanto, não me importo de abrir mão dele, embora eu acredite que Taylor esteja sendo um pouco dramático.
Olhando para cima, através do teto solar panorâmico, vislumbro o azul do verão cintilando acima do aço e do vidro do centro de Seattle. Por um instante, eu gostaria de estar lá em cima.
A liberdade de caminhar ao ar livre.
Preciso voltar lá com Ana. Estaríamos a salvo em um planador, cortando o céu. E não mais sob a vigilância constante de nossos guarda-costas. A ideia é muito tentadora. O problema é que, se pretendo levar Ana, preciso de um novo

planador; um modelo projetado para duas pessoas. Esfrego as mãos de prazer, pois trata-se do meu tipo de oportunidade de consumo. Tiro o telefone do bolso e começo a estudar a página de Alexander Schleicher, em busca dos últimos modelos de aeronaves.

— Muito obrigada, Christian, Ana. Foi maravilhoso conhecer vocês, e vocês vão ter um casamento mágico.

— Obrigada, Alondra — fala Grace, afetuosa. — Adorei suas ideias.

Minha mãe bate palmas com um entusiasmo pouco habitual, enquanto faço um esforço supremo para manter um sorriso fixo e não revirar os olhos. Estou me comportando de maneira exemplar. As ideias da Srta. Gutierrez são ótimas. Só quero que sejam realizadas, e rápido, para Ana e eu podermos nos casar.

— Levo você até a porta — diz Ana, e a conduz até o saguão.

— O que você achou? — indaga Grace.

— Ela é boa.

— Ah, Christian. — Mamãe parece irritada. — Ela é muito mais do que boa.

— Tudo bem. Ela é um presente de Deus em forma de cerimonialista. — Meu sarcasmo marca minhas palavras.

Grace contrai os lábios e acho que está a ponto de me repreender, mas Ana volta para a sala.

— O que você achou? — pergunta Ana, seu olhar procurando respostas em meu rosto.

— Achei que ela é boa. Você gostou? — Essa é a pergunta que importa.

— É claro. Ela é cheia de ideias criativas. Dra. Gre...

— Ana, *por favor*. Me chame de Grace.

— Grace — diz Ana, com um sorriso constrangido. — Então, seria melhor informarmos a data para todos os nossos convidados, não é? — Ana pisca sem parar, de repente parecendo em choque. — Nem sequer temos uma lista de convidados — sussurra.

— Isso é fácil — eu a tranquilizo.

Além da família, acho que tenho mais dois convidados: Ros e o Dr. Flynn, e seus respectivos acompanhantes. Talvez Bastille... e Mac.

— Tem mais uma coisa — fala Grace.

— O que é?

— Sei que você não quer uma cerimônia católica, mas poderia considerar chamar o reverendo Michael Walsh para oficiar?

Reverendo Walsh. O nome soa familiar.

— É o capelão do meu hospital. É um amigo muito querido, e sei que você nunca foi muito com a cara de nenhum dos padres que conhecemos.

— Ah, sim, eu me lembro dele. Sempre foi gentil comigo. Não quero uma cerimônia religiosa, mas não vejo problemas em que ele seja o oficiante, se Ana aceitar.

Ana aquiesce, um pouco pálida; ela parece perplexa.

— Ótimo. Vou falar com ele amanhã. Enquanto isso, deixo vocês dois sozinhos para elaborar a lista. — Grace me oferece a bochecha, e eu lhe dou um beijo rápido. — Tchau, querido. Ana, tchau. Eu ligo para você.

— Ótimo — responde Ana, apesar de não sentir firmeza nela.

Será que ela não está contente com a cerimonialista? Será que está se sentindo tão desnorteada quanto eu? Dou um aperto em sua mão em um gesto tranquilizador, e acompanhamos minha mãe até o saguão. Grace se vira para mim enquanto esperamos o elevador.

— Por favor, ligue para o seu pai, Christian.

Suspiro.

— Vou pensar no assunto.

— Pare de ficar emburrado — me adverte ela, baixinho.

— Grace!

Fique na sua.

Ana olha para nós dois, mas sabiamente se segura e não diz nada. Sou salvo pelo barulho da chegada do elevador e das portas se abrindo. Pego a mão de Ana quando Grace entra no elevador.

— Boa noite — diz ela mais uma vez, e as portas se fecham.

— Você não está falando com o seu pai? — pergunta Ana.

Dou de ombros.

— Eu não iria tão longe a ponto de dizer isso.

— É por causa do último fim de semana? A sua briga com ele...

Retribuo seu olhar curioso, mas não respondo. Isso é entre mim e ele.

— Christian, é o seu pai. Ele só está preocupado com você.

— Não quero falar sobre isso.

Ergo as mãos na esperança de que ela pare. Ela cruza os braços e ergue aquele queixo teimoso típico da Srta. Steele.

— Anastasia. Deixe para lá.

Seus olhos faíscam em um tom azul-cobalto, mas ela suspira e abaixa os braços, me observando com o que creio ser uma mistura de frustração e compaixão.

Cinquenta tons, baby.

— Temos outro problema — diz ela. — Meu pai quer pagar pelo casamento.

— Ele quer, é?

De jeito nenhum. Vai custar uma fortuna, que ele não tem. Não vou levar meu sogro à falência.

— Acho que isso está fora de cogitação.
— O quê? Por quê? — Ana se irrita.
— Baby, você sabe por quê. — Não quero discutir sobre isso. — A resposta é não.
— Mas...
— Não.
Sua boca forma aquela linha de teimosia que conheço muito bem.
— Ana, você tem carta branca nesse casamento. O que você quiser. Mas isso não. Sabe que não é justo com o seu pai. Estamos em 2011, não em 1911.
Ela suspira.
— Não sei o que vou dizer a ele.
— Diga que meu coração está determinado a pagar por tudo que a gente precisar. Diga que é uma necessidade visceral minha.
Porque é mesmo verdade.
Ela suspira de novo, resignada, acho.
— Agora, podemos tratar da lista de convidados? — pergunto, na esperança de que iniciar esse processo possa aliviar sua ansiedade assim como distraí-la da questão com Ray.
— Claro — concorda, e sei que evitei uma briga.

Encosto o nariz na orelha de Ana enquanto ela recupera o fôlego, logo depois de gozar. Há gotas de suor em sua testa, e seus dedos continuam em meu cabelo.
— O que achou disso, Anastasia?
Ela se embaralha ao dizer meu nome e acho que fala "fantástico".
Abro um sorriso.
— Por favor, venha morar comigo.
— Sim. Mas não neste fim de semana. Por favor. Christian. — Ela está ofegante. Seus olhos se abrem de uma vez e ela me implora. — Por favor — fala ela, sem emitir som.
Merda.
— Tudo bem — sussurro. — Minha vez.
Belisco o lóbulo de sua orelha e a viro de frente.

TERÇA-FEIRA, 28 DE JUNHO DE 2011

— Leila quer falar com você — diz Flynn, e sei, graças ao fato de ele estar estreitando os olhos, que está concentrado na minha reação. *Acho que se trata de um teste, mas não tenho certeza.*
— Sobre o quê? — pergunto, cauteloso.
— Imagino que ela queira agradecer a você.
— Será que eu devo concordar?
John se recosta em sua cadeira.
— Em falar com ela? Não acho que seja uma boa ideia.
— Que mal poderia haver?
— Christian, ela tem sentimentos fortes em relação a você. Ela deslocou tudo o que sentia pelo amante falecido para você. E acha que está apaixonada por você.
Meu couro cabeludo começa a pinicar e a ansiedade aperta meu coração.
Não! Como ela pode me amar?
A ideia é intolerável.
Sempre será somente Ana.
O sol, a lua, as estrelas: eles se levantam e se põem com Ana.
— Acho que, para o bem da Leila, você vai ter que estabelecer limites claros, se quiser manter qualquer contato com ela — aponta Flynn.
É provável que seja *para o meu bem também.*
— Podemos manter toda a comunicação entre mim e Leila através de você? Ela tem meu e-mail, mas não tem entrado em contato.
— Suspeito de que ela receie que você não vá responder.
— Pois está certa. Nunca vou perdoá-la por ter apontado uma arma para Ana.
— Se servir de consolo, ela está cheia de remorso.
Solto um suspiro exasperado; não estou interessado no remorso dela. Quero que se cure e desapareça.
— Mas está indo bem? — pergunto.

— Está. Bastante bem. A arteterapia está fazendo maravilhas; acho que ela quer voltar à cidade natal dela e fazer um curso de Belas Artes.

— Ela encontrou uma escola?

— Encontrou.

— Se ela ficar longe da Ana, e de mim, posso financiar o curso.

— Muito generoso de sua parte.

Flynn franze a testa, e desconfio de que ele esteja a ponto de se opor.

— Posso me dar ao luxo de ser generoso. Fico feliz que ela esteja se recuperando — eu me apresso em acrescentar.

— Ela recebe alta esta semana e vai voltar para a família.

— Em Connecticut?

Ele confirma com a cabeça.

— Ótimo.

Ela vai morar do outro lado do país.

— Recomendei um psiquiatra para ela em New Haven; assim, não fica longe para ela. E vai continuar recebendo um bom tratamento. — Flynn faz uma pausa e depois muda de assunto. — Os pesadelos pararam?

— Por enquanto.

— E Elena?

— Tenho evitado qualquer contato com ela, mas assinei os contratos ontem. Já está feito. O grupo Esclava agora é dela.

O nome que Elena escolheu para seus salões e para o grupo sempre me fez sorrir. Mesmo agora.

— Como você se sente a respeito?

— Não pensei muito no assunto. — Minha mente está atulhada com outras preocupações. — Só sinto alívio por tudo já ter terminado.

Flynn me observa por um instante, e acho que vai continuar nessa linha de questionamento, mas ele muda.

— E como você está se sentindo, em geral?

Faço uma pausa para considerar a pergunta, e a verdade é que, à parte a sabotagem do meu querido *Charlie Tango*, e o fato de que alguém quer me ver morto, eu me sinto... bem. Estou ansioso, é óbvio, e furioso porque Ana ainda não aceitou ir morar comigo no Escala, mas compreendo que ela deseje uma outra noite comigo no seu apartamento, que é algo que pode acontecer neste fim de semana. Os quartos do pânico vão ser instalados na cobertura e precisamos sair de lá. Para um hotel, para *The Grace* ou para o apartamento de Ana.

— Estou bem.

— Reparei nisso. Estou surpreso. — Flynn parece cauteloso.

— Por quê? O que foi?

— É bom ver você externalizar a sua ansiedade, em vez de virá-la para si mesmo.
Franzo a testa.
— Acho que a ameaça à minha vida é externa.
Ele aquiesce.
— Sim, é verdade. Mas distrai você de se cobrar demais.
— Não tinha pensado nisso dessa forma.
— Conversou com o seu pai?
— Não.
Flynn permanece impassível, mas aperta um pouco os lábios.
Suspiro.
— Vou arrumar um tempo para fazer isso.
Ele olha o relógio.
— Nosso tempo acabou.

SEXTA-FEIRA, 1º DE JULHO DE 2011

Ouço uma batida na porta e, quando Andrea entra, ergo o olhar das amostras de papelaria para o casamento que Ana me enviou.
— O que foi? — pergunto, surpreso com sua intromissão.
— Seu pai está aqui.
O quê?
— No escritório?
— Ele está subindo.
Merda!
— Desculpe, Sr. Grey — continua Andrea —, não quis deixá-lo na recepção. — Ela encolhe os ombros em um gesto de desculpas. — É o seu pai.
Pelo amor de Deus. Checo a hora. São 17h15, e marquei de ir embora às 17h30 para o fim de semana prolongado.
— Peça para ele esperar.
— Sim, senhor.
Ela sai e fecha a porta.
Mas que merda.
Não quero ter outra conversa com o coroa. A última foi tão boa... Porém, graças à minha assistente, não tenho escolha.
Droga.
Ele nunca aparece sem avisar... ao contrário de minha mãe. Respirando fundo, eu me levanto e me alongo. Baixo as mangas da camisa e visto as abotoaduras que estavam largadas em cima da mesa. Pegando o paletó do encosto da cadeira, eu o visto e prendo um botão. Puxo os punhos da camisa, depois endireito a gravata e passo as mãos no cabelo.
Hora do show, Grey.
Carrick está de pé ao lado de fora da porta, segurando sua pasta surrada.
— Pai — mantenho a voz neutra.

Seus lábios se curvam em um sorriso aberto e afetuoso que revela vinte e quatro anos de amor e orgulho paterno.

Uau. Isso me deixa surpreso e sem reação.

— Filho.

— Entre. Quer tomar alguma coisa? — ofereço, tentando manter o controle das minhas emoções de repente conflitantes.

Será que ele quer brigar? Fazer as pazes? O quê?

— A Andrea já me ofereceu, estou bem. Não vou demorar. — Ele entra na minha sala e dá uma olhada ao redor quando fecho a porta. — Já faz um tempo desde que estive aqui.

— Sim — murmuro.

— Que lindo retrato da Ana.

Na parede de frente para a minha mesa, uma Ana monocromática nos encara cativante, o sorriso doce e tímido, sugerindo que está se divertindo e disfarçando sua força. Gosto de pensar que está rindo para mim, daquele modo habitual; daquele modo que me faz rir de mim mesmo.

— Um retrato recém-adquirido. De um fotógrafo amigo dela na WSU, José Rodriguez. Ele fez uma exposição em Portland. Você o conheceu na minha casa, na noite em que o *Charlie Tango* caiu. Faz parte de uma série. Sete no total. Pedi que pendurassem este aqui no início da semana. Ela tem um sorriso tão bonito! — Estou falando sem parar.

O olhar de Carrick é terno, mas cauteloso, e ele passa a mão no cabelo.

— Christian, eu... — Ele se detém, como se houvesse tido um pensamento muito doloroso.

— O quê? — pergunto.

— Vim pedir desculpas.

E de repente toda a minha confiança vai por água abaixo e me sinto à deriva e perdido no mar.

— O que eu disse foi errado. Eu estava com raiva. De mim mesmo.

Seus dedos apertam a alça da velha maleta, que possui há anos, e ele me lança um olhar penetrante.

Minha garganta arde e se contrai enquanto procuro algo para dizer, e me lembro de como sua maleta sempre ficava em uma cadeira surrada em seu escritório.

— *Christian, essa é a segunda escola que foi forçada a expulsar você por causa do seu comportamento agressivo.* — *Papai está fora de si, em seu modo mais babaca possível.* — *Isso é totalmente inaceitável. Sua mãe e eu estamos quase chegando ao nosso limite.* — *Ele caminha na frente da mesa, as mãos atrás das costas.*

Estou de pé diante dele, os nós dos dedos em carne viva, latejando. Sinto uma dor na lateral do corpo por causa dos chutes que levei. Mas não dou a mínima, porra. O Wilde mereceu. Um imbecil idiota provocador. Gosta de provocar as crianças menores que ele. Mais pobres que ele. Ele é um lixo. E o filho da puta também foi expulso.

— Filho, estamos ficando sem opções.

Papai e mamãe têm conexões. Sei que eles conseguem encontrar outra escola. Foda-se, não preciso continuar com os estudos.

— Estamos considerando um colégio militar.

Ele tira os óculos como se estivesse em um filme e me olha de cara feia, esperando e desejando uma reação minha. Mas ele que se foda. Foda-se o colégio militar. Se é isso o que eles querem para se livrar de mim, eles que se fodam. Podem ir em frente. Abaixo os olhos e fito a maleta estúpida que ele carrega para todo lugar, ignorando a queimação em minha garganta.

Por que ele não fica do meu lado?

Nunca.

O cara veio para cima de mim.

Eu me defendi.

Ele que se foda.

Agora, as linhas ao redor de seus olhos estão mais profundas e as lentes dos óculos mais grossas; ele me observa, esperando, do seu jeito calmo e paciente, uma resposta ao seu pedido de desculpas.

Papai.

Faço um gesto de concordância com a cabeça.

— Eu também — murmuro.

— Ótimo. — Ele pigarreia e dá outra espiada em Ana na parede. — Ela é uma moça linda.

— É mesmo. Em todos os aspectos.

Seus olhos se suavizam.

— Bom, não vou mais tomar seu tempo.

— Tudo bem.

Ele me lança um sorriso rápido e, antes que eu possa respirar de novo, já foi embora, fechando a porta ao sair.

Solto a respiração e o nó no fundo de minha garganta cresce e se arrasta até o meu coração.

Merda. Um pedido de desculpas. Do meu pai. É o primeiro. Mal posso acreditar. Olho para Ana, com seu sorriso secreto, e é como se ela soubesse que isso ia acontecer. *Christian, é o seu pai. Ele só está preocupado com você.*

Ouço a voz dela em minha cabeça e percebo que preciso ouvir sua voz em tempo real. Agora.

Volto para a mesa e pego o telefone.

Ana atende após um toque, como se estivesse esperando meu telefonema.

— Oi. — Seu tom é suave e rouco, um agradável bálsamo para a minha alma em frangalhos.

— Oi — sussurro. — Senti saudades de você.

Quase consigo ouvir o sorriso dela.

— Também senti saudades suas, Christian.

— Pronta para hoje à noite?

— Sim.

— Conselho de guerra?

— Isso. — Ela dá uma risada.

Essa noite. Nós vamos planejar o casamento. Na casa dela.

ANA ABRE A PORTA do apartamento e sua silhueta aparece contra a luz da cozinha. Está usando um leve vestido floral que nunca vi, transparente quando a luz bate. Todos os seus planos, curvas e linhas estão marcados como uma elegante escultura, delineada só para mim. Está deslumbrante.

— Oi.

— Oi. Lindo vestido.

— Esta coisa velha?

Ela faz um rodopio rápido, a saia grudando nas pernas, e sei que está usando especialmente para mim.

— Estou ansioso para tirar você desse vestido mais tarde.

Estendo as peônias cor-de-rosa que comprei no Pike Place Market.

— Flores? — Seu rosto se ilumina quando ela as apanha e enterra o nariz no buquê.

— Não posso comprar flores para a minha noiva?

— Você pode e deve. É que acredito ser a primeira vez que recebo uma entrega em mãos.

— Acho que você tem razão. Posso entrar?

Ela ri, abrindo os braços, e dou um passo na direção do seu abraço e a mantenho colada em mim. Passo o nariz por seu cabelo, inalando seu perfume inebriante.

Meu. Lar. É. A. Ana.

Ela é a minha vida.

— Você está bem?

Ela descansa a palma da mão em minha bochecha, os olhos azuis vivos procurando os meus.

— Agora estou.

Curvo-me para um rápido beijo. Seus lábios roçam os meus, e o que eu pretendia que fosse um beijo de gratidão, de estou-tão-feliz-de-ver-você... se torna algo mais. Muito mais. Os dedos de sua mão livre envolvem minha nuca, e ela se abre para mim como uma flor exótica, sua boca quente e convidativa. Ela inspira quando minha mão desliza pelo tecido suave que adere ao seu corpo e aperto seu traseiro. Sua língua acolhe a minha, em todos os idiomas, até estarmos os dois ofegantes, o desejo correndo pelas minhas veias à procura de uma saída.

Gemo e recuo, fitando seu lindo e confuso rosto.

— Muito bem, Taylor, já pode ir embora — digo.

— Obrigado, senhor.

Taylor surge das sombras da escadaria às minhas costas, deposita perto da porta a minha mala de pernoite, faz um sinal com a cabeça para nós dois e desce a escada.

Ana está rindo.

— Eu não sabia que ele estava aqui.

— Eu também tinha esquecido. — Dou um largo sorriso.

Para minha grande decepção, Ana me solta.

— Tenho que colocar essas flores maravilhosas na água.

Eu a observo se dirigir para a ilha de concreto na cozinha, e me recordo da última vez em que estive aqui: Ana estava diante de uma Leila armada e enlouquecida. Sinto um calafrio percorrer minha espinha. Aquele evento podia ter acabado de um modo tragicamente nefasto. Não admira que Ana tenha insistido para que passássemos uma noite aqui. Tenho certeza de que ela adoraria superar a última recordação deste lugar. Ainda bem que Leila está recuperada, e do outro lado do país, em Connecticut, na casa dos pais.

— Onde está Kate? — pergunto, lembrando que Ana não mora sozinha.

— Saiu com o seu irmão. — Ela enche um jarro com água.

— Então, temos o apartamento só para nós dois.

Tiro o paletó e a gravata e desabotoo os dois botões superiores da camisa.

— É verdade. — Ana segura um caderno. — E listei tudo o que precisamos conversar para o casamento.

— Podemos deixar isso para depois?

— Não. Sei bem o que você quer dizer quando fala em deixar para depois. E precisamos fazer isso, Christian. Conselho de guerra, lembra?

Ela agita o caderno para mim, erguendo aquele queixo determinado da Srta. Steele.

O gesto cai bem na Ana.

Sei que ela está estressada com o casamento, apesar de eu não entender por quê. A Srta. Gutierrez parece competente e está se ocupando de todos os preparativos de uma maneira eficiente e inabalável; nossa conversa não deve demorar muito.

— Não faça beicinho — acrescenta ela, com seu sorriso divertido que conheço tão bem.

Eu dou uma risada.

— Tudo bem. Vamos em frente.

Uma hora mais tarde, sentados nas banquetas da cozinha, completamos um formulário on-line de pedido de licença de casamento. Concordamos com os itens de papelaria. Esquema de cores. Cardápios. Modelo do bolo. E lembrancinhas.

Lembrancinhas!

— Christian, acho que não devemos fazer uma lista de casamento.

— Lista?

— Para os presentes de casamento.

— Meu Deus, não.

— Mas se as pessoas quiserem dar alguma coisa, talvez possam contribuir para a instituição de caridade dos seus pais, a Superando Juntos, o que acha?

Eu a encaro, ao mesmo tempo admirado e me sentindo humilde.

— Isso é genial.

Ana concorda com a cabeça.

— Que bom que você gostou da ideia.

Inclino-me para a frente e a beijo.

— É por isso que vou me casar com você.

— Achei que era por causa dos meus dotes culinários.

— Isso também.

Ela ri, e é um som alegre.

— Tudo bem. Chamei Kate para ser a minha madrinha — diz Ana.

— Faz sentido.

Ignoro meu desânimo. Katherine é uma das mulheres mais irritantes que conheço. Mas é a melhor amiga da Ana... então... *Aceite, Grey.*

— Vou chamar Mia para ser a minha outra madrinha.

— Mia vai adorar, tenho certeza.

— Você precisa escolher um padrinho.

— Padrinho?

— É.

Bem, só pode ser o Elliot. Vou ter que falar com ele, que vai me encher o saco por conta disso.

— Você não curte mesmo isso, não é? — Ana me encara.

— Vou curtir estar casado com você.

Ela inclina a cabeça para o lado, e sei que não ficou satisfeita com a resposta. Suspiro.

— Não, não curto. Jamais gostei de ser o centro das atenções, que é um dos motivos pelos quais vou me casar com você.

Os vincos na testa de Ana se acentuam e passo os nós dos dedos em sua bochecha, porque faz alguns minutos que não a toco.

— *Você* vai ser o centro das atenções.

Ana revira os olhos.

— Vamos esperar para ver. Tenho certeza de que você vai ficar muito bem em seu traje de casamento, Sr. Grey.

— Você tem um vestido de noiva?

— A mãe da Kate está desenhando um para mim. — Ela baixa o olhar para as mãos e acrescenta: — Pedi para o meu pai pagar pelo vestido.

— E ele ficou feliz.

Ela faz que sim com a cabeça.

— Acho que ficou aliviado por não precisar pagar pela festa, mas encantado em poder contribuir.

Sorrio.

— Anastasia Steele, você é brilhante. Eu sabia que encontraria um meio-termo. Você é uma tremenda negociadora.

Eu me inclino e lhe dou um beijo rápido nos lábios.

— Está com fome? — pergunta ela.

— Estou.

— Vou preparar uns bifes.

— Então, os quartos do pânico, como vão funcionar? — pergunta Ana enquanto corta seu filé-mignon.

— Vamos instalar um no escritório do Taylor, e o closet do nosso quarto também vai se transformar em um. Você aperta um botão, as portas se fecham e eles ficam impenetráveis. Dentro deles, ganhamos tempo para que o socorro chegue. Pelo menos, esse é o plano.

— Ah. — Ana empalidece.

Pego sua mão.

— É uma mera precaução. Esperamos nunca precisar usar os quartos.

Ergo a taça de pinot noir e solto a mão de Ana.

— Vou brindar a isso. — Ela encosta sua taça na minha.

— Não fique tão preocupada. Vou fazer tudo ao meu alcance para manter você segura.

— Não é comigo que estou preocupada, Christian. Você sabe disso. Como... como anda a investigação?

— Não está avançando muito, o que é frustrante. Mas não pense nisso. Minha equipe está cuidando disso. — Não quero perturbar Ana com nossa falta de progresso no caso. — O bife estava delicioso. — Pouso o garfo e a faca.

— Obrigada — diz ela e empurra seu prato vazio.

— O que vamos fazer agora? — pergunto, e assumo um tom de voz baixo, na esperança de que minhas intenções fiquem evidentes. Temos o apartamento todo só para nós dois, algo que não acontece na minha casa.

Ana me examina, estreitando os olhos.

— Tenho uma ideia. — Sua voz é suave e sensual, e excitante.

Ela desliza a língua pelo lábio superior e leva a mão ao meu joelho. O ar quase crepita entre nós com o meu desejo.

Ana.

Ela se aproxima, me oferecendo uma vista maravilhosa de seu decote, e murmura no meu ouvido:

— Vamos ter que nos molhar.

Ah. Com o polegar, ela acaricia a parte interna da minha coxa.

Caralho.

— É. — Ela se aproxima ainda mais, a respiração fazendo cócegas em minha orelha. — Nós podíamos... lavar a louça.

O quê?

Que provocação!

Bom, essa foi inesperada. E é um desafio.

Reprimo um sorriso e, sem desviar meus olhos dos dela, deslizo o indicador pela sua bochecha até o queixo, depois desço pelo pescoço e seu esterno até o decote em V do vestido. Seus lábios se abrem ao mesmo tempo em que sua respiração se aprofunda. Pinço o tecido macio entre o polegar e o indicador e puxo, trazendo-a para mim.

— Tenho uma ideia melhor.

Ela engole em seco.

— Uma ideia muito melhor — continuo.

— E qual é?

— Nós podíamos trepar.

— Christian Grey!

Abro um sorriso largo. Adoro chocar a Ana.

— Ou podíamos fazer amor — acrescento.

Com calma, Grey. Calma.

— Gosto mais das suas ideias do que das minhas. — Sua voz está baixa e ainda mais rouca dessa vez.

— Ah, você gosta?

— Hmm-hum. Vou ficar com a opção número um. — Seus olhos estão embaçados.

Ana, minha deusa.

— Boa escolha. Tire seu vestido, agora. Devagar.

Ela se levanta e se posiciona entre minhas pernas, e acho que vai fazer o que mandei, mas ela abaixa a cabeça e põe as mãos em minhas coxas, depois acaricia o canto de minha boca com os lábios.

— Tira você — sussurra ela contra a minha pele, e cada pelo do meu corpo fica arrepiado à medida que o desejo aquece meu sangue.

— Como quiser, Srta. Steele. — Seguro a faixa que prende seu vestido e delicadamente desfaço o nó, de modo que o vestido se abre.

Ana não está usando sutiã. *Alegria profunda.*

Deslizo minhas mãos por suas costas, ao mesmo tempo em que ela segura meu rosto com ambas as mãos e começa a me beijar. Seus lábios são insistentes e sua língua, exigente. Solto um gemido e fecho os olhos, enquanto aproveitamos nosso beijo. Sinto sua pele macia nos dedos, e a puxo mais para perto, pressionando-a junto ao meu peito. Suas mãos se enroscam em meu cabelo, e ela força minha cabeça para cima.

Puta merda.

Ana mordisca meu lábio superior e puxa.

Ai.

Ana!

Tiro minha cabeça de suas mãos e agarro seus punhos.

— Você está um pouco selvagem — murmuro, extasiado.

Ela se remexe entre minhas pernas, os mamilos na minha camisa, vejo-os enrijecendo. Seu cabelo cai sobre os ombros e encobre seus seios, enquanto minha calça fica mais apertada a cada segundo.

O que deu nela?

Ela está excitante. Provocante.

— Está me atiçando? — pergunto.

— Estou. Me possua.

— Ah, vou fazer isso. Aqui mesmo. Quando eu estiver pronto.

Ela engole em seco, os olhos sensuais e convidativos, e acho que ela deve ter bebido mais vinho do que eu supunha. Com delicadeza, eu a empurro para trás, solto suas mãos e fico de pé. Observo-a enquanto ela me examina por trás de seus longos cílios.

— Que tal aqui? — Dou um tapinha na banqueta.

Ela pisca algumas vezes e sua boca se abre em surpresa.

— Se debruce aqui — sussurro.

Seus dentes mordem o lábio carnudo, deixando pequenas marcas, e sei que ela faz isso de propósito.

— Acredito que você tenha pedido a opção um — lembro a ela.

— Pedi.

— Não vou perguntar de novo.

Desabotoo a calça e abaixo devagar o zíper, dando o espaço de que minha ereção tanto necessitava.

Ana me encara, com um ar lascivo e delicioso, usando apenas o vestido bonito aberto, uma calcinha branca e sandálias de salto alto. Ela levanta as mãos, e acho que vai tirar o vestido.

— Deixe — insisto e, enfiando a mão dentro da cueca, ponho o pau para fora.

— Pronta? — pergunto e começo a mover minha mão para cima e para baixo, me masturbando.

Seus olhos escuros passeiam de minha mão para meu rosto, e, com um sorriso astuto, ela se vira e se debruça na banqueta.

— Segure firme as pernas do móvel — ordeno, e ela obedece, envolvendo os suportes de metal com os dedos.

Seu cabelo roça o chão, e afasto o vestido, que fica pendurado à esquerda, deixando sua bunda gloriosa à vista.

— Vamos nos livrar disso — murmuro, e passo um dedo por sua pele acima do elástico da calcinha.

Eu me ajoelho e, devagar, arrasto a calcinha por suas pernas, sobre as sandálias, e a jogo de lado. Tomo seu traseiro nas mãos e aperto.

— Sua aparência é magnífica desse ângulo, Srta. Steele — sussurro e beijo sua bunda.

Ela se contorce na medida certa, e não consigo me conter. Dou um tapa forte, de modo que ela uiva, e então um dedo dentro dela. Seu gemido é alto e ela retesa o corpo, se pressionando contra minhas mãos.

Ela quer isso.

Ela está molhada.

Tão molhada.

Ana. Você nunca decepciona.

Beijo seu traseiro mais uma vez e me levanto enquanto meto o dedo nela. E mexo para fora. Para dentro. Para fora.

— As pernas. Mais abertas — ordeno, enquanto acaricio seus quadris. Ela afasta os pés. — Mais arreganhada.

Ela arrasta os pés para os lados até eu me dar por satisfeito.

Perfeito.

— Segure-se firme, baby. — Retiro a mão e, com um cuidado infinito, penetro nela devagar.

Ela engole em seco.

Puta merda. Ela é o paraíso.

Levo a mão a suas costas e com a outra me agarro à beirada da bancada da cozinha. Não quero derrubar nós dois.

— Segure-se — repito, e saio de dentro dela, metendo com força em seguida.

— Ah! — grita ela.

— Foi demais?

— Não. Continue! — Ela choraminga.

E seu desejo é uma ordem. Começo a foder a Ana. Com força. Cada golpe. Cada impulso. Me afasto de tudo, todos os meus conflitos, todas as minhas preocupações. Só a Ana existe. Minha garota. Minha amante. Minha luz.

Ela grita alto. Uma, duas, três vezes. Implorando por mais. E eu continuo, levando-a comigo. Levando-a mais longe. Sem parar até que grite uma versão alta e abafada do meu nome. E ela goza, mais de uma vez, com a força de uma maré alta.

— Ana! — grito e me junto a ela.

Desabo em cima dela, depois desço ao chão, trazendo-a comigo e a aninhando em meus braços. Beijo suas pálpebras, seu nariz, sua boca, e ela abraça meu pescoço.

— Como foi a opção um? — pergunto.

— Hmm... — balbucia com um sorriso atordoado.

Sorrio.

— Também estou na mesma.

— Queria um pouco mais.

— Mais? Pelo amor de Deus, Ana.

Ela beija meu peito onde a camisa está aberta, e percebo que ainda estou completamente vestido.

— Vamos tentar a cama desta vez — sussurro em seu cabelo.

Ana geme.

— Por favor!

Suas mãos estão atadas, cortesia da faixa de seu robe, às hastes de sua cabeceira. Ela está nua, os mamilos proeminentes e enrijecidos, apontando para cima, cortesia de minha língua e meus lábios. Seguro seus pés em uma das mãos, perto do seu traseiro, de modo que suas pernas estão dobradas e abertas e ela luta para se libertar. Devagar, enfio meu indicador nela e o retiro enquanto meu polegar circula o clitóris.

Ela não consegue se mexer.

— Que tal assim? — pergunto.

— Por favor! — Ela está rouca.

— Gosta que eu provoque você?

— Gosto! — grita.

— Gosta de me provocar?

— Gosto.

— Eu também.

Paro de mover o polegar e deixo minha mão imóvel, o dedo ainda dentro dela.

— Christian! Não pare!

— Olho por olho, Anastasia.

Ela está se esforçando para empurrar os quadris na direção da minha mão para chegar ao orgasmo.

— Imóvel — sussurro. — Fique imóvel.

Sua boca está frouxa, os olhos escuros e cheios de luxúria, desejo e tudo o que um homem pode querer.

— Por favor — murmura ela, e não consigo atormentá-la mais.

Solto seus pés e tiro a mão. Segurando seu joelho, percorro sua coxa com meu nariz e meus lábios, para o meu objetivo final.

— Ah! — berra ela quando minha língua gira em torno do clitóris inchado.

Enfio dois dedos dentro dela, metendo uma, duas vezes, e ela deixa escapar um grito escandaloso, e seu orgasmo me invade. Beijo sua barriga, na altura do estômago, a cavidade entre seus seios; e depois devagar me afundo dentro dela enquanto seu clímax desvanece.

— Eu te amo, Ana — sussurro, e começo a me mexer.

Ana descansa ao meu lado, enquanto, acima de mim, a faixa do robe ainda está amarrada à cabeceira da cama. Avalio acordá-la e trepar com ela uma terceira vez, maravilhado por eu ainda querer mais. Será que algum dia vou me dar por satisfeito de Anastasia Steele? No entanto, ela precisa dormir. Amanhã vamos velejar. Só nós dois e *The Grace*. Ela vai precisar de energia para me ajudar a bordo. Vamos nos afastar de todo mundo por três dias inteiros, desfrutando o feriado de Quatro de Julho, e espero conseguir enfim relaxar, pelo menos por alguns dias.

Minha mente divaga até meu pai e seu inesperado pedido de desculpas, até cardápios e lembrancinhas, até o acidente e o sabotador desconhecido. Espero que Reynolds e Ryan estejam bem aqui fora. Eles estão montando guarda.

Ana está segura. Nós estamos seguros.

TERÇA-FEIRA, 5 DE JULHO DE 2011

Sentado em minha mesa e fitando o Sound à distância, não deixo de perceber o brilho gratificante que emana de minha pele ou de algum lugar no fundo do meu peito. Pode ser uma combinação de mar, sol e vento, depois de ficar a bordo de *The Grace* pelo fim de semana prolongado, ou pode ser só porque passei três dias ininterruptos com Anastasia. Apesar de todos os problemas inquietantes com que lidei nas últimas semanas, nunca me senti tão relaxado como quando estive com ela a bordo do meu catamarã. Ana é o alimento da minha alma.

Anastasia dorme profundamente. A luz do início da manhã brilha através das escotilhas, deslizando sobre seu cabelo bagunçado, fazendo-o brilhar, bonito e lustroso. Sentado na beira da cama, deposito uma xícara de chá na mesa de cabeceira, enquanto The Grace *balança com suavidade nas águas da Bowman Bay. Inclino-me e planto um beijo terno em sua bochecha.*

— Acorde, dorminhoca. Estou me sentindo solitário.

Ela geme, mas sua expressão se abranda. Eu a beijo de novo e seus olhos piscam e se abrem, e seu rosto reluz com um sorriso de tirar o fôlego. Esticando a mão, ela acaricia a minha bochecha.

— Bom dia, futuro marido.

— Bom dia, futura esposa. Fiz um chá para você.

Ela dá uma gargalhada, acho que de descrédito.

— Que homem querido — *comenta*. — Isso pertence à lista de primeiras vezes!

— Acredito que sim.

— E posso notar que está muito satisfeito com o resultado. — *Seu sorriso é um reflexo do meu.*

— Srta. Steele. Estou satisfeito. Eu preparo um chá excelente.

Ela se senta e, para minha decepção, puxa as cobertas a fim de esconder os seios nus. Pelo visto ela não consegue parar de sorrir.

— Estou muito impressionada. É um processo tão complicado.
— De fato é. Tive que botar água para ferver e tudo o mais.
— E mergulhar o saquinho de chá. Sr. Grey, o senhor é tão competente.
Eu rio e estreito os olhos.
— Por acaso a senhorita está menosprezando minhas habilidades de preparar um chá?
Ela se sobressalta, simulando pavor, e agarra um colar de pérolas imaginário.
— Eu não me atreveria — diz e, esticando a mão, pega a xícara.
— Só para confirmar.

Uma batida em minha porta me traz de volta para o presente. A cabeça de Andrea aparece.
— Sr. Grey, o seu alfaiate está aqui.
— Ah, ótimo. Diga para ele entrar.
Preciso de um terno novo para o casamento.

Marco lida com o portfólio da empresa, assim como com a nossa divisão de fusões e aquisições. Hoje de manhã, ele está explicando em detalhes, aos nossos acionistas, as últimas adições da GEH.
— Agora possuímos vinte e cinco por cento da Blue Cee Tech, trinta e quatro por cento da FifteenGenFour e sessenta e seis por cento da Lincoln Timber.
Estou escutando sem prestar muita atenção, mas essa última informação desperta meu interesse. É um projeto meu de longo prazo, e fico satisfeito de ver que agora temos participação majoritária na Lincoln Timber por meio de uma de nossas empresas de fachada. Linc deve estar precisando de dinheiro. Interessante.
A vingança é um prato...
Chega, Grey. Concentre-se.
Marco continua, passando para a sua lista atualizada de aquisições em potencial. Há duas companhias que ele está bastante ávido em comprar. Ele repassa os prós e contras enquanto minha mente divaga para o fim de semana com Ana.

Ana está no leme de The Grace *enquanto deslizamos pelo oceano faiscante, passando pelo Admiralty Head, na Ilha de Whidbey. Seu cabelo voa graças ao vento e brilha à luz do sol. Seu sorriso poderia derreter o mais duro dos corações.*
Degelou o meu coração.
Ela está linda. Relaxada. Livre.
— *Mantenha a embarcação firme!* — *grito por sobre o barulho do mar.*
— *Sim, sim, capitão. Quer dizer, senhor.*

Ana morde o lábio e sei que está me provocando, como sempre. Ela bate continência quando faço uma falsa careta, e logo retorno à minha tarefa de apertar o nó, incapaz de esconder meu sorriso.

Marco menciona uma empresa de energia solar que tem se esforçado para conseguir investidores.

Um aroma marcante de massa e bacon me recebe de braços abertos quando entro na cozinha. Minha garota está fazendo panquecas. Ela veste camiseta e short jeans pra-lá-de-curto, o cabelo em marias-chiquinhas.
— Bom dia.
Eu a envolvo nos braços, pressionando suas costas em meu peito, e roço os lábios em seu pescoço. Seu perfume é bom demais: sabonete, afeição e a doce, tão doce Ana.
— Bom dia, Sr. Grey.
Ela inclina a cabeça, oferecendo maior acesso ao seu pescoço.
— Isso me faz voltar no tempo — murmuro contra a sua pele, e puxo uma das marias-chiquinhas.
Ela ri.
— Parece que foi há uma eternidade. Essas panquecas aqui, porém, não são panquecas perdi-a-virgindade-para-meu-futuro-Dominador. Essas são panquecas do Dia da Independência. Feliz Quatro de Julho.
— Não existe melhor maneira para celebrar do que as panquecas. — Eu a beijo embaixo do lóbulo da orelha. — Bom, consigo pensar em uma outra maneira. — Dou um leve puxão em sua maria-chiquinha de novo. — Você sempre recebe nota dez por ela.

— Christian — fala Ros, o tom de voz brusco.
Sete pares de olhos estão concentrados em mim. *Merda.* Com uma expressão vazia, encaro Ros, ignorando todos os outros presentes, e inclino a cabeça para o lado.
— O que você acha? — Ela mal consegue disfarçar a irritação, e presumo que não seja a primeira vez que me pergunta isso.
Abre o jogo, Grey.
— Desculpe, eu estava a quilômetros de distância.
Ela forma uma linha fina com os lábios e dá uma espiada em Marco, que me oferece um sorriso amável e um resumo do que acabou de expor.
— Muito bem — respondo, quando ele conclui. — Vamos atrás de Geolumara. Eles podem ser uma aquisição valiosa para a divisão de energia. Precisamos ampliar nossa área de atividades para a energia verde.
— E os outros?
Faço que não com a cabeça.

— Devemos nos consolidar. Vamos nos concentrar em Geolumara. Mande-me os detalhes.

— Vou mandar.

— Precisamos de uma decisão sobre o estaleiro de Taiwan. Eles estão ansiosos por uma resposta nossa.

Ros me olha de maneira incisiva.

— Eu li a avaliação de impacto.

— E então?

— É uma aposta arriscada.

— É verdade — reconhece ela.

— Mas tudo na vida é uma aposta, e pelo menos, como uma *joint-venture*, vamos dividir o risco. Isso pode assegurar o futuro do estaleiro daqui.

Ros e Marco concordam.

— Vamos dar prosseguimento.

— Vou colocar a equipe nisso — diz Marco.

— Ótimo. Acho que é tudo. Obrigado a todos.

Todo mundo se levanta, com exceção de Ros.

— Podemos conversar um minuto? — pede ela.

— Claro.

Ela espera até os outros deixarem a sala.

— E então? — Estou esperando que ela me repreenda por meu devaneio.

— Woods retirou as ameaças legais. Está tudo certo.

— Eu achei que você fosse falar outra coisa.

— Eu sei. Para ser sincera, Christian, é como se você já estivesse em sua lua de mel.

— Lua de mel? Eu nem pensei em uma lua de mel.

Merda. Mais uma coisa para resolver.

Ros zomba.

— É melhor você começar a planejar isso. — Ela balança a cabeça. — Eu sei que eu levaria Gwen para uma viagem romântica na Europa.

Fico surpreso com a sinceridade de Ros: é raro ela falar sobre sua vida pessoal, embora eu saiba que ela tem uma união estável com Gwen. Frequentes tentativas de legalizar o casamento gay no estado de Washington foram frustradas. Faço uma anotação mental para comentar sobre isso com a senadora Blandino na próxima vez em que nos encontrarmos; ela está, sem dúvida, em posição de exercer algum tipo de pressão no governador e ajudar a alavancar essa pauta.

— Achei que Ana e eu pudéssemos passar a noite em algum lugar perto de Bellevue. Nós dois estamos trabalhando.

— Grey, você pode ser mais criativo.

Ros faz uma careta, fingindo desdém, quando começa a juntar sua papelada. Dou uma risada.

— É, posso mesmo. E sabe o que mais? Vou me divertir imaginando o que fazer. Europa, como você falou...

Ana sempre quis conhecer a Europa. Principalmente a Inglaterra.

Quando Ros fica de pé, ela retrai os lábios em um sorriso bondoso.

— Boa sorte com essa tarefa.

Suas palavras de despedida ecoam pela sala vazia e me deixam refletindo sobre para onde diabo vou levar a Sra. Grey na lua de mel.

Espero que ela tenha passaporte.

DE VOLTA AO ESCRITÓRIO, verifico o computador, e há um e-mail da Ana, enviado uma hora atrás.

De: Anastasia Steele
Assunto: Velas e Viradas. Bolinas e Adriças.
Data: 5 de julho de 2011 09:54
Para: Christian Grey

Meu querido Sr. Grey,
Que fim de semana espetacular! O melhor Quatro de Julho da minha vida. Obrigada.
Também estou lhe informando com antecedência que vou ficar no meu apartamento com Kate na sexta-feira. Vou embalar minhas coisas para me mudar para a sua casa no sábado. Mas devo avisar que vai ser uma noite só de garotas. Então, sua presença não vai ser necessária, embora eu vá sentir muito a sua falta.
Talvez você possa aproveitar para escrever seus votos matrimoniais?
Só uma sugestão.
Até mais, baby.
Bjsss
A

De: Christian Grey
Assunto: Abandonando o barco.
Data: 5 de julho de 2011 11:03
Para: Anastasia Steele

Minha querida noiva,
Eu que agradeço a VOCÊ pelo Quatro de Julho mais relaxado que já tive.
Vou sentir saudades de você na sexta-feira.
Mas vou ajudar com a mudança no sábado.
Você torna meus sonhos realidade.
Vou pensar nos votos e dar a isso prioridade...
Rimou, mas não foi de propósito!

Christian Grey
CEO & poeta, Grey Enterprises Holdings, Inc.

P.S.: Você tem passaporte?

De: Anastasia Steele
Assunto: Cidadã dos EUA
Data: 5 de julho de 2011 11:14
Para: Christian Grey

Querido Poeta,
Se eu fosse você, me manteria nas altas finanças.
Mas fico feliz de seu sonho virar realidade, e não uma lembrança.
Emocionada e honrada em dar uma notícia assim.
E estou de posse de um passaporte novo, sim.
Agora, você me deixou imaginando o motivo.
Vamos voar para algum lugar atrativo?
Adoraria com você o mundo viajar.
Não sozinha, mas como seu par.

Bjsss
Curiosa de Seattle
(E não uma poetisa, como pode notar!)

Ana é uma poetisa terrível. Sorrindo com a resposta dela, pego minha bolsa de ginástica e saio do escritório, descendo até o porão para enfrentar Bastille.

BEM DISPOSTO DEPOIS DO exercício físico, sento-me à mesa para comer um sanduíche de salada de frango e depois pego o telefone. Está na hora de ligar para Elliot. Tenho adiado porque sei que ele vai me zoar

— Espertalhão. O que você manda?
— Olá, Elliot. Como você está?
Ele ri.
— Meu Deus, cara, você parece entediado para caralho!
Por que isso é tão difícil?
— Não estou entediado. Estou no trabalho. E arranjando um tempo para falar com você.
— Agora você parece irritado.
— E estou.
— Foi alguma coisa que eu falei? — Ele dá uma gargalhada do outro lado da linha, e fico tentado a desligar e arriscar de novo mais tarde.
Respiro fundo.
— Preciso perguntar uma coisa para você.
— É sobre a casa nova?
— Não.
Vai lá, Grey. Pergunte para ele.
— Desembuche, cara — diz ele quando não reajo. — Essa conversa está tão legal quanto esperar o cimento secar.
— Você quer ser meu padrinho?
Pronto. Está feito. E há um silêncio ensurdecedor do outro lado da linha, a não ser por uma rápida respiração ofegante. *Merda.* Será que ele vai recusar?
— Elliot?
— Claro — responde ele com uma concisão pouco habitual. — Ãhn... Seria uma honra.
Ele parece surpreso. Por quê? Com certeza ele estava esperando por isso, não?
— Ótimo. Obrigado. — O alívio é evidente em minha voz.
Ele ri, e noto que meu irmão recuperou seu humor desprezível.
— É claro, isso significa que tenho que organizar sua bendita despedida de solteiro! — Ele urra como um gorila enlouquecido.
Despedida de solteiro? Ele só pode estar de brincadeira.
— Que seja, Elliot. — Tenho uma ideia. — Venha ao meu apartamento na sexta-feira. Podemos jogar sinuca. Ana vai passar a noite com a Kate.
— É, eu soube. Claro. Podemos conversar sobre strippers e onde nós vamos deixar você algemado no final de uma noite de bebedeira!
Eu rio, porque ele não faz a menor ideia.
— *Nós?* — pergunto.
— Eu sei que você não tem amigos, seu filho da mãe recluso. Vou convocar um bando de gente que sabe se divertir.
Ah, não.

— Conversamos na sexta — digo.
— Mal posso esperar. Aliás, você já entrou em contato com a Gia?
— Sim, já. Ana e eu olhamos o portfólio dela on-line e gostamos do que vimos. A Srta. Matteo ficou de visitar a propriedade com o corretor de imóveis. Assim, ela já vai ter uma ideia do que se trata quando nos encontrarmos.
— Preciso ver esse lugar, também, espertalhão.
— Eu sei. Vamos fazer isso na sexta. Depois do trabalho.
— Ótimo. Boa ideia.
— Tudo bem. Até mais, Elliot. — Uma inesperada onda de afeição enche meu peito. — E... hmm... obrigado.
— Para que servem os irmãos?

— *Então este é o seu escritório novo, espertalhão.* — *Elliot passa pela porta sem pressa, tão relaxado quanto seu tom de voz.*
— *Você tem que me chamar assim, Lelliot?* — *Dou ênfase a seu apelido e lhe indico o sofá de couro branco.*
— *É o que você é. Olhe este lugar.*
Ele indica a minha antessala com um gesto da mão. Vestindo calça jeans, camiseta e sua jaqueta dos Aztecs da Universidade de San Diego State, ele é o próprio peixe fora d'água aqui.
Eu me sento de frente para ele e reparo que seu joelho está quicando em um ritmo ensandecido, e ele está evitando fazer contato visual.
Mas que diabo? Elliot está nervoso.
Acho que nunca o vi assim.
— *O que é?* — *pergunto.*
Ele se mexe no sofá e pressiona uma mão na outra.
— *Quero começar meu próprio negócio de construção.* — *As palavras saem dele em uma enxurrada, de uma vez só.*
Ah!
— *Você está procurando um investidor.*
Seus vibrantes olhos azuis enfim encontram os meus.
— *Estou* — *confirma, com uma firmeza que me surpreende.*
— *De quanto você precisa?*
— *Mais ou menos cem mil dólares.*
Dou um sorriso afetado diante da ironia. Foi com essa quantia que comecei meu negócio.
— *São seus.*
Elliot se assusta.
— *Você não vai pedir um plano de negócios? Que eu faça um* pitch?

— Não. Você pode ser um tremendo de um babaca às vezes, mas trabalha duro. Eu percebo isso. Você é apaixonado pelo que faz. É o seu sonho. E também acredito nele. Todos nós devemos nos empenhar em levar uma vida mais sustentável. Além do mais, você é meu irmão, e para que servem os irmãos?

Quando Elliot sorri, ele ilumina qualquer lugar.

Sentindo-me desconfortável com os repentinos sentimentos que me invadem em relação ao meu irmão, digito o número de Welch para pedir novidades sobre a investigação.

A NOITE ENVOLVE O meu escritório no Escala. Estive lendo com atenção os documentos que Marco me mandou, relativos à Geolumara. Uma empresa baseada em Nevada, suas fazendas de energia solar já estão produzindo quilowatts suficientes para abastecer duas cidades vizinhas. O pessoal de lá tem a expertise para levar energia renovável mais barata para outras partes dos Estados Unidos. Acho que eles têm um potencial significativo. Estou empolgado para adquirir a empresa e ver o que podemos acrescentar ao seu modelo de negócios. Envio um e-mail para Marco confirmando meu interesse e entusiasmo; depois, vou em busca de Ana.

Ela está na biblioteca, aninhada em sua poltrona, notebook nos joelhos e Snow Patrol tocando baixinho no sistema de som. Presumo que esteja trabalhando em um livro a ser lançado, e me ocorre que devíamos providenciar uma mesa e uma cadeira para ela aqui.

— Oi — digo quando ela ergue os olhos na minha direção.

— Oi. — Ela sorri.

— Está lendo outro manuscrito?

— Estou escrevendo o primeiro rascunho dos meus votos para o casamento.

— Entendo. — Entro perambulando na biblioteca. — Como está indo?

— Intimidante, Sr. Grey. Um pouco como você.

— Intimidante? *Moi?*

Pressiono a mão no peito e finjo surpresa. Ela franze os lábios para esconder um sorriso.

— Sua especialidade.

Acomodando-me na poltrona ao lado, inclino-me na direção de Ana, os cotovelos apoiados nos meus joelhos.

— Ah, pensei que eu tivesse outras especialidades... — Mesmo dessa distância, capto um rastro de seu perfume.

Ana pura. É inebriante.

Um bonito tom corado tinge suas bochechas.

— Bem, é. Você é abençoado com outras especialidades. Isso é verdade.

Ela fecha o notebook, enfia os pés sob o corpo e ergue o queixo, adquirindo o ar de uma professora de escola empertigada e antiquada.

Eu rio. Sei que é só fachada. Ana tem um lado selvagem.

— Contanto que você prometa me amar, honrar e obedecer, tenho certeza de que seus votos vão ser perfeitos.

Ana ri.

— Christian, não vou prometer obedecer a você.

— O quê? — *Ela acha que estou brincando?*

— De jeito nenhum.

— O que você quer dizer com não me obedecer?

Sinto que despenquei de uma altura de seis metros. Eu pretendia que meu comentário fosse um gracejo divertido, mas fui derrubado pela resposta dela.

Ana joga o cabelo por cima do ombro, e ele absorve a luz do abajur da mesa, salientando as poucas mechas vermelhas e douradas; é lindo, o que me distrai. Porém, minha atenção se move para a sua boca. Ela comprime os lábios em uma linha de teimosia, ao mesmo tempo em que cruza os braços e endireita os ombros daquele seu jeito característico, quando está se preparando para uma briga.

Que inferno! Ela vai discutir comigo?

— Você não pode estar falando sério! Vou amar e honrar sempre, Christian. Mas obedecer? Acho que não.

— Por que não?

Estou falando sério.

— Porque estamos no século XXI.

— E daí?

Como ela pode discordar nesse quesito? Essa conversa não está seguindo o rumo que eu gostaria.

— Bem, eu esperava que pudéssemos resolver problemas em nosso casamento e chegar a algum tipo de consenso através de conversas. Sabe... um se comunicando com o outro — continua ela.

— Eu também espero isso. Mas se não chegarmos a um consenso e atingirmos um impasse, e aí você sair e se colocar em um perigo desnecessário...

Todos os tipos de cenários mais horrorosos passam pela minha mente, e um desconforto cresce exponencialmente em meu estômago.

Sua fisionomia se abranda à medida que ela relaxa, os olhos irradiando compreensão.

— Christian, você sempre pensa no pior. Você se preocupa demais.

Ela estende a mão e acaricia meu rosto, os dedos macios e delicados na minha pele.

— Ana. Eu preciso disso — murmuro.

Suspirando fundo, ela retira a mão e me encara, como se estivesse tentando transmitir uma mensagem via telepatia.

— Christian, não sou religiosa, mas meus votos de casamento vão ser sagrados, e não estou preparada para fazer uma promessa que sou capaz de quebrar.

Sua resposta é um soco no estômago, ecoando as palavras de Carrick quando ele me deu uma aula sobre Elena. *Estamos falando da santidade do matrimônio. E, se você não respeita isso, então não vale a pena se casar.*

Eu a encaro enquanto minha ansiedade ferve e vira frustração.

— Anastasia, seja razoável.

Ela balança a cabeça.

— Christian. Seja razoável *você*. Sabe que tem uma tendência a reagir de maneira exagerada. A resposta é não.

Eu? Reagir de maneira exagerada?

Eu a fito, irritado, e pela primeira vez em muito tempo não sei o que dizer.

— Você só está tenso por causa do casamento — diz ela, com gentileza. — Nós dois estamos.

— Estou mil vezes mais tenso sabendo que você não quer me obedecer. Ana, reconsidere. Por favor.

Passo a mão no cabelo e me concentro em seus enormes olhos azuis, mas não vejo nada a não ser sua determinação e sua coragem.

Ela não cede.

Caralho.

Isso não vai nos levar a lugar nenhum, e estou prestes a perder o controle da minha fúria. Está na hora de recuar antes que eu diga algo de que vá me arrepender. Eu me levanto e tento uma última vez.

— Pense no assunto. Mas, por enquanto, tenho que terminar umas coisas para o trabalho.

E, antes que ela possa me deter, saio da biblioteca e volto ao meu escritório, tentando pensar em algum modo de fazê-la ter bom senso.

Um de nós tem que estar no comando, porra.

Caminho com passadas fortes até minha mesa e desabo na cadeira, ainda surpreso pela atitude de Ana e ressentido por só ter descoberto agora que ela não vai me obedecer.

Que se foda.

Tenho que fazer com que ela alcance a razão.

Como?

Merda.

Estou agitado demais para pensar com clareza; assim, engulo a frustração e abro o computador para verificar os e-mails. A boa notícia é que meu novo planador vai chegar da Alemanha na semana que vem. Está sendo enviado para o meu hangar no Aeroporto de Ephrata. Eu me permito ter um momento de júbilo; um planador projetado para duas pessoas. Quero correr e contar para Ana, mas neste exato momento estou bravo com ela.

Droga.

É deprimente. Para me animar, examino as especificações da nova aeronave e, quando esgoto tudo o que havia para ler, volto aos relatórios financeiros.

Uma batida hesitante me interrompe.

— Entre.

Ana enfia a cabeça no escritório.

— Já é quase meia-noite — diz, com um sorriso cativante. Ela abre a porta e fica de pé na soleira, vestindo uma de suas camisolas de cetim. O material macio acaricia seu corpo, moldando-se a cada curva e depressão, não deixando nada para a minha imaginação. Minha boca fica seca e meu corpo reage, quente e pesado de desejo. — Você não vem para a cama? — sussurra.

Ignoro minha ereção.

— Ainda tenho algumas coisas para fazer.

— Tudo bem.

Ela sorri, e eu retribuo com um meio sorriso, porque eu a amo. Porém, nisso não vou ceder. Ela tem que criar juízo. Ana se vira para sair, mas me lança um olhar rápido e provocante sobre o ombro antes de fechar a porta e desaparecer.

Mais uma vez fico sozinho.

Caralho.

Eu a desejo.

Contudo, ela não quer me obedecer, e isso me deixou puto. De verdade.

Volto às últimas cifras da divisão de Barney na GEH. Nem de longe são tão sedutoras quanto a deliciosa e desobediente Srta. Steele.

QUARTA-FEIRA, 6 DE JULHO DE 2011

Ana está dormindo profundamente quando subo na cama ao lado dela. Sempre atenciosa, ela deixou meu abajur aceso para eu não ficar perdido no escuro. E, ainda assim, é dessa exata maneira que me sinto. *Perdido.* E, para ser sincero, desanimado. Por que ela não consegue entender? Não estou pedindo tanto, não é? *Ou será que estou?*

Observando seu rosto tranquilo e adorável e o movimento regular de seus seios subindo e descendo enquanto ela dorme, uma sensação horrível brota sob minhas costelas: é inveja. Estou deitado aqui, desnorteado e triste, e ela está dormindo como se não tivesse nenhuma preocupação no mundo.

Mas será que eu iria querê-la se as coisas não fossem assim?

Claro que não. Eu quero que ela seja feliz e quero protegê-la. Mas como posso fazer isso se ela não está disposta a me obedecer?

Aceite a realidade, Grey.

Suspirando, eu me curvo para a frente e encosto os lábios no topo da cabeça de Ana; é o mais delicado dos toques, pois não quero acordá-la. Mas, em silêncio, imploro que mude de ideia.

Por favor, Ana. Me conceda isso.

Apagando a luz, encaro, impávido, a escuridão, e de repente o silêncio do quarto é ensurdecedor e opressivo. Minha frequência cardíaca dispara, e sou tragado por um pântano de desespero. É sufocante. Talvez seja um grande erro. Nosso casamento nunca vai funcionar se ela não puder fazer isso.

O que eu estava pensando?

Talvez eu queira — *não, precise de* — alguém mais submissa.

Eu *preciso* estar no controle.

Sempre.

Sem controle, vem o caos. E a raiva. E a mágoa e o medo... e a dor.

Merda. O que vou fazer?

Essa é uma barreira impossível de ultrapassar.
Não é?
Mas viver sem a Ana seria insuportável. Eu sei como é me banhar na sua luz. Ela é calor, vida e aconchego. Ela é tudo. Eu a quero do meu lado. Eu a amo.
Como posso fazê-la reconsiderar?
Esfrego o rosto, tentando repelir os pensamentos sombrios.
Controle-se, Grey. Ela vai mudar de ideia.
Fecho os olhos e tento utilizar os exercícios de mindfulness do Dr. Flynn e encontrar meu lugar feliz. Talvez um caramanchão florido em um ancoradouro...

Estou andando no ar, planando alto no céu acima de Ephrata. A paisagem de Washington é uma colcha de retalhos embaixo de mim. Faço uma manobra *wing over* e me admiro com os castanhos, azuis e verdes entrecortados por estradas e canais de irrigação. Pegando uma térmica, eu me elevo por cima de uma colina nas Beezley Hills. O céu está límpido, um azul brilhante e deslumbrante, e me sinto em paz. O vento é minha companhia. Constante. Rápido. O único som. Eu estou sozinho. Sozinho. Sozinho. Faço outra manobra *wing over*. Meu mundo virado de ponta-cabeça. E Ana está na frente da cabine, as mãos estendidas para a capota, gritando de felicidade. E admiração. Meu coração está transbordando. Isso é felicidade. Isso é amor. A sensação é essa. Eu inclino e de repente estou em parafuso. Ana desapareceu. Bato os pés, mas o leme sumiu. Luto com o manche, mas os ailerons não funcionam. Eu não tenho nenhum controle. Tudo o que escuto é o uivo do vento e alguém gritando. Estamos caindo. Caralho. Girando. Para baixo. Para baixo. Para baixo. *Merda.* Vou bater no chão. *Não. Não!*

Acordo sobressaltado.
Merda.
Estou enroscado na Ana, e ela está com os dedos entrelaçados no meu cabelo. Seu cheiro é reconfortante e preenche o vazio desesperado que existe no fundo da minha alma.
— Bom dia — diz ela, e na mesma hora me acalmo. De volta à terra.
— Bom dia — sussurro, confuso. Em geral acordo antes dela.
— Você estava tendo um pesadelo.
— Que horas são?

— Um pouco depois das sete e meia.
— Merda. Estou atrasado.
Dou-lhe um beijo rápido e inocente e salto da cama.
— Christian — chama ela.
— Não posso parar. Estou atrasado — murmuro, enquanto desapareço no banheiro, lembrando-me da rebeldia dela na noite anterior.
E ainda estou irritado.

EM MINHA SALA, OLHO o planador em miniatura que Anastasia me deu quando foi embora. Levei um dia inteiro para montá-lo. Uma sensação de inquietação revira o meu estômago, talvez o eco daquele sonho ou a lembrança da minha tristeza quando ela partiu. Toco a ponta da asa, segurando o plástico frio entre o polegar e o indicador; nunca mais quero me sentir daquela maneira.

Nunca mais.

Afasto a sensação e tomo um gole do espresso que Andrea preparou, seguido por uma mordida em um croissant fresco. Fito meu iMac e vejo que chegou um e-mail de Ana.

De: Anastasia Steele
Assunto: Coma!
Data: 6 de julho de 2011 09:22
Para: Christian Grey

Meu queridíssimo futuro marido,
Não é do seu feitio pular o café da manhã. Senti sua falta.
Espero que não esteja com fome. Eu sei como isso é desagradável para você.
Espero que tenha um bom dia.

Bjssss
A

Sinto-me reconfortado pelo número de beijos no final da mensagem. Apesar disso, dou uma espiada no retrato de Ana pendurado na parede, fecho o e-mail e convoco Andrea para repassar minha programação.

Ainda estou puto.

DEPOIS DO ALMOÇO, NO elevador, ao voltar de uma reunião externa com Eamon Kavanagh, checo meu BlackBerry. Há outro e-mail da Ana.

De: Anastasia Steele
Assunto: Você está bem?
Data: 6 de julho de 2011 14:27
Para: Christian Grey

Meu queridíssimo futuro marido,
Não é do seu feitio não responder.
Da última vez que você não respondeu... seu helicóptero estava desaparecido.
Me diga se está tudo bem.
Ana
Preocupada da SIP

Merda. Sinto uma pontada de culpa na barriga, ainda mais pela ausência de beijos na mensagem dela.
Puta merda.
Eu estou bravo com você, Anastasia.
Mas não quero deixá-la preocupada. Digito uma resposta sucinta.

De: Christian Grey
Assunto: Você está bem?
Data: 6 de julho de 2011 14:32
Para: Anastasia Steele

Tudo bem.
Ocupado.

Christian Grey
CEO, Grey Enterprises Holdings, Inc.

Clico em "enviar" e espero que minha resposta alivie as preocupações dela. Andrea me observa com atenção enquanto vou do elevador para a minha antessala.
— Sim? — falo, ríspido.
— Não é nada, Sr. Grey. Eu só queria saber se o senhor quer café.
— Onde está a Sarah?
— Ela está tirando cópias dos relatórios que o senhor pediu.
— Ótimo. E não quero café, obrigado — acrescento, em um tom mais suave. *Por que estou sendo babaca com a minha equipe?* — Ponha Welch na linha para mim.

Ela aquiesce e pega o telefone.

— Obrigado — murmuro, e entro em minha sala.

Desabo na cadeira e olho para fora da janela desanimado. O dia está magnífico, ao contrário do meu humor.

O telefone toca.

— Grey.

— Estou com Anastasia Steele na linha para o senhor.

Merda. Será que ela está bem?

— Pode passar.

— Oi. — A voz dela está trêmula, suave e rouca. Ela parece insegura e triste, e um calafrio atinge meu coração.

— O que houve? Você está bem?

— Estou ótima. É com você que estou preocupada.

Meu alívio se transforma em irritação. Não tenho por que ficar preocupado.

— Estou bem, mas ocupado.

— Vamos conversar quando você chegar em casa.

— Está certo — retruco, sabendo que estou sendo ríspido.

Ela não responde, mas ouço sua respiração do outro lado da linha. Soa inquieta, e o calafrio que senti há um minuto se transforma em uma saudade familiar.

O que foi, Ana? O que você quer me falar? O silêncio se estende entre nós, cheio de recriminação e verdades não ditas.

— Christian — chama ela em algum momento.

— Anastasia, eu tenho coisas para fazer. Preciso desligar.

— Hoje à noite — sussurra ela.

— Hoje à noite.

Desligo e faço uma careta para o telefone.

Não é pedir muito, Anastasia.

— PARA CASA? — Pergunta Taylor quando assume o volante do Audi.

— Claro — murmuro, distraído.

Parte de mim não quer ir para casa. Eu ainda não tenho um argumento coerente para convencer Ana a mudar de ideia. E preciso trabalhar esta noite. Um projeto de leitura — dois relatórios enormes do departamento de ciências ambientais da WSU: resultados sobre os locais de testes na África e o artigo da professora Gravett sobre o micróbio responsável pela fixação de nitrogênio no solo. Pelo visto, os micróbios são essenciais para a regeneração do solo e a regeneração é a chave para o sequestro de carbono. Mais para o final desta semana, vou rever meu financiamento para o departamento dela.

Talvez eu devesse sair com Ana e discutir seus votos no jantar. Talvez eu possa convencê-la com uma taça de vinho. Eu me lembro do nosso jantar para discutir o contrato de dominador e submissa.

Que inferno. Aquilo não saiu mesmo como planejado.

Abatido, observo, pelo vidro polarizado, os cidadãos e os turistas se acotovelando, e uma sensação de indignação justificada me assola. Eu não estou pedindo muito, porra. É a única coisa que eu quero. Ela pode ter o que quiser. Saber que ela vai me obedecer me dará uma sensação de segurança. Será que ela não entende isso?

Na calçada, um jovem de óculos escuros e um short chamativo com estampa florida está discutindo com uma mulher em um vestido igualmente chamativo. A briga deles está atraindo olhares desconcertados dos transeuntes.

Ana e eu estaremos assim hoje à noite. Eu sei. E pensar nisso me deprime ainda mais.

Eu só vou precisar explicar para ela o que essa questão significa para mim. Preciso mantê-la segura.

Sim. Ela vai entender.

A mulher se vira e, com um gesto teatral, levanta os braços e vai embora, deixando o homem sozinho e desorientado na calçada. Acho que ele está bêbado.

Babaca.

Talvez eu possa foder Ana até ela concordar. Essa tática pode funcionar. Esse pensamento me traz uma ponta de esperança, e me acomodo no banco para o restante do trajeto até o Escala.

— BOA NOITE, SR. Grey — cantarola a Sra. Jones quando entro na sala de estar.

Pelo cheiro tentador, sei que há uma panela do seu delicioso molho à bolonhesa borbulhando no fogão. Fico com água na boca.

— Olá, Gail. Que cheiro delicioso. Onde está Ana?

— Acho que na biblioteca, senhor.

— Obrigado.

— Jantar em meia hora?

— Está ótimo para mim. Obrigado.

Vou ter tempo para uma rápida corrida na esteira, já que não fiz exercícios de manhã.

Sigo até o quarto para me trocar, evitando a biblioteca.

THE BOSS TOCA NOS meus ouvidos enquanto levo meu corpo ao limite. Corro quase cinco quilômetros em vinte minutos, e sou um farrapo ofegante quando saio da esteira. Puxando o ar para os pulmões e usando as costas da mão para enxugar o suor que escorre da testa, eu me curvo para recuperar o fôlego e alongar os tendões.

A sensação é boa.

Quando me levanto, Anastasia está apoiada no batente, me observando, os olhos arregalados e cautelosos. Está vestindo uma blusa sem mangas cinza-clara e uma saia justa cinza. Em todos os aspectos, parece uma executiva do setor editorial. Só que jovem. Muito jovem. E triste.

Merda.

— Oi — diz ela.

— Oi — respondo, tomando fôlego.

— Você não me cumprimentou quando chegou. Está me evitando?

Ana vai direto ao ponto. E, neste momento, quero afastar sua desconfiança e a expressão de tristeza em seu rosto.

— Eu precisava malhar — falo, ofegante. — Posso falar oi agora.

Abro os braços e dou um passo na direção dela, sabendo muito bem que estou ensopado de suor.

Ana ri, fazendo uma careta, e levanta as palmas das mãos.

— Fica para depois.

Avanço para ela e a puxo para um abraço antes que ela possa se livrar. Ela grita, se encolhendo, mas está rindo também. E é como se um peso fosse retirado da minha alma.

Eu adoro fazê-la rir.

— Ah, baby. Senti saudades.

Eu a beijo, sem me importar que estou impróprio para consumo humano, e, para minha satisfação, ela me beija de volta. Aperta meus ombros, suas unhas se enfiando mais fundo na minha carne, enquanto nossas línguas fazem a dança que conhecem tão bem.

Ambos estamos sem fôlego quando paramos para recuperar o ar. Acaricio o seu rosto e passo o polegar por seus lábios inchados, fitando seus olhos lindos e confusos.

— Ana — sussurro, implorando. — Mude seus votos. Obedeça. Não discuta comigo. Eu odeio quando discutimos. Por favor.

Meus lábios pairam sobre os dela, esperando uma resposta, mas ela pisca diversas vezes como se estivesse se livrando de uma névoa, depois se solta do meu abraço e dá um passo para trás.

— Não. Christian. Por favor — fala ela, condensando sua frustração em quatro palavras.

Deixo minhas mãos tombarem do lado do corpo enquanto as palavras dela me dão um banho de água fria, um choque de realidade.

— Se isso é um fator decisivo para você, por favor, me fale — continua ela, sua voz se elevando de maneira constante. — Porque é para mim, e posso parar de tentar organizar nosso casamento e voltar para o meu apartamento e ficar bêbada com a Kate.

— Você me deixaria? — Minha voz é quase inaudível; a declaração dela balançou meu mundo.

— Agora mesmo. Sim. Você está se comportando como um adolescente mimado.

— Isso não é justo — retruco. — Eu preciso disso.

— Não, não precisa. Você só acha que precisa. Para todos os efeitos, somos dois adultos. Pelo amor de Deus. Temos que conversar sobre as coisas. Como os adultos fazem.

Nós nos encaramos por cima do abismo que se estende entre nós.

Ela não está cedendo.

Merda.

— Preciso de um banho — murmuro, e ela sai do caminho para me deixar passar.

QUANDO ENTRO NA SALA de estar, Ana está sentada na bancada da cozinha, onde dois lugares estão postos para o jantar. Gail está perto do fogão.

— Não estou com fome — anuncio. — E preciso trabalhar.

Ana franze a testa e abre a boca como se fosse dizer alguma coisa, mas a fecha de novo quando passo por ela. Não deixo de notar o olhar que ela troca com a Sra. Jones.

Será que elas estão de conspiração?

Esse pensamento faz meu sangue ferver; por isso, me apresso rumo ao escritório e bato a porta.

Merda.

O barulho me assusta e é um despertar abrupto.

Eu estou me comportando como um adolescente mimado.

Ana tem razão. *Que inferno.*

E estou com fome.

Odeio ficar com fome.

Uma memória sombria e perversa de medo e fome de antes de eu ser Christian Grey ameaça ressurgir, mas eu a abafo.

Não entre nessa, Grey.

Os relatórios estão na minha mesa, onde Taylor os deixou. Eu me sento, pego o primeiro e começo a ler.

UMA BATIDA SUAVE TIRA minha atenção das múltiplas rotações de culturas que estamos tentando em Gana, e meu coração dispara.

Ana.

— Entre.

Gail abre a porta.

Minha decepção é genuína; minha animação repentina se transformou em um balão triste e murcho que perdeu o gás hélio. Pelo lado positivo, ela está carregando uma bandeja com um prato de macarrão fumegante.

Ela não fala nada quando o coloca na mesa.

— Obrigado.

— Ideia da Ana. Ela sabe que o senhor adora espaguete à bolonhesa. — Seu tom de voz é seco, e, antes que eu possa responder, ela se vira e sai, levando sua desaprovação consigo.

Fecho a cara para as costas dela. Claro que foi ideia da Ana. E mais uma vez admiro como ela é atenciosa. Por que isso não é suficiente? Ela diz que me ama. Então por que quero sua obediência, ou mesmo necessito disso?

Sentindo-me ainda mais rabugento, fito as sombras compridas e as tonalidades de rosa dourado pintadas nas paredes do escritório pelo sol, conforme ele afunda no horizonte.

Por que ela me desafia?

Pego o garfo e me concentro na comida, girando o macarrão em uma grande e consistente mordida de deleite. Está delicioso.

ANA TORNOU A DEIXAR o abajur aceso para mim. Ela dorme profundamente, e, conforme deslizo para a cama ao lado dela, meu corpo ganha vida. Estou faminto por ela.

Contemplo meu plano de fodê-la até que concorde, mas, bem no fundo, sei que ela já está decidida. Ela pode dizer não, e neste exato momento acho que eu não sobreviveria à rejeição.

Deito-me de lado, para longe dela, e apago a luz. O quarto mergulha na escuridão, refletindo meu humor; estou mais triste agora do que de manhã.

Droga. Por que deixei que isso saísse tanto do controle?

Fecho os olhos.

Mamãe! Mamãe! Mamãe está dormindo no chão. Ela já está dormindo há muito tempo. Penteio seu cabelo porque ela gosta. Ela não acorda. Dou uma sacudida. *Mamãe!* Minha barriga está doendo. É fome. Ele não está aqui. Estou com sede. Na cozinha, puxo uma cadeira até a pia e tomo um pouco d'água. A água respinga no meu suéter azul. Mamãe ainda está dormindo. *Mamãe, acorde!* Ela continua quieta. Está fria. Pego meu cobertor preferido, cubro mamãe e me deito ao lado dela no tapete verde pegajoso. Mamãe ainda está dormindo. Tenho dois carrinhos de brinquedo. Faço-os apostar corrida no chão onde mamãe dorme. Acho que ela está doente. Procuro alguma coisa para comer. Encontro ervilhas no congelador. Estão geladas. Como devagar. Elas fazem minha barriga doer. Durmo perto da mamãe. As ervilhas acabaram. Encontro outra coisa no congelador. Tem um cheiro esquisito. Dou uma lambida e minha língua fica grudada. Como devagar. O gosto é horrível. Bebo mais água. Brinco com meus carrinhos e durmo ao lado da mamãe. Ela está muito fria e não quer acordar. A porta se abre com força. Cubro mamãe com meu cobertor. É ele. *Porra. O que foi que aconteceu aqui, cacete? Ah, essa maluca dessa puta de merda. Merda. Caralho. Sai do meu caminho, seu merdinha.* Ele me chuta e eu bato com a cabeça no chão. Minha cabeça dói. Ele liga para alguém e vai embora. Tranca a porta. Eu me deito ao lado da mamãe. Minha cabeça dói. Chega a policial. Não. Não. Não. Não toque em mim. Não toque em mim. Não toque em mim. Fico ao lado da mamãe. Não. Fique longe de mim. A policial pega meu cobertor e me agarra. Eu grito. Mamãe! Mamãe! Eu quero a minha mamãe. As palavras fugiram. Não consigo falar. Mamãe não me escuta. Não consigo falar.

— Christian! Christian! — A voz dela é urgente, me tirando das profundezas do meu pesadelo e do meu desespero. — Estou aqui. Estou aqui — grita ela.
Acordo e Ana está inclinada sobre mim, segurando meus ombros, me sacudindo, o rosto tenso de angústia, os olhos arregalados e transbordando de lágrimas.
— Ana. — Minha voz é um sussurro rouco, o gosto do medo contaminando minha boca. — Você está aqui.
— É claro que estou aqui.
— Eu tive um pesadelo.
— Eu sei. Mas eu estou aqui. Estou aqui.
— Ana. — O nome dela é um encantamento nos meus lábios, um talismã contra o pânico sombrio e sufocante que atravessa meu corpo.
— Shhh, eu estou aqui.
Ela se enrosca em mim, seus braços e pernas me envolvendo, seu calor penetrando na minha alma, fazendo recuarem as sombras, fazendo recuar o medo. Ela é o sol, ela é a luz. Ela é minha.
— Por favor, não vamos brigar. — Envolvo-a em meus braços.
— Está bem.
— Os votos. Nada de obediência. Está bom para mim. Vamos dar um jeito. — As palavras jorram da minha boca em um misto de emoção e confusão e ansiedade.
— Vamos, sim. Vamos sempre dar um jeito — sussurra Ana, e seus lábios estão nos meus, me silenciando, me trazendo de volta ao presente.

SEXTA-FEIRA, 8 DE JULHO DE 2011

O Dr. Flynn esfrega o queixo e não sei se ele está ganhando tempo ou apenas intrigado.
— Ela ameaçou ir embora?
— Sim.
— Sério?
— Sim.
— Então, você cedeu.
— Não tive muita escolha.
— Christian, você sempre tem escolha. Você acha que a Anastasia estava sendo irracional?

Encontro o olhar dele e quero gritar que sim, mas bem no fundo sei que Ana não é uma pessoa irracional.

Você que é, Grey.

Irracional podia ser seu nome do meio. As palavras de Ana me assombram. Ela disse isso, muito tempo atrás.

Meu Deus, às vezes a minha negatividade é um pé no saco mesmo.

— Como você está se sentindo agora? — pergunta Flynn.
— Cauteloso — sussurro, e admitir isso é um soco no estômago, quase me deixando sem ar.

Ela poderia me deixar.

— Ah. Seus sentimentos de insegurança e abandono estão aflorando, de novo.

Eu continuo mudo, distraído pela réstia de luz da tarde que ilumina o conjunto de mini orquídeas na mesa de centro. *O que posso dizer?* Não quero admitir isso em voz alta. Isso torna o meu medo real. Eu detesto me sentir tão fraco. Tão exposto. Ana tem o poder de me machucar e desferir um golpe fatal.

— Você está em dúvida quanto ao casamento? — pergunta John.

Não. Talvez.
Tenho medo de ela me machucar.
Como ela fez antes... quando foi embora.
— Não — respondo, porque eu não quero perdê-la.
Ele faz que sim com a cabeça, como se fosse isso que queria escutar.
— Você abdicou de muita coisa por causa dela.
— Abdiquei. — Reprimo meu sorriso indulgente. — Ela é uma boa negociadora.
Flynn volta a esfregar o queixo.
— Você se ressente disso?
— Sim. Em parte. Eu dei tanto a ela, e ela não quer me dar isso.
— Parece bravo com ela.
— E estou.
— Já pensou em falar isso a ela?
— Que estou bravo? Não.
— Por que não?
— Fico preocupado de dizer alguma coisa de que vou me arrepender depois e de que ela vá embora. Ela já me deixou uma vez.
— Mas você machucou a Ana daquela vez.
— É, machuquei.
A memória do seu rosto cheio de lágrimas e da sua reprimenda amarga nunca sairá da minha cabeça. *Você é um filho da puta fodido.*
Estremeço, mas escondo de Flynn. Sempre que penso naquela época, minha vergonha quase me engole por inteiro.
— Eu nunca mais quero machucar a Ana. Nunca.
— Esse é um bom objetivo para se ter — comenta Flynn. — Mas você precisa encontrar uma maneira saudável de expressar e canalizar sua raiva. Você a direcionou para si mesmo por muito tempo. Tempo demais. — Ele faz uma pausa. — Mas você sabe minha opinião sobre isso. Não vou trazer isso à tona agora, Christian. Você é incrivelmente resiliente e engenhoso. E tinha a solução para esse impasse desde o começo; você cedeu. Problema resolvido. A vida nem sempre vai seguir da sua maneira. A chave é reconhecer esses momentos. Às vezes, é melhor entregar a batalha para ganhar a guerra. Comunicação e compromisso: é disso que se trata um casamento.
Bufo, me lembrando do e-mail de Ana de muito tempo atrás.
— O que é tão engraçado?
— Nada. — Balanço a cabeça.
— Tenha um pouco de fé em você e nela.
— Casamento é um imenso ato de fé — murmuro.

— É verdade. Para todo mundo. Mas você está bem equipado para lidar com ele. Concentre-se em onde você quer estar. Como você quer estar. Acho que você tem feito isso nas últimas semanas. Parece mais feliz.

Encontro o olhar dele.

— Esse é só um pequeno contratempo — aponta ele.

Espero que seja.

— Vejo você semana que vem.

Está anoitecendo, e Elliot e eu estamos no terraço da casa nova, admirando a vista.

— Dá para ver por que você comprou este lugar. — Elliot demonstra como o local lhe agrada assobiando.

Ficamos os dois quietos por um momento, absorvendo a majestade do crepúsculo acima do Sound: o céu opala, as nuvens laranja distantes, as águas em um tom roxo-escuro. A beleza. A calma.

— Deslumbrante, não é? — murmuro.

— Sim. É um lugar magnífico para uma bela casa.

— Que você vai reformar. — Sorrio e Elliot dá um soco de brincadeira no meu braço.

— Fico feliz de poder ajudar. Vai dar muito trabalho, e não vai ser barato tornar esse lugar mais sustentável. Mas, ei, você pode pagar. Vou falar com a Gia na semana que vem e ver o que ela tem em mente, e se é possível.

— Vou fechar esse negócio antes do fim de julho. Acho que a Ana, você, a Gia e eu devemos nos encontrar aqui quando estiver tudo resolvido.

— Marque para antes. Não me parece que os resultados de nenhum levantamento vão fazer você deixar de comprar esse lugar.

— Você está certo. Vou checar na minha agenda. Quando você acha que tem tempo?

— Para quê?

— Para a reforma, cara. A reforma.

— Ah. Bom, se o projeto Spokani Eden continuar dentro do cronograma, talvez no início do outono? — Ele dá de ombros.

— Está indo bem?

— Sim. — Elliot parece satisfeito consigo mesmo.

E tem motivos para isso. Trata-se de um projeto ambicioso e, uma vez concluído, será uma vitrine para seus métodos de construção sustentável. Ele enfia o boné dos Seahawks de volta na cabeça e bate palmas.

— Ainda bem que hoje é sexta, espertalhão. Vamos voltar para a sua casa e começar os serviços com a cerveja.

Reviro os olhos, e, contornando a casa, sigo meu irmão mais velho até o meu carro, estacionado na entrada da garagem.

— Fico imaginando o que nossas mulheres estarão fazendo — comenta Elliot no caminho de volta ao Escala.

— Empacotando as coisas da Ana, espero.

Olho para Elliot. Ele está com a porra do sapato no meu painel e observa o cenário ao redor como se não desse a mínima.

Meu Deus, tenho inveja dele.

— Devem estar comendo pizza, bebendo vinho demais e falando de nós — brinca ele.

Espero que não estejam falando de nós!

— Ou podem estar assistindo ao jogo. — Ele dá uma gargalhada.

— Kate gosta de beisebol?

— Sim. Ela gosta de todos os esportes.

Claro que gosta. Mais uma vez, fico sem entender direito por que ela e Ana são amigas. Ana não parece nem um pouco interessada em esportes. Apesar de nós dois termos gostado de assistir aos Mariners recentemente.

— Então você pensa na Kate como sua mulher, é? — pergunto, curioso.

— Penso. Por enquanto.

— Não está sério entre vocês?

Ele dá de ombros.

— Ela é legal. Vamos ver. Ela não me enche o saco. Sabe?

— Eu não sei, graças a Deus — digo em um murmúrio abafado, e balanço a cabeça. Esse deve ser o "relacionamento" mais duradouro que ele já teve.

— Vamos parar em um bar — sugere ele.

— Não. Não vou beber e dirigir.

— Cara, você está dirigindo igual ao papai.

Vá se foder, babaca.

Piso forte no acelerador, o R8 faz barulho na alça de acesso à I-5 e seguimos em alta velocidade em direção à cidade.

— Você já encontrou o imbecil que destruiu o seu voador?

Suspiro.

— O meu helicóptero, Elliot? Não. E isso está me deixando puto de verdade.

— Cara, quem iria querer fazer um negócio desses?

— Eu não sei. Minha equipe ainda não encontrou nada. Estou esperando o relatório do Conselho de Segurança. Eles estão demorando bastante. Fui obrigado a aumentar a nossa segurança pessoal. Estou com dois caras vigiando a casa da Ana e da Kate agora mesmo.

— Fala sério! Eu não culpo você, cara. O mundo tem uns doidos mesmo.

Eu lanço um olhar enviesado para ele.

— O quê? Estou só falando o óbvio. Fico feliz por elas estarem seguras — diz, e começo a pensar que talvez ele se importe de verdade com a Kavanagh. — O que você quer fazer na sua despedida de solteiro? — pergunta ele quando saímos da I-5.

— Elliot, eu não quero e nem preciso de uma despedida de solteiro.

— Cara, você vai se casar com a primeira garota que parou para lhe dar atenção. Claro que você precisa de uma despedida de solteiro.

Dou uma risada. *Irmão, você não faz ideia.*

— Achei que você tivesse engravidado a moça.

Sinto meu sangue congelar.

— Vá se foder, meu irmão. Não sou tão descuidado. Ana é nova demais para ter filhos. Temos uma vida inteira antes de entrarmos nessa merda toda.

Elliot ri.

— Você com filhos. Isso vai fazer você relaxar.

Eu o ignoro.

— Você tem falado com a Mia?

— Ah, ela está caçando pau por aí.

— O quê?

— O irmão da Kate. Não acho que ele esteja interessado.

— Eu não gosto das palavras *pau* e *Mia* no mesmo assunto.

— Ela não é mais criança, espertalhão. Sabe, é só um pouco mais nova do que Ana e Kate.

Prefiro não pensar nisso.

— Vamos jogar sinuca ou assistir ao jogo?

Ele é inteligente o suficiente para mudar de assunto.

— O que você quiser, meu irmão, o que quiser.

Entramos na garagem subterrânea do Escala enquanto ainda estou tentando não pensar em Mia e Ethan Kavanagh.

Elliot está roncando na frente da TV. Ele trabalha demais, festeja demais, mas vai dormir para se recuperar do excesso de cerveja que bebeu no quarto de hóspedes. Tivemos uma noite descontraída; assistimos aos destaques do jogo Mariners-Angels (os Mariners perderam), ele me ganhou de lavada em *Call of Duty*, mas eu ganhei na sinuca, para variar. Amanhã de manhã, vou ao apartamento da Ana para ajudar a trazer o resto das coisas dela para cá. Já passou da hora. Olho para o meu relógio, imaginando o que ela estará fazendo. Meu telefone apita, e é como se ela tivesse lido meus pensamentos.

ANA
Já empacotei tudo. Saudades.
Durma bem. Sem pesadelos.
Isso não é um pedido.
Não estou aí para abraçar você.
Te amo. ♥

Suas palavras aquecem meu coração. Flynn disse que nossa briga recente foi apenas um pequeno contratempo; espero que ele esteja certo. Respondo.

Sonhe comigo.
Espero sonhar com você.
Sem pesadelos.

ANA
Promete?

Sem promessas.
Apenas esperança. E sonhos.
E amor. Por você.

ANA
Você uma vez disse que não curte romance.
Fico tão feliz que estava errado!
Estou desmaiando aqui com sua mensagem!
Eu te amo, Christian.
Boa noite. Bjss

Boa noite, Ana.
Gosto de fazer você desmaiar.
Eu te amo.
Sempre. Bj

SEGUNDA-FEIRA, 11 DE JULHO DE 2011

Examino de novo a declaração que eu havia reescrito para o Sam.

Para Divulgação Imediata

**GREY ENTERPRISES HOLDINGS INC.
COMPRA SEATTLE INDEPENDENT PUBLISHING**

Seattle, WA, 11 de julho de 2011. A Grey Enterprises Holdings, Inc. (GEH) anuncia a aquisição da Seattle Independent Publishing (SIP), de Seattle, WA, por 15 milhões de dólares.

Um porta-voz da GEH declarou: "A GEH ficou muito contente em incluir a SIP ao seu portfólio de empresas locais." Christian Grey, CEO da GEH, afirmou: "Não vejo a hora de expandirmos nossa atuação para o mercado editorial e usarmos a expertise tecnológica da GEH para ampliar a SIP e desenvolver ainda mais um sistema sólido de publicações, que ofereça voz aos escritores baseados no Noroeste Pacífico."

A Seattle Independent Publishing foi fundada há trinta e dois anos por Jeremy Roach, que permanecerá como CEO. A SIP tem obtido um considerável sucesso, apoiando escritores locais, incluindo Bee Edmonston, que já esteve três vezes na lista de best-sellers do *USA Today*, e o poeta e artista performático Keon Kinger, cuja última coletânea, *By the Sound*, foi indicada ao prestigioso Prêmio Arthur Rense em 2010.

A SIP continuará a funcionar com autonomia e manterá todos os seus trinta e dois funcionários. "Essa é uma tremenda oportunidade para toda a equipe e os autores da SIP", afirmou o CEO, Jeremy Roach, "e estamos bastante entusiasmados para ver aonde nossa parceria com a GEH vai nos levar na próxima década e além."

Todas as perguntas devem ser enviadas para Sam Saster
Diretor de Assessoria de Imprensa, Grey Enterprises Holdings, Inc.

As palavras da Ana retornam à minha mente. *Claro que estou brava com você. Quer dizer, que tipo de executivo responsável toma decisões com base na pessoa que ele está comendo no momento?*
Eu tomo, Ana.
Mas só porque estou comendo *você*.
Imagens de Ana atada em sua pequena cama branca, escorregadia e melada de sorvete, ou me desafiando a cortar pimentão, ou me chamando de idiota se agitam em minha cabeça. Dou uma olhada no meu planador. Talvez seja por isso que ela não quer me obedecer, porque ela me considera um idiota.
Grey. Basta.
A desconfiança é um sentimento feio e fútil.
Esse é o meu novo mantra. Flynn disse que nossa discussão foi um pequeno contratempo. Acontece em todos os relacionamentos. Ela veio morar comigo, e vamos nos casar em menos de três semanas. O que mais posso querer?
Merda. Eu queria que já estivéssemos casados. A espera está deixando meus nervos em frangalhos. Não quero que ela mude de ideia. Ela passou esse fim de semana bem calada. Estávamos ocupados levando suas coisas para o meu apartamento, e ela anda atolada com os preparativos para o casamento.
Está apenas cansada.
Pare de pensar negativo, Grey.
Concentre-se no que está na sua frente.
Pego o telefone e ligo para o Sam.
— Christian.
Às vezes, me irrita muito quando ele me chama pelo meu primeiro nome. Em um tom glacial, informo-lhe o seguinte:
— Eu lhe mandei uma declaração mais sucinta. A brevidade vale ouro. Tente se lembrar disso.
— Como preferir, Sr. Grey.
Ótimo. Recado dado.
— E, Sam, apague o valor e coloque "soma não revelada".
— Pode deixar.
Desligo e me volto para o meu computador. Espero que um bate-papo com minha noiva melhore o humor dela tanto quanto melhora o meu.

De: Christian Grey
Assunto: O Consumidor Voraz. Consumindo.
Data: 11 de julho de 2011 08:43
Para: Anastasia Steele

Minha querida Anastasia,

Estou me lembrando do dia em que você descobriu que eu tinha comprado a SIP. Creio que você tenha me chamado de idiota, quando eu estava apenas exercendo meu direito, como cidadão de nosso agradável país, de comprar o que eu quiser. Como o Consumidor Voraz (de novo, segundo o seu epíteto), estou lhe informando que a notícia de minha mais recente aquisição deixou de ser sigilosa, e um comunicado à imprensa vai ser emitido hoje.
Estou tão feliz que você veio morar comigo.
Dormi bem na noite passada sabendo que você estava lá.
Eu te amo.

Christian Grey
CEO, Empreendedor, não um idiota, Grey Enterprises Holdings, Inc.

De: Anastasia Steele
Assunto: Chefe ou Chefão
Data: 11 de julho de 2011 08:56
Para: Christian Grey

Meu queridíssimo futuro marido,

Você foi um idiota (confirmo essa denominação) e o chefe do chefe do meu chefe. Lembro que desfrutamos uma noite particularmente divertida e melada. Talvez um pouco de sorvete hoje à noite? Está tão quente lá fora...
Também te amo. Muito.
Estou organizando os assuntos pendentes para a nossa reunião com Alondra sobre os preparativos finais!
Algum pedido de última hora?
Você ainda quer manter o jantar pré-casamento no Escala?

Anastasia Steele
Editora Interina, Ficção, SIP

De: Christian Grey
Assunto: Quantas Vezes!
Data: 11 de julho de 2011 08:59
Para: Anastasia Steele

Minha querida Anastasia,
Vamos fazer tudo rápido.
Estou impaciente para você ser minha.
Sim para o Escala. Menos gente bisbilhoteira lá.
Ah, e BLACKBERRY!!!
E BEN & JERRY'S & ANA.
Minha sobremesa predileta.

Christian Grey
CEO Chefão, Grey Enterprises Holdings, Inc.

De: Anastasia Steele
Assunto: SuperChefão
Data: 11 de julho de 2011 09:02
Para: Christian Grey

Ah, Sr.-francamente-eu-não-dou-a-mínima-Grey,
Também é minha sobremesa predileta.
Bj
A

Sorrio. Agora ela está citando ... *E o Vento Levou* para mim. Ana parece estar bem feliz. Balanço a cabeça e convoco Andrea, me sentindo revigorado.
Obrigado, Srta. Steele.

No meio da manhã, Andrea me encaminha uma ligação de Darius Jackson, do Aeroporto de Ephrata.
— Bom dia, Christian.
— Darius, bom ouvir sua voz. Já chegou?

De repente, me sinto com dez anos de novo, em pleno Natal. Mal consigo conter meu entusiasmo.

— Chegou, Sr. Grey, e é uma beleza.

— Já montou?

— Estou trabalhando nisso agora. Vou mandar umas fotos quando estiver pronto.

— Estou louco para ver.

— Já aprontei o registro e fiquei com uma dúvida: você quer que eu leve o planador para um voo de teste ou prefere fazer isso pessoalmente?

— Não. Pode fazer o teste. Vamos ver como se comporta em voo.

— Faço com todo o prazer. Quando você aparece por aqui?

— Vou tentar dar uma passada aí no fim de semana. Eu aviso.

— Está certo. Vou voltar ao trabalho no planador. Não posso deixar essa belezura toda me esperando. — Ele dá uma risada, desliga e também rio.

Nem eu, Darius, a não ser que a belezura se comporte mal...

Suspiro. Talvez Ana e eu possamos ir planar neste fim de semana.

ANA ESTÁ CALADA DURANTE o jantar, mal tocando em seu risoto.

Será que ela está reconsiderando o casamento?

— O que há de errado? — pergunto.

— Nada. É só que eu tive um dia longo.

Minha ansiedade está borbulhando. Há algo que ela não está me contando.

— Sawyer me falou que os paparazzi estavam do lado de fora do prédio — tento.

— Nós saímos pela área de carga e descarga. Conseguimos despistar os fotógrafos.

Então não é o assédio persistente do quarto poder que a está incomodando. *O que será?* Tento uma nova direção.

— O que você fez hoje?

Ela bufa.

— Passei a maior parte do dia no telefone com os escritores, tentando amenizar o impacto da novidade.

Quase cuspo a comida. *Caralho!*

Ela ri da minha expressão, sua reação logo melhorando meu ânimo.

— É, uma grande empresa explorando empreendimentos artísticos — esclarece ela.

— Ah.

— Roach chamou a equipe editorial sênior hoje de manhã para nos dar todos os detalhes sobre a aquisição. É óbvio que eu já sabia, enquanto todos os outros estavam no escuro. Foi estranho. Me senti deslocada... você sabe.

— Entendo.

Não há dúvidas de que isso é uma coisa boa... conhecimento é poder.

— Christian. — Seus olhos estão cheios de apreensão e suas palavras são despejadas em uma torrente ininterrupta. — Meu noivo é o dono da empresa onde trabalho. Roach olhou para mim algumas vezes durante a reunião e não sei o que ele estava pensando. Eu me lembro de que ele ficou um pouco possesso quando descobriu que nós íamos nos casar. A reunião toda foi estranha. Eu me senti constrangida e pouco à vontade.

Merda!

— Você não me contou que ele ficou um pouco possesso.

Babaca.

— Já faz tempo, quando ele descobriu que tínhamos ficado noivos.

— E *ele* fez você se sentir pouco à vontade?

Se for o caso, vou demiti-lo.

Ela me examina, o semblante sério, como se estivesse analisando a pergunta.

— Um pouco. Talvez. Talvez não. Ou talvez eu esteja projetando. Eu não sei. De qualquer maneira, ele me confirmou no cargo de editora.

— Hoje?

— Esta tarde.

Hmm. Eu ainda não retirei a moratória para a contratação de funcionários novos.

Velho sacana ardiloso.

Estico o braço e pego a mão de Ana.

— Parabéns. Temos que comemorar. Você estava preocupada em me contar?

— Achei que você soubesse e não tivesse dito nada. — Sua voz vai ficando mais baixa.

Dou uma risada.

— Não, eu não sabia. Mas é uma ótima notícia.

Ela parece aliviada. Será que é por isso que ela anda tão calada?

— Não perca o sono por conta disso, Ana. Dane-se o que os seus colegas pensam e o que Roach pensa. Espero que todo mundo na empresa tenha se tranquilizado com o comunicado de imprensa. Não estou planejando nenhuma mudança no futuro próximo. E tenho certeza de que seus autores ficaram encantados em falar com você.

— Alguns, sim. Outros, não. Existem uns que ainda sentem falta do Jack.

— É sério? Fico surpreso em saber disso.

— Alguns desses escritores foram uma aposta dele. Então, eles lhe são leais. Suspeito de que vão trocar de editora quando ele encontrar outro emprego.

Ele nunca vai encontrar outro emprego se depender de mim.

Ela aperta meus dedos.

— De qualquer maneira, obrigada — diz ela.

— Pelo quê?

— Por escutar.

Ela franze a testa de novo, e fico me perguntando se ela quer falar mais alguma coisa.

O quê, Ana? Me conta!

— Está pronto para a cerimonialista? — pergunta.

— É claro. Melhor acabar logo com isso.

Olho determinado para o seu prato de comida. E, para o meu alívio, ela se serve de uma grande garfada do risoto e a leva à boca. Relaxo aos poucos; ela só queria me contar da promoção e presumia que eu já soubesse disso.

Puta merda, Grey.

Relaxa.

— Agora só falta decidir o que vocês vão fazer depois da recepção de casamento. — Alondra Gutierrez tem um sorriso fácil.

— Ainda não discutimos isso. — Ana se vira para mim.

— Está tudo sob controle — falo à Srta. Gutierrez, e Ana expressa surpresa.

Ah, baby. Deixe comigo.

— Vou tratar disso com você separadamente, Alondra.

— Tudo bem, Sr. Grey. Mal posso esperar para ouvir!

— Eu também — diz Ana.

— Você vai ter que esperar até o grande dia. — Sorrio.

Espero que goste do que planejei.

Ana projeta o lábio inferior como se estivesse fazendo beicinho, mas sua expressão está refletindo bom humor e algo mais... algo mais misterioso, mais sensual, que afeta diretamente o meu pau.

Cacete.

Alondra recolhe suas coisas, nos assegurando que ainda podemos fazer mudanças de última hora, enquanto agradecemos por todo o seu trabalho.

Nós nos levantamos conforme Taylor aparece na entrada da sala de estar e Alondra se despede. Ambos a observamos partir e, assim que ela está longe demais para nos ouvir, eu me viro para Ana.

— Ela tem tudo sob controle.

— Alondra é uma boa profissional — afirma ela.

— É verdade. Agora, o que você quer fazer? — acrescento em um sussurro.

Os olhos de Ana disparam em direção aos meus, e seus lábios se entreabrem quando ela me fita. Estamos a centímetros um do outro. Sem nos tocarmos. Mas eu a sinto. Por inteiro. O silêncio entre nós soa alto, se expandindo para preencher o espaço que nos cerca à medida que cada um de nós absorve o outro.

De súbito, não há oxigênio na grande sala. Apenas nós dois, apenas nosso desejo, estalando invisível. Eu o percebo no calor dos olhos de Ana. Suas pupilas dilatam. Ficam mais escuras. Refletindo meu anseio. Meu amor. Nosso amor.

— Você tem estado tão distante. — Sua voz é quase inaudível. — O fim de semana todo.

— Não. Distante não. Com medo.

— Não! — diz ela em uma calma onda de ternura. Ela diminui o espaço entre nós sem andar. Esticando a mão, deixa as pontas dos dedos deslizarem por meu rosto, pela barba por fazer, seu toque ressoando em cada osso e tendão.

Fecho os olhos enquanto meu corpo reage.

Ana.

Seus dedos estão em minha camisa, desabotoando-a.

— Não tenha medo — murmura ela e planta um beijo em uma das minhas cicatrizes, acima do meu coração disparado.

Não aguento mais: seguro seu rosto em minhas mãos e aproximo seus lábios dos meus, beijando-a em chamas. Ela é um banquete para um homem faminto. Tem gosto de amor, luxúria e Ana.

— Vamos embora. Agora. Para Las Vegas. Para nos casarmos — imploro, grudado em seus lábios ardentes. — Podemos falar para todo mundo que não aguentamos esperar.

Ela solta um gemido e eu a beijo de novo, tomando tudo o que ela tem a oferecer, me afogando em seu desejo, me afogando em seu amor, ansiando por ela, desesperado para tê-la.

Quando ela se afasta, ambos estamos recuperando o fôlego, seus olhos fascinados fixos em mim.

— Se é isso o que você quer — concede, ofegante e transbordando de compaixão.

Eu a aperto com força.

Ela faria isso por mim.

Não vai me obedecer... mas faria isso.

Merda.

E sei que tenho que dar a Ana o casamento que ela merece. Não uma cerimônia apressada em uma capela qualquer em Las Vegas. Minha garota merece o melhor.

— Venha para a cama — sussurro em seu ouvido, e ela entrelaça os dedos em meu cabelo enquanto eu a pego no colo.

— Eu estava esperando você falar isso — comenta, e eu a carrego até o nosso quarto.

SÁBADO, 16 DE JULHO DE 2011

— Acorde, dorminhoca. — Mordo e puxo de leve o lóbulo da orelha de Ana.
— Humm... — Ela geme e se recusa a abrir os olhos.
Puxo de novo.
— Ai! — resmunga ela e seus olhos abrem piscando.
— Bom dia, Srta. Steele.
— Bom dia.
Ela estende o braço para acariciar meu rosto. Estou completamente vestido e deitado do lado dela.
— Dormiu bem? — Beijo a palma da sua mão.
Ela confirma com a cabeça de forma sonolenta.
— Tenho uma surpresa.
— Ah, é?
— Levante.
Deslizo para fora da cama.
— Que surpresa?
— Se eu disser...
Ela joga a cabeça para o lado, indiferente. Precisa de uma resposta.
— Flutuar por cima do Noroeste Pacífico?
Ela engole em seco e se senta de imediato.
— Planando? — pergunta ela.
— Isso mesmo.
— Podemos correr atrás — ela olha para fora da janela — da chuva? — Ela parece decepcionada.
— Está ensolarado aonde estamos indo.
— Então podemos correr atrás do sol do meio-dia!
— Podemos. Se você se levantar!

Ana dá um gritinho de satisfação e sai tropeçando da cama, toda apressada. Ela se detém para me dar um beijo casto antes de correr para o banheiro.

— Deve estar calor! — grito com um sorriso enorme.

Acho que ela ficou satisfeita.

ENQUANTO SEGUIMOS A TODA velocidade pela I-90 no R8, fugindo do mau tempo, eu me dou ao luxo de aproveitar o momento. Minha garota está ao meu lado, The Killers estão tocando no sistema de som, e nós vamos voar no meu novo planador. O mundo está perfeito.

Flynn ficaria orgulhoso.

Claro que estamos sendo seguidos por Sawyer e Reynolds, mas ninguém pode ter tudo.

— Para onde estamos indo? — pergunta Ana, espiando através do chuvisco na janela.

— Ephrata.

Pelo canto do olho, vejo que ela está perplexa.

— Fica a cerca de duas horas e meia de distância. É onde eu deixo meus planadores.

— Você tem mais de um?

— Dois. Agora.

— O Blaník? — pergunta ela, e, quando eu franzo a testa, ela continua, soando um pouco menos segura. — Você mencionou esse ao piloto quando estávamos planando na Geórgia. — Ela olha para seus dedos e começa a girar a aliança de noivado. — Foi por isso que eu comprei aquela miniatura. — Ela está falando tão baixo que preciso me esforçar para ouvi-la.

— O único Blaník que eu tenho é aquele pequeno planador. Tem um lugar de honra na minha mesa de trabalho.

Estendendo a mão, pego o joelho dela, me recordando por um momento das circunstâncias de quando ela me presenteou com o pequeno modelo.

Não entre nessa, Grey.

— Eu treinei voo em um Blaník. Agora, tenho um novíssimo ASH 30 de última geração. Um dos primeiros no mundo. Esse vai ser meu... nosso voo inaugural nele. — Dou um rápido sorriso para Ana.

O rosto de Ana se abre em um sorriso e ela balança a cabeça com ternura.

— O quê? — pergunto.

— Você.

— Eu?

— Sim. Você e seus brinquedos.

— Um homem precisa relaxar, Ana.

Dou-lhe uma piscadela, e ela enrubesce.

— Você nunca vai deixar essa passar, não é?

— Isso e a pergunta "você é gay?".

Ana ri.

— Você gosta de passatempos caros.

— Não é novidade.

Ela abafa um sorriso e balança a cabeça de novo, e não sei se ela está rindo de mim ou comigo.

Plus ça change, Anastasia.

Entramos no estacionamento do Aeroporto Municipal de Ephrata logo antes das onze. O sol prometido se materializou, dispersando as nuvens de chuva e trazendo lindas nuvens cúmulos brancas, perfeitas para planar. Estou me coçando para ver meu novo avião e colocá-lo no ar.

— Pronta? — pergunto.

— Sim! — Os olhos de Ana brilham, sua animação é palpável. Como a minha.

— Está tão claro que vamos precisar de óculos escuros.

Do porta-luvas, pego meus óculos de sol aviador e entrego um par de Wayfarers para Ana, depois recolho os dois bonés dos Mariners.

— Obrigada. Esqueci meus óculos escuros.

Quando saio do carro, Sawyer chega no Q7 e estaciona ao lado do R8. Aceno para ele, que abaixa o vidro da janela.

— Tem uma sala de pilotos se vocês quiserem esperar lá — digo. — Nos sigam.

— Sr. Grey, por favor. — O tom de voz de Sawyer me detém.

Sei que ele quer checar as salas antes que eu e Ana entremos. Abro caminho para ele e Reynolds e os deixo passar.

Isso já está testando a minha paciência.

Respiro fundo. Não vou deixar essa escolta acabar com meu humor, afinal foi para isso que os contratei. Pegando a mão de Ana, sigo os seguranças para dentro do escritório, onde Darius Jackson está à espera.

— Christian Grey! — exclama, e aperta minha mão com uma sacudida calorosa. É ótimo revê-lo. Ele é um cara grande, alto, e ganhou peso desde a última vez que o vi. — Você está com uma aparência boa.

— Você também, Darius. Essa é minha noiva, Anastasia Steele.

— Srta. Steele. — Darius dirige a ela um sorriso largo e brilhante.

— Ana — nos corrige ela, mas sorri e aceita a mão estendida dele.

— Darius foi meu instrutor de voo — lhe explico.

— Você foi um aluno exemplar, Christian — opina ele. — Nasceu para isso.

Ana me fita, e acho que é orgulho o que eu vejo gravado no seu lindo rosto.

— Parabéns pelo noivado — diz Darius.

— Obrigado. Está tudo pronto? — pergunto, porque o orgulho que Ana sente de mim é difícil de engolir, e claro que eu mal posso esperar para ver meu novo planador.

— Claro que sim. Está todo ajustado para você. Meu filho Marlon vai mostrar.

— Uau! Marlon — exclamo. Marlon, agora adolescente, tem cabelo quase raspado e um sorriso e um aperto de mãos que combinam com os do pai. — Você ficou tão alto!

— Filhos. Eles crescem. — Os olhos escuros de Darius brilham de amor paterno.

— Obrigado por me ajudar, Marlon.

— Sem problemas, Sr. Grey.

Do lado de fora, na pista, o N88765CG nos espera. É, sem dúvida, o planador mais elegante do planeta: um Schleicher ASH 30, de um branco reluzente, com envergadura de asas de vinte e seis metros e meio e uma grande capota. Mesmo dessa distância, é óbvio que é uma maravilha da engenharia moderna.

Fácil de manobrar.

Darius faz um relato detalhado do voo inaugural e fica animado ao se lembrar, enquanto nós três caminhamos em torno do planador, admirando sua beleza e elegância.

— É perfeito, Christian. É como andar no ar — diz ele, e a admiração na sua voz é proporcional a essa aeronave elegante e de ponta.

— Parece incrível mesmo — concordo.

Abro a capota e Darius me mostra cada um dos controles.

— E coloquei mais lastro — ele fita Ana —, já que vocês vão precisar.

— Entendi.

— Vou pegar os paraquedas.

— Uau! — exclama Ana ao estudar a cabine. — Tem mais botões e trecos técnicos do que o outro planador.

Dou uma risada.

— Ela com certeza tem.

— Ela?

— Ela. É mais dócil assim — acrescento, com um sorriso malicioso.

Ana inclina a cabeça para um lado e me observa, estreitando os olhos, enquanto tenta esconder, sem sucesso, que achou graça.

— Dócil, é?

Eu a encaro com ar petulante.

— Fácil de lidar. Faz o que mandam...

Darius retorna e me entrega os paraquedas antes de voltar para o escritório. Eu me agacho no chão com o de Ana e a ajudo a colocá-lo, apertando as tiras em volta das coxas dela.

— Como você sabe, Srta. Steele, eu gosto de mulheres dóceis.

— Até certo ponto, Sr. Grey — diz ela quando me levanto. — Às vezes você gosta de ser desafiado.

Abro um sorriso.

— Só por você. — Aperto bem firmes as fivelas dos ombros.

— Você adora fazer isso, não é? — sussurra ela.

— Mais do que você pode imaginar.

— Acho que eu tenho uma ideia. Talvez pudéssemos fazer isso mais tarde.

Eu paro e a aproximo de mim de modo que consigo sentir seu perfume.

— Talvez — murmuro. — Eu gostaria muito disso.

Ana me fita estreitando os olhos.

— Eu também.

Suas palavras são tão suaves quanto a brisa do verão e ela se estica para me beijar. Minha respiração para na garganta quando os lábios dela tocam nos meus e o desejo percorre meu corpo como um fogo selvagem. Mas, antes que eu possa reagir, ela dá um passo para trás a fim de me dar espaço para eu vestir meu próprio paraquedas.

Que provocação.

Os olhos ardendo, ela me observa enquanto eu amarro meu paraquedas. Tomo um cuidado extra para apertar minhas próprias tiras.

— Isso foi sexy — sussurra ela.

Rindo, e antes que eu me distraia com bobeiras e ela também, dou outra checada na nova aeronave. Dessa vez, eu a examino para detectar qualquer coisa que pareça frouxa ou fora do lugar; tudo parte das minhas verificações pré-voo. Darius, que me ensinou a planar, não esperaria menos.

O avião está ótimo, em ótima forma.

Como minha noiva.

Ana ainda está me observando enquanto percorro a mão pela ponta da asa.

— Está tudo certo — digo quando volto para o lado de Ana.

Ela coloca o boné e enfia o rabo de cavalo pelo buraco atrás.

— Você está incrível também, Srta. Steele — sussurro, ao botar os óculos escuros.

Darius e Marlon se aproximam, e juntos empurramos o ASH 30 para a pista de decolagem.

Uma vez na posição, ajudo Ana a subir no banco da frente da cabine e tenho o prazer de prendê-la mais uma vez.

— Isso deve manter você no lugar — murmuro com um sorriso malicioso, depois me acomodo atrás dela e fecho a capota.

Darius prende o cabo de reboque e, com um sinal afirmativo, se dirige até o monomotor Cessna Skyhawk à espera.

— Pronta? — pergunto a Ana.
— Pode apostar!
— Não toque em nada.
— Espere.
— O quê?
— Você nunca pilotou esse antes.
Eu rio.
— Não. Eu não tinha pilotado o Blaník L23 antes, mas nós sobrevivemos.
Ela continua em silêncio.
—Ana, são todos iguais, na verdade. E você tem um paraquedas. Não se preocupe.
— Tudo bem. — Ela parece um pouco insegura.
— De verdade. Vai ficar tudo bem. Confie em mim.

Faço uma checagem minuciosa dos controles para me orientar: profundor, ailerons, o manche. Tudo pleno e livre. Alças, ok. Freios, ok e agora travados. Capota fechada. Instrumentos de voo, ok. Nenhum vidro rachado; nem deveria ter, é um planador novo.

A voz de Darius crepita no rádio e lhe informo que estamos prontos. Uma rápida olhada para o lado estibordo revela Marlon parado, segurando a ponta da asa enquanto Darius aciona o Skyhawk.

— Lá vamos nós! Vamos caçar algumas termais e o sol do meio-dia — grito por cima do barulho estridente do motor do Cessna.

Darius avança devagar, e de repente estamos correndo pela pista. Usando os pedais sob os pés e o manche à minha frente, a aeronave levanta voo antes que o Cessna deixe a pista.

Ela sai tão rápido do chão!

Subimos mais e mais alto. O prédio de escritórios de Ephrata parece um brinquedo de criança ao desaparecer à distância. Darius inclina sua aeronave e nós zarpamos em direção às Beezley Hills, onde é certo que encontraremos algum lift.

— A partida foi suave — diz Ana, uma ponta de admiração respeitosa na voz.
— Muito mais suave do que com o Blaník — relembro.

O ASH é incrível. Muito leve e responsivo.

Alcançamos três mil pés e entro em contato com Darius pelo rádio para avisá-lo de que estou soltando o cabo. Ele nos fez voar até uma termal e, enquanto vai embora, permaneço em um amplo círculo, mantendo a altitude constante enquanto nos elevamos, elevamos e elevamos. O estado de Washington se distancia abaixo de nós em toda a sua glória quadriculada.

— Uau. — Ana suspira.
— A bombordo, você pode ver os Cascades.
— Bombordo?

— Esquerda.
— Ah, sim.
Ainda há um salpico de neve beijando o topo das montanhas, mesmo em julho.
— O que é aquela água lá embaixo?
— O Lago Banks.
— Christian, isso é lindo.
Estamos a sete mil pés, e sei que podíamos ir mais alto. Podíamos ir por quilômetros e quilômetros, e pousar em algum campo léguas e léguas além. Esse pensamento é tentador — Ana e eu sozinhos em algum lugar inóspito —, mas não acho que Sawyer ou Reynolds, ou mesmo Ana, fossem gostar.
— Olhe! — grita Ana.
Embaixo de nós, um redemoinho gira no ar.
O lift!
Traço uma linha reta até lá e voamos mais alto. A toda velocidade.
— Uau! — grita Ana, com euforia. — Sem acrobacias hoje?
— Estou só sentindo o planador para começar.
Foda-se. Eu adoro fazer a Ana gritar. Faço uma manobra *wing over* e ela berra com prazer enquanto ficamos pendurados sobre a terra, suas mãos esticadas, seu rabo de cavalo despencando, as planícies de Washington embaixo de nós.
— Puta merda! — exclama ela, e eu nos jogo para o alto de novo e Ana ri sem parar.
O som enche minha alma e me faz sentir com trezentos metros de altura. O ASH é um sonho para voar; ele nos carrega para o topo do mundo, onde o sol reina sobre as nuvens; é tranquilo, e estamos cercados por uma vista de tirar o fôlego. A mulher que é o amor da minha vida está sentada ao meu lado, feliz e livre acima da terra. E, pela primeira vez em algum tempo, uma sensação de paz me invade. Estamos juntos, aninhados no céu, e meu coração está preenchido, transbordando.
Eu não quero que essa sensação acabe.
Essa onda. É intoxicante.
Concentre-se em onde você quer estar.
Como você quer estar.
Acho que você tem feito isso nas últimas semanas. Parece mais feliz.
As palavras de Flynn surgem em minha mente.
Ana é a minha felicidade. Ela é o que faltava.
Esse pensamento é intenso demais, abrangente demais. Sei que poderia me engolir por completo se eu deixasse. Para me distrair, pergunto a Ana se ela quer tentar.
— Não. Esse é seu voo inaugural. Aproveite, Christian. Estou emocionada por ter vindo junto.
Sorrio.

— Comprei para você.

— Sério?

— Sim. Eu tenho um planador de um lugar só feito pela mesma empresa alemã, mas é para voos solo. Esse planador é um sonho. Ele é fantástico.

— É verdade. — Ana olha para o horizonte à frente. — Estamos flutuando no ar — diz, a voz suave e sonhadora.

— Isso nós estamos, querida... isso nós estamos.

Pousamos uma hora depois, uma aterrissagem tão suave quanto a decolagem. Estou entusiasmado com a nova aeronave. Ela superou minhas expectativas. Um dia eu realmente gostaria de continuar subindo com ela para ver até onde nos levará. Talvez mais para o fim desse verão.

Darius corre em nossa direção enquanto eu destranco a coberta.

— Como foi? — pergunta exultante quando nos alcança.

— Incrível. É um puta avião. — A adrenalina ainda está correndo pelo meu corpo.

— Ana? — Darius volta sua atenção a ela.

— Concordo com o Christian. É incrível.

Eu me solto, saio da aeronave e me alongo. Depois me inclino para desafivelar Ana.

— Isso foi inspirador — sussurro, e lhe dou um beijo rápido enquanto logo a solto do cinto de segurança.

Os lábios dela se abrem de surpresa, mas me viro para Darius, que ainda está conosco.

— Vamos devolver o avião ao hangar.

Estou atrás da Ana enquanto voltamos para os carros com Sawyer e Reynolds. Seu rabo de cavalo balança alegremente. Ela ainda está usando o boné, e, por baixo da jaqueta de beisebol curta azul-marinho, sua bunda está protegida por uma calça jeans azul justa. Seus quadris balançam para a frente e para trás, um metrônomo enquanto ela anda, e o ritmo é hipnotizante. Ela está tão gostosa. Avanço para o seu lado do carro e abro a porta.

— Você está linda. Acho que não falei isso hoje de manhã.

— Acho que falou — responde ela com um sorriso doce.

— Bem, eu gostaria de dizer de novo.

— O mesmo vale para você, Christian Grey.

Ela desliza o dedo pela minha camiseta branca e a sensação reverbera pelo meu peito e pelo resto do meu corpo.

Preciso levá-la para casa.

Mas antes... Almoço. Um almoço tardio. Fecho a porta do carona e me dirijo para o banco do motorista.

Paramos em Ephrata para uma pizza.

— Você se importa de pedirmos para viagem? — pergunto quando entramos no pequeno restaurante.

— Para comer no seu carro?

— Isso.

— Seu imaculado R8?

— Esse mesmo.

— Claro. — Ana parece confusa.

— Estou ansioso para chegar em casa.

— Por quê?

Eu a encaro, arqueando uma sobrancelha com um único pensamento na cabeça. *Por que você acha, Ana?*

— Ah — fala ela, e seus dentes se enterram no lábio inferior para suprimir um sorriso, suas bochechas ruborizando com aquele tom de rosa que eu tanto amo. — Tudo bem. Sim. Para viagem — concorda ela, e tenho que rir.

— Essa é a melhor pizza do mundo — diz Ana com a boca cheia.

Fico contente por ter pego o dobro de guardanapos que era de se esperar.

— Mais? — peço.

E ela segura a fatia para eu morder. Quando abro a boca, ela tira a fatia dali e dá outra mordida.

— Ei!

Ela dá uma risada e diz:

— Minha pizza!

Faço beicinho. Porque estou dirigindo e não há mais nada que eu possa fazer.

— Aqui — concede ela, e dessa vez me deixa dar uma mordida.

— Você sabe que vai ter volta.

— Ah, é? — zomba ela. — Pode vir, Grey.

— Ah, eu vou. Vou, sim... — E começo a contemplar diversos cenários, o que acaba tendo um impacto imediato no meu corpo. Mudo de posição no banco. — Mais pizza, por favor.

Ana continua me alimentando. E me provocando. Muito para o prazer dela e o meu.

Deveríamos fazer isso com mais frequência.

— Acabou — diz Ana, e apoia a caixa de pizza no chão.

Sinto-me satisfeito. Estou com minha garota, no meu carro preferido, Radiohead tocando, e estamos a toda velocidade passando pela paisagem majestosa do rio Columbia em direção à ponte Vantage. Sou arrebatado por um sentimento de pertencimento.

Antes da Ana, como eu passava meus fins de semana?

Planando, Velejando, Fodendo...

Dou uma risada. Parece que pouca coisa mudou, mas isso simplesmente não é verdade; tudo mudou, e por causa da jovem que está sentada ao meu lado. Eu não sabia que era solitário até conhecê-la. Eu não sabia como eu precisava dela, e aqui está ela do meu lado. Dou uma espiada em Ana, que chupa a ponta do seu dedo indicador. Essa visão é estimulante, e me lembro do seu comentário de mais cedo sobre as tiras.

— *Você adora fazer isso, não é?*

— *Mais do que você pode imaginar.*

— *Acho que eu tenho uma ideia. Talvez pudéssemos fazer isso mais tarde.*

— *Talvez...*

Esse pensamento me deixa maluco. Enfiando o pé no acelerador, levo o R8 a 150. Eu quero chegar em casa.

Minha ansiedade está em defcon 1 quando enfim entramos na garagem do Escala.

— Em casa de novo.

Ana suspira quando desligo o carro. Sua voz é rouca e baixa, chamando minha atenção. Seus olhos encontram os meus e nos encaramos, enquanto o ar dentro do R8 esquenta devagar.

Está aqui. Entre nós. Nosso desejo.

É quase uma entidade, de tão poderosa.

Juntando-nos.

Consumindo-me... consumindo-nos.

— Obrigada — diz ela.

— Muito de nada.

Ela me fita e estreita os olhos, que estão embaçados e cheios de uma promessa sensual. Atraído, eu não consigo desviar o olhar. Estou sob um feitiço poderoso. Ao nosso lado, Sawyer e Reynolds param o carro, estacionam e desembarcam do Q7, trancando-o. Seguem para o elevador de serviço, e não consigo saber se estão nos esperando ou não. Eu não sei. Não me importo. Ana e eu os ignoramos, nosso foco está somente um no outro. O silêncio no carro é inebriante, ressoando com pensamentos implícitos.

— O novo planador, aquilo foi coisa de outro mundo.

— Eu gosto de levar você para um outro mundo.

Um sorriso lento e sedutor surge nos seus lábios.

— Também gosto.
— Eu tenho um plano.
— Você tem?

Confirmo com a cabeça, prendendo a respiração enquanto uma série de imagens de Ana amarrada no quarto de jogos passa pela minha cabeça.

— Quarto Vermelho? — pergunta ela com cautela.

Assinto.

Suas pupilas ficam dilatadas e escuras, e seus seios sobem conforme ela inspira.

— Vamos lá.

E eu saio do carro.

Ela está do lado de fora quando alcanço a porta do carona.

— Venha.

Pego a sua mão e me apresso rumo ao elevador. Felizmente, ele está esperando por nós e entramos em disparada. Aperto a mão dela e ficamos encostados na parede dos fundos. Ela se aproxima de mim e sua intenção está clara quando encontra o meu olhar.

— Não. Espere.

Solto sua mão e dou um passo para o lado enquanto o elevador sobe.

— Christian — sussurra ela, seu olhar ardente.

Balanço a cabeça.

Vou fazer você esperar, querida.

Ela pressiona um lábio no outro, seu descontentamento evidente, mas há um lampejo provocante nos seus olhos. Minha garota não se esquiva de um desafio.

O jogo começou.

As portas do elevador se abrem e dou um passo atrás, fazendo um gesto cortês para Ana.

— Damas primeiro.

Ela dá um sorriso malicioso e, com a cabeça erguida, desfila para fora do elevador até o saguão de entrada, onde para.

Sawyer está nos esperando.

Bem, isso é inconveniente.

— Sr. Grey, o senhor deseja mais alguma coisa?

Ele sabe que Taylor foi visitar a filha, e acho que está tentando assumir seu lugar. Ele olha com expectativa de mim para Ana, cuja atenção está de repente concentrada no chão enquanto ela tenta não rir.

Disfarçando o fato de que estou achando graça, respondo:

— Estou bem, obrigado. — E depois, de maldade, acrescento: — Ana?

— Tudo bem.

Ela me lança um olhar de que-porra-é-essa e preciso de todo o meu autocontrole para não explodir em risos na frente do Sawyer.

Ele sai apressado do saguão.

— Você e Reynolds podem ir. Nós não vamos sair essa noite. Anastasia vai sair amanhã. Mando uma mensagem de manhã para avisar a que horas.

Ana tem uma prova do seu vestido de noiva de manhã.

— Combinado, senhor. — Ele se vira e eu o acompanho até o corredor.

Um rápido olhar para a sala de estar revela que Ana não está lá. Sawyer se dirige ao escritório de Taylor enquanto vou procurar a Srta. Steele. Eu a encontro no quarto, onde está desamarrando as botas.

Ela olha na minha direção.

— Sr. Grey, você é mesmo malvado.

— Dou o meu melhor. Quarto de jogos. Dez minutos.

Eu me viro e a deixo, de queixo caído, no meu... no nosso quarto.

O QUARTO DE JOGOS está com uma iluminação suave, a luz brilhando nas paredes vermelhas. Parece, mais uma vez, meu refúgio. Já se passaram algumas semanas desde a última vez que viemos aqui. *Por quê? Para onde vai o tempo?* Dou uma gargalhada... pareço meu pai. Tiro a jaqueta e descalço os sapatos e as meias, aproveitando o calor do piso de madeira nas solas dos meus pés. Do fundo da cômoda de brinquedos, tiro um arnês de suspensão de couro; vai ser divertido amarrar Ana com isso. Mal consigo me conter. Ela não vai ficar totalmente suspensa, então acho que será algo dentro dos seus limites. Eu o deixo em cima da cama, depois pego alguns outros itens. Guardando alguns deles no bolso de trás da minha calça jeans, deixo o restante na cômoda, depois me dirijo à porta adjacente que dá para o banheiro do quarto da submissa.

Paro quando saio do banheiro. O quarto está intocado desde que Susannah foi embora. Ana nunca realmente ocupou esse espaço; ele tem um ar de vazio, de abandonado. A decoração ainda é neutra. Branca. Fria. Susannah nunca quis decorá-lo.

Grey, pare.

Eu não quero entrar nesse buraco sem fundo agora. Não enquanto minha garota deve estar à minha espera.

Quando entro no quarto, Ana está descalça perto da cama, examinando o arnês. A visão dela me deixa paralisado de repente. Ela se trocou e vestiu uma lingerie de renda. Ela é uma visão de pernas e braços compridos, com a renda preta e a delicada calcinha transparente.

Só para mim.

Eu consigo ver tudo.

Tudo.

Coberta de renda.

Minha boca fica seca quando ela dá um passo em minha direção, o cabelo solto, caindo e ondulando até abaixo de seus seios.

— Sr. Grey. O senhor está com um excesso de roupas.

Eu posso reagir de duas maneiras diferentes. Ainda estamos nos encontrando aqui. Hoje, o dominador ganha.

— Você quer brincar?

— Sim.

— Sim o quê?

Os lábios de Ana se abrem de surpresa.

— Senhor.

— Nesse caso, vire-se.

Ela pisca, perplexa com meu tom de voz, acho, e uma ruga se forma na sua testa.

— Não franza a testa.

— Suspensão?

— Não totalmente, não. Os dedos dos seus pés vão tocar o chão. Vai ser intenso.

Vamos lá, Ana. Não perca a coragem.

— Nós não precisamos fazer isso — sussurro.

A boca de Ana se retorce naquele sorriso malicioso e desafiador que eu tanto conheço, e acho que ela está avaliando suas opções. Inclino a cabeça para o lado enquanto o olhar dela percorre o arnês sobre a cama, detendo-se no acessório. Ela está curiosa, dá para notar. Levanto seu queixo e roço meus lábios nos dela.

— Você quer usar esse arnês ou não?

— O que você vai fazer comigo? — As palavras dela saem ofegantes e quase inaudíveis. Ela está excitada. Apenas de olhar para aquilo.

— O que eu quiser.

Ela arfa e se vira na mesma hora.

Sim!

Do alto da cômoda, tiro um elástico de cabelo. Junto seu cabelo nas minhas mãos e começo a fazer uma trança.

Não tem graça suas mechas deliciosas ficarem presas em alguma dessas tiras.

Continuo fazendo a trança com rapidez e, assim que termino, dou um puxão. Ela recua e cai nos meus braços.

— Você está incrível, Srta. Steele — murmuro no seu ouvido. — Amei a lingerie. Lembre-se, você não precisa fazer nada que não queira. Apenas me peça para parar. Agora, vá e assuma a posição perto da porta.

Ela me lança um olhar que é o menos submisso possível e que em outra vida teria justificado umas boas palmadas, mas se dirige até a porta e se ajoelha, apoiando as palmas das mãos nas coxas e abrindo as pernas.

Essa é a minha garota.

Ela está maravilhosa. Eu podia gozar só de olhar para ela.

Calma, Grey. Controle-se.

Ignorando minha ereção, volto à cômoda, pego o meu iPod e o encaixo na base. Ligo o sistema de som Bose, escolho uma trilha sonora e pressiono o botão *repeat*.

— "Sinnerman".

Nina Simone. *O pecador. Perfeito.*

Ana me observa.

— Olhos para baixo — advirto, e ela, obediente, os volta para o chão.

Fecho os olhos. Sempre que ela faz o que lhe mando é como música em minha alma. Não consigo obrigá-la a me obedecer fora desse cômodo, então vou aproveitar ao máximo a situação enquanto estamos aqui dentro. Caminho devagar para perto dela e me ponho de pé bem na sua frente.

— Pernas. Mais abertas.

Ela se mexe e afasta as coxas. Solto um gemido de aprovação, tiro minha camiseta e a jogo no chão. Devagar, desafivelo o cinto e o puxo dos passantes da calça. Os dedos de Ana se flexionam em suas coxas.

Será que ela está imaginando o que vou fazer com o cinto?

Esses dias são coisa do passado, Ana.

Porém, só para efeito, eu o deixo cair com um ruído forte. Ela se encolhe com o som.

Merda.

Abaixando-me, acaricio seu cabelo

— Ei, não fique ansiosa, Ana.

Ela ergue o olhar para mim, a visão perfeita do sonho erótico de um Dominador, e sei que meu pau já está explodindo. Levando todo o tempo do mundo, desabotoo a calça e abaixo o zíper enquanto seguro o cabelo dela com mais força. Minha intenção está evidente e ela me observa com um olhar que poderia me incendiar dos pés à cabeça, e acho que isso é bom, porque ela abre a boca, pronta para mim.

— Não, ainda não — sussurro e, ainda segurando seu cabelo, tiro meu pau duro da calça jeans e deslizo a mão para cima e para baixo ao longo dele.

Os olhos dela nunca deixam os meus. Com o polegar, esfrego a gota de líquido que surgiu da cabeça, e passo a mão ao longo do meu pau mais uma vez. O que mais quero é enfiar tudo na boca de Ana, mas quero prolongar esse momento.

— Me beije — murmuro.

Os seios de Ana estão subindo e descendo mais rápido. Seus mamilos endurecem sob o meu olhar. Ela está excitada. Contrai os lábios e os pressiona em meu pau.

— Abra para mim.

Ela separa um lábio do outro e avanço para dentro de sua boca quente, molhada e desejosa.

Caralho.

Retiro e enfio de novo. Dessa vez, ela cobre os dentes com os lábios; então, o efeito é imediato quando ela chupa.

Ai, isso.

Gemendo em aprovação, seguro o cabelo dela e me mexo. Para a frente. Para trás. Fodendo a boca de Ana, e, como a deusa que ela é... ela me chupa.

Todinho.

Repetidas vezes. Cada vez mais. Mais e mais fundo.

Sem parar. Eu me perco em sua boca maravilhosa.

Merda. Vou gozar. Mas não me importo. Solto a cabeça dela, apoio a mão na parede para me manter de pé e me libero.

Grito quando meu orgasmo corre velozmente pelo meu corpo e me consome, enquanto Ana continua em movimento, agarrando minhas coxas, tomando tudo o que tenho para dar.

— *Preciso de você.* — A rouca voz de Nina sai do som, quando deixo a boca de Ana e me apoio na parede para recuperar o equilíbrio.

Ana me observa com um olhar de triunfo. Limpa a boca com as costas da mão e depois lambe os lábios enquanto me ajeito e fecho o zíper.

— Nota máxima — sussurro, e ela sorri. Eu lhe dou a mão. — Para cima.

Eu a puxo para os meus braços e a beijo; empurro-a contra a parede e despejo toda a minha gratidão em nosso beijo. Ela tem o meu gosto e também o gosto da doce Ana; é uma mistura potente e provocante.

Quando a afasto, ela está sem fôlego e seus lábios estão um pouco inchados.

— Assim está melhor.

— Hmm... — responde ela, o som um ruído grave e sensual em sua garganta.

Abro um sorriso.

— Agora vamos nos divertir de verdade. — Eu a guio até a cama, onde coloquei o arnês. Agora que já gozei, estou mais calmo e pronto para a segunda parte. Encaro a Ana, que parece ansiosa. — Por mais que adore o que você está vestindo, precisamos que esteja nua.

Ele engancha o dedo no cós da minha calça jeans.

— E você?

— Tudo a seu tempo, Srta. Steele.

Ela faz beicinho e eu mordo seu lábio inferior de leve.

— Nada de beicinho — murmuro, e começo a desamarrar o corpete que ela está usando, liberando seus lindos seios.

Devagar, eu a livro da peça. Depois de retirá-la, eu a ponho ao lado do arnês.

— E agora isso.

Ajoelhando-me, deslizo sua calcinha com cuidado por suas pernas, garantindo que as pontas de meus dedos percorram sua pele. Quando chego aos tornozelos, eu me detenho e lhe dou um instante para ela levantar os pés e se livrar da lingerie. Deixo a calcinha em cima do corpete.

— Olá, como vai? — eu me dirijo à sua vulva, e dou um beijo logo acima do clitóris.

Ela dá um sorriso malicioso, e me recordo de uma época em que um beijo nessa parte de sua anatomia a deixava inquieta e ruborizada.

Ah, Ana. Olha quanto avançamos.

De pé, agarro o arnês.

— É igual ao paraquedas de hoje.

— Foi daí que veio a ideia?

— Foi. Bem, você me deu a ideia. Então, entre aqui.

Seguro abertas as tiras das coxas e Ana se apoia nos meus bíceps e coloca um pé e depois o outro. Uma vez na posição correta, engancho as amarras superiores sobre os ombros dela e afivelo todas as tiras, incluindo a que atravessa seu peito, uma nas costas, a da cintura e uma ao redor da parte superior de cada braço.

Dou um passo para trás para admirar minha obra de arte e a minha futura esposa.

Cara, ela está um tesão.

Oh, Sinnerman, Pecador, canta Nina.

— Você está bem? — pergunto.

Ela faz um rápido gesto positivo com a cabeça, os olhos escuros e cheios de curiosidade carnal.

Ah, Ana. Fica ainda melhor.

Da gaveta de cima, apanho as algemas de couro. Eu as prendo nos punhos de Ana e depois engancho seus mosquetões às alças de metal embutidas em cada uma das tiras dos braços. As mãos de Ana agora estão amarradas, na altura dos ombros e de fato imobilizadas.

— Está tudo bem? — pergunto.

— Sim.

Com suavidade, puxo um dos ganchos embutidos na tira do peito e levo Ana até a extremidade do sistema de imobilização que pende do teto do quarto de jogos. De cima, destravo o trapézio e o puxo para posicioná-lo em cima de Ana. De cada extremidade do trapézio saem duas cordas curtas com mosquetões na ponta. Prendo-as nas tiras dos ombros. Ela me observa com atenção enquanto completo a tarefa.

Agora ela está presa na posição adequada. Os pés retos apoiados no chão. Por enquanto.

— Então, o interessante desse mecanismo é que posso fazer isso.

Dou um passo para o lado e, da grande trava de metal acoplada à parede, desamarro os cabos que estão presos ao trapézio por meio do sistema de imobilização. Puxo com as mãos, e Ana de repente é içada até ficar na ponta dos pés. Ana arqueja e balança de um lado para o outro e para a frente e para trás, tentando recuperar o equilíbrio. Eu torno a enrolar os cabos em torno da trava, deixando Ana dançando na ponta dos pés.

Ela está indefesa. E inteiramente à minha mercê.

Uma visão e um pensamento eletrizantes.

— O que você vai fazer? — questiona ela.

— Como eu disse, o que eu bem quiser. Sou um homem de palavra.

— Você não vai me deixar assim, não é? — Ela parece em pânico.

Agarro o queixo dela.

— Não. Nunca. Regra número um: nunca deixe sozinha uma pessoa que está imobilizada. Jamais. — Dou um beijo rápido nela. — Você está bem?

Sua respiração é pesada, excitada, e acho que ela está apavorada, mas aquiesce. Beijo-a de novo, dessa vez com infinita ternura, meus lábios roçando nos dela.

— Certo. Você já viu o bastante.

Do bolso traseiro, retiro uma venda, passo-a por cima da cabeça de Ana e tapo seus olhos.

— Você está tão gostosa, Ana.

Dou alguns passos até a cômoda, pego o objeto de que preciso e o enfio no bolso de trás da calça. Ando em torno de Ana, admirando meu trabalho, até ficar de novo de frente para ela. Esfrego o polegar em seus lábios, depois em seu queixo, até chegar ao seu esterno.

Poder, grita Nina por todo o quarto.

— Você vai me obedecer aqui dentro? — sussurro.

— É o que quer que eu faça? — pergunta ela, a voz toda ofegante e carente.

Passo as mãos pelos seus seios e seus mamilos ficam proeminentes sob meus polegares. Puxo os dois. Com força.

— Ai! — grita ela. — Sim. Sim — logo acrescenta.

— Boa menina.

Continuo massageando seus mamilos entre meus polegares e indicadores.

Ela geme, jogando a cabeça para trás, e balança na ponta dos pés.
— Ah, baby, sinta isso. Você quer gozar desse jeito?
— Sim. Não. Não sei.
— Acho que não. Tenho outro plano para você.

Seu gemido preenche o quarto. Levo as mãos à sua cintura, avanço e enfio um mamilo na boca, chupando com a língua e os lábios. Ana grita e passo para o outro e lhe dedico a mesma atenção, até ela ficar se contorcendo nas amarras.

Quando imagino que ela não deve aguentar muito mais, eu me ajoelho a seus pés e deixo uma trilha de beijos em sua barriga, minha língua desenhando um círculo em torno do umbigo e depois continuando sua jornada para o sul. Agarrando suas coxas, iço suas pernas por cima dos meus ombros e projeto minha boca em direção à sua vulva. Ela se inclina para trás no arnês e solta um grito gutural quando meus lábios e minha boca encontram seu clitóris, inchado e pronto para receber a minha atenção. Vou com tudo, focando na pequena fonte de energia no meio de suas coxas.

Provocando. Experimentando. Torturando-a com a minha boca.
— Christian. — Ela está arfando, e sei que está quase lá.

Eu paro e a apoio de novo na ponta dos pés. Quero que ela goze com os dedos quicando no chão. Vai ser intenso. De pé, eu a estabilizo e tiro do bolso traseiro o dildo de vidro estriado e o passo pela sua barriga.
— Está sentindo?
— Estou. Sim. Frio — murmura ela.
— Frio. Ótimo. Vou penetrar você com isso. E, depois de você gozar, eu mesmo vou penetrar você.

Ela solta um gemido abafado.
— Pernas abertas — ordeno.

Ana me ignora.
— Ana!

Hesitante, ela afasta um pé do outro e deslizo a ponta do dildo pela sua coxa e, devagar-ah-bem-devagar, o enfio nela.
— Ai! — Ela geme. — Frio!

Começando com delicadeza, pressiono com a mão, sabendo que o formato da varinha de vidro é pensado para atingir aquele ponto potente e muito, muito doce dentro dela. Isso não vai demorar muito. Com a minha outra mão, seguro sua cintura, mantendo-a próxima de mim e beijando seu pescoço, inalando seu cheiro excitante.

Ana, desabe em meus braços.

Ela está muito perto. Quase lá. Continuo movimentando a minha mão. Mais forte. Mais rápido. Levando-a ao êxtase. Suas pernas vão se contraindo e de repente ela fica rígida e grita quando o clímax a rasga. Ela resiste às amarras enquanto empurro o dildo para dentro dela, fazendo-a atingir o orgasmo. Quando sua cabeça pende para trás, a boca frouxa, eu o retiro e o jogo na cama. Destravo primeiro um e depois o outro mosquetão das tiras dos ombros, e a carrego até o colchão.

Eu a deito. Ainda amarrada. As mãos ainda presas. Retiro sua venda. Seus olhos estão fechados. Abro o zíper do meu jeans e logo tiro a calça e a cueca. De pé acima dela, agarro suas coxas, levanto-as até os meus quadris e me enfio dentro dela. Depois paro.

Ela grita e abre os olhos.

Está molhada. Molhada de verdade.

E ela é minha.

Nossos olhares se fixam um no outro. O dela, atordoado e repleto de paixão. E desejo. E necessidade.

— Por favor — sussurra ela, e contraio minha bunda e começo a me mexer.

Espremendo-me dentro dela. Agarro suas coxas e ela cruza as pernas atrás de mim. Segurando-me. Eu meto nela. Para a frente e para trás. Para a frente e para trás. Quando me aproximo do meu clímax, solto suas pernas, mas ela as aperta ao meu redor. Debruço-me sobre ela, minhas mãos em seus ombros, meus dedos apertando os lençóis de cetim vermelho.

— Vamos lá, baby. De novo — grito, e minha voz soa quase irreconhecível para mim.

Ana se liberta, me levando junto. Eu gozo, de maneira intensa e prolongada, com um grito. E é seu nome que grito.

Ana.

Desabo ao seu lado. Totalmente. Exausto.

Quando me recupero, me curvo sobre ela e destravo as algemas dos punhos e então a puxo para os meus braços.

— O que achou? — murmuro.

Acho que ela diz "coisa de outro mundo" antes de fechar os olhos e se aninhar em meus braços. Eu sorrio e a abraço.

Nina ainda está cantando com toda a força. Encontro o controle remoto na cama e desligo a música, deixando o silêncio cair sobre Ana, sobre mim, sobre o quarto de jogos.

— Muito bem, Ana Steele. Estou impressionado com você — sussurro, mas ela já dorme a sono solto... presa no arnês. Sorrio e beijo o topo de sua cabeça.

Ana, eu te amo e amo o seu lado selvagem.

SEGUNDA-FEIRA, 18 DE JULHO DE 2011

É cedo, e Bastille está no modo general como sempre fica enquanto aquecemos.

— Bom cruzado. De novo! — grita ele, as palavras pronunciadas com ritmo.

Ataco e acerto no aparador de soco que ele está usando.

— De novo. Jab. Cruzado.

Faço o que ele diz.

— Troque de mão. Perna para trás.

A minha perna esquerda se posiciona e fico em posição de ataque.

— Vai.

Jogo o peso do corpo para a mão direita e o som de couro batendo em couro ecoa ao redor da academia no porão da Grey House.

— Ótimo. De novo. Continue assim. Temos que mantê-lo em forma, Grey. Você precisa estar bem para quando chegar a hora de subir no altar. — Bastille cai na gargalhada.

Eu ignoro a brincadeira e acerto uma saraivada de golpes em seus aparadores de soco.

— Legal. Ótimo. Já deu.

Paro e recupero o fôlego. Estou cheio de energia. Alerta. Inquieto. A adrenalina disparando nas veias. Estou pronto para atacar. Estou no auge, porra.

— Acho que já deu para aquecer. Vamos fazer você esquecer toda a sua pose de empresário.

— Fechado. Você vai levar uma surra.

Ele abre um sorriso largo para mim enquanto veste as luvas nas mãos enfaixadas.

— Isso é conversa de ringue, Grey. Sabe, a sua garota está fazendo um tremendo progresso. Ela vai manter esse seu rabo na linha. Vai ser uma oponente e tanto.

Ela já é uma oponente e tanto.
E mantém o meu rabo na linha.
E eu mantenho o dela...
Não pense nisso agora!
Bastille ergue os punhos.
— Pronto, velhote?
Como assim? Sou dez anos mais novo do que ele!
— Velho. Vou mostrar para você quem é velho, Bastille.
E parto para cima dele.

Sentindo-me renovado e pronto para mais um dia, eu me sento diante da minha mesa e ligo o computador. Ana está esperando no topo da caixa de entrada do e-mail.

De: Anastasia Steele
Assunto: Nas nuvens, entrando e saindo do Quarto Vermelho
Data: 18 de julho de 2011 09:32
Para: Christian Grey

Meu caríssimo Sr. Grey,
É difícil saber o que eu prefiro: velejar, voar ou o Quarto Vermelho ~~da Dor~~ do Prazer.
Obrigada por mais um final de semana inesquecível.
Amo voar alto de todas as maneiras com você.
E estou, como sempre, impressionada com os seus talentos... todos eles. ;)

Bjs
Sua futura esposa

Meu sorriso em resposta ao e-mail de Ana é largo e involuntário. Mas não me importo. Ergo o olhar quando Andrea coloca uma xícara de café em cima da mesa, e ela parece um pouco sem jeito.
— Obrigado, Andrea.
— Devo pedir a Ros para vir até aqui? — pergunta ela, recuperando a compostura.
— Sim, por favor.
Pigarreio e me pergunto o que estará perturbando a minha secretária. Digito uma resposta rápida para Ana.

De: Christian Grey
Assunto: Atividades físicas
Data: 18 de julho de 2011 09:58
Para: Anastasia Steele

Minha querida Anastasia,
Amo voar com você.
Amo brincar com você.
Amo comer você.
Amo você.
Sempre.

Christian Grey
CEO, Grey Enterprises Holdings, Inc.

P.S.: Qual talento em particular? Mentes curiosas precisam saber.

Ros bate na porta e entra na minha sala.
— Bom dia, Christian — cumprimenta ela, enquanto aperto "enviar".
Ros está atipicamente animada. Eu me levanto e indico que ela venha até a mesa.
— Bom dia.
— Por que a cara fechada? — pergunta ela, enquanto se senta.
— Acho que nunca vi você tão contente.
O tamanho do sorriso de Ros poderia rivalizar com o da Grande Esfinge de Gizé.
— Deus é bom.
Levanto as sobrancelhas. Esse é um comportamento muito pouco característico de Ros. Eu me sento diante dela e espero pacientemente por uma explicação. Ela procura entre os papéis que trouxe e me entrega a pauta da nossa reunião. Fica evidente que não vai explicar o que está acontecendo, e não quero me intrometer. Abaixo os olhos para o primeiro item.
— O estaleiro em Taiwan?
— Eles estão nos oferecendo acesso irrestrito ao balanço financeiro, ao patrimônio e ao passivo da empresa. Querem se associar a uma empresa dos Estados Unidos. Gostariam de marcar uma apresentação para nós.
— Eles parecem ansiosos.
— E estão mesmo — confirma Ros.
— Acho que deveríamos aceitar a oferta e fazer a nossa investigação particular. E seguiremos a partir daí. Concorda?

— Acho que sim. Não temos nada a perder nesse momento.
— Muito bem. Vamos fazer isso, então.
— Vou organizar a papelada.

Ros faz uma anotação e passa ao próximo item da pauta.

HÁ UM E-MAIL DE ANA esperando por mim quando saio da reunião com Ros.

De: Anastasia Steele
Assunto: Suas Atividades Físicas
Data: 18 de julho de 2011 10:01
Para: Christian Grey

Ora, Sr. Grey... tão rude e tão modesto! Acho que você consegue imaginar... sua sexpertise não conhece limites.
Estou louca para ver novamente a casa esta noite.
Estou em uma reunião que termina às cinco da tarde. Vejo você depois?

Bj
A

Pego o celular e ligo para o ramal dela.
— Ana Steele — responde ela em um tom direto, profissional.
— Ana Steele, aqui é Christian Grey.
— Ah, o meu noivo talentoso. Como você está?
— Muito bem, obrigado. Taylor e eu estaremos aí às cinco.
— Ótimo. Agora, preciso voltar a divagar... quero dizer, a trabalhar. Não quero que o chefe do chefe do meu chefe me pegue fazendo corpo mole com as minhas demandas.
— O que acha que ele faria se a pegasse?
Ela arqueja e o som provoca um arrepio por todo o meu corpo.
— Alguma coisa indescritível — sussurra.
— Isso pode ser providenciado.
— A palma da sua mão está coçando?
— Você sabe bem que a palma da minha mão está sempre coçando. E não anda sendo usada em todo o seu potencial.
— Para. Você tá me deixando toda úmida.
O quê?!

— Úmida. — Pigarreio. — Srta. Steele. Essa palavra deveria ser usada apenas em relação a bolos. Gosto de você molhada.

— Gosto que você goste de mim molhada. — A voz dela estava quase inaudível.

Ajeito o corpo na cadeira.

— Cinco da tarde — sussurro.

— Como você consegue fazer com que três palavras pareçam tão sedutoras?

— É uma maldição.

— É um dom. — A voz dela está rouca.

Droga, mas ela tem sempre uma resposta para tudo.

— Vejo você às cinco, Ana. Até mais, baby.

Estou no topo do mundo. Ana ri daquele jeito encantador dela, e preciso reunir toda a minha força de vontade para desligar.

Eu me levanto com um pulo da cadeira, me sentindo cheio de energia. Flertar com Ana é sempre incrível. Assim como é debater sobre o protótipo mais recente do tablet solar GEH com Fred e Barney. Saio da sala pensando se eu deveria ter cursado engenharia na faculdade.

Estou almoçando quando o celular toca e aparece a cara risonha de Elliot.

— Maninho?

— E aí, cara, estamos confirmados para mais tarde?

— Sim. Eu e a Ana estamos ansiosos.

— Ótimo.

Ele faz uma pausa.

— O que foi? — pergunto. — É sobre a Gia? Ela também vai.

Ele dá uma risadinha debochada.

— Como se isso algum dia fosse ser um problema. Estou falando da despedida de solteiro, espertalhão. No sábado.

— Elliot...

— Pare de ser careta — interrompe ele — Vai acontecer. Mesmo que eu tenha que sequestrar você.

— Merda...

— Não tem *se*, nem *mas*, maninho. Já deixei a equipe de operários de sobreaviso, com fita isolante e uma van. É melhor aceitar logo.

Suspiro da forma mais exagerada que consigo.

Elliot ri.

— Qual é o pior que pode acontecer?

— Não sei, Elliot. Depende do que você planejou.

— Vou fazer você esquecer os seus problemas.

Problemas?

— Mas que problemas, porra?
— Hm, sei lá. Alguém tentando matar você?
Ah, sim. Isso.
— Você é tão sem elegância... É difícil acreditar que fomos criados pelas mesmas pessoas.
Ele ri.
— Até mais, cara. — E desliga.
Babaca.
Mas Elliot não deixa de ter razão. Welch não fez mais progressos na investigação de quem sabotou o *Charlie Tango*. Demiti toda a equipe responsável pelo cuidado e pela manutenção do helicóptero, e continuo à espera do relatório do Conselho Nacional de Segurança nos Transportes. Começo a me perguntar se a avaliação inicial da Administração Federal de Aviação não foi precipitada ao determinar suspeita de uma ação criminosa, e se a falha não passou de apenas um ato aleatório de vandalismo. As duas alternativas são viáveis, e isso me dá certa esperança, mas ainda não quero baixar a guarda. A segurança de Ana é tudo que me importa. Reforcei as medidas de segurança em relação ao jato executivo da Gulfstream da GEH, que já passou por dois testes de voo desde o acidente com o *Charlie Tango*. É ele que vai nos levar para a Europa para a nossa lua de mel.

Ainda estou esperando notícias de Burgess sobre o iate, mas estou confiante de que conseguirei o que eu quero. Já imagino Ana deitada no deque, de biquíni.

Espera. Ana tem um biquíni?

Não me lembro de ter incluído roupas de banho na lista de compras para Ana que entreguei para a personal shopper da Neiman Marcus. Isso parece ter sido em outra vida. Sendo minha esposa, Ana vai precisar de mais roupas para férias, eventos, para o trabalho dela... Deslizo pela tela dos contatos do celular e, quando surge o nome de Caroline Acton, aperto "ligar".

De: Christian Grey
Assunto: Seguidora Assídua de Moda
Data: 18 de julho de 2011 15:22
Para: Anastasia Steele

Minha querida Anastasia,
Marquei um horário para nos encontrarmos com Caroline Acton às dez e meia da manhã de sábado, para montarmos o seu novo guarda-roupa para a nossa lua de mel.

Sem discussão.
Por favor.

Christian Grey
CEO, Grey Enterprises Holdings, Inc.

De: Anastasia Steele
Assunto: Tecidos?
Data: 18 de julho de 2011 15:27
Para: Christian Grey

Eu? Discutir?
Preciso de um guarda-roupa novo?
Acho que não. Tenho roupas o suficiente.
Vejo você às cinco.

Bj
A

Franzo o cenho. Isso não vai ser fácil.

De: Christian Grey
Assunto: Novos tecidos
Data: 18 de julho de 2011 15:29
Para: Anastasia Steele

Sim. Você precisa.

Christian Grey
CEO, Grey Enterprises Holdings, Inc.

De: Anastasia Steele
Assunto: Homens com mais dinheiro do que bom senso...
Data: 18 de julho de 2011 15:32
Para: Christian Grey

A concisão é a alma do argumento?

Ana

De: Christian Grey
Assunto: Esse sou eu
Data: 18 de julho de 2011 15:33
Para: Anastasia Steele

Sim. ;)

Christian Grey
CEO, Grey Enterprises Holdings, Inc.

De: Anastasia Steele
Assunto: Grrr...
Data: 18 de julho de 2011 15:34
Para: Christian Grey

Estou atrasada para uma reunião.
Pare de ser tão engraçadinho.
Até mais, baby.

Bjs
A

Meu celular vibra.
— Sim, Sam.
— Christian, a revista *Star* conseguiu algumas fotos da Anastasia e querem fazer uma matéria sobre ela. No estilo "de Gata Borralheira a Cinderela".
— Que merda é essa?
— Pois é.
— Que tipo de fotos?
— Nada obsceno.
Pelo menos isso, caralho.
Espera aí. Não deveria haver nenhuma foto obscena de Ana. Ou deveria?
— Mande eles à merda. Coloque a Ros na jogada. Ameace-os com um processo.

Sam respira fundo.

— Eles vão publicar a matéria enquanto vocês estiverem em lua de mel. As fotos são tranquilas. Se quer o meu conselho, deixe que publiquem e os ignore. Se você criar caso, vai chamar mais atenção.

Quase posso ouvir o *eu avisei* dele implícito através da ligação. Sam queria que tivéssemos feito uma sessão de fotos... talvez eu devesse ter concordado.

Que inferno.

— Me mande o que você tem — digo irritado.

Merda de paparazzi!

Um instante depois, o e-mail dele surge na minha caixa de entrada e vejo rapidamente o anexo. Mesmo contra a minha vontade, admito que Sam pode estar certo. A matéria não é tão ruim, e as fotos de Ana estão boas, apesar de granuladas. Mas eles também têm uma foto tirada na época da formatura da escola. Ela está muito bonitinha. E novinha. Ligo para Sam.

— Vou pensar a respeito.

NA CASA NOVA, SEGUIMOS Gia Matteo por cada cômodo.

— Adoro a escada — comenta ela, entusiasmada. — Não me surpreende vocês quererem mantê-la.

Gia sorri para mim como se tivesse sido ideia minha.

Meu bem. Minha vontade era colocar essa casa abaixo e construir uma nova. Foi Ana quem se apaixonou por esse lugar velho.

— Adoro os traços antiquados da casa — declara Ana.

Gia abre um sorriso rápido para ela.

— Entendo — diz.

Nós a seguimos até a área de estar principal. Elliot fica para trás; ele está estranhamente quieto, e me pergunto se não seria por causa do seu histórico sexual com Gia Matteo... não sei. Gia é bem comunicativa, com algumas ideias bem inovadoras, e me lembro de vê-la rapidamente quando ela cuidou da reforma da minha casa em Aspen. E fez um trabalho fantástico.

— Adoro esse cômodo — diz Gia quando entramos na sala de estar. — Passa uma sensação arejada que acho que precisa ser mantida.

Ela estica a mão e dá um tapinha no meu braço.

Droga.

Passei a vida me colocando sutilmente fora do alcance do toque das pessoas. É um comportamento de autodefesa que cultivei ao longo dos anos para evitar que os outros invadam o meu espaço pessoal e para fazê-los se afastarem o mais rápido possível. Um passo para cá, uma desviada para o lado ali, inclinar um pouco os ombros para a direita ou para a esquerda para evitar contato físico, transformei tudo isso em uma arte. *Detesto* ser tocado. Não. Tenho medo de ser tocado. A não ser por Ana, é claro. Fazer kickboxing ajudou. Já consigo lidar com a proximidade e os esbarrões próprias de uma luta e com um aperto de mão firme... ou o golpe de uma bengala, ou de um chicote.

Não pense sobre isso.

Mas nada além disso.

E ainda desenvolvi um olhar severo que diz *não encosta em mim, caralho*, que já se provou muito eficiente.

Mas não com Gia Matteo.

Ela é daquelas que adora tocar nos outros.

É irritante.

E não apenas em mim. Ela estica a mão para tocar em Elliot quando ele entra na sala e dirige a ele o que só pode ser descrito como um sorriso lascivo enquanto pega no seu braço. Elliot olha fixamente para o decote de Gia, que está à mostra para todos nós. Ana percebe, e a vejo franzir o cenho. Eu me pergunto se o que o meu irmão fala sobre Gia Matteo é verdade. Uma mulher que não aceita não como resposta, uma dessas mulheres que valorizam o contato físico, de sexualidade aflorada, que ignoram qualquer limite.

Um pouco como Elena.

O pensamento desagradável surge do nada na minha mente, fazendo com que eu pare por um momento. Não me lembro de Gia ser desse jeito quando nos conhecemos há dois anos.

Pare de ficar pensando nisso, Grey.

Mas conforme seguimos caminhando pela casa, me pego mantendo o máximo de distância possível entre mim e ela.

— Uma parede de vidro ficaria incrível nessa parte da sala — diz Gia. — Faria todo esse espaço parecer mais amplo.

Ana sorri, mas continua em silêncio e segura a minha mão.

TAYLOR AVANÇA HABILMENTE ENTRE os carros, através do trânsito noturno, nos levando de volta ao Escala.

— O que você acha? — pergunto a Ana.

— De Gia?

Assinto.

— O show da Gia — comenta ela.

— Sim. Ela tem bastante personalidade. Mas também teve ótimas ideias, e vimos o seu portfólio. É impressionante.

Ana cai na gargalhada.

— Sim. O portfólio impressionante dela estava à plena vista.

Rio.

— Não sei o que você está querendo dizer.

Ana ergue uma sobrancelha. Eu rio novamente e seguro a sua mão.

— Obrigado por levar na esportiva — sussurro, e beijo os nós dos dedos dela. — O que acha? Devemos procurar outra pessoa?

— Ela teve algumas ideias boas... — diz Ana quase a contragosto, mas sorri em seguida. — Vamos ver o que ela nos apresenta.

— Combinado. Vamos comer fora? Já passamos tempo demais enfurnados no Escala.

— É seguro?

— Acho que sim. — Eu me viro e encontro o olhar de Taylor no retrovisor.

— Para a Columbia Tower, por favor, Taylor.

— Sim, senhor.

— O Mile High Club? — sugiro para Ana.

— Por mim está ótimo.

Aperto a mão dela.

— Eu gostei da ideia de Gia, de abrir a vista dos fundos da casa — comenta Ana.

— Sim. Eu também. Mas não temos pressa.

Ela sorri mais uma vez.

— Amo a sua torre de marfim.

— E eu amo ter você lá.

Os olhos de Ana encontram os meus e ela fica séria de repente.

— Fico feliz, já que você está prestes a se comprometer a me ter lá pelo resto da vida.

Uau. Engulo em seco.

Isso é muita coisa.

Uma vida inteira com Anastasia... será o bastante?

— Ótimo argumento, Srta. Steele.

E, do nada, me vejo invadido por um sentimento profundo que se tornou muito familiar, mas que ainda é novo, intenso e apavorante. Estou mais feliz do que nunca... mas também com medo.

Tudo isso pode terminar.

Tudo pode ser destruído.

A vida é efêmera.

Sei disso. Passei por isso.

De súbito surge na minha mente a imagem de uma mulher jovem, pálida e imóvel. Ela está deitada em cima de um tapete sujo, em um quarto ainda mais sujo, enquanto uma criança pequena a sacode em vão, tentando acordá-la.

Merda.
A prostituta drogada.
Não. Não pense nela!
Seguro o rosto de Ana entre minhas mãos e memorizo cada detalhe: o formato do nariz, o lábio inferior mais cheio, os lindos olhos. Quero tê-la comigo para o resto da vida. Fecho os olhos e a beijo, derramando nela todo o meu medo.
Nunca me deixe.
Não morra.

SÁBADO, 23 DE JULHO DE 2011

— O que você acha que o Elliot planejou?

Ana está jogada em cima de mim, fazendo pequenos círculos com o dedo indicador nos pelos do meu peito. É uma sensação estranha, com a qual não fico inteiramente confortável.

Chega.

Seguro a mão de Ana, entrelaçando os dedos com os dela e beijando a ponta do indicador incômodo.

— Foi demais? — pergunta ela em um sussurro.

Deslizo seu dedo para dentro da minha boca, fechando os dentes com delicadeza ao redor da articulação e provocando-o com a ponta da língua.

— Ah! — geme Ana. Um brilho sensual se acende em seus olhos e ela ergue o quadril para a minha coxa.

Baby.

Ana puxa a mão, e relaxo o maxilar, mas cerro os lábios enquanto ela tira o dedo da minha boca.

Ela tem um gosto bom demais.

Ana traça com beijos delicados o mesmo caminho que seu dedo percorreu em meu peito, enquanto acaricio seu cabelo e aproveito esse momento de tranquilidade. É cedo e os únicos compromissos do dia são a minha "despedida de solteiro", a despedida de solteira de Ana e uma tarde de compras com Caroline Acton.

Ana levanta a cabeça.

— Você acha que ele vai te levar a uma... uma casa de striptease?

Rio baixinho.

— Casa de striptease?

Ana ri também.

— Não sei como são chamados esses lugares.

Suspiro e fecho os olhos, imaginando o tormento que Elliot provavelmente planejou.

— Conhecendo Elliot, há uma boa possibilidade.

— Não sei bem como me sinto a esse respeito — retruca Ana, seca.

Sorrio e giro o corpo na cama, prendendo-a no colchão.

— O que é isso, a Srta. Steele desaprova?

Roço o nariz no dela, e Ana se agita sob mim.

— Profundamente.

— Ciúmes?

Ela faz uma careta.

— Eu preferiria ficar aqui com você — tranquilizo-a.

— Você não é mesmo um cara lá muito festeiro, não é? — comenta Ana.

— Não. Faço mais o tipo solitário.

— Já tinha percebido isso.

Os dentes dela roçam o meu queixo.

— Eu poderia dizer o mesmo sobre você — murmuro.

— Sou do tipo que fica esquecida em um canto, que vive com o nariz enfiado em um livro.

Deixo meus lábios percorrerem da orelha dela até o pescoço.

— Você é linda demais para ficar esquecida em um canto.

Ana geme e passa as unhas pelas minhas costas, enquanto ergue o corpo para receber o meu. Ela ainda está molhada e quente de mais cedo, e a penetro com facilidade. Nos movemos juntos, mais devagar e mais suavemente dessa vez. Ana crava as unhas nas minhas costas, me envolvendo com as pernas e levantando o quadril de encontro aos meu. Uma vez. E outra. Lento e suave. Ela está chegando lá.

Eu paro.

— Christian, não pare. Por favor — sussurra ela.

Adoro quando você implora, baby.

Eu me movo lentamente e seguro o seu cabelo na base do pescoço, impedindo que ela vire a cabeça. Abaixo os olhos para Ana, encantado com a cor complexa da íris dela. E me mexo de novo. Lentamente. Entrando. Saindo. E paro mais uma vez.

— Christian, por favor — sussurra ela.

— Vai ser só você, Ana. Para sempre.

Não tenha ciúmes.

— Eu te amo.

Volto a arremeter dentro dela. Ana fecha os olhos, joga a cabeça para trás e goza, provocando o meu próprio orgasmo. Grito e deixo o corpo cair ao lado do dela, para recuperar o fôlego. Quando volto a mim, me viro e a puxo mais para perto, enquanto beijo seu cabelo.

Adoro acordar com Ana.

Fecho os olhos e imagino que todo sábado poderia ser como esse. Anastasia Steele me deu um futuro com propósito, algo que eu nunca havia considerado seriamente antes. E, no próximo sábado, vou ter um pedaço de papel que vai oficializar isso.

Ela vai ser minha.

Até que a morte nos separe.

Uma imagem de Ana deitada no chão frio e duro surge diante dos meus olhos.

Não!

Esfrego o rosto.

Pare. Grey. Pare.

Beijo o cabelo dela, aspirando a fragrância que confirma sua existência, e me acalmo.

Devem ser quase nove da manhã. Pego o celular na mesa de cabeceira para checar a hora. Vejo uma mensagem de Elliot.

ELLIOT
Bom dia, babaca. Estou sentado na sua imensa sala de estar, esperando que você pare de preguiça e venha até aqui.

Pare o que estiver fazendo. Agora.
Seu safado.

Mas que merda é essa?

— O que é? — pergunta Ana, descabelada e me deixando com tesão.

— Elliot está aqui

— Do lado de fora? — pergunta ela, confusa.

Eu me desvencilho dos seus braços.

— Não. Ele está aqui em casa.

Ana franze o cenho.

— Sim, também não sei como.

Eu me levanto, entro no closet e pego uma calça jeans.

Elliot está jogado no meu sofá, olhando para a tela do celular.

— Bom dia, espertalhão, já era hora! — berra ele. — Que bom que se arrumou para a ocasião.

Ele fita o meu peito nu e os meus pés descalços com ar de deboche, se divertindo.

— Pelo amor de Deus, o que você está fazendo aqui, cara? São nove da manhã.

— Isso mesmo. Surpresa! Vamos se arrumando para sair de casa. Tenho o dia todo planejado.

O quê?

— Eu ia levar a Ana para fazer compras.

Ele dá um murmúrio de desprezo.

— Ela é uma mulher adulta. Certeza que consegue fazer as malditas compras sozinha.

— Mas...

— Cara. Estou salvando você. Fazer compras com mulheres é um inferno. Vai lá. Coloque uma roupa, seu pervertido. E, porra, tome um banho. Dá para sentir o cheiro de sexo daqui.

— Vai se foder — respondo sem raiva.

Às vezes, Elliot realmente consegue ser um babaca.

— Você vai precisar de botas de trilha e tênis — grita ele, quando já estou me afastando.

Os dois?

— Como você entrou? — pergunto, quando já estamos dentro do elevador, descendo para a garagem.

— Taylor.

— Ah. Por isso não temos nenhum segurança nos acompanhando.

— Isso. Achei que, estando comigo, você não correria risco. Taylor não curtiu muito a ideia, mas consegui convencê-lo.

Assinto, satisfeito. Tem sido exaustivo estar o tempo todo acompanhado da nossa equipe de segurança. Parece que Ana e eu estamos presos no Escala há séculos. Mas Sawyer e Reynolds vão ficar de olho nela hoje. Isso não é negociável.

— Ele tem sido de grande ajuda — comenta Elliot.

— Quem?

— Taylor.

E com isso ele esconde um sorriso malicioso e para de falar.

O que Elliot planejou?

Elliot está bem entusiasmado. É contagiante. Estamos indo para o norte na picape dele, pela I-5.

— *Aonde* exatamente nós estamos indo? — pergunto, erguendo a voz acima do rock horrível dos anos 1970 que toca alto dentro do carro.

— É surpresa! — grita ele. — Relaxa. Vai ficar tudo bem.

É tarde demais para dizer a Elliot que não sou fã de surpresas, por isso me recosto e aproveito a paisagem, enquanto saímos de Seattle. Não passamos quase tempo nenhum juntos desde que fomos praticar mountain bike perto de Portland. Aquela foi uma noite muito interessante... a primeira que eu dormi com a Ana. A primeira noite que eu dormi com qualquer pessoa! E Elliot trepou com a melhor amiga de Ana... mas a verdade é que Elliot trepou com boa parte das mulheres que chegaram perto dele. Não me surpreende, para ser sincero, Elliot é uma boa companhia. Tranquilo. Bonito, eu suponho. As mulheres o adoram. Não tem como negar. Ele as deixa à vontade.

Elliot sempre jogou charme para a nossa mãe. Ele sabe como tratar a Grace. Eu costumava invejar a facilidade com que ele dançava com ela pela cozinha, ou a abraçava e lhe dava um beijo na bochecha.

Ele fazia isso parecer fácil.

Ainda assim, ele não mostra qualquer indício de que vai encontrar alguém para ter algo mais sério.

E, se isso acontecer, espero sinceramente que não seja Kavanagh.

Mando uma mensagem breve para Ana.

> Não faço ideia do que Elliot tem em mente.
> Não era assim que esperava passar o meu dia.
> Aproveite o seu dia de compras com Caroline Acton.
> Saudades. Bj.

ANA
Saudades de você também.
Te amo. Bj. A

Elliot sai da I-5 e pega a 532.

— Ilha Camano? — pergunto

Ele dá uma piscadinha para mim, o que é irritante. Checo o relógio, então o celular.

— Cara! Qual é o problema? Ela vai ficar bem sem você, cacete. Tenha um pouco de dignidade. Eu trouxe umas coisas para a gente beliscar. Sei como você fica insuportável sem comida.

— Coisas para beliscar? Onde?

Ele abre o compartimento perto do freio de mão, revelando sanduíches, batatas chips e Coca-Cola. Ah, todos os prazeres da vida... se você é o Elliot.

— Muito nutritivo — comento com ironia.

— Só tem coisa boa aí, maninho. Para de reclamar. Essa é a sua despedida de solteiro.

Rio, porque batata chips e Coca-Cola não são o meu exemplo de diversão. Prefereria muito mais comer outra coisa para me saciar... dou um sorrisinho diante do pensamento malicioso e pego uma latinha de Coca.

DEPOIS DE AVANÇARMOS QUASE dez quilômetros já na Ilha Camano, Elliot vira à direita. Ele entra pelo portão de uma fazenda, em um pasto aberto, segue por uma trilha, sobe até um celeiro e para no estacionamento.

— Chegamos.

— Chegamos aonde?

— No empreendimento de um amigo. Ainda não foi aberto ao público. Mas estará em breve. Somos as cobaias.

— Quê?

— Bem, entendo que o casamento é uma atividade que exige que você ande o tempo todo na corda bamba. Achei que você deveria treinar um pouco.

— Do que está falando?

— Vamos fazer tirolesa.

Ele sorri e salta do carro.

Isso! Isso seria a minha despedida de solteiro? Não é o que eu estava esperando. Mas, ora, fazer tirolesa pode ser divertido.

Elliot cumprimenta nossos anfitriões e somos levados para dentro do celeiro, onde há uma série de ganchos com equipamentos de segurança: capacetes, arneses, correias e mosquetões. Tudo me parece tranquilizadoramente familiar.

— Ei, espertalhão, esses arneses são muito loucos. Deve dar para fazer umas coisas bem safadas com eles — comenta Elliot de repente, enquanto veste o equipamento. Fico absolutamente pasmo.

Ele sabe?

Minhas orelhas estão vermelhas?

Merda! Será que a Ana comentou alguma coisa com a Kate?

Elliot parece inocente como sempre, por isso suponho que não, porque, se ele soubesse, já teria me sacaneado até dizer chega.

— Você é um idiota. Isso é como um paraquedas — respondo. A distração é a melhor defesa. — Comprei um planador novo semana passada. Você devia ir até Ephrata um dia para experimentarmos nele.

— Cabem duas pessoas?

— Sim.

— Nossa, ia ser demais.

Estamos na primeira plataforma, cercados por pinheiros.

— Ao infinito e além! — grita Elliot, e salta, com toda a intrepidez que associo à sua atitude de "que se dane tudo".

Ele grita como um gorila no cio enquanto desce pela corda, em uma alegria contagiante. Então, aterrissa com uma graciosidade surpreendente na plataforma seguinte, a cerca de trinta metros.

Danielle, uma de nossas guias, avisa pelo rádio que estou pronto e prende o meu cabo de segurança ao arnês.

— Pronto, Christian? — pergunta ela, com um sorriso excessivamente largo.

— Mais do que isso, impossível.

— Vai.

Respiro fundo, seguro o mosquetão embaixo do arnês com uma das mãos, o meu cabo de segurança com a outra, e pulo. Atravesso a floresta fresca e luxuriante, a roldana assoviando acima de mim e a brisa do verão atingindo o meu rosto. Estou em uma montanha-russa sem carrinho, navegando entre os abetos-de-douglas sob um céu azul brilhante, e a sensação é empolgante e libertadora na mesma medida. Aterrisso em segurança na plataforma, ao lado de Elliot e do outro guia.

— O que achou? — pergunta Elliot, e me dá um tapinha nas costas.

Dou um sorriso largo.

— É bom para cacete.

Danielle é a última a aterrissar na plataforma.

— Essa foi a nossa primeira parada. Vai ficando cada vez mais alto e mais rápido.

— Manda ver! — exclamo.

Duas horas mais tarde, ainda excitado com a energia da atividade ao ar livre, voltamos para a estrada, com Elliot novamente dirigindo.

— Cara, essa foi uma das melhores experiências que já tive — reconheço.

— Melhor do que sexo? — pergunta Elliot, rindo. — Como você acabou de descobrir isso... então provavelmente não.

— Sou um pouco mais criterioso do que você, cara.

— Apenas gosto de espalhar o amor por aí. O Grande E sabe o que quer.

Balanço a cabeça com uma risadinha de deboche. Não quero pensar no Grande E.

— Podemos comer comida de verdade agora?

Elliot sorri.

— Lamento, mas não, maninho. Você não vai querer estar de estômago cheio para o que planejei a seguir. Coma um sanduíche.

— A seguir? Elliot, a tirolesa foi incrível. Ainda tem mais?

— Ah, sim. Aguenta aí, docinho.
Pego um dos sanduíches com cuidado.
— Foram feitos pelas minhas próprias mãos.
— Não me faça perder a vontade.
— A mortadela mais requintada, tomate e queijo provolone vindo das Rochosas são os protagonistas desses sanduíches.
— Vou aceitar a sua palavra.
— Você precisa ampliar seus horizontes culinários.
— Com mortadela?
— Com o que for. Abre um para mim.
Desembrulho um sanduíche e entrego a ele a criação de aparência suspeita. Elliot morde o sanduíche na boa e começa a mastigar. Não é uma visão para os fracos, e percebo que não tenho escolha: é mortadela ou ficar faminto.
Enquanto como, envio uma mensagem para Ana.

> Arvorismo.
> Foi isso que Elliot planejou.
> E sanduíches de mortadela.
> É realmente um paraíso.

> ANA
> KKK
> Estou gastando uma quantia considerável do seu dinheiro. De forma não inteiramente consensual.
> Caroline Acton é uma força da natureza. Ela me lembra você.
> Se cuide com seja o que for que Elliot aprontar para você!
> Te amo. E estou com saudade. Bjs.

> Adoro quando você gasta o meu dinheiro.
> Muito em breve será o seu dinheiro também.
> Mantenho você informada sobre a próxima "surpresa" do Elliot.
> Bjs

Elliot dirige com tranquilidade, saindo da I-5 e entrando na 2. *Para que porra de lugar estamos indo?* Achei que estávamos voltando para Seattle.
— Surpresa — responde ele ao meu olhar questionador.
Parece ser a sua palavra de ordem do dia.
Quinze minutos mais tarde, chegamos ao estacionamento do aeroporto de Harvey.

— Ei, tem uma churrascaria aqui... poderíamos ter aproveitado comida de verdade — resmungo.

— Quem sabe mais tarde... temos uma aula para assistir.

— Aula?

— Qual é, espertalhão, ainda não adivinhou o que é?

Ele acelera pela churrascaria.

— Não.

— Vamos nos jogar com tudo, porque você está indo com tudo na vida de casado. Hein?

Elliot fica com pena de mim e explica.

— Pular de paraquedas.

— Ah. Claro.

Porra!

— Vai ser incrível. Já fiz um salto duplo. É surreal.

É claro que ele já fez.

— Vai dar tudo certo.

— Sim. Claro.

— Olha, você vai se casar e as mulheres não deixam a gente fazer essas merdas. Vamos lá.

Juntos atravessamos o estacionamento em direção à escola de paraquedismo, e o meu coração dispara. Gosto de estar no controle... fazer um salto duplo significa permitir que alguém fique no controle... e eu vou estar preso a essa pessoa.

Que estará encostando em mim. Lá no alto.

Cacete.

Já subi quatro mil metros no meu planador e seis mil metros no *Charlie Tango*. Mas estava sentado, pilotando uma aeronave capaz de voar. Saltar de um avião? No ar? Nas alturas?

Nunca.

Merda.

Mas não posso, simplesmente não posso pagar de frouxo na frente de Elliot. Reprimo a minha apreensão enquanto entramos no prédio da escola.

Meu irmão agendou para nós um salto exclusivo. Depois de assistirmos a um breve vídeo informativo, nos sentamos para receber orientações de Ben, o instrutor, e fico grato por sermos apenas eu e Elliot na aula. Aprendi a usar paraquedas como parte do meu treino de pilotagem do planador, mas nunca cheguei a fazer nenhum salto. Enquanto Ben explica o que precisamos fazer e o que devemos esperar, percebo que não ofereci aquele treinamento a Ana. Ela precisa passar por isso antes de subir de novo no ASH 30.

Quando Ben, que parece ser mais novo do que eu, termina de passar as orientações, ele entrega um termo de responsabilidade a cada um de nós. Elliot assina imediatamente, enquanto eu leio tudo o que está escrito. A minha ansiedade começa a aumentar, concentrada no meu estômago. Estou prestes a pular de um avião em grande altitude.

Respire fundo, Grey.

Eu me dou conta de que se alguma coisa acontecesse comigo, Ana ficaria sem nada.

Mas nem fodendo.

Depois de assinar o termo, escrevo no verso:

> Esse é o meu testamento e a minha última vontade. No caso da minha morte, deixo todos os meus bens para a minha amada noiva, Anastasia Steele, para serem administrados como ela considerar melhor.
> Assinado: Christian Grey   Data: 23/07/2011

Tiro uma foto rápida com o celular e envio para Ros, antes de entregar o papel assinado a Ben, que ri.

— Você vai ficar bem, Christian.

— Só me preparando para qualquer eventualidade — digo, com um sorriso rápido e forçado.

Ele ri novamente.

— Muito bem. Vamos equipar vocês.

Saímos do prédio e atravessamos a pista de pouso até chegarmos a um hangar a céu aberto, onde estavam guardados todos os equipamentos de segurança: paraquedas, capacetes e arneses.

Estou observando um padrão.

Elliot caminha com a maior tranquilidade do mundo pelo hangar, despreocupado ao máximo, o que é enfurecedor e, nesse momento, eu o invejo mais do que nunca. Ben nos entrega um macacão.

Exatamente isso. Um. Macacão.

Nossa!

— Opa, espertalhão. Mais coisinhas pervertidas! — brinca Elliot enquanto coloca o arnês de segurança por cima da roupa.

Reviro os olhos e me volto para Ben.

— Sinto muito por Elliot. Ele só fala merda.

— Vocês dois são parentes?

Elliot e eu trocamos um olhar. *Sim. Mas não. Mas sim.*

— Irmãos — responde Elliot, olhando para mim, e nós dois abrimos *aquele* sorriso secreto compartilhado por irmãos adotados.

Ben percebe que há algo mais no ar além do que falamos, mas não diz nada e nos ajuda com nossos arneses, começando por Elliot.

Fica decidido que vou pular com Ben, e vamos ser acompanhados por Matt, que vai pular com Elliot. Outra instrutora, Sandra, também vai saltar, equipada com uma câmera GoPro, para filmar toda a aventura.

— Oi — diz Matt e nos cumprimentamos com um aperto de mão. — Alguma ocasião especial?

— É a despedida de solteiro do meu irmão. Ele está aproveitando os últimos suspiros de liberdade — responde Elliot.

— Parabéns — diz Matt.

— Obrigado — respondo, seco. — Foi uma surpresa.

— Uma surpresa boa?

— Vamos ver.

Matt ri.

— Você vai adorar. Vamos, o piloto está pronto.

Nós cinco atravessamos a pista até o Cessna monomotor que nos aguarda.

Última chance para mudar de ideia, Grey.

Só há dois assentos na frente do avião, atrás do piloto. Porém Matt e Ben se sentam no chão e indicam para que nos sentemos na frente deles. Obedecemos e eles começam o processo de nos prender aos arneses deles. Enquanto Ben ajeita as faixas, percebo que o contato físico com ele não me incomoda. Ele vai estar com a minha vida nas mãos.

— Já voou? — pergunta ele, erguendo a voz acima do ruído do motor.

— Sou um piloto comercial habilitado — respondo. — De helicóptero. E tenho alguns planadores.

— Então vai ser tranquilo para você.

Minha risada não tem alegria.

É, não. Tem um motivo para eu ser piloto.

Fico no controle.

Respiro fundo enquanto o avião deixa a pista e começa a levantar voo. A cidade de Snohomish fica cada vez mais distante conforme subimos mais e mais alto no céu sem nuvens.

Matt e Elliot estão conversando sobre banalidades. Ben se junta a eles. Paro de prestar atenção no falatório e penso em Ana.

O que será que ela está fazendo? Será que seu guarda-roupa está completo? Lembro dela nos meus braços essa manhã, toda enroscada ao meu redor. Levo a mão ao peito, onde o dedo dela traçou pequenos círculos.

Calma, Grey. Calma.

Quando nos aproximamos dos três mil e quinhentos metros de altura, Ben me estende uma touca de couro, com uma faixa presa ao queixo e óculos de proteção. Coloco os aparatos enquanto ele repassa rapidamente tudo o que preciso saber. O outro instrutor abre a porta traseira, e o barulho é quase ensurdecedor.

Merda. Isso está acontecendo.

— Entendido? — pergunta Ben, gritando acima do som alto, se referindo às instruções que acabou de mencionar.

— Sim.

Ben checa o altímetro no pulso direito.

— Chegou a hora. Animado? Vamos.

Seguimos na direção da porta, onde o som do único motor e do vento estava ainda mais intenso. Olho de relance para Elliot, que ergue o polegar para mim e abre um sorriso sacana.

— Seu babaca! — grito, e ele ri.

Cruzo os braços e me agarro ao arnês como se a minha vida dependesse disso... porque depende mesmo. E então fico ali, esperando, preso a um homem desconhecido, pairando acima de Washington e do vale Snohomish. Fecho bem os olhos e, pela primeira vez no que deve ser um bilhão de anos, rezo ao Deus que me abandonou tanto tempo atrás. Então, volto a abri-los.

Uau. Consigo ver Cascades, Possession Sound, as ilhas San Juan... e nada além do ar abaixo de mim.

— Lá vamos nós! — grita Ben, e nos lança para fora do avião.

— Caraaaaaaaalhooooo! — berro.

E estou voando.

Voando de verdade, acima da terra. Ou não tenho tempo de sentir medo, ou a adrenalina que corre disparada pelo meu corpo apagou todo o medo. É incrível demais. Consigo ver quilômetros além e, como não estou atrás de nenhum vidro ou plástico, é tudo absurdamente real. Estou no céu, faço parte dele. O céu me sustenta. O som do ar sendo cortado por nós conforme mergulhamos em direção ao chão é familiar, como um velho amigo. Solto as mãos e as estico para sentir o vento passando por entre os dedos. Ben ergue o polegar diante do meu rosto, e retribuo o cumprimento.

Isso é mais do que fantástico.

Ergo o olhar e vejo um relance de Elliot e Matt. E Sandra passa zunindo por nós, a câmera voltada para mim e para Ben. Tenho um sorriso largo no rosto.

— Isso é demais! — grito para Ben, enquanto surfamos no céu.

Vejo ele levantar o pulso. Estamos a mil e quinhentos metros do solo. Ele puxa a corda do paraquedas e na mesma hora nossa velocidade diminui, enquanto acima de nós se abre uma abóbada multicolorida. A velocidade radical anterior dá lugar a um trajeto em câmera lenta, e tudo está quieto enquanto pairamos no ar. A minha ansiedade desapareceu, substituída por uma calma interior que me surpreende. Estou no topo do mundo, quase literalmente caminhando nas nuvens. Ben é ótimo, sabe o que está fazendo. E de algum lugar no fundo da minha mente, um pensamento se materializa: espero que o meu casamento com Ana seja tão empolgante e fácil quanto esse salto.

A vista é de tirar o fôlego.

Queria que ela estivesse aqui.

Embora eu fosse infartar por ter que vê-la saltar de um avião.

— Quer comandar? — pergunta Ben.

— Claro.

Ele me entrega os cordões de controle. Puxo para a esquerda e viramos lenta e graciosamente em um círculo amplo.

— Cara, você está indo muito bem — elogia Ben, me dando um tapinha amigável no braço.

Fazemos outro círculo antes de Ben voltar a assumir o comando para nos levar em direção à zona de aterrissagem. O solo se aproxima rapidamente e levanto os joelhos, como fui orientado, enquanto Ben nos pousa gentilmente no chão. Nós dois aterrissamos sentados, e a equipe de solo está lá para nos receber.

Ben solta o arnês dele do meu e fico parado, me sentindo um pouco instável por causa da descarga de adrenalina. Atrás de nós, Elliot e Matt também aterrissam, e Elliot está mais uma vez berrando como um gorila; é a sua forma favorita de expressar alegria.

Paro e respiro fundo para recuperar o fôlego.

— Como foi? — pergunta Ben.

— Cara, foi absurdo. Muito obrigado.

— Que bom.

Ele leva o punho em direção ao meu, e retribuo o gesto. Elliot vem correndo se juntar a nós.

— Cacete, cara! — exclamo.

— Demais, né?

— Eu estava me cagando de medo.

— Eu sei! É bom ver você finalmente perder um pouco dessa calma. É um evento raro, irmão. — Elliot ri, mas seu sorriso reflete o meu. — Melhor do que sexo?

— Não... mas chega perto.

Quinze minutos mais tarde, estamos de volta à picape.

— Cara, um drinque cairia muito bem depois disso — digo, ainda sorrindo largamente.

— Também acho. Bem, vamos agora à parte três da sua despedida.
— Porra, tem mais?
Elliot não diz nada. *Babaca arrogante.* Ele se recusa a dizer mais. Checo o celular.

> ANA
> Em casa.
> Fizemos compras até não aguentarmos mais.
> Vou tomar um banho.
> Então me preparar para encontrar com a Kate.
> Não tive notícias suas.
> Você sabe que fico preocupada.
> Bjs
> A

> Pulamos de PARAQUEDAS!
> De três mil e quinhentos metros de altura.
> Você estava certa em se preocupar.
> Mas foi incrível!
> O que me lembra...
> Você precisa de um treinamento para saltar de paraquedas.
> Se eu não vir você...
> Aproveite a noite.
> Mas não demais.

> ANA
> Salto de paraquedas. Uau!
> Fico feliz por você estar em segurança agora.
> Treinamento para saltar de paraquedas?
> Não fizemos isso no último fim de semana, no Quarto Vermelho? ;)

Caio na gargalhada.
— O que foi? — pergunta Elliot.
Balanço a cabeça.
— Nada.
Elliot dirige de volta para o Escala, mas dessa vez me deixa escolher uma música decente do celular dele para tocar. Quando já estamos no elevador, subindo para a cobertura, ele diz:
— Você precisa trocar de roupa. Vestir algo mais elegante.

— O que você planejou?
Ele pisca para mim.
— Babaca.
— Isso eu já sei.
Elliot sorri.
A porta do elevador se abre e tenho a esperança de encontrar Ana.
— As minhas coisas estão no quarto de hóspedes. Vejo você aqui embaixo em meia hora para sairmos.
— Combinado.
Tenho esperança de pegar Ana tomando banho.
Ela não está na sala, e me preocupo que já tenha saído, mas a encontro no quarto. Paro na porta e fico observando em silêncio enquanto Ana dá os últimos retoques na maquiagem.
Nossa! Ela está deslumbrante. O cabelo preso em um coque elegante. Está usando salto alto e um vestido preto, caído no ombro, cintilante. Ela se vira e leva um susto ao me ver. Está de tirar o fôlego. Nas orelhas, ela usa os brincos da segunda chance.
— Não quis assustá-la — sussurro. — Você está linda.
Ela abre um sorriso caloroso, cheio de amor, que faz meu coração acelerar. E caminha lentamente na minha direção.
— Christian. Que surpresa maravilhosa. Não estava esperando ver você.
Ana ergue a boca de encontro à minha. Dou um beijo rápido em seus lábios e então me afasto. Seu aroma é inebriante, e tem cheiro de lar.
— Se eu beijá-la como gostaria, vou acabar estragando toda a sua maquiagem e tirando você desse vestido elegante.
— Ah, isso seria uma pena. — Ela dá uma risadinha e gira rapidamente. A saia do vestido se ergue um pouco, revelando mais da perna. — Gosta? — pergunta.
Eu me apoio no batente da porta e cruzo os braços.
— Não é curto demais. Está aprovado. Você está incrível, Ana. Quem vai estar lá?
Estreito os olhos, sentindo-me ao mesmo tempo absurdamente orgulhoso por ela ser minha, mas também possessivo... Ela é minha.
— Além da Kate, a Mia e algumas amigas da faculdade. Vai ser divertido. Vamos começar com drinques.
— Mia?
Ana assente.
— Tem um tempo que não a vejo. Diga que mandei um oi. Espero que comida esteja nos planos de vocês. — Arqueio a sobrancelha em alerta. — Regra número um de quando se vai beber.
Ela ri.

— Ah, pode guardar essa palma da mão já louca para entrar em ação, Christian. Vamos jantar.

— Ótimo. — Não quero que ela fique bêbada.

Ana checa o relógio.

— É melhor eu ir. Não quero me atrasar. Fico feliz por você estar de volta, inteiro. Jamais perdoaria Elliot se alguma coisa tivesse acontecido com você.

Ela projeta os lábios novamente, e ganho mais um beijo rápido.

— Você está linda, Anastasia.

Ana pega a bolsa de noite que está em cima da cama.

— Até mais, baby — diz ela, com um sorriso sedutor, e passa por mim ao sair do quarto, linda de morrer.

Eu a sigo e vejo quando se junta a Sawyer e Reynolds no saguão. Cumprimento os dois e todos entram no elevador.

Volto para a suíte para tomar uma chuveirada rápida.

VINTE MINUTOS MAIS TARDE, estou na cozinha, vestindo um terno azul-marinho e uma camisa branca, esperando por Elliot. Encontro alguns pretzels na geladeira.

Cacete, estou com fome.

Elliot aparece na porta. Está usando um terno escuro, camisa cinza e gravata.

Merda.

— Preciso colocar gravata?

Aonde estamos indo, porra?

— Não.

— Tem certeza?

— Sim.

— Por que você está usando uma?

— Você se veste assim o tempo todo. Eu, não. É uma mudança interessante para mim. Além do mais, terno e gravata são holofotes para mulheres.

E Kavanagh?

Elliot sorri diante do meu olhar questionador, e Taylor se junta a nós.

— Pronto, senhor? — pergunta ele a Elliot.

TAYLOR NOS LEVA PARA O SUL, pela I-5.

— Porra, Elliot, para onde estamos indo? — pergunto.

— Relaxa, Christian. Está tudo bem.

Ele olha para fora da janela, parecendo tranquilo, enquanto eu fico tamborilando os dedos nos joelhos. Detesto não saber.

Taylor pega a saída para o Boeing Field, e me pergunto se há algum clube de striptease escuso por ali. Checo o relógio: 18h20. Ele entra na área reservada aos jatos particulares e, atrás do terminal, aguardando na pista, está o Gulfstream da GEH.

— Como assim? — reajo, olhando espantado para Elliot.

Ele tira um passaporte do bolso interno do paletó.

— Você vai precisar disso.

Vamos sair do país?

Taylor nos deixa na entrada do terminal, e sigo Elliot para dentro do aeroporto, ainda perplexo.

— Elliot!

O irmão louro e surfista de Kavanagh caminha na direção do meu irmão e o cumprimenta. O rapaz está bem-vestido em um terno cinza-claro. Reparo que ele também não está de gravata.

— Ethan, que ótimo vê-lo — responde Elliot, dando um tapinha nas costas dele.

— Christian.

Ethan aperta a minha mão.

— Oi — digo.

— Mac! — exclama Elliot, e vejo Liam McConnell, que trabalha no estaleiro GEH e também toma conta do meu iate, o *The Grace*, vindo em nossa direção.

Mac! Trocamos um aperto de mão.

— É um prazer vê-lo — digo a ele. — Só gostaria que soubesse que não tenho a menor ideia de que diabo está acontecendo.

Ele ri.

— Nem eu.

Todos rimos e nos viramos para Elliot, enquanto Taylor se junta a nós.

— Você sabia disso? — pergunto a Taylor.

— Sim, senhor.

Ele parece sério e bem-humorado na mesma medida.

Dou uma risada e balanço a cabeça.

— Vamos? — pergunta Elliot.

— Canadá? — chuto.

— Correto — confirma Elliot.

Estamos acomodados nos primeiros quatro assentos do meu G550, tomando champanhe Cristal e comendo canapés que Sara, a nossa comissária de bordo, serviu enquanto taxiávamos na pista. Taylor está nos fundos da aeronave, lendo um romance de Lee Child. Stephan e o copiloto Beighley estão no comando.

— Meu palpite é Vancouver — digo a Elliot.

— Bingo! Achei que na Colúmbia Britânica haveria menos chance de você ser reconhecido fazendo merda.

— Que merda você planejou, Elliot?

— Calma, amigão — responde Elliot, e levanta os óculos.

Quando estamos no ar, Sara serve cerveja e uma pizza de pepperoni apimentado, de uma pizzaria em Georgetown. Acho que é a primeira vez que como pizza no meu jatinho particular, mas essa é a ideia que Elliot tem de paraíso. Sinceramente, estou com tanta fome que nesse momento também é a *minha* ideia de paraíso. Eu e Mac, que está sentado em frente a nós, devoramos a pizza.

— Isso é que é estar com fome — comenta Mac com seu sotaque irlandês.

— Hoje Elliot já me levou para fazer arvorismo e pular de paraquedas.

— Porra! Não é de espantar que você esteja faminto.

A viagem leva menos de cinquenta minutos. Quando paramos do lado de fora do terminal de apoio para voos particulares de Vancouver, Taylor é o primeiro a desembarcar, levando os nossos passaportes até o oficial de imigração que veio fazer os procedimentos para o pouso.

— Preparado? — pergunta Elliot, soltando o cinto de segurança e se levantando para esticar as pernas.

Taylor já está sentado no banco do motorista de um Suburban na pista. Entramos todos no carro e ele parte em direção às luzes cintilantes do centro de Vancouver. O carro tem um cooler cheio de cerveja. Meus três companheiros se servem, mas eu não quero nada.

— Cara, você não vai ficar sóbrio essa noite — reclama Elliot, horrorizado, e me entrega uma cerveja.

Merda. Detesto ficar bêbado. Reviro os olhos e pego a garrafa com relutância. Ainda é cedo. Vamos beber mais, preciso ir com calma. Brindo com Elliot, e com Mac e Ethan, que estão sentados no banco de trás.

— Saúde, cavalheiros.

Dou um gole e fico segurando a bebida.

Nossa primeira parada é o bar do hotel Rosewood Georgia. Já estive aqui a negócios, mas nunca à noite. As paredes forradas com painéis de madeira e os assentos de couro dão um charme antiquado ao lugar, que esta noite está cheio de pessoas importantes de Vancouver. Homens de terno, mulheres elegantemente vestidas. Tem um clima animado. Elliot pede a primeira rodada e nos sentamos em uma mesa reservada. Nossa conversa gira em torno dos esforços de Ethan para entrar na Universidade de Seattle, onde quer cursar o mestrado em psicologia. Desde que Ana foi morar comigo, ele está morando com Kate, que dividia o apartamento com Ana. Talvez morar com a irmã seja um desafio — eu não ficaria nada surpreso com isso, inclusive. Talvez seja por isso que ele está muito à nossa frente nas bebidas. Ethan já terminara a primeira cerveja e se ofereceu para comprar a próxima rodada.

Mac nos conta sobre o *The Grace*. Ele foi um dos responsáveis pela construção do barco, mas parece que vem se interessando por design de embarcações e tem algumas ideias para tornar ainda mais aerodinâmico o catamarã personalizado que construímos.

É estranho, mas nunca faço esse tipo de coisa. Só quando Elliot me arrasta, em geral com os amigos dele — e ele tem muitos —, é que aproveito a companhia de homens da minha idade. Elliot é um agregador, nos unindo e nunca deixando a conversa morrer. Ele é um cara realmente sociável. Nossa conversa passa para beisebol, falando dos Mariners, e em seguida para futebol americano, sobre os Seahawks. Ao que parece, todos nós torcemos para os dois times. Ao fim da segunda rodada de bebidas estamos mais à vontade uns com os outros, e estou me divertindo.

— Muito bem. Virem os copos. Hora da próxima parada — anuncia Elliot.

Taylor está esperando na picape no lado de fora.

Ethan já está bêbado. Isso pode ficar interessante. Fico tentado a perguntar a ele sobre Mia, mas uma parte de mim não quer saber.

A próxima parada é em Yaletown, uma região famosa pelos antigos armazéns reformados que agora abrigam bares e restaurantes da moda. Taylor nos deixa diante de um clube noturno; é possível escutar a vibração da música mesmo no lado de fora, apesar de ainda ser relativamente cedo. Dentro do prédio escuro e industrial, o bar funciona a todo vapor, e temos uma mesa reservada na área VIP. Eu continuo bebendo só cerveja, enquanto Ethan e Mac olham ao redor, imagino que para checar a frequência feminina no local.

— Não está interessado? — pergunto a Elliot.

Ele ri.

— Essa noite, não, espertalhão.

Ele olha de relance para Ethan, e me pergunto se está segurando o "Grande E" porque o irmão de Kate está aqui.

Dou uma olhada no relógio, curioso para saber o que Ana está fazendo, e fico com vontade de ligar para Sawyer. Sinceramente, não consigo tolerar muita socialização, mas a conversa acaba se voltando para a casa nova.

Depois de mais duas rodadas, Elliot volta a nos fazer seguir em frente.

Taylor está com a picape pronta, e vamos para a parada seguinte.

Um clube de striptease.

Merda.

— Não precisa ficar tenso, cara. Essa parada está no manual das despedidas de solteiro.

Ethan bate palmas, mas o sorriso não chega aos olhos. Acho que está tão desconfortável quanto eu.

— Sob nenhuma circunstância peça a alguém para fazer uma lap dance em mim — aviso a Elliot.

E sou lembrado de um tempo, em um passado não tão distante, em que eu estava nas profundezas obscuras de um clube privativo em Seattle.

Onde qualquer coisa pode acontecer.

Aquilo foi uma vida atrás.

Elliot ri.

— O que acontece em Vancouver fica em Vancouver.

Ele dá uma piscadela para mim, enquanto seguimos para outra mesa VIP. Dessa vez, meu irmão pediu uma garrafa de vodca, que chega com pompa e circunstância: soltando faíscas coloridas e com um coro de mulheres usando minissaias vermelhas e sutiãs que mal cobrem os mamilos. Elas gritam e aplaudem com entusiasmo. Por um momento, eu me preocupo com a possibilidade de que elas se sentem conosco, mas, depois que os shots de bebida são servidos, elas se afastam.

Há mulheres lindas por toda parte. Olho para uma, uma loura de corpo esguio e olhos escuros. Ela começa a tirar a roupa com uma graça felina, enquanto faz vários movimentos de ginástica e poses no pole dance. Não consigo deixar de pensar que, se ela fosse um homem, isso seria um esporte olímpico.

Mac está fascinado, e me pergunto se ele é comprometido.

— Não, sou solteiro. Estou à procura — diz ele, quando o questiono.

Os olhos dele se voltam para a loura vivaz. Assinto, mas fico sem saber o que dizer, porque não estou em posição de oferecer qualquer conselho sobre relacionamentos. Ainda estou espantando com o fato de Ana ter aceitado ser minha. Na verdade, ela aceitou muitas coisas.

Sorrio quando penso no que se passou no Quarto Vermelho no último fim de semana.

Ah.

A lembrança me deixa excitado. Pego o celular.

— Não — diz Elliot. — Deixa isso de lado.

— Meu celular?

Nós dois rimos. E viro um shot de vodca.

— Vamos para outro lugar — sugiro.

— Não está curtindo?

— Não.

— Nossa, você é um chato do caralho.

Cara, isso aqui não é o meu estilo.

— Está certo. Temos mais uma parada. Esse foi o momento tradicional e de praxe da sua despedida de solteiro. Você sabe, não dá para passar sem.

— Não acho que a Ana teria a mesma opinião.

Ethan dá um tapinha nas minhas costas e fico tenso.

— Então não conte a ela.

Algo no tom dele me deixa irritado.

— Você está comendo a minha irmã?

Ethan recua, como se eu tivesse lhe acertado um soco. E levanta as mãos, chocado.

— Não, não. Cara, sem ofensa. Ela é atraente e tudo, mas é só uma amiga.

— Ótimo. Que continue assim.

Ele ri, acho que de nervoso, e vira dois shots de vodca.

Dever cumprido.

— Você vai escorraçar todos os possíveis namorados dela? — pergunta Elliot.

— Talvez.

Ele revira os olhos.

— Vamos tirar você daqui. Esse lugar não está fazendo bem nenhum ao seu humor.

— Certo.

Deixamos o resto da vodca lá e eu coloco uma gorjeta obscena em cima da mesa.

De volta à picape, meu humor melhora. Taylor está ao volante e estamos saindo do centro de Vancouver, na direção do aeroporto.

Mas não voltamos para o avião. Taylor para do lado de fora de um grande complexo discreto de hotel e cassino, nas margens do rio Fraser.

— O casamento é uma aposta — diz Elliot com um sorriso.

— A vida é uma aposta, cara. Mas esse lugar é mais a minha praia.

— Imaginei. Você sempre ganhou de mim nas cartas — responde ele. — Como ainda está sóbrio?

— É pura matemática, Elliot. Não bebi tanto assim e, nesse momento, estou feliz por isso.

Elliot e Ethan seguem para as mesas de roleta e dados, enquanto Mac escolhe a mesa de vinte e um e eu me dirijo para a de pôquer.

HÁ UM SILÊNCIO RESPEITOSO, mas de expectativa, no salão. Já ganhei cento e dezoito mil dólares e essa é a última partida que vou jogar. Está ficando tarde. Atrás de mim, Elliot acompanha o jogo. Não sei onde estão Ethan e Mac. A cartada final está em jogo e os dois jogadores ao meu lado descartam em suas vezes. Tenho dois valetes e, como essa é a última partida e minha sorte está boa, aumento a aposta e jogo fichas no valor de dezesseis mil dólares no pote. A oponente à minha esquerda, uma mulher com cerca de cinquenta anos, desiste na hora.

— Não tenho nada — resmunga ela.

O oponente que restou — que lembra o meu pai — olha de relance para mim, então de volta para as suas cartas. Ele conta as fichas com muito cuidado e cobre a minha aposta.

Agora é a hora, Grey.

O crupiê recolhe as cartas descartadas e distribui com precisão as novas.

Aleluia.

Mais um valete e um par de noves. Tenho um *full house*.

Fico olhando, impassível, enquanto meu rival se inquieta, checando novamente a própria mão, os olhos escuros intensos se desviando para mim e voltando para as cartas. Ele engole em seco.

Não tem porra nenhuma.

— Passo — diz o meu desafiante.

Hora do show, Grey.

Lentamente, para garantir o efeito desejado, tamborilo os dedos no pano verde, então reúno as minhas fichas e coloco cinquenta mil dólares na mesa.

— Aumento — declaro.

O crupiê avisa.

— Cinquenta mil dólares na mesa.

O meu oponente bufa, pega as suas cartas e joga com irritação no centro da mesa. Estou eufórico por dentro. Ganhei cento e trinta e quatro mil dólares. Nada mal para quarenta e cinco minutos.

— Para mim já deu — diz a senhora ao meu lado, e acena na minha direção.

— Obrigado pela partida. Também tenho que ir.

Deixo uma gorjeta generosa para o crupiê, recolho o resto dos meus ganhos e me levanto.

— Boa noite.

Elliot se adianta para me ajudar com as fichas.

— Você tem uma sorte do cacete — diz.

Pouco antes da meia-noite, embarcamos no avião.

— Vou querer um Armagnac, Sara, obrigado.

— Agora você resolve começar a beber! — exclama Elliot.

— Todos nós mandamos bem no cassino — observa Mac. — Deve ser a sua sorte passando para a gente, Christian.

— Um brinde a isso — diz Ethan.

Sorrio, e me acomodo no couro macio do assento. Sim. Minha sorte no cassino é um bom presságio. Que maneira fantástica de encerrar uma noite extremamente agradável.

DOMINGO, 24 DE JULHO DE 2011

Quando começamos a aterrissagem no Boeing Field, levo a mão ao cinto de segurança e dou risada. Passei a maior parte do dia afivelando e desafivelando travas de segurança.

Elliot, que está sentado à minha frente, ergue a cabeça.

— Qual é a graça?

— Nada. Só queria agradecer a você. Por hoje. Foi incrível.

Elliot checa o relógio.

— Tecnicamente, foi ontem.

— Eu me diverti demais. Você se saiu muito bem como padrinho. Sua única obrigação restante é fazer um discurso. Não precisa ser longo.

Ele empalidece.

— Cara. Nem me lembra disso.

— Sim. — Faço uma careta. — Ainda preciso escrever os meus votos.

— Merda. Que tenso. — Ele está horrorizado. — Mas a essa hora na semana que vem, tudo já vai ter passado. Você vai estar casado.

— Sim. E voando nesse avião.

— Maneiro. Para onde você vai levar a Ana?

— Europa. Mas é surpresa. Ela nunca saiu dos Estados Unidos.

— Nossa.

— Eu sei. Nunca pensei que eu, que eu iria... não consigo... — Eu me interrompo, subitamente dominado por uma onda de emoção. Será medo, empolgação, ansiedade ou *felicidade*? Não sei, mas é muito intenso.

Cacete. Vou me casar.

Elliot franze o cenho.

— Por quê, cara? Você é um sujeito bonito. É um babaca, mas, bem, isso é porque você é dono da porra toda, e ainda tem um pau enorme. — Ele balança a cabeça. — Nunca entendi por que você nunca se interessou por nenhuma das amigas da Mia. Elas viviam dando em cima de você. Cara, achei que você fosse gay. — Elliot dá de ombros.

Sorrio, pois sei que toda a minha família pensava que eu fosse gay.

— Estava apenas esperando pela mulher certa.

— Acho que encontrou.

A expressão dele se suaviza, mas percebo uma melancolia em seus olhos de um azul vívido.

— Acho que sim.

— O amor faz bem pra você — diz Elliot, e reviro os olhos, porque deve ser a coisa mais piegas que ele já me disse.

— Parem com essa melação, vocês dois — exclama Mac, no momento em que o avião toca a pista.

— Nunca vou deixá-lo esquecer que você é o único noivo do Pacífico que permaneceu sóbrio na própria despedida de solteiro.

Dou risada.

— Bem, fico feliz apenas por não estar pelado e algemado a um poste de luz em algum lugar de Las Vegas.

— Cara, se eu me casar algum dia, é exatamente assim que eu quero estar no fim da minha despedida de solteiro! — declara Elliot.

— Vou me lembrar disso.

Elliot ri.

— Hora de acordar, Ethan.

TAYLOR ESTÁ AO VOLANTE do Q7, levando a mim e a Elliot de volta ao Escala. Mac e Ethan, depois de se despedirem com tapinhas nas costas, já haviam ido embora de táxi.

— Obrigado por essa noite, Taylor — digo, enquanto me acomodo no banco traseiro. Elliot parece estar dormindo.

— Foi um prazer, senhor.

Nossos olhares se encontram pelo retrovisor, e, mesmo na escuridão, percebo que está sorrindo. Pego o celular no bolso do paletó.

Sem mensagens.

— Teve notícias de Sawyer ou de Reynolds?

— Sim, senhor — responde Taylor. — A Srta. Steele e a Srta. Kavanagh ainda estão fora.

O quê? Checo a hora. Já passa de uma da manhã.

— Onde ela está?

Reprimo a apreensão e desvio os olhos para Elliot, que parece um paciente em coma.

— Em uma boate.
— Qual?
— A Trinity.
— Na Pioneer Square?
— Sim, senhor.
— Me leve até lá.

Os olhos de Taylor voltam a se encontrar com os meus pelo retrovisor, com uma expressão de dúvida.

— Você não acha que é uma boa ideia?
— Não, senhor.

Droga.

Conte até dez, Grey.

Lembro bem que a única vez em que estive em uma boate com Ana foi em Portland, quando ela estava comemorando o resultado das provas finais da faculdade

Ana ficou tão bêbada que desmaiou.

Nos meus braços.

Merda.

— Senhor, Sawyer e Reynolds estão com ela.

Verdade.

Coloque-se no lugar dela. As palavras de Flynn surgem na minha mente.

Essa é a noite de Ana. Com as amigas.

Grey, deixe-a em paz.

— Está certo. Nos leve de volta ao Escala.
— Sim, senhor.

Espero ter tomado a decisão certa.

Acordo Elliot quando estacionamos na garagem do Escala.

— Acorde, chegamos.
— Quero ir para casa. Mas se você quiser tomar uma saideira ou algo do tipo, eu animo.

Ele mal consegue abrir os olhos.

— Taylor vai levar você para casa, Elliot.
— Eu gostaria de levar o senhor até lá em cima primeiro — diz Taylor.
— Está certo.

Suspiro, pois sei que ele ainda está tomando todas as precauções, tenso sobre a minha segurança.

Taylor para o carro ao lado do elevador e salta.

Elliot abre os olhos.

— Vou ficar no carro — murmura. Estendo a mão para apertar a dele, mas Elliot a segura com força. — Vá à merda com essa porra de aperto de mão — resmunga, e me puxa para um abraço desajeitado, masculino e... bem-vindo.

— Não amasse o terno — aviso, me sentindo estranhamente tocado pelo gesto dele. Elliot me solta.

— Boa noite, irmão.

Dou um tapa no joelho dele.

— Obrigado mais uma vez. Vai precisar das coisas que deixou aqui?

— Vou estar de volta na sexta à noite, para o jantar do ensaio do casamento.

— Certo. Boa noite. Lelliot.

Ele sorri e fecha os olhos.

Taylor sobe comigo até a cobertura.

— Sabe que não precisa fazer isso, Taylor.

— É o meu trabalho, senhor.

Ele esquadrinha o caminho à nossa frente.

— Você está armado? — pergunto.

Os olhos de Taylor se voltam na minha direção.

— Sim, senhor.

Detesto armas de fogo. Eu me pergunto se ele levou a arma para o Canadá e, se sim, como passou com ela pela segurança, mas prefiro não saber dos detalhes sórdidos.

Negação plausível.

— Por que não pede a Ryan para levar Elliot para casa? Você deve estar exausto.

— Estou bem, Sr. Grey.

— Obrigado novamente por tudo que fez para organizar a noite de hoje.

Taylor se vira para mim com um sorriso caloroso.

— Foi um prazer.

As portas da cobertura se abrem e eu entro. Ryan está parado, esperando por mim.

— Boa noite, Sr. Grey.

— Ryan, oi. Tudo tranquilo essa noite?

— Sim, senhor. Nada a ser reportado. Precisa de algo?

— Não. Tudo certo. Boa noite.

Saio do saguão de entrada e vou até a cozinha, onde pego uma garrafa de água, tiro a tampa e bebo direto da garrafa.

O apartamento está silencioso. O zumbido baixo da geladeira e o barulho distante do trânsito são os únicos sons presentes. O lugar parece vazio.

Porque Ana não está aqui.

Meus passos ecoam pelo piso, enquanto vou sem pressa até a janela. A lua está alta e cintila no céu sem nuvens, trazendo a promessa de outro dia bonito, como hoje. Ana está perto, sob a mesma lua. E logo estará em casa. *Com certeza*. Apoio a testa no vidro. Está fresco, mas não frio. Suspiro demoradamente e meu hálito embaça o vidro.

Merda.

Eu a vi há poucas horas e, mesmo assim, estou com saudades dela.

Porra, Grey. Você está apaixonado demais. Recomponha-se.

Tive um dia maravilhoso. Descontraído. Cheio de aventuras. Entre amigos.

Flynn ficaria orgulhoso. Lembro quando velejamos pela primeira vez no *The Grace*, e Ana perguntou se eu tinha algum amigo. Bem, agora eu podia dizer que sim. *Talvez.*

Não entendo por que fiquei tão desanimado de repente, com a sensação familiar de solidão se fazendo presente no meu corpo. Reconheço os sintomas: o vazio, o anseio, como se algo estivesse faltando. Não me sentia dessa maneira desde que era adolescente.

Que merda.

Não me sinto solitário há anos. Eu tinha a minha família, apesar de mantê-los à distância. E havia Elena, é claro, e eu estava satisfeito com a minha própria companhia, assim como com a companhia ocasional das minhas submissas.

Mas agora, sem Ana ao meu lado, estou perdido.

A ausência dela é uma dor, uma cicatriz na minha alma.

O silêncio está se tornando intolerável.

Era de se imaginar que depois de todo o barulho da noite — os bares, o clube de striptease, o cassino —, eu ansiaria por silêncio.

Mas não.

O silêncio é opressivo, e está me deixando melancólico.

Que se foda isso.

Vou até o piano, levanto a tampa e me sento no banco. Demoro um pouco organizando as ideias, então apoio as mãos sobre as teclas, apreciando a sensação tranquilizadora do marfim sob as pontas dos dedos. Começo a tocar a primeira peça que me vem à mente, a de Bach/Marcello, e logo estou perdido na melodia lúgubre, que reflete perfeitamente o meu humor. Quando já estou tocando a composição pela segunda vez, sou distraído por um barulho.

— Shh...

Ergo os olhos e vejo Ana parada diante da bancada da cozinha, o corpo oscilando ligeiramente. Ela está carregando as sandálias de salto alto em uma das mãos e usando o que parece ser uma tiara de plástico que em algum momento provavelmente esteve no alto de sua cabeça, mas que agora já estava bem torta.

Ela também estava usando uma faixa com a palavra *noiva* escrita em letras rebuscadas, transpassada pelo vestido preto cintilante. Ana está apoiando o indicador nos lábios.

Ela é sem dúvida a mulher mais linda do mundo.

E estou nas nuvens por ela estar em casa.

Atrás de Ana, Sawyer e Reynolds mantêm expressões impassíveis. Eu me levanto do banco e agradeço a eles com um aceno breve de cabeça. Eles sorriem e nos deixam.

Ana se vira para vê-los sair, cambaleando ligeiramente.

— Tchau! — quase grita, acenando para eles com um movimento amplo do braço.

Está obviamente alterada.

Ela se vira para mim e me brinda com o maior sorriso, o mais caloroso, o mais bêbado, e vem cambaleando na minha direção.

— Sr. Christian Grey!

Eu a amparo antes que ela caia, segurando-a firme em meus braços. Ana ergue os olhos para mim, com uma expressão de alegria desfocada que alimenta a minha alma.

— Srta. Anastasia Steele. Que prazer ver você. Se divertiu?

— Foi demais!

— Por favor, me diga que você comeu alguma coisa.

— Sim! Houve comida.

Ela larga os sapatos no chão e passa os braços pela minha nuca.

— Posso ajeitar a sua coroa?

Tento arrumar a tiara dela.

— Você consertou a minha coroa há muito tempo — diz ela com a fala enrolada.

O quê?

— Você tem a boca mais linda.

Ana passa o indicador trêmulo pelos meus lábios.

— Tenho?

— Humm... sim. E você faz coisas comigo com essa boca.

— Gosto de fazer coisas com você com a minha boca.

— Vamos fazer essas coisas agora?

O olhar desfocado dela se desvia da minha boca para os meus olhos.

— Por mais tentador que seja, não sei se é uma boa ideia nesse exato momento.

Ela cambaleia um pouco e a seguro com mais força.

— Dance comigo — murmura Ana, sorrindo para mim.

Ela desliza as mãos pela lapela do meu paletó e me puxa mais para perto, para que eu possa senti-la por toda a extensão do meu corpo.

— Deveríamos colocar você na cama.

— Eu quero dançar... com você — sussurra Ana, erguendo os lábios até os meus.

— Ana — alerto. Fico tentado a carregá-la até a cama, mas estou gostando de senti-la nos meus braços e de vê-la suplicante com aqueles grandes olhos azuis.

— Está bem. O que você gostaria de dançar?

Estou me sentindo generoso.

— Múúúúsica.

Dou uma risada, um pouco exasperado, e vou até a bancada da cozinha, ainda abraçado com ela. Pego o controle remoto que está ali e aperto o play. Começa a tocar "Bodyrock", do Moby, no sistema de som. É uma das músicas que eu mais gostava na minha juventude, mas um pouco agitada demais para o momento. Mudo a faixa e "My Baby Just Cares for Me", na voz da Nina Simone, ecoa pela sala.

— Essa? — pergunto, em resposta ao sorriso inebriado de Ana.

— Sim.

Ela joga a cabeça e os braços para trás com tanto entusiasmo que quase a deixo cair.

— Merda. Ana!

Fico feliz por estar com o braço envolto na cintura dela; caso contrário, Ana estaria estatelada no chão. Ela começa a cambalear e me pergunto se ela não vai desmaiar, mas então percebo que está tentando dançar.

Uau.

Passo os braços com força ao seu redor. Nunca dancei com ninguém tão bêbada quanto Ana está agora. Seu corpo é braços e pernas para todos os lados e giros imprevisíveis.

Isso é um aprendizado.

Tento pegar as suas mãos e guiá-la ao redor da sala, em algo semelhante a uma dança — que parece mais uma giga —, mas não dá muito certo. Isso é preocupante.

De repente, Ana para e segura a cabeça.

— Nossa. A sala está girando.

Ah, não.

— Acho que devemos ir para a cama.

Ela me olha por entre os dedos.

— Por quê? O que você vai fazer?

Ana está flertando, ou essa é uma pergunta séria?

— Deixar você dormir — respondo, impassível.

Ela faz uma careta, que interpreto como decepção, mas seguro a sua mão e a levo de volta até a bancada da cozinha. Pego um copo no armário e encho com água.

— Beba isso. — Entrego o copo a ela, que obedece. — Tudo.
Ana estreita os olhos, suponho que para conseguir me colocar em foco.
— Você já fez isso antes.
— Sim. Com você. Na última vez em que ficou bêbada.
Ela bebe tudo e seca a boca com as costas da mão.
— Você vai transar comigo?
— Não. Essa noite, não.
Ana franze o cenho.
— Venha.
Eu a levo até a nossa suíte, acendo as luzes da cabeceira e coloco-a de pé, perto da cama.
— Está enjoada?
— Não! — responde ela, enfática.
Isso é um alívio.
— Vire-se — mando.
Ela me dá um sorrisinho de lado e eu arranco a tiara de seu cabelo.
— Vire-se... vou abrir o seu vestido.
Tiro a faixa ridícula pela cabeça dela.
— Você é tão bom para mim...
Ana apoia a mão no meu peito e estica os dedos.
— Chega. Vire-se. Não vou pedir de novo.
Ana sorri.
— Aí está ele...
Ah, baby.
Seguro-a pelos ombros e viro-a com gentileza, para poder abrir o zíper. Quando termino, o vestido cai imediatamente ao redor dos pés dela. Ana está usando um sutiã de renda preta, com calcinha combinando, e uma cinta-liga branca. Abro o sutiã e dou um passo à frente, prendendo seu corpo junto ao meu, em seguida abaixando as alças pelos braços. Ela esfrega o traseiro em mim e estica a mão para trás, para acariciar o meu pau extremamente interessado.
Ana!
Permito a mim mesmo um breve momento de puro prazer e projeto os quadris para a frente, enquanto ela passa a mão por toda a extensão do meu membro rígido.
Isso!
Deixo o sutiã cair no chão, afasto o cabelo dela e passo os lábios pelo seu pescoço.
— Para — peço em um sussurro.
Ela continua esfregando a mão em mim. Solto um gemido e recuo. Então, me ajoelho e começo a tirar a cinta-liga — que desconfio ter vindo junto com a tiara e a faixa — e a calcinha pelas suas pernas, e beijo seu traseiro.

— Levante a perna. — Ana obedece e termino de despir suas roupas de baixo. Recolho tudo e puxo o edredom. — Para a cama.

Agora ela se vira.

— Deita comigo — pede, com um sorriso provocante.

Ana está nua, linda, devassa e tentadora. E também completamente bêbada.

— Suba na cama. Eu já volto.

Ela cambaleia, se senta e logo deixa o corpo cair para trás. Levanto seus pés e coloco em cima do colchão, a cobrindo em seguida.

— Você vai me castigar? — pergunta ela, a voz arrastada.

— Castigar você?

— Por ficar tão bêbada. Uma trepada de castigo. Você pode fazer o que quiser comigo — sussurra, e estica os braços.

Ah, meu Deus.

Um milhão de pensamentos eróticos invadem a minha mente, e preciso de toda a força de vontade possível para apenas me inclinar, dar um beijo delicado em sua testa e sair do quarto.

No closet, que ainda está cheio de sacolas de compras da saída de Ana mais cedo, coloco as roupas no cesto de roupa suja e tiro o terno e a camisa.

Visto a calça do pijama e uma camiseta, e vou até o banheiro.

Enquanto escovo os dentes, penso no que poderia fazer com uma Ana bêbada. Ela quer punição? Meus pensamentos não ajudam em nada a aplacar a minha ereção.

— Pervertido — digo silenciosamente ao meu reflexo.

Apago as luzes e volto para o quarto. Como eu desconfiava, Ana está apagada, o cabelo espalhado por todos os lados em cima do travesseiro. Está linda. Eu me deito ao seu lado e me viro para fitá-la enquanto dorme.

Ela vai acordar com uma ressaca infernal.

Eu me inclino e beijo seu cabelo.

— Amo você, Anastasia — sussurro.

Então, me deito de costas e fico olhando para o teto. Estou surpreso por não ter ficado furioso com Ana. Não, na verdade achei que ela estava encantadora e engraçada.

Talvez eu esteja amadurecendo. *Finalmente.*

Espero que sim. A essa hora na semana que vem, serei um homem casado.

TERÇA-FEIRA, 26 DE JULHO DE 2011

Desligo o telefone depois de falar com Troy Whelan, meu gerente do banco. Abri uma conta conjunta para mim e para Ana, que ficará ativa assim que ela se tornar a Sra. Anastasia Grey. Não sei exatamente para que essa conta poderia ser útil, mas se alguma coisa acontecer comigo... Caramba. Se alguma coisa acontecer com ela...

O telefone toca, me distraindo de uma sucessão de pensamentos desagradáveis.

— Sr. Grey, estou com a sua mãe na linha — diz Andrea.

Reprimo um suspiro.

— Pode passar a ligação.

— Pode deixar. Passando agora, senhor.

— Grace.

— Querido. Como você está?

— Estou bem. O que foi?

— Sempre tão brusco. Estou ligando apenas para saber como você está. Ultimamente tenho falado mais com a Ana do que com você.

— Bem, estou ótimo. Ainda aqui. Ainda prestes a me casar. Obrigado por tudo o que você tem feito. Deseja algo específico?

Ela suspira.

— Não, querido. Estou ansiosa pelo jantar de ensaio e por receber a Ana na noite da véspera do casamento. Assim como, é claro, a mãe e o padrasto dela, Bob. Fico feliz de saber que vamos conhecer os dois antes do grande dia. E eles se dão bem com o pai dela?

— Com o Ray? Acho que sim. Mas não sei, melhor você perguntar à Ana.

— Farei isso. Fico satisfeita que ele vá ficar hospedado com você.

Não foi ideia minha.

— Ana está torcendo para que eu e ele nos demos bem.

Sinceramente, Raymond Steele me intimida.

Grace faz uma pausa.

— Tenho certeza de que vão. Vocês deram entrada na papelada do casamento?

Faço um murmúrio de tédio.

— É claro que já. Está tudo arranjado desde a semana passada.

— E a lua de mel?

— Tudo certo também.

— E o seu terno?

Reviro os olhos para o telefone.

— Foi entregue hoje. Coube direitinho.

— Alianças?

Alianças?

Merda.

Alianças!

Como diabo nos esquecemos das alianças?

— Na mão — murmuro, e dou uma risada, porque nem eu nem Ana nos lembramos das alianças.

— Qual é a graça?

— Nada, mãe. Mais alguma coisa?

— Você se esqueceu das alianças?

Suspiro. *Pego em flagrante.*

— Como você percebeu?

— Sou sua mãe... e você me chamou de mãe. Quase nunca faz isso.

O humor e o carinho na sua voz me acalmam.

— Muito observadora, Dra. Grey.

Ela ri.

— Ah, Christian. Amo tanto você. Se não tem as alianças, é melhor conseguir logo. Tudo aqui está correndo dentro do planejado. A tenda será erguida amanhã, e depois será a vez da decoração.

— Obrigada, mãe. Obrigado por tudo.

— Vejo você na sexta-feira.

Ela desliga e fico encarando a silhueta dos prédios de Seattle, grato a tudo o que é mais sagrado pela existência da Dra. Grace Trevelyan-Grey. *Mãe.*

Ligo para Ana.

— Anastasia Steele.

Ela parece distraída.

— Esquecemos as alianças.

— Alianças? Ah! As alianças!

Dou uma risada, porque Ana teve a mesma reação que eu, e posso imaginar seus olhos se arregalando com o susto.

— Eu sei! Como fomos esquecer isso?
— A minha mãe sempre diz que o diabo mora nos detalhes — concorda Ana.
— Ela não está errada. Que tipo de aliança você quer?
— Ah... hum...
— Pensei em uma de platina, para combinar com o anel de noivado, o que acha?
— Christian, isso seria... seria.... seria mais do que incrível. — A voz dela é um sussurro.

Sorrio.
— Vou comprar duas iguais.
Ana arqueja.
— Você também vai usar aliança?
— Por que não usaria? — Fico surpreso com a pergunta.
— Não sei. Mas fico feliz demais por você querer usar.
— Ana, eu sou seu. Quero que o mundo saiba disso.
— Fico muito contente em ouvir isso.
— A essa altura, você já deveria saber.
— E eu sei — sussurra ela. — É que ainda me deixa toda boba quando você diz.
— Toda boba?
Ana ri.
— Sim. Toda boba.
— Parece ruim.
— Não. É o oposto de ruim.

Sinto meu coração inflar no peito. Às vezes, Ana me pega de surpresa. Engulo em seco, tentando conter o sentimento.
— É melhor eu ir cuidar disso agora mesmo.
— É melhor mesmo!
— Até mais, baby.
— Até mais, Christian. Amo você.

Deixo aquelas palavras assentarem no meu coração.
Ela me ama.
— Você vai desligar? — pergunta Ana.
— Não.
Ela ri.
— Preciso ir. Tenho uma reunião, e o chefe do chefe do meu chefe... você sabe.
— Sei. Ele pode ser um babaca.
— Pode mesmo... mas também pode ser o melhor dos homens.

Fico olhando para o retrato de Ana na parede da minha sala, o sorriso tímido e provocante é exclusivo para mim. Meu corpo e minha alma se agitam de emoção. Essa sem dúvida foi uma das coisas mais doces que Ana já me disse.

— Vejo você à noite — diz ela, e a linha é cortada antes que eu tenha a oportunidade de responder.

Anastasia Steele, você é a mulher mais impactante que conheço. Continuo fitando a foto dela, digerindo as suas palavras, e sei que o meu sorriso seria capaz de iluminar uma noite escura e sem alma.

Sentindo-me inspirado, encontro o número da joalheria Astoria e ligo para lá. Não preciso apenas de alianças, mas também de um presente de casamento para a minha futura esposa.

A MINHA REUNIÃO COM WELCH não levou a nada: ainda não há qualquer pista do criminoso, e estou começando a achar que a sabotagem foi um delírio da minha mente excessivamente ativa. A equipe de Welch está analisando os registros de todos os ex-funcionários das empresas que a GEH adquiriu, para ver se encontra alguma coisa, mas já passamos por esse processo e sinto como se ele estivesse procurando agulha no palheiro. Os únicos suspeitos em potencial que tínhamos eram Hyde e Woods, mas Hyde foi descartado, já que estava na Flórida desde seu desligamento, e ainda não há qualquer evidência que ligue Woods ao acidente.

— Sei como isso é frustrante para você, Grey — diz Welch, a voz rouca como sempre. — Estamos muito atentos ao Gulfstream.

— Fico pensando se não tivemos uma reação exagerada ao relatório da Administração Federal de Aviação.

— Não. Nós não tivemos. É a sua segurança que está em jogo. Vamos precisar ser pacientes e aguardar o relatório do Conselho Nacional de Segurança nos Transportes. Deve chegar a qualquer momento.

— No minuto que você receber... — Deixo a frase se completar sozinha.

— Sim, senhor.

— Nesse meio tempo, por favor, instrua o Taylor. Ele irá conosco para a lua de mel, ficará encarregado da nossa segurança.

— Pode deixar. E, mais uma vez, parabéns.

Agradeço com um movimento de cabeça.

— Muito bem. É isso. Obrigado por vir.

Welch se levanta e trocamos um aperto de mãos.

DE VOLTA À MINHA mesa, checo os e-mails.

De: Dr. John Flynn
Assunto: FW: Para Christian Grey

Data: 26 de julho de 2011 14:53
Para: Christian Grey

Christian,
Recebi o arquivo em anexo de Leila Williams. Podemos conversar a respeito quando nos encontrarmos na quinta-feira.
JF

De: Leila Williams
Assunto: Para Christian Grey
Data: 26 de julho de 2011 06:32
Para: Dr. John Flynn

Querido John,
Obrigada pelo seu apoio constante. Não tenho nem como expressar o que significa para mim. Meus pais me receberam de volta. Mal consigo acreditar em como eles foram amáveis, levando-se em consideração todos os problemas que causei a eles. O meu divórcio deve ser finalizado no final do próximo mês. Finalmente vou poder seguir em frente com a minha vida.
Meu único arrependimento é não ter conseguido agradecer pessoalmente ao Sr. Grey. Por favor, encaminhe essa mensagem para ele. Eu realmente gostaria de dizer obrigada a ele em pessoa. Minha vida poderia ter seguido por um rumo muito ruim se não fosse pela intervenção dele.

Muito obrigada,
Leila

Nem fodendo. Leila é a última pessoa no mundo que eu quero ver. Mas fico feliz por ela estar em uma situação melhor, se recuperando, e por conseguir se divorciar daquele verme nojento com quem se casou. Deleto o e-mail e decido afastá-la da minha mente.

Chamo Andrea pelo interfone. Preciso de café. Urgente.

Está tarde. O sol já sumiu no horizonte e estou encarando uma tela de computador sem nada escrito.

Votos.

Escrevê-los é mais complicado do que pensei. Tudo o que eu escrever será falado em voz alta diante das nossas pessoas mais íntimas, e estou tentando encontrar palavras que expressem para Ana como me sinto em relação a ela, como estou empolgado em compartilharmos a vida e como me sinto honrado por ela ter me escolhido.

Droga. Isso é difícil.

Meus pensamentos se voltam para um pouco antes nessa noite, quando Ana e eu nos encontramos com Gia Matteo. Gia queria a nossa opinião sobre algumas ideias para a casa nova. Ela tem uma visão ousada; gosto da abordagem, mas não sei se Ana está totalmente convencida. Quando virmos o projeto no papel vamos conseguir julgar melhor.

Por sorte, a reunião havia sido breve. E Gia só me tocou uma vez e pronto.

Desde essa hora, venho tentando escrever os votos, enquanto Ana está no telefone com Alondra Gutierrez. Elas vêm trabalhando incansavelmente nesse casamento.

Só espero que tudo saia como Ana quer. E, para ser sincero, se ela está feliz, eu também estou.

Mas, acima de tudo, quero mantê-la segura.

A vida sem Ana seria insuportável.

Uma sucessão de imagens desagradáveis surge de repente na minha mente: Ana sob a mira de um revólver, no antigo apartamento; Ana, não Ros, sentada ao meu lado enquanto o *Charlie Tango* vai em direção ao chão; Ana jazendo pálida e imóvel sobre um tapete gasto, que um dia já fora verde...

Grey, pare. Pare.

Preciso controlar minha imaginação mórbida.

Concentre-se, Grey. Concentre-se em onde você quer estar.

Com Ana.

Quero dar o mundo a ela.

Volto para a tela, para os meus votos, e começo a digitar.

Ana ergue os olhos quando entro na biblioteca, abrindo um sorriso doce, mas cansado. Ela está lendo o original de um livro.

— Oi.

— Oi — responde.

Eu me sento na poltrona ao seu lado e abro os braços. Ana não hesita, tirando as pernas de debaixo do corpo e subindo no meu colo com manuscrito e tudo. Eu a tomo nos braços, beijando o topo de sua cabeça e sentindo seu cheiro. Ana é o paraíso na terra.

Ela deixa escapar um suspiro de satisfação.

É tão bom abraçá-la.

Um bálsamo para os meus sentidos.

A minha Ana.

Ficamos sentados ali, em um silêncio confortável e afetuoso. Há três meses, nunca teria me imaginado capaz de fazer isso. *Não. Há dois meses.* Eu mudei em um grau que mal me reconheço. O vestígio de dúvida e apreensão que senti mais cedo se dissolve. Ana está segura, nos meus braços.

E eu estou seguro... com ela.

QUINTA-FEIRA, 28 DE JULHO DE 2011

A reunião com os diretores executivos correu bem; todos estão cientes do que cada divisão está fazendo e dos passos que precisam ser dados a seguir. Estou deixando a empresa em boas mãos, mas nunca cheguei a duvidar disso, nem por um momento. No entanto, sendo honesto, ainda me sinto ansioso. Essa é a primeira vez que tiro férias por mais que alguns dias. Todos que estão deixando a sala da diretoria se despedem de mim com um aperto de mão, me desejando felicidades.

— Estarei aqui amanhã — lembro a Marco.

— Christian, você merece um descanso — diz ele. — Aproveite a sua lua de mel.

— Obrigado.

Suspiro profundamente e passo a mão pelo cabelo. Por que estou tão apreensivo assim?

Ros se aproxima depois que a sala está vazia.

— A casa. É sua.

Negócio fechado?

— Assinado e comprovado.

— Ótimo. Obrigado por tomar a frente do processo. Chaves?

— Estão trazendo.

— Vou deixá-las com meu irmão. Ele vai supervisionar a reforma.

Ros arregala os olhos.

— Também vai reformar? Você está com muita coisa na cabeça, Christian. Já estava mesmo na hora de tirar férias.

— E sabe do que mais? Acho que estou pronto e animado para isso.

— Para onde você vai?

— Segui o seu conselho. Vou para a Europa.

Ela abre um sorriso.

— Gwen e eu não vemos a hora de sábado chegar.
— Vou ficar feliz quando passar tudo. — Dou um sorriso tenso.
— Christian! — Ela parece chocada. — Você precisa aproveitar o dia!
— Quero que Ana aproveite o dia.
A atitude de Ros se suaviza na mesma hora.
— Você está *muito* apaixonado.
Dou uma risada, porque ela nunca tinha feito um comentário tão pessoal.
— Nem tem como negar.
Ros sorri, o olhar caloroso. É uma expressão que cai bem nela.
— Eu com certeza vou aproveitar a minha lua de mel, sabendo que você está no comando desse lugar e mantendo a GEH dentro dos conformes.
O sorriso de Ros fica mais largo.
— Não precisa ficar tão tenso. Você vai estar na Europa, não em Marte. Se precisar, eu ligo.
— Obrigado, Ros.
— Agora, me dê licença, porque preciso tocar a agenda do dia.
Eu abro caminho e ela passa por mim. E, nesse momento, me sinto muito grato por tê-la na minha equipe.

— CHRISTIAN, VOCÊ ESTÁ parecendo um leão enjaulado. O que houve? — pergunta Flynn.
Ele está sentado, me olhando com o seu distanciamento profissional de sempre, enquanto eu ando de um lado para outro no consultório, dando voltas no tapete grosso que cobre o piso. A pergunta me faz parar, e olho pela janela para ver Taylor esperando perto do carro. Ele está observando a rua por trás de óculos de sol espelhados, estilo aviador.
— Nervosismo? — chuto, enquanto volto para o sofá e afundo nele.
— Uma reação razoável para alguém que vai se casar daqui a poucos dias, acredito.
— É?
— Claro que sim. É perfeitamente natural se sentir nervoso. Você vai declarar publicamente quanto Anastasia significa para você. Agora tudo está se tornando mais real.
Sim. Está.
— Mas é que demorou tanto para chegar a esse estágio, e só fomos nos lembrar das alianças no último minuto. — Jogo as mãos para o alto, frustrado. — O que isso diz sobre nós?
— Que os dois são pessoas ocupadas? — sugere Flynn, tranquilo.
Mas o comentário dele não consegue me acalmar.

— Todo mundo fica me dizendo para eu aproveitar o momento. — Franzo o cenho. Flynn parece pensativo, mas permanece calado, esperando que eu explique melhor. — Só quero que acabe logo!

— Quer mesmo? Tem certeza de que quer seguir adiante com isso?

Como assim? Eu o encaro como se tivesse acabado de notar uma cabeça extra nele.

— Com o casamento? Mas é claro que sim!

— Foi o que imaginei.

— Então por que a pergunta? — digo, irritado.

— Christian, estou tentando descobrir um motivo para a sua inquietação.

— Só quero que isso acabe — repito, tenso.

Mas Flynn não diz nada e continua me observando com uma expressão tranquila e moderada, enquanto espero que ele me dê algum insight sobre o que estou sentindo. Quando permanece em silêncio, sei que está me testando.

Droga.

— Está demorando demais. Não sou um homem paciente — murmuro.

— Se passaram apenas algumas semanas, não é tanto tempo assim.

Suspiro, fazendo um esforço para entender meus sentimentos.

— Espero que Ana não mude de ideia.

— Acho que, a essa altura, é muito improvável que isso aconteça. Por que ela mudaria? Ana ama você. — Ele sustenta o meu olhar.

Eu o encaro, incapaz de expressar o que passa pela minha cabeça. É frustrante.

— Você só quer estar casado? — sugere Flynn.

— Sim! Porque então ela será minha. E vou poder protegê-la. Como deve ser.

— Ah. — Flynn assente e deixa escapar um suspiro baixo. — Isso é mais do que apenas nervosismo, Christian. Fale comigo.

Hora do show, Grey.

Engulo em seco e, das profundezas da alma, confesso o meu medo mais sombrio.

— A vida seria insuportável sem ela. — As palavras saem quase inaudíveis. — Venho tendo pensamentos terríveis, mórbidos.

Ele assente e passa os dedos pelos lábios. Percebo, então, que era isso o que Flynn estava esperando que eu dissesse.

— Quer conversar sobre esses pensamentos? — pergunta.

— Não.

Se eu fizer isso, estarei os tornando *reais*.

— Por que não?

Balanço a cabeça. Estou me sentindo exposto, vulnerável, como se estivesse despido no topo de uma colina erma, com o vento uivando ao meu redor.

John esfrega o queixo.

— Christian, seus temores são totalmente compreensíveis, mas eles vêm dos traumas de uma criança abusada e negligenciada, que foi abandonada após a morte da mãe.

Fecho os olhos e vejo a prostituta drogada morta no chão.

Mas ela é Ana.

Merda.

— Você é adulto agora. E um muito bem-sucedido, por sinal — continua John. — Nenhum de nós tem garantias na vida, mas é extremamente improvável que aconteça alguma coisa com Ana, levando-se em conta todas as providências que você já tomou.

Abro os olhos e encontro o olhar de Flynn. Ele ainda quer mais.

— Tenho mais medo por ela do que por mim mesmo — sussurro.

A expressão dele se suaviza.

— Eu entendo, Christian. Você ama a Ana. Mas é preciso colocar esse medo em perspectiva e sob controle. É um temor irracional. E no fundo você sabe disso.

Deixo escapar um longo suspiro.

— Eu sei. Eu sei.

Ele franze o cenho e abaixa os olhos para o colo.

— Só quero oferecer um conselho. — Flynn olha para mim, garantindo que estou prestando atenção. — Não quero que sabote a sua felicidade, Christian.

— Como assim?

— Sei que você sente que não merece isso, e que um amor assim é uma novidade para você, mas precisa cultivá-lo, valorizá-lo.

Aonde diabo ele está querendo chegar?

— Eu faço isso — asseguro. — Mas me deixa ansioso.

— Eu sei. Só tome cuidado.

Assinto.

— Você tem as ferramentas para superar a sua ansiedade. Faça uso delas. Liberte a sua mente racional.

Está certo. Está certo.

Estou cansado desse discurso que já ouvi.

— Vamos em frente.

Ele comprime os lábios.

— Tem certeza?

— Sim.

Ele muda de assunto.

— Agora, por falar em sabotagem, alguma notícia a respeito do sabotador?

— Não! — A palavra sai como um palavrão. Gostaria de ter uma resposta. — Estou começando a me perguntar se não reagi de forma exagerada.

— Não seria a primeira vez.

Esboço um meio sorriso.

— Foi o que Ana falou.

— Ela conhece bem você.

— Sim. Melhor do que ninguém. Exceto você.

— Você me supervaloriza muito, Christian. Tenho certeza de que Ana o conhece melhor do que eu. Escolhemos as facetas que mostramos para cada pessoa. É parte do que nos faz humanos. Acho que ela já viu o pior e o melhor que existe em você.

Sem dúvida.

— Ela traz à tona o que há de melhor e de pior em mim.

— Se você se esforçar, vai conseguir se concentrar no que há de melhor. Não gaste energia com a parte negativa e se mantenha atento. Faça uso de tudo o que aprendeu aqui — aconselha ele.

— Posso tentar.

— Não tente. Faça. Você é mais do que capaz, Christian. — Flynn cruza as pernas e continua: — Como estão indo as coisas com seus pais?

— Bem melhor — respondo e relato sobre minha conversa mais recente com Grace.

— Isso parece ótimo. E o seu pai?

— Nada mais desde o pedido inesperado de desculpas dele.

— Ótimo. — Flynn faz uma pausa. — Você recebeu o e-mail da Leila, que eu encaminhei?

— Sim. Não quero vê-la.

— Provavelmente é a decisão mais sensata. Vou avisar a ela.

— Obrigado.

Ele sorri.

— Sabe, você pode não estar muito empolgado com o dia do casamento, mas a minha esposa está animadíssima.

Dou uma risada.

— Vamos levar os meninos. Espero que não tenha nada que possa ser quebrado.

— Acho que Ros, a minha diretora de operações, também vai levar os filhos.

— Você já conversou com a Ana sobre ter filhos?

— Só por alto. Ainda temos muito tempo para pensar nisso. Nós dois somos jovens. Na verdade, às vezes eu me esqueço do quanto Ana é jovem.

Sim, e eu sou o adolescente mal-humorado.

— Vocês dois são jovens. — Ele checa a hora no relógio na parede atrás de mim. — Acho que terminamos, a menos que você queira falar sobre algo mais. Não o verei profissionalmente por algum tempo.

— Estou bem. Obrigado por me escutar.

— É o meu trabalho. Lembre-se. Não se concentre no negativo. Pense no positivo.

Assinto e me levanto.

— E mais um conselho, a nível pessoal — diz John. — Esposa feliz. Vida feliz. Vai por mim.

Eu rio e ele sorri.

— É bom ver você rindo, Christian.

ANA E EU NOS encaramos. Estamos deitados na minha cama... na nossa cama, ambos saciados, os narizes próximos, nenhum dos dois com sono.

— Isso foi legal — sussurra Ana.

Estreito os olhos.

— Essa palavra de novo.

Ela sorri e acaricio a sua bochecha. O sorriso se apaga.

— O que foi? — pergunto, e ela abaixa os olhos, desviando o olhar. — Ana?

Seus olhos voltam a encontrar os meus com uma expressão intensa.

— Não estamos nos apressando demais, não é? — pergunta ela rapidamente, a voz baixa e ofegante.

Todos os meus sentidos ficam em alerta de repente.

Aonde é que ela quer chegar com isso?

— Não! Por que pensaria isso?

— É só que... me sinto tão feliz nesse exato momento que não sei se consigo ficar ainda mais feliz. Não quero que nada mude.

Fecho os olhos, saboreando a sensação de alívio. Ana apoia a mão no meu rosto.

— Você está feliz? — pergunta.

Abro os olhos e a encaro com toda a sinceridade que consigo reunir de cada fibra do meu ser.

— É claro que estou feliz. Você não tem ideia de quanto mudou a minha vida para melhor. Mas estarei mais feliz depois que estivermos casados.

— Você está ansioso. Consigo ver nos seus olhos.

Os dedos dela roçam no meu queixo.

— Estou ansioso para torná-la minha.

— Eu sou sua — murmura ela, e as palavras me fazem sorrir.

Minha.

— E precisamos aguentar dois dias de socialização forçada — continuo.

Ela ri.

— Sim, ainda tem isso.

— Mal posso esperar para levar você daqui.
— Também mal posso esperar. Para onde vamos?
— É surpresa.
— Gosto de surpresas.
— Gosto de você.
— Também gosto de você, Christian.
Ela se inclina para a frente e beija a ponta do meu nariz.
— Está com sono? — pergunto.
— Não.
Ótimo.
— Eu também não. Ainda não terminei com você.

SÁBADO, 30 DE JULHO DE 2011

Elliot toma um longo gole de uísque Macallan. É um pouco depois da meia-noite e ele está jogado no sofá, os pés para cima, ocupando o máximo de espaço possível. O homem é um tremendo cara de pau.

— Cara, como esse uísque é bom.
— E tem a obrigação de ser.

É caro.

— O que ela te deu de presente? — pergunta ele.

Tiro do bolso uma caixa azul-turquesa da Tiffany, com o presente de casamento que Ana me deu. Abro-a pela segunda vez e examino as abotoaduras de platina, gravadas com um C elaborado trançado em um A. Ela nunca tinha me dado nada parecido com isso, e adorei. Vou usá-las amanhã, no casamento.

Eu as estendo para Elliot, que assente, aprovando, enquanto examina as abotoaduras.

— Belo presente.
— Sim. São perfeitas.
— Está tarde, irmão. — Ele boceja. — Deveríamos ir dormir. Caso não lembre, vai se casar amanhã.
— É melhor mesmo. — Dou um gole no Armagnac, que aquece a minha boca antes de descer suavemente pela garganta. — Vai ser estranho dormir sozinho.

Nossa, essa é uma frase que nunca achei que fosse dizer.

— Essa noite foi maneira — comenta Elliot, me ignorando. — Gostei dos pais da Ana. Bob não é de falar muito. Pensando bem, o pai da Ana também não.
— Os dois são caladões. — Arqueio uma sobrancelha. — A Carla tem um tipo.

Elliot ri.

— São sempre os quietinhos. Como você.

Ele ergue o copo e sorri para mim.

Vá à merda, Elliot. Olho irritado para ele.

— Como eu? Não tenho ideia do que está falando, e prefiro nem pensar nisso. Eles são meus sogros, pelo amor de Deus.

— Não sei, não. A mãe da Ana é gostosa. Eu pegaria mulheres mais velhas.

Me recuso a falar sobre isso com Elliot!

— Cara! E a Kavanagh?

Ele sorri sem jeito, e acho que está brincando.

— Aposto que está contente por todos os parentes terem se dado bem. — Elliot volta a conversa para um território neutro. — E o Ray é torcedor dos Mariners, então tem algo de bom nele, mas ainda não temos um veredicto sobre o Sounders. Não sou fã de futebol.

Concordo com um aceno de cabeça. É um alívio: até mesmo Raymond Steele sucumbiu à atenção calorosa e incansável de Grace. E não há animosidade entre ele e a mãe de Ana, o que é ótimo. Ray já foi dormir. É irônico que ele esteja dormindo no quarto que eu tinha reservado para Ana, se ela tivesse concordado em ser minha submissa.

Talvez seja melhor guardar esse fato só para mim mesmo.

— E a sua Sra. Jones o deixou orgulhoso — continua Elliot.

— É verdade. Gail é uma cozinheira de mão cheia. Acho que ela gosta de exibir os dotes culinários de vez em quando.

Elliot virou o resto da bebida e estalou os lábios em apreciação.

Deselegante, irmão, deselegante.

— Esse uísque é bom demais, espertalhão. Vou me deitar. E você?

— Tenho alguns assuntos para resolver.

Elliot checa o relógio.

— Agora? Está tarde.

— Preciso responder um e-mail que chegou antes do jantar. Não deve demorar.

De qualquer modo, não sei se vou conseguir dormir.

— O funeral... quer dizer, o casamento é seu. — Ele sorri e se levanta do sofá com a energia de sempre. — Boa noite. Tenta dormir, certo?

Elliot me dá um soquinho no braço e sai da sala.

— Boa noite — digo. — E não esqueça as alianças!

Sua única resposta é mostrar o dedo médio. Mesmo sem querer, aquilo me faz rir. Também me levanto e guardo a caixa da Tiffany de volta no bolso.

No escritório, abro o e-mail que está na minha cabeça desde que o recebera um pouco mais cedo. É de Welch, com o relatório do Conselho Nacional de Segurança nos Transportes sobre o acidente com o *Charlie Tango*.

De: Welch, H. C.
Assunto: Relatório do Conselho Nacional de Segurança nos Transportes
Data: 29 de julho de 2011 18:57
Para: Christian Grey
Cc: J B Taylor

Sr. Grey,
Mando em anexo o relatório detalhado do Conselho Nacional de Segurança nos Transportes. Eles foram muito meticulosos e confirmaram a sabotagem. Os tubos de combustível foram cortados, fazendo com que o querosene de aviação vazasse para dentro dos motores. O relatório foi enviado para o FBI e vai servir como base para a continuidade da investigação criminal. Felizmente, o Conselho os manteve atualizados e o FBI fez exames das digitais na semana passada, como parte da investigação. Eles estão no processo de eliminação de suspeitos em relação aos engenheiros e à equipe de solo dos inquéritos, mas até agora não avançaram sobre encontrar um suspeito.

Amanhã, gostaria de levar o Gulfstream para o aeroporto de Seattle-Tacoma, para que o senhor possa partir de lá, e não do Boeing Field. Vou organizar tudo para que não precisem passar pelos trâmites alfandegários.

Acrescentei quatro profissionais de segurança ao esquema do seu casamento. Os currículos deles seguem anexos e foram aprovados por Taylor. Dois deles já foram despachados para o local da festa, para ficarem de guarda durante a madrugada.

Peço desculpas por mandar esse e-mail na véspera das suas núpcias. Deixe os detalhes conosco. E tente aproveitar o grande dia.
Welch

Merda. Nossos instintos estavam certos.
Mas quem quer me matar? Quem?
Escrevo uma resposta rápida para Welch.

De: Christian Grey
Assunto: Relatório do Conselho Nacional de Segurança nos Transportes
Data: 30 de julho de 2011 00:23
Para: Welch, H. C.
Cc: J B Taylor

De acordo. E obrigado.

Christian Grey
CEO, Grey Enterprises Holdings, Inc.

Viro o que restou do Armagnac e decido ler o relatório completo na cama. Estou sozinho, porque Ana foi embora com meus pais, para passar a noite na casa deles.
Que saco essas tradições estúpidas.
Ela deveria estar aqui. Comigo. Sinto sua falta.
Ao menos Sawyer foi junto. Ele vai ficar de olho.
Pego as páginas do relatório do Conselho de Segurança que imprimi e meu humor fica mais sombrio. Não aguento mais essa merda.
O relatório é extenso e bastante tedioso, mas, apesar de meus olhos volta e meia ameaçarem se fechar, consigo terminar. O próximo passo é entregar o *Charlie Tango* ao FBI. Depois que terminarem com ele, vão devolvê-lo para a Eurocopter, para uma avaliação completa. Tenho esperança de que ele possa ser consertado e que a GEH não tenha que arcar com os encargos do seguro.
Apago a luz da cabeceira e fico olhando fixamente para o teto.
Por que isso tinha que acontecer na véspera do meu casamento?
A escuridão é completa e torna evidente uma sensação de vazio que se insinua no meu peito. Entendo agora que é solidão; falta uma parte do meu coração, já que Ana não está comigo. Embora, na verdade, eu não esteja sozinho. O meu futuro sogro está no andar de cima, provavelmente dormindo, e Elliot está no quarto de hóspedes, ao lado do meu. E as acomodações dos funcionários da casa estão quase lotadas. Mas a ausência de Anastasia Steele é gritante. Queria que ela estivesse aqui, para que eu a envolvesse nos meus braços e me perdesse nela. Fico tentado a mandar uma mensagem para ela, mas isso talvez a acorde, e ela precisa dormir. Merda. Sem ela, estou perdido. E alguém lá fora deseja minha morte, mas não sei quem é.
Droga. Pare com esses pensamentos, Grey.
Fecho os olhos.
Respire, Grey. Respire.
Começo a contar carneirinhos.

Estamos ganhando altitude. Ana está na frente da cabine, as mãos esticadas, dando gritinhos de alegria e deslumbramento. Meu coração está pleno. Isso é felicidade. Isso é amor. A sensação é perfeita. Estamos no topo do mundo. Nossa vida se estende em uma colcha de retalhos colorida, com verdes e marrons abaixo de nós. Eu me inclino e, de repente, estamos mergulhando em parafuso. Ana está gritando. Gritando. Estamos no *Charlie Tango* e perdendo altitude. Sinto cheiro de fumaça. Estou lutando com os controles para manter a aeronave no ar. Preciso encontrar um lugar para aterrissar. Consigo escutar apenas o ronco dos motores e os gritos de Ana. Vamos cair. *Merda*. Girando. Caindo. Caindo. Caindo. *Merda.* Vou bater no chão. Não. Não! Ana está deitada em cima de um tapete verde pegajoso. Estou sacudindo-a. Ela não acorda. Ana. Ana. Ana! Um barulho forte. E ele ocupa o batente da porta. *Aí está você, seu merdinha!* Não. *Não.* Ana. Ana. *Ana!*

Acordo sobressaltado, com uma camada fina de suor cobrindo o peito e a barriga, ao raiar do dia.

É cedo demais.

Esfrego o rosto e controlo a respiração e o terror, para então fechar os olhos e me virar na cama. Estendo a mão para o travesseiro de Ana e puxo-o na minha direção. Mergulho no perfume dela. *Ah...*

Vovô Theodore me entrega uma maçã. É de um vermelho intenso. E doce. Uma leve brisa sopra em meu rosto. É refrescante sob o sol. Estamos juntos no pomar. Ele segura a minha mão. A palma da mão dele é áspera, com calos. A minha mãe, o meu pai e Elliot estão vindo. Trazendo uma cesta de piquenique. Meu pai ajeita a manta no chão. E Ana se senta ali. Ana. Ela está aqui. Comigo. Conosco. Ela ri. E eu rio. Ana acaricia o meu rosto. *Toma*, diz ela. E me entrega a bebê Mia. Mia. E, de repente, tenho seis anos de novo. *Mii-a*, sussurro. Minha mãe me olha. *O que você disse? Mii-a. Sim. Sim. Menino querido. Você está falando. Mia. O nome dela é Mia.*

E mamãe começa a chorar de felicidade.

Abro os olhos, surpreso com uma visão do sonho de que não consigo me lembrar direito.

Com o que eu estava sonhando?

O sol está mais alto no céu, indicando que já é uma hora aceitável para se estar de pé. Balanço a cabeça para despertar, então me lembro... hoje, Ana será minha.

Hoje, ao meio-dia.

Sim!

Para depois passar três semanas com ela na Europa. Mal posso esperar para mostrar a Ana vários pontos turísticos. Enquanto ainda estou deitado na cama, empolgado com o que planejei, tenho uma ideia.

Humm... vou colocar alguns brinquedinhos do quarto de jogos na mala, para ficar ainda mais divertido.

Isso.

Pulo da cama, visto uma camiseta e sigo em direção à cozinha. Do corredor, escuto vozes. Ray está sentado diante da bancada da cozinha, comendo bacon, ovos, batatas hash brown e linguiça. Ele está conversando com a Sra. Jones. Diferente de mim, já está arrumado, com a camisa do casamento e a calça do smoking.

— Bom dia, Christian. Como está se sentindo?

— Ótimo.

— Bom dia, Sr. Grey — cumprimenta Gail com entusiasmo. — Café?

— Por favor.

— Esse seu apartamento é uma maravilha — comenta Ray, indicando o teto com a faca.

— Obrigado.

— Ana contou que você comprou uma casa.

— Sim. Fica na costa.

Ray assente.

— Ela disse que você também tem casas em Aspen e em Nova York.

— Hum... sim. Sabe como é, imóveis. Hum. É para diversificar o meu portfólio de investimentos.

Ele assente novamente, mas não comenta nada além de:

— São muitos lugares para uma pessoa só cuidar.

— Bem, depois de hoje, seremos dois para ficar de olho.

Ray ergue bem as sobrancelhas e lentamente um sorriso — não sei se de admiração ou de incredulidade — surge em seu rosto. Espero que seja de admiração.

— Suponho que tenha razão — diz ele.

Quero mudar de assunto.

— Dormiu bem?

— Sim. Provavelmente é o quarto mais elegante em que já dormi. E tem uma vista e tanto.

— Fico contente por você ter se sentido confortável.

— Aqui está, Sr. Grey.

A Sra. Jones coloca uma xícara de café diante de mim, na bancada.

— Obrigado, Gail.

— O que gostaria de comer?

— O mesmo que Ray.

Ela sorri.

— Saindo agora mesmo, senhor.

Eu me acomodo no banco ao lado de Ray e pergunto se ele tem pescado ultimamente. Sua expressão se ilumina.

ATÉ EU TENHO QUE admitir que Elliot fica bem de smoking. Estamos no banco de trás do Audi Q7, quase chegando à casa de nossos pais, em Bellevue.

— Como está se sentindo? — pergunta Elliot.

— Eu gostaria que as pessoas parassem de me perguntar isso.

— Você? Nervoso? É o cara mais tranquilo que conheço. Qual é o problema? É porque vai ficar amarrado à mesma mulher pelo resto da vida? Eu também ficaria nervoso.

Reviro os olhos.

— A sua promiscuidade devia ser estudada, Elliot. Um dia desses, alguém vai virar o seu mundo de cabeça para baixo. Eu nunca imaginava que isso aconteceria comigo. Ainda assim, olhe só para mim.

Elliot estreita os olhos e desvia o rosto para a janela enquanto entramos na propriedade de nossos pais. Já há uma boa fila de carros esperando pelo serviço de manobrista perto da porta, e os convidados, em suas roupas elegantes, estão seguindo pelo tapete rosa-claro que leva aos fundos da casa. Quando Taylor nos deixa na entrada, dois sujeitos de terno escuro, com fones de ouvido discretos e óculos escuros estilo aviador, se adiantam e abrem as portas para nós. Eles são os seguranças extras.

— Pronto? — pergunta Elliot com um olhar rápido e tranquilizador na minha direção. — Se quiser desistir, ainda dá tempo.

— Vá se foder.

Ele sorri e desce do carro.

Respiro fundo.

É isso.

Hora do show, Grey.

Meu celular vibra e checo a tela.

Merda. Sinto o couro cabeludo formigar. É uma mensagem da Elena.

> ELENA
> Você está cometendo um grande erro.
> Eu o conheço. Mas estarei aqui para você quando a sua vida desmoronar.
> E vai desmoronar.

Estarei aqui porque, apesar de tudo o que eu disse, eu te amo. Sempre vou te amar.

Mas que porra é essa?
— Christian — me distrai Elliot. — Você vem?
Ele está esperando.
— Sim — digo irritado.
Deleto rapidamente a mensagem e salto do carro.
Ela que se foda.
— Tudo bem? — pergunta Elliot, com o cenho franzido, quando me junto a ele.
— Sim. Vamos seguir com isso.
Eu ando apressado, tentando controlar a minha fúria. Como Elena ousa tentar fazer isso comigo no dia do meu casamento?! Ignoro a jovem que está parada no caminho, toda sorrisos. Ela está segurando uma prancheta, mas passo direto, deixando a cargo de Elliot dizer quem somos, enquanto me encaminho para a entrada. Grace está no saguão.
— Querido, você chegou.
— Mãe.
— Você está tão bonito, Christian.
Ela passa os braços ao meu redor, me dá um abraço rápido e contido, e inclina a cabeça na minha direção, me oferecendo a bochecha.
— Mãe — sussurro, e ela recua, com um lampejo de preocupação no olhar.
— Você está bem?
Apenas assinto, sem conseguir falar.
— Ana está no andar de cima. Você não pode vê-la até a hora do casamento. Ela dormiu no seu quarto na noite passada. Venha comigo.
Ela pega a minha mão e me leva pelo corredor até uma salinha.
— É nervosismo, querido? Eu o abraçaria mais forte, mas não quero manchar o seu terno com maquiagem — diz Grace. — A maquiadora parece ter usado argamassa para assentar isso. Vou levar meses para tirar.
Dou uma risada e me sinto imensamente grato por Grace ser a primeira pessoa que encontrei.
— Estou bem, mãe.
Ela segura as minhas mãos.
— Tem certeza?
— Sim.
A minha raiva evaporou, levada embora pela mulher a quem eu chamo de mãe, e decido que, hoje mais do que em qualquer outro dia, não vou pensar na Sra. Lincoln.

— Estou tão animada por você, querido — acrescenta Grace, com um sorriso radiante.

— Você está bonita, mãe. Inclusive a maquiagem.

— Obrigada, meu bem. Ah, a doação para a Superando Juntos foi fora de série. Não tenho como lhe agradecer. Foi muito generoso da sua parte.

Dou uma risadinha.

— Foi ideia da Ana, não minha.

— Ah, que amor. — Ela tenta disfarçar a surpresa.

— Eu falei. Ela não é gananciosa.

— É claro que não. Foi um gesto maravilhoso de vocês dois. Tem certeza de que está bem?

— Sim. Recebi uma mensagem irritante de uma antiga parceira de negócios.

Grace estreita os olhos, e acho que talvez eu tenha falado demais, mas ela escolhe ignorar a minha explicação e checa o relógio.

— A cerimônia vai começar em quinze minutos. A flor da sua lapela está comigo. Você quer esperar pela Ana aqui ou na tenda?

— Acho que Elliot e eu devemos ocupar nossos lugares e esperar.

Minha mãe prende a rosa branca na minha lapela e recua para admirar o efeito.

— Ah, querido...

Ela para e leva os dedos aos lábios. Acho que está prestes a começar a chorar. *Merda. Mãe.*

Sinto a garganta apertada, mas Elliot entra na sala e nos salva.

— E eu? Não sou nada? — Ele provoca Grace, com um brilho travesso nos olhos.

— Ah, meu bem. Você também está lindo.

Ela se recupera, segura o rosto dele e belisca sua bochecha. Sinto uma pontada de inveja por eles ficarem tão confortáveis com contato físico.

— Mãe, você parece parte da realeza.

Meu irmão, charmoso como sempre, dá um beijo na testa dela. Grace dá uma risadinha doce e ajeita o cabelo.

— Vocês dois — fala em tom de brincadeira. — É melhor saírem logo daqui. Os recepcionistas vão mostrar a vocês onde precisam ficar. Mas primeiro me deixe prender a flor da sua lapela, Elliot.

Quando estamos nos encaminhando para a tenda, Taylor me intercepta.

— Senhor, peguei a mala da Srta. Steele e todo o resto já foi mandado para o aeroporto de Seattle-Tacoma.

— Excelente. Obrigado, Taylor.

Os lábios dele se curvam em um sorriso.

— Boa sorte, senhor.

Agradeço com um gesto de cabeça e sigo com Elliot em direção à tenda em formato de celeiro.

UM QUARTETO DE CORDAS está tocando "Halo", da Beyoncé, enquanto espero pela Srta. Anastasia Steele. Meus pais se superaram: a tenda é bastante luxuosa. Elliot e eu estamos sentados na primeira de várias fileiras de cadeiras douradas, que estão sendo rapidamente ocupadas. Olho para o cenário à minha frente, reparando em todos os detalhes, torcendo para que aquilo me distraia do meu nervosismo. Uma passadeira de um rosa-claro leva a um caramanchão florido, em arco, montado à margem da água. As flores são rosas brancas e cor-de-rosa, entrelaçadas com hera e peônias de um tom rosa-claro, que me lembram do rosto corado de Ana. O reverendo Michael Walsh, amigo da minha mãe e capelão do hospital dela, vai oficializar a cerimônia. Ele está no lugar que lhe foi designado, esperando pacientemente, assim como nós. E dá uma piscadinha com os olhos escuros para mim e para Elliot. Atrás do arco floral, o sol ilumina as águas cintilantes da baía de Meydenbauer. Está um lindo dia para se casar. Uma das fotógrafas oficiais está posicionada perto de Walsh, as lentes voltadas para mim. Eu desvio o olhar e me viro para Elliot.

— Você está com as alianças? — pergunto, provavelmente pela décima vez.

— Sim — sussurra ele, irritado.

— Nossa! Só estou conferindo.

Eu me viro e observo os convidados que estão chegando; cumprimento os que conheço com um gesto de cabeça ou um aceno. Bastille e a esposa estão aqui; Flynn chega com a esposa, Rhian, cada um segurando firmemente um dos filhos pequenos pela mão. Taylor e Gail estão sentados juntos. Ros chega com a companheira, Gwen, e elas acomodam as duas filhas, também pequenas, em seus lugares. Eamon Kavanagh, a esposa dele, Britt, e Ethan também estão aqui... Mia vai gostar disso. Mac me cumprimenta; ele está sentado com uma jovem loura que nunca vi. A vovó e o vovô Trevelyan são trazidos aos seus lugares, perto de nós. Minha avó acena com entusiasmo para Elliot e eu. Alondra Gutierrez está ao fundo, gerenciando a sua pequena equipe. Há alguns convidados que não reconheço, amigos dos meus pais ou familiares da Ana. Meus pais e Carla e Bob fazem o caminho até a frente para pegarem os seus lugares. Meu pai quebra o protocolo e vem rapidamente até nós. Ele parece radiante de orgulho, e eu e Elliot nos levantamos para cumprimentá-lo.

— Pai.

Estendo a mão para apertar a dele, mas ele a segura e me puxa para um abraço forte.

— Boa sorte, filho — diz, empolgado. — Estou muito orgulhoso de você.

— Obrigado, pai. — As palavras saem com dificuldade, a minha garganta subitamente apertada com um nó de emoção.

— Elliot.

Carrick o abraça também.

O burburinho geral dos convidados se transforma em um silêncio de expectativa. Meu pai volta correndo para o assento atrás de nós, enquanto o quarteto de cordas começa a tocar "Chasing Cars".

Snow Patrol, é claro. Uma das bandas favoritas da Ana.

Ela adora essa música.

Mia está descendo o caminho para o altar, usando um tule rosa-claro extravagante. Atrás dela, vem Kate Kavanagh, esguia e elegante em um vestido de seda rosa-claro.

Ana.

Sinto a boca seca.

Ela está deslumbrante.

Ana está usando um vestido justo de renda branca, os ombros nus, cobertos apenas pelo véu diáfano. O cabelo dela está preso no alto, com algumas mechas emoldurando o rosto lindo. Seu buquê de noiva é feito de rosas brancas e cor-de-rosa entrelaçadas. Ray caminha ao lado da filha, os dois de braços dados, a mão dele cobrindo a dela. É visível que ele está contendo as lágrimas.

Ah, merda. O nó na minha garganta fica mais apertado.

Os olhos de Ana encontram os meus, seu rosto se iluminando sob o véu como um dia de verão, e ela abre um sorriso arrebatador.

Ah, baby.

Eles chegam até nós e Ana passa o buquê para Kate, que se posiciona ao lado de Mia. Ray levanta o véu de Ana e beija seu rosto.

— Amo você, Annie — eu o escuto dizer, a voz rouca.

Então, Ray se vira para mim e coloca a mão de Ana na minha. Nossos olhos se encontram, os dele marejados, e sou forçado a desviar os meus porque a expressão de Ray pode me fazer desabar.

— Oi — digo para a minha noiva, porque é tudo o que sou capaz de falar nesse momento.

— Oi — responde ela, apertando a minha mão.

— Você está linda.

— Você também.

Ana sorri e todo o meu nervosismo desaparece junto com a música. Agora somos apenas Ana, eu e o reverendo Michael. Ele pigarreia, chamando a atenção de todos, e a cerimônia começa.

— Senhoras e senhores, estamos reunidos aqui hoje para testemunhar a união de Christian Trevelyan-Grey e Anastasia Rose Steele.

O reverendo sorri com afeto para nós, e eu seguro a mão de Ana com mais força.

Ele pergunta aos presentes se alguém sabe de algum motivo para o casamento não acontecer. A mensagem de Elena surge na minha mente, e fico irritado comigo mesmo por permitir que isso aconteça. Felizmente, Ana me distrai virando a cabeça para olhar os convidados. Ninguém diz nada e um suspiro coletivo de alívio passa pelas pessoas, seguido por risadinhas abafadas. Ana volta o rosto para mim, os olhos cintilando, a expressão divertida.

— Ufa — digo apenas com o movimento dos lábios.

Ela disfarça um sorriso.

O reverendo Michael pede que nós dois declaremos que não há qualquer razão legal que nos impeça de nos unirmos pelo casamento.

Enquanto ele se dirige a nós, falando sobre a seriedade do nosso comprometimento um com o outro, o nó volta à minha garganta. Ana observa o reverendo, concentrada, e percebo que está usando elegantes brincos de pérola que eu nunca tinha visto. Eu me pergunto se foram presente de seus pais.

— E agora, convido ambos a dizerem seus votos. — Ele me olha com uma expressão encorajadora. — Christian?

Respiro fundo e, com os olhos fixos no amor da minha vida, recito meus votos de cor, as palavras ressoando até alcançarem os convidados:

— Eu, Christian Trevelyan-Grey, aceito você, Anastasia Rose Steele, como minha legítima esposa. Eu prometo ser seu porto seguro e guardar no fundo do meu coração nossa união e você. Prometo amá-la fielmente, renunciando a todas as outras, na alegria e na tristeza, na saúde e na doença, não importa o rumo que nossa vida tomar. Eu a protegerei e a respeitarei, e confiarei em você.

As lágrimas cintilam nos olhos de Ana e a ponta do nariz dela está mais rosada.

— Partilharei das suas alegrias e tristezas, e a confortarei quando preciso. Prometo cuidar de você, apoiar suas esperanças e seus sonhos e mantê-la segura a meu lado. Tudo o que é meu agora passa a ser também seu. Dou-lhe minha mão, meu coração e meu amor a partir deste momento, até que a morte nos separe.

Ana seca uma lágrima e eu respiro fundo, aliviado por ter conseguido me lembrar de tudo.

— Ana? — convida o reverendo.

Ela tira um papelzinho cor-de-rosa de dentro da manga e lê:

— Eu, Anastasia Rose Steele, aceito você, Christian Trevelyan-Grey, como meu legítimo esposo. Eu lhe prometo ser fiel, na saúde e na doença, na alegria e na tristeza. — Ana olha para mim e continua, agora sem precisar ler, e prendo a respiração. — Eu prometo amá-lo incondicionalmente, apoiá-lo nos seus objetivos e sonhos, honrá-lo e respeitá-lo, rir e chorar com você, dividir com você minhas esperanças e sonhos e lhe dar conforto quando necessário. E tratá-lo com carinho por todos os dias da nossa vida.

Ela pisca para afastar as lágrimas, e eu me esforço para conter as minhas.

— Agora coloquem as alianças como um símbolo do amor que sentem um pelo outro. Uma aliança é um círculo sem fim. Não se rompe, continua eternamente, é um símbolo de união perpétua. E assim também será o compromisso que estão selando um com o outro, e com esse casamento. De hoje até que a morte os separe.

— Christian, coloque a aliança no dedo da Anastasia.

Elliot me entrega a aliança de Ana e eu a coloco na ponta do dedo anelar esquerdo dela.

— Repita depois de mim — diz o reverendo Michael. — Anastasia, eu lhe dou essa aliança como símbolo da nossa fidelidade, da nossa união e do nosso amor eterno.

Repito as palavras em voz alta e coloco a aliança no dedo de Ana.

— Anastasia, coloque a aliança no dedo de Christian — volta a dizer o reverendo Michael.

Elliot dá um sorriso para Ana e lhe entrega a minha aliança.

— Repita depois de mim — pede mais uma vez o reverendo. — Christian, eu lhe dou essa aliança como símbolo da nossa fidelidade, da nossa união e do nosso amor eterno.

As palavras de Ana se projetam docemente na direção dos convidados, para que todos possam ouvir, e ela coloca a aliança no meu dedo.

O reverendo Michael pega a minha mão e a de Ana e diz em uma voz ressoante:

— O amor é o motivo de estarmos aqui. O amor é a base do casamento. Esses dois jovens declararam seu amor eterno um ao outro. Nós os honramos e desejamos a eles força, coragem e confiança, para amadurecerem juntos, para aprenderem um com o outro e para permanecerem fiéis um ao outro no caminho pelo qual a vida os levará. Christian e Anastasia, vocês dois decidiram se casar e viver juntos em matrimônio. Declararam seu amor um pelo outro e prometeram defender esse amor com seus votos. Com o poder a mim investido pelo estado de Washington, eu vos declaro marido e mulher.

Ele solta as nossas mãos e Ana sorri radiante para mim.

Esposa.

Minha.

Meu coração está a mil.

— Pode beijar a noiva — diz o reverendo Michael com um sorriso enorme.

— Finalmente você é minha — murmuro.

Puxo-a para os meus braços, bem junto ao peito, e dou um beijo discreto em seus lábios.

Sinto botõezinhos minúsculos nas costas do vestido de Ana, e penso em quando poderei abri-los lentamente. Ignoro os gritos de parabéns e os aplausos dos convidados, enquanto a excitação percorre o meu corpo.

— Você está maravilhosa, Ana. — Acaricio o seu rosto. — Não deixe ninguém tirar esse vestido; só eu, entendeu?

Abaixo os olhos para ela, tentando transmitir uma promessa sensual. Ana assente, os olhos escurecendo de desejo.

Ah, Ana.

Tenho vontade de pegá-la no colo, carregá-la até o meu quarto de infância e consumar o casamento ali. *Agora.* Mas acredito que não me deixariam fazer isso.

Contenha-se, Grey.

— Pronta para festejar, Sra. Grey? — Sorrio para a minha esposa.

— Mais do que nunca.

O calor do seu sorriso me aquece por dentro. Pego a sua mão e estendo a outra para o reverendo Michael.

— Obrigado, reverendo. Foi uma linda cerimônia. E breve.

— Fui bem instruído — retruca ele, aceitando o meu cumprimento. — Parabéns a vocês dois.

Sou obrigado a soltar Ana quando Kate a puxa para um abraço, e Elliot passa os braços ao meu redor.

— Cara, você conseguiu. Parabéns.

— Christian! — grita Mia, se jogando nos meus braços. — Amo a Ana! Amo você! — diz ela, efusiva, e me esmaga em um abraço.

— Mia. Calma. Preciso das minhas costelas intactas.

E assim começa uma sucessão interminável de votos de felicidades, beijos e abraços. Eu me preparo emocionalmente para conseguir tolerar todos os toques desnecessários que estou prestes a receber. Ajuda o fato de eu estar radiante. Quando me viro para a minha mãe, ela está soluçando. Eu lhe dou um abraço rápido, preocupado em não estragar a sua maquiagem, enquanto Carrick me dá um tapinha carinhoso nas costas. Carla e Bob são os próximos. Ray Steele aperta a minha mão com muita força.

— Felicidades, Christian. Mas saiba: se magoar Ana, eu mato você.

— Não esperaria menos do que isso, Ray.

— Fico feliz por nos entendermos.

Ele sorri e solta a minha mão, que agora lateja, para me dar um tapinha nas costas. Flexiono os dedos e lembro a mim mesmo que Raymond Steele é um ex--militar.

Dou um gole no copo de Grande Année Rosé vintage, enquanto vejo a minha linda esposa vindo na minha direção. Acabamos de terminar o que pareceu uma sessão de fotos infinita com os fotógrafos do casamento, e agora estou perto da nossa mesa, na esperança de conseguir comer alguma coisa, porque casar abriu meu apetite. Ana para algumas vezes no caminho para falar com os convidados, recepcionando-os e recebendo com educação os votos de felicidade. Ela irradia uma luz cintilante e seu sorriso parece dar vida a todos a quem cumprimenta.

É uma pessoa extraordinária. Uma mulher deslumbrante.

E é minha.

Quando finalmente chega até onde estou, pego a sua mão e levo aos lábios.

— Oi — sussurro. — Senti saudades.

— Oi, também senti saudades.

— Você tirou o véu. Era lindo.

— Sim. Mas as pessoas ficavam pisando nele!

Eu me encolho.

— Nossa, deve ter sido irritante.

— Sim.

Meu pai pega o microfone.

— Boa tarde a todos — diz. — Sejam bem-vindos à nossa casa aqui em Bellevue, e ao casamento de Christian e Ana. Se não me conhecem, tenho muito orgulho em dizer que sou o pai de Christian, Carrick. Espero conseguir falar com cada um de vocês em algum momento ao longo da tarde ou da noite. A essa altura, espero que todos já estejam com um bom copo de bebida nas mãos, e gostaria que se juntassem a nós em um brinde a Christian e a sua linda esposa, Ana. Felicidades aos dois. Seja bem-vinda à família, Ana. E, vocês dois, sejam gentis um com o outro. A Christian e Ana!

Ele me dirige um sorriso caloroso e terno, que sinto percorrer todo o meu corpo. Ergo o copo na sua direção, enquanto os convidados fazem o mesmo, todos repetindo "A Christian e Ana!".

— Por favor, ocupem seus lugares às mesas. O almoço será servido em breve — acrescenta ele.

Puxo a cadeira para Ana se sentar e me acomodo ao lado dela. Daqui, temos a melhor vista de toda a tenda. Fico grato por finalmente estar sentado. Estou faminto. A mesa está linda, coberta por uma toalha branca, com arranjos de rosas brancas e cor-de-rosa. Nossos pais se juntam a nós, assim como Elliot, Kate, Mia e Bob.

Ana e a minha mãe optaram por um bufê, mas, sendo a mesa dos noivos, nossa entrada é servida enquanto os convidados se acomodam. Há pão fresco, com o que parece ser manteiga de ervas, e um delicioso suflê de queijo, com uma salada verde leve. Minha esposa e eu comemos com vontade.

Elliot vai fazer um discurso. Como ele já tomou várias taças de champanhe, não tenho ideia do que está por vir. Terminamos o primeiro prato de salmão *en croute*. Dou um gole no Bollinger e me preparo.

Elliot pisca para mim e se levanta.

— Boa tarde a todos. Sejam bem-vindos. Fui o azarado... quero dizer, estou honrado em ser o padrinho de Christian, além de seu irmão, e ter sido convidado a fazer um discurso. Mas peço que me perdoem... falar em público não é uma das minhas coisas favoritas. Crescer com Christian também não foi uma das minhas coisas favoritas. Ele foi um irmão terrível. É só perguntar aos meus pais.

Que porra é essa, Elliot? Mas isso arranca risadas dos convidados. Ana aperta a minha mão.

— Esse cara é capaz de acabar comigo na porrada, e fez isso, várias vezes. E qualquer um de vocês que já tenha lutado kickboxing com ele sabe que é melhor não mexer com Christian. Ele é foda. É um cara solitário. Quando era mais novo, preferia ficar com a cara enfiada em um livro do que sair para tocar o terror na cidade comigo. Todos vocês já sabem que ele não foi muito fã da escola, por isso vou pular essa parte... mas, de algum modo, por sorte ou algo assim, não por ele ser inteligente nem nada, Christian conseguiu um diploma e deu um jeito de entrar em Harvard.

— Mas parece que Harvard também não era a praia dele. Christian queria se jogar no mundo do comércio e das finanças. E foi o que fez... e até que não anda se dando mal nisso. — Elliot dá de ombros, fingindo não achar grande coisa, e mais uma vez todos riem. — Durante todo esse tempo, Christian não demonstrou interesse pelo sexo oposto nem uma vez. Zero. Bem, vou deixar que deduzam o que todos nós pensamos.

Ah, pelo amor de Deus. Reviro os olhos e Elliot sorri.

— Portanto, imaginem a nossa surpresa e o prazer coletivo quando, há não muito tempo, ele apareceu com essa linda garota, Anastasia Steele. Ficou óbvio, desde o começo, que ela havia tomado de assalto o coração do meu irmão. E, por mais estranho que seja... talvez ela tenha batido a cabeça quando era criança — ele dá de ombros novamente — ... Ana se apaixonou por ele.

Mais risadas dos convidados!

— Estão se casando hoje, e só quero desejar felicidades a vocês, Christian e Ana. Estamos torcendo por vocês. E, não, ela não está grávida!

Os convidados suspiram meio chocados com esse último gracejo.

— À nossa noiva e ao nosso noivo, Ana e Christian!

Ele ergue o copo. Tenho vontade de matá-lo e, pela expressão de Ray Steele, não estou sozinho.

Ana está ruborizada, e parece um pouco atônita.

— Obrigada, Elliot — diz ela, rindo.

Jogo um guardanapo nele e me viro para Ana.

— Vamos cortar o bolo?

— Com certeza.

O DJ ESTÁ A postos e preparado quando seguimos para a pista de dança. Seguro Ana nos braços, enquanto todos se reúnem ao nosso redor, e ela passa as mãos na minha nuca. As palavras doces e comoventes da música ressoam pela tenda e, de relance, vejo Carla levar a mão ao pescoço quando reconhece a canção. Mas depois só tenho olhos para a minha esposa, enquanto Corinne Bailey Rae começa a cantar "Like a Star".

Todo o resto esvanece. E somos apenas nós dois deslizando pelo salão.

— *Like a star across my sky* — cantarola Ana em um sussurro.

Ela ergue os lábios para encontrar os meus e estou perdido... ou melhor, me encontrei.

— MÃE, OBRIGADO POR NÃO insistir em um casamento católico.

— Não fale bobagens, Christian. Eu nunca o forçaria a isso. Achei Michael maravilhoso.

— Ele foi, sim.

Eu me inclino para a frente e beijo a testa de minha mãe. Ela fecha os olhos e, quando volta abri-los, seu olhar parece arder com uma estranha intensidade.

— Você parece tão feliz, querido. Estou nas nuvens por vocês dois.

— Obrigado, mãe.

Viro a cabeça para onde Kate e Ana estão absortas em uma conversa. Elliot as está observando. *Não.* Elliot está observando Kate. Ele não consegue tirar os olhos dela. Talvez o meu irmão goste mais de Kate do que deixa transparecer.

A pista de dança está cheia; Ray e Carla dançam juntos agora. Eles realmente se dão bem. Checo o relógio — cinco da tarde —, nossa hora combinada para partir, então vou andando sem pressa na direção da minha esposa. Kate a abraça com força, depois sorri para mim, e sinto um pouco menos de antipatia em relação a ela.

— Oi, baby. — Abraço Ana e dou um beijo em sua têmpora. — Kate — cumprimento.

— Olá novamente, Christian. Vou procurar o seu padrinho, que por acaso também é o meu homem favorito.

E, sorrindo para nós dois, ela se dirige até Elliot, que está bebendo com Ethan e José.

— Hora de irmos — murmuro.

Já cansei desta festa. Quero ficar a sós com a minha esposa.

— Já? Esta é primeira festa em que eu não ligo de ser o centro das atenções.

Ela se vira nos meus braços e sorri para mim.

— Você merece. Está deslumbrante, Anastasia.

— Você também.

— Este lindo vestido ficou perfeito em você.

Adoro o modo como o vestido deixa à mostra os ombros sedutores dela.

— Este pedaço de pano velho?

Ela ergue o olhar para mim, daquele seu jeito característico, toda tímida e encantadora. Ela é irresistível. Eu me inclino e a beijo.

— Vamos. Não quero mais dividir você com essa gente toda.

— Podemos ir embora da nossa própria festa de casamento?

— A festa é nossa, baby, podemos fazer o que quisermos. Já cortamos o bolo. E agora eu quero tirar você daqui e tê-la só para mim.

Ela dá uma risadinha.

— Você me tem para a vida toda, Sr. Grey.

— Fico muito feliz de ouvir isso, Sra. Grey.

— Ah, aqui estão vocês! Os dois pombinhos.

Ah, cacete. A vovó Trevelyan ataca novamente.

— Christian, querido, mais uma dança com a sua avó?

— É claro, vovó.

Reprimo um suspiro.

— E você, linda Anastasia, vá e faça um velho feliz. Dance com o Theo.

— O Theo, Sra. Trevelyan?

— Vovô Trevelyan. E acho que você já pode me chamar de vovó. Agora, de verdade, vocês dois têm que começar a trabalhar para me darem bisnetos. Não vou durar muito mais tempo.

Seu sorriso beira a lascívia.

Vovó! Meu Deus!

— Venha, vovó — me apresso em dizer.

Temos anos antes de precisarmos pensar em filhos.

Levo minha avó lentamente até a pista de dança, pedindo perdão a Ana com o olhar, antes de revirar os olhos.

— Até mais, baby.

Ana acena discretamente para mim.

— Ah, menino querido, você está tão lindo de terno! E a sua noiva! Belíssima. Vocês vão fazer filhos lindos juntos.

— Um dia, vovó. Está curtindo o casamento? — Preciso mudar de assunto.

— Seus pais sabem como dar uma festa. É claro que a sua mãe herdou isso de mim. Theo preferiria passar a vida na fazenda. Mas você sabe disso.

— Sei. — Tenho várias boas lembranças das vezes em que ajudei meu avô no pomar dele. É um dos meus lugares favoritos. — Um dia preciso levar a Ana para visitar a fazenda.

— Precisa. Prometa que fará isso.

— Eu prometo.

Rodamos pelo salão ao som de "Just the Way You Are", na voz de Bruno Mars, passando em seguida para "Moves Like Jagger", do Maroon 5. A minha avó está adorando. Suspeito que ela pode ter bebido um pouco de Bollinger demais. Mas quando soam os primeiros acordes de "Sex on Fire", decido que está na hora de devolver vovó à sua mesa.

Não vejo Ana. Eu me sento com o vovô Trevelyan e ele me conta que está na expectativa de uma ótima colheita esse outono.

— Aquelas maçãs vão estar ainda mais doces!

— Mal posso esperar para comer uma! — grito, porque a audição dele já não está tão boa.

— Você está feliz, moleque? — pergunta o meu avô.

— Muito.

— Sim. Parece mesmo. — Ele dá um tapinha no meu joelho. — É bom de ver. A sua noiva é uma moça linda. Cuide bem dela, viu, que ela vai cuidar bem de você.

— Vou fazer isso com certeza. E agora vou descobrir onde ela está. Foi bom vê-lo, vovô.

— Acho que ela foi ao banheiro.

Eu me levanto e Flynn se aproxima de mim, com um dos filhos dormindo em seu colo. Rhian, sua esposa, segura o outro, igualmente apagado.

— John!

— Christian, felicidades! Foi um casamento lindo. — Ele aperta a minha mão. — Você sabe que eu o abraçaria, mas estou com uma criança pequena no colo, sem falar que acho que isso pode ir contra a minha ética médico/paciente.

Dou uma risada.

— Sem problema. Obrigado por terem vindo.

— Foi um ótimo dia, Christian — diz Rhian. — Belo casamento! Temos que levar esses dois encrenqueiros para casa.

— Eles se comportaram muito bem.

— Foi porque nós os dopamos. — Ela pisca para mim.

Eu a encaro boquiaberto.

— É brincadeira — diz John, olhando de soslaio para a esposa. — Por mais tentadora que seja a ideia de vez em quando, ainda não recorremos às drogas.

Ela ri.

— Eles estão exaustos de correr pelo pátio. Seus pais têm muito espaço aqui.

— Aproveite a lua de mel — diz Flynn, e pega a mão de Rhian.

— Obrigado, tchau.

Observo os dois atravessarem o gramado em direção à casa, levando com eles o peso de suas responsabilidades.

Antes eles do que eu.

Vejo Ana parada no terraço, perto das portas francesas da casa, e mando uma mensagem para Taylor, avisando que gostaríamos de ir agora. Enfio as mãos nos bolsos da calça e caminho pelo gramado em direção à minha esposa. Ela está pensativa enquanto observa as pessoas dançando e o céu luminoso na Seattle à distância.

Gostaria de saber no que Ana está pensando.

— Oi — digo quando a alcanço.

— Oi. — Ela sorri.

— Vamos embora.

Estou um pouco impaciente para ficar a sós com a minha esposa.

— Tenho que trocar de roupa. — Ela pega a minha mão, como se estivesse com a intenção de me levar para dentro. E franze a testa, confusa, quando eu resisto. — Pensei que você quisesse tirar o meu vestido — explica.

— Correto. — Aperto a mão dela. — Mas não vou tirar sua roupa aqui, senão só iríamos embora depois de... Sei lá...

Aceno com a mão, torcendo para que isso seja explicação o bastante.

Ela enrubesce e me solta.

Por mais que eu queira despi-la, temos um jatinho esperando por nós, com uma hora de decolagem determinada.

— E também não solte o cabelo — murmuro, tentando e falhando em conseguir esconder o desejo na voz.

— Mas... — Ana franze o cenho.

— Nada de "mas", Anastasia. Você está linda. E quero que seja eu a tirar o seu vestido. Guarde as roupas que você separou para sair daqui. Vai precisar delas.

— Para quando chegarmos ao nosso destino. — Taylor já pegou a sua mala.

— Tudo bem. — Ela me dá um sorriso doce.

Deixo-a e vou em busca de minha mãe e de Alondra, para avisar que estamos indo embora. Encontro Alondra primeiro.

— Obrigado. — Aperto a mão dela. — Correu tudo muito bem.

— Sempre às ordens, Sr. Grey. Vou reunir todos agora mesmo.
— Ótimo. Obrigado mais uma vez.

Uma Carla de olhos úmidos observa a filha e o ex-marido trocarem um abraço sem jeito, enquanto Ana ainda segura o buquê de noiva. Os olhos de Ana estão marejados.

— E também vai se sair uma esposa fantástica — sussurra Ray e, mais uma vez, há lágrimas em seus olhos. Ele se vira para mim, balança a cabeça e me dá um aperto de mão caloroso. — Cuide da minha menina, Christian.

— É o que farei, Ray. Carla. — Beijo o rosto da mãe de Ana.

Do lado de fora das portas francesas, os outros convidados se reuniram e formaram um arco humano que começa no terraço, dá a volta pela lateral da casa e segue em frente.

Olho para Ana para ver o que está achando. Ela está sorrindo novamente.

— Pronta?
— Sim.

De mãos dadas e cabeça baixa, passamos por baixo de todos os braços esticados e atravessamos o arco, onde recebemos uma chuva de arroz e de votos de felicidade, sorte e amor. No final, meus pais estão esperando.

— Obrigado, mãe — sussurro enquanto ela me abraça, não mais preocupada em sujar meu terno de maquiagem. Meu pai me puxa para outro abraço.

— Muito bem, filho. Tenham uma lua de mel incrível.

Os dois abraçam e beijam Ana, e Grace começa a chorar de novo.

Mãe! Controle-se.

Taylor está parado ao lado da porta do motorista e se adianta para abrir a porta de trás do carro para nós. Balanço a cabeça e eu mesmo abro a porta para Ana, que se vira subitamente e joga o buquê na direção dos convidados aglomerados. É Mia quem pega, soltando um grito de alegria que dá para ser ouvido acima dos assovios e gritos de comemoração de todos.

Ajudo Ana a entrar no Audi, levantando o seu vestido para que não fique preso na porta. Me despeço de todos com um aceno rápido e me apresso até o outro lado do carro, onde Taylor está à espera com a porta aberta.

— Parabéns, senhor — diz ele com carinho.
— Obrigado, Taylor.

Eu me acomodo ao lado de Ana.

Graças a Deus! Finalmente estamos partindo. Achei que nunca sairíamos da festa.

Taylor coloca o Audi em movimento, ao som de aplausos entusiasmados e de grãos de arroz batendo no carro. Seguro a mão de Ana, levando os nós de seus dedos aos lábios e beijando um de cada vez.

— Até aqui tudo bem, Sra. Grey?
— Até aqui tudo ótimo, Sr. Grey. Para onde vamos?
— Aeroporto.
Ana parece confusa, por isso roço o polegar em seus lábios.
— Confia em mim?
— Implicitamente — responde ela em um sussurro.
— Como foi o seu casamento?
— Fantástico. E o seu?
— Incrível.
E estamos sorrindo um para o outro feito dois idiotas.

Passamos direto pelos portões de segurança do aeroporto e seguimos em direção ao jato executivo Gulfstream da GEH.

— Não me diga que você está novamente usando um bem da empresa para uso pessoal! — exclama Ana, quando vê o avião. Seus olhos brilham e ela segura a minha mão, irradiando empolgação.

— Ah, espero que sim, Anastasia. — Abro o meu sorriso mais travesso para ela.

Taylor para o carro diante da escada do avião, salta e abre a porta para mim. Eu também desço do carro.

— Obrigado mais uma vez, Taylor. Nos vemos em Londres — murmuro, para que Ana não escute.

— Ansioso para isso, senhor. Tenha uma boa viagem.

— Você também.

— Vou pegar a bagagem de mão da Sra. Grey — diz Taylor, e meu coração se aquece ao ouvi-lo chamando Ana daquele jeito.

Dou a volta no carro e abro a porta dela. Então, me inclino e a levanto nos braços.

— O que você está fazendo? — pergunta ela, depois de dar um gritinho.

— Carregando você para dentro.

Ana ri e passa os braços ao redor do meu pescoço. Subo com ela a escada do avião e somos recebidos pelo capitão Stephan.

— Bem-vindos a bordo, senhor. Olá, Sra. Grey — nos cumprimenta ele, com um sorriso largo. Coloco Ana no chão e aperto a mão dele. — Parabéns aos dois — acrescenta.

— Obrigado, Stephan. Anastasia, você já conhece o Stephan. Ele vai ser o nosso comandante hoje, e esta é a copiloto Beighley.

— Prazer em conhecê-la — diz Beighley para Ana.

Ana parece um pouco atônita, mas cumprimenta ambos com gentileza.

— Tudo certo para decolarmos? — pergunto a Beighley.

— Sim, senhor — responde ela, com a confiança habitual.

— Tudo pronto — informa Stephan. — O tempo está bom daqui até Boston.

— Turbulência?

— Só a partir de Boston. Há uma frente fria sobre Shannon que talvez cause certa instabilidade no avião.

— Certo. Bom, espero só acordar depois de passarmos o mau tempo.

— Vamos nos preparar, senhor — diz Stephan. — Os senhores ficarão sob os cuidados atenciosos de Natalia, nossa comissária de bordo.

Natalia?

Onde está Sara?

Natalia parece vagamente familiar.

Ignoro minha apreensão.

— Excelente — digo a Stephan, então pego a mão de Ana e a levo até um dos assentos. — Sente-se.

Ela faz o que digo e afivela o cinto de segurança com uma elegância surpreendente. Tiro o terno, abro os botões do colete e me sento em frente a Ana.

— Bem-vindos a bordo, senhores, e meus parabéns. — Natalia nos cumprimenta, servindo duas taças de cristal com champanhe rosé.

— Obrigado.

Pego as duas taças e ofereço uma a Ana, enquanto Natalia se retira para o fundo do avião.

— Brindemos a uma feliz vida de casados, Anastasia.

Levanto a taça em direção à de Ana, e brindamos.

— Bollinger? — pergunta ela.

— Exato.

Foi o que bebemos durante a maior parte do dia.

— A primeira vez que tomei Bollinger foi em uma xícara de chá. — Os olhos dela têm uma expressão distante.

— Eu me lembro bem daquele dia. Sua formatura.

E que dia foi aquele... acho que houve uns tapas envolvidos. Hum... e uma discussão sobre limites.

Eu me ajeito no assento.

— Aonde estamos indo? — Ana me traz de volta à realidade.

— Shannon.

— Na Irlanda? — pergunta ela em uma voz aguda.

— Para reabastecer.

— E depois? — Ana me olha com os olhos arregalados, sua empolgação é contagiante.

Sorrio e mantenho o silêncio, torturando-a.

— Christian!

Acabo com o sofrimento dela.

— Londres.

Ela arqueja, parecendo chocada e deslumbrada ao mesmo tempo. Então, seu sorriso maior do que o mundo está de volta.

— Depois, Paris. Depois, o sul da França — continuo.

Ana parece prestes a explodir.

— Sei que sempre sonhou em conhecer a Europa. Quero fazer seus sonhos se tornarem realidade, Anastasia.

— Você é o meu sonho, Christian.

— Digo o mesmo quanto a você, Sra. Grey. — As palavras dela aquecem a minha alma, e tomo outro gole de champanhe. — Aperte o cinto.

Ana sorri. Acho que está contente. E eu também estou. Estamos voando através do pôr do sol para encontrar a aurora do outro lado do Atlântico.

QUANDO JÁ ESTAMOS NO ar, Natalia nos serve o jantar. Mais uma vez, estou faminto.

Por quê?

Casar realmente cansa um homem. Ana e eu conversamos sobre os pontos altos da cerimônia. O meu foi quando a avistei no vestido de noiva.

— O meu foi ver você — confessa Ana. — E você estar *lá*!

— Lá?

— Uma parte de mim ficava pensando se tudo isso não passaria de um sonho e que talvez você não aparecesse.

— Ana, o mundo podia estar acabando que eu ainda estaria lá.

— Sobremesa, Sr. Grey? — pergunta Natalia.

Recuso e me viro para olhar para a minha esposa. Deslizo o dedo pelo meu lábio inferior e observo Ana, aguardando a reação dela.

— Não, obrigada — diz Ana a Natalia, os olhos fixos, com intensidade, nos meus.

Natalia volta para dentro.

Ah, santo Deus. Vou possuir a minha esposa.

— Ótimo — murmuro. — Prefiro saborear você como sobremesa.

Os olhos de Ana continuam cravados nos meus e escurecem enquanto ela mordisca o lábio inferior.

Eu me levanto da mesa e estendo a mão para ela.

— Venha. — Seguimos para o fundo da cabine, longe da cozinha do avião e da cabine. Indico uma porta no outro extremo. — Tem um banheiro aqui.

Passamos por um corredor curto e emergimos na cabine traseira, onde a cama queen está pronta para nós.

Puxo Ana para os meus braços.

— Pensei em passarmos a nossa noite de núpcias a trinta e cinco mil pés de altura. É algo que nunca fiz.

Ana respira fundo, e o som percorre meu corpo até a virilha.

— Mas primeiro eu tenho que tirar você desse vestido fabuloso.

A respiração de Ana se acelera. Ela quer o mesmo que eu.

— Vire-se — sussurro.

Ana obedece na mesma hora e examino o seu penteado. Cada grampo é enfeitado com uma pérola minúscula... são belíssimas. *Como a Ana*. Começo a tirar um por um, gentilmente, soltando aos poucos o cabelo. Deixo a ponta dos dedos percorrerem o mais suavemente possível a têmpora de Ana, o pescoço, o lóbulo da orelha. Quero provocar e torturar ao máximo a minha esposa. E está funcionando. Ela está oscilando discretamente o peso do corpo de um pé para o outro. Está inquieta. Impaciente. Sua respiração está mais acelerada.

Ela está excitada.

Apenas com o meu toque. E, para mim, a reação dela é igualmente excitante.

— Seu cabelo é tão bonito, Ana — digo as palavras junto à têmpora dela, me deliciando com seu perfume, e um suspiro escapa de seus lábios.

Quando termino de tirar os grampos, passo os dedos pelo cabelo dela e começo a massagear lentamente o seu couro cabeludo.

Ana solta um gemido de prazer e encosta o corpo no meu. Meus dedos descem pela parte de trás da sua cabeça até chegarem à nuca. Seguro um punhado daquele cabelo lindo e puxo, para alcançar o pescoço dela.

— Você é minha. — Mordisco o lóbulo da sua orelha.

Ana geme.

— Quietinha agora.

Passo o cabelo dela por cima do ombro e passo o dedo pela lateral rendada do vestido. Um tremor percorre o corpo de Ana quando encosto os lábios na pele acima do botão superior do vestido.

— Tão linda — sussurro, e abro o botão. — Hoje você fez de mim o homem mais feliz do mundo.

Continuo abrindo bem lentamente cada botão delicado até revelar o espartilho rosa-claro, por baixo, com ganchinhos nas costas.

Meu pau aprova. Demais.

— Eu amo tanto você. — Deslizo os lábios pela nuca de Ana, chegando até o ombro. E murmuro entre os beijos: — Eu. Quero. Você. Demais. Eu. Quero. Estar. Dentro. De. Você. Você. É. Minha.

Ela inclina a cabeça, me oferecendo o pescoço.

— Minha — sussurro em sua pele, enquanto abaixo as mangas do vestido pelos braços, fazendo com que caia ao redor dos pés dela, em um amontoado delicado de seda e renda, deixando-a apenas com o espartilho, a cinta-liga e a meia-calça de seda.

Jesus amado. Cinta-liga. Todo o sangue do meu corpo vai direto para a virilha.

— Vire-se. — Minha voz está rouca.

Respiro fundo e observo a minha esposa. Ela parece recatada e está gostosa para cacete, os seios cheios empinados para cima pelo espartilho e o cabelo castanho cascateando pelas costas.

— Gostou? — pergunta Ana, um rubor delicioso colorindo a sua pele, combinando com a lingerie sexy.

— Gostar é pouco, meu amor. Você está sensacional. Venha.

Estendo a mão, e ela pisa para o lado, deixando o vestido no chão.

— Fique parada — aviso, os olhos fixos nos dela, e corro o dedo pela elevação suave dos seus seios, que tremulam sob o meu toque, enquanto ela inspira e expira, mais rápido... e mais superficialmente.

Adoro deixar a minha esposa excitada.

Com relutância, afasto o dedo da sua pele e giro no ar.

Vire-se para mim.

É o que ela faz. Quando Ana está de frente para a cama, peço que pare. Seguro-a pela cintura, puxando-a para o peito e beijando seu pescoço. Esse ângulo me proporciona uma vista gloriosa dos seus seios, e não consigo resistir a eles. Coloco as mãos neles, roçando os polegares na elevação macia dos mamilos, em movimentos circulares, uma vez, depois outra. Ana geme.

— Minha — murmuro.

— Sua — responde ela em um sussurro.

Ela pressiona o traseiro em mim e preciso conter a ânsia de pressionar meu corpo no dela. Conforme deslizo as mãos pelo cetim suave, pela barriga, pelas coxas — deixando os polegares roçarem brevemente seu sexo —, Ana inclina a cabeça para mim, os olhos fechados, e geme. Meus dedos encontram a cinta-liga e solto as duas ao mesmo tempo. Então levo as mãos às belas nádegas dela.

— Minha — murmuro.

Enquanto acaricio seu traseiro, a ponta dos meus dedos roça por baixo da calcinha.

— Ah — geme Ana.

Ela está molhada.

Cacete. Ana. Sua sedutora.

— Shhh. — Solto as ligas na parte de trás, então me abaixo e afasto o edredom para os pés da cama. — Sente-se. — Ana obedece, e me ajoelho diante dela, para descalçar seus sapatos, os deixando ao lado do vestido. Estou consciente do seu olhar ardente enquanto removo lentamente a meia esquerda, os dedos percorrendo a sua pele conforme a retiro. Faço o mesmo com a outra. — É como abrir presentes de Natal — sussurro, erguendo o olhar para Ana.

— Um presente que você já ganhou...

Ah, é? O comentário dela me pega de surpresa.

— Ah, não, baby. — Eu a contra-argumento, se é disso que ela precisa. — Desta vez estou ganhando de verdade.

— Christian, eu sou sua desde que disse sim. — Ela se adianta e segura meu rosto entre as mãos. — Sou sua. Serei sempre sua, meu marido.

Marido. É a primeira vez que ela fala essa palavra desde a cerimônia.

— Mas — diz Ana baixinho contra os meus lábios — acho que você está usando roupas demais.

Ela se inclina para me beijar, mas a palavra *marido* ainda está ressoando no meu coração.

Sou dela. Realmente dela.

Eu me levanto e a beijo, segurando a cabeça dela entre as mãos, passando os dedos entre o seu cabelo.

— Ana — sussurro. — Minha Ana.

E beijo-a de novo. Um beijo de verdade. Enfio a língua em sua boca, saboreando-a. Saboreando a minha esposa. Ela reage à minha demonstração silenciosa de paixão com a mesma intensidade, a língua encontrando a minha.

— Roupas — diz Ana, quando nos afastamos para recuperar o fôlego, e tenta tirar o meu colete. Solto-a e eu mesmo removo o colete, enquanto ela me olha com aqueles lindos olhos azuis, agora escuros de desejo. — Deixe que eu tiro — pede.

Eu me agacho e ela se inclina para tirar a minha gravata.

Aquela gravata.

A minha favorita.

Ana solta lentamente a peça e a deixa de lado.

Levanto o queixo e ela abre o botão de cima da minha camisa. Então, tira as abotoaduras novas, uma por vez. Estendo a mão e Ana as entrega para mim. Fecho o punho e o beijo, para então guardar as abotoaduras no bolso da calça.

— Sr. Grey, tão romântico.

— Para você, Sra. Grey... corações e flores. Sempre.

Ela segura a minha mão e me olha, seus cílios longos e escuros, enquanto beija a minha aliança.

Ah, meu Deus. Fecho os olhos e solto um gemido.

— Ana.

Ela volta a desabotoar a minha camisa. A cada botão aberto, Ana dá um beijo suave na minha pele e sussurra uma palavra.

— Você. Me. Faz. Tão. Feliz. Eu. Amo. Você.

É demais. Preciso tê-la.

Cacete, como eu a desejo.

Solto um gemido e arranco a camisa, então jogo Ana na cama e me posiciono acima dela. Meus lábios encontram os seus e seguro sua cabeça, mantendo-a imóvel enquanto saboreamos nosso primeiro beijo estando deitados como marido e mulher.

Ana.

A minha calça está ficando apertada demais. Eu ajoelho entre as pernas de Ana, que já está ofegante, os lábios inchados dos nossos beijos, me encarando com os olhos carregados de desejo.

Cacete.

— Você é tão bonita... minha esposa. — Deslizo as mãos pela perna dela e seguro seu pé esquerdo. — Que pernas mais lindas. Quero beijar cada centímetro dessas pernas. Começando por aqui.

Encosto os lábios no dedão do pé dela e deixo os dentes roçarem na pele macia da base.

— Ah!

Ana deixa escapar um som incompreensível e fecha os olhos. Roço os lábios agora pelo dorso do pé dela, e passo a língua pelo seu calcanhar, mordiscando de leve ali, e volto a passar a língua, dessa vez ao redor do tornozelo de Ana. Deixo uma trilha de beijos molhados na parte de dentro da panturrilha dela, que se agita na cama.

— Quieta, Sra. Grey — alerto e, por um momento, observo seus seios se erguendo e abaixando no espartilho.

É uma bela visão.

Chega. Já deu de tanta roupa.

Eu a viro de bruços e continuo subindo com meus beijos pelo seu corpo: a parte de trás das suas pernas, as coxas, o traseiro. E, por um momento, imagino tudo o que eu quero fazer com a bunda dela.

Ana protesta.

— Por favor...

— Quero você nua — murmuro, e solto os ganchinhos do espartilho, um de cada vez, bem devagar.

Quando termino, dou um beijo suave e molhado na base da sua coluna, deixando a minha língua correr por toda a extensão das costas. Ana se contorce.

— Christian, por favor.

Estou inclinado por cima de Ana, meu pau ainda contido pela roupa, posicionado sobre a sua bunda, que continua se contorcendo.

— O que você quer, Sra. Grey? — sussurro junto ao ouvido dela.

— Você.

— E eu quero você, meu amor, minha vida...

Abro a calça, me ajoelho ao lado dela e a viro para cima. Então, volto a me levantar, tiro a calça e a cueca, enquanto Ana observa, os olhos arregalados e intensos de desejo. A seguir, é a vez da calcinha dela, que tiro também, deixando-a em toda a sua nudez magnífica embaixo de mim.

— Minha — falo apenas com o movimento dos lábios.

— Por favor — pede Ana.

Não consigo conter um sorriso. *Ah, baby. Adoro quando você implora.*

Engatinho até ela, deixando uma nova trilha de beijos molhados subindo por sua perna, chegando cada vez mais perto do alto das suas coxas. Meu objetivo. O vértice sagrado. Quando chego aonde quero, abro bem as pernas dela. Ana está molhada, pronta. Exatamente como eu gosto.

— Ah... minha mulher — sussurro, e deixo a língua correr pelo seu sexo, saboreando-a e me concentrando em seu clitóris.

Humm... Lentamente, começo a torturá-la com a boca. Sempre em movimentos circulares, a minha língua provoca o clitóris tão sensível. Ana agarra o meu cabelo e se contorce mais sob o meu corpo, os quadris se movendo em um ritmo que conheço muito bem. Ela arqueja o corpo uma vez, mas a mantenho imóvel e sigo com meu doce tormento.

— Christian — pede Ana, puxando meu cabelo.

Ela está quase lá.

— Ainda não.

Deixo seu sexo e subo a língua pelo corpo dela, mergulhando em seu umbigo.

— Não! — grita Ana, frustrada, e sorrio em sua barriga.

Tudo a seu tempo, meu amor.

Beijo seu abdômen macio.

— Tão ansiosa, Sra. Grey. Ainda temos muito tempo até chegar à Ilha Esmeralda.

Quando alcanço os seios, dedico tempo a cada um com beijos ternos, capturando um mamilo entre os lábios e chupando. Observo a reação de Ana enquanto me concentro em seus seios: os olhos dela estão escuros, a boca aberta.

— Meu marido, eu quero você. Por favor.

E eu quero você.

Cubro o corpo dela com o meu, apoiando o peso nos cotovelos e encostando o nariz no dela. As mãos de Ana passeiam pelo meu corpo.

Nos meus ombros.

Nas costas.

Na minha bunda.

— Sra. Grey... minha esposa. Nosso objetivo é satisfazer. — Roço os lábios nos dela. — Eu amo você.

— Também amo você.

Ela está erguendo os quadris para encontrar os meus.

— Olhos abertos. Quero ver você.

Os olhos de Ana são de um azul impressionante.

— Christian... ah... — geme ela, enquanto a penetro lentamente, centímetro por centímetro.

— Ana, ah, Ana — digo, ofegante, o nome dela saindo dos meus lábios como uma prece.

Ela é o paraíso. O meu paraíso.

Começo a arremeter, amando a sensação de estar dentro dela.

Ana crava as unhas na minha bunda e isso faz com que eu me perca.

E me perca.

E me perca.

Ela é minha.

É realmente minha.

Finalmente, Ana grita o meu nome, atingindo o ápice, e seu clímax dispara o meu. Gozo e gozo dentro do meu amor. Da minha vida. Da minha esposa.

TERÇA-FEIRA, 16 DE AGOSTO DE 2011

É o som do mar batendo no casco do M.Y. *Fair Lady* que me desperta. A tripulação está no deque; eu os escuto, sem dúvida polindo os metais e preparando tudo para o dia. Estamos atracados na baía que fica nos arredores do porto de Monte Carlo. É uma linda manhã de verão no Mediterrâneo e, ao meu lado, a Sra. Anastasia Grey está profundamente adormecida. Eu me viro de lado e a observo, como tenho feito na maioria das manhãs desde que começamos nossa lua de mel. Ana está bronzeada. Seu cabelo está um pouco mais claro. Os lábios entreabertos, e ela dorme pesado.

E deve estar cansada mesmo.

Dou um sorrisinho com a lembrança.

Foi uma longa noite. E ela gozou, e gozou, e gozou.

Ana parece tão serena... invejo-a por isso.

Embora tenha que admitir que relaxei um pouco.

Houve as ligações eventuais de Ros e Marco, depois do drama da "Segunda-feira sombria" da semana passada. Marco e eu conseguimos evitar qualquer perda substancial com algumas reposições de última hora de ativos defensivos. Estamos ambos atentos ao mercado e pensando em uma estratégia para sobreviver à retração econômica.

Mas, de um modo geral, nada de trabalho e muita diversão tem sido revigorante.

Sorrio com carinho para Ana, que ainda dorme.

Descobri novas facetas da minha esposa.

Ela adora Londres.

Adora tomar chá da tarde no Brown's Hotel.

Adora pubs e o fato de os londrinos se aglomerarem neles, tomando cerveja e fumando nas calçadas.

Ela adora o Borough Market, especialmente os ovos escoceses, que consistem em croquetes de carne recheados com um ovo cozido.

Não é muito chegada a compras, a não ser quando se trata da Harrods.
Não é fã de cerveja inglesa, mas eu também não sou. É quente.
Quem bebe cerveja quente?
Ela não curte muito se depilar... mas deixa que eu a depile.
Nossa, essa é uma lembrança que vou guardar com muito prazer.
Ela adora Paris.
Adora o Louvre.
Adora a Pont des Arts, e deixamos um cadeado lá como prova disso.
Adora a Galeria dos Espelhos no Palácio de Versalhes.
— Sr. Grey. *Não é nenhum sacrifício vê-lo de todos os ângulos aqui.*
Ela me adora... ou é o que parece.
Fico tentado a acordá-la, mas dormimos tarde ontem. Assistimos a *Le Songe*, um balé inspirado em *Sonho de uma noite de verão*, de Shakespeare, na L'Opéra de Monte-Carlo, e depois fomos ao cassino, onde Ana ganhou algumas centenas de euros na roleta. E ficou empolgadíssima.
Ela abre lentamente os olhos, como se eu a tivesse despertado com a força do querer. E sorri.
— Oi.
— Oi, Sra. Grey, bom dia. Dormiu bem?
Ela se espreguiça.
— Tive o melhor sono e os melhores sonhos.
— Você é o melhor sonho. — Beijo a sua testa. — Sexo ou nadar de manhã ao redor do iate?
Ana abre aquele sorriso sexy dela.
— Os dois — diz apenas com o movimento dos lábios.

Ana está enrolada em um roupão, logo depois de nadar, tomando chá e lendo um dos seus originais da SIP, enquanto nos servem o café manhã no deque.
— Eu poderia me acostumar com essa vida — comenta ela, a voz sonhadora.
— Sim. Esse é um ótimo barco.
Olho para Ana e tomo o resto do meu espresso. Ela ergue a sobrancelha, mas, antes que possa responder, nossa camareira, Rebecca, coloca um prato de ovos mexidos e salmão defumado diante de nós.
— Café da manhã — anuncia Rebecca com um sorriso simpático. — Posso lhes servir mais alguma coisa?
— Isso está ótimo. — Retribuo o sorriso dela.
— Para mim também — diz Ana.
— Vamos à praia hoje? — sugiro.

É RARO EU TER a oportunidade de ler tanto, mas na lua de mel já terminei dois *thrillers* e outros dois livros sobre mudanças climáticas. Agora estou lendo o livro de Morgenson e Rosner sobre como a ganância e a corrupção levaram à crise financeira de 2008, enquanto Ana cochila sob o guarda-sol, na praia do Beach Plaza Monte Carlo. Ela está deitada em uma espreguiçadeira, aproveitando o sol da tarde, usando um belo biquíni azul, que deixa muito pouco à imaginação.

Não tenho certeza se aprovo.

Pedi a Taylor e aos seus dois companheiros de trabalho franceses, os gêmeos Ferreux, para ficarem atentos à aproximação de algum fotógrafo. Os paparazzi são parasitas que ultrapassam qualquer limite para invadir a nossa privacidade. Por algum motivo bizarro, provavelmente desde que a *Star* publicou a matéria sensacionalista sobre Ana, a imprensa está louca por fotos nossas. Eu não sei e não entendo o motivo disso, porque não é como se fôssemos celebridades, e a situação me deixa furioso. Não quero a minha esposa aparecendo na coluna de fofocas, praticamente nua, só porque o dia está fraco de notícias.

O sol mudou de posição e Ana agora está totalmente exposta a ele, e já faz algum tempo que passou protetor solar. Eu me inclino até ela e sussurro em seu ouvido:

— Você vai se queimar muito.

Ela desperta em um sobressalto e sorri.

— Você me faz incendiar por dentro.

Meu coração acelera um pouco.

Como ela consegue fazer isso com apenas seis palavras e um sorriso?

Com um puxão ágil, arrasto a espreguiçadeira dela para a sombra.

— Fique longe do sol do Mediterrâneo, Sra. Grey.

— Obrigada por seu altruísmo, Sr. Grey.

— O prazer é todo meu, e não estou sendo nem um pouco altruísta. Se você se queimar demais, não vou conseguir tocá-la.

Os lábios de Ana se curvam em um sorrisinho.

Estreito os olhos.

— Mas suspeito que você já saiba disso e esteja rindo de mim.

— Será? — Ela bate os cílios, tentando sem sucesso parecer inocente.

— Sim, você vive rindo de mim. — Eu a beijo. — É uma das muitas coisas que amo em você. — Mordisco seu lábio inferior.

— Eu esperava que você me lambuzasse com mais protetor solar.

Com prazer.

— Sra. Grey, esse é um trabalho sujo... mas uma oferta que não posso recusar. Sente-se.

Adoro isso. Tocá-la. Aqui. Em público.

Ana se vira de frente para mim, eu coloco um pouco de filtro solar nos dedos, então massageio lentamente a sua pele, com cuidado, para não deixar escapar nem um centímetro. Os ombros, o pescoço, os braços, o topo dos seios, a barriga.

— Você é realmente linda. Sou um homem de sorte.

— Um homem de sorte, com certeza, Sr. Grey. — O jeito falsamente recatado dela agita o meu sangue.

— Seu nome é modéstia, Sra. Grey. Vire-se. Vou passar nas suas costas.

Ela se vira de bruços e desamarro o biquíni.

— Como você se sentiria se eu fizesse topless, que nem as outras mulheres da praia? — pergunta Ana, a voz suave e morosa como o dia.

Coloco mais filtro solar na mão e passo na sua pele.

— Incomodado. Já não estou muito feliz em ver você usando tão pouca roupa agora.

Não quero que um paparazzo de merda qualquer fique babando pela minha esposa através das lentes, enquanto ela está relaxando na praia. Eles estão por toda parte. São como vermes.

Ana parece rebelde.

Eu me inclino e sussurro em seu ouvido:

— Não abuse da sorte.

— Isso é uma ameaça, Sr. Grey?

— Não. É uma afirmação, Sra. Grey.

Isso não é um jogo, Ana.

Já terminei de passar filtro solar nas costas e pernas dela. Dou um tapa em sua bunda.

— Pronto, lindeza.

Meu celular vibra. Olho para a tela e vejo que é Ros, com seu relatório matinal. É cedo em Seattle. Espero que ela esteja bem.

— É confidencial, Sra. Grey — aviso a Ana, meio de brincadeira, e dou mais um tapa em sua bunda antes de atender a ligação.

Ela move o traseiro de um jeito provocante e fecha os olhos, enquanto eu converso com Ros.

— Oi, Ros, por que tão cedo? — pergunto.

— Não consigo dormir, e consigo adiantar o trabalho quando a casa está silenciosa.

— Algum problema?

— Não. Tudo certo. Ontem, depois de falar com você, recebi uma ligação do Bill. Estamos sendo pressionados pelo DBRA, o órgão responsável por promover a revitalização de instalações industriais ou comerciais abandonadas em Detroit. Você precisa tomar uma decisão.

Meu coração afunda no peito.

Detroit. Droga.

— Certo. Certo. Dos três lugares que Bill mostrou, o segundo era o melhor.

— O de Schaefer Road? — pergunta ela.

— Esse mesmo.

— Está certo. Vou seguir adiante com isso. Há mais uma questão. Woods.

Que saco. Ele ainda está na nossa lista de suspeitos.

— O que esse babaca fez agora?

Ros ignora o xingamento.

— Está criando problemas para os ex-funcionários dele.

— Desferindo falácias?

— Sim. Acho que eles precisam de uma visita — comenta ela.

— Você deveria ir.

— Eu, não. Você.

— Hummm... é algo a considerar quando eu voltar.

— Concordo.

— Pode ser uma boa ir à Nova York. Levar a minha esposa.

Ouço o sorriso na voz de Ros quando ela pergunta:

— Como está a Côte d'Azur?

Meu olhar se demora na minha esposa, que cochila... e no traseiro empinado dela.

— Linda. Especialmente a paisagem.

— Que bom. Divirta-se. Vou tomar as providências.

— Faça isso, Ros.

— Sabe, acho que com você longe fico mais motivada.

Dou uma risada.

— Melhor não se acostumar. Volto logo.

— Acredite ou não, estou sentindo a sua falta.

Abro a boca para responder, mas estou desconcertado e não sei o que dizer.

— Boa tarde, Christian.

Ros desliga e fico encarando o celular, me perguntando se ela está bem.

Grey, ela está ótima. É uma das pessoas mais competentes que você conhece.

Volto para o meu livro.

No meio da tarde, a temperatura está escaldante. Peço à garçonete do hotel alguma coisa para beber, porque estou morto de sede. Ana acorda e se volta para mim.

— Com sede? — pergunto.

— Sim — responde Ana, sonolenta.

Ela é linda.

— Eu poderia ficar olhando para você o dia inteiro. Cansada?

Ela enrubesce sob a sombra do guarda-sol.

— Não dormi muito na noite passada.

— Nem eu.

Lembro-me de uma cena da noite passada: Ana me cavalgando com força.

Meu corpo desperta. *Merda*.

Preciso esfriar o corpo. *Agora*. Eu me levanto e tiro rapidamente a bermuda jeans.

— Vem nadar comigo. — Estendo a mão e Ana pisca algumas vezes, ainda zonza do cochilo. — Nadar? — tento de novo. Quando ela não responde, pego-a no colo. — Acho que você precisa acordar de vez.

Ana dá gritinhos e ri ao mesmo tempo.

— Christian! Me ponha no chão!

— Só na água, baby.

Rindo, eu a carrego pela areia quente demais, e fico grato quando chego à beira d'água, mais fria e úmida. Ana passa os braços ao redor do meu pescoço, os olhos brilhando de diversão, enquanto entro com ela no Mediterrâneo.

Isso com certeza a acordou. Ela está totalmente agarrada a mim.

— Você não faria isso — diz Ana, um pouco ofegante.

Não consigo conter o sorriso.

— Ah, Ana, meu amor, você não aprendeu nada sobre mim no curto espaço de tempo desde que nos conhecemos?

Eu me inclino e lhe dou um beijo. Ela segura a minha cabeça e passa os dedos pelo meu cabelo. E retribui o beijo com vontade, com uma paixão que me pega desprevenido e rouba o meu fôlego.

Ana.

Ainda bem que estou com a água na altura da cintura.

— Conheço o seu jogo — murmuro nos lábios dela, e afundo lentamente no mar, beijando-a mais uma vez.

A água fria, a boca quente e molhada dela na minha... é muito excitante. Ana está com o corpo colado ao meu, molhada e cálida, me envolvendo com seus braços compridos e lindos.

Isso é o paraíso.

Eu a devoro e nossa paixão cresce na mesma medida em que a minha mente se esvazia.

Quero a Ana.

Aqui. Agora.

— Pensei que você quisesse nadar — sussurra ela, quando paramos de nos beijar para podermos respirar.

— Você me distrai muito. — Chupo o lábio inferior dela. — Mas não sei se quero que a boa gente de Monte Carlo veja minha mulher no auge da paixão.

Ela roça os dentes no meu maxilar.

Quer mais.

— Ana — aviso, enquanto enrolo o seu rabo de cavalo ao redor do meu pulso. Puxo gentilmente a cabeça dela para trás, para ter acesso ao seu pescoço. Ela tem gosto de água salgada, do filtro solar com cheiro de coco, de suor e, o melhor de tudo, de Ana. — Posso trepar com você no mar?

— Deve. — A resposta dela sai em um sussurro que dispara a minha libido.

Merda. Chega.

Isso está saindo do controle.

— Sra. Grey, você é insaciável, e tão atrevida. Que tipo de monstro eu criei?

— Um monstro sob medida para você. Você iria me querer de outra maneira?

— Eu iria querer você de qualquer maneira, você sabe. Mas não agora. Não com plateia. — Inclino a cabeça na direção da praia.

Ana olha para as pessoas tomando sol na areia, percebendo o interesse alheio no que estamos fazendo.

Chega, Grey.

Seguro Ana pela cintura, jogo-a no ar e ela afunda, espalhando água para todo lado. Quando volta à tona, está rindo e cuspindo água com uma falsa indignação.

— Christian! — exclama, e joga água em mim.

Não vou expô-la a uma plateia enquanto trepamos!

— Temos a noite inteira — digo, encantado com a reação dela.

Antes que eu mude de ideia e faça com que nós dois sejamos presos — embora estejamos na França, portanto vai saber —, me preparo para mergulhar.

— Até mais, baby — digo.

Então, mergulho na água calma e cristalina e me afasto nadando. Uma boa nadada vai esfriar meu corpo e ajudar a gastar esse excesso de energia.

MAIS TARDE, JÁ ME sentindo mais calmo e muito refrescado, volto nadando para a areia, imaginando o que minha esposa está aprontando.

Que porra é essa?

Ana está de topless na espreguiçadeira.

Apresso o passo, olhando ao redor enquanto ando. Encontro o olhar de Taylor no bar, onde está sentado. Ele está tomando uma água Perrier com nossos seguranças franceses que, por acaso, são irmãos gêmeos. Os três olham ao redor, checando o perímetro. Taylor balança a cabeça, e acho que está me avisando que não viu nenhum fotógrafo.

Não quero nem saber. Acho que vou ter um infarto.

— Que diabo você pensa que está fazendo? — grito, acordando Ana quando chego até ela.

Ana abre os olhos.

Ela estava fingindo dormir? De. Costas?

Ana olha ao redor, em pânico.

— Eu estava de bruços. Devo ter me virado enquanto dormia — sussurra.

Pego a parte de cima do biquíni que está na minha espreguiçadeira, jogando-a em sua direção, e falo, quase grunhindo:

— Vista isso!

Caralho. Pedi a você especificamente para não fazer isso.
Não por minha causa. Mas pela sua privacidade!

— Christian, não tem ninguém olhando.

— Estão olhando, sim. Pode acreditar. Tenho certeza de que Taylor e os seguranças estão adorando o espetáculo!

Ela segura os seios.

— Isso mesmo — sussurro, furioso. — E vai que alguns malditos paparazzi tiram uma foto sua? Quer aparecer na capa da *Star*? Nua, dessa vez?

Ana parece horrorizada e se apressa para vestir a parte de cima.

Sim! Por que você acha que eu falei que não?

— *L'addition!* — Peço à garçonete, irritado. — Estamos indo — aviso a Ana.

— Agora?

— É. Agora.

Não discuta comigo, Ana.

Estou tão furioso que nem me dou ao trabalho de me secar. Pego a bermuda e a camiseta e, quando a garçonete volta, assino a conta. Ana se veste depressa ao meu lado, enquanto faço um sinal para Taylor, avisando que estamos partindo. Ele pega o celular, imagino que para avisar ao *Fair Lady* e chamar a lancha. Pego meu livro e o celular e coloco os óculos de sol estilo aviador.

Que merda passou pela cabeça dela?

— Por favor, não fique bravo comigo — pede Ana, baixinho, enquanto recolhe seus pertences e os guarda na mochila.

— Tarde demais — digo, tentando em vão manter a fúria sob controle. — Venha.

Pego a mão dela e aceno para Taylor e para os irmãos Ferreux, que nos seguem pelo hotel até a saída para a rua.

— Para onde estamos indo? — pergunta Ana.

— Vamos voltar para o barco.

Fico aliviado ao ver a lancha e o jet ski no píer. Ana entrega a mochila a Taylor e ele entrega o colete salva-vidas a ela. Taylor me olha em expectativa, mas balanço a cabeça. Ele solta o ar, frustrado, e sei que gostaria que eu também usasse um colete, mas estou furioso demais para isso. Eu o ignoro e checo para ver se as faixas do colete de Ana estão bem ajustadas.

— Muito bem — murmuro. Subo no jet ski e estendo a mão para Ana. Quando ela já está acomodada atrás de mim, empurro o jet ski para longe do cais e prendo a chave de segurança na bainha da camiseta. — Segure-se — digo, ainda irritado. Ana passa os braços ao meu redor, me abraçando com força. Fico tenso quando ela enfia o nariz nas minhas costas, por causa de... antigas lembranças, e também porque estou furioso com ela. Mas a verdade é que adoro estar nos braços dela. — Fique firme — resmungo, e viro a chave na ignição.

O motor desperta, roncando. Eu giro lentamente o acelerador e partimos em disparada para chegar ao *Fair Lady*.

Enquanto atravessamos a água em alta velocidade, meu humor melhora.

Quando a lancha de apoio emparelha conosco, Ana me abraça com mais força e acelero ao máximo. Disparamos.

Ah! Adoro isso!

É muito divertido.

Divertido demais.

Aproveite o momento, Grey.

O Mediterrâneo está tranquilo, a água parada, por isso é fácil saltar com o jet ski. Passamos pelo iate e seguimos em direção ao mar aberto. O vento do verão no rosto, a água do mar espirrando em nós, a velocidade com que corremos pela água, e Ana agarrada a mim... é bom para cacete. Viro o jet ski em um arco em direção ao barco... mas quero mais.

— De novo? — grito para Ana.

O seu sorriso enorme é toda a resposta de que preciso. Faço a volta ao redor do *Fair Lady* e sigo para o mar aberto de novo, com os braços de Ana ao meu redor.

Sinto vontade de gritar de felicidade.

Mas... ainda estou um pouco bravo com ela.

UM DOS JOVENS CAMAREIROS, Gerald, ajuda Ana a descer do jet ski e subir na pequena plataforma. Ana sobe os degraus de madeira e espera por mim no deque.

— Sr. Grey — diz Gerald, me oferecendo o braço.

Dispenso a ajuda com um gesto, desço do jet ski e sigo Ana. Ela está linda, embora um pouco apreensiva. Sua pele cintila por causa do ar fresco e da ação do sol.

— Você se bronzeou — comento distraidamente, enquanto solto as fivelas do colete salva-vidas dela. Entrego-o a Greg, outro camareiro.

— Mais alguma coisa, senhor?
— Quer um drink? — pergunto a Ana.
— Preciso de um?
Franzo o cenho.
— Por que está dizendo isso?
— Você sabe por quê.
Sim. Ana. Estou furioso com você.
— Dois gins-tônicas, por favor. E porções de castanhas e azeitonas.
Greg assente. Quando ele se afasta, entendo o que Ana estava insinuando.
— Acha que eu vou punir você?
— Você quer?
— Quero — respondo sem hesitar, surpreendendo a mim mesmo.
Ela arregala os olhos.
— Como?
Ah, Ana. Você parece interessada.
— Vou pensar em algo. Talvez depois que você acabar a sua bebida. — Observo o horizonte, enquanto uma sucessão de fantasias eróticas atravessa a minha mente. — Você quer ser punida?
Os olhos dela escurecem.
— Depende. — Seu rosto mostra um rubor que revela interesse.
Ah, baby.
— Depende de quê?
— Se você quer me machucar ou não.
Pelo amor de Deus, achei que já havíamos superado isso.
A resposta dela me deixa mal, mas me inclino e beijo a sua testa.
— Anastasia, você é minha esposa, não minha submissa. Nunca vou querer machucar você. Você já deveria saber disso. Só não... não tire a roupa em público. Não quero você nua nos tabloides. Você também não quer, e tenho certeza de que sua mãe e Ray também não iriam gostar.
Ana empalidece.
Sim, Ana. Você ficaria morta de vergonha. Ray ficaria puto. E provavelmente colocaria a culpa em mim!
Greg chega com nossas bebidas e as deixa em cima da mesa.
— Sente-se — ordeno, e Ana se senta em uma das cadeiras de diretor. Dispenso o camareiro com um sorriso e me acomodo ao lado dela. Entrego a sua bebida e pego a minha. — Saúde, Sra. Grey.
— Saúde, Sr. Grey. — Ana toma um gole da bebida, e me observa com atenção.
O que vou fazer com ela?
Alguma coisa pervertida. Eu acho.

Já faz algum tempo.

— Quem é o dono deste barco? — pergunta Ana, me distraindo dos meus planos sacanas.

— Um cavaleiro inglês. Sir Fulano ou Beltrano. O bisavô começou com uma mercearia e a filha é casada com um príncipe de algum país europeu.

— Uau! — comenta Ana, impressionada. — Super-ricos?

— Sim.

— Como você.

— Exatamente. E você.

Pego uma azeitona.

— É estranho — comenta ela. — Sair do nada para... — Ana gesticula para o deque e a vista espetacular de Monte Carlo — ... para tudo.

— Você vai se acostumar. — *Eu me acostumei.*

— Acho que nunca vou me acostumar — responde Ana, a voz baixa.

Taylor aparece à minha direita.

— Senhor, telefone.

Ele me entrega o celular.

— Grey — digo com rispidez, me levantando e indo até a proa.

É Ros.

De novo?

Ela está fazendo o acompanhamento da reunião que tive em Londres com a agência europeia do GNSS, o Sistema de Navegação Mundial por Satélite, sobre o sistema Galileo. Estou com esperança de conseguirmos incorporar os serviços deles no tablet carregado à energia solar de Barney. Respondo as perguntas de Ros, surpreso por ela não ter tirado essas dúvidas mais cedo.

— Obrigada. Vou avisar ao Marco — diz Ros.

— Sabe, você poderia ter me perguntado essas coisas por e-mail.

— Farei isso da próxima vez. O Barney é insistente. Ele acabou de me mandar mais um e-mail sobre esse assunto. Você sabe como é. — Ela ri, acho que um pouco constrangida.

Dou uma risadinha em resposta.

— Ele é entusiasmado, eu sei. Ainda bem que trabalha para nós. É só isso? Porque eu realmente gostaria de voltar para a companhia da minha esposa.

— Faça isso, Christian. Obrigada. Vou tentar não incomodá-lo de novo. Tchau.

Volto a atenção para Ana, que está dando goles no gim-tônica, observando a costa, com um olhar distante. Perdida em pensamentos.

No que estará pensando? Em fazer topless? Em trepadas de castigo? Na minha riqueza? Na nossa riqueza!

Arrisco um palpite.

— Você vai se acostumar — digo, me sentando novamente ao seu lado.

— Vou me acostumar?

— Ao dinheiro.

Ana me lança um olhar indecifrável e empurra o prato com castanhas e amêndoas na minha direção.

— Seus aperitivos, senhor.

Percebo seu meio sorriso. Ela está tentando não rir. De mim. De novo.

Meu plano se cristaliza na minha mente.

— Eu quero você de aperitivo.

E isso é verdade.

Pego uma castanha e me lembro da noite seguinte à festa de despedida de solteira dela: Ana na cama, nua, esticando os braços para mim.

— Você vai me castigar?

— Castigar você?

— Por ficar tão bêbada. Uma trepada de castigo. Você pode fazer o que quiser comigo.

A ideia faz o meu sangue ferver. Ela quer um castigo. Seria rude da minha parte ignorá-la.

— Termine sua bebida. Vamos para a cama.

Ela me olha espantada.

— Beba — digo baixinho.

Ana leva o copo aos lábios e termina tudo em um longo gole.

Nossa. Sem hesitar, a minha garota corajosa aceitando o desafio.

Ela nunca recua.

E começa o jogo, Grey.

Eu me levanto, me inclinando sobre ela, as mãos apoiadas nos braços da cadeira de diretor, e murmuro em seu ouvido:

— Vou fazer você ser um exemplo. Venha. Não faça xixi.

Ana solta um arquejo que me satisfaz, o choque estampado no rosto.

Dou um sorrisinho presunçoso, pois sei o rumo que a mente dela tomou.

Não, Ana, não se preocupe, essa não é a minha praia.

— Não é o que você está pensando. — Estendo a mão. — Confie em mim.

Os lábios dela se curvam em um sorrisinho convidativo.

— Tudo bem. — Ana leva a mão à minha e, juntos, seguimos para a cabine principal.

Quando entramos, solto a sua mão e tranco a porta. Não queremos ser perturbados. Tiro rapidamente a roupa, assim como o chinelo, que nem deveria estar usando, mas a tripulação é educada demais para falar alguma coisa.

Ana me encara de olhos arregalados, mordendo inconscientemente o lábio inferior. Seguro-a pelo queixo, libero o lábio que ela mordisca e passo o polegar pelas marquinhas deixadas por seus dentes.

— Assim está melhor.

Pego a bolsa de brinquedos no armário e tiro de lá dois pares de algemas para pulso e tornozelo, a chave e uma máscara para cobrir os olhos.

Ana não se mexeu. Seus olhos estão ainda mais escuros do que antes.

Ela está cheia de tesão, Grey.

Vamos tirá-la do sério.

— Isso pode ser bem doloroso. — Levanto um dos pares de algemas, para que ela possa ver melhor. — Elas podem beliscar a sua pele se você puxar com muita força. Mas eu realmente quero usar em você agora. Aqui. — Vou até ela e lhe entrego um par. — Quer experimentar antes? — Mantenho o tom calmo, enquanto busco controlar a minha libido.

Quero isso.

Para cacete.

Ana examina as algemas, sentindo o metal frio na mão. Apenas vê-la segurando aquilo já é erótico demais.

— Cadê as chaves? — pergunta ela, a voz hesitante.

Abro a palmo da mão e mostro para ela.

— Serve para as duas. Na verdade, para todas.

Ana olha da palma da minha mão para o meu rosto, os olhos cheios de perguntas, de curiosidade... cheios de desejo. Acaricio o seu rosto com o indicador, indo até a boca, por cima dos lábios. Então, me inclino como se fosse beijá-la e sussurro:

— Quer brincar?

— Quero — responde ela, quase inaudível.

— Ótimo. — Respiro fundo, inspirando o aroma que é só dela: Ana e um toque de sua excitação.

Já!

Fecho os olhos e derramo a minha gratidão no beijo gentil que dou em sua testa.

Obrigado por isso, meu amor.

— Vamos precisar de uma palavra de segurança.

Ana levanta os olhos rapidamente de encontro aos meus.

— *"Pare"* não vai ser suficiente — digo apressado —, porque você provavelmente vai falar, mas sem querer realmente dizer isso.

Roço de leve o nariz no dela.

Confie em mim, Ana.

— Não vai doer. Vai ser intenso. Muito intenso, porque eu não vou deixar você se mexer. Tudo bem?

Ela respira fundo, a respiração já ofegante conforme fica mais excitada.
Adoro deixar você assim, baby.
Os olhos dela se desviam para o meu pau.
Sim, baby. Estou pronto e esperando.
— Tudo bem — diz ela em um sussurro.
— Escolha uma palavra, Ana.
Ela franze ligeiramente o cenho.
— Uma senha — explico.
— Pirulito — diz ela, ofegante e ruborizada.
— Pirulito? — Sinto vontade de rir.
— É.
— Escolha interessante. Levante os braços.

Ana faz o que eu digo, o que também me excita. Então, tiro a saída de praia dela pela cabeça e a jogo no chão. Estendo a mão e ela me devolve as algemas. Deixo tudo, algemas, chave e venda em cima da mesinha de cabeceira. Puxo a coberta da cama e a deixo cair no chão.

— Vire-se.

Ela obedece na mesma hora. Desamarro a parte de cima do biquíni e a descarto.

— Amanhã eu vou grampear isso em você — resmungo, e uma ideia interessante surge em minha mente.

Chupões.

Solto o cabelo dela do rabo de cavalo e puxo com delicadeza, para forçá-la a se aproximar mais de mim. Inclino a sua cabeça para o lado e vou passando meus lábios dos ombros até a sua orelha.

— Você foi muito desobediente.

— Fui — diz ela, como se estivesse orgulhosa de si.

— Humm. O que vamos fazer a respeito disso? — Ana tem um sabor delicioso.

— Aprender a superar — retruca ela, e sorrio em um ponto logo abaixo da sua orelha onde consigo sentir a sua pulsação.

A minha garota não recua.

Porra, como ela é gostosa.

— Ah, Sra. Grey. Sempre otimista. — Beijo o pescoço dela mais uma vez, então começo a fazer uma trança em seu cabelo. Quando termino, uso o elástico de cabelo para finalizar. Puxo sua cabeça para o lado novamente e sussurro em seu ouvido: — Vou lhe ensinar uma lição.

Em um movimento súbito, seguro-a pela cintura, me sento na cama, levando-a junto e a posicionando sobre o meu colo. E dou uma palmada no lindo traseiro dela. Uma vez. Com força. Então, jogo-a de costas na cama. Eu me inclino por cima dela e deixo meus dedos percorrerem suas coxas, enquanto nos inebriamos um do outro.

— Você sabe como é bonita? — sussurro, enquanto ela se contorce na cama, ofegante.

Esperando.

Os olhos de Ana estão escuros de desejo.

Ainda com os olhos cravados nela, eu me levanto e pego as algemas. Seguro o tornozelo esquerdo dela e prendo ali uma das algemas. Pego o outro par e prendo no tornozelo direito.

— Sente-se.

Ela obedece.

— Agora abrace os joelhos.

Ela me olha sem entender, mas puxa as pernas para cima e passa os braços ao redor dos joelhos. Eu me inclino, segurando o queixo dela e roçando seus lábios em um beijo suave e molhado, antes de vendá-la com a máscara.

— Qual é a senha, Anastasia?

— Pirulito.

— Ótimo.

Prendo a algema esquerda ao redor do pulso esquerdo, e a que está presa ao tornozelo direito dela, ao pulso direito. Ela dá um puxão e percebe que não consegue esticar as pernas.

Isso vai ser intenso.

Para você. E para mim.

— Agora — digo em um sussurro — eu vou foder você até você gritar.

E mal posso esperar.

Ela arqueja. Eu a seguro pelos calcanhares e inclino a ponta dos seus pés para cima, fazendo-a cair de costas na cama. Afasto os seus tornozelos e, por um momento, fico apenas apreciando a visão de Ana à minha frente, estendida e indefesa. Para ser honesto, eu conseguiria gozar agora mesmo. Fico tentado a fazer isso. Mas me ajoelho diante do altar que é Ana e beijo a parte interna de suas coxas. Ela geme e força as algemas.

Cuidado, Ana. Elas vão marcar você.

— Você vai ter que absorver todo o prazer, Anastasia. Sem se mexer.

Eu me adianto para alcançar a parte de baixo do biquíni e passo os lábios pela barriga firme dela. Os lacinhos dos dois lados se soltam com um simples puxão, e ela está nua.

Beijo a sua barriga, deixando a minha língua mergulhar em seu umbigo.

— Ah — geme Ana.

Seus seios sobem e descem rapidamente, conforme continuo deixando uma trilha de beijos molhados por seu abdômen.

— Shh... — murmuro. — Você é tão linda, Ana.

Ela geme de novo, mais alto dessa vez, e força novamente as algemas.

— Argh! — grita, quando sente o metal se cravando em sua pele, enquanto continuo minha jornada pelo seu corpo, beijando a pele cheirosa e roçando os dentes.

— Você me deixa louco — sussurro. — Então vou deixar você louca também.

Beijo os seios dela, usando a língua, os lábios e os dentes para provocar gritos de paixão em Ana, percebendo que sua respiração se torna cada vez mais pesada, a cabeça sendo jogada de um lado para outro. Esfrego os mamilos entre o polegar e o indicador, em movimentos circulares, sentindo quando se enrijecem e incham sob a minha manipulação não tão gentil. Chupo com força cada mamilo, os deixando com marquinhas.

Ana está ofegante agora.

Tentando se mexer.

Não consegue.

Ela é minha.

E eu não paro.

— Christian — implora Ana, e sei que a estou levando à loucura.

— Devo fazer você gozar assim? — Assopro o mamilo dela. — Você sabe que eu consigo. — Coloco-o na boca e chupo com força.

Ana deixa escapar um grito gutural de prazer.

Estou absurdamente excitado.

Desesperado para penetrá-la.

— Deve — choraminga ela.

— Ah, baby, seria fácil demais.

— Ah... por favor.

— Shh.

Meus dentes roçam no queixo dela, então capturo sua boca e enfio a língua entre seus lábios, de encontro à sua. Sinto sabor de Ana, de gim-tônica fresco com um toque de limão.

Deliciosa.

Mas ela é insaciável. Retribui o beijo. Querendo mais. E mais.

Cacete. Ela tem um gosto tão bom. Ana sabe o que quer, e levanta a cabeça do lençol.

Ah, baby.

Eu me afasto dos seus lábios e seguro seu queixo.

— Parada, baby. Eu quero você parada — sussurro.

— Eu quero ver você — diz ela, ofegante, desesperada e excitada.

— Ah, não, Ana. Você vai ter mais prazer dessa maneira.

Projeto os quadris para a frente, sabendo que estamos alinhados, e a penetro... só um pouquinho.

Ela não consegue se mover.
Saio de dentro dela, provocando-a.
— Ah! Christian, por favor!
— De novo? — pergunto, e não reconheço a minha própria voz.
— Christian!

Arremeto mais uma vez, um pouco mais fundo agora, mas logo saio e deixo meus dedos provocarem o seu mamilo direito.

— Não! — grita Ana, desapontada. Ela não quer que eu saia de dentro dela.
— Você me quer, Anastasia?
— Quero! — suplica ela.
— Diga. — Minha voz está rouca.

Preciso ouvi-la falar, e provoco-a mais uma vez com o meu pau. Para dentro. Para fora.

— Eu quero você — choraminga. — Por favor.

Adoro quando ela implora.

— E você vai ter, Anastasia.

Eu a penetro com força e ela grita e repuxa as algemas.

Sei que está impotente.

E tiro toda vantagem disso. Fico imóvel, sentindo-a ao meu redor. Então, começo a fazer movimentos circulares com os quadris. Ela geme.

— Por que você me desafia, Ana?
— Christian, pare...

Essa não é a senha. Continuo movendo os quadris em círculos, mais e mais fundo dentro dela. Então, recuo e logo volto a penetrá-la com força.

Não goze!, tento me convencer.

— Vamos, diga. Por quê?

Eu preciso saber.

Ela grita, e o seu prazer é o meu prazer.

— Diga — peço.
— Christian...
— Ana, eu preciso saber.

E penetro-a mais uma vez.

Me diga. Por favor.

— Eu não sei! — grita Ana. — Porque eu posso! Porque eu amo você! Por favor, Christian.

Solto um gemido alto e finalmente me permito amá-la. Seguro sua cabeça entre as mãos enquanto a torno minha mais uma vez. Dando prazer a ela. E a mim. Ana está se debatendo com as algemas. Arquejando. Gemendo. O prazer crescendo em seu corpo.

Ela está quase lá. Posso sentir.

Ana grita.

— Isso — digo entre os dentes cerrados. — Sinta, baby.

Ana grita quando goza. E goza. E goza. Completamente entregue sob o meu corpo. A cabeça jogada para trás. A boca aberta. O rosto franzido. Eu me ajoelho, puxando-a comigo, para o meu colo. Sentindo o orgasmo dela. Abraço-a com força, afundo a cabeça no seu pescoço e gozo também.

PORRA!

Meu orgasmo parece que não vai acabar nunca.

Quando finalmente cessa, arranco a venda e beijo a minha esposa.

Suas pálpebras. Seu nariz. Seu rosto.

Obrigado, Ana.

Ela está chorando. Beijo as lágrimas enquanto seguro seu rosto.

— Eu amo você, Sra. Grey — sussurro. — Mesmo você me enfurecendo tanto... eu me sinto tão vivo com você...

Ela está exausta — o corpo lânguido nos meus braços —, por isso deito-a na cama e a solto.

— Não — murmura ela, imagino que sentindo a perda do contato físico.

Ah, baby.

Você está esgotada.

Pego a chave na mesinha de cabeceira e solto as algemas, esfregando os pulsos e tornozelos à medida que os liberto. Então me deito ao seu lado enquanto ela estica as pernas e a envolvo nos braços. Ana suspira, com um sorrisinho satisfeito nos lábios, e sua respiração desacelera. Ela pega no sono. Beijo seu cabelo e nos cubro.

Porra, essa foi intensa para mim também.

Ana. O que você faz comigo...

Acordo do meu cochilo quinze minutos mais tarde. Ana ainda está nos meus braços, dormindo profundamente. Beijo a sua testa, me desvencilho dos seus braços e me levanto para ir ao banheiro. Ela ainda está apagada quando volto, depois de tomar uma chuveirada. Eu me visto rapidamente, destranco a porta da cabine e vou até o deque para procurar o capitão e combinar de permanecermos a bordo essa noite.

Ana continua adormecida quando volto. Guardo as algemas e pego o notebook, para checar meus e-mails, assim como os locais industriais e comerciais abandonados em Detroit, só para garantir que tomei a decisão correta com Ros, mais cedo.

No deque e por todo o barco, a tripulação prepara o *Fair Lady*. Escuto o som alto da âncora sendo recolhida e o ronco distante dos motores sendo ligados. Vamos partir.

O crepúsculo veio e foi e já escureceu quando Ana acorda.

— Oi — murmuro, ansioso para vê-la.

Senti a sua falta, enquanto você estava dormindo.

— Oi. — A voz de Ana sai hesitante, e ela puxa a coberta até o queixo.

Ficou tímida agora?

— Por quanto tempo eu dormi? — pergunta.

— Mais ou menos uma hora.

— Estamos navegando?

— Achei que, como jantamos fora na noite passada e ainda fomos ao balé e ao cassino, poderíamos jantar a bordo hoje. Uma noite calma à deux.

Ela sorri, parecendo aliviada por passar a noite a bordo.

— Aonde estamos indo?

— Cannes.

— Certo.

Ela se espreguiça ao meu lado, então se levanta, pega o roupão e veste.

Merda.

Tem alguns chupões na pele dela. Foi o que eu havia planejado, mas agora, vendo as manchas arroxeadas pelo corpo de Ana, já não estou tão seguro de ter sido uma boa ideia.

Não sei qual será a sua reação.

Ana entra no banheiro da suíte e fecha a porta.

Horas. Minutos. Segundos. Não sei quanto tempo ela passa lá dentro, mas parece uma eternidade. Quando enfim sai do banheiro, ela evita propositalmente — ao que parece — qualquer contato visual comigo, enquanto vai apressada até o closet.

Isso não parece coisa boa.

Talvez ela só esteja cansada.

Espero. De novo.

Ela está lá há tempo demais.

— Anastasia, você está bem?

Sem resposta.

Droga.

De repente, ela sai do closet em um borrão de braços e cabelo e joga uma escova em mim. *Merda.* Levanto o braço para proteger a cabeça e a escova acerta bem abaixo do meu pulso. Ana sai tempestuosamente do quarto e bate a porta da cabine.

Merda.

Ela não ficou feliz.

Acho que nunca a vi tão irritada. Nem mesmo por causa dos votos, quando ameaçou cancelar o casamento.

Grey, o que você fez?

Meu bom humor evapora, substituído por uma ansiedade que não sinto desde antes de nos casarmos. Eu me levanto cautelosamente, deixo o notebook na mesinha de cabeceira e vou atrás de minha esposa furiosa.

Ela está debruçada no parapeito da proa, olhando para a praia à distância. Está uma bela noite, e o *Fair Lady*, como a Rainha dos Mares que é, abre caminho tranquilamente pelo Mediterrâneo.

Ana parece desolada. Isso me deixa mal.

— Você está brava comigo — sussurro.

— Que esperto você, Sherlock! — retruca ela, irritada, mas não se vira para olhar para mim.

— Quão brava?

— Em uma escala de um a dez, acho que cinquenta. Ótimo, não?

Ok.

— Puxa, tudo isso.

— Isso mesmo. Estou prestes a cometer um ato de violência — diz ela entre os dentes.

Ana finalmente olha para mim, e parece magoada e com raiva... e sei que ela me vê. Vê quem eu realmente sou. *Você é um filho da puta fodido.* A recriminação de meses atrás ecoa na minha mente.

Porra. Há semanas que eu não me sentia tão merda.

Lembro-me das palavras de Flynn: *se comunicar e se comprometer.*

Ana respira fundo e ajeita a postura, colocando os ombros para trás.

— Christian, você tem que parar de tentar me manter sob controle. Você já tinha deixado o seu ponto de vista bem claro na praia. Com muita eficiência até, se bem me lembro.

— Bem, você não vai tirar a parte de cima do biquíni de novo — murmuro, embora mesmo aos meus ouvidos eu soe como um adolescente teimoso.

Ela me encara irritada.

— Não gosto que você deixe marcas em mim. Quer dizer, pelo menos não tantas assim. É um limite rígido! — Ela me repreende como se eu fosse um cãozinho sem dono.

— Eu não gosto que você tire a roupa em público. Esse é um limite rígido para mim — retruco.

Eu te avisei, Ana.

— Achei que já tivéssemos estabelecido isso — continua ela, ainda furiosa.

— Olhe para mim!

Ela abaixa a blusa, expondo os chupões que deixei em sua pele. Conto seis. Não tinha ideia de que o meu plano seria tão bem executado.

Mas não quero brigar.

Levanto as mãos, as palmas viradas para a frente, me rendendo.

— Tudo bem, entendi.

Talvez eu tenha exagerado.

— Ótimo — diz ela.

Passo os dedos pelo cabelo, me sentindo impotente.

Estou perdido. O que mais posso fazer?

— Me desculpe. Por favor, não fique com raiva de mim.

Não quero brigar. Ana. Por favor.

— Você às vezes parece um adolescente.

Ana balança a cabeça, mas parecendo mais resignada do que irritada. Dou um passo à frente e coloco uma mecha de cabelo atrás da orelha dela.

— Eu sei. Tenho muito o que aprender.

— Nós dois temos.

Ela suspira, levantando a mão com delicadeza e apoiando-a no meu peito, na altura do coração.

Ana.

Cubro a mão dela com a minha e dou um sorriso contido.

— Acabei de aprender que você tem um bom braço e uma boa pontaria, Sra. Grey. Eu nunca teria imaginado, mas costumo subestimá-la. E sempre me surpreendo.

Seus lábios se curvam em um meio sorriso, e ela arqueia uma sobrancelha.

— Já pratiquei muito com o Ray. Sei lançar bem e atirar bem na mira, Sr. Grey, e é bom você se lembrar disso.

— Vou me esforçar para me lembrar, Sra. Grey, ou ao menos garantir que todos os objetos capazes de servir como projéteis não estejam à mão e que você não tenha acesso a um revólver.

Ela estreita os olhos.

— Tenho meus recursos.

Ah, Ana. Não duvido nem um pouco disso.

— Ah, se tem — murmuro. Então, solto a sua mão e puxo-a para os meus braços. As mãos de Ana sobem pelas minhas costas e ela retribui o abraço. Afundo o nariz em seu cabelo e respiro fundo o aroma que me acalma. — Estou perdoado? — pergunto baixinho.

— Eu estou?

— Está — respondo.

— Idem.

Ficamos de pé na proa, com a Riviera Francesa passando por nós, apenas... *existindo.*

Por um momento, é a melhor sensação do mundo.

— Está com fome? — pergunto.

— Sim. Faminta. Toda a nossa... hã... atividade abriu meu apetite. Mas não estou vestida para um jantar.

— Para mim você está ótima, Anastasia. Além disso, o barco é nosso esta semana. Podemos nos vestir como quisermos. Imagine que hoje é uma terça-feira casual na Côte D'Azur. De qualquer maneira, pensei em comermos no deque.

— É, seria bom.

Levanto o queixo dela, aproximando seus lábios dos meus, e a beijo. Lentamente. Gentilmente.

Me perdoe, Ana.

Ela sorri e voltamos de mãos dadas para onde nosso jantar nos espera.

— Por que você sempre faz uma trança no meu cabelo? — pergunta Ana, quando estou prestes a começar a comer o meu crème brûlée.

Franzo o cenho, porque a resposta é óbvia.

— Não quero que seu cabelo fique preso em alguma coisa. — *Sempre fiz assim. Cabelo e brinquedos eróticos não são uma boa mistura.* — Hábito, eu acho — acrescento.

E, do nada, surge em minha mente a visão de uma jovem cantando uma música pop dos anos 1980 enquanto penteia o longo cabelo escuro. A jovem se vira e sorri para mim, enquanto as partículas de poeira circulam no ar ao seu redor.

Ei, verme. Quer pentear o meu cabelo?

E estou de volta àquela espelunca maldita, em Detroit, séculos atrás. Ana acaricia o meu queixo e passa o dedo pelos meus lábios, me trazendo de volta ao *Fair Lady.*

Por que a prostituta drogada está me assombrando agora?

— Não, não importa — sussurra Ana. — Não preciso saber. Só estava curiosa. — Ela sorri, se inclina para a frente e beija o canto da minha boca. — Eu amo você — sussurra novamente. — Sempre vou amar você, Christian.

— E eu, você.

Eu me sinto grato por ela estar aqui, para me salvar do abismo sombrio do início da minha infância.

— Apesar da minha desobediência? — Ela dá um sorrisinho, tornando imediatamente o clima mais leve.

Dou uma risada, já me sentindo melhor.

— Por causa da sua desobediência, Anastasia.

Ela quebra a casquinha caramelizada da sobremesa com a colher e leva uma porção do doce cremoso à boca, e qualquer pensamento sobre prostitutas drogadas some da minha mente.

Depois que Rebecca recolhe os pratos, ofereço mais vinho rosé a Ana. Ela olha ao nosso redor, para se certificar de que estamos sozinhos, então se inclina na minha direção em um tom confidencial.

— Por que você me disse para não ir ao banheiro? — pergunta.

Sempre curiosa.

— Quer realmente saber?

— Será que eu quero?

Sorrio.

— Quanto mais cheia a sua bexiga, mais intenso o orgasmo, Ana.

— Ah, entendi. — Um rubor fofo colore o seu rosto, e vejo que ficou constrangida.

Não fique, baby.

— Ah, sim. Bem... — Ela dá um gole rápido no vinho.

— O que você quer fazer o resto da noite? — pergunto, passando a um assunto mais confortável para ela.

Ana encolhe o ombro direito, no que entendo como sendo um gesto sugestivo.

De novo, Ana?

E sei que poderia me redimir pelo que fiz durante o sexo. Mas quero mais.

— Eu sei o que eu quero fazer. — Pego a minha taça de vinho, me levanto e estendo a mão para ela. — Venha.

Passamos para o salão principal, e levo Ana até o bufê, onde o meu iPod está conectado a um alto-falante potente. Escolho uma música romântica e doce para a minha garota.

— Dance comigo — peço, e puxo-a para os meus braços.

— Já que você insiste...

— Eu insisto, Sra. Grey.

Michael Bublé está cantando o clássico de Lou Rawls, "You'll Never Find Another Love Like Mine".

Começamos a dançar, Ana acompanhando os meus passos. Eu a inclino para trás e ela dá uma risadinha. Endireito o seu corpo, então a faço girar. Ana ri.

— Você dança tão bem. — A voz dela está um pouco rouca. — Parece até que eu sei dançar também.

Adoro dançar com você, baby.

Elena surge na minha mente, indesejável, e, mesmo que eu seja grato por ela ter me ensinado a dançar, não aprecio o fato de estar pensando nela.

Não abra essa porta, Grey.
Ela ficou para trás.
Vamos apenas aproveitar esse momento.
Inclino Ana para trás novamente, e beijo-a quando volto a erguer seu corpo.

— Eu sentiria falta do seu amor — murmura ela, ecoando a letra da música.

— Eu sentiria mais do que falta do seu amor — respondo, e canto os versos seguintes da música baixinho em seu ouvido.

A música acaba, e ficamos parados, apenas olhando um para o outro.

Vejo as pupilas dela ficarem maiores e mais escuras.

É mágico. Nossa alquimia especial em ebulição entre nós.

— Vem para a cama comigo? — peço a ela.

Um sorriso tímido ilumina o rosto de Ana e ela apoia a mão no meu peito. Sob seu toque, sinto o meu coração disparar de amor por ela — minha esposa —, uma mulher linda que sabe como me perdoar.

QUARTA-FEIRA, 17 DE AGOSTO DE 2011

Mamãe está bonita hoje. Ela ri sentada na cama. O dia está ensolarado e um monte de pontinhos flutuam no ar ao redor dela, como se a mamãe fosse uma princesa. *Ei, verme, escove o meu cabelo.* Passo a escova pelo cabelo comprido dela. É difícil para mim porque está embaraçado. Mas a mamãe gosta. Ela canta. *What's love got to do, got to do with it.* Ela abre aquele sorriso especial. É o sorriso dela para mim. Só para mim. Ela balança o cabelo que cai sedoso pelas costas. Faço carinho nele. Tem cheiro de limpo. Ela separa o cabelo em três cobrinhas. Então, amarra as cobrinhas juntas em uma cobra mais gorda. *Pronto, isso está resolvido, verme.* Ela pega a escova. E escova o meu cabelo. Não! Mamãe. Dói. Está embaraçado demais. *Não lute contra, verme.* Não! Mamãe. Tento fazê-la parar. Escuto um barulho alto. Alguma coisa caindo. Ele voltou. Não! *Onde você está, sua puta? Trouxe um amigo. Um amigo com grana.* A mamãe se levanta, me pega pela mão e me empurra para dentro do guarda-roupa. Eu me sento em cima dos seus sapatos. Fico quieto. Como um ratinho. Cubro as orelhas e fecho os olhos. Se eu for bem pequeno, ele não vai me ver. As roupas têm o cheiro da mamãe. Gosto desse cheiro. Gosto de ficar aqui. Longe dele. Ele está gritando. *Onde está o merdinha desgraçado?* Ele me pega pelo cabelo e me puxa para fora do armário. E gesticula com a escova para a mamãe. *Não quero esse escrotinho estragando a festa.* Ele bate com força a escova no rosto da mamãe. *Coloque a porra dos sapatos altos de puta e cuide bem do meu amigo, então vai receber a sua parte, piranha.* A mamãe me olha, lágrimas em seus olhos. Não chore, mamãe. Outro homem entra no quarto. Um homem grande, usando um macacão sujo. Um macacão azul. O homem grande sorri para a mamãe. Sou levado para o outro quarto. Ele me joga no chão e machuco os joelhos. O homem gesticula com a escova de cabelo para mim. *Então, o que vou fazer com você, seu merdinha?* Ele cheira mal. Cheira a cerveja e está fumando um cigarro.

Acordo de repente, sentindo o medo apertar a garganta.
Onde estou?
Arquejo, tentando puxar o ar precioso para os pulmões, tentando acalmar as batidas do coração. Levo um instante para me orientar.
Estou no *Fair Lady*. Com a minha bela dama. Olho assustado para a direita, e vejo Ana profundamente adormecida, no escuro ao meu lado.
Graças a Deus.
Fico mais calmo na mesma hora, só de olhar para ela.
Respiro profundamente, como se fosse limpar o corpo por dentro.
Por que estou tendo pesadelos?
Será que foi a discussão com Ana?
Detesto brigar com ela.
A julgar pela luz que está entrando pelas frestas das cortinas, acabou de amanhecer. Eu deveria tentar dormir um pouco mais. Eu me aconchego em Ana, passo o braço ao seu redor e inspiro o cheiro único dela, que me acalma tanto... e volto a dormir.

A CABINE ESTÁ BEM mais clara quando acordo novamente, com Ana ainda dormindo ao meu lado. Observo-a por algum tempo, aproveitando esse momento de paz.
Será que algum dia ela vai ter ideia do que significa para mim?
Beijo o cabelo de Ana e visto um calção de banho. Vou nadar ao redor do barco. Talvez consiga me livrar dessa sensação de inquietude que não passa.

ENQUANTO ME BARBEIO, AINDA me sinto abalado pelo pesadelo.
Por quê? Não entendo.
Já tive esses sonhos.
Então, por que esse me deixou dessa maneira?
A porta do banheiro se abre e Ana surge diante de mim, como um raio de sol, e afasto meus pensamentos sombrios.
— Bom dia, Sra. Grey — cumprimento-a com um sorriso animado.
— Bom dia.
Ela sorri e se apoia na parede, o queixo erguido, me imitando enquanto barbeio embaixo do queixo. Pelo canto do olho, eu a vejo repetir cada um dos meus gestos.

— Aproveitando o espetáculo? — pergunto.

— Um dos meus programas preferidos.

Ela me perdoou.

Eu me inclino e lhe dou um beijo, feliz por ela estar comigo, e deixo um pouco de espuma de barbear em seu rosto.

— Quer que eu faça de novo? — pergunto em um sussurro, indicando o barbeador e relembrando quando a depilei na nossa suíte no Brown's Hotel.

Ana franze os lábios.

— Não. Vou depilar da próxima vez.

— Mas aquilo foi divertido.

Você me enfeitiçou, Ana.

— Para você, talvez.

Ela faz um biquinho, mas vejo humor e talvez um pouco de excitação em seus olhos.

Estou vendo, Ana.

— Vou ter que lembrar a você que o que fizemos depois foi bastante satisfatório. — Continuo me barbeando, mas Ana ficou quieta demais. — Ei, estou apenas implicando com você. Não é assim que fazem os maridos desesperadamente apaixonados por suas esposas?

Levanto o queixo dela e tento decifrar sua expressão. Talvez ela ainda esteja zangada comigo.

Ana endireita os ombros.

Oh-oh.

— Sente-se — ordena ela.

O quê?

Ela coloca as mãos espalmadas no meu peito nu e me empurra gentilmente na direção do banquinho do banheiro.

Muito bem, vou entrar na brincadeira. Eu me sento e ela pega a lâmina de barbear.

— Ana — digo, em tom de aviso.

Mas ela me ignora, se inclina e me dá um beijo.

— Ponha a cabeça para trás — diz contra os meus lábios.

Quando hesito, Ana inclina a cabeça para um lado.

— Olho por olho, Sr. Grey.

E sei que ela está me provocando. Como posso fugir de um desafio quando a minha esposa costuma se recusar a fazer isso?

— Você sabe o que está fazendo? — pergunto.

Ela balança a cabeça em negativa.

Bem, o que pode acontecer de pior, Grey?

Cortar meu pescoço?

Respiro fundo, fecho os olhos e levanto o queixo, exposto. Ana passa os dedos pelo meu cabelo e segura com força, enquanto eu aperto com força os olhos. Ela está parada muito perto de mim. Posso sentir o seu cheiro. Mar. Sol. Sexo. Doçura. Ana.

É inebriante.

Com o máximo de delicadeza, ela desliza a lâmina do meu pescoço até o meu queixo, me barbeando. Solto o ar que estava prendendo.

— Estava achando que eu ia machucar você? — Ouço o tremor em sua voz.

— Eu nunca sei o que você vai fazer, Ana, mas não; pelo menos não intencionalmente.

Ana desliza de novo a lâmina pela minha pele e diz baixinho:

— Eu nunca machucaria você de propósito, Christian.

Ela parece bem sincera. Abro os olhos e passo os braços ao seu redor, enquanto ela continua me barbeando.

— Eu sei — murmuro.

Ela me machucou quando me deixou aquela vez.

Mas eu mereci. Eu a machuquei.

Você é um filho da puta fodido!

Grey, não entre nessa.

Inclino o rosto, facilitando o ângulo para Ana. Mais duas passadas de lâmina e ela termina.

— Prontinho, e sem nenhuma gota de sangue.

Ela abre um sorriso radiante para mim.

Deixo as mãos subirem pela perna dela e puxo-a para o meu colo, até ela estar montada em mim.

— Posso levar você a um lugar hoje?

— Não vamos pegar sol? — O tom dela é irônico, mas ignoro.

— Não. Não vamos pegar sol hoje. Achei que você fosse preferir outra coisa.

— Bem, já que você me cobriu de marcas e liquidou esse assunto de vez, então, claro, por que não?

Marcas? Não estamos no colégio!

"Acho que você não teve adolescência, no que diz respeito à parte emocional. Acho que está passando por isso agora."

Que saco.

Ignoro as palavras de Flynn e a referência de Ana ao meu comportamento e continuo:

— É um pouco longe, mas merece uma visita, pelo que eu li. Foi meu pai que nos recomendou. É uma vila no alto de um morro, chamada Saint-Paul-de-Vence.

Tem algumas galerias por lá. Podemos escolher algumas pinturas ou esculturas para nossa casa nova, se acharmos algo que nos agrade.

Ana comprime os lábios e se afasta um pouco para me olhar.

— O que foi? — pergunto, alarmado com a sua expressão.

— Eu não entendo nada de arte, Christian.

Dou de ombros.

— Só vamos comprar o que acharmos bonito. Nada de pensar em investimento.

Ana parece um pouco menos apreensiva, mas continua preocupada.

— O que foi? — pergunto de novo. — Olha, eu sei que a gente só viu os desenhos da arquiteta outro dia, mas não custa nada olhar. Fora que a cidade é uma área bem antiga, medieval.

A expressão dela não muda.

— O que foi agora? — insisto.

Porra, Ana. Você ainda está brava por causa de ontem?

Ela balança a cabeça.

— Fale — peço, mas ela continua na mesma. — Você ainda está com raiva pelo que eu fiz ontem?

Como não consigo encará-la, abaixo a cabeça e enfio o nariz entre os seus seios.

— Não. Estou com fome — responde ela.

— Por que não falou antes? — digo, já tirando-a do meu colo.

ANA E EU SOMOS seduzidos pelo encanto de Saint-Paul-de-Vence. Passeamos pelas ruas estreitas de calçamento de pedras, nos deixando envolver pelo charme gaulês do ambiente, seguidos a uma distância discreta por Taylor e Philippe Ferreux. Ana está aninhada sob o meu ombro, onde se encaixa perfeitamente.

— Como você soube desse lugar? — pergunta ela.

— Meu pai enviou um e-mail quando estávamos em Londres. Ele e minha mãe costumavam vir aqui.

— É lindo. — Ana indica com a mão o cenário espetacular que nos cerca.

Paramos em uma pequena galeria, com alguns trabalhos impressionantes de arte abstrata na vitrine, e decido entrar. Sou atraído por algumas fotografias eróticas que estão em exibição. A composição é linda.

— Não é bem o que eu tinha em mente — diz Ana em um tom sarcástico.

Sorrio para ela.

— Nem eu.

Seguro a sua mão enquanto examinamos algumas naturezas-mortas, todas com frutas e vegetais. São bons trabalhos.

— Gostei dessas. — Ana aponta para três quadros de pimentas. — Elas me lembram de você cortando legumes no meu apartamento. — Ela ri, os olhos carregados de malícia e lembranças... da nossa reconciliação, talvez?

— Achei que tinha me saído muito bem naquela tarefa. Só um pouco devagar, mas... — eu a abraço e roço o nariz em sua orelha — ... você estava me distraindo. Onde você colocaria?

Ana arqueja, distraída pela provocação dos meus lábios.

— O quê?

— As pinturas. Onde você colocaria?

— Na cozinha — sussurra.

— Hmm. Boa ideia, Sra. Grey.

— São muito caras!

— E daí? — Beijo um ponto atrás da orelha dela. — Vá se acostumando, Ana.

Eu a solto e me aproximo da vendedora para dizer que estou interessado em comprar os três quadros. Entrego o cartão de crédito e forneço o endereço do Escala para envio.

— *Merci, monsieur* — diz a vendedora com um sorriso sedutor.

Sou casado, meu bem.

Levanto a mão esquerda para coçar o queixo, deixando a aliança bem evidente, então volto para perto de Ana, examinando as fotos dos nus.

— Mudou de ideia? — pergunto.

Ela ri.

— Não. Mas as fotos são boas. E são de uma fotógrafa.

Examino novamente as imagens. Uma delas chama a minha atenção: uma mulher ajoelhada em cima de uma cadeira, de costas para a câmera. Ela está nua, a não ser pelos sapatos de saltos muito altos, o cabelo comprido e solto. Uma lembrança indesejável surge do fundo da minha mente e me lembro da sombria foto em preto e branco no meu quadro de cortiça.

A prostituta drogada

Merda.

Desvio o olhar e pego a mão de Ana.

— Vamos. Você está com fome?

— Com certeza — responde ela, com uma expressão insegura, enquanto abro a porta e saio para o ar fresco.

Fico grato por estar do lado de fora, onde consigo respirar de novo.

Que merda está acontecendo comigo?

Nós NOS SENTAMOS NO TERRAÇO de pedra antigo do restaurante de um hotel, embaixo de guarda-sóis que nos protegem da intensidade do sol do Mediterrâneo.

Estamos cercados por gerânios e por muros muito antigos cobertos de hera. É realmente magnífico. A comida também é fantástica. Nossa, mas os franceses sabem mesmo cozinhar. Espero que Mia tenha adquirido alguns desses talentos. Terei que convencê-la a preparar o jantar para nós algum dia.

Quando pago a conta, deixo uma gorjeta gorda para o garçom.

Ana está bebericando o café, admirando a vista. Ela ficou quieta no almoço, e me pergunto em que estará pensando.

Em ontem?

Ajeito o corpo na cadeira.

Ainda estou tentando me esquecer do pesadelo, mas fragmentos dele continuam me assombrando, e isso é inquietante. Eu me lembro do que Ana perguntou ontem à noite, sobre a trança. Será que aquilo trouxe à tona alguma coisa do meu inconsciente?

Me comunicar e me comprometer. As palavras de Flynn não saem da minha mente.

Quem sabe eu devesse conversar com Ana. Contar a verdade. Talvez seja por isso que estou tendo essas lembranças tão vívidas do passado. Respiro fundo.

— Você me perguntou por que eu sempre faço uma trança no seu cabelo.

Ana levanta os olhos, em expectativa.

— Perguntei.

— A prostituta drogada me deixava mexer no cabelo dela, eu acho. Não sei se é uma lembrança ou um sonho.

Ana pisca várias vezes, daquele jeito típico dela quando está processando uma informação, mas seus olhos estão muito límpidos e tudo o que vejo neles é compaixão.

— Eu gosto que você brinque com o meu cabelo — diz Ana, mas sua voz está hesitante, e acho que ela está apenas tentando me tranquilizar.

— Mesmo?

— Sim. — A veemência em seu tom me surpreende. Ela segura a minha mão. — Eu acho que você amava sua mãe biológica, Christian.

É como se o tempo parasse, como se ela tivesse arrancado o ar dos meus pulmões.

Estou em queda livre.

Por que ela disse uma merda dessa?

Ela diz que não quer me machucar.

E ainda assim...

Meus olhos permanecem fixos nos dela, porque ela, apesar do que acabara de falar, é o meu colete salva-vidas, e estou me afogando em uma onda de incerteza que não compreendo e que não sei como processar.

Não posso fazer isso.
Não quero pensar no passado.
Passou. Acabou.
É doloroso demais.
Desvio o olhar para a mão de Ana na minha e para a marca vermelha ao redor do pulso dela. É uma lembrança gritante do que fiz a ela ontem.
Eu a machuquei.
— Diga alguma coisa — sussurra Ana.
Preciso sair daqui.
— Vamos.
Já na rua, ainda me sinto à deriva e inseguro, e pego novamente a sua mão.
— Aonde você quer ir? — pergunto, mas é mais para me distrair do que está pairando nos limites da minha memória. Seja o que for, está provocando esses... sentimentos indesejados e aflitivos.
Ana sorri.
— Já fico contente por você não ter deixado de falar comigo.
Foi por pouco! Você incluiu amor e a prostituta drogada na mesma frase.
— Você sabe que eu não gosto de falar disso. Passou. Acabou.
Fico na expectativa de Ana se irritar, ou me censurar, mas observo a miríade de emoções que cruza o seu rosto, e o que assenta em seu olhar é amor.
Amor dela.
Por mim.
Eu acho.
Tudo o que estava errado se endireita, e meu mundo volta a entrar nos eixos. Passo o braço ao redor de Ana, que enfia a mão no meu bolso traseiro, a palma sobre o meu traseiro. É um gesto possessivo, e adoro.
Descemos por uma das ruas de paralelepípedos, seguidos pelos seguranças, quando uma joalheria chama a minha atenção. Paramos do lado de fora, e tenho a súbita necessidade de comprar uma joia para Ana. Pego a mão livre dela e passo o polegar ao longo da marca vermelha deixada pela algema ontem.
— Não está dolorido — diz Ana, interpretando corretamente o meu olhar de preocupação.
Eu me viro, de modo que Ana se vê obrigada a tirar a mão do meu bolso. Ao redor *desse* pulso, ela está usando o presente de casamento que lhe dei, que comprei na correria da ida até a joalheria Astoria para providenciar as alianças. É um relógio Omega de platina com diamantes. Com a inscrição:

Anastasia
Você é meu Mais

Meu Amor, Minha Vida
Christian

E isso foi mais verdade do que nunca naquele momento.
Mas por baixo do relógio também há uma marca vermelha.
Deixada por mim.
E todos aqueles chupões também.
Porque eu estava puto com ela.
Droga. Solto a mão de Ana e levanto seu queixo com delicadeza, para que o nosso olhar se encontre. Ela me olha com as mesmas sinceridade e confiança de sempre, com o mesmo amor.

— Não está doendo — sussurra.

Seguro novamente sua mão e beijo seu pulso.
Sinto tanto, Ana.

— Venha.

Entramos na loja porque na vitrine há uma pulseira Chanel que chamou a minha atenção. Lá dentro, não perco tempo e faço a compra. Sei que se perguntar a Ana ela vai recusar educadamente. É uma bela pulseira — de ouro branco com pequenos diamantes — e ficará linda nela.

— Aqui. — Coloco a pulseira ao redor do seu pulso, cobrindo a marca vermelha. — Pronto, assim está melhor — murmuro.

— Melhor? — Ela franze ligeiramente o cenho.

— Você sabe por quê.

— Eu não preciso disso.

Ana gira a pulseira no pulso e os diamantes cintilam sob o sol, projetando pequenos arco-íris ao redor da loja.

— Mas eu preciso — sussurro.

É um pedido de desculpas. *Eu simplesmente não sei como fazer isso, Ana.*

— Não, não precisa. Você já me deu tanto! Uma lua de mel mágica, Londres, Paris, a Côte D'Azur... e você. Sou uma mulher de muita sorte.

— Não, Anastasia, eu é que sou um homem de muita sorte.

— Obrigada.

Ela fica na ponta dos pés, passa os braços ao redor do meu pescoço e me beija com vontade. Na frente de todo mundo.
Ah, baby.
Eu amo você.

— Venha. Vamos voltar — murmuro em seus lábios.

Ana enfia novamente a mão no meu bolso traseiro e voltamos juntos para o carro.

A MERCEDES FAZ O caminho de volta para Cannes. Taylor está no banco do carona, na frente, e Ferreux no volante, mas estamos presos no trânsito. Olho pela janela, ainda tentando descobrir o motivo da minha inquietação.

Não pode ter sido apenas o sonho.
A discussão de ontem com Ana?
O fato de eu ter deixado marcas nela?

Não entendo por que estou me sentindo tão esquisito. Já deixei marcas em mulheres antes. Não permanentemente. *Porra, não. Nunca!* Não faço esse tipo de coisa. Duas das minhas submissas detestavam ficar com marcas no corpo, e para mim tudo bem, eu não fazia. E, é claro, nunca deixei nenhuma marca em Elena. Isso seria impossível. Ela era casada. Então houve Susannah. Ela adorava isso. Sempre que ficava marcada, pedia que eu a fotografasse.

Ana segura a minha mão, me distraindo dos meus pensamentos. Ela está usando uma saia curta que deixa expostas suas pernas. Desço os olhos pelo seu corpo e acaricio seu joelho. Ela tem pernas lindas.

Os tornozelos!

Provavelmente também estão marcados.

Merda.

Eu me abaixo, pego o tornozelo dela e acomodo delicadamente o seu pé no meu colo. Ela se vira no assento e me encara.

— Quero o outro também.

Preciso ver com meus próprios olhos. Ana olha na direção de Taylor e Ferreux.

Está tímida?
O que ela acha que vou fazer?

Aperto um botão que faz com que um painel se erga lentamente diante de nós, até estarmos isolados do banco da frente.

— Quero ver seus tornozelos.

Ela franze o cenho e coloca os pés juntos. Passo o polegar pela curva do pé dela, que estremece.

Ana sente cócegas. Não sei como nunca tinha percebido isso.

Solto a tira da sandália. E lá está. Outra marca. Mais escura do que as dos pulsos.

— Não está doendo — diz ela.

Sou um babaca egoísta.

Massageio a marca, na esperança de que desapareça, e volto a olhar pela janela, para a paisagem rural. Ana agita o pé e a sandália cai no piso do carro, mas nem presto atenção.

— Ei. O que você esperava? — pergunta ela.
Ana está me olhando como se eu tivesse chegado de Marte.
Dou de ombros.
— Não esperava sentir isso que estou sentindo ao olhar para essas marcas.
— E *como* você se sente?
Um merda.
— Desconfortável — murmuro.
E não sei exatamente o porquê.
De repente, Ana solta o cinto de segurança, chegando mais perto de mim e segurando as minhas mãos.
— Só os chupões é que me incomodam — sussurra. — Todo o resto... o que você fez — ela fala ainda mais baixo — com as algemas, eu gostei. Quer dizer, gostar é pouco. Foi incrível. Você pode fazer aquilo comigo de novo a qualquer hora.
Ah.
— Incrível? — As palavras dela são uma pequena injeção de ânimo no meu humor e na minha libido.
— Sim.
Ela sorri e flexiona os dedos dos pés ao redor do meu pau já bastante interessado no rumo da conversa.
— Você realmente deveria estar usando seu cinto de segurança, Sra. Grey.
Ela me provoca mais uma vez com os dedos dos pés.
Olho para o painel à nossa frente. Será que...? Mas os meus pensamentos obscenos são interrompidos pelo celular, que vibra no bolso da camisa. *Saco.*
Pego o celular e vejo que é do trabalho. Checo o relógio e percebo que é cedo em Seattle.
— Barney — atendo, enquanto Ana começa a afastar os pés do meu pau. Seguro-os com firmeza para mantê-los onde estão.
— Sr. Grey. Houve um incêndio na sala do servidor.
O quê?
— Na sala do servidor?
Como diabos isso aconteceu?
— Sim, senhor.
Os servidores? Puta que pariu!
— Ativou o sistema de supressão de incêndio?
Ana tira os pés do meu colo, e dessa vez não impeço.
— Sim, senhor. Ativou.
Aperto o botão para abaixar o painel e permitir que Taylor ouça a conversa.
— Alguém se machucou?
— Não, senhor — responde Barney.

— Algum equipamento danificado?
— Muito pouco, pelo que me disseram.
— Sei...
— A segurança entrou em ação rapidamente.
— Quando? — Checo novamente a hora.
— Agora mesmo. O fogo já foi apagado, mas querem saber se devemos chamar os bombeiros.
— Não. Nem os bombeiros nem a polícia. Pelo menos por enquanto.
Preciso pensar.
— Welch acabou de me ligar na outra linha — diz Barney.
— Ele já fez isso?
— Provavelmente está tentando entrar em contato com o senhor. Vou mandar uma mensagem para ele.
— Bom.
— Estou indo para a Grey House agora.
— Tudo bem. Quero um relatório detalhado dos danos provocados. E uma lista completa de todos os que tiveram acesso ao local nos últimos cinco dias, incluindo o pessoal da limpeza.
— Sim, senhor.
— Encontre a Andrea e peça para ela me ligar.
— Pode deixar. Foi uma boa ideia trocar aquele sistema automático ultrapassado de combate a incêndio — comenta Barney, com um suspiro.
— Pois é, parece que o argônio realmente funciona, vale seu peso em ouro.
— Sim, senhor.
— Eu sei que está cedo.
— Eu estava acordado. Não vai ter trânsito a essa hora — continua Barney. — Chegarei rápido lá. E verei como estão as coisas.
— Quero que você me envie um e-mail daqui a duas horas.
Espero que não se importe por eu ter ligado.
— Não, eu precisava saber. Obrigado por ligar.
Desligo e telefono para Welch, que estava a caminho da Grey House. Nos falamos brevemente, concordando sobre aumentar a segurança no armazém remoto de dados, como precaução, e combinamos de voltar a nos falar em uma hora. Quando encerro a ligação, peço a Philippe para nos levar de volta a bordo o mais rápido possível.
— *Monsieur.*
Ferreux acelera.
Penso no que poderia ter acontecido de errado na sala do servidor. Um defeito elétrico? Algum superaquecimento? Incêndio criminoso?

Ana parece preocupada.

— Alguém se machucou? — pergunta ela.

Balanço a cabeça.

— Pouquíssimos danos.

Embora eu ainda não tenha um relatório completo, quero tranquilizá-la. Estendo a mão, pego a dela e a aperto carinhosamente para acalmá-la.

— Não se preocupe com isso. Minha equipe está trabalhando.

— Onde foi o incêndio?

— Na sala do servidor.

— Na sede da empresa?

— Foi.

— Por que tão poucos danos?

— A sala do servidor está equipada com o que há de mais moderno em termos de sistema de supressão de incêndio. Ana, por favor... Não se preocupe.

— Não estou preocupada — sussurra ela, mas não fico convencido.

— Não temos certeza de que o incêndio foi criminoso.

E esse é o meu maior medo.

Estou no pequeno escritório a bordo do *Fair Lady*. Welch e Barney estão na GEH e Andrea está indo mais cedo para o escritório. Após Welch ter feito uma avalição dos danos, ele nos aconselhou a chamar os bombeiros, para que um especialista possa determinar qual foi a causa do fogo. Ele não quer um monte de pessoas na sala do servidor contaminando as evidências. Repassamos uma lista de protocolos e, como eu temia, Welch não descartou a hipótese de incêndio criminoso. Ele está reunindo os nomes de todos que tiveram acesso ao local, já adiantando o relatório para os bombeiros.

Andrea me liga quando chega à empresa, e fico andando de um lado para outro no escritório, enquanto a coloco a par do acontecido. Estou apoiado na mesa quando batem na porta. É a minha esposa.

— Andrea, só um minuto.

Ana está com uma expressão determinada; conheço bem, é a mesma expressão que surge em seu rosto quando vamos brigar. Meus ombros ficam tensos na expectativa de um confronto.

— Estou indo fazer compras. Vou levar o segurança comigo — diz ela com um sorriso animado demais.

É só isso?

— Claro, leve um dos gêmeos, e Taylor também — respondo. Mas ela continua parada. — Mais alguma coisa?

— Quer que eu traga alguma coisa para você?

— Não, baby, não precisa. A equipe de bordo me ajudará se for preciso.
— Tudo bem.

Ela hesita, então se aproxima, apoia a mão no meu peito e me dá um selinho.

— Andrea, já ligo de volta para você.
— Sim, Sr. Grey — diz Andrea, e tenho certeza de que ela está sorrindo do outro lado da linha.

Desligo, deixando o celular em cima da mesa, puxo Ana para os meus braços e a beijo. Um beijo como deve ser. A boca de Ana é doce, quente e molhada, uma distração muito bem-vinda. Ela está ofegante quando paro.

— Você está me distraindo — sussurro, fitando a expressão embevecida dela.
— Tenho que resolver isso para poder voltar para a nossa lua de mel.

Passo o dedo pelo rosto de Ana e seguro seu queixo.

— Tudo bem. Desculpe.
— Por favor, não peça desculpas, Sra. Grey. Adoro ser interrompido por você. — Beijo o canto de sua boca. — Vá gastar dinheiro.

Eu me afasto, soltando-a.

— Pode deixar.

Ela me dá um sorrisinho doce, caminhando até a porta, e se vai. Mas algo em seu jeito me faz parar por um segundo.

O que Ana não está me contando?

Afasto o pensamento e ligo de volta para Andrea.

— Sr. Grey, aproveitando que já estamos nos falando, Ros mencionou que o senhor deve ir a Nova York na próxima semana. Se for o caso, gostaria de lembrar que o evento de angariamento de fundos para a Telecommunications Alliance Organization é na quinta-feira, em Manhattan. Eles gostariam muito que o senhor participasse.

— Essa viagem ainda não está confirmada. Mas avise a eles que estou considerando o convite e que, se eu aceitar, estaremos em dois. Talvez possamos pensar em alguma outra reunião que seja necessária em Nova York, para aproveitar a viagem.

— Sim, senhor.
— Acho que por enquanto é isso. Pode me passar para a Ros?
— Claro.

Atualizo Ros sobre o que aconteceu, e peço que ela entre em contato com Barney e Welch.

De algum lugar próximo ao iate, o som de um jet ski sendo ligado chama minha atenção. O motor morre. Volta a ser ligado e morre de novo. Espio pelas escotilhas a estibordo e Ana está em cima de um dos jet skis. Completamente paramentada.

Achei que ela fosse fazer compras.

— Ros. Já te ligo.

Desligo, saio rapidamente do escritório e vou até o corredor a estibordo, mas Ana já foi. Vou até bombordo correndo, e Ana está atravessando o mar em cima do jet ski, com a lancha de apoio bem perto. Ela acena para mim.

Não, Ana! Não solte. Meu coração parece prestes a sair pela boca.

Hesitante, levanto a mão e aceno de volta.

Esse era o plano dela?

Fico olhando Ana seguir em disparada em direção à marina, com a lancha em sua cola. Pego o celular e ligo para Taylor.

— Senhor.

— Que merda é essa que você e Anastasia inventaram?! — grito.

— Senhor, a Sra. Grey queria experimentar pilotar o jet ski.

— Mas ela pode cair. Se afogar... porra! — Fico sem palavras.

— Ela é bastante habilidosa na direção, senhor.

— Caralho, não deixe que ela volte de jet ski.

Escuto Taylor suspirar. Mas não estou nem aí.

— Sim, senhor.

— Obrigado! — Encerro a ligação.

No salão, encontro os binóculos e fico observando Ana emparelhar com a lancha. Taylor a ajuda a subir e logo depois ela desembarca no cais.

Ligo para ela e vejo enquanto procura o celular na bolsa.

— Oi — atende, um pouco sem fôlego.

— Oi.

— Vou voltar na lancha. Não fique zangado.

Ah. Pensei que ela fosse discutir comigo.

— Hum...

— Mas foi divertido — sussurra ela, parecendo empolgadíssima.

E me lembro de vê-la passando com rapidez pelo barco, o vento no cabelo, e um enorme sorriso no rosto.

Suspiro.

— Bem, longe de mim cortar sua diversão, Sra. Grey. Apenas tome cuidado. Por favor.

— Pode deixar. Quer alguma coisa da cidade?

— Só quero que você volte inteira.

— Vou me esforçar para atender seu pedido, Sr. Grey.

— Fico feliz de ouvir isso, Sra. Grey.

— Nosso objetivo é satisfazer.

Ela ri, e aquele som doce me faz sorrir. Ouço um bipe no meio da ligação.

— Estão me ligando. Até mais, baby.

— Até mais, Christian.
Termino a ligação e vejo que é Grace na outra linha.
— Olá, querido, como está você?
— Estou ótimo, mãe.
— Só estou ligando para me certificar de que está tudo bem.
— Por que não estaria? — *Merda. Talvez ela saiba.* — Você está ligando por causa do incêndio?
— Que incêndio? — pergunta Grace, subitamente tensa.
— Não foi nada, mãe.
— Que. Incêndio. Christian. — O tom dela é intimidador.
Suspiro e lhe conto rapidamente o que aconteceu na Grey House, sem poupar nenhum detalhe.
— Mãe, não foi nada demais. Não houve qualquer dano.
A última coisa que eu quero é preocupar Grace.
— Você vai voltar para casa?
— Não vejo motivo para interromper a minha lua de mel. O fogo foi contido e não houve qualquer estrago.
Ela fica em silêncio por um momento.
— Grace. Está tudo bem.
Ela suspira.
— Se você diz, querido. Como está indo a lua de mel?
— Bem, até esse incidente... vinha sendo maravilhosa. Ana amou Londres e Paris, e ama o iate, e ela é uma ótima marinheira.
— Parece que está sendo divino. Vocês foram a Saint-Paul-de-Vence?
— Sim, hoje. Foi mágico.
— Eu sou apaixonada por aquele lugar. Mas não quero prender você, sei que tem muito em que pensar e resolver. Liguei para convidar você e Ana para almoçarem conosco no domingo, quando já tiverem voltado.
— Claro. Parece ótimo.
— Que bom. Até lá, então. E, Christian, lembre-se: nós amamos você.
— Sim, mãe. Obrigado por ligar.

Quando desligo, vejo que há um e-mail de Ana.

De: Anastasia Grey
Assunto: Obrigada
Data: 17 de agosto de 2011 16:55
Para: Christian Grey

Por não ficar muito irritado.
Sua esposa que te ama
Bjs

Respondo.

De: Christian Grey
Assunto: Tentando manter a calma
Data: 17 de agosto de 2011 16:59
Para: Anastasia Grey

De nada.
Volte inteira.
Isso não é um pedido.

Bj,
Christian Grey
CEO e Marido Superprotetor, Grey Enterprises Holdings, Inc.

Algumas horas mais tarde, estou sentado diante da mesa pequena no escritório e recebo a ligação que temia.
— Foi um incêndio criminoso — diz Welch.
— Caralho.
Meu coração afunda no peito.
Quem diabos está fazendo isso comigo? O que essa pessoa quer?
— Exatamente. Um pequeno artefato incendiário foi colocado ao lado de um dos armários do servidor. O interessante é que foi projetado para espalhar fumaça, mas só isso. Acho que é um aviso.
Um aviso?
— Alguma ideia de quando foi colocado? — pergunto.
— Não temos essa informação ainda. Já dobramos a segurança. Vou colocar um vigia do lado de fora da sala do servidor, sete dias por semana, vinte e quatro horas por dia. Sei que aquele lugar é o coração da empresa.
— Boa ideia.
— Vai voltar antes?
— Acha que preciso? — Não quero que a lua de mel acabe.
— Não. Acho que não. A maior questão para mim no momento é se isso está ligado ao seu EC135.

— Vamos presumir que sim. Como o pior cenário.

— Sim. Acho que é o mais sensato a se fazer — respondeu Welch.

— Não há nada que eu fosse fazer aí que não possa cuidar daqui. Além do mais, acho que estamos mais seguros no barco.

— Com certeza — diz ele, então faz uma pausa. — Sei que todas as nossas buscas por um possível suspeito não levaram a nada. Mas vou checar de novo todas as câmeras de segurança dentro e ao redor da Grey House. Vamos descobrir quem foi.

— Faça isso. Pegue o filho da puta.

— A equipe de perícia da polícia está na sala do servidor nesse momento, procurando por impressões digitais.

— Aposto que Barney está nas nuvens com isso.

A risada de Welch é irônica.

— Ele não está.

— Que saco, como isso é frustrante... — murmuro ao telefone.

— Eu sei, Christian. O FBI também recolheu impressões digitais no EC135 algumas semanas atrás. Ainda estamos esperando para ver se isso nos leva a algum lugar. A Eurocopter está com o helicóptero agora. Estão avaliando os danos, para ver se pode ser consertado.

— Certo.

— Ligarei se tiver alguma novidade.

— Obrigado.

Desligo e fico olhando para a costa, onde as luzes de Cannes começam a se acender para recepcionar o crepúsculo.

Que merda que eu vou fazer?

O foi que fiz para merecer isso?

Grey, melhor nem pensar nisso.

A lancha está sendo puxada junto ao passadiço do convés, o que significa que Ana voltou.

Ana. A minha garota.

Ela pode acabar sendo pega no fogo cruzado. Apoio a cabeça nas mãos, tentando afastar a imagem de Ana jazendo imóvel no chão.

Se alguma coisa acontecer a ela...

Essa ideia é uma tortura. Preciso me certificar de que ela está de volta inteira. Agora.

Reprimo meus pensamentos mórbidos e vou atrás de Ana. Paro do lado de fora da cabine principal, respiro fundo para acalmar os nervos e entro. Ana está sentada na cama com um pacote ao seu lado.

— Você saiu já faz um tempo.

Ela se sobressalta e me olha com cautela.

— Tudo sob controle na empresa?
— Mais ou menos. — Não digo mais nada, sem querer preocupá-la.
— Fiz umas comprinhas — diz ela com um sorriso doce.
— O que você comprou?
— Isso.

Ela coloca o pé em cima da cama e vejo uma tornozeleira de prata ao redor do seu tornozelo.

— Muito bonita.

Passo os dedos pelos sininhos pendurados na corrente. Eles tilintam um som doce e suave, mas a tornozeleira não esconde a marca vermelha agora um pouco mais apagada, deixada ontem pela algema.

A marca que eu deixei.

Porra.

— E isso.

Ana estende uma caixa de presente, um pouco ansiosa demais, acho que para me distrair. É claro que ela comprou algo para mim, e o meu humor agora mistura curiosidade e prazer.

— Para mim? — O pacote é surpreendentemente pesado. Eu me sento na cama ao seu lado e dou uma sacudida na caixa. Sorrio e seguro o queixo de Ana, beijando-a. — Obrigado.

— Você ainda não abriu.

— Eu vou adorar, seja lá o que for. Não costumo ganhar muitos presentes.

— É difícil comprar alguma coisa para você. Você tem tudo.

— Eu tenho você.

— É verdade, você tem.

Ela sorri.

Desembrulho o presente e encontro uma câmera DSLR.

— Uma Nikon?

— Sei que você tem uma câmera digital compacta, mas essa é para... Hummm... retratos e coisas parecidas. Vem com duas lentes.

Retratos?

Aonde ela quer chegar com isso?

A minha ansiedade retorna com força total, fazendo o meu couro cabeludo formigar.

— Hoje na galeria você gostou das fotografias de Florence D'elle. E eu me lembrei do que você comentou no Louvre. E, claro, tinha aquelas suas fotografias. — Ela se interrompe.

Ah, meu bom Deus. Não quero falar sobre aquelas fotos!

— Pensei que você poderia, hmm... gostar de tirar fotos de... de mim.

— Fotos? De você?

Ela assente, piscando, obviamente insegura, e examino a caixa para ganhar tempo. É uma câmera de última geração, um presente atencioso da minha esposa atenciosa, mas que me deixa desconfortável. Realmente desconfortável.

Por que ela acha que eu quero fotografá-la nua?
Essa não é mais a minha vida.

Ergo os olhos para Ana.

— Por que você acha que eu quero fazer isso? — pergunto em um sussurro.

Ela parece subitamente alarmada.

— Você não quer? — pergunta.

Não, Ana. Você entendeu tudo errado.

De repente, vejo tudo com muita clareza: as minhas duas vidas, a antiga e a nova, colidindo como em um acidente de carro e provocando um dano enorme. Aquelas fotografias eram basicamente uma forma de eu me proteger, de proteger a minha posição e a minha família. Tenho que fazer a Ana entender que não é isso que quero dela... mas não quero magoar seus sentimentos.

Tente dizer a verdade, Grey. Se comunicar.

— Para mim, fotos assim sempre foram uma apólice de seguro, Ana.

E para o seu prazer, Grey. Sim. Era uma forma de intimidade, mas no fundo eu sabia que estava vendo a pessoa que fotografava por trás de um ponto de vista seguro, por trás das lentes. Estava sempre distante, a câmera colocando uma barreira entre a minha submissa e eu, ainda que ficasse excitado por capturá-las nas poses mais íntimas.

Cacete. Sinto uma onda de vergonha percorrer o corpo, e me sinto disposto a confessar os meus segredos mais sombrios:

— Sei que tratei as mulheres como objeto por muito tempo.

Ana coloca uma mecha de cabelo atrás da orelha e parece tão confusa quanto eu.

— E você acha que tirar fotos de mim seria... me tratar como um objeto? — pergunta ela, a voz baixa.

Fecho os olhos. *O que está acontecendo aqui?*
Por que eu não faria isso com ela?

— Estou tão confuso — murmuro.

— Por que está dizendo isso? — pergunta Ana com gentileza.

Abro os olhos e olho para o pulso dela, que ainda está marcado. Estou tentando proteger Ana da minha antiga vida. E é assim que eu ajo?

Como posso mantê-la em segurança, quando não consigo mantê-la a salvo nem de mim mesmo?

— Christian, isso não importa. — Ana ergue o pulso, deixando a marca à mostra. — Você me deu uma palavra de segurança. Caramba: ontem foi *divertido*! Eu gostei. Pare de remoer isso. Eu gosto de sexo bruto, já lhe disse antes. — Ela parece assustada. — É por causa do incêndio? Você acha que tem alguma ligação com o *Charlie Tango*? É por isso que está preocupado? Fale comigo, Christian... por favor.

Não a deixe mais apreensiva, Grey.

Ana franze o cenho.

— Não pense demais nisso, Christian.

Ela pega a caixa, abre e tira a câmera de dentro. Então liga a máquina, tira a proteção das lentes e leva a Nikon ao rosto, apontando para mim.

Detesto ser fotografado. A última vez em que fiz isso de boa vontade foi no casamento e, antes disso, havia sido para ela, não muito tempo atrás, no Heathman. Isso fora antes de a minha vida mudar para sempre. Antes de eu conhecer Ana. Ela pressiona o disparador e tira várias fotos.

— Agora você é um objeto para mim — murmura.

E, mais uma vez, sei que Ana está rindo de mim, que não está dando atenção para as merdas que falo. Ela chega mais perto, ainda me observando através das lentes. Tirando uma, duas, três, várias fotos. E coloca a língua entre os dentes ao tirar cada uma, mas sei que não percebe que faz isso, e fico encantado. Ela sorri e captura o sorriso que dou em resposta.

Só você, Ana.

Só você para me arrastar de volta para a luz.

Poso para ela, fazendo uma careta com os lábios.

O sorriso de Ana fica mais largo e ela dá uma risadinha. Que som maravilhoso.

— Pensei que o presente fosse *meu* — resmungo.

— Bem, era para ser divertido, mas aparentemente é um símbolo da opressão feminina.

Ela continua tirando fotos.

Ana está rindo de mim!

Vou entrar no jogo, então.

— Você quer ser oprimida?

Uma visão deliciosa dela ajoelhada diante de mim, as mãos amarradas enquanto chupa o meu pau, surge em minha mente.

— Oprimida, não. Não — sussurra, Ana, enquanto continua com as fotos.

— Eu poderia oprimir você de verdade, Sra. Grey.

— Eu sei, Sr. Grey. Você faz isso frequentemente.

Ah, porra. Ela está falando sério!

Ana abaixa a câmera e olha para mim.

— O que houve, Christian?

Só quero manter você em segurança.

Ela franze o cenho e levanta a câmera mais uma vez.

— Diga — insiste.

Controle-se, Grey.

Reprimo com força os meus sentimentos. Não tenho capacidade para lidar com eles agora.

— Nada — respondo.

Saio de seu campo de visão, pego a caixa da câmera em cima do colchão e puxo Ana para a cama, me sentando em cima dela, com as pernas abertas ao lado dos seus quadris.

— Ei! — protesta, tirando mais fotos minhas sorrindo para ela, até que eu pego a câmera de suas mãos e enquadro seu lindo rosto no visor. Pressiono o disparador e capturo a beleza dela para a posteridade.

— Então você quer que eu tire fotos de você, Sra. Grey? — Ela parece ansiosa para isso, enquanto a vejo através das lentes. — Bem, para começar, acho que você deveria estar sorrindo.

Abaixo a mão e começo a fazer cócegas nela. Ana dá gritinhos e se contorce embaixo de mim, enquanto eu tiro uma foto depois da outra.

Isso é divertido.

Ela ri sem parar.

— Não! Pare!

— Está brincando?

Eu nunca tinha feito cócegas em ninguém, e a reação dela é particularmente prazerosa. Abaixo a câmera e uso as duas mãos.

— Christian! — grita Ana, agitando-se de um lado para outro, tentando escapar de mim. — Christian, pare! — implora, e fico com pena.

Seguro as suas mãos, uma de cada lado da cabeça. Ela está sem fôlego, ruborizada, os olhos escuros e o cabelo bagunçado. Está um espetáculo. De tirar o fôlego.

— Você. É. Tão. Linda — sussurro.

Não a mereço.

Eu me inclino, fecho os olhos e a beijo. Os lábios dela são macios e sua boca é receptiva. Seguro sua cabeça entre as mãos, passando os dedos pelo seu cabelo e tornando o beijo mais profundo, querendo mais, querendo me perder nela. Ana responde com a mesma intensidade, erguendo o corpo, passando as mãos pelos meus braços e apertando os meus bíceps.

A resposta dela atiça o meu desejo.

Não, é mais do que isso.

Sim, eu a quero. No entanto, mais do que isso, *preciso* de Ana.

O meu corpo desperta, cheio de desejo por ela. Ana é o meu colete salva-vidas, enquanto estou à deriva, tentando encontrar sentido no que está acontecendo comigo. Quando estou com ela, dentro dela, tudo está certo no mundo.

— Ah, o que você faz comigo — digo em um gemido, ansiando por ela.

Mudo de posição rapidamente, me posicionando deitado acima dela, sentindo toda a extensão do corpo de Ana colado ao meu. Minhas mãos descem pelos seus seios, pela sua cintura, pelos seus quadris, até alcançarem suas coxas. Passo a perna dela ao redor dos meus quadris. Eu me esfrego nela, cheio de tesão. Ana enfia os dedos no meu cabelo e me puxa para um beijo, enquanto tomo tudo o que quero.

Acho que vou entrar em combustão, tamanho o meu desejo por ela.

Caralho.

De repente, eu paro.

Preciso de Ana. Agora.

Saio da cama, puxando-a para que se levante, e tiro seu short. Então, me ajoelho e removo também a calcinha, e estamos de volta na cama, com ela sob o meu corpo. Abro rapidamente a calça e liberto meu pau impaciente.

Com um movimento, estou dentro dela, penetrando-a fundo. Com força.

— Hmmm! — sussurro quando ela grita.

Fico imóvel e examino o rosto de Ana. Seus olhos estão fechados, a cabeça jogada para trás, a boca aberta. Movimento os quadris e arremeto mais fundo.

Ela geme e passa os braços ao meu redor.

— Eu preciso de você — digo em um grunhido, roçando os dentes ao longo da linha do seu maxilar, antes de beijá-la novamente, possuindo sua boca e tudo o que ela tem para dar, enquanto Ana se cola a mim, me envolvendo com os braços e as pernas.

Estou sem controle. Preciso dela mais do que eu jamais imaginei. Quero me enfiar por dentro da pele de Ana, para que ela me mantenha inteiro, para que me mantenha completo. Ela me acompanha a cada arremetida. E me encoraja com seus arquejos de desejo, deixando evidente a intensidade da sua paixão.

Sinto que o clímax dela se aproxima. Está perto. Muito perto. Vai gozar. Comigo. Enquanto a levo mais alto. E ela me leva ainda mais alto.

— Goze comigo — digo, arfante, erguendo o corpo acima do dela. — Abra os olhos. Preciso ver você.

Ela obedece, os olhos enevoados de desejo, e o orgasmo toma conta de seu corpo. Ela joga a cabeça para trás, atingindo o clímax com um grito para qualquer um escutar.

Isso me faz perder de vez o controle e gozo também, enterrando fundo nela e gritando o seu nome. Deixo o corpo cair para o lado, puxando-a comigo e colocando-a no meu peito. Respiro fundo, ainda dentro dela, abraçando-a com força.

Meu farol. Minha apanhadora de sonhos. Meu amor. Minha vida.

Alguém quer nos matar. Maldito seja.

Ana dá beijos doces e suaves no meu peito.

— Christian, me diga, o que está havendo?

Abraço-a com mais força e fecho os olhos.

Não quero perder você.

— Eu lhe prometo ser fiel, na saúde e na doença, na alegria e na tristeza — sussurra ela.

Fico imóvel. Ana está recitando os seus votos de casamento. Abro os olhos. Seu olhar é a imagem da sinceridade, e a luz do amor cintila intensamente em seu lindo rosto.

— Eu prometo amá-lo incondicionalmente, apoiá-lo nos seus objetivos e sonhos, honrá-lo e respeitá-lo, rir e chorar com você, dividir com você minhas esperanças e sonhos e lhe dar conforto quando necessário. E tratá-lo com carinho por todos os dias da nossa vida.

Ela suspira e me encara, esperando que eu diga alguma coisa.

— Ah, Ana — murmuro, e me desvencilho de seu corpo, de modo que ficamos deitados lado a lado, os olhos perdidos um no outro. Acaricio o rosto dela com os nós dos dedos e o polegar. E recito os meus votos de memória, a voz rouca, lutando para conter a emoção. — Eu prometo ser seu porto seguro e guardar no fundo do meu coração nossa união e você. Prometo amá-la fielmente, renunciando a todas as outras, na alegria e na tristeza, na saúde e na doença, não importa o rumo que nossa vida tomar. Eu a protegerei e a respeitarei, e confiarei em você. Partilharei das suas alegrias e tristezas, e a confortarei quando preciso. Prometo cuidar de você, apoiar suas esperanças e seus sonhos e mantê-la segura a meu lado. Tudo o que é meu agora passa a ser também seu. Dou-lhe minha mão, meu coração e meu amor a partir deste momento, até que a morte nos separe.

Os olhos dela estão marejados.

— Não chore — sussurro, secando uma lágrima com o polegar.

— Por que você não fala comigo? Por favor, Christian.

Fecho os olhos.

Falar a respeito vai fazer com que se torne real, Ana.

— Eu prometi que lhe daria conforto quando necessário. Por favor, não me deixe quebrar minha promessa — pede ela.

Não tenho defesas contra ela.

Eu a amo.

Antes de Ana, eu não sentia *nada*. E agora, sinto *tudo*. Cada emoção é muito intensa. É difícil de processar. Difícil de compreender.

A expressão dela não mudou. Está suplicante.

Suspiro, resignado.

— Foi um incêndio criminoso — digo em um sussurro, como se estivesse confessando um enorme fracasso meu. — E minha maior preocupação é de que estejam atrás de mim. E se estão atrás de mim... — A ideia por trás da frase incompleta é insuportável.

— ... podem me pegar — diz Ana com um sussurro e acaricia o meu rosto com uma expressão terna nos olhos. — Obrigada.

— Pelo quê?

— Por me contar.

Balanço a cabeça.

— Você pode ser muito persuasiva, Sra. Grey.

— E você fica remoendo e internalizando todos os seus sentimentos, morrendo de preocupação. Vai acabar tendo um infarto fulminante antes dos quarenta anos, e eu quero você por perto durante muito mais tempo.

— *Você* é que é fulminante. Quando vi você no jet ski... quase tive um infarto, de verdade.

Eu me viro para cima na cama e cubro os olhos com a mão, para apagar a memória. Mas não funciona. Na minha mente, ela está caída no chão duro e frio. Estremeço.

— Christian, é um jet ski. Até crianças pilotam jet skis. Imagine como você vai ficar quando formos visitar a sua casa em Aspen e eu esquiar pela primeira vez?

Solto um arquejo e olho para ela, alarmado. *Esquiar. Não!*

— *Nossa* casa — lembro a ela.

Ana está com aquele sorriso, o mesmo para o qual olho todo dia no meu escritório. Será que está rindo de mim? Não. Acho que não. É compaixão.

— Sou uma mulher adulta, Christian, e muito mais forte do que aparento. Quando você vai aprender isso?

Dou de ombros. Ela não me parece forte... não quando a vejo caída, imóvel, em cima de um tapete verde pegajoso.

— Então, o incêndio. A polícia sabe que foi criminoso?

— Sabe — respondo.

— Ótimo.

— A segurança vai ser reforçada — digo a ela.

— Entendo.

Seus olhos percorrem o meu corpo e, subitamente, seus lábios se curvam em um sorriso.

— O que foi?

— Você.

— Eu?

— É. Você. Ainda vestido.

— Ah.

Abaixo os olhos. Ainda estou com as minhas roupas.

Sorrio quando volto a olhar para Ana, deixando claro como é difícil para mim manter as mãos longe dela, principalmente quando ela está rindo.

Seus olhos se iluminam na mesma hora e ela monta em mim em um movimento ágil.

Merda. Seguro-a pelos pulsos, de algum modo adivinhando o que ela pretende fazer.

— Não — sussurro, enquanto a escuridão ressurge no meu peito contra a minha vontade, pronta para cravar suas garras em mim. Respiro fundo. — Por favor, não — peço. — Eu não aguentaria. Nunca me fizeram cócegas quando criança. — Ana abaixa as mãos e eu continuo: — Eu via Carrick brincando com Elliot e Mia, fazendo cócegas neles, e parecia tão divertido, mas eu... eu...

Ana coloca um dedo sobre os meus lábios.

— Shh, eu sei.

Ela tira o dedo e dá um beijo suave no mesmo lugar. Então, desce o corpo e apoia o rosto no meu peito. Eu a abraço, pressionando o nariz em seu cabelo. O perfume de Ana me acalma, misturado ao cheiro intenso de sexo. Ficamos deitados ali por vários minutos, na nossa paz após a tempestade, antes que ela quebre o silêncio tranquilo e confortável.

— Qual o máximo de tempo que você passou sem ver o Dr. Flynn?

— Duas semanas. Por quê? Você não está se aguentando de vontade de me fazer cócegas?

— Não. — Ela ri. — Acho que ele ajuda você.

Bufo.

— E deve; eu pago muito bem a ele. — Acaricio seu cabelo e ela ergue o rosto para mim. — Está preocupada com o meu bem-estar, Sra. Grey?

— Toda boa esposa se preocupa com o bem-estar do marido amado, Sr. Grey.

— Amado? — sussurro, apenas querendo dizer a palavra em voz alta, para ouvi-la vibrando entre nós, enchendo o ar com todo o seu significado.

— Muito amado.

Ela ergue o corpo e me beija.

É um alívio que Ana saiba a verdade e ainda assim me ame. A minha ansiedade passou, substituída pela fome. Sorrio para ela.

— Quer ir comer em terra?

— Quero comer em qualquer lugar em que você esteja feliz.

— Ótimo. A bordo é onde eu consigo manter você segura. Obrigado pelo presente.

Pego a câmera, estendo o braço e tiro uma foto de nós dois abraçados.

Tomamos o café depois da comida na imponente sala de jantar do *Fair Lady*.

— No que está pensando? — pergunto, enquanto Ana olha com um ar nostálgico pela janela.

— Em Versalhes.

— Ostentoso, não é?

Ana olha ao nosso redor.

— Isso aqui não é ostentoso — comento.

— Eu sei. É lindo. A melhor lua de mel que uma mulher poderia querer.

— Verdade? — Sorrio, satisfeito.

— Claro que sim.

— Só temos mais dois dias aqui. Tem alguma coisa que você queira ver ou fazer?

— Só quero estar com você — diz ela.

Eu me levanto, dou a volta na mesa e beijo sua testa.

— Bom, você pode ficar sem mim por uma hora? Preciso ver meus e-mails, descobrir o que está acontecendo em Seattle.

— Claro — diz ela.

— Obrigado pela câmera.

Quando entro no escritório, percebo que, por alguma razão, estou me sentindo muito mais tranquilo. Teria sido o jantar delicioso, o sexo ou o fato de ter contado a Ana sobre o incêndio criminoso? É possível que tenha sido uma combinação de tudo isso. Pego o celular do bolso e vejo que há uma ligação perdida do meu pai.

— Filho — diz ele quando atende.

— Oi, pai.

— Como está o sul da França?

— Está ótimo.

— E a Ana?

— Ela também está ótima.

Não consigo conter um sorriso.

— Você parece feliz.

— Sim. A única inconveniência é o incêndio.

— A sua mãe me contou. Mas parece que não houve grandes estragos.

— Sim.

— Qual é o problema, Christian? — O tom dele agora é sério, provavelmente devido às minhas respostas monossilábicas.

— Foi um incêndio criminoso.

— Merda. Chamaram a polícia?

— Sim.

— Ótimo. Mais essa agora, além do seu helicóptero. É muito com que lidar.

— Welch está tomando as providências, mas não temos nenhuma ideia de quem pode ter sido. Você reparou em alguma coisa fora do comum?

— Não, não reparei. Mas vou ficar de olho aberto.

— Por favor — insisto.

— O jatinho é seguro? — pergunta o meu pai.

— O Gulfstream? Sim. Acho que sim.

— Talvez seja melhor vocês voltarem em um voo comercial.

Por quê?

— É só uma ideia. Não quero preocupar você. Não vou mais tomar o seu tempo.

— Obrigado por ligar, pai.

— Christian, estou aqui para o que precisar. Sempre. Aproveite o resto da sua noite.

Ele desliga e fico pensando no que vai fazer com a informação que acabei de lhe dar. Não me detenho muito nisso, mas ligo para Ros para me atualizar em relação ao que está acontecendo.

AINDA ESTOU NO TELEFONE quando Ana enfia a cabeça para dentro do escritório. Ela me sopra um beijo e me deixa conversando com Andrea, que está organizando os nossos voos de volta para Seattle.

Ana está aconchegada, adormecida, quando volto para a nossa cabine. Eu me deito ao seu lado e a puxo para os meus braços sem acordá-la. Beijo seu cabelo e fecho os olhos.

Tenho que mantê-la em segurança. Tenho que mantê-la em segurança...

SÁBADO, 20 DE AGOSTO DE 2011

Pela lente, vejo minha esposa dormir profundamente, enfim. Antes, Ana estava falando, suplicando para alguém em seus sonhos não ir embora. Quem seria? Eu? Para onde eu iria sem ela? Ela está tendo pesadelos desde que confirmaram que o incêndio na Grey House foi criminoso. Ela até passou a chupar o polegar em algumas ocasiões enquanto dorme. Eu me pergunto se teria sido melhor voltarmos antes para casa. Mas fiquei relutante de deixar a tranquilidade do *Fair Lady*, e Ana também. E, pelo menos, eu pude consolá-la depois dos terrores noturnos, abraçá-la. Aninhá-la. Como ela sempre faz quando eu tenho os meus.

Nós temos que pegar esse babaca.
Como ele, ou ela, ousa assustar minha esposa?

Aceitei o conselho do meu pai e vamos voltar num voo comercial. Tem tempo que não faço isso, mas Ana nunca andou de primeira classe num voo internacional, então vai ser uma experiência nova para ela. Nós vamos partir de Londres, e deixei o jato em Nice para passar por uma inspeção detalhada. Não vou correr riscos, nem com minha tripulação nem com a minha esposa.

Fora os pesadelos, os dias restantes da nossa lua de mel foram de pura felicidade. Nós lemos. Comemos. Nadamos. Tomamos sol a bordo. Fizemos amor. Foram dias mágicos. Tem só mais uma coisa que quero fazer antes de voltarmos para casa.

Eu tiro a foto e espero que o som do obturador não a acorde. A câmera foi um presente maravilhoso, e eu redescobri minha paixão por fotografia. Nós estamos em um ambiente tão esplêndido e fotogênico, afinal; o *Fair Lady* é uma belezinha.

Ana se mexe e estica o braço para o meu lado da cama, me procurando. O gesto aquece meu coração.

Eu não estou longe, baby.

Ela abre os olhos, sobressaltada, eu acho, então coloco a câmera no chão e me deito rapidamente ao lado dela.

— Ei, não entre em pânico. Está tudo bem — sussurro. Odeio sua expressão de cautela. Eu tiro o cabelo do rosto dela. — Você anda tão apreensiva nos últimos dias.

— Estou bem, Christian — mente ela. O sorriso forçado é para me acalmar.

— Você estava me vendo dormir?

— Estava. Você estava falando.

— Ah, é? — Ela arregala os olhos.

— Você está preocupada — Eu beijo o ponto macio entre as sobrancelhas dela e tento tranquilizá-la. — Quando você franze a testa, um pequeno V se forma bem aqui. É macio de beijar. Não se preocupe, baby, vou cuidar de você.

— Não é comigo que eu estou preocupada, é com você — resmunga ela. — Quem vai cuidar de você?

— Já sou bem crescido e bem mau para cuidar de mim mesmo. Venha. Levante-se. Quero fazer uma coisa antes de irmos para casa.

Uma coisa divertida.

Dou um tapa na bunda dela e sou recompensado com um gritinho gratificante.

Eu pulo da cama, e ela vem atrás.

— Tome banho depois. Vista o biquíni.

— Está bem.

A TRIPULAÇÃO COLOCOU o jet ski na água. Estou de colete salva-vidas e ajudo Ana a vestir o dela. Prendo a chave no pulso dela.

— Quer que eu pilote? — pergunta Ana, incrédula.

— Quero. — Eu abro um sorriso. — Está muito apertado?

— Está bom. É por isso que você está usando um colete salva-vidas? — Ela arqueia a sobrancelha, nada impressionada.

— É.

— Quanta confiança nas minhas habilidades como piloto, Sr. Grey.

— Mais do que nunca, Sra. Grey.

— Bom, não me passe um sermão — avisa ela, e sei que ela está falando por experiência própria.

Eu levanto as mãos em um gesto defensivo.

— Longe de mim!

— Até parece. Você sempre me passa sermões. Mas aqui não podemos parar o motor e discutir na calçada.

— Bom argumento, Sra. Grey. Vamos ficar aqui na plataforma o dia inteiro discutindo sobre a sua destreza na direção ou vamos nos divertir um pouco?

— Bom argumento, Sr. Grey.

Ela sobe no jet ski e eu subo atrás dela. Ergo o rosto e vejo que atraímos uma pequena plateia no convés: a tripulação, nosso segurança francês e Taylor. Dou um empurrão com o pé para nos afastarmos do iate, passo os braços ao redor dela e pressiono minhas coxas nas de Ana. Ela insere a chave na ignição, aperta o botão de partida e o motor ganha vida com um rugido.

— Pronto? — grita ela.

— Prontíssimo.

Lentamente, ela puxa a alavanca, e o jet ski se afasta do *Fair Lady*.

Firme, Ana.

Eu a aperto com mais força quando Ana aumenta nossa velocidade e nós disparamos pela água.

— Caramba! — grito, mas isso não a faz parar.

Ela se inclina para a frente, me levando junto, e dispara em direção ao mar aberto, depois desvia para a margem, onde a pista de decolagem do aeroporto de Nice se projeta no Mediterrâneo.

— Da próxima vez que fizermos isso, vamos precisar de dois jet skis — grito.

Seria divertido. Correr juntos.

Ana voa nas ondas. Nós quicamos um pouco, pois a água está mais agitada com a brisa de verão. Quando ela chega perto da margem, um avião passa por cima de nossa cabeça. O ruído é ensurdecedor.

Merda.

Ana desvia de repente. Eu grito, mas é tarde demais, e nós dois somos arremessados no mar. A água se fecha acima da minha cabeça, nos meus olhos e na minha boca, mas subo para a superfície imediatamente, balançando a cabeça e procurando Ana. O jet ski oscila, sem vida e inofensivo, não muito longe de nós, e Ana está tirando água dos olhos. Eu nado na direção dela, aliviado por ela ter voltado à superfície.

Ele já está nadando na minha direção. O jet ski flutua a alguns metros de distância, o motor em silêncio.

— Você está bem? — pergunto quando chego perto.

— Estou — balbucia ela, que está sorrindo de orelha a orelha.

Por que ela está sorrindo? Ana acabou de nos catapultar para o mar gelado.

Eu a puxo para um abraço gelado e seguro o rosto dela entre as minhas mãos para ver se não bateu a cabeça no jet ski.

— Viu? Não foi tão ruim assim! — exclama ela, e eu sei que está bem.

— Não, não foi. Só que agora eu estou molhado.

— Também fiquei molhada.

— Eu gosto de você molhadinha. — Olho para ela com malícia.

— Christian! — Ela me repreende pelo meu olhar lascivo, e não consigo me segurar. Eu a beijo.

Não.

Eu a consumo. Nós dois estamos sem fôlego quando eu me afasto.

— Venha. Vamos voltar. Precisamos tomar um banho. Eu piloto.

Vou até o jet ski, subo nele e a puxo para trás de mim.

— Foi divertido, Sra. Grey?

— Foi. Obrigada.

— Não, *eu* que agradeço. Vamos para casa agora?

— Vamos. Por favor.

ANASTASIA ESTÁ TOMANDO CHAMPANHE e lendo no iPad quando já estamos acomodados no saguão do Concorde em Heathrow, esperando nosso voo para Seattle. Esta é uma das coisas que eu abomino em viajar em voos com horários marcados: a espera. Mas Ana parece feliz. De vez em quando, pelo canto do olho, reparo nos olhares discretos dela na minha direção.

Por dentro, estou exultante. Adoro saber que ela fica me observando.

Estou lendo o *Financial Times*. É uma leitura sóbria. O mercado global ainda está hesitante depois dos problemas recentes de déficit orçamentário e da Black Monday. O valor do dólar está despencando. E tem um artigo discutindo se os ricos deviam pagar mais impostos; Warren Buffett parece achar que sim, e talvez ele esteja certo.

Ana tira uma foto com flash e me pega de surpresa. Eu pisco para afastar a mancha da luz forte dos olhos e a vejo desligar o flash.

— Como vai, Sra. Grey? — pergunto.

— Triste em voltar para casa. — Ela faz biquinho. — Gosto de ter você só para mim.

Eu pego a mão dela e beijo cada nó dos dedos.

— Eu também — sussurro.

— Mas? — pergunta ela.

Droga. Ela percebeu minha hesitação. Ela aperta os olhos, astuta e curiosa. Ana não vai desistir enquanto eu não falar. Eu suspiro.

— Quero esse criminoso preso e fora de nossas vidas.

— Ah.

Exatamente.

— Vou servir as bolas do Welch numa bandeja se ele deixar uma coisa dessas acontecer de novo. — Meu tom soa frio e sinistro até para mim.

Mas isso já foi longe demais. Nós temos que pegar o filho da puta.

Ana me olha boquiaberta, então levanta a câmera e tira uma foto rápida.

— Te peguei.

Abro um sorriso, aliviado por ela ter atenuado o momento de tensão.

— Acho que está na hora de embarcar no nosso voo. Venha.

— Sawyer, podemos ir pela frente? — peço, e ele para o Audi junto ao meio-fio em frente ao Escala.

Taylor sai e abre a minha porta. Ana está dormindo.

— Obrigado, Taylor — digo enquanto estico as pernas. — É bom estar de volta.

— É mesmo, senhor.

— Vou acordar Ana. — Abro a porta e me inclino sobre ela. — Oi, dorminhoca, chegamos.

Solto seu cinto de segurança.

— Hmm — murmura ela, e eu a pego no colo. — Ei, eu consigo andar — resmunga Ana, sonolenta.

Ah, não, baby.

— Preciso entrar com você no colo em casa.

Ela coloca os braços em volta do meu pescoço.

— Vai subir os trinta andares?

— Sra. Grey, tenho o prazer de anunciar que você engordou um pouco.

— O quê?

— Portanto, se não se importar, vamos usar o elevador.

Taylor abre as portas do vestíbulo do Escala e sorri.

— Bem-vindos, Sr. e Sra. Grey.

— Obrigado, Taylor — respondo.

Nós entramos no saguão.

— Como assim eu engordei um pouco? — Ana me olha de cara feia.

Ela está irritada.

— Não muito.

Abro um sorriso para tranquilizá-la. Aperto-a enquanto ando até o elevador e me lembro da aparência dela quando a busquei na SIP, depois que terminamos. Como ela ficou magra e triste. A memória é horrível.

— O que foi? — pergunta ela.

— Você ganhou os quilos que tinha perdido quando me deixou. — Minha resposta sai baixa. *Fui eu. Eu fui responsável pela tristeza dela.*

Nunca mais quero vê-la daquele jeito.

Eu aperto o botão do elevador.

— Ei. — Ana acaricia meu rosto e enfia os dedos no meu cabelo. — Se eu não tivesse ido embora, você estaria aqui comigo agora?

E, simples assim, ela me distrai dos meus pensamentos sombrios.

— Não. — Eu abro um sorriso. Afinal, é verdade. Entro no elevador segurando a minha esposa no colo e encosto os lábios levemente nos dela. — Não, Sra. Grey, não estaria. Mas eu saberia que poderia mantê-la segura, porque você não ia me desafiar.

— Gosto de desafiar você — diz ela com aquele sorriso sedutor.

Dou uma risadinha.

— Eu sei. E isso me deixa muito... feliz.

— Mesmo eu estando gorda? — Ela faz biquinho.

Dou uma risada.

— Mesmo você estando gorda.

Meus lábios capturam os dela novamente, e ela puxa meu cabelo enquanto nos perdemos um no outro.

O elevador chega ao nosso andar, e estamos de volta à cobertura do Escala pela primeira vez como marido e mulher.

— Muito feliz — sussurro, meu corpo se enchendo de tesão. Eu a carrego até o saguão e tenho vontade de ignorar tudo e todos e levá-la direto para a cama. — Bem-vinda ao lar, Sra. Grey. — Eu a beijo de novo.

— Bem-vindo ao lar, Sr. Grey. — O rosto dela está radiante de alegria.

Eu a carrego até a sala e a coloco sentada na ilha da cozinha. Pego duas *flûtes* no armário e uma garrafa gelada de Grande Année Bollinger, nosso rosé favorito, na geladeira. Abro a garrafa com um giro rápido da rolha e sirvo o líquido rosado borbulhante nas duas taças. Entrego uma para Ana, que ainda está sentada na bancada, e paro entre as pernas dela.

— A nós, Sra. Grey.

— A nós, Sr. Grey — responde ela com um sorriso tímido.

Brindamos de leve com nossas taças e tomamos um gole.

— Sei que você está cansada — sussurro, esfregando o nariz no dela —, mas eu realmente gostaria de ir para a cama... e não dormir. — Eu a beijo no cantinho da boca. — É a nossa primeira noite depois de voltarmos para casa e você é realmente minha.

Ela geme, fecha os olhos e ergue a cabeça, me dando acesso ao seu pescoço.

Ana. Você é uma deusa.

Meu amor.

Minha vida.

Minha esposa.

DOMINGO, 21 DE AGOSTO DE 2011

Fico esperando o movimento suave do *Fair Lady* deslizando no Mediterrâneo e o som da tripulação se preparando para o dia. Mas, quando abro os olhos, lembro que estou em casa. Do lado de fora, a aurora dourada anuncia uma linda manhã, e, embaixo do meu braço, Ana fica tensa. Ela está olhando para o teto, tentando ficar imóvel.

— O que houve? — sussurro.

Ela me encara e, por um momento, parece perdida.

— Nada. — O rosto dela se suaviza em um sorriso. — Volte a dormir.

Meu pau reage ao sorriso dela com entusiasmo, bem mais desperto do que eu. Eu pisco, esfrego o rosto e estico os braços em uma tentativa de despertar a mente e o resto do corpo.

— Jet lag? — pergunto.

— Será que é isso? Não consigo dormir.

— Tenho a panaceia universal bem aqui, só para você, meu amor.

Sorrindo, eu cutuco o quadril dela com a minha ereção. Ela ri, revira os olhos e mordisca o lóbulo da minha orelha enquanto a mão desliza pelo meu corpo até meu pau ansioso.

QUANDO DESPERTO UMA HORA depois, já amanheceu. Eu dormi bem, e Ana ainda está dormindo ao meu lado. Eu a deixo descansar e me levanto em silêncio; uma corrida rápida na academia, é disso que eu preciso. Enquanto estou na esteira com Four Tet alto nos ouvidos, dou uma olhada nos mercados e vejo o noticiário. Vai ser bem difícil retomar a rotina. Ana e eu passamos as últimas semanas numa bolha de alegria, mas agora estou pronto para voltar ao trabalho. Estou ansioso. Minha esposa e eu vamos criar uma vida nova juntos, e eu ainda não tenho ideia do que isso vai envolver. Talvez nós possamos viajar; eu poderia levar Ana para ver a Grande Muralha da China, as Pirâmides, ora... todas as sete maravilhas do mundo. Eu poderia ficar menos tempo no escritório. Ros está fazendo um excelente trabalho desde que me afastei, e Ana poderia parar de trabalhar. Afinal, ela não vai precisar do dinheiro.

Mas ela ama o trabalho. E é boa no que faz.

Talvez ela tenha grandes ambições editoriais.

Eu balanço a cabeça; ela ficaria mais segura se ficasse em casa.

Droga. Não tenha pensamentos tão negativos, Grey.

ANA ESTÁ NO BANHO quando entro no banheiro e não consigo resistir. Eu entro junto.

— Bom dia. Posso lavar suas costas, Sra. Grey?

Ela me entrega a esponja e o sabonete líquido com um sorriso distraído. Eu coloco sabão na esponja e começo a esfregar o pescoço dela.

— Não esqueça que hoje vamos almoçar na casa dos meus pais. Espero que você não se importe. Kate vai estar lá. — Eu beijo a orelha dela.

— Hum — murmura ela, os olhos fechados.

— Você está bem? — pergunto. — Está calada.

— Estou bem, Christian. Ficando enrugada. — Ela balança os dedos.

— Vou te deixar sair.

Ana sorri, sai do boxe e pega o roupão. Ela parece feliz, mas acho que a minha garota está preocupada. Tem alguma coisa acontecendo.

Ela está fazendo o café da manhã quando eu entro na cozinha. Está linda com um top preto e a saia que usou no nosso passeio em Saint-Paul-de-Vence.

— Café? — pergunta ela.

— Sim, por favor.

— Torrada?

— Claro.

— Geleia?

— De damasco. Obrigado. — Eu beijo a bochecha dela. — Tenho umas coisas para fazer antes de sairmos para o almoço.

— Tudo bem. Eu levo o café para você.

NO ESCRITÓRIO, ENCONTRO na escrivaninha as plantas mais recentes que Gia Matteo fez para a casa; Gail deve ter deixado ali. Empurro-as para o lado para olhar depois, ligo o iMac e começo a trabalhar. Welch e Barney estão revendo todas as gravações das câmeras de segurança da Grey House da semana anterior, mas ainda não há pistas sobre o criminoso. Welch aumentou a segurança em todas as sedes da GEH. Leio a programação da nossa proteção pessoal e vejo que incluíram uma segurança adicional. O nome dela é Belinda Prescott. Mas, hoje, são Ryan e Sawyer que vão nos acompanhar até a casa dos meus pais. Taylor finalmente foi visitar a filha depois de tantas semanas sem vê-la.

Ana abre a porta com as costas e coloca café e torradas na minha mesa.

— Obrigado, esposa.

— De nada, marido. — O sorriso dela está fraco. — Vou desfazer as malas.

— Não precisa. Gail pode fazer isso.

— Tudo bem. Eu quero me ocupar.

— Ei. — Eu me levanto, seguro a mão dela e observo seu rosto. — O que houve?

— Nada. — Ela se inclina e beija a minha bochecha. — Vou estar pronta ao meio-dia.

Eu franzo a testa e a solto.

— Tudo bem.

Tem alguma coisa acontecendo.

Mas não faço ideia do que possa ser.

É perturbador.

Talvez Ana precise de tempo para se adaptar ao fuso horário. Ela sai, e eu volto a atenção para meu trabalho, deixando a inquietação de lado por enquanto. Leio um e-mail de Gia Matteo, que quer nos ver amanhã para discutir os planos mais recentes. Eu aviso que está bom e sugiro uma reunião mais para o fim da tarde.

Há boas notícias da Eurocopter: eles podem substituir os dois motores do *Charlie Tango*, que deve voltar a funcionar perfeitamente em duas semanas. Apesar disso, ainda não há nenhum progresso na investigação do FBI sobre a sabotagem. É irritante.

Por que está demorando tanto?

Volto a focar nos e-mails mais recentes de Ros; quanto antes resolver isso, mais rápido posso voltar para a minha esposa.

O TRAJETO ATÉ A casa dos meus pais é uma alegria. Eu não dirigia meu Audi R8 havia semanas, e, com minha esposa ao meu lado, aproveito a paisagem verde da Seattle urbana. Depois do charme europeu do sul da França, a visão é agradavelmente familiar. É bom estar em casa. Eu senti falta de dirigir, principalmente esse carro. Olho o retrovisor e, claro, Sawyer e Ryan estão logo atrás.

Ana está calada ao meu lado, observando a paisagem salpicada pelo sol de verão conforme seguimos em disparada pela I-5.

— Você me deixaria dirigir esse carro? — pergunta ela do nada.

Era nisso que ela estava pensando?

— É claro. O que é meu é seu. Mas se você amassá-lo, vou ter que levá-la para o Quarto Vermelho da Dor. — Abro um sorriso malicioso, sabendo que estou usando o nome falso *dela* para o quarto, não o meu.

Ela fica de queixo caído.

— Só pode ser brincadeira! Você me castigaria se eu amassasse o seu carro? Você ama seu carro mais do que a mim? — Ela parece incrédula.

— Quase na mesma medida — brinco, esticando a mão para apertar o joelho dela. — Mas o carro não me aquece à noite.

— Podemos dar um jeito, tenho certeza. É só você dormir dentro do carro — replica Ana.

Dou uma risada, adorando a brincadeira.

— Não faz nem um dia que estamos em casa e você já está me expulsando?

— Por que você está tão contente?

Abro um sorriso rápido, mas mantenho o olhar na estrada.

— Porque esta conversa é tão... normal.

O casamento não é isso? Uma troca entre nós dois?

— Normal! — debocha ela. — Não depois de três semanas de casamento! Francamente.

O quê? Meu sorriso desaparece. *Ela estava falando sério? Vai me expulsar?*

— Estou brincando, Christian.

Droga. Eu também estava!

Ela aperta os lábios com uma expressão rabugenta e murmura:

— Não se preocupe, eu fico com o Saab.

Ela se vira para olhar a paisagem mais uma vez.

Já era nossa brincadeira de casal.

— Ei, qual é o problema? — pergunto.

— Nada.

— Você é tão frustrante às vezes, Ana. Por que não me diz?

Ela vira a cabeça para mim com um sorrisinho nos lábios.

— Você também, Grey.

Eu sou o problema? Eu?

Merda.

— Estou tentando — respondo.

— Eu sei. Eu também.

Ela sorri, e eu acho que está bem. Mas não tenho certeza. Talvez o coração dela ainda esteja na Côte d'Azur.

Ou será que ela está chateada por causa do incêndio?

Ou pelo aumento da segurança?

Merda, como eu queria saber...

— Mano! — É Elliot quem atende a porta da casa dos meus pais. — Como estão as coisas?

Ele aperta minha mão e me puxa para um abraço de urso.
— De pé — murmuro. — Como você está, Elliot?
— É bom demais te ver, sabichão. Você está bonito. Pegou sol. — Ele volta a atenção para Ana. — Irmã! — berra ele, e levanta minha esposa do chão num abraço.
— Oi, Elliot. — Ela ri, e é um alívio ouvir sua risada.
Ele a coloca no chão.
— Você está linda, Ana. Ele está te tratando bem?
— Quase sempre.
— Entrem. — Elliot chega para o lado. — Papai está no comando do churrasco.

MEUS PAIS SÃO ANFITRIÕES experientes e adoram receber visitas. Estamos no terraço no quintal, sentados em volta da mesa. Do outro lado do gramado há a vista familiar da baía e o horizonte de Seattle ao longe. Ainda é linda. Grace caprichou, como sempre, e tem muita comida. Carrick nos mantém reféns com histórias de família de acampamento e sua habilidade na churrasqueira, e estamos sentados com Elliot, Kate, Mia e Ethan. É estranho, eu sempre me senti afastado da família, mas não porque eles me excluíssem; eu acabava me isolando para me proteger. Sentado ali agora, vendo-os rindo e provocando uns aos outros (e a mim) e tão interessados pela minha esposa e pela nossa lua de mel... eu me arrependo um pouco de ter ficado tão na defensiva. E pensar em todos aqueles anos que eu perdi trancado em uma torre de marfim que eu mesmo criei... uma acusação que Ana direciona a mim com frequência.

Talvez ela esteja certa.

Nossas mãos estão entrelaçadas, e eu acaricio os anéis no dedo dela, relutante em soltá-la. Ana parece ter se animado, pelo jeito como está rindo com Kate. Espero que tenha esquecido o que quer que a estivesse incomodando.

Elliot está falando sobre a casa nova.

— Então, se você conseguir finalizar os planos com a Gia, estarei livre de setembro até meados de novembro e posso garantir uma equipe inteira para o projeto.

Elliot coloca o braço em volta do ombro de Kate. O polegar acaricia de leve sua pele. Eu acho que ele gosta mesmo dela. Isso é novidade.

— Gia ficou de ir lá amanhã à noite para discutir as plantas — respondo. — Espero que a gente consiga finalizar tudo.

Eu olho para Ana.

— Claro. — Ela sorri, mas um pouco do brilho some dos olhos dela.

O que foi?

Ela está me deixando maluco.

— Ao feliz casal. — Meu pai ergue uma taça e abre um sorriso, e todos brindam.

— E parabéns ao Ethan por passar para o mestrado em psicologia em Seattle — intromete-se Mia, toda orgulhosa.

Ela está apaixonada, isso está claro, e me pergunto se ela já o levou para a cama. É difícil saber pelo sorrisinho que ele dá.

Minha família está sedenta por informações sobre nossa lua de mel, então faço um resumo das últimas três semanas.

Ana fica quieta.

Será que ela está arrependida de tudo?

Não, não posso me permitir seguir esse caminho.

Grey, se controle.

Elliot faz uma piada grosseira e abre os braços, derrubando o copo nas pedras, onde se estilhaça de forma meio teatral. Minha mãe dá um pulo, assim como Mia e Kate, enquanto Elliot fica sentado, como o idiota que é.

Aproveito a distração para me inclinar e sussurrar para Ana:

— Vou levar você para o ancoradouro e finalmente lhe dar umas palmadas se você continuar com esse mau humor.

Ela ofega e verifica se não tem ninguém ouvindo.

— Você não teria coragem! — diz ela em desafio, a voz rouca.

Eu ergo a sobrancelha.

Isso é o que vamos ver, Ana.

— Você teria que me alcançar primeiro; e estou de sandálias rasteiras — sussurra ela só para eu ouvir.

— Seria uma diversão tentar.

O rosto de Ana fica num tom rosado delicioso e familiar e ela contém o sorriso.

Essa é a minha garota.

Minha mãe serve morangos com creme, o que me lembra Londres; isso e Eton Mess eram as principais sobremesas de verão lá. Quando terminamos, somos surpreendidos por um temporal.

— Ah! Todos para dentro — diz Grace enquanto pega a travessa.

Nós recolhemos os pratos, talheres e copos e corremos para a cozinha.

Ana parece mais feliz, o cabelo um pouco molhado, enquanto ri com Mia. Aquece meu coração vê-la com a minha família; eles se apaixonaram por ela, assim como eu. Talvez Mia conte a ela em que pé está seu relacionamento com Ethan. Eu abro um sorriso; mal vejo a hora de matar essa curiosidade.

Vamos para a sala nos abrigar da chuva e eu me sento em frente ao piano. É um Steinway velho e acabado, mas muito amado, com um tom caloroso e rico. Aperto a tecla dó do meio e o som ecoa pela sala, perfeitamente afinado. Abro um sorriso, pensando em Grace. Desconfio que ela o deixe afinado, pois toca de vez em quando, apesar de eu não ouvi-la tocar há anos. Eu não toco há tanto tempo, não lembro nem qual foi a última vez. Quando criança, a música era meu refúgio. Era um lugar para onde eu podia fugir e me perder, a princípio na repetição tediosa das escalas e dos arpejos, depois em cada melodia que aprendi.

Música e literatura me ajudaram a passar pela puberdade.

Tem uma partitura no suporte, e me pergunto de quem é, talvez de Grace, talvez da empregada; acho que ela toca. É uma música que eu conheço, "Wherever You Will Go", do The Calling. Minha família está reunida e continua as conversas enquanto eu leio a partitura. Meus dedos se flexionam, seguindo a música instintivamente.

Eu posso tocar isso.

E, antes que me dê conta, começo a tocar. A letra está na partitura, e eu canto junto. Alguns compassos depois, estou perdido na melodia e na letra pungente; só existem eu, o piano e a música.

É uma canção linda. Sobre perda... e amor.

"I'll go wherever you will go..."

Lentamente, percebo o silêncio que recaiu na sala. A conversa foi interrompida. Eu paro de tocar e me viro para ver o que chamou a atenção de todo mundo. Todos os olhares estão em mim.

Como assim?

— Continue — encoraja-me Grace, a voz trêmula de emoção. — Eu nunca tinha ouvido você cantar, Christian. Nunca. — Ela fala baixinho, mas consigo ouvi-la por causa do silêncio opressivo. Seu rosto está cheio de orgulho, surpresa e amor.

É um soco no estômago.

Mãe.

Um poço de sentimentos transborda do meu coração para o peito, me preenchendo e ameaçando me afogar.

Eu não consigo respirar.

Não. Não consigo fazer isso.

Eu dou de ombros, respiro fundo discretamente e olho para a minha esposa, minha âncora. Ana parece intrigada, talvez pela reação estranha da minha família. Em um esforço para bloqueá-los por um momento, eu me viro e olho lá para fora pelas portas francesas.

É por isso que eu me distancio.

Por isso.

Para fugir desses... *sentimentos*.

Há uma explosão repentina e quase espontânea de conversa, e eu me levanto e paro junto à porta de vidro. Pelo canto do olho, vejo Grace abraçar minha esposa com tanto entusiasmo que Ana fica surpresa. Minha mãe sussurra algo para ela, e minha garganta arde com a mesma emoção sufocante de um momento antes. Com um olhar ansioso, Grace beija a bochecha de Ana e anuncia com a voz rouca:

— Vou preparar um chá.

Ana fica com pena de mim e vai ao meu resgate.

— Oi — diz ela.

— Oi.

Eu passo o braço pela cintura dela e a puxo para perto, sentindo o conforto do seu calor. Ela enfia a mão no bolso traseiro da minha calça jeans. Juntos, nós vemos a chuva cair pelas portas francesas, o sol ainda ao longe. Em algum lugar deve haver um arco-íris.

— Está se sentindo melhor? — pergunto a ela.

Ela assente.

— Que bom.

— Você sabe como atrair as atenções — diz ela.

— Faço isso o tempo todo. — Eu abro um sorriso.

— No trabalho, sim, mas não aqui.

— É verdade, aqui não.

— Ninguém nunca tinha ouvido você cantar? Nunca?

— Pelo visto, não. — Meu tom é seco.

Ela me olha como se estivesse tentando resolver um enigma.

Sou só eu, Ana.

— Podemos ir?

— Você vai me bater? — sussurra ela.

O quê?

Como sempre, Ana é imprevisível. As palavras dela se reviram dentro de mim e despertam meu desejo.

— Não quero machucar você, mas ficaria muito feliz em brincar.

Ana olha a sala com nervosismo.

Baby, não tem ninguém ouvindo.

Eu sussurro no ouvido dela:

— Só se você não se comportar direitinho, Sra. Grey.

Ela se contorce nos meus braços e seu rosto se abre em um sorriso malicioso.

— Vou ver o que eu posso fazer.

Ela sabe como me senti perdido um momento antes?

Diz essas coisas para me trazer de volta?

Não sei, mas agora meu coração se enche de amor por ela.

Meu sorriso em resposta é tão largo quanto o dela.

— Vamos.

— É TÃO BOM te ver feliz, querido — diz Grace, o olhar firme e a palma da mão na minha bochecha.
— Obrigado pelo almoço. — Dou um beijo rápido na bochecha dela.
— De nada, Christian. Aqui é sua casa também.
— Obrigado, mãe.
Num impulso, eu a puxo para um abraço. Ela sorri para mim e volta a atenção para Ana. Dá um abraço forte nela. Quando consigo tirar minha esposa dos braços da minha mãe, nós nos despedimos de todo mundo e vamos para o carro. No caminho, passa pela minha cabeça que o Fusca decrépito dela além de tudo devia ser de câmbio manual.
Vamos fazer isso, Grey.
— Aqui. — Jogo as chaves do R8 para Anastasia. Ela pega com uma das mãos. — Não o amasse, ou eu vou ficar muito irritado.
— Tem certeza? — A voz dela está carregada de empolgação.
— Tenho. Mas logo posso mudar de ideia.
O que é meu é seu, baby. Até isso... acho.
Ela se ilumina como uma árvore de Natal, e, revirando os olhos pela euforia dela, abro a porta para deixá-la entrar. Ela dá a partida antes mesmo de eu entrar no carro.
— Ansiosa, Sra. Grey? — pergunto enquanto coloco o cinto.
— Muito.
Ela abre um sorriso animado e eu me pergunto se não cometi um erro enorme. Ela não abaixa a capota; minha garota não quer perder tempo. Ela dá marcha a ré lentamente e manobra o carro. Eu olho para trás e vejo Sawyer e Ryan entrando no SUV.
Onde eles estavam?
Ana chega ao fim da entrada para carros da casa e olha para mim com nervosismo. A animação anterior diminuiu um pouco.
— Você tem certeza sobre isso?
— Tenho — minto.
Ela vai para a rua, e eu me preparo. Assim que toca no asfalto, Ana enfia o pé no acelerador e disparamos pela rua.
Porra.
— Ahhhh! Ana! Mais devagar! Assim você vai acabar matando a nós dois.
Ela diminui a pressão no acelerador.
— Desculpe — diz ela, mas sei pelo tom que ela não lamenta nem um pouco, e me lembro do tempo que passamos juntos no dia anterior no jet ski.
Eu abro um sorrisinho.

— Bom, isso conta como mau comportamento.

Ana vai um pouco mais devagar.

Que bom. Chamou a atenção dela.

Ela dirige tranquilamente pela Lake Washington Boulevard e pela interseção com a rua Dez. Meu celular toca.

— Merda. — Pego o aparelho com dificuldade na calça jeans. É Sawyer. — O que foi? — digo, ríspido.

— Desculpe incomodar, Sr. Grey. O senhor está ciente do Dodge preto seguindo vocês?

— Não.

Eu me viro e olho a rua atrás de nós pelo para-brisa traseiro estreito do R8, mas, como estamos numa curva, não vejo carro nenhum.

— É a Sra. Grey quem está dirigindo?

— Sim. Ela.

Ana entra na Octagésima Quarta Avenida.

— O Dodge apareceu depois que vocês saíram. O motorista estava esperando no carro. Nós verificamos a placa. É falsa. Não queremos correr riscos. Pode não ser nada. Mas pode ser alguma coisa.

— Entendi.

Uma série de pensamentos surge na minha mente. Talvez seja só coincidência. *Não.* Depois de tudo que aconteceu recentemente, não pode ser coincidência. E a pessoa nos seguindo pode estar armada. Sinto meu couro cabeludo se arrepiar de pânico. Como isso pode ter acontecido? Sawyer e Ryan estavam lá fora o tempo todo. Não estavam? Eles não acharam estranho uma pessoa esperando dentro de um carro? Esse carro nos seguiu até a casa dos meus pais?

— Quer tentar despistá-lo?

— Certo.

— A Sra. Grey vai ficar bem?

— Não sei.

Quando ela me decepcionou?

Ana está concentrada na rua à frente, mas a animação anterior sumiu e ela está apertando o volante com força; ela percebeu que tem alguma coisa errada.

— Está tudo bem. Continue — digo para ela com a voz mais calma que consigo.

Ela arregala os olhos. Sei que não consegui tranquilizá-la.

Merda. Eu pego o telefone de novo. Sawyer está falando.

— Nós não conseguimos ver o motorista direito. A 520 provavelmente é o melhor lugar para isso. A Sra. Grey pode tentar despistá-lo lá também. O Dodge não é páreo para o R8.

— Certo, na 520. Assim que chegarmos lá — digo.

Droga, eu queria estar dirigindo.

— Nós estaremos logo atrás do Dodge. Vamos tentar emparelhar com ele. Tudo bem se fizermos isso?

— Sim.

— Quer colocar no viva-voz para a Sra. Grey nos ouvir?

— Pode deixar.

Eu coloco o aparelho no suporte, deixando-o em viva-voz.

— O que houve, Christian?

— Preste atenção ao caminho, querida — murmuro suavemente. — Não quero que você entre em pânico, mas logo que entrarmos na 520, quero que você pise fundo. Estamos sendo seguidos.

Ana pisca várias vezes enquanto absorve a informação e seu rosto fica pálido. *Merda.*

Ela se senta mais ereta e aperta os olhos para o retrovisor, sem dúvida tentando identificar quem está nos seguindo.

— Mantenha os olhos na estrada, baby — falo com calma.

Não quero assustar Ana mais do que ela já está. Nós só precisamos voltar ao Escala o mais rapidamente possível e deixar esse babaca para trás.

— Como você sabe que estamos sendo seguidos? — A voz dela sai esganiçada e ofegante.

— A placa do Dodge atrás de nós é falsa.

Ela dirige com cuidado pela interseção da rua Vinte e Oito, pela rotatória e até a entrada da 520. O tráfego está tranquilo, uma coisa boa. Ana desvia o olhar para o retrovisor, então ela respira fundo e parece diminuir a velocidade.

Ana, o que você está fazendo?

Ela está observando o fluxo do trânsito; de repente, reduz a marcha e afunda o pé no acelerador. Nós disparamos por uma abertura no tráfego e pegamos a rodovia. O Dodge precisa desacelerar até conseguir uma abertura para nos seguir.

Opa, Ana. Que garota inteligente!

Mas nós estamos indo rápido demais!

— Calma, baby. — Mantenho a voz firme, mas meu estômago está embrulhado. Ela diminui a velocidade e ziguezagueia entre as duas pistas. Eu entrelaço as mãos. Deixo-as no colo para não distraí-la. — Boa menina. — Eu olho para trás.

— Não estou vendo o Dodge.

— Estamos bem atrás do elemento, Sr. Grey — diz a voz de Sawyer pelo viva-voz. — Ele está tentando alcançar o senhor. Vamos tentar chegar pelo lado e nos colocar entre o seu carro e o Dodge.

— Ótimo. A Sra. Grey está indo muito bem. Nessa velocidade, desde que o trânsito continue bom, e pelo que eu posso ver vai continuar, vamos sair da ponte em alguns minutos.

— Sim, senhor.

Passamos pela torre de controle da ponte. Estamos na metade do caminho. Ana está indo rápido, mas parece tranquila e confiante. Ela está no controle.

— Você está indo muito bem, Ana.

— Para onde devo ir?

— Sra. Grey, vá para a Interestadual 5 e depois siga para o sul. Queremos ver se o Dodge segue o R8 por todo esse caminho.

O sinal na ponte está verde, felizmente, e Ana segue em frente, em disparada.

— Merda!

Há um engarrafamento na saída da ponte. Ana desacelera, e a vejo olhar pelo retrovisor, procurando o Dodge.

— Depois de uns dez carros? — pergunta ela.

Olho para trás e o vejo.

— É, estou vendo. Quem será o filho da mãe?

— Também queria saber. Vocês viram se é um homem ao volante? — Ana direciona o comentário para o meu celular.

— Não sei, Sra. Grey. Pode ser homem ou mulher. Os vidros são muito escuros.

— Uma mulher?

Dou de ombros.

— A sua Mrs. Robinson, talvez?

O quê? Não!

Não tenho notícia de Elena desde... bom, desde o casamento, quando ela mandou a maldita mensagem de texto. Pego o celular e o tiro do suporte para deixá-lo no mudo.

— Ela não é a minha Mrs. Robinson — resmungo. — Não falo com ela desde o meu aniversário.

Não é verdade, Grey. Eu liguei para ela quando lhe dei o salão de beleza de presente, mas agora não é hora de mencionar isso.

— E a Elena não faria isso. Não é do estilo dela.

— E a Leila?

— Está em Connecticut com os pais, eu lhe disse.

— Tem certeza?

— Não. Mas se ela tivesse fugido, tenho certeza de que os pais dela teriam contado para o Flynn. Vamos falar sobre isso quando chegarmos em casa. Concentre-se no que está fazendo.

— Talvez seja um carro qualquer.

— Não quero correr riscos. Não se você estiver envolvida — falo de forma brusca, mas não me importo. Ana, como sempre, é um desafio. Tiro o BlackBerry do mudo e o recoloco no suporte.

O tráfego melhora um pouco, e Ana consegue aumentar a velocidade.

— E se os guardas nos pararem? — pergunta ela.

— Seria ótimo.

— Não para a minha carteira de motorista.

— Não se preocupe com isso.

O incêndio criminoso e a sabotagem ao *Charlie Tango* são parte de uma investigação. Sei que qualquer policial ficaria mais do que interessado no nosso perseguidor.

— Ele saiu do congestionamento e ganhou velocidade. — A voz de Sawyer sai calma e informativa. — Está a cento e quarenta e cinco.

Ana acelera, e meu lindo carro reage como a máquina perfeitamente calibrada que é, chegando a mais de cento e cinquenta com facilidade.

— Mantenha a velocidade, Ana — digo para ela.

Ela entra na I-5 e atravessa várias pistas para pegar a faixa de alta velocidade. *Calma, baby. Calma.*

— Ele atingiu cento e sessenta, senhor.

Merda.

— Fique na cola dele, Luke — grito para Sawyer.

Um caminhão entra abruptamente na nossa pista e Ana pisa no freio, nos jogando para a frente.

— Filho da puta! — grito.

Meu Deus. Ele podia ter nos matado!

— Contorne, querida — digo com os dentes cerrados.

Ana manobra por três pistas, passando por vários carros e pela porra do caminhão, depois volta para a faixa de alta velocidade, deixando o babaca para trás.

— Boa, Sra. Grey. Cadê os guardas quando mais precisamos deles?

— Não quero levar multa, Christian — diz ela sem entusiasmo. — Você já levou alguma por excesso de velocidade com este carro?

— Não.

Mas quase.

— Já pararam você?

— Já.

— Ah.

— Charme. Tudo depende de charme.

Sim, Sra. Grey. Pode acreditar, eu sei usar meu charme.

— Agora, concentração. Onde está o Dodge, Sawyer? — pergunto.

— Ele acaba de chegar a cento e oitenta, senhor.

Ana dá um arquejo e enfia o pé no acelerador, e o Audi volta a ganhar velocidade.

Tem um Ford Mustang no caminho.

Puta merda.

— Pisque os faróis — grito.

— Mas isso é coisa de babaca.

— Então seja babaca! — sibilo, tentando controlar a raiva do Mustang e a ansiedade crescente.

— Hã... Onde eu ligo os faróis? — pergunta Ana.

— O ponteiro. Puxe para você.

O idiota entende o recado e sai da frente, mas nos mostra o dedo do meio.

— Ele é que é babaca — murmuro. — Saia pela Stewart! — digo para Ana.

— Vamos pegar a saída da rua Stewart — informo a Sawyer.

— Siga direto para o Escala, senhor.

Ana olha pelo retrovisor, a testa franzida. Ela liga a seta e atravessa quatro pistas da rodovia, direto para a saída, desacelerando e pegando tranquilamente a rua Stewart.

Ela é incrível.

— Tivemos uma puta sorte com o trânsito. Mas isso significa que o Dodge também teve. Não diminua agora, Ana. Vamos chegar logo em casa.

— Não consigo me lembrar do caminho — diz ela com a voz estridente.

— Siga para o sul na Stewart. Continue até eu falar onde virar.

Ela segue pela rua.

Merda, o sinal na Yale está amarelo.

— Avance, Ana!

Ana exagera na reação e somos jogados para trás enquanto disparamos pelo cruzamento. O sinal agora está vermelho.

— Ele está entrando na Stewart — diz Sawyer.

— Fique na cola dele, Luke.

— Luke?

— É o nome dele. Você não sabia? — Ela me encara. — Olhe para a rua! — berro.

— Luke Sawyer.

— Isso!

Por que estamos falando sobre isso agora?

— Ah.

— Sou eu, senhora — diz Sawyer. — O elemento está descendo a Stewart, senhor. Ganhando bastante velocidade.

— Vamos lá, Ana. Menos papo furado.

— Estamos parados no primeiro sinal da Stewart — informa-nos Sawyer.

— Ana! Rápido: aqui!

Aponto para um estacionamento no lado sul da avenida Boren. Ela faz a curva, os dedos agarrados ao volante, e os pneus caros do meu magnífico R8 cantam em protesto, mas Ana mantém o controle e entra no estacionamento lotado.

Merda. Deve ter gastado um centímetro de borracha.

— Circule. Rápido.

Ana nos leva até os fundos do estacionamento.

— Ali. — Eu aponto uma vaga. Ana me olha rapidamente em pânico. — Pare ali — insisto, e ela estaciona. Perfeitamente. Como se tivesse passado a vida toda dirigindo meu carro.

Muito bem, Ana.

— Estamos escondidos no estacionamento entre a Stewart e a Boren — aviso Sawyer.

— Certo. Fiquem aí; vamos seguir o elemento. — Ele parece meio irritado.

Difícil.

Eu me viro para Ana.

— Você está bem?

— Claro. — A voz dela sai mortalmente baixa, e eu sei que ela está abalada. Tento usar o humor para acalmar nós dois.

— Seja quem for naquele Dodge, não pode nos escutar, você sabe, né?

Ana ri alto demais. Ela está disfarçando o medo.

— Estamos passando pelo cruzamento da Stewart com a Boren, senhor. Já vejo o estacionamento. O Dodge passou direto, senhor.

Graças a Deus. O alívio é imediato para Ana também. Eu solto o ar.

— Muito bem, Sra. Grey. Ótima motorista.

Ela toma um susto quando passo a ponta dos dedos em seu rosto. Ana inspira fundo.

— Isso significa que você vai parar de reclamar quando eu dirijo? — pergunta ela.

Dou uma risada, que acaba sendo catártica.

— Não me atrevo a afirmar isso.

— Obrigada por me deixar dirigir seu carro. E sob circunstâncias tão emocionantes. — Ana está tentando soar animada, mas o som é frágil, como se ela estivesse prestes a desmoronar.

Eu desligo o carro, pois ela não se mexeu para fazer isso.

— Talvez eu deva pegar a direção agora — ofereço.

— Para falar a verdade, acho que não consigo descer do carro agora para você se sentar aqui. Minhas pernas estão balançando feito gelatina. — As mãos dela estão tremendo.

— É a adrenalina, baby. Você se saiu muitíssimo bem, como sempre. Você me surpreende, Ana. Nunca me decepciona.

Faço carinho na bochecha dela de novo com as costas da mão porque preciso tocar nela, tranquilizar a Ana e a mim de que estamos seguros. Lágrimas surgem nos olhos dela, e o soluço contido surpreende nós dois quando as lágrimas começam a escorrer.

— Não, baby, não. Por favor, não chore.

Não suporto vê-la chorar. Eu solto o cinto dela, seguro-a pela cintura e a puxo por cima do freio de mão até o meu colo. Os pés dela ficam no banco do motorista. Eu afasto o cabelo de seu rosto e beijo seus olhos e as bochechas, depois afundo o nariz no cabelo dela enquanto Ana passa os braços pelo meu pescoço e chora. Aninhando-a, eu a deixo chorar.

Ana. Ana. Ana. Você foi tão bem.

A voz de Sawyer nos desperta:

— O elemento diminuiu a velocidade perto do Escala. Está estudando o terreno.

— Siga o carro — ordeno.

Ana limpa o nariz nas costas da mão, funga e respira fundo.

— Use a minha camisa — ofereço, beijando a têmpora dela.

— Desculpe — diz ela.

— Por quê? Não se desculpe.

Ela limpa o nariz mais uma vez, e ergo o queixo dela para dar um beijo terno nos seus lábios.

— Sua boca fica tão macia quando você chora, minha menina linda e corajosa. — Mantenho a voz baixa, consciente do nosso segurança na linha do telefone.

— Me beije de novo — sussurra ela, e só escuto a necessidade na sua voz. Isso acende uma chama na minha alma. — Me beije.

A voz dela soa rouca e insistente. Tiro o BlackBerry do suporte, desligo e o jogo no banco, ao lado dos pés dela. Enfio os dedos no cabelo dela e a seguro no lugar enquanto meus lábios procuram os dela e minha língua invade sua boca. Ela a recebe e acaricia, me beijando com uma intensidade que é de tirar o fôlego. Ela segura meu rosto, os dedos percorrendo a barba por fazer enquanto aproveita tudo que eu tenho para oferecer.

Eu solto um gemido. E meu corpo reage. Toda a adrenalina segue para o sul.

Porra. Eu quero ela agora.

Escorrego a mão pelo corpo dela, apalpando-a, roçando seus seios, passando pela cintura e parando na bunda. Ela se move e desliza sobre meu pau preso.

— Ah! — Eu me afasto, sem fôlego.
— O que foi? — murmura ela, os lábios colados nos meus.
— Ana, estamos num estacionamento de Seattle.
— E daí?
— Bom, no momento eu quero comer você, e você está se mexendo em cima de mim... é desconfortável.
— Então me come.

Ela me beija no canto da boca enquanto suas palavras me pegam de surpresa. Encaro seus olhos escuros e vejo as pupilas dilatadas ao máximo. Ana é pura luxúria. Puro desejo.

— Aqui? — sussurro, chocado.
— Aqui. Eu quero você. Agora.

Não consigo acreditar que ela disse isso.

— Muito atrevida, Sra. Grey.

Eu observo o ambiente. Estamos bem escondidos. Não tem ninguém aqui. Não vamos ser vistos. Podemos fazer isso. Minha fome por ela aumenta. Eu seguro firme o cabelo dela, mantendo-a onde quero, e a beijo de novo. Com mais intensidade. Mais violência. Tomando. Tomando. Mais e mais.

Minha outra mão percorre o corpo dela até a coxa.

Ela enrosca os dedos no meu cabelo.

— Que bom que você está de saia.

Minha mão sobe pela coxa dela. Ana se remexe no meu colo.

Ah!

— Fique quieta — resmungo, puxando o cabelo da nuca dela.

Assim não vai dar.

Coloco a mão por cima da calcinha de renda; já está molhada.

Ah, baby.

Com o polegar, esfrego o clitóris, uma, duas vezes, e ela geme, o corpo tremendo ao meu toque.

— Quieta — murmuro, e capturo os lábios dela com os meus enquanto meu polegar provoca o botão inchado por baixo da renda fina.

Afasto o tecido para o lado e enfio dois dedos nela.

Ela geme e empurra os quadris na direção da minha mão, dando as boas-vindas.

Ah, minha garota ávida.

— Por favor... — sussurra ela.

— Hmm, você está prontinha — murmuro em apreciação, e enfio os dedos um pouco mais, lentamente. E tiro. E enfio. E tiro. E enfio. — Você fica excitada com perseguições?

— Você é que me excita.

As palavras dela alimentam a minha fome, e eu retiro os dedos de repente e passo o braço por baixo dos joelhos dela, para levantá-la e virá-la de frente para o para-brisa.

Ela solta um arquejo, mas começa a rebolar em cima de mim.

Eu solto um gemido.

— Encoste as pernas nas minhas como se fosse fechá-las — ordeno, e passo as mãos pelas coxas dela e depois de volta, erguendo a saia. — Mãos nos meus joelhos, baby. E se incline para a frente. Levante essa bunda maravilhosa. Cuidado com a cabeça.

Ela levanta a bunda linda, e eu abro a calça jeans para libertar meu pau grosso. Com um braço em volta da cintura dela, puxo a calcinha dela para o lado com a outra mão e, erguendo os quadris, puxo-a para baixo e enfio o pau nela de uma vez até as bolas.

O ar passa pelos meus lábios em um assovio. *Isso!*

— Ah! — grita Ana para qualquer pessoa ouvir e se move em cima de mim.

Eu solto um gemido com os dentes cerrados. Ela parece de outro mundo. Seguro o queixo de Ana e a puxo para trás, inclinando a cabeça dela para beijar seu pescoço. Com a outra mão apoiada no quadril dela para mantê-la firme, eu a penetro fundo. Ela se levanta e começa a montar em mim. Com força. Rápida. Frenética.

Ah... Eu mordo o lóbulo da orelha dela.

Ela geme e se move, e juntos estabelecemos um ritmo intenso, desesperado. Ela, subindo e descendo. Eu, metendo nela.

Levo os dedos ao seu clitóris e começo a provocá-la por cima da calcinha.

Ana solta um grito rouco, e o som não ajuda em nada o meu autocontrole.

Merda, vou gozar.

— Seja. Rápida — sussurro no ouvido dela. — Temos que ser rápidos, Ana.

Gotas de suor brotam na minha testa, e aumento a pressão no clitóris dela, circulando sem parar com os dedos.

— Ah! — grita Ana.

— Vamos lá, querida. Quero ouvir você.

Nós nos movemos. E movemos. Eu a sinto. O prazer aumentando. Pronta.

Ah, graças a Deus. Eu a penetro com força mais uma vez, e ela inclina a cabeça para trás no meu ombro e fica olhando para o teto do carro.

— Isso — digo entre os dentes, e ela goza. Alto. — Ah, Ana.

Eu a abraço e chego ao clímax dentro dela.

Quando volto à realidade, minha cabeça está inclinada junto à dela e ela está inerte em cima de mim. Passo o nariz pelo maxilar dela e beijo o pescoço, a bochecha, a têmpora dela.

— Aliviou a tensão, Sra. Grey? — Eu mordo o lóbulo da orelha dela. Ela choraminga de um jeito bom, e eu abro um sorriso. É um som ótimo. — Com a minha ajudou, com certeza — murmuro, tirando-a de cima de mim. — Perdeu a voz?

— Perdi — sussurra ela.

— Bom, quer dizer que você é uma criatura devassa? Não sabia desse seu lado exibicionista.

Ela se empertiga na mesma hora, alerta e assustada. O cansaço ficou na memória.

— Ninguém está olhando, não é?

Ela observa o estacionamento.

— Você acha que eu ia deixar alguém assistir a minha mulher gozar?

Passo a mão pelas costas dela, e ela se acalma, se vira e me dá um sorriso brincalhão.

— Sexo no carro! — exclama Ana, e seus olhos ardem com o que parece ser uma sensação de realização.

Eu sorrio. *Sim. É a minha primeira vez também, Ana.* Coloco uma mecha de cabelo atrás da orelha dela.

— Vamos voltar. Agora eu dirijo.

Eu me inclino para a frente, abro a porta do carro e Ana sai do meu colo para eu poder fechar o zíper.

Quando estou no banco do motorista, ligo para nossos seguranças.

— Sr. Grey, é o Ryan.

— Onde está o Sawyer? — pergunto, ríspido.

— No Escala.

— E o Dodge?

— Estou seguindo o Dodge para o sul pela I-5.

— Por que o Sawyer não está com você?

— Ele achou melhor esperar no Escala quando vimos que ela...

— Ela? — Eu levo um susto.

— Sim. Parece que a motorista é uma mulher — diz Ryan. — Eu ia segui-la para ver se conseguimos identificá-la.

— Continue atrás dela.

— Pode deixar.

Eu desligo e olho para Ana.

— Quem estava dirigindo o Dodge era uma mulher? — Ela parece chocada.

— Parece que sim. — Não tenho ideia de quem pode ser. Não pode ser Elena, muito menos Leila. Não depois de todo o trabalho de Flynn. — Vamos para casa.

O R8 ganha vida, eu saio da vaga de ré e sigo para casa.

— Cadê o... hã... elemento? Que forma estranha de falar.
— É um termo usado nesses casos. Ryan trabalhou no FBI.
— FBI?
— Nem pergunte.

É uma longa história sobre fazer a coisa certa, proteger um inocente e ser despedido por isso. Vou contar para ela no jantar. Deve ser por causa dele que sabemos que a placa do Dodge era falsa. Ele tem muitos contatos.

— Bem, mas onde está o elemento feminino? — pergunta Ana.
— Na Interestadual 5, seguindo para o sul.

Quem quer que seja, passou pela nossa casa, observou e foi embora. Quem é? Ana estica a mão e passa os dedos pela parte interna da minha coxa.

Epa.

Estamos parados num sinal vermelho. Eu pego a mão dela para que não suba até o meu pau.

— Não. Conseguimos chegar até aqui. Você não quer que eu bata o carro a três quarteirões de casa.

Eu beijo o indicador dela antes de me concentrar em voltarmos para casa inteiros. Preciso de um relato detalhado de Sawyer. Estou furioso porque havia alguém nos esperando em frente à casa dos meus pais. Eles deviam ter visto o Dodge.

Para que eu os pago?

Ana fica quieta até chegarmos perto da garagem do Escala.

— Mulher? — diz ela do nada. Ana parece incrédula.
— Aparentemente, sim.

Suspiro e digito o código para abrir o portão da garagem.

É. Eu queria saber quem. Welch investigou todas as minhas antigas submissas, até as do clube particular que eu frequentava. Elas estão todas isentas de culpa, como eu imaginava. Vou dar uma conferida em Leila por intermédio de Flynn, mas a última notícia que tive era de que ela estava feliz, de volta ao seio familiar.

Eu coloco o R8 na vaga.

— Gostei muito desse carro — diz Ana, me dando uma pausa bem-vinda dos meus pensamentos sombrios.

— Eu também gosto. Gostei também de como você se saiu com ele; e sem causar nenhum estrago.

Ela abre um sorrisinho.

— Você pode me dar um de aniversário.

Anastasia Ste... Grey! Olho para ela boquiaberto, em choque. Acho que ela nunca tinha me pedido nada, mas sai do carro antes que eu possa responder. Estou tão perplexo que não sei o que dizer. Quando saio, antes de fechar a porta, Ana se inclina e abre um sorriso malicioso.

— Branco, acho.

Dou uma risada. Branco. Escolha adequada. Ela é a luz das minhas trevas.

— Anastasia Grey, você nunca deixa de me surpreender.

Ela fecha a porta, e eu saio em seguida. Ela está esperando perto do porta-malas, a personificação de uma deusa que acabou de trepar e agora quer um carro de duzentos mil dólares.

Ela nunca tinha me pedido nada.

Por que isso é tão excitante?

Eu me inclino e sussurro:

— Você gostou do carro. Eu gosto do carro. Comi você ali dentro... talvez eu deva comer você em cima dele.

Ela dá um arquejo e suas bochechas ficam rosadas daquele jeito delicioso que eu amo. O som de um carro entrando na garagem me distrai. É um BMW Série 3 prata.

Empata-foda.

— Mas parece que temos companhia. Venha.

Pegando a mão dela, eu a conduzo até o elevador. Infelizmente, temos que esperar, e o Sr. Empata-Foda do BMW se junta a nós. Ele parece ter a minha idade. Talvez menos.

— Oi — diz ele com um sorriso caloroso voltado para a minha esposa.

Eu coloco o braço em volta dos ombros de Ana.

Sai pra lá, cara.

— Acabei de me mudar. Apartamento dezesseis — diz ele para ela, babando.

— Olá — diz Ana, o tom puramente simpático.

Somos salvos pelo elevador. Dentro, mantenho Ana perto de mim. Olho para ela, desejando que não converse com aquele cara.

— Você é Christian Grey — diz ele.

É. Sou eu.

— Noah Logan. — Ele estica a mão. Relutantemente, estico a minha, e ele me dá um aperto de mão úmido e entusiasmado demais. — Qual andar?

— Tenho que digitar um código.

— Ah.

— Cobertura.

— Ah. Claro. — Ele aperta o botão do andar dele, e as portas se fecham. — Sra. Grey, eu imagino.

Ele sorri feito um garoto nervoso do oitavo ano com uma paixonite épica.

— Isso.

Ela abre um sorriso doce, e eles dão um aperto de mãos. O filho da mãe fica vermelho.

Vermelho!

— Quando foi que você se mudou? — pergunta Ana, e eu a aperto mais.

Não dê corda.

— No último fim de semana. Adorei o lugar.

Ela sorri. *De novo!*

Felizmente, o elevador chega ao andar dele.

— Foi ótimo conhecer vocês — diz Noah, parecendo aliviado, e sai.

As portas se fecham, e eu digito o código da cobertura no teclado.

— Ele me pareceu simpático — comenta Ana. — Nunca conheci nenhum vizinho seu antes.

Eu franzo a testa.

— Prefiro assim.

— É porque você é um eremita. Eu achei o sujeito agradável.

— Eremita?

— Eremita. Preso na sua torre de marfim — diz Ana, bem direta.

Eu me esforço muito para segurar meu sorriso.

— *Nossa* torre de marfim — digo, corrigindo-a. — E acho que você pode acrescentar outro nome à sua lista de admiradores, Sra. Grey.

Ela revira os olhos.

— Christian, você pensa que todo mundo é meu admirador.

Ah. Que incrível. Que alegria.

— Você acabou de revirar os olhos para mim?

Ela me olha com seus olhos de cílios compridos.

— Com toda certeza — sussurra ela.

Ah, Sra. Grey.

Eu inclino a cabeça para o lado. O dia acabou de melhorar mil por cento.

— E agora, o que fazemos a respeito disso?

— Alguma coisa bruta.

Porra. As palavras dela são excitantes.

— Bruta? — Eu engulo em seco.

— Por favor.

— Você quer mais, é?

Ela assente, sem tirar os olhos de mim. É um tesão.

As portas do elevador se abrem, mas nenhum de nós dois sai. Só ficamos nos olhando, nossa atração, nosso desejo faiscando entre nós. Os olhos de Ana se escurecem, como os meus, tenho certeza.

— Muito bruta? — pergunto.

Ana afunda os dentes no lábio carnudo, mas não diz nada.

Ai, meu Deus.

Fecho os olhos para saborear o momento sensual, então pego a mão dela e a puxo para fora do elevador, pela porta dupla do vestíbulo. Sawyer está esperando.

Inferno.

— Sawyer, gostaria de ter um resumo do caso daqui a uma hora — declaro, querendo que ele suma.

— Sim, senhor.

Ele vai para o escritório de Taylor.

Ótimo.

Eu olho para a minha esposa.

— Bruta?

Ela confirma, a expressão séria.

— Bom, Sra. Grey, a senhora está com sorte. Hoje estou atendendo a pedidos. — Minha mente dispara com as possibilidades. — Alguma coisa em mente?

Ela dá de ombros em um movimento charmoso.

O que isso quer dizer?

— Trepada sacana? — pergunto, para deixar claro.

Ela assente enfaticamente, mas seu rosto fica corado.

— Carta branca?

Ela me encara, e seus olhos estão transbordando curiosidade e sensualidade.

— Sim. — A afirmação rouca alimenta a chama do meu desejo.

— Venha.

Nós subimos a escada para o quarto de jogos.

— Depois de você, Sra. Grey.

Eu destranco a porta e chego para o lado, e Ana entra no meu cômodo favorito. Eu vou atrás e acendo as luzes. Ela se vira e me observa trancar a porta.

Respire fundo, Grey.

Eu amo esse momento.

A expectativa é crescente.

É emocionante.

Ela fica parada esperando. Esperando. *Minha.*

Na última vez que entramos lá, eu a coloquei no assento com correias.

Uma lembrança daquele dia surge na minha mente. Foi divertido.

O que vou fazer com ela hoje?

— O que você quer, Anastasia?

— Quero você.

— Eu já sou seu. Sou seu desde o dia em que você pisou no meu escritório.

— Então me surpreenda, Sr. Grey.

Ela está tão ousada...

— Como quiser, Sra. Grey.

Cruzo os braços e bato com o indicador no lábio.
Eu sei o que gostaria de fazer.
Estou esperando há muito, muito tempo.
Mas uma coisa de cada vez.

— Acho que vamos começar tirando você dessas roupas. — Dou um passo à frente, seguro a jaqueta jeans curta e a jogo para trás pelos ombros. Depois, a blusa preta. — Levante os braços.

Ela obedece, e eu tiro a blusa do seu corpo lindo. Dou um beijo leve e doce nela e jogo a blusa em cima do casaco. Ela está com um sutiã preto de renda, os mamilos visíveis pressionando o tecido.

Minha esposa é gostosa.

— Aqui — diz ela, e, para a minha surpresa, me oferece um elástico de cabelo.

Minha confissão sombria em Saint-Paul-de-Vence não a desencorajou nem a fez querer ficar longe de mim.

Não pense demais, Grey.

Eu pego o elástico.

— Vire-se.

Ela se vira com um sorrisinho particular, e me pergunto em que ela está pensando.

Não pense nisso também, Grey.

Rapidamente, tranço o cabelo dela e o prendo. Com um movimento brusco, puxo a trança e forço a cabeça dela para trás.

— Bem pensado, Sra. Grey — murmuro, meus lábios roçando na orelha dela antes de eu morder o lóbulo. — Agora vire-se de novo e tire a saia. Deixe cair no chão.

Ela dá um passo à frente, se vira e, com os olhos nos meus, desabotoa a saia e desce o zíper lentamente. A peça se abre como um guarda-sol e cai em volta dos pés dela.

Ela é Afrodite.

— Deixe-a aí.

Ela obedece, e eu me ajoelho aos pés dela e seguro um tornozelo para soltar cada uma das sandálias. Depois de tirá-las, eu me sento sobre os calcanhares e olho para a minha esposa. De lingerie de renda preta, ela fica espetacular.

— Você é uma linda visão, Sra. Grey.

Eu me ajoelho novamente, agarro os quadris dela e a puxo, enterrando o nariz na abençoada junção das coxas.

Ela faz um ruído surpreso quando inspiro com força.

— E está cheirando a mim, a você e a sexo. É inebriante. — Eu beijo o topo da doce fenda por cima da renda, a solto e pego as roupas e os sapatos dela antes de me levantar. Com as mãos ocupadas, aponto com o queixo. — Vá e fique de pé ao lado da mesa.

Vou até a cômoda. Quando olho para Ana, ela está me observando como um falcão.

Isso não vai prestar.

— De frente para a parede. Assim você não vai saber o que eu estou planejando. Nosso objetivo é satisfazer, Sra. Grey, e você queria uma surpresa.

Ana obedece, e eu coloco os sapatos dela ao lado da porta e as roupas na cômoda. Tiro a camisa, os sapatos e olho para ela. Ela ainda está virada para a parede. *Ótimo.* Na gaveta de baixo, pego o que preciso e deixo as coisas sobre a cômoda enquanto procuro uma música no iPod: Pink Floyd, "The Great Gig in the Sky".

Certo. Vamos ver se ela topa isso.

Volto até Ana e coloco os objetos na mesa, fora do alcance de sua visão.

— Algo bruto, não é mesmo? — sussurro no ouvido dela.

— Hmm.

— Você tem que me mandar parar se eu for longe demais. Se você disser "pare", eu paro imediatamente. Entendeu?

— Entendi.

— Preciso que você jure que entendeu.

— Eu juro — sussurra ela, o tom rouco de desejo.

— Boa menina. — Eu beijo o ombro dela, enfio o dedo na tira do sutiã nas costas dela e traço uma linha delicadamente por baixo, roçando a pele. — Tire — ordeno.

Eu a quero nua.

Rapidamente, ela deixa o sutiã cair no chão. Passo as mãos pelas costas dela até os quadris. Enfio os polegares na calcinha e a desço pelas lindas pernas. Quando chego nos tornozelos, peço para ela levantar os pés e ela obedece.

Com o rosto na altura daquela bunda perfeita, eu beijo uma das nádegas, sabendo que vamos nos conhecer melhor, e me levanto. Um arrepio de excitação percorre meu corpo; eu estava esperando muito por esse momento.

— Vou vendar você para que fique tudo mais intenso — murmuro, e coloco uma máscara de dormir sobre os olhos dela.

Ao nosso redor, a música cresce e a cantora solta a voz, como se estivesse num clímax.

Apropriado.

— Abaixe-se e se incline sobre a mesa. Agora.

Os ombros de Ana sobem e descem rapidamente e sua respiração fica mais intensa, mas ela faz o que mandei e se deita na mesa.

— Estenda os braços para cima e segure nas beiradas.

Ela estica as mãos e agarra a extremidade da mesa. É bem larga, então os braços dela ficam totalmente esticados.

— Se você soltar, vou bater em você. Entendeu?

— Entendi.

— Você quer apanhar, Anastasia?

Ela abre a boca quando respira.

— Quero — sussurra ela, a voz rouca.

— Por quê? — pergunto.

Ela não responde, mas acho que está tentando dar de ombros.

— Diga — insisto.

— Humm...

Bato com força na bunda dela, e o som ecoa pelo quarto acima da música.

— Ah! — grita ela.

Para mim, os dois sons são profundamente satisfatórios.

— Quieta agora.

Eu acaricio delicadamente seu traseiro. De pé atrás dela, inclino o corpo, meu pau forçando a calça jeans, meu zíper forçando a pele macia da bunda dela quando dou um beijo entre suas escápulas. Lentamente, deixo uma trilha de beijos molhados pelas costas dela. Quando me levanto, minha saliva brilha em partes da pele dela.

— Abra as pernas.

Ela afasta os pés.

— Mais.

Ela geme e obedece.

— Boa menina — sussurro, passando o indicador pela coluna dela até o cóccix e o ânus, que se contrai ao meu toque. — Vamos nos divertir com isso aqui.

Ela fica tensa. Porém, não me pede para parar, então passo o dedo pelo períneo e o enfio lentamente na vagina.

Que delícia. O paraíso.

— Vejo que você está bem molhada, Anastasia. De antes ou de agora?

Ela geme enquanto eu enfio e tiro o dedo várias vezes. Ela força o corpo na minha mão, querendo mais.

— Ah, Ana. Acho que é por causa das duas coisas. — Meus dedos se movem, para dentro e para fora. — Acho que você adora ficar aqui, assim. Minha.

Ela geme, e eu tiro o dedo e dou outro tapa na linda bunda dela.

— Ah!

— Conte para mim. — Minha voz está rouca de paixão.

— Sim, eu adoro — sussurra ela.

Eu dou outro tapa, e Ana grita. Enfio dois dedos nela e os giro para lubrificá-los. Quando os retiro, passo a essência dela no seu ânus.

Ela fica um pouco mais tensa.

— O que você vai fazer?

— Não é o que você está pensando — garanto. — Já disse, um passo de cada vez, baby.

Pego o lubrificante e coloco uma quantidade generosa nos dedos para massagear o orifício pequeno e apertado. Ela se remexe, as costas subindo e descendo mais rapidamente a cada respiração acelerada. A boca está aberta. Ela está excitada. Bato com força, mirando um pouco mais para baixo, para que as pontas dos dedos batam nos lábios encharcados da paixão dela.

Ela geme e remexe a bunda, pedindo mais.

— Fique quieta — ordeno. — E não solte.

Coloco mais lubrificante nos dedos.

— Ah...

— É lubrificante. — Eu passo mais por cima e em volta do ânus dela. — Eu queria fazer isso com você já faz algum tempo, Ana.

Eu pego o pequeno plugue anal de metal. Ela geme quando eu o passo lentamente pela coluna dela.

— Tenho um presentinho para você aqui — sussurro, e o deslizo pelo espaço entre as nádegas dela. — Vou meter isso em você, bem devagar.

Ela inspira, sem fôlego.

— Vai doer?

— Não, baby. É pequeno. Mas quando estiver todo lá dentro, vou te comer com força.

Ela estremece. Eu me inclino e a beijo de novo entre as omoplatas.

— Pronta?

Porque eu estou.

Meu pau está quase explodindo.

— Sim — murmura ela.

Com o plugue na mão esquerda, eu o cubro rapidamente de lubrificante, passo o polegar direito entre as nádegas dela, por cima do ânus, e o enfio na vagina dela, circulando lá dentro. Meus dedos roçam o clitóris, provocando lenta e metodicamente o botão ávido enquanto eu mexo o polegar. Ela geme alto de prazer. E essa é a dica. Lentamente, eu enfio o plugue no cu dela.

— Ah! — geme ela.

Há um pouco de resistência, então mexo o polegar dentro da vagina, provocando o ponto sensível dentro dela com a ponta, e empurro o plugue com mais força. Que grande alegria, ele escorrega para dentro dela. Com facilidade.

— Ah, baby.

Eu giro o polegar dentro dela e sinto o peso do plugue dentro da bunda. Lentamente, giro o plugue, e Ana mia, um som estranho de puro prazer.

Caramba.

— Christian — choraminga ela, lasciva e excitada, e eu tiro o polegar.

Ela está sem fôlego.

— Boa menina — murmuro. Deixo o plugue ali encaixado e passo os dedos pela lateral do seu corpo até chegar ao quadril. Abro o zíper, solto meu pau, seguro os quadris dela com ambas as mãos e puxo sua bunda na minha direção. Com o pé, eu a obrigo a afastar mais as pernas. — Não solte a mesa, Ana.

— Não vou soltar — responde ela, ofegante.

— Quer que eu seja bruto? Avise se eu estiver sendo bruto demais. Entendeu?

— Entendi — sussurra ela.

E, com um movimento rápido, eu a puxo na minha direção e a penetro fundo.

— Merda! — grita ela.

Eu fico parado, aproveitando a sensação da minha garota em volta de mim.

Ana está indo bem, a respiração tão pesada quanto a minha. Eu enfio a mão entre nós e puxo delicadamente o plugue.

Ela solta um gemido de prazer maravilhoso.

Quase me leva ao clímax.

— Quer mais? — sussurro.

— Quero — diz ela, e parece desesperada, suplicando por mais.

— Relaxe — insisto, e saio dela e enfio o pau com força de novo.

— Isso... — diz ela com um fervor alto e sibilante.

Eu acelero o ritmo, metendo nela com uma entrega excitante.

Nunca foi assim.

Estou levando Ana para um lado mais sombrio.

Estou adorando isso.

— Ah, Ana — digo, ofegante, e giro o plugue de novo.

Ela grita enquanto continuo metendo nela. Possuindo-a. Consumindo-a. Dominando-a.

— Puta que pariu — grita ela.

E eu sei que ela está quase.

— Isso aí — sussurro.

— Por favor... — implora ela.

— Isso.

Que deusa, Ana.

Eu dou uma palmada nela com força, e Ana se entrega num grito alto e orgulhoso ao ser tomada pelo orgasmo. Eu puxo o plugue e o jogo na tigela.

— Merda! — grita ela, e eu aperto os quadris dela e me entrego ao meu próprio orgasmo.

Eu caio sobre ela, exausto, mas eufórico. Puxo-a pelos braços e vou para o chão, envolvendo-a no meu abraço enquanto recupero o fôlego. Ana está respirando alto, a cabeça apoiada no meu peito.

— Bem-vinda de volta — digo, retirando a venda.

Ela pisca, um pouco atordoada, enquanto seus olhos se ajustam à luz. Ela parece bem. Eu inclino a cabeça dela para trás e encosto os lábios nos dela, tentando ansiosamente avaliar melhor como ela está se sentindo.

Ana levanta a mão e acaricia meu rosto.

Eu sorrio com alívio.

— E então, cumpri a tarefa? — pergunto.

Ela franze a testa.

— Tarefa?

— Você queria alguma coisa bruta. — Meu tom é cauteloso.

Ela abre um sorriso.

— É, acho que sim...

As palavras dela abraçam minha alma.

— Fico feliz em saber. Você está com uma cara de quem acabou de ser muito bem comida, e está linda. — Eu acaricio a bochecha dela.

— É como eu me sinto — ronrona ela.

Seguro seu rosto e a beijo com todo o carinho que ela merece. Porque eu a amo.

— Você nunca me decepciona. — *Nunca.* — Como se sente?

— Bem — sussurra ela, um rubor delator no rosto. — Muito bem comida.

O sorriso dela é tímido, doce e revelador. E totalmente incongruente com a profanidade.

— Ora, Sra. Grey, mas que linguagem mais chula.

— Isso é porque eu sou casada com um homem muito, muito pervertido, Sr. Grey.

Não posso argumentar contra isso.

E estou feliz da vida, sorrindo para ela. Devo estar parecendo o gato da Alice.

— Que bom que você se casou com ele.

Meus dedos seguram a trança, e levo a ponta aos lábios e a beijo. *Eu te amo, Ana. Nunca me deixe.*

Ela pega minha mão esquerda, leva-a aos lábios e beija minha aliança.

— Meu — murmura ela.

— Seu — respondo, e a abraço com força e afundo o nariz no meio do cabelo dela. — Quer que eu prepare um banho para você?

— Hmm. Só se você entrar comigo.

— Tudo bem.

Ajudo Ana a se levantar e me levanto.

Ela aponta para a calça jeans que eu ainda estou usando.

— Você vai vestir a sua... outra calça jeans?

— Outra calça?

— Aquela que você costumava usar aqui.

— Aquela? — *Meu Jeans de Dominador. O JD.*

— Você fica muito sexy naquela calça.

— Fico?

— Fica... muito sexy.

Como eu poderia recusar? Eu quero ficar sexy para a minha esposa.

— Bem, para você, Sra. Grey, talvez eu use.

Eu a beijo, pego a tigelinha com o entretenimento da nossa tarde e vou até a cômoda para desligar a música.

— Quem limpa esses brinquedinhos? — pergunta Ana.

Hã? Ah.

— Eu. A Sra. Jones.

— O quê? — Ana suspira em choque.

É. Gail sabe de tudo, conhece todos os meus segredinhos sujos, e mesmo assim continua trabalhando para mim.

Ana ainda está me olhando boquiaberta, como se esperasse mais informações. Eu desligo o iPod.

— Bom... é...

— Eram as suas submissas que faziam isso? — pergunta Ana, finalmente entendendo.

Eu só posso dar de ombros.

— Tome.

Entrego a camisa a ela. Ana a veste rapidamente e não fala mais nada sobre a limpeza dos brinquedos. Deixo nossas coisas na cômoda, pego a mão de Ana, destranco o quarto e seguimos para o nosso banheiro no andar de baixo. Ela para na porta, boceja e se espreguiça, um sorriso secreto no rosto.

— O que foi? — pergunto enquanto abro a torneira.

Ana balança a cabeça e evita o contato visual.

Ela está tímida de repente?

— Conte para mim — peço enquanto coloco óleo de banho na banheira.

As bochechas dela são tomadas de um rubor intenso.

— Estou me sentindo melhor, só isso.

— É, hoje você estava meio estranha, Sra. Grey. — Eu a abraço. — Sei que você está preocupada com os acontecimentos recentes. Lamento que você tenha sido envolvida nisso. Não sei se é uma vingança, um ex-funcionário ou um concorrente. Se acontecer alguma coisa com você por minha causa...

A imagem horrível dela deitada no lugar da prostituta me assombra.

Pare, Grey. Pare.

Ela me abraça.

— E se algo acontecer com você, Christian? — Ela fala com uma voz desolada.

— Vamos dar um jeito. Agora tire a camisa e entre no banho.

— Você não tem que falar com o Sawyer?

— Ele pode esperar. — Meu tom é seco. Tenho algumas palavras especiais para ele.

Eu a ajudo a tirar a camisa.

Merda. As marcas que deixei no corpo dela ainda estão lá. Claras. Mas presentes, me lembrando de que eu sou um babaca.

— Será que o Ryan conseguiu alcançar o Dodge? — pergunta Ana, e sei que ela está ignorando a minha reação.

— Vamos saber, mas só depois do banho. Entre.

Ofereço a mão a ela. Ana entra na banheira cheia de espuma e se senta com cuidado.

— Ai. — Ela faz uma careta quando a bunda encosta na água quente.

— Devagar, baby — sussurro, mas ela sorri quando se acomoda, submersa na água.

Eu tiro a calça jeans e me junto a ela, afundando atrás dela e a puxando para meu peito.

Lentamente, me permito relaxar.

Curta o momento, Grey.

Foi incrível.

Ana foi tão bem... Eu passo o nariz no cabelo dela e fico maravilhado com a facilidade de *estar* na companhia dela. Eu não preciso falar; ela não precisa falar. Nós podemos ficar deitados relaxando num banho juntos.

Eu fecho os olhos e reflito sobre o nosso dia.

Que fim maluco para a nossa lua de mel.

Uma perseguição de carro que Ana resolveu de forma brilhante, como uma profissional.

Eu passo a ponta da trança dela pelos dedos, distraído.

Ela me deixou me divertir no quarto de jogos, fazendo uma coisa que eu sempre quis fazer e que ela nunca tinha feito.

Minha garota. Minha linda garota.

Alguns momentos depois, lembro que Gia Matteo vai nos encontrar no dia seguinte, à noite. Eu rompo o silêncio confortável entre nós:

— Precisamos rever as plantas da casa nova. Pode ser hoje mais tarde?

— Claro — responde Ana, parecendo resignada. — Tenho que organizar minhas coisas para voltar ao trabalho — acrescenta ela.

A trança escorrega pelos meus dedos.

— Você sabe que não precisa voltar a trabalhar.

Ana retesa os ombros.

— Christian, já discutimos isso. Por favor, não desenterre essa questão.

Tudo bem. Eu puxo delicadamente a trança dela e viro seu rosto para mim.

— Só estou dizendo... — Eu passo os lábios pelos dela.

DEIXO ANA NO BANHO, me visto e vou até o escritório para falar com Sawyer. A Sra. Jones está na cozinha.

— Boa noite, Gail.

— Sr. Grey. Bem-vindo de volta e parabéns de novo.

— Obrigado. Sua irmã está bem?

— Tudo ótimo, senhor. Quer alguma coisa?

— Não, obrigado. Tenho trabalho a fazer.

— E a Sra. Grey?

— Está no banho. — Eu abro um sorriso.

Gail sorri e assente.

— Vou perguntar a ela quando ela sair, senhor.

Na minha mesa, olho meus e-mails. E chamo Sawyer. Um momento depois, há uma batida breve na porta.

— Entre.

Sawyer entra e para na minha frente, parecendo tranquilo, calmo e profissional de terno e gravata. A postura dele me deixa furioso. Lentamente, eu me levanto e, colocando ambas as mãos na mesa, me inclino na direção dele.

— Onde é que você se meteu, porra? — grito.

Ele dá um passo curto para trás, surpreso pela minha explosão.

— O que vocês estavam fazendo que não estavam prontos para sair na hora em que nós saímos? — Eu cruzo os braços e tento controlar a raiva.

— Sr. Grey. — Ele levanta as mãos. — Nós estávamos patrulhando os arredores, como o senhor pediu. Nós não sabíamos que o senhor estava saindo.

Ah.

— Além do mais — acrescenta ele, calmo —, eu tinha reparado no elemento. Chegou quando estávamos patrulhando, e eu já ia investigar quando o senhor saiu de casa.

Ah.

Eu suspiro, mais tranquilo.

— Entendi. Tudo bem.

Eu devia ter avisado que estávamos saindo. E sei que, se Taylor estivesse conosco, ele teria deixado o colega no carro.

— E a Sra. Grey saiu numa velocidade danada. — Sawyer levanta a sobrancelha em reprovação.

Tenho vontade de rir da reação dele. Entendo a dor dele, mas fico impassível.

— Foi mesmo — admito. — Mas vocês deviam ter nos alcançado. Os dois são treinados em direção defensiva.

— Sim, senhor.

— Não deixe acontecer de novo.

— Sim, Sr. Grey. — Ele parece um pouco chateado. — Senhor, o elemento não nos seguiu. Ele ou ela chegou pouco antes de vocês saírem. Eu anotei o momento exato em que reparei no carro. Foi às 14h53, e a pessoa não saiu do veículo. Ela sabia onde o senhor estava.

Eu fico pálido.

— O que isso quer dizer?

— Que alguém podia estar vigiando a casa dos seus pais, senhor. Ou nos observando aqui. Mas eu acho que nós teríamos reparado se tivéssemos sido seguidos até Bellevue.

— Merda.

— Precisamente. Eu escrevi um relatório para o senhor e o encaminhei para Taylor e para o Sr. Welch.

— Vou ler. Onde está Ryan?

— Ele ainda está na estrada para Portland.

— Ainda?

— Sim. Vamos torcer para que o elemento fique sem gasolina — diz Sawyer.

— Por que acham que o motorista é mulher? — pergunto.

— Pelo breve vislumbre que tive, eu achei que o cabelo estava preso.

— Isso não é determinante.

— Não, senhor.

— Mantenha-me atualizado.

— Pode deixar.

— Obrigado, Luke. Está dispensado.

Ele se vira sem fazer barulho e sai do meu escritório enquanto eu me encosto em frente à mesa, aliviado de não precisar demiti-lo e nem ao Ryan, apesar de saber que vou ficar feliz quando Taylor estiver de volta conosco amanhã à noite. Penso na teoria de Sawyer; talvez alguém esteja vigiando a casa dos meus pais. Mas por quê? Eu devia ligar para o meu pai, mas não quero preocupá-lo, nem à minha mãe.

Merda. O que fazer?

Meu iMac está pedindo uma nova atualização do sistema operacional e decido instalá-la. Abro o laptop para ver os e-mails e o relatório de Sawyer.

Estou lendo quando meu celular toca.

— Barney — digo ao atender, surpreso por ele estar entrando em contato em um domingo.

— Bem-vindo de volta, Sr. Grey.

— Obrigado. O que houve?

— Eu estava olhando as imagens das câmeras de segurança da sala do servidor e descobri uma coisa.

— Sério?

— Sim, senhor. Eu não podia esperar até amanhã para contar. Espero que o senhor não se importe, mas achei que ia querer saber logo. Vou enviar um link por e-mail para o senhor ficar ciente.

— Achou certo. Mande o e-mail agora.

— Enviando.

— Você vai ficar na linha?

— Sim, senhor. Estou ansioso para que o senhor veja.

Abro um sorriso. Barney é muito cuidadoso com quem entra e sai de sua sala do servidor. Aposto que está tão irritado quanto eu com a maldita brecha. O e-mail dele chega na minha caixa de entrada; abro-o, clico no link e sou levado a um site que nunca vi. Tem quatro caixas diferentes que parecem ser ângulos monocromáticos da sala do servidor na Grey House.

— Barney, está aí?

— Sim, Sr. Grey.

— O que estou olhando?

— É o hub de segurança da GEH. Se o senhor clicar no botão de play no menu no lado esquerdo da tela, no alto, as imagens de todas as câmeras do servidor vão rodar.

Eu faço o que ele pediu, e a filmagem exibe quatro ângulos diferentes da sala. No centro, na parte de baixo de cada imagem, há uma data e um relógio. Diz 10/08/11 07:03:10:05 e os milissegundos do relógio voam. Nas quatro gravações, vejo um homem alto e magro entrar na sala. Ele tem cabelo escuro desgrenhado e está com um macacão claro, possivelmente branco. Ele vai até um dos servidores, se abaixa e coloca um item preto pequeno que é difícil de identificar entre dois dos gabinetes de servidores. Ele se levanta e olha para o trabalho que fez. Depois, com o olhar fixo na porta, sai.

— É ele?

— Acredito que sim, senhor. Não conseguimos identificá-lo. E foi lá que o dispositivo incendiário foi encontrado.

— Isso foi mais de uma semana atrás. Como ele entrou lá, porra?

— O passe que corresponde àquele horário de entrada na sala do servidor foi emitido para a equipe de limpeza.

— O quê?

Como ele conseguiu isso?

— Exatamente. Vamos ter que verificar isso amanhã.

As gravações param.

— Você parou as imagens? — pergunto.

— Sim, senhor.

— Pode colocá-las em sequência?

— Sim, senhor.

— Rápido?

— Posso fazer agora.

— Welch viu isso?

— A equipe dele me notificou. Eles estão vasculhando as filmagens.

— Que bom.

Um momento depois, minha tela muda e estou vendo uma única filmagem. Aperto o play de novo e dessa vez a sequência é mais longa e tem cortes entre os ângulos. Cada vez que uma sequência termina, eu aperto o play para ver a seguinte.

— Eu posso tentar melhorar a imagem — diz Barney, o entusiasmo borbulhando no tom de voz. Ele quer pegar aquele filho da puta tanto quanto eu.

— Faça isso.

A imagem na minha tela muda. Fica mais definida.

De repente, a porta do meu escritório se abre. Levanto o rosto, surpreso e irritado, pronto para repreender o invasor. É Ana.

— Mas então, não dá para ampliar mais? — pergunto ao Barney.

— Vou tentar uma coisa.

Ele fica em silêncio enquanto Ana anda na minha direção com uma expressão determinada, e antes que eu possa fazer ou dizer qualquer coisa, ela sobe no meu colo.

— Acho que não fica melhor do que isso — completa ele.

Ana passa os braços em volta do meu pescoço e se aconchega em meu peito, e eu a abraço com força.

Tem alguma coisa errada?

— Hmm... É, Barney. Pode esperar um momento?

— Sim, senhor.

Eu levanto um ombro para segurar o celular.

— Ana, aconteceu alguma coisa?

Ela balança a cabeça e se recusa a responder. Eu seguro o queixo dela e a observo, mas sua expressão está ilegível. Ana solta o rosto dos meus dedos e se aconchega em mim. Eu não tenho ideia do que há de errado e, sinceramente, estou envolvido demais no que Barney descobriu. Eu dou um beijo no topo da cabeça dela.

— Certo, Barney, o que você estava dizendo?

— Eu posso aumentar um pouco mais a imagem.

Eu aperto o play. A imagem granulada e em preto e branco do incendiário aparece na tela. Aperto play novamente, e o incendiário chega mais perto da câmera. Eu pauso a cena.

— Ok, Barney, mais uma vez.

— Vou ver o que posso fazer.

Uma caixa tracejada aparece em volta da cabeça do incendiário e Barney dá zoom neste momento.

Ana se empertiga e olha a imagem.

— É o Barney que está fazendo isso? — pergunta ela.

— É. — E eu sei que pareço tão impressionado quanto ela pela perícia técnica de Barney. — Tem como definir melhor a foto? — pergunto a ele.

A imagem fica borrada, mas o babaca ganha um pouco mais de foco. Ele está olhando para o chão. Ana fica tensa e aperta os olhos para a tela.

— Christian — sussurra ela —, é Jack Hyde.

O quê?!

— Você acha?

Eu aperto os olhos para a imagem.

— É a linha do maxilar. — Ana aponta para a tela e segue a linha monocromática do queixo. — E os brincos e o formato dos ombros. E ele tem o mesmo porte também. Deve estar usando uma peruca; ou então cortou e pintou o cabelo.

Sinto o sangue sumir do rosto. *Hyde. O filho da puta do Jack Hyde!*

— Barney, você ouviu isso? — Largo o telefone na mesa e ativo o viva-voz, depois sussurro para Ana: — Aparentemente você conhece o seu ex-chefe nos mínimos detalhes, Sra. Grey.

Ana faz uma careta e estremece enquanto a raiva me percorre como ácido sulfúrico.

— Sim, senhor, ouvi o que a Sra. Grey disse. Estou agora mesmo passando toda a gravação digitalizada do circuito fechado de TV por um software de reconhecimento de fisionomia. Vamos ver por onde mais esse filho da puta... perdão, madame: onde esse homem esteve dentro da empresa.

— Por que ele faria isso? — pergunta Ana.

Dou de ombros, tentando disfarçar a raiva.

Maldito Hyde.

Pus um fim nas merdas que ele fazia. Eu o demiti. Quebrei seu nariz com um soco.

— Vingança, talvez — digo com a voz sombria. — Não sei. Não dá para entender por que algumas pessoas se comportam de determinada maneira. Só estou com raiva de você ter trabalhado tão próxima dele.

Nós temos que passar essas informações para a polícia, para o FBI e para Welch, embora ele tenha várias coisas para explicar. Hyde não está na Flórida, isso é óbvio. Por que Welch achou que estivesse? Eu preciso falar com ele. E talvez, considerando o tempo transcorrido, Hyde possa ter voltado para o apartamento dele aqui em Seattle. Welch precisa encontrá-lo logo, e, se isso acontecer, espero ter a chance de nocauteá-lo de novo. Uma coisa é certa: eu preciso mantê-lo longe da minha esposa, preciso protegê-la. Eu envolvo a cintura de Ana com o braço.

— Temos também o conteúdo do hard drive dele, senhor — acrescenta Barney.

Interrompo Barney com o primeiro pensamento que surge na minha cabeça.

— Sim, eu me lembro. Você tem o endereço do Sr. Hyde? — Não quero alarmar Ana com os detalhes do que havia no computador velho de Hyde.

— Tenho sim, senhor — diz Barney.

— Alerte Welch.

Welch precisa verificar se Hyde voltou ou não para casa.

— Com certeza. Também vou dar uma olhada nas imagens das câmeras de segurança da cidade e ver se consigo rastrear os movimentos dele.

— Procure saber qual é o carro dele.

— Sim, senhor.

— Barney pode fazer tudo isso? — sussurra Ana, impressionada.

Faço que sim com uma certa satisfação de ele trabalhar para mim.

— O que tem no hard drive? — pergunta ela.

Eu balanço a cabeça.

— Nada de mais.

— Conte.

— Não.

— É sobre você ou sobre mim?

Ela não vai desistir de falar disso.

— Sobre mim — respondo, suspirando.

— Que tipo de coisa? Seu estilo de vida?

Não. Eu faço que não e levo o indicador aos lábios dela.

Nós não estamos sozinhos, Ana.

Ela fecha a cara, mas fica quieta.

— É um Camaro 2006 — diz Barney, empolgado. — Vou mandar os detalhes para Welch também.

Sei que ele vai cuidar disso, mas não custa ter certeza.

— Ótimo. Quero que você me avise em que outros lugares do meu prédio esse canalha andou. E compare essa imagem com a foto que consta no arquivo de funcionários da SIP. Quero ter certeza de que é ele.

— Já fiz isso, senhor, e a Sra. Grey tem razão. É mesmo Jack Hyde.

Ana sorri, quase se gabando de tão satisfeita que fica.

E deveria mesmo ficar.

Passo a mão pelas costas dela, orgulhoso.

— Muito bem, Sra. Grey. — Para Barney, eu acrescento: — Quero que me informe quando tiver rastreado todos os movimentos dele no QG. E também verifique se ele teve acesso a outras propriedades da GEH e avise à equipe de segurança para que possam fazer outra varredura em todos os prédios.

— Sim, senhor.

— Obrigado, Barney. — Eu desligo o telefone. — Ora, ora, Sra. Grey, parece que você não é só decorativa, mas útil também.

— Decorativa?

— Muito. — Dou um selinho nos lábios dela.

— Você é muito mais decorativo do que eu, Sr. Grey.

Eu enrolo a trança dela no meu pulso e a abraço, demonstrando gratidão com um beijo intenso e carinhoso. Ela fez muitas coisas hoje. E ainda identificou o criminoso!

Ana se afasta.

— Está com fome? — pergunto.

— Não.

— Eu estou — admito.

— Fome de quê? — Ela me olha com cautela.

— Bem... De comida, na verdade.

Ela dá uma risadinha.

— Vou preparar alguma coisa para você.

— Adoro ouvir isso.

— Eu oferecendo comida para você?

— Você rindo.

Eu beijo o topo da cabeça dela, e Ana se levanta do meu colo.

— E então, o que gostaria de comer, senhor? — pergunta ela com falsa doçura.

Ela está debochando de mim. De novo.

Eu aperto os olhos.

— Está sendo gentil, Sra. Grey?

— Sempre, Sr. Grey.

Estou vendo.

— Olhe que ainda posso deitar você no meu joelho — sussurro.

Sinceramente, poucas coisas me dariam tanto prazer.

— Eu sei. — Ana sorri e apoia as mãos nos braços da minha cadeira para me beijar. — Essa é uma das coisas que eu amo em você. Mas guarde as palmadas para depois. Agora você está com fome.

— Ah, Sra. Grey, o que eu vou fazer com você?

— Vai responder à minha pergunta: o que quer comer?

— Alguma coisa leve. Surpreenda-me.

— Vou ver o que posso fazer.

Ela se vira e sai do meu escritório como se fosse a dona da casa. E, sendo minha esposa, claro que ela é.

Ligo para Welch para interrogá-lo sobre o que Barney e Ana descobriram.

— Hyde? — A voz normalmente rouca soa aguda de incredulidade.

— Sim. Na porra da minha sala do servidor.

— Nós rastreamos o celular dele até Orlando. Está lá desde aquela época. Nós supomos que ele estava com a mãe, pois o celular foi rastreado até o condomínio dela. Não há registro de nenhuma viagem dele.

— Bem, ele está aqui.

Eu respiro fundo e tento conter a frustração.

Ele suspira, obviamente irritado.

— É o que parece. Vou botar a equipe para trabalhar nisso imediatamente. Não sei como ele nos enganou. Vou investigar e descobrir como e onde erramos.

— Faça isso. Eu quero saber tudo.

— É uma pena que não haja digitais na sala do servidor — diz ele.

— Nenhuma?

— Não.

— Droga. Ele devia estar de luvas, embora seja difícil saber pelas imagens — especulo. — Talvez as digitais de Hyde estejam em algum banco de dados.

— Pensamento interessante. Na verdade, o FBI encontrou uma digital parcial, mas não tem correspondência.

— Do *Charlie Tango*? — pergunto.

— Sim.

— Por que não me falou?

— Não tinham correspondência e a digital é parcial — explica Welch.

— Hyde pode estar por trás da sabotagem ao meu EC135?

— Na ausência de outros suspeitos, acho que é uma possibilidade. — A voz grave de Welch ecoa pelo telefone.

— Nós o tínhamos na nossa lista de suspeitos e ele estava aqui esse tempo todo.

Eu não consigo acreditar.

— Nós o descartamos por três motivos — esclarece Welch. — Primeiro, nós achávamos que ele estava na Flórida. Ele não ia ao apartamento de Seattle havia um tempo, mas vamos verificar agora. Segundo, ele não tirou dinheiro em caixas eletrônicos na região de Seattle. E terceiro, os delitos dele só tinham a ver com assédio a colegas de trabalho.

— Você devia avisar o FBI sobre tudo isso — sugiro.

— Vou comunicá-los — diz ele antes de mudar de assunto: — Sawyer me informou sobre a perseguição.

— Ele acha que a casa dos meus pais estava sendo vigiada.

— É uma possibilidade. Nós vamos precisar rastrear esse Dodge para ter certeza.

— O motorista podia ser Hyde, então.

— Sim. Considerando o que o senhor descobriu, é possível.

— Como ele ainda é uma ameaça, acho que deveríamos providenciar segurança para toda a minha família.

— É uma boa ideia. O computador de Hyde tinha detalhes sobre a sua família. O senhor devia considerar avisar seus pais.

Suspiro. Não quero alarmar minha família.

— Vamos concentrar nossos esforços em localizar Hyde.

— Encontre-o.

— Vamos redobrar os esforços.

— Espero que sim — aviso. — Barney vai fazer contato e você pode enviar as imagens da sala do servidor para a polícia. Vou falar com meu pai e retorno para você.

— Sim, senhor. Vamos trabalhar nisso. — Ele desliga.

Eu ligo para o telefone fixo dos meus pais, mas cai na secretária eletrônica. Tento o celular do meu pai, mas cai direto na caixa postal. Eles devem estar na missa. Deixo uma mensagem pedindo ao meu pai para me ligar de manhã.

Pego as plantas de Gia Matteo e vou atrás da minha esposa e de comida.

Coloco as plantas na ilha da cozinha e vou até Ana, que, devo dizer, está linda mesmo de calça de moletom e regata. Ela está preparando alguma coisa; o abacate amassado parece gostoso. Eu a abraço e beijo seu pescoço.

— Descalça e na cozinha — sussurro na pele cheirosa dela.

— O comentário machista não é descalça e grávida na cozinha?

Grávida! Fico tenso. Merda. Não. Filhos. Porra, não.

— Ainda não — declaro enquanto tento acalmar meus batimentos disparados.

— Não! Ainda não! — Ana parece tão em pânico quanto eu.

Respiro fundo.

— Nisso nós concordamos, Sra. Grey.

Ela para de amassar o abacate.

— Mas você quer filhos, não quer?

— Quero, claro. Mais para a frente. Ainda não estou pronto para dividir você.

Eu beijo o pescoço dela.

Um dia. Claro.

— O que você está fazendo? Parece gostoso.

Eu beijo atrás da orelha dela. Ela se arrepia e me dá um sorriso malicioso.

— Coisas gostosas de comer.

Ela dá um sorrisinho.

Meu Deus, eu amo o senso de humor dessa mulher.

Mordisco o lóbulo da orelha dela.

— Meu prato preferido — sussurro no ouvido dela e sou recompensado com uma cotovelada. — Sra. Grey, assim você me machuca.

Eu aperto a lateral dolorida em uma performance digna de Oscar.

— Fracote — provoca Ana.

— Fracote? — De brincadeira, bato na bunda dela. — Ande logo com a minha comida, criada. E mais tarde vou lhe mostrar o fracote que eu sou. — Dou mais uma palmada leve nela e vou até a geladeira. — Quer uma taça de vinho?

Ana abre um sorriso rápido.

— Por favor.

ANA FAZ UMA COMIDA gostosa. O que posso dizer?

Pego os dois pratos e os deixo na pia para Gail lavar mais tarde. Encho as duas taças de vinho e espalho as plantas de Gia na bancada da cozinha. Nós olhamos os desenhos; ela trabalhou arduamente e produziu elevações precisas e detalhadas. Os desenhos dela são impressionantes. Mas o que minha esposa acha?

Ana me olha.

— Adoro a proposta de fazer a parede atrás da escada toda de vidro, mas...

— Mas? — pergunto.

Ela suspira.

— Não quero perder todo o caráter da casa.

— Caráter?

— É. O que a Gia está propondo é bem radical, mas... bem... eu me apaixonei pela casa como ela é... com seus defeitos e qualidades.

Ah. Eu acho que a casa precisa de uma boa reforma.

— Eu meio que gosto do jeito que é — diz ela baixinho, a expressão séria.

Naquele momento, tudo fica claro para mim.

— Quero que essa casa seja do jeito que você quiser. O que você quiser. Ela é sua.

Ela franze a testa.

— Eu quero que você também goste da casa. Que também fique feliz lá.

— Vou ficar feliz onde você estiver. É simples assim, Ana.

Estou falando sério. Você é o que vai tornar qualquer casa um lar, e eu quero você feliz. Sempre.

— Bem — ela engole em seco —, eu gosto da parede de vidro. Talvez possamos pedir a ela para incorporar na casa de uma maneira mais harmoniosa.

— Claro. O que você quiser. O que acha das plantas para o andar de cima e para o porão?

— Isso eu achei legal.

— Ótimo.

Ela morde o lábio.

— Quer acrescentar um quarto de jogos? — diz ela de repente, me pegando completamente desprevenido. Ela fica vermelha.

Ana, Ana, Ana, mesmo depois de hoje você ainda tem vergonha do que fazemos?

Eu disfarço o sorriso.

— Você quer? — pergunto.

Ela dá de ombros, tentando parecer indiferente.

— Ah... Se você quiser.

Eu acho que ela quer.

— Por enquanto vamos deixar nossas opções em aberto. Afinal, vai ser uma casa de família. Além disso, podemos improvisar.

— Eu gosto de improvisos — sussurra ela.

Eu também, baby.

— Tem mais uma coisa que eu quero discutir com você.

Eu não quero banheiros separados. Gosto muito de tomar banho com Ana. Felizmente, ela concorda.

— Vai voltar a trabalhar? — pergunta Ana enquanto enrolo as plantas.

Se você não quiser, eu não volto. O que quer fazer?

— Podíamos ficar vendo TV.

— Tudo bem.

Coloco as plantas na mesa de jantar e nós dois vamos para a sala de televisão.

No sofá, pego o controle remoto, ligo a televisão e começo a mudar de canal enquanto Ana se aninha ao meu lado e apoia a cabeça no meu ombro.

Isso é gostoso.

— Alguma bobagem específica que você queira ver? — pergunto.

— Você não gosta muito de TV, não é? — diz Ana.

Eu balanço a cabeça.

— Perda de tempo. Mas vou ver alguma coisa com você.

— Achei que podíamos dar uns amassos.
— Amassos?

Eu paro de mudar de canal e olho para ela.

— É. — Ana franze a testa.
— Podemos ir para a cama e dar uns amassos.
— A gente faz isso o tempo todo. Quando foi a última vez que você deu uns amassos em frente à TV? — pergunta ela com um sorriso tímido.

Hã... Nunca?

Eu dou de ombros e balanço a cabeça, sem jeito. Eu não passei pela fase dos amassos. Teria gostado. Eu me lembro de Elliot levando uma garota atrás da outra para casa e dando uns amassos nelas.

Eu morria de inveja.

Mas não suportava ser tocado.

Como se pode beijar e se agarrar com alguém quando não se suporta as mãos da pessoa no seu corpo?

Porra. Foram anos difíceis.

Eu mudo de canal e um episódio antigo de *Arquivo X* aparece.

Rá! Scully, meu primeiro crush adolescente.

— Christian? — pergunta Ana, me trazendo de volta do meu passado de merda.
— Eu nunca fiz isso — respondo rapidamente.

Podemos ignorar isso?

— Nunca?
— Não.
— Nem mesmo com a Mrs. Robinson?

Dou uma gargalhada.

— Baby, eu fiz muitas coisas com a Mrs. Robinson. Dar uns amassos não foi uma delas. — Ana faz uma expressão horrorizada, e tenho vontade de me socar por permitir que Elena entrasse na nossa conversa. Nesse momento, me dou conta de uma coisa: Ana deve ter ficado de amassos com inúmeros garotos. Eu semicerro os olhos. — Você já fez?
— Claro.

Ela fica escandalizada por eu achar que não.

— O quê? Com quem?

Ana não responde.

Que porra é essa? Ela teve um grande primeiro amor? Eu não sei nada sobre a vida amorosa dela. Estupidamente, achei que não tinha uma porque era virgem.

— Conte para mim — insisto.

Ela olha para as mãos unidas no colo. Coloco a mão sobre as dela e Ana olha para mim.

Estou só curioso, Ana.
— Quero saber. Para eu fazer esse cara em pedacinhos, seja quem for.
Ela dá uma risadinha.
— Bem, a primeira vez...
— A primeira vez! Teve mais de um canalha?
— Por que a surpresa, Sr. Grey?
Eu passo a mão pelo cabelo. A ideia de alguém tocando em Ana é... irritante.
— Só estou surpreso. Quer dizer... dada a sua pouca experiência.
— Já me atualizei bastante desde que estamos juntos.
— É verdade. — Eu sorrio. — Mas conte. Quero saber.
— Você realmente quer que eu diga?
Estou interessado em tudo sobre você, Ana.
Ela respira fundo.
— Morei por pouco tempo no Texas com a minha mãe e o Marido Número Três dela. Eu estava no segundo ano do ensino médio. O nome dele era Bradley. Era a minha dupla no laboratório de física.
— Quantos anos você tinha?
— Quinze.
— E o que ele está fazendo agora?
— Não sei.
— E até onde vocês chegaram?
— Christian! — Ela me repreende, e nós nos encaramos.
Que se foda esse Bradley. Que tipo de nome é esse, aliás?
Eu seguro os joelhos dela e depois os tornozelos e a levanto até ela cair no sofá, me deitando em cima dela em seguida.
— Ah!
Eu seguro ambas as mãos dela e as levanto acima da cabeça.
— Então, esse Bradley... Ele levou a bola até a grande área? — sussurro enquanto roço o nariz no dela e dou beijos suaves no canto da sua boca.
— Levou — murmura ela.
Eu solto uma das mãos, seguro seu queixo e a beijo do jeito certo, a língua acariciando a dela, e o corpo dela se ergue para grudar no meu, a língua dançando com a minha.
— Assim? — sussurro.
— Não... nada parecido. — Ana está sem ar.
Solto o queixo dela, passo os dedos pelo corpo dela e volto para os seios.
— Ele fez isso? Tocou você assim?
Por cima do material fino da blusa, meu polegar desliza repetidamente sobre um dos mamilos, que se enrijece com meu toque.

— Não. — Ela se contorce embaixo de mim.

— Ele chegou a passar pela marca do pênalti? — sussurro as palavras gentilmente no ouvido dela enquanto minha mão desce até seu quadril.

Meus lábios sugam o lóbulo de sua orelha antes dos meus dentes o puxarem delicadamente.

— Não. — A palavra sai num sussurro rouco.

Tiro o som da televisão. *Arquivo X* pode esperar. Eu olho para Ana; ela está desgrenhada e atordoada e me olha com olhos azuis enormes nos quais eu poderia me afogar.

— E o sujeito número dois? Chegou à marca do pênalti com você?

Deslizo para o lado dela no sofá e enfio a mão na calça de moletom, sem parar de encará-la por um segundo.

— Não.

— Ótimo. — Eu coloco a palma da mão no seu sexo, o portal do paraíso. — Sem calcinha, Sra. Grey. Aprovado.

Eu a beijo de novo.

Meu polegar massageia o clitóris dela em um ritmo regular enquanto enfio o indicador dentro dela.

— Eu só queria dar uns amassos — murmura Ana com um gemido.

Eu paro.

— Não é o que estamos fazendo?

— Não. Sem sexo.

— O quê?

Por quê?

— Sem sexo...

— Sem sexo, é? — Tiro lentamente o dedo de dentro dela e a mão da sua calça. — Aqui.

Passo o dedo em volta de sua boca e o empurro entre os lábios até a língua. Uma vez. Duas. De novo.

O gosto é bom, Ana?

Eu me viro até ficar em cima dela, entre suas pernas, e faço um movimento de estocada para aliviar um pouco meu pau.

Ana geme.

Ah, uau.

Eu me esfrego nela.

— É isso que você quer?

Eu repito a ação, esfregando minha ereção no clitóris dela.

É gostoso.

— Isso.

Provoco o mamilo dela com os dedos, puxando de leve, sentindo-o se alongar sob meu toque. Meus dentes roçam o maxilar dela. Sinto o cheiro de jasmim misturado ao cheiro dela e de sua excitação.

— Você tem ideia de como é gostosa, Ana?

Ela abre a boca, cheia de desejo, enquanto a provoco mais, fazendo pressão no ponto entre suas coxas. Ela solta um gemido inarticulado e eu aproveito o momento para morder seu lábio inferior e invadir sua boca com a minha língua, sentindo a excitação dela na minha.

É um tesão.

Solto a outra mão dela e seus dedos sobem pelo meu bíceps e pelo meu ombro até meu cabelo. Ela puxa, e eu solto um gemido.

— Você gosta que eu toque em você? — pergunta ela.

Por que ela me perguntaria isso agora?

Eu paro de esfregar meu corpo no dela.

— Claro que sim. — Estou ofegante. — Eu adoro que você me toque, Ana. Sou como um homem faminto em um banquete quando se trata do seu toque. — Eu me ajoelho entre as pernas dela, coloco-a numa posição sentada e tiro sua blusa em um movimento rápido. Faço o mesmo com a minha camisa, puxando-a pela cabeça e jogando nossas roupas no chão. Ainda ajoelhado, eu a coloco no colo e apoio as mãos na bunda dela. — Toque em mim — sussurro.

Ela aproveita totalmente: passa as pontas dos dedos no meu esterno e nas minhas cicatrizes. Eu inspiro fundo quando o toque dela se espalha pelo meu corpo com a promessa de satisfação. Meus olhos ficam grudados nos dela enquanto Ana passa os dedos pela minha pele e vai até um dos mamilos, e para o outro em seguida; cada um deles reage ao toque dela, ficando duros, eretos, espelhando outra parte da minha anatomia. Ela se inclina para a frente e encosta os lábios na minha pele, percorrendo uma linha suave e doce no meu peito. Ela passa as mãos nos meus ombros e aperta, e sinto suas unhas se cravando em mim.

É inebriante.

E alguns meses antes eu diria que aquilo era impossível.

Mas ali está ela. Me tocando. Me amando.

E eu adoro. Cada detalhe.

— Eu quero você — murmuro, e as mãos dela vão até a minha cabeça, os dedos enfiados no meu cabelo. Ela puxa minha cabeça para trás e cobre minha boca com a dela. Toma minha língua com a dela.

Porra. Solto um gemido alto e empurro Ana para o sofá, livrando-a da calça de moletom em um movimento rápido e liberando a minha ereção. Vou para cima dela.

— Gol — murmuro, e a penetro em um único movimento.

Ela solta um grito rouco e gutural. Eu fico imóvel, segurando o rosto dela nas mãos.

— Eu amo você, Sra. Grey. — E, lentamente, faço amor com a minha esposa até ela gritar e desabar nos meus braços, me abraçando como se quisesse me proteger.

ANA ESTÁ DEITADA NO meu peito. Acho que *Arquivo X* acabou.

— Sabe, você ignorou completamente a pequena área. — Os dedos dela fazem um desenho no meu peito.

Eu dou uma risadinha.

— Fica para a próxima.

Eu encosto o nariz na cabeça dela, inspiro seu aroma mágico e dou um beijo. Os créditos de *Arquivo X* passam na televisão e, com o controle remoto, coloco o som de volta.

— Você gostava dessa série? — pergunta Ana.

— Quando eu era criança.

Ana fica quieta.

— E você? — pergunto.

— Não é da minha época.

— Você é tão jovem. — Eu a abraço com força. — Eu gosto de dar uns amassos em você, Sra. Grey.

— Digo o mesmo, Sr. Grey.

Ela beija meu peito e os comerciais começam na televisão.

Por que estamos vendo isso?

Porque eu gosto de ficar aqui, com ela deitada em cima de mim.

Essa é a vida de casado.

Eu poderia me acostumar a isso...

— Foram três semanas perfeitas — diz ela casualmente. — Apesar da perseguição de carro, do incêndio e do ex-chefe psicopata. Foi como se estivéssemos numa bolha, só nós dois.

— Hmm... — Eu a abraço com mais força. — Não sei se já estou pronto para dividir você com o resto do mundo.

— Amanhã voltamos à realidade. — Ela parece meio triste.

— A segurança vai ficar mais rigorosa...

Ana me silencia com o indicador.

— Eu sei. Vou ficar bem. Prometo. — Ela se apoia em um cotovelo e me observa. — Por que você estava brigando com o Sawyer?

— Porque nós fomos seguidos.

— Não foi culpa dele.

— Eles nunca deveriam ter deixado que você se afastasse tanto. Eles sabem disso.

— Isso não foi...

— Chega! — Sawyer fez merda e ele sabe. — Isso não está em discussão, Anastasia. É um fato, e eles não vão deixar que aconteça de novo.

— Tudo bem — diz ela. — O Ryan conseguiu alcançar a mulher no Dodge?

— Não. E não estou convencido de que era uma mulher.

— É mesmo?

— O Sawyer viu alguém de cabelo preso, mas ele olhou rápido. Deduziu que fosse uma mulher. Mas agora que você identificou aquele filho da mãe, talvez fosse ele. Ele usava o cabelo preso daquele jeito.

Aquele cretino está morto se eu botar as mãos nele.

Passo a mão pelas costas de Ana, os dedos acariciando a pele. Para me prender ao momento. Para me acalmar.

— Se acontecesse alguma coisa com você... — O pensamento é insuportável.

— Eu sei. Sinto o mesmo em relação a você. — Ela treme.

— Venha. Você está ficando com frio. — Eu me sento e a puxo comigo. — Vamos para a cama. Podemos passar pela pequena área lá.

SEGUNDA-FEIRA, 22 DE AGOSTO DE 2011

Para o nosso alívio, não há fotógrafos em frente à SIP quando paramos o Q7. Tenho esperanças de que o escrutínio intenso e a invasão da imprensa nas nossas vidas diminuam agora. Ana pega a pasta quando Ryan para o carro, e não consigo resistir a uma última tentativa.

— Você sabe que não precisa fazer isso, não sabe?

— Eu sei — responde ela baixinho, para que Ryan e Sawyer não possam ouvir. — Mas é o que eu quero. Você sabe disso.

O beijo doce dela não me acalma muito. Nós dois precisamos voltar à realidade. Não é?

— O que foi? — pergunta ela, e percebo que estou com a testa franzida.

Só voltarei a vê-la à noite. Nós passamos as últimas três semanas na companhia um do outro e foram os melhores dias da minha vida. Sawyer sai do carro para abrir a porta e aproveito a oportunidade.

— Vou sentir falta de ter você só para mim.

Ela coloca a mão na minha bochecha.

— Eu também. — Os lábios dela roçam os meus. — Foi uma lua de mel maravilhosa. Obrigada.

Para mim também, Ana.

— Vá trabalhar, Sra. Grey.

— Você também, Sr. Grey.

Sawyer abre a porta, ela aperta a minha mão e eu vejo os dois entrarem no prédio.

— Me leve para a Grey House — digo para Ryan e olho pela janela.

O dia está mais fresco, nublado, combinando perfeitamente com o meu humor. Estou desanimado. Talvez tenha sido isso que Ana sentiu ontem, apesar de não ter chegado a verbalizar para mim.

Se era isso que você estava sentindo, Ana, eu entendo. É depressão pós-lua de mel.

Enquanto Ryan e eu andamos até a entrada da Grey House, reparo em Barry e outro segurança que não reconheço do outro lado das portas de vidro. Barry costuma ficar perto do elevador e geralmente é o único segurança na recepção.

— Bom dia, Sr. Grey. Bem-vindo de volta — diz ele quando abre a porta.

— Obrigado, Barry. Bom dia.

Eles estão verificando se todos os funcionários da GEH estão com os crachás. Eu não estou, mas sou exceção. Welch não estava mentindo quando disse que ia redobrar as medidas de segurança.

Eu cumprimento os dois recepcionistas e vou para o elevador. Ambos respondem com um aceno, e reparo que estão usando os crachás também. É tranquilizador.

Andrea e Sarah olham quando a portas do elevador se abrem; as duas estão com os crachás pendurados no pescoço.

— Bem-vindo de volta, Sr. Grey — diz Andrea.

— Bom dia. Como vocês estão? Ah, isto é para você e para Sarah.

Eu coloco uma caixa de chocolates grande na mesa, direto de Ladurée, perto do Jardin des Tuileries, em Paris, que Ana insistiu que eu comprasse para elas. Andrea cora, sem palavras.

Sim. Eu não a culpo. Fora o presente de casamento dela, isso é novidade.

— Obrigada — diz Sarah, olhando a sacola com interesse.

— De nada. Eu teria trazido os famosos macarons também, mas me disseram que chocolate dura mais.

— Obrigada, Sr. Grey — diz Andrea, recuperando a compostura. — Café?

— Por favor. Puro.

— Já levo para o senhor.

Entro no escritório, deixando as risadinhas de Sarah e o pedido de silêncio de Andrea para trás. Reviro os olhos, fecho a porta e abafo o ruído delas.

À mesa, ligo para Welch para saber sobre Jack Hyde.

Quando a ligação termina, envio um e-mail para Ana, querendo saber como ela está se adaptando agora que voltou à SIP.

De: Christian Grey
Assunto: Bolha
Data: 22 de agosto de 2011 09:32
Para: Anastasia Grey

Sra. Grey,

Adorei todos aqueles dribles e lances de futebol ontem à noite.
Tenha uma boa volta ao trabalho.
Já estou com saudades da nossa bolha.

Bj,

Christian Grey
CEO de Volta ao Mundo Real, Grey Enterprises Holdings, Inc.

Meu telefone toca.
— Sr. Grey, seu pai está na linha — diz Andrea.
— Pode passar.
— Christian, você me ligou?
— Pai. — Conto para ele tudo que aconteceu com Jack Hyde desde que o demiti, em meados de junho. — A vingança dele contra mim está descontrolada. Nós vamos enviar as filmagens da sala do servidor para o FBI e para a polícia. Eles podem fazer as acusações. Só precisam localizar o sujeito primeiro. Mas, considerando o que encontramos no HD dele, acho que deveríamos estender nossos protocolos de segurança para você, mamãe, Mia e Elliot.
— Parece um exagero.
— Pai, ele é um cara inteligente. Eu não acharia nada impossível.
Carrick bufa.
— Bom, se você acha necessário...
— Eu acho. E nós fomos seguidos quando saímos da sua casa ontem. Ele sabe onde vocês moram.
— Porra!
Pai!
Meu pai suspira.
— Pode providenciar. Vou falar com a sua mãe e com a Mia.
— Vou falar com Elliot.
— Obrigado, Christian. Sinto muito que tenha chegado a isso.
— Eu também.
Com a garantia do consentimento relutante do meu pai, eu telefono para Welch, para ele implementar medidas de segurança para a minha família.
Eu só preciso contar para Elliot. Não sei como ele vai receber a notícia.
Quando olho meus e-mails, reparo que o que mandei para Ana voltou. Talvez ela não tenha tido tempo de mudar o endereço de e-mail dela no trabalho.

Vou me divertir um pouco com isso.
Eu encaminho o e-mail que mandei para ela.

De: Christian Grey
Assunto: Esposas malcomportadas
Data: 22 de agosto de 2011 09:56
Para: Anastasia Steele

Esposa,

Mandei o e-mail abaixo e ele voltou.
Foi porque você não trocou o seu nome.
Quer me dizer alguma coisa?

Christian Grey
CEO, Grey Enterprises Holdings, Inc.

Andrea bate na porta com outro café.
— Obrigado, Andrea. Vamos ver como está a agenda?
Ela se senta na cadeira em frente à minha mesa e discutimos os compromissos da semana e do mês seguinte.
— ... O senhor tem o Baile do Seattle Assistance Union pela Esperança na noite de quarta. Eu tenho dois convites. Sua mãe está envolvida nessa ação beneficente — explica ela.
— Tudo bem.
— E o evento da Telecommunications Alliance Organization para levantar fundos é na noite de quinta, em Nova York — diz Andrea. — Tenho dois convites também. O Gulfstream vai estar pronto. Está tudo confirmado. Stephan vai trazê-lo do Maine amanhã.
— Meus planos ainda não estão fechados. Vou falar com Rox para ver se uma visita à GEH Fiber Optics ainda é necessária.
— Certo. Stephan vai ficar à disposição caso o senhor decida ir. E vou mandar abastecerem o apartamento de TriBeCa, a não ser que o senhor prefira uma reserva no The Lowell...
Minha mente gira.
— Se eu for a Nova York, gostaria de voltar por Washington. Tem duas reuniões que podemos marcar para sexta, uma com a Securities and Exchange Commission, a outra com a senadora Blandino.

— O senhor quer que eu marque?

— Vou falar com Vanessa sobre a Securities and Exchange Commission. Mas, por enquanto, pode marcar com Blandino.

— Sim, senhor.

— Certo. Tenho que falar com Ros, e você pode ligar para Flynn? Ah, e arrume tempo para Bastille amanhã. Por favor.

— Pode deixar.

Ela se levanta e sai, e eu volto minha atenção para o computador. Um e-mail de Ana chegou há alguns minutos.

De: Anastasia Steele
Assunto: Não Estoure a Bolha
Data: 22 de agosto de 2011 09:58
Para: Christian Grey

Marido,

Adoro suas metáforas de futebol, Sr. Grey.
Quero manter meu sobrenome de solteira aqui.
Explico melhor hoje à noite.
Estou indo para uma reunião.
Também sinto falta da nossa bolha...

P.S.: Achei que eu tivesse que usar meu BlackBerry.

Anastasia Steele
Editora, SIP

Fico olhando para o e-mail.
Ela não vai assumir meu sobrenome.
Ela... não... vai... assumir... meu... sobrenome.
Por quê?
Ela não quer meu sobrenome.
Agora não, verme.
Parece um soco na barriga.
Fico encarando a tela, chocado e momentaneamente paralisado.
Não resista, seu verme!
Por que ela não me contou? É assim que eu descubro?

Droga. Para o inferno com isso tudo.
Eu vou convencê-la a mudar de ideia.
Como fez sobre ela te obedecer, Grey?
Meu telefone toca. É Andrea.
— Ros está subindo.
— Obrigado. Peça para ela entrar quando chegar.
Não sei o que dizer para Ana, então tiro o e-mail dela dos meus pensamentos e me preparo para a reunião com minha chefe de operações.
Ros está em ótima forma. Ela fala de uma programação concisa e me atualiza sobre tudo em uma hora.
— Você fez um ótimo trabalho — digo.
— Christian, não vou mentir. Eu adorei. Mas, sendo bem sincera, senti a sua falta.
Abro um sorriso porque não sei como devo reagir. Não estou acostumado a elogios da equipe.
— Sendo bem sincero, não posso dizer o mesmo — respondo.
Ela sorri.
— É assim que deve ser. Tenho certeza de que a viagem foi ótima.
— Foi mesmo, obrigado.
Só que a minha esposa não quer o meu nome.
Ela me olha brevemente com uma expressão especulativa, mas eu forço um sorriso.
— Vou falar com o pessoal de Detroit — diz ela — e vou ligar para Hassan para saber se você precisa visitar a operação de Nova York esta semana.
— Quinta seria bom caso eles precisem que eu vá.
— Eu aviso.
Depois que ela sai, eu releio o e-mail de Ana. Continua tão desanimador quanto na primeira vez que li. Enquanto penso em como responder, Andrea passa a ligação de Flynn.
— Christian. Bem-vindo de volta. Como foi a lua de mel? — Ele fala com vigor e amabilidade, muito britânico. Deve ter ido ao Reino Unido recentemente.
— Boa. Obrigado.
Ele hesita, e sei que Flynn sente que tem alguma coisa errada.
— Posso ir te ver hoje? — pergunto.
— Sinto muito, mas minha agenda está cheia.
Como eu não respondo, ele suspira.
— Janet, a minha secretária, vai me matar, mas vou te encaixar na hora do almoço. Porém, você vai ter que me ver comendo meus sanduíches de queijo e picles.
— Tudo bem. Que horas isso?

— Meio-dia e meia.

— Te vejo nesse horário.

Eu desligo e em seguida ligo para Elliot para contar toda a história de Hyde e explicar sobre os seguranças.

— Que filho da puta! — reclama Elliot.

— Sim. É um bom jeito de descrevê-lo. Mas não conte para Kate sobre isso. Sei como ela fareja as notícias...

— Cara... — protesta Elliot, mas eu o interrompo.

— Elliot, isso está fora de cogitação. Ela é tenaz. Eu conheci minha esposa por causa da insistência de Kate e não quero que ela atrapalhe a investigação da polícia se envolvendo nessa história.

Elliot fica em silêncio.

— Com todo respeito — acrescento.

Ele suspira.

— Tudo bem, cara. Espero que a polícia pegue o filho da mãe.

— Eu também.

— Eu estarei no trabalho, mas depois me conte sobre o encontro com Gia hoje à noite. Mal posso esperar para ver as plantas e começar a encomendar os materiais de que vamos precisar.

— Pode deixar.

— Tenho meia hora, Christian — diz Flynn quando entro na sala dele.

— Ela não quer usar meu sobrenome.

— O quê?

— Anastasia.

— Ela não quer usar seu sobrenome? — Ele parece confuso por um momento. — Anastasia Grey?

— É. Ela me mandou um e-mail hoje de manhã dizendo isso.

— Pode se sentar — diz ele, apontando para o sofá. E, em vez de se sentar na cadeira de sempre, ele se senta no sofá em frente. Tem um prato de sanduíches de pão de forma sem casca e o que parece ser refrigerante num copo na frente dele na mesa de centro. — É meu almoço.

— Pode comer. Eu não me importo.

— Christian, vamos voltar um pouco. Eu te vi pela última vez no dia do seu casamento. Foi uma ocasião alegre. Como foi a lua de mel?

Ele morde um pedaço grande de sanduíche enquanto minha mente volta para alguns dias antes. Eu relaxo um pouco quando me lembro das águas azuis e calmas do Mediterrâneo; o aroma de buganvília, a atenção e a eficiência da tripulação do *Fair Lady*... de quanto eu amei a companhia de Anastasia.

— Foi sublime.
John sorri.
— Que bom. Algum problema?
— Nada que eu queira discutir.
Ainda não estou preparado para contar a ele sobre o incidente do chupão.
Ele me encara com seriedade.
— Como você está atrapalhando meu almoço, vou dizer que isso não ajuda muito.
Suspiro.
— Nada sério. Nós tivemos uma briga.
— Foi por causa do seu sobrenome?
Eu fico vermelho.
— Hã. Não.
— Tudo bem. Quando e se você quiser discutir isso, podemos falar. E o que aconteceu depois?
Conto sobre Hyde, sobre a demissão dele, sobre o dispositivo incendiário e o fato de que ele tinha informações sobre mim, minha família e Ana no HD da SIP. E conto sobre a perseguição de carro.
— Caramba! — exclama Flynn quando eu termino.
— Ele é agora o principal suspeito da sabotagem ao meu helicóptero.
— Puta merda — sussurra ele, e dá uma mordida no sanduíche.
— Mas esse não é o motivo da minha vinda aqui. Hoje de manhã eu recebi um e-mail de Ana dizendo que ela não quer usar meu sobrenome. Eu esperaria uma discussão, pelo menos. Não só um e-mail.
— Entendo. — A expressão dele é pensativa. — Descobrir que o ex-chefe da sua esposa está tentando botar fogo no seu prédio e pode ser responsável por um acidente quase fatal com o seu helicóptero é algo grande, Christian. E uma perseguição de carro, ainda por cima... Você já pensou que pode estar canalizando seu estresse de todos esses incidentes em sua reação ao e-mail que recebeu da sua esposa?
Eu franzo a testa.
— Acho que não.
Ele coça o queixo.
— Conhecendo a sua ansiedade pela segurança da Ana, todos esses eventos devem ter tido um efeito sobre você. Como eu aprendi nos últimos meses, ela é sua preocupação principal. Sempre.
— Verdade.
— Você faz muito por ela — diz ele gentilmente.
Faço mesmo.
— Você abriu mão de muita coisa por ela.

Eu não digo nada. *Aonde ele quer chegar com isso?*

— Você pode estar interpretando o e-mail dela como uma rejeição, principalmente depois de tudo que você fez por ela, e isso magoa você.

Eu respiro fundo.

Sim. Isso magoa.

— Eu não consigo acreditar que ela não conversou comigo sobre isso. Parece que ela está me dispensando, jogando fora tudo o que eu me esforcei para me tornar. Eu não nasci um Grey.

Flynn franze a testa.

— Temos muita coisa para tirar dessa frase, Christian. E, infelizmente, não tenho tempo para isso agora. Eu odeio ter que falar isso, mas o fato de Anastasia decidir manter o sobrenome dela pode ter mais a ver com o que ela sente em relação a ela mesma do que com você. Na verdade, pode não ter nada a ver com você.

Como pode não ser sobre mim? É o meu sobrenome. O único que eu tenho... o único que reconheço.

Aí está você, seu verme.

Eu olho para ele, impassível.

— A melhor coisa a fazer é falar com ela. Dizer o que você sente — acrescenta Flynn. — Nós já conversamos sobre isso. Ana não é uma pessoa irracional.

Não é. A não ser quando se trata da promessa de obediência ao marido.

— Obviamente, isso é importante para você. Converse com ela. Acho que tenho um horário livre na quarta. Vamos poder falar melhor sobre essa questão. E talvez, até lá, vocês tenham conseguido chegar a um meio-termo.

— Meio-termo?

Ou ela usa meu sobrenome ou não usa. Como pode haver meio-termo?

— Pergunte o motivo a ela, Christian — diz ele delicadamente. — Comunique-se e comprometa-se.

— Sim, sim. "É melhor perder a batalha e vencer a guerra." — Eu repito as palavras dele de uma sessão anterior.

— Precisamente.

Eu me levanto.

— Obrigado por arrumar um encaixe tão rápido.

— Bom, espero que tenha ajudado.

— Acho que sim.

Vou falar com a Ana agora.

— Te vejo na quarta.

— Mais uma coisa. Leila Williams... ela está em Connecticut? — pergunto.

— Acho que sim. Ela começa a faculdade hoje em Hamden. Recebi um e-mail dela ontem. Está animada para começar a estudar.

Ele inclina a cabeça para o lado como se perguntasse "por quê?".

— Nada. Te vejo na quarta.

— Ryan, me leve à SIP.

— Sim, senhor.

No curto trajeto até o escritório de Ana, penso no que vou dizer para ela. Nós tivemos três semanas para discutir a questão do sobrenome dela, quando estávamos em lua de mel. Por que não tocou no assunto? Eu a chamei de Sra. Grey o tempo todo. Ela não protestou. Talvez eu tenha feito uma suposição idiota sobre o sobrenome dela, mas ela sabe que eu tenho... questões. Eu já falei para ela cuidar das minhas expectativas.

Eu quero que as pessoas saibam que ela é *minha* esposa.

Meu sobrenome faz isso. Representa tudo de bom que eu tenho na vida.

Meus pais. *Meu pai.*

Representa tudo o que ele fez por mim. Por Elliot e Mia também.

Apesar de ele ser um babaca às vezes.

Eu quero seguir seu exemplo mesmo assim.

E todas as vezes que parei na frente da mesa dele enquanto ele me dava uma bronca, eu soube que o tinha decepcionado.

Ele me levou a ser uma pessoa melhor, um homem melhor.

Eu o admiro.

Eu o amo.

Porra.

Acho que eu devia esperar até a noite.

Não. Isso não pode esperar. Vou enlouquecer.

É importante demais para mim.

Enquanto olho pela janela do carro, vendo todo mundo cuidar da vida, meu ressentimento ferve. Por que ela não me contou?

Quando chego à SIP, minha paciência está por um fio. A primeira pessoa que encontro é Jerry Roach, que está de pé na recepção conversando com uma mulher magra de cabelo escuro comprido e meio bagunçado.

— Christian Grey — diz ele sem acreditar.

— Jerry. Como vai?

— Hã. Bem. Esta é Elizabeth Morgan, nossa chefe de RH.

— Oi — murmuro com a voz tensa enquanto trocamos um aperto de mãos.

— Sr. Grey, ouvi falar muito de você.

O sorriso dela não chega aos olhos, e duvido que Ana tenha comentado com ela sobre mim. Então não faço ideia de onde ouviu falar de mim, mas não tenho tempo para especular sobre isso agora.

— O que posso fazer por você? — pergunta Roach com uma voz agradável.

— Preciso dar uma palavrinha com a Srta. Steele.

— Ana? Claro. Vou acompanhá-lo até lá. Venha comigo.

A conversinha bajuladora dele deixa muito a desejar, e ignoro a maior parte enquanto passamos pelas portas duplas atrás do balcão da recepção e seguimos até o escritório de Ana. Lembro que ela disse que ele ficou meio louco quando soube que estávamos noivos. Isso me faz não gostar dele. Penso em como ele se sentiria se trabalhasse para Ana. Isso o deixaria louco.

É uma ótima ideia.

Isso lhe ensinaria uma lição.

Ana está na antiga sala de Hyde. Eu cumprimento Sawyer, que está parado do lado de fora, enquanto Roach bate na porta.

— Pode entrar — diz Ana.

A sala continua tão pequena e feia quanto lembro; ainda precisa de uma renovada e de uma mão de tinta. Mas tem flores na mesa de Ana e as estantes estão arrumadas. Ela está almoçando com uma jovem que suponho que seja sua assistente. As duas me olham, boquiabertas. Eu me viro para a assistente.

— Olá, você deve ser a Hannah. Sou Christian Grey.

Hannah fica de pé meio desajeitada e estende a mão.

— Sr. Grey. P-prazer em conhecê-lo — diz ela enquanto trocamos um aperto de mão. — Posso lhe trazer um café?

— Por favor. — Abro um sorriso educado, e ela sai correndo da sala. Eu me viro para Roach. — Se me der licença, Roach, eu gostaria de ter uma palavra com a *Srta.* Steele.

— Claro, Sr. Grey. Ana. — Roach sai e fecha a porta da sala.

Eu volto a atenção para a minha esposa, que está com uma expressão culpada, como se eu a tivesse flagrado fazendo algo ilícito, embora ela continue linda, como sempre.

Um pouco pálida, talvez.

Um pouco hostil, talvez.

Merda. Minha raiva recua e a ansiedade toma seu lugar. Ana empertiga os ombros.

— Sr. Grey, que bom ver você.

O sorriso dela é doce demais, e sei que nossa lua de mel acabou e que estou com uma briga nas mãos. Meu ânimo despenca de novo.

— *Srta.* Steele, posso me sentar?

Eu indico a cadeira de couro surrada de frente para a mesa de Ana, que estava sendo ocupada por Hannah.

— A empresa é sua. — Ana indica a cadeira com um movimento casual da mão.

— De fato. — Abro um sorriso com uma expressão igualmente doce.

Sim, baby. É minha.

Estamos nos encarando como boxeadores num ringue, um avaliando o outro. Sufoco minha amargura e me preparo para a batalha iminente. Essa questão é importante para mim.

— Sua sala é bem pequena — observo enquanto me sento.

— É o suficiente. — O tom dela está seco e irritado; ela está com raiva. — Então, o que posso fazer por você, Christian?

— Estou apenas conferindo meus bens.

— Seus bens? — diz ela com deboche. — Todos eles?

— Todos eles. Alguns precisam de um reposicionamento.

— Reposicionamento? — Ela ergue as sobrancelhas. — De que maneira?

— Acho que você sabe.

Ela suspira.

— Por favor... Não me diga que você interrompeu seu dia de trabalho depois de três semanas ausente para vir até aqui e brigar comigo por causa do meu nome.

Foi exatamente isso que eu fiz.

Eu cruzo as pernas e tiro um fiapo da calça para ganhar tempo.

Fique firme, Grey.

— Não exatamente brigar. Não.

Ela semicerra os olhos. Irritada.

— Christian, eu estou trabalhando.

— A mim pareceu que você estava fofocando com a sua secretária.

— Estávamos repassando nossas tarefas — murmura ela com as bochechas coradas. — E você não respondeu à minha pergunta.

Há uma batida na porta.

— Entre! — grita Ana, surpreendendo nós dois.

Hannah aparece com uma bandejinha com café, que coloca na mesa de Ana.

— Obrigada, Hannah — murmura Ana, envergonhada.

— Precisa de mais alguma coisa, Sr. Grey? — pergunta Hannah.

— Não, obrigado. — Abro meu melhor sorriso para ela. Tem o efeito desejado, e ela sai da sala. — Onde estávamos mesmo, *Srta.* Steele?

— Você estava interrompendo rudemente meu dia de trabalho para brigar comigo por causa do meu nome. — Ana cospe as palavras em cima de mim, a veemência me pegando de surpresa.

Ela está com raiva mesmo.

Eu também estou.

Ela devia ter falado sobre isso comigo.

— Gosto de fazer visitas-surpresa. Mantêm os gerentes nos eixos, as esposas nos lugares. Sabe como é.

— Eu não sabia que você tinha tempo sobrando para isso — rebate ela.

Chega. Vá direto ao ponto, Grey.

Esforçando-me para manter o tom respeitoso, pergunto baixinho:

— Por que você não quer mudar seu nome aqui?

— Christian, temos que discutir isso agora?

— Eu estou aqui. Não vejo por que não discutirmos logo essa questão.

Isso é importante para mim, Ana.

— Estou cheia de coisas para fazer, tenho trabalho acumulado das últimas três semanas.

— Você tem vergonha de mim? — pergunto, surpreendendo a mim mesmo e revelando inadvertidamente a escuridão que reside na minha alma.

Eu não pretendia abordar essa questão.

Eu prendo a respiração.

Não resista, seu verme.

— Não! Christian, é claro que não. — Ela franze a testa, perplexa. — Não tem nada a ver com você.

— Como não tem nada a ver comigo?

Eu inclino a cabeça para o lado, querendo que ela explique. Claro que tem a ver comigo; é o meu sobrenome.

A expressão dela se suaviza.

— Christian, quando eu assumi esse emprego, tinha acabado de conhecer você. — Parece que ela está falando com uma criança. — Não sabia que você ia comprar a empresa... — Ana fecha os olhos, como se fosse uma lembrança particularmente dolorosa, e apoia a cabeça nas mãos. — Por que isso é tão importante para você? — pergunta ela com o olhar suplicante.

— Quero que todo mundo saiba que você é minha.

— Eu sou sua... Olhe. — Ela levanta a mão com a aliança e o anel de noivado.

— Não é suficiente — sussurro.

— Não é suficiente que eu tenha me casado com você? — A voz dela sai quase inaudível e ela arregala os olhos.

— Não foi isso o que eu quis dizer.

Ana, não distorça minhas palavras.

— O que você *quis* dizer? — pergunta ela.

— Quero que o seu mundo comece e termine em mim.

Seus olhos estão absurdamente azuis.

— E o meu mundo *é* assim — diz ela, e não sei se já ouvi palavras tão cheias de paixão silenciosa; elas sugam o ar da sala e tiram meu fôlego. — Estou apenas tentando estabelecer uma carreira — continua ela, entrando no assunto — e não quero trocar tudo pelo seu nome. Eu tenho que fazer *alguma coisa*, Christian.

Eu engulo minha emoção crescente e escuto com atenção enquanto ela fala.

— Não posso ficar presa no Escala ou na nossa casa nova sem nada para fazer. Eu ficaria maluca. Sufocada. Sempre trabalhei, e gosto de trabalhar. Este é o emprego dos meus sonhos, tudo o que eu sempre quis. Mas fazer isso não significa que eu ame você menos. Você é o meu mundo. — A voz dela está rouca e os olhos úmidos de lágrimas não derramadas.

Nós sustentamos o olhar um do outro, mantendo o silêncio entre nós.
Você é meu mundo, Ana.
Mas quero você presa a mim de todas as formas.
Eu preciso disso.
Eu preciso de você... talvez até demais.
— Eu sufoco você? — sussurro.

— Não... Sim... Não. — Ela soa exasperada; fecha os olhos e massageia a testa. — Olhe, estávamos conversando sobre o meu nome. Quero manter meu nome aqui porque quero conservar alguma distância entre mim e você... Mas só aqui, só isso. Você sabe que todo mundo pensa que eu consegui esse emprego por sua causa, quando a realidade é... — Ela para e se recosta, olhando para a minha expressão com os olhos arregalados.

Merda. Como ela consegue me interpretar tão bem?
Confessa logo, Grey.
— Você quer saber por que conseguiu esse emprego, Anastasia?
— O quê? O que você quer dizer?
— A gerência daqui deu a você o trabalho do Hyde para você servir de babá do cargo. Seria muito caro contratar um executivo sênior justo quando a empresa estava sendo vendida. Não tinham ideia do que o novo dono faria quando tomasse posse e, sabiamente, não queriam arcar com os altos custos da demissão. Então colocaram você no lugar do Hyde para que ocupasse o cargo até o novo dono... quer dizer, eu, assumir.

Essa é a verdade.
— O que você está dizendo? — Ela parece ofendida e horrorizada.
Baby. Não precisa ficar tensa.
— Relaxe. Você mais do que cresceu com o desafio. Está se saindo muito bem.
Você é muito boa no que faz, Anastasia Steele.
— Ah — diz ela, e parece perdida.
E tudo fica claro como água.
É isso que ela quer.

Esse é o sonho dela, e eu posso fazê-lo se tornar realidade.

Eu prometi no nosso casamento que apoiaria os sonhos dela.

Não quero sufocá-la; quero ajudá-la a alcançar seu potencial. Quero que ela voe... só não para muito longe de mim.

— Não quero sufocar você, Ana. Não quero colocar você em uma jaula dourada. Quer dizer... Quer dizer, minha parte racional não quer.

É arriscado, mas dou minha cartada mais ambiciosa até o momento e falo em voz alta a ideia que tenho naquela hora mesmo.

— Então um dos meus objetivos em vir aqui, além de lidar com a minha esposa malcomportada, é discutir o que vou fazer com esta empresa.

Ana amarra a cara.

— E quais são os seus planos? — O sarcasmo está em cada palavra dela, que inclina a cabeça para o lado, como eu... me imitando, debochando de mim, desconfio.

Meu Deus, como eu a amo; ela recuperou a força.

— Vou mudar o nome da empresa. Para Grey Publishing.

Ana pisca.

— E em um ano ela será sua.

Ela fica de queixo caído.

— É o meu presente de casamento para você.

Ela fecha a boca, volta a abri-la e a fecha novamente, parecendo em choque. Eu continuo.

— Então, vou ter que mudar o nome para Steele Publishing?

— Christian, você já me deu um relógio... E eu não sei administrar um negócio.

— Eu comecei a administrar meu negócio quando tinha vinte e um anos.

— Mas você é... *você*. Controlador e superdotado. Caramba, Christian, você chegou a estudar economia em Harvard por um tempo. Pelo menos você tem alguma ideia. Eu passei três anos vendendo tintas e braçadeiras em um trabalho de meio período, pelo amor de Deus. Conheço muito pouco do mundo e não sei quase nada!

Bom, isso não é verdade.

— Você também é a leitora mais voraz que eu conheço. — Eu tenho que dizer isso para ela. — Você ama um bom livro. Não conseguiu largar o trabalho nem quando estávamos em lua de mel. Quantos originais você leu? Quatro?

— Cinco — sussurra ela.

— E escreveu relatórios completos sobre todos eles. Você é uma mulher muito inteligente, Anastasia. Tenho certeza de que vai conseguir.

— Você está louco?

— Louco por você.

Sempre.

Ela faz um barulho como se tentasse não rir.

— Você vai ser motivo de piada. Comprando uma empresa para a mulherzinha, que só teve um emprego integral por poucos meses na vida adulta.

Eu descarto as preocupações dela com um gesto da mão.

— Você acha que eu me importo com o que os outros pensam? Além disso, você não vai estar sozinha.

— Christian, eu... — Ela para, sem palavras, e eu aprecio o momento. Não acontece com frequência. Ana coloca as mãos na cabeça de novo. Quando olha para mim, está tentando não rir.

— Está achando graça de algo, *Srta.* Steele?

— Estou. De você.

A diversão dela é contagiosa e me pego sorrindo. É isso que ela faz. Ela me desarma.

Todas as vezes.

— Rindo do seu marido? Isso é inaceitável.

Ela afunda os dentes no adorável lábio inferior.

— E você está mordendo o lábio — murmuro sombriamente; é uma visão estimulante.

Ela se afasta.

— Nem pense nisso — avisa ela.

— Nisso o quê, Anastasia?

Trepar no seu escritório? A luxúria percorre meu corpo como um raio.

— Eu conheço esse olhar. Estamos no trabalho — sussurra ela.

Você não sente, Ana? Essa bruxaria entre nós é potente. Pura. Eu me inclino para a frente para olhar melhor para ela, para sentir seu aroma, para tocá-la.

— Estamos numa sala pequena, razoavelmente protegida dos ouvidos alheios e com uma porta que pode ser trancada — sussurro.

Eu quero seduzir minha esposa.

— Conduta moral inadequada. — Cada palavra sai como um projétil, formando um escudo em volta dela.

— Não se for com o seu marido.

— Com o chefe do chefe do meu chefe — sussurra ela.

— Você é minha esposa.

— Christian, não. Estou falando sério. Você pode me comer e castigar hoje à noite. Mas não agora. Não aqui!

Inferno. Eu respiro fundo quando caio em mim, e a temperatura na sala volta ao normal. Dou uma risada para liberar a tensão.

— Comer e castigar? — Eu arqueio a sobrancelha, intrigado. — Vou cobrar essa promessa, *Srta.* Steele.

— Ah, pare com isso de Srta. Steele! — diz ela com rispidez, batendo a mão na mesa e fazendo nós dois tomarmos um susto. — Pelo amor de Deus, Christian. Se é tão importante para você, eu mudo meu nome!

O quê?

Ela está concordando?

Sinto um alívio repentino.

Meu rosto se abre num sorriso enorme. Tive sucesso numa negociação com a minha esposa. Acho que é a primeira vez.

Obrigado, Ana.

— Ótimo. — Bato palmas e me levanto de repente. — Missão cumprida. Bom, agora eu tenho trabalho a fazer. Se me der licença, Sra. Grey.

Ela me encara.

— Mas...

— Mas o quê, Sra. Grey?

Ela balança a cabeça e fecha os olhos, parecendo totalmente exasperada.

— Nada. Pode ir.

— É o que estou fazendo. A gente se vê à noite. Estou ansioso para castigá-la. — Ignoro a cara fechada dela. — Ah, e eu tenho um monte de eventos sociais de negócios, quero que você me acompanhe.

Ela franze a testa.

— Vou pedir à Andrea que ligue para Hannah pedindo para ela reservar as datas na sua agenda. Tem algumas pessoas que você precisa conhecer. Você deveria deixar a Hannah cuidar dos seus horários daqui para a frente.

— Tudo bem — murmura ela, parecendo perdida.

Eu me inclino sobre a mesa e olho direto para aqueles olhos azuis atordoados.

— Adorei negociar com você, Sra. Grey. — Ela não se mexe, e dou um beijo suave nos lábios dela. — Até mais tarde, querida — sussurro, antes de me virar e ir embora.

Do lado de fora da SIP, afundo no banco de trás de couro do Audi que me aguarda e peço a Ryan para me levar de volta à Grey House.

Graças aos céus.

Meu alívio é proporcional à ansiedade que eu estava sentindo antes de entrar no prédio. Parece que minha esposa sabe ser razoável. Pego o celular para enviar um e-mail para ela e descubro que Ana foi mais rápida do que eu.

De: Anastasia Steele
Assunto: NÃO SOU UM BEM!

Data: 22 de agosto de 2011 14:23
Para: Christian Grey

Sr. Grey,
Da próxima vez que vier me ver, marque uma hora; assim posso ao menos estar mais preparada para a sua autoritária megalomania adolescente.

Um beijo,
Anastasia Grey <————— favor reparar no nome.
Editora, SIP

Megalomania autoritária, é?
Minha esposa é boa com as palavras.

De: Christian Grey
Assunto: Castigo
Data: 22 de agosto de 2011 14:34
Para: Anastasia Steele

Minha Querida Sra. Grey (ênfase no Minha),
O que posso dizer em minha defesa? Eu estava passando aí perto.
E não, você não é um bem, é minha esposa amada.
Como sempre, você alegrou meu dia.

Christian Grey
CEO & Megalomaníaco Autoritário, Grey Enterprises Holdings, Inc.

Agora que estou mais calmo, posso enfim voltar para o escritório. Preciso almoçar.

DURANTE A TARDE, VERIFICO meus e-mails para ver se Ana respondeu. Ela não deu notícias, então suponho e espero que seja o fim dessa história.

MAIS TARDE, ESTOU NO carro esperando Ana em frente à SIP. Ryan está batendo com os dedos no volante e isso está me enlouquecendo.
Puta que pariu.
Taylor volta à noite e estou empenhado em manter a calma. Fico olhando na direção da porta para ver se Ana está chegando. De acordo com meu relógio, são

exatamente 17h35. Ela está cinco minutos atrasada. Nós temos uma reunião com Gia mais tarde; espero que Ana não tenha esquecido.

Onde ela está?

Sawyer aparece, segurando a porta para Ana. Ryan sai e contorna o carro até a porta do banco do carona.

O que ele está pretendendo?

De cabeça baixa, Ana anda rapidamente na nossa direção, seguida de Sawyer, que se senta no banco do motorista enquanto Ana entra no carro. Ryan se senta no banco do carona.

— Oi — diz ela, evitando contato visual.

— Oi.

— Interrompeu o trabalho de mais alguém hoje? — O tom dela está mais gelado do que uma noite no Ártico.

— Só o do Flynn.

Ela me encara com surpresa, mas volta a olhar para a frente.

— Da próxima vez que você for vê-lo, vou dar uma lista de assuntos para vocês discutirem. — Ela está tensa como um gatinho feroz ao meu lado.

Ela ainda está com raiva.

Eu pigarreio.

— Você parece irritada, Sra. Grey.

Ela não responde. Só olha à frente, me ignorando. Eu chego um pouco mais perto e pego a mão dela.

— Ei — sussurro. Ela afasta a mão da minha. — Está com raiva de mim?

— Sim — diz Ana com rispidez, e cruza os braços, virando o rosto para olhar pela janela.

Droga.

Seattle passa pela janela e fico olhando para fora sem enxergar nada, me sentindo infeliz e perdido. Eu achei que tivéssemos resolvido a questão.

Sawyer para em frente ao Escala e Ana pega a pasta e sai do carro antes que qualquer um de nós esteja pronto.

— Ana! — chamo.

— Pode deixar — diz Ryan, e corre atrás dela.

Sem esperar que Sawyer abra minha porta, vou atrás deles a tempo de ver Ana entrar no prédio com Ryan em seu encalço.

Estou logo atrás dele quando Ryan corre à frente para chegar ao elevador antes dela e apertar o botão.

— Que foi? — diz Ana para ele com rispidez.

Ele fica vermelho, acho que em choque pelo tom dela.

— Minhas desculpas, madame.

Ele chega para trás quando me junto aos dois.

— Então não é só comigo que você está irritada? — observo secamente.

— Você está rindo de mim? — diz ela, brava, semicerrando os olhos.

— Longe de mim.

Eu levanto as mãos como se estivesse me rendendo. Não sou páreo para o mau humor da minha esposa.

— Você precisa cortar o cabelo — diz ela.

Ela amarra a cara quando entra no elevador.

— Sério?

Temendo pela minha vida, tiro o cabelo da testa e tomo coragem para entrar atrás dela.

— Sério.

Ela digita o código do nosso andar no teclado numérico.

— Então você voltou a falar comigo?

— Só o necessário.

— Por que exatamente você está com raiva de mim? Preciso de uma dica.

Para ter certeza.

Ela me encara, boquiaberta.

— Você realmente não tem ideia? Sério, você é tão inteligente, não suspeita de nada? Não acredito que seja tão tapado.

Uau.

Eu dou um passo para trás.

— Você está realmente brava. Achei que tivéssemos resolvido tudo hoje mais cedo na sua sala.

— Christian, eu só capitulei diante das suas exigências petulantes. Só isso.

Não tenho resposta para esse comentário.

A porta do elevador se abre e Ana sai.

— Oi, Taylor — diz ela.

Eu a sigo até o saguão.

— Sra. Grey — cumprimenta Taylor, e me olha com as sobrancelhas erguidas.

Ana larga a pasta no corredor.

— É bom te ver — digo baixinho para Taylor.

— Senhor — diz ele, e eu sigo minha esposa até a sala.

— Oi, Sra. Jones — diz Ana, e vai direto para a geladeira.

Eu cumprimento Gail com a cabeça. Ela está ao fogão preparando o jantar.

Ana pega uma garrafa de vinho e uma taça no armário enquanto eu tiro o paletó, pensando no que dizer para ela.

— Aceita uma bebida? — pergunta ela em tom doce.

— Não, obrigado.

Eu a observo enquanto tiro a gravata e abro o colarinho da camisa. Ela se serve de uma taça generosa de vinho enquanto a Sra. Jones, após me lançar um olhar rápido e impossível de decifrar, sai da cozinha.

Parece que Ana assustou todos os meus funcionários.

Sou o último sobrevivente.

Passo a mão pelo cabelo, me sentindo impotente, enquanto ela toma uma taça de vinho, fecha os olhos e, ao que parece, aprecia seu sabor.

Chega.

— Pare com isso — sussurro, e vou na direção dela. Coloco o cabelo dela atrás da orelha e acaricio de leve o lóbulo da orelha, porque quero tocar nela. Ela respira fundo e se afasta de mim. — Fale comigo.

— Para quê? Você não me escuta.

— Escuto, sim. Você é uma das poucas pessoas a quem eu escuto.

Ela não desvia o olhar de mim quando toma outro gole de vinho.

— É por causa do seu nome? — pergunto.

— Sim e não. É por causa da maneira como você lidou com o fato de eu ter discordado de você. — Ela fala com grosseria.

— Ana, você sabe que eu tenho... problemas. Para mim é difícil abrir mão de certas coisas relacionadas a você. Você sabe disso.

— Mas eu não sou uma criança e não sou um bem.

— Eu sei. — Suspiro.

— Então pare de me tratar como se eu fosse — implora Ana.

Não consigo não tocar nela. Passo os dedos pela bochecha dela e a ponta do polegar no lábio inferior.

— Não fique zangada. Você é tão preciosa para mim... Como um bem inestimável, como uma criança.

— Não sou nada disso, Christian. Sou sua esposa. Se você ficou magoado porque eu não ia usar seu nome, deveria ter dito.

— Magoado?

Eu franzo a testa. *Magoado? Sim. Estou. Foi... merda.*

Isso é confuso. Foi o que Flynn disse. Eu olho para o relógio.

— A arquiteta vai estar aqui em menos de uma hora. É melhor comermos.

Ana parece consternada e o franzido entre as sobrancelhas dela está mais fundo do que o habitual.

— Esta discussão não acabou.

— O que mais temos para discutir?

— Você poderia vender a empresa.

— Vender? — Faço um ruído de desprezo.

— Sim.

Por que eu faria isso?
— Você acha que eu encontraria um comprador no mercado de hoje?
— Quanto custou?
— Foi relativamente barata.
— E se ela fechar?
— Vamos sobreviver. Mas não vou deixar a empresa fechar, Anastasia. Não enquanto você estiver lá.
— E se eu sair?
— E vai fazer o quê?
— Não sei. Alguma outra coisa.
— Você já disse que esse é o emprego dos seus sonhos. E, perdoe-me se estiver errado, mas eu prometi perante Deus, o reverendo Walsh e uma congregação dos nossos entes e amigos mais próximos e mais queridos que eu "cuidaria de você, apoiaria suas esperanças e seus sonhos e a manteria segura ao meu lado".
— Citar os votos de casamento não é jogar limpo comigo.
— Eu nunca prometi jogar limpo quando a questão envolvesse você. Além disso, você já usou essa arma contra mim antes.
Ela fecha a cara.
— Anastasia, se ainda está irritada comigo, desconte na cama mais tarde.
Ela fica boquiaberta, e eu sei bem como gostaria de preencher sua boca.
Agora.
Aqui.
Mas, então, eu lembro.
— Castigo — sussurro. — Estou ansioso.
Ela fecha e abre a boca de novo.
Ah, baby. O que eu gostaria de fazer com essa boca...
Pare, Grey.
— Gail! — grito, e, alguns instantes depois, ela volta para a cozinha.
— Sim, Sr. Grey?
— Gostaríamos de comer agora, por favor.
— Muito bem, senhor.
Observo Ana, que ficou quieta de uma forma preocupante, tomar outro gole de vinho.
— Acho que vou tomar uma taça também — murmuro, e passo a mão pelo cabelo.
Ela está certa, está comprido demais, mas acho que ela não aprovaria se eu fosse ao Esclava para fazer um corte.
Ana fica monossilábica enquanto comemos. Bom, pelo menos eu estou comendo. Ana está empurrando a comida de um lado para outro no prato, mas,

considerando o tanto que ela está com raiva de mim, decido não repreendê-la por isso.

É frustrante.

Que inferno. Eu não consigo ficar calado.

— Não quer mais comer?

— Não.

Eu me pergunto se ela está fazendo de propósito. Mas, antes que eu possa perguntar, ela se levanta e tira o meu prato vazio e o dela da mesa de jantar.

— Gia deve chegar daqui a pouco — murmura ela.

— Pode me dar, Sra. Grey — diz a Sra. Jones.

— Obrigada.

— A senhora não gostou? — pergunta Gail, preocupada.

— Estava ótimo. Só não estou com fome.

A Sra. Jones abre um sorriso de pena para Ana, e eu contenho meu revirar de olhos.

— Vou fazer algumas ligações — murmuro, para fugir das duas.

O pôr do sol espetacular acima do estuário distante não melhora muito meu humor. Desejo por um momento que Ana e eu estivéssemos no *The Grace* ou de volta no *Fair Lady*. Nós não discutimos lá. Bom, a não sei pelo incidente do chupão.

Eu penso nas palavras de Flynn. *Casamento é coisa séria.*

É mesmo.

Às vezes, séria demais, principalmente se sua esposa não concorda com você.

Comunique-se e comprometa-se.

Esse devia ser meu novo mantra.

Por que isso é tão difícil?

"Eu não quero que você sabote sua própria felicidade, Christian."

Flynn continua na minha cabeça.

Merda, é isso que eu estou fazendo?

Com mau humor, eu pego o telefone e ligo para o meu pai, para avisá-lo que tudo foi providenciado para a segurança adicional. É uma conversa breve e, quando termino, recolho as plantas de Gia Matteo e volto para a sala.

Não há sinal de Ana nem da Sra. Jones, que arrumou a cozinha e a área de jantar. Eu abro as plantas na mesa de jantar e, usando o controle remoto, olho a lista de músicas. Encontro o Réquiem de Fauré.

Isso deve acalmar minha alma.

E talvez a de Ana também.

Aperto o play e espero. As notas de um órgão de igreja ecoam pela sala e em seguida vem a voz celestial do coral, as vozes subindo e descendo com o lamento.

É impressionante.

Acalma.
Eleva.
É perfeito.
Ana aparece na porta, para e inclina a cabeça para ouvir a música. Ela está diferente; está usando cinza-prateado, o cabelo iluminado por trás, pelas luzes do corredor. Ela parece um anjo.

— Sra. Grey.
— O que é isso? — pergunta ela.
— Réquiem de Fauré. Você está diferente.
— Ah. Eu nunca tinha ouvido antes.
— É muito calma, relaxante. Você fez alguma coisa com o cabelo?
— Escovei — diz ela, e tem uma distância enorme entre nós.

Transportado pela minha esposa deslumbrante e pela música, eu vou até ela.
— Dança comigo? — murmuro.
— Isso? Mas é um réquiem — diz ela, chocada.
— É.

E daí?

Eu a puxo para os meus braços e a abraço, meu nariz no cabelo dela, inspirando a fragrância doce e perturbadora. Ela retribui o abraço e se encosta no meu peito e, juntos, começamos a dançar. Lentamente. De um lado para outro.

Ana. Era disso que eu estava sentindo falta. Você. Nos meus braços.

— Odeio brigar com você — sussurro.
— Então pare de ser babaca, ora essa.

Dou uma risadinha e a puxo mais para perto.
— Babaca?
— Escroto.
— Prefiro babaca.
— Combina com você.

Dou uma risada e beijo o alto da cabeça dela, lembrando o dia em que ela ficou impressionada com a palavra quando a ouviu na Harrods.

Londres. Momentos felizes.

— Um réquiem? — Há certa censura no murmúrio dela.
Eu dou de ombros.
— É só uma linda música, Ana.

E eu estou te abraçando.

Taylor tosse e, mesmo contra minha vontade, eu a solto.
— A Srta. Matteo está aqui — anuncia ele.
— Mande-a entrar.

Seguro a mão de Ana quando Gia entra.

— Christian. Ana. — Ela abre um sorriso para nós, e apertamos a mão dela.
— Gia — digo educadamente.
— Vocês dois parecem ótimos depois da lua de mel — diz ela suavemente.
Eu puxo Ana para perto.
— Passamos uma temporada maravilhosa, obrigado.
Dou um beijo suave na têmpora da minha esposa; ela enfia a mão no bolso de trás da minha calça e, para o meu deleite, aperta minha bunda.
Gia dá um sorriso amarelo.
— Vocês conseguiram olhar as plantas? — pergunta ela com animação.
— Conseguimos — diz Ana com um olhar rápido na minha direção.
Não consigo conter o sorriso. Ana passou a agir como quem quer marcar território e deixar claro a quem eu pertenço. Gostei.
— Por favor. As plantas estão aqui.
Indico a mesa de jantar. Com relutância, me afasto de Ana, mas seguro a mão dela.
— Quer beber alguma coisa? — pergunta Ana a Gia. — Uma taça de vinho?
— Seria ótimo. Branco seco, se tiver — diz ela.
Eu desligo a música e Gia vai até a mesa comigo.
— Quer mais vinho, Christian? — pergunta Ana.
— Por favor, querida. — Eu a vejo pegar as taças.
Gia para ao meu lado.
— É um ótimo trabalho, Gia — digo, e ela chega perto demais de mim. — Isso, especialmente. — Aponto para a elevação traseira do desenho no CAD. — Acho que a Ana tem alguns ajustes a sugerir sobre a parede de vidro, mas no geral estamos satisfeitos com as ideias que você propôs.
— Ah, fico feliz em saber — diz Gia, tocando no meu braço.
Fica longe, porra. Ela está usando um perfume intenso e doce que é quase sufocante.
Eu me afasto um pouco e falo com Ana:
— E o vinho?
— Já estou indo — responde Ana.
Um momento depois, ela volta com taças de vinho para cada um de nós e se posiciona entre mim e Gia... deliberadamente, eu acho. Será que ela reparou que Gia não consegue ficar com as mãos longe de mim?
— Tim-tim. — Levanto minha taça em agradecimento a Ana e tomo um gole de vinho.
— Ana, você tem restrições à parede de vidro? — pergunta Gia.
— Tenho. Eu adorei, não me entenda mal. Mas acho melhor incorporarmos de uma maneira mais orgânica à casa. Afinal, eu me apaixonei por ela como era e não quero fazer nenhuma mudança radical.

— Entendo.

Gia desvia o olhar para mim, e eu olho para Ana, que acrescenta:

— Só quero que o projeto seja harmonioso, sabe... Mais em coerência com a casa original.

Ana olha para mim.

— Sem grandes renovações? — murmuro.

— Isso.

— Você gosta do jeito que está?

— Na maior parte, sim. Sempre achei que só precisava de uma reforma.

Os olhos de Ana estão brilhando, tenho certeza de que refletindo os meus. *Estamos falando da casa ou de mim?*

— Tudo bem. — Gia olha rapidamente para nós antes de sugerir uma nova ideia. — Acho que estou entendendo aonde você quer chegar, Ana. Que tal se conservarmos a parede de vidro, mas a abrirmos para um deque maior, que mantenha o estilo mediterrâneo? Já temos o terraço de pedras. Podemos colocar pilares de uma pedra que combine, bem espaçados, para não perdermos a vista. Acrescentamos um telhado de vidro ou colocamos telhas, tal como no resto da casa. Assim, também servirá como uma área aberta para refeições ou descanso.

Ana parece impressionada.

Gia continua:

— Ou, em vez do deque, podemos incorporar madeira colorida à sua escolha entre as portas de vidro, o que ajudaria a manter o espírito mediterrâneo.

— Como as lindas janelas azuis do sul da França — murmura Ana para mim.

Não gosto muito da ideia, mas não vou me opor a ela na frente da Srta. Matteo. Além do mais, se for o que Ana quer, tudo bem. Eu posso aprender a viver com isso. Ignoro Gia, empertigada ao meu lado.

— Ana, o que você quer fazer? — pergunto.

Gostei da ideia do deque.

— Eu também.

Ana volta a atenção para Gia.

— Acho que eu gostaria de ver novos desenhos, mostrando o deque maior e os pilares que vão manter o estilo da casa.

— Claro — diz Gia para Ana. — Mais alguma questão?

— Christian quer remodelar a suíte principal — comenta Ana.

Outra tosse discreta nos interrompe.

— Taylor? — Ele está parado na porta.

— Preciso falar com o senhor sobre um assunto urgente, Sr. Grey.

Aperto os ombros de Ana e falo com Gia.

— A Sra. Grey está no comando desse projeto. Ela tem carta branca. O que ela quiser, nós faremos. Confio plenamente em seus instintos. Ela é muito perspicaz. — Ana acaricia minha mão de leve. — Agora se me dão licença...

Eu as deixo e sigo Taylor até o escritório dele. Prescott está lá, sentada em frente aos monitores. Por cima do ombro dela, há todas as imagens do apartamento e também dos arredores do Escala e da garagem.

— Sr. Grey — cumprimenta Prescott.

— Boa noite. O que houve?

Taylor pega uma cadeira da mesinha de reuniões e a coloca ao lado de Prescott. Ele faz sinal para eu me sentar. Faço isso e olho para eles com expectativa.

— Prescott está olhando todas as fitas do fim de semana, do andar de baixo e lá de fora. Ela encontrou isso.

Taylor assente para ela e, usando o mouse, Prescott clica em uma das telas.

Uma imagem granulada começa a rodar. Mostra um homem de macacão andando na direção da entrada principal do prédio e inspecionando a câmera em si. Ela pausa na hora que o homem olha diretamente para a câmera.

Porra.

— É o Jack Hyde — murmuro, e ele está com o cabelo preso. — Quando foi isso?

— Sábado, dia 20 de agosto, por volta das 9h40.

O cabelo dele está mais claro aqui; ele devia estar usando uma peruca na sala dos servidores da Grey House.

— Senhor, eu separei todas as imagens que encontrei dele nesse horário — diz Prescott.

— Interessante. O que mais você tem?

Ela passa vários clipes de Hyde: na porta da frente, na entrada da garagem, nas saídas de incêndio. Ele está segurando uma vassoura, que usa de vez em quando para parecer um gari limpando a rua.

Filho da mãe ardiloso.

É estranhamente fascinante observá-lo.

— Você mandou isso para Welch?

— Ainda não — diz Taylor. — Achei melhor o senhor ver primeiro.

— Envie para ele. Talvez ele possa rastrear para onde Jack vai depois daqui.

— Pode deixar. Isso pode ser a pista de que precisamos. Mas eu soube hoje que ainda não o encontraram. Ele ainda não voltou ao apartamento dele, senhor.

— Ah, isso é novidade.

— Eu falei com Welch pedindo uma atualização completa uma hora atrás — esclarece Taylor.

— Sem dúvida ele vai me contar amanhã. Bom trabalho, Prescott. — Abro um sorriso rápido para ela.

— Obrigada, senhor.

— Vamos ter que dobrar os cuidados agora que sabemos que ele tem acesso ao prédio.

— De fato — concorda Taylor.

— Melhor eu voltar. Obrigado aos dois.

Parece que Ana e Gia estão terminando quando entro na sala.

— Tudo resolvido? — pergunto, passando o braço pela cintura de Ana.

— Tudo, Sr. Grey. — Gia abre um sorriso, embora pareça forçado. — Daqui a alguns dias entrego as novas plantas para vocês.

Ah. Sou Sr. Grey agora.

Interessante.

— Excelente. Está feliz? — pergunto a Ana, e quero saber o que ela disse a Gia.

Ana assente, parecendo satisfeita.

— É melhor eu ir andando — diz Gia, de novo com alegria demais. Ela oferece a mão à Ana primeiro e depois para mim.

— Até a próxima, Gia — diz Ana com um sorriso encantador.

— Até mais, Sra. Grey. Sr. Grey.

Taylor aparece à entrada da sala.

— Taylor vai acompanhar você à saída — diz Ana, e, de braços dados, nós a vemos se encontrar com Taylor no corredor.

Quando ela está longe, eu olho para a minha esposa.

— Ela estava visivelmente mais fria.

— Estava? Nem notei. — Ana dá de ombros, falhando em tentar parecer indiferente. Minha esposa disfarça muito mal. — O que o Taylor queria? — Ela está fugindo do assunto.

Eu a solto, me viro e começo a enrolar as plantas.

— Era sobre o Hyde.

— O que tem o Hyde? — Ela fica pálida.

Merda. Não quero fazê-la ter mais pesadelos.

— Nada para se preocupar, Ana. — Deixando de lado as plantas, eu a puxo para meus braços. — Descobrimos que ele não aparece em casa há semanas, só isso. — Eu beijo o topo da cabeça dela e continuo enrolando os desenhos de Gia. — E então, o que vocês decidiram?

— Só o que eu e você já tínhamos discutido. Acho que ela gosta de você — diz Ana baixinho.

Eu também acho!

— Você disse alguma coisa para ela?

Ana olha para as mãos. Está entrelaçando os dedos.

— Éramos Christian e Ana quando ela chegou, e Sr. e Sra. Grey quando ela foi embora — digo, seco.

— Talvez eu tenha falado alguma coisa — admite ela.

Ah, amor, você vai brigar por mim?

Eu já lidei com o tipo de Gia. Sempre em contexto profissional.

— Ela está apenas reagindo a este rosto.

Ana parece alarmada.

— O que foi? Você não está com ciúmes, está? — Fico chocado com essa possibilidade. Ela chega a corar e não me responde, mas olha para as mãos de novo e sei que tenho minha resposta. Eu me lembro de Elliot se referindo à natureza de Gia, que me lembrou de Elena, uma mulher que não aceita não como resposta. Uma mulher que consegue o que quer. — Ana, essa mulher é uma predadora sexual. Não faz nem um pouco o meu tipo. Como você pode ter ciúmes dela? Ou de qualquer outra mulher? Nada nela me interessa. — Eu passo a mão pelo cabelo, perdido. — É só você, Ana. E vai ser sempre só você.

Abandonando as plantas mais uma vez, vou rapidamente até ela e seguro seu queixo.

— Como você pode pensar outra coisa? Eu já lhe dei algum sinal de que poderia estar remotamente interessado em outra pessoa?

— Não — sussurra ela. — Estou sendo boba. É só porque hoje... você... — Ela hesita.

— O que tem eu?

— Ah, Christian. — As lágrimas surgem nos olhos dela. — Estou tentando me adaptar a essa nova vida que nunca imaginei para mim. Eu tenho tudo de bandeja: o emprego, você, meu marido lindo, a quem eu nunca... nunca pensei que amaria desse jeito, dessa forma tão intensa, tão rápida, tão... indelével.

Olho para ela, paralisado, enquanto ela respira fundo.

— Mas você é como um trator, e eu não quero ser arrastada, porque senão a garota por quem você se apaixonou vai ser esmagada. E o que restaria? Só um raio X social oco, transitando de um evento de caridade para outro.

Opa! Ana!

— E agora você quer que eu seja a CEO de uma empresa, o que nunca foi minha intenção. Estou perdida entre todas essas ideias, estou me debatendo. Você quer que eu fique em casa. Você quer que eu administre uma empresa. É tão confuso... — Ela reprime um soluço. — Você tem que me deixar tomar as minhas próprias decisões, correr meus próprios riscos e cometer meus próprios erros, deixar que eu aprenda com eles. Preciso aprender a andar antes de começar a correr, Christian, você não vê? Quero alguma independência. É isso o que o meu nome significa para mim.

A questão aqui é ela!

Merda.

— Você se sente arrastada? — sussurro.

Ela assente.

Eu fecho os olhos.

— Eu só quero lhe dar o mundo, Ana, tudo que você quiser, qualquer coisa. E também defender você do mundo. Proteger você. Mas ao mesmo tempo quero que todo mundo saiba que você é minha. Eu entrei em pânico hoje quando recebi o seu e-mail. Por que você não me avisou que ia manter seu nome?

Ela fica vermelha.

— Eu pensei nisso durante a nossa lua de mel, mas, bem, eu não queria estourar a nossa bolha, e acabei me esquecendo. Só me lembrei ontem à noite. E aí teve o Jack... você sabe, aquilo me distraiu. Desculpe, eu deveria ter contado ou discutido isso com você, mas parecia que eu nunca conseguiria encontrar o momento certo.

Eu a observo e avalio suas palavras. Sim. Falar sobre isso teria provocado uma discussão na nossa lua de mel.

— Por que você entrou em pânico? — pergunta ela.

Eu quero ser digno de você e seu e-mail me abalou.

Pare, Grey.

— Só não quero deixar você escorregar por entre os meus dedos.

— Pelo amor de Deus, eu não vou a lugar algum. Quando é que você vai enfiar isso nessa sua cabeça dura? Eu. Amo. Você. — Ela faz um gesto no ar, enfática... como eu faço. — Mais que... "a luz dos meus olhos, o espaço ou a liberdade".

Shakespeare?

— O amor de uma filha?

Eu espero que não!

— Não. — Ela ri. — Foi a única citação que me veio à cabeça.

— O louco rei Lear?

— O querido rei Lear; querido e louco. — Ela acaricia minha bochecha, e eu me apoio na mão dela, fecho os olhos e aprecio seu toque. — Você mudaria o seu nome para Christian Steele para que todo mundo soubesse que você me pertence?

Eu abro os olhos e a encaro.

— Que eu pertenço a você?

— Meu — diz ela.

— Seu — repito. — Sim, eu mudaria. Se significasse tanto assim para você.

Eu me lembro de quando me rendi para ela aqui, antes de nos casarmos, quando eu achei que ela ia embora.

— Significa tanto assim para você? — pergunta ela.

— Sim.

— Tudo bem — diz ela.

— Achei que você já tivesse concordado com isso.

— Sim, eu concordei, mas agora que discutimos melhor, estou mais feliz com a minha decisão.

— Ah.

Flynn estava certo. A questão aqui é ela e o que ela sente.

Mas estou feliz por ela ter mudado de ideia. É um alívio. Nossa briga acabou. Eu abro um sorriso para ela, e Ana, para mim, então a agarro pela cintura e a balanço no alto.

Obrigado, Anastasia.

Ela dá risadinhas e eu a coloco de pé.

— Sra. Grey, sabe o que isso significa para mim?

— E como.

Eu a beijo, passando os dedos pelo seu cabelo macio, sussurrando na sua boca:

— Significa comer e castigar.

Eu passo o nariz no dela.

— Você acha?

Ela se inclina para trás com os olhos apertados, mas tentando esconder o sorriso.

— Certas promessas foram feitas. Uma oferta concedida, um negócio intermediado — sussurro.

E eu quero você.

Depois dessa briga, eu preciso saber que estamos bem.

— Hmm... — Ana me olha como se eu tivesse ficado louco.

Droga, ela está recuando.

— Está me renegando? — Um plano surge na minha cabeça. — Tenho uma ideia. Uma questão muito importante para resolver.

A expressão de Ana se intensifica; ela me acha louco.

— Sim, Sra. Grey. Uma questão da maior importância.

Sei que há um brilho malicioso no meu olhar. É o meio para um fim.

Ela aperta os olhos mais uma vez.

— O que é? — pergunta ela.

— Preciso que você corte meu cabelo. Tenho a impressão de que está grande demais, e minha mulher não gosta.

— Eu não posso cortar o seu cabelo! — exclama ela, incrédula e achando graça.

— Pode, sim. — Eu balanço a cabeça, fazendo meu cabelo cobrir meus olhos. *Como não reparei nisso?*

— Bem, se a Sra. Jones tiver uma cuia para servir de molde... — Ana ri.

Dou uma gargalhada.

— Tudo bem, já entendi. Vou pedir ao Franco.

A risada dela vira uma careta, e, depois de hesitar por um momento, ela segura minha mão com uma força surpreendente.

— Venha.

Ela me puxa até nosso banheiro antes de me soltar.

Parece que ela vai cortar meu cabelo.

Fico olhando-a puxar a cadeira do banheiro até a pia. Os saltos altos acentuam as pernas dela, e a saia-lápis apertada esculpe a bunda linda. É um show a que vale a pena assistir.

Ela se vira e aponta para a cadeira vazia.

— Sente-se.

— Você vai lavar meu cabelo?

Ela faz que sim.

Opa. Não me lembro de ninguém ter lavado meu cabelo. Nunca.

— Tudo bem.

Sem tirar os olhos dela, desaboto lentamente a camisa, e, quando está aberta, eu lhe ofereço o punho direito. A abotoadura ainda está fechada.

Abra isso, baby.

Com uma expressão sombria, ela abre o punho direito e depois o esquerdo, as pontas dos dedos provocando minha pele com um movimento suave por cada pulso. A blusa dela está aberta demais, e vejo o contorno macio dos seios envoltos em renda fina.

É uma visão tentadora. Ela chega mais perto, e sinto de leve sua adorável fragrância quando ela tira a camisa dos meus ombros e a deixa cair no chão.

— Pronto? — sussurra ela, e essa palavra carrega uma promessa enorme. É excitante. Muito.

— Estou pronto para qualquer coisa que você quiser, Ana.

Os olhos dela se fixam nos meus lábios, e ela se inclina para me dar um beijo.

— Não — sussurro, e, em um ato monumental de sacrifício, eu seguro os ombros dela. — Não. Se você me beijar, vai acabar não cortando o meu cabelo.

Sua boca forma um O perfeito.

— Eu quero que você corte — sussurro, surpreendendo a mim mesmo.

— Por quê?

Porque ninguém lavou meu cabelo... Nunca.

— Porque vai fazer com que eu me sinta amado.

Ela solta um ruído de surpresa com minha confissão à meia voz e, antes que eu possa piscar, me abraça com força. Ela beija meu peito com toques leves e suaves onde, dois meses antes, eu não suportava ser tocado.

— Ana. Minha Ana.

Fecho os olhos e a tomo nos braços enquanto meu coração transborda.

Acho que estou perdoado por arrastá-la.

Acho que estamos resolvidos.

Ficamos abraçados no meio do banheiro por muito tempo, o calor e o amor dela me dominando.

Ana acaba se inclinando para trás, a luz do amor brilhando nos olhos.

— Você realmente quer que eu faça isso?

Faço que sim, e o sorriso dela fica igual ao meu. Ela sai dos meus braços e aponta para a cadeira de novo.

— Então sente-se. — Faço o que ela pede enquanto ela tira os sapatos e pega meu xampu no chuveiro. — Que tal isto, senhor? — Ela mostra o frasco como se estivesse em um canal de vendas brega, tentando vender o produto para mim. — Trazido diretamente do sul da França. Gosto do cheiro deste produto... — Ela abre a tampa. — É o seu cheiro.

— Sim, obrigado.

Ela coloca o xampu na bancada e pega uma toalhinha.

— Incline-se para a frente — ordena ela, e coloca a toalha nos meus ombros e abre a torneira atrás de mim. — Agora para trás.

Que mandona.

Gostei.

Tento me inclinar para trás, mas não dá certo porque sou alto demais. Puxo a cadeira para a frente e a inclino, para ficar apoiada na pia.

Sucesso. Jogo a cabeça para trás na pia e olho para Ana.

Lentamente, usando um copo para pegar água quente, ela molha minha cabeça, inclinada sobre mim.

— Você está tão cheirosa, Sra. Grey.

Eu fecho os olhos e sinto as mãos dela em mim, enquanto ela molha meu cabelo. Abruptamente, ela joga água na minha testa, que escorre nos meus olhos.

— Desculpe! — exclama ela.

Dou uma risada e seco o excesso com o canto da toalha.

— Ei, eu sei que sou um idiota, mas não me afogue.

Ela ri e dá um beijo carinhoso na minha testa.

— Não me tente — sussurra ela.

Levanto a mão, coloco no pescoço dela e guio seus lábios até os meus. O hálito dela está doce; ela tem gosto de Ana e de sauvignon blanc. Uma combinação provocante.

— Hum — murmuro, saboreando o gosto.

Depois que a solto, eu me inclino para trás, pronto para a continuação do procedimento. Ana sorri para mim e ouço o som de líquido sendo espremido para fora do frasco quando ela o coloca na mão. Delicadamente, ela massageia o xampu na minha cabeça, começando pelas têmporas antes de espalhá-lo por toda minha cabeça. Eu fecho os olhos e aprecio seu toque.

Meu Deus.

Quem diria que o paraíso estava nas pontas dos dedos da minha mulher?

Quando Franco corta meu cabelo, ele sempre usa spray. Meu cabelo nunca foi lavado.

Por que não, Grey? Isso é tão relaxante...

Ou talvez seja só Ana, por eu estar intensamente consciente dela. Da perna dela roçando na minha, do braço tocando na minha bochecha, do toque, do cheiro...

— Que gostoso — murmuro.

— Aham. — Os lábios dela tocam minha testa.

— Eu gosto quando você arranha meu couro cabeludo com as pontas das unhas.

— Cabeça para cima — ordena ela, e eu levanto a cabeça, para ela ensaboar a parte de trás usando as unhas no couro cabeludo.

Paraíso.

— Para trás.

Faço o que ela manda, e ela joga água na minha cabeça de novo para tirar a espuma.

— Mais uma vez? — pergunta ela.

— Por favor.

Quando abro os olhos, ela está sorrindo para mim.

— É pra já, Sr. Grey. — Ela enche a pia. — Para enxaguar — explica ela.

Fecho os olhos e me entrego às mãos dela. Ela lava meu cabelo de novo, jogando mais água, massageando mais xampu no couro cabeludo e usando as unhas.

Eu encontrei o nirvana.

Isso é o paraíso puro.

Os dedos dela acariciam minha bochecha, e abro os olhos para observá-la. Ela me beija, e seu beijo é suave, doce, casto.

Eu suspiro, minha felicidade completa.

Ela se inclina na minha direção e seus seios esbarram no meu rosto.

Porra.

Olá!

Atrás de mim, a água gorgoleja pelo ralo. Com os olhos fechados, levanto as mãos e seguro os quadris dela, depois passo os dedos pela bunda magnífica.

— Nada de passar a mão na cabeleireira — avisa ela.

— Não esqueça que eu estou surdo.

Começo a subir a saia dela lentamente, mas ela dá um tapa no meu braço. Abro um sorriso, como se tivesse sido flagrado com a mão no pote de biscoito. Paro de me comportar mal, mas fico com as mãos no belo traseiro dela enquanto Ana enxágua meu cabelo. Imagino que estou tocando a Sonata ao Luar naquela bunda, meus dedos se flexionando nas notas. Ela se remexe deliciosamente sob meus dedos. Solto um ruído de apreciação.

— Pronto. Tudo enxaguado — anuncia ela.

— Que bom.

Meus dedos apertam os quadris dela. Pingando água para todo lado, eu puxo Ana para o meu colo. Seguro a nuca dela e, com a outra mão, o maxilar. Ela solta um arquejo, e eu aproveito o momento para encostar os lábios nos dela. Minha língua procura mais.

Quente. Faminta. Pronta.

Não ligo de estar espalhando água pelo banheiro todo e de estar encharcando minha mulher. Os dedos de Ana apertam meu cabelo molhado, e ela retribui meu beijo com ferocidade.

O desejo percorre minhas veias. Exigindo ser atendido.

Fico tentado a arrancar os botões da blusa, mas só solto o de cima.

— Chega dessa encenação. Quero comer você agora e pode ser aqui ou no quarto. Você decide.

A expressão de Ana está atordoada.

— O que vai ser, Anastasia?

— Você está molhado — sussurra ela.

Seguro os quadris dela, jogo a cabeça para a frente e esfrego o cabelo molhado na frente da blusa dela. Ela solta outro gritinho e tenta se esquivar, mas eu a seguro com mais força.

— Ah, não, você não vai embora, querida.

Quando levanto a cabeça, a blusa dela está grudada como uma segunda pele, o sutiã evidente, os mamilos eretos sob a renda. Ana está linda, mas também está ultrajada, achando graça e excitada, tudo ao mesmo tempo.

— Que bela visão — murmuro, e me curvo para passar o nariz no mamilo molhado e rígido.

Ela geme e se contorce.

— Quero uma resposta, Ana. Aqui ou no quarto?

— Aqui — sussurra ela.

— Boa escolha, Sra. Grey — murmuro contra a boca dela, e levo a mão do queixo para a sua perna.

Passo os dedos pela meia na direção da coxa e levanto mais e mais a saia enquanto dou beijos carinhosos pelo maxilar dela.

— Ah, o que eu faço com você? — murmuro.

Ah. Meus dedos chegam na pele firme das coxas dela.

Ela está de meias sete oitavos!

Que alegria.

— Eu gosto disso.

Coloco o dedo dentro da meia e o deslizo pela pele macia da coxa dela. Ana se contorce de prazer.

Eu solto um gemido rouco.

— Se eu vou foder com força, quero que fique parada.

— Vai ter que me obrigar — exige ela, e o desafio nos olhos dela desce direto para o meu pau.

— Ah, Sra. Grey. Basta você pedir. — Enfio a mão na calcinha, feliz por ela a estar usando por cima da cinta-liga. — Vamos tirar isso.

Eu puxo a calcinha delicadamente para baixo, e ela se mexe em cima da minha ereção.

Porra. Minha respiração sai feito um sibilo entre os dentes.

— Fique parada — digo com um grunhido.

— Estou ajudando. — Ela faz beicinho em protesto, e eu mordo o lábio inferior dela.

— Parada — aviso, depois solto o lábio dela e desço a calcinha pelas pernas e a amasso na mão.

Tenho um plano para ela. Levanto a saia de Ana até ficar amontoada nos quadris e paro por um breve momento para apreciar como as pernas dela ficam lindas com meias sete oitavos e barras de renda. Eu a levanto.

— Monte em mim.

Sustentando meu olhar, ela obedece, mas inclina o queixo com uma expressão de *Pode vir.*

Ah, Ana.

— Sra. Grey, está me atiçando?

A gente pode se divertir com isso.

Minha calça parece ficar cada vez mais apertada.

— Estou. O que vai fazer?

Caramba, eu amo um desafio.

— Junte as mãos às costas.

Ela obedece, e eu prendo os pulsos dela com a calcinha e aperto bem. Agora, ela está impotente.

— Minha calcinha? Sr. Grey, você não tem vergonha — diz ela, me repreendendo, ofegante.

— Não em assuntos relacionados a você, Sra. Grey, mas você sabe muito bem disso.

Amo a provocação nos seus olhos azuis. É tão excitante. Eu a empurro para trás no meu colo para ter mais espaço para trabalhar. Ela morde o lábio, os olhos nos meus, e passo delicadamente as mãos pelas coxas dela até chegar aos joelhos, abrindo mais as pernas dela. Eu abro mais as minhas também, para dar mais espaço para o meu pau e para deixá-la mais acessível para mim.

Além disso, assim vai ser mais intenso para ela.

Meus dedos vão até os botões da blusa molhada.

— Acho que não precisamos disso.

Lentamente, abro cada botão e deixo os seios à mostra, ainda molhados. Eles sobem e descem rapidamente enquanto ela respira fundo, e eu deixo a blusa aberta.

O desejo brilha nos olhos dela, grudados nos meus.

Eu acaricio o rosto dela e passo o polegar pelo lábio inferior, antes de enfiá-lo abruptamente em sua boca.

— Chupe.

Ela fecha a boca em volta do meu dedo e faz exatamente o que eu mandei.

Com força.

A minha garota não recua.

Disso, eu sei.

Ela passa os dentes delicadamente pela minha pele e morde a ponta.

Solto um gemido, tiro o polegar de sua boca e molho o queixo, o pescoço e o esterno com a saliva dela. Uso o polegar para libertar o seio, prendendo o sutiã embaixo. Isso empurra o seio para cima, empinado e pronto para mim. Nós nos encaramos, sua boca se abre e se fecha, seus olhos carregados de desejo. Eu amo assistir à reação dela a tudo que eu faço. Ela morde o lábio quando liberto o outro seio, que também fica à minha mercê, esperando. São tentadores demais. Eu cubro os dois e passo lentamente os polegares pelos mamilos em um círculo pequeno, torturando ambos, que endurecem com orgulho ao meu toque. Ana começa a ofegar e a arquear as costas, oferecendo os seios para as palmas das minhas mãos. Eu não paro, continuo provocando-a, e ela joga a cabeça para trás e solta um longo gemido baixo de prazer.

— Shh — sussurro, sem parar o ritmo lento e doce que estou usando nos polegares. Ana move os quadris. — Paradinha, baby, paradinha.

Levo uma das mãos até a nuca dela e seguro seu pescoço.

Eu a quero parada.

Eu me inclino, provoco o mamilo direito com os lábios e sugo com força enquanto meus dedos continuam estimulando o outro, puxando e girando delicadamente.

— Ah! Christian! — Ela geme e move os quadris para a frente no meu colo.

Ah, não, baby.

Eu não paro. Meus lábios sugam e provocam, meus dedos giram e puxam.

— Christian, por favor — choraminga ela.

— Hmm... Quero que você goze assim — sussurro, a boca no bico aprisionado, e volto a trabalhar, mas, dessa vez, puxo com carinho e cuidado usando os dentes.

— Ah! — diz Ana, e se remexe no meu colo, mas eu a seguro imóvel e não paro. — Por favor.

Ela está sem ar, suplicante, e a observo, a boca aberta, a cabeça jogada para trás, como se ela não tivesse alternativa além de absorver todo o prazer.

Sei que ela está quase lá.

— Você tem peitos tão lindos, Ana. Ainda vou comer esses peitos.

Ela arqueia as costas, contraindo o corpo, a respiração acelerada. As coxas apertam as minhas.

Ela está perto.

Muito perto.

— Não resista — sussurro, e Ana se entrega, os olhos apertados quando ela grita e seu corpo treme com o orgasmo. Eu a aperto mais enquanto ela começa a voltar do clímax.

Ela abre os olhos, atordoada e linda.

— Meu Deus, eu adoro ver você gozar, Ana.

— Isso foi... — Ela para. Deve estar sem palavras.

— Eu sei.

Eu a beijo de novo, inclinando sua cabeça para poder dominá-la, e digo com a língua que ela é tudo para mim.

Ela pisca para mim quando eu me afasto.

— Agora eu vou foder você com força.

Eu a seguro pela cintura e a chego para trás no meu colo. Com uma das mãos na coxa dela, abro o zíper da calça e libero meu pau impaciente. Os olhos de Ana ficam mais sombrios e suas pupilas se dilatam.

— Você gosta? — sussurro.

— Hmm... — Ela faz um ruído rouco delicioso de aprovação que vem do fundo da garganta.

Fecho os dedos em volta da minha ereção e os movo para cima e para baixo enquanto ela olha.

— Está mordendo o lábio, Sra. Grey.
— É porque eu estou com fome.
— Fome?

Anastasia Grey, meu dia melhorou absurdamente.

Ela repete o mesmo ruído, aquele bem sexy que vem do fundo da garganta, e lambe os lábios enquanto eu continuo dando prazer a mim mesmo.

— Entendo. Você deveria ter comido o seu jantar. — Fico quase tentado a bater nela, mas não sei se receberia isso bem. — Mas talvez eu possa ajudá-la. — Coloco as mãos na cintura dela para Ana não perder o equilíbrio. — Levante-se.

Ela obedece tão rápido que chega a ser indecente. Ela está ansiosa.

— Ajoelhe-se — murmuro, observando-a.

O olhar dela se desvia para o meu, brilhando com um deleite sensual, e ela obedece, de forma surpreendentemente graciosa, considerando que suas mãos estão amarradas. Eu deslizo para a frente na cadeira, segurando minha ereção.

— Beije — ordeno, oferecendo meu pau a ela.

Ana olha do meu pau para o meu rosto, e passo a língua pelos dentes.

Vem, baby.

Ela se inclina para a frente e dá um beijo leve na ponta. Os olhos nos meus.

É tão excitante... Eu poderia gozar na cara dela agora.

Coloco a mão na bochecha dela enquanto Ana passa a língua na cabeça do meu pau. Eu solto um gemido rouco, e ela cai de boca, chupando com força.

— Ah... — A boca de Ana é o paraíso.

Eu movo os quadris para a frente e enfio meu pau fundo na garganta dela, e ela me engole inteiro.

Porra.

Ela mexe a cabeça para cima e para baixo, me consumindo.

Ah. Ela é tão boa nisso.

Mas eu não quero gozar em sua boca. Seguro a cabeça dela com as mãos para fazê-la ir mais devagar e controlar o ritmo.

Calma, baby.

Ofegante, eu guio sua boca. Para baixo. Para cima. Em mim. A língua faz sua magia.

— Meu Deus, Ana — sussurro, e fecho os olhos, me perdendo no ritmo dela.

Ela repuxa os lábios e eu sinto os dentes dela.

Porra. Eu paro e a seguro para puxá-la para o colo.

— Chega! — murmuro.

Tiro a calcinha dos pulsos dela e Ana parece satisfeita. E deveria mesmo. Ela é uma deusa, o olhar sensual embaixo dos cílios compridos. Ela lambe os lábios, fecha os dedos ao redor do meu pau, chega para a frente e desce bem devagar em mim.

Ah, a sensação dela.

Gemendo, em tributo a ela, eu tiro sua blusa, que cai no chão. Firmo os quadris dela com as mãos para segurá-la.

— Quieta — ordeno. — Por favor, deixe-me saborear isso. Saborear você.

Ela para de se mexer e seus olhos escuros brilham de amor e sensualidade natural; sua boca está aberta, o lábio inferior úmido onde ela estava mordendo.

Ela é minha vida.

Contraio as nádegas e entro mais fundo nela, e ela geme e fecha os olhos.

— Esse é o meu lugar preferido — sussurro. — Dentro de você. Dentro da minha mulher.

Ana enfia os dedos no meu cabelo molhado, seus lábios encontram os meus e a língua encontra a minha quando ela começa a se mexer, subindo e descendo, montando em mim.

Montando rápido. O ritmo frenético.

Solto um gemido, enfio as mãos no cabelo dela, e minha língua recebe a dela. As duas fazem a dança que já conhecem tão bem.

Ela está ávida.

Como eu.

Rápido demais, baby.

Levo as mãos à bunda dela e a guio novamente, em um ritmo rápido, mas regular.

— Ah! — exclama ela.

— Isso. Isso, Ana — sibilo entre os dentes enquanto tento prolongar esse prazer exótico. — Baby — murmuro enquanto minha paixão cresce, e tomo sua boca novamente.

Ana. Ana. Vai ser sempre assim?

Quente assim.

Primitivo assim.

Extremo assim.

— Ah, Christian, eu amo você. Sempre vou amar você.

As palavras dela são a minha perdição. Não consigo mais segurar depois de toda a tensão entre nós hoje. Agarro-a e me entrego com um grito, num gozo forte e rápido, deflagrando o dela. Ela grita e se entrega a mim, tremendo ao meu redor, até estarmos ambos imóveis.

Juntos, voltamos a nós.

Ela está chorando.

— Ei. — Eu inclino o queixo dela para trás. — Por que está chorando? Machuquei você?

— Não — diz ela, ainda sem fôlego.

Afasto o cabelo dela do rosto e limpo com o polegar uma lágrima que escorreu. E a beijo. Eu me mexo, saio dela, e ela faz uma careta.

— O que houve, Ana? Por favor, diga.

Olhos marejados encaram os meus.

— É só que... é só que às vezes eu me sinto esmagada pelo amor que sinto por você — sussurra ela.

Meu coração derrete e se recupera gloriosamente.

— Você provoca o mesmo em mim.

Encosto os lábios nos dela com um beijo suave.

— Mesmo?

Ana.

— Você sabe que sim.

— Às vezes eu sei. Não o tempo todo.

— Digo o mesmo em relação a você, Sra. Grey.

Que par nós formamos, Anastasia.

O sorriso dela ilumina uma área da minha alma sombria e ela deixa uma trilha de beijos suaves e doces no meu peito e se aconchega em mim, a bochecha sobre o meu coração. Eu acaricio o cabelo dela e passo os dedos pelas costas. Ela ainda está de sutiã. Não pode ser muito confortável; eu o abro e puxo as alças para que caia no chão junto da blusa.

— Hmm... Pele com pele — Eu a envolvo com os braços e passo os lábios pelo ombro, seguindo até a orelha. — Seu cheiro é magnífico, Sra. Grey.

— O seu também, Sr. Grey.

Ela beija meu peito de novo e relaxa em mim, soltando o que eu acho que é um suspiro de felicidade.

Não sei por quanto tempo ficamos sentados abraçados, mas é um bálsamo para a minha alma. Nós somos um só. A tensão entre nós passou. Beijo o cabelo dela, inspiro o aroma da minha mulher e tudo fica bem de novo no meu mundo.

— Está tarde.

Estou acariciando as costas dela e não quero sair dali.

— Seu cabelo ainda precisa de um corte.

Dou uma risada.

— Isso é verdade, Sra. Grey. Você ainda tem energia para terminar o trabalho que começou?

— Por você, Sr. Grey, faço qualquer coisa.

Ela dá outro beijo no meu peito e se levanta.

— Não vá. — Seguro os quadris dela e a viro. Rapidamente, abro o zíper da saia, que cai no chão, e ofereço a mão a Ana, para ela tirá-la. Demoro um momento apreciando minha mulher usando apenas as meias e a cinta-liga. — Você é uma belíssima visão, Sra. Grey. — Eu me encosto, cruzo os braços e olho.

Ela abre os braços e dá uma voltinha para mim.

— Meu Deus, que grande filho da puta sortudo que eu sou — sussurro, impressionado.

— É mesmo.

— Vista a minha camisa para cortar meu cabelo. Desse jeito você só vai me distrair, e vamos acabar nunca indo para a cama.

O sorriso malicioso dela é sexy. O que ela está planejando? Eu fecho o zíper da calça enquanto ela desliza até onde minha camisa está, no chão, os quadris oscilando em um ritmo sensual. Ela se curva para a frente, uma pose digna da revista *Penthouse*, sem deixar nada para a minha imaginação, pega minha camisa, a cheira e, com um olhar recatado para mim, veste-a.

Calma, garoto.

— Esse foi um tremendo espetáculo solo, Sra. Grey.

— Você tem uma tesoura? — pergunta ela com a minha camisa e um sorriso ousado.

— No meu escritório. — Minha voz está rouca.

— Vou procurar.

Ela sai do banheiro e me deixa com o pau meio duro.

Sra. Sra. Sra. Grey.

Enquanto Ana procura a tesoura, eu pego as roupas dela, dobro-as e coloco-as na bancada. Olho meu reflexo no espelho e mal reconheço o homem que me encara.

Ceder um pouco de controle nas questões sexuais com Ana é extremamente satisfatório.

Eu gosto da Ana frenética.

E da Ana ávida.

Eu amo que ela ama meu pau.

Sim. Especialmente isso.

E ela aceitou ser Sra. Grey no nome também.

Eu chamaria isso de sucesso.

Nós só precisamos melhorar na comunicação um com o outro.

Comunique-se e comprometa-se.

Ana entra correndo no banheiro, recuperando o ar.

— O que aconteceu? — pergunto.

— Acabei de cruzar com o Taylor.

— Ah. — Eu franzo a testa. — Vestida dessa maneira.

Ana arregala os olhos em alarme por causa da minha expressão.

— Não foi culpa dele — diz ela rapidamente.

— Não. Mas mesmo assim.

Não quero ninguém olhando minha mulher quase nua.

— Estou vestida.

— Com quase nada.

— Não sei quem ficou mais constrangido, eu ou ele.

Pois eu sei. Pobre Taylor. Ou sorte do Taylor. Não sei bem o que acho disso. Eu me lembro do incidente do sutiã do biquíni e o afasto rapidamente da cabeça.

— Você sabia que ele e a Gail estão... bem, juntos? — diz ela, parecendo meio chocada.

Dou uma risada.

— Sim, claro que eu sabia.

— E nunca me contou?

— Achei que você soubesse também.

— Não.

— Ana, eles são adultos. Vivem sob o mesmo teto. Nenhum dos dois é comprometido. Os dois são bonitos.

Ela fica vermelha. Não sei por quê. Fico feliz de eles terem um ao outro.

— Bem, vendo dessa maneira... — murmura ela. — Eu só pensei que a Gail fosse mais velha do que o Taylor.

— Ela é, mas não muito. Alguns homens gostam de mulheres mais velhas...

Merda.

— Eu sei disso — dispara Ana, a testa franzida.

Merda. Por que eu falei isso? Elena vai estar sempre entre nós?

— Isso me lembra... — Eu mudo de assunto.

— O quê? — Ana parece mal-humorada. Ela pega a cadeira e a vira, para ficar de frente para o espelho. — Sente-se.

Minha mulher mandona.

Eu obedeço e tento esconder quanto acho graça daquilo.

Está vendo? Eu sei me comportar.

— Eu estava pensando em transformar os quartos de cima das garagens, na casa nova, num espaço para eles — digo. — Fazer um lar para os dois. Então talvez a filha do Taylor pudesse passar mais tempo com o pai.

Vejo a reação de Ana pelo espelho enquanto ela penteia meu cabelo.

Ela franze a testa.

— Por que ela não fica aqui?

— O Taylor nunca me pediu isso.

— Talvez você deva propor isso a ele. Mas aí teríamos que nos comportar.

— Eu não tinha pensado nisso.

Crianças. Elas estragam toda a diversão.

— Talvez seja por isso que o Taylor nunca tenha pedido. Você conhece a menina?

— Conheço. Um doce. Tímida. Uma graça. Eu pago a escola dela.

Ana para de pentear o cabelo dele e me encara pelo espelho.

— Eu não tinha ideia.

Dou de ombros.

— Acho que é o mínimo que eu posso fazer. Além do mais, assim ele não vai embora.

— Tenho certeza de que ele gosta de trabalhar para você.

— Não sei.

— Acho que ele gosta muito de você, Christian.

Ela passa o pente no meu cabelo de novo. É gostoso.

— Você acha? — pergunto, pois isso nunca passou pela minha cabeça.

— Acho.

Ora, olha só isso. Eu tenho um respeito enorme pelo Taylor. Gostaria que ele ficasse trabalhando para mim, para nós, indefinidamente. Eu confio nele.

— Que bom. Você fala com a Gia sobre os quartos em cima da garagem?

— Sim, claro. — Ela curva os lábios em um sorriso secreto, e me pergunto em que ela está pensando. Ela me olha pelo espelho. — Tem certeza disso? É sua última chance de desistir.

— Faça o pior que puder, Sra. Grey. Não sou eu que tenho que olhar para mim, e sim você.

O sorriso dela ilumina o cômodo.

— Christian, eu poderia olhar para você o dia inteiro.

Eu balanço a cabeça.

— É só um rosto bonito, querida.

— E, atrás dele, um homem muito bonito. — Ela beija minha têmpora. — Meu homem.

Homem dela.

Gostei disso.

Fico imóvel e deixo que ela trabalhe. A língua dela escapa entre os dentes enquanto ela se concentra. É fofo e excitante, e eu fecho os olhos e penso na nossa lua de mel, para apreciar as muitas lembranças que criamos. De tempos em tempos, levanto uma pálpebra para dar uma espiada nela.

— Acabei — anuncia ela.

Eu abro os olhos e verifico o trabalho dela.

É um corte de cabelo. E está bonito.

— Bom trabalho, Sra. Grey. — Eu a puxo para perto e passo o nariz pela sua barriga. — Obrigado.

— O prazer foi meu. — Ela me dá um beijo rápido.

— Está tarde. Dormir.

Dou um tapa na bunda dela porque ela a está balançando na minha frente e é tentador demais.

— Ah! Tenho que limpar isso aqui — exclama ela.

Tem tufos do meu cabelo no chão todo.

— Tudo bem, vou pegar a vassoura — murmuro enquanto me levanto. — Não quero que você constranja os empregados com esses trajes inapropriados.

— Você sabe onde fica a vassoura?

Eu olho para Ana.

— Hmm... Não.

Ela ri.

— Eu vou.

E, com um breve sorriso, sai rebolando do quarto.

Como eu não sei onde fica a vassoura?

Eu me viro para a pia e olho meu cabelo de novo. Ana fez um bom trabalho. Está bom. Abro um sorriso, impressionado pela habilidade dela, e pego minha escova de dentes.

ANA ESTÁ RINDO SOZINHA quando me junto a ela na cama.

— O que foi? — pergunto.

— Nada. Só uma ideia.

— Que ideia?

Eu me viro de lado e olho para ela.

— Christian, acho que eu não quero administrar uma empresa.

Eu me apoio no cotovelo.

— Por que está dizendo isso?

— Porque é algo que nunca desejei.

— Você é mais do que capaz, Anastasia.

— Eu gosto de ler livros, Christian. Não vou conseguir fazer isso enquanto dirijo uma empresa.

— Você poderia ser a diretora de conteúdo.

Ela fica pensativa, e não sei se odiou a ideia ou se está refletindo. Eu insisto.

— Veja, gerenciar uma empresa de sucesso se resume a abraçar o talento dos indivíduos que você tem à sua disposição. Se é aí que estão os seus talentos e interesses, então você estrutura a empresa de uma forma que lhe permita explorá-los. Não descarte essa possibilidade logo de cara, Anastasia. Você é uma mulher muito capaz. Acho que poderia fazer qualquer coisa que quisesse.

Ela não está convencida.

— Também tenho medo de que isso tome muito do meu tempo.
Eu não tinha pensado nisso.
— Tempo que eu poderia dedicar a você — murmura ela.
Estou percebendo seu joguinho, Sra. Grey.
— Sei o que você está fazendo.
— O quê?
— Está tentando me distrair do assunto em questão. Você sempre faz isso. Só não descarte logo a ideia, Ana. Pense sobre o assunto. É só o que eu peço.
Dou um beijo leve nos seus lábios e passo um polegar pela bochecha dela.
Você é tão adorável...
É mais do que capaz.
— Posso perguntar uma coisa? — pergunta Ana.
— Claro.
— Hoje você disse que se eu estivesse com raiva de você, que era para descontar na cama. O que você quis dizer com isso?
— O que acha que eu quis dizer? — pergunto.
— Acho que você queria que eu o amarrasse.
O quê?
— Hmm... não. Não era isso. Não mesmo.
Eu só quero um pouco de... resistência na cama.
— Ah. — Ana parece decepcionada.
— Você quer me amarrar? — pergunto.
Não sei bem se conseguiria deixá-la fazer isso... Ainda não, pelo menos.
Ana fica vermelha.
— Bem...
— Ana, eu...
Isso seria perda completa de controle e rendição total. Eu ofereci isso a ela uma vez e ela nao quis. Não sei bem se poderia lidar com esse tipo de rejeição de novo. Além do mais, eu acabei de aprender a tolerar... não, a gostar do toque dela. *Não quero estragar isso.*
— Christian — sussurra ela, e se ergue, virada para mim. Ana coloca a palma da mão na minha bochecha. — Christian, pare. Não importa. Eu pensei que fosse isso o que você quisesse dizer.
Pego a mão dela e coloco no meu peito, onde, embaixo da pele e dos ossos, meu coração está disparado de ansiedade.
— Ana, não sei como eu me sentiria sendo tocado se eu estivesse amarrado.
Ela arregala os olhos.
— Isso é tudo muito recente ainda.
Estou confessando meus medos mais profundos para ela de novo.

Ana se inclina na minha direção, e não sei o que ela vai fazer, mas ela beija o canto da minha boca.

— Christian, eu entendi errado. Por favor, não se preocupe, não pense nisso.

Ela me beija de novo, e eu fecho os olhos e retribuo com avidez. Seguro sua nuca para que ela fique parada e a empurro sobre o colchão, banindo todos os meus demônios.

TERÇA-FEIRA, 23 DE AGOSTO DE 2011

Unhas vermelhas arranham meu peito. Não consigo me mexer. Não consigo enxergar. Só consigo sentir. *Você não gosta disso, gosta?* Silenciado pela mordaça. Balanço a cabeça de forma frenética enquanto as trevas deslizam dentro de mim, tentando achar a saída, e as garras dela provocam o caos na parte de fora. *Silêncio. Você vai ter sua recompensa.* O chicote acerta meu peito, as pequenas contas beliscando a pele em uma reprimenda dolorosa que silencia as trevas com dor. Há gotas de suor na minha testa. *Uma pele tão bonita.* Ela me bate de novo. Mais baixo. E eu forço as amarras enquanto o chicote estala na minha barriga. *Porra.* Ela está indo mais para baixo. A dor vai ser difícil de aguentar. Eu me preparo. Ansioso. Ana está parada acima de mim. Está acariciando meu rosto com minha luva de pelo. Sua mão desce pelo meu pescoço, passa pelo meu peito, o pelo deslizando pela minha pele. Tranquilizando. Acalmando as trevas. Ana me observa, o cabelo bagunçado, os olhos brilhando com amor. *Ana.* Sua mão desce para a minha barriga numa carícia suave. Os dedos dela estão no meu cabelo de repente.

Abro os olhos e vejo que estou abraçando Ana, a cabeça no peito dela. Meus olhos cinzentos encontram os azuis cintilantes de verão.

— Oi — murmuro, feliz da vida em vê-la.

— Oi.

Minha alegria está espelhada no rosto dela.

A camisola de cetim tem um corte perfeito e revela aquele vale especial entre seus seios. Beijo-a lá enquanto o resto do meu corpo desperta... completamente. Passo a mão pelo quadril dela.

— Que tentação você é — murmuro. — Mas, apesar da tentação — o relógio diz 7h30 —, tenho que levantar.

Com relutância, me solto da minha mulher e saio da cama. Ana coloca as mãos atrás da cabeça e me observa me despir, provocando o lábio superior com a língua.

— Admirando a vista, Sra. Grey?

— É uma bela vista, Sr. Grey.

Sua boca se retorce num sorriso arrogante e eu jogo minha calça do pijama nela. Ela segura a calça, rindo.

Que se dane o trabalho.

Tiro o edredom de cima dela, me ajoelho na cama e seguro os tornozelos de Ana para puxá-la para mim. A camisola sobe até as coxas e mais ainda, revelando meu lugar favorito.

Ela dá um gritinho. É um som estimulante, e eu me inclino e começo a dar beijos a partir do joelho até a coxa e até o meu lugar favorito.

Bom dia, Ana.

Ah! Ela geme.

A SRA. JONES ESTÁ ocupada na cozinha quando entro.

— Bom dia, Sr. Grey. Café?

— Bom dia, Gail. Por favor.

— E o que o senhor quer de café da manhã?

Estou faminto depois das atividades desta manhã e da noite anterior.

— Omelete. Por favor.

— Presunto, queijo e cogumelo?

— Ótimo.

— A Sra. Grey fez um ótimo trabalho no seu cabelo, senhor. — A Sra. Jones sorri e há um brilho brincalhão no seu olhar.

Eu sorrio para ela.

— Fez mesmo. — Eu me sento em um dos bancos altos na frente da bancada da cozinha, onde ela arrumou dois lugares. — Ana já vem nos encontrar.

— Muito bem, senhor.

Ela me entrega uma xícara de café e, enquanto a omelete está ficando pronta, ela pega granola, iogurte e mirtilos para Ana. Confiro o mercado financeiro pelo celular.

— Bom dia, Sra. Grey.

Gail entrega uma xícara de café para Ana quando a cumprimenta.

Minha mulher está usando um belo vestido azul reto que realça seus olhos. Ela parece uma editora descolada, não a deusa do sexo com quem tenho tão íntimo contato, e com muita frequência. Ela se senta ao meu lado.

— Como vai, Sra. Grey? — pergunto, sabendo que ela teve prazer e deixou claro em voz alta hoje cedo.

— Acho que você sabe, Sr. Grey.

Ela me olha através dos cílios, um olhar que atiça minha libido.

Abro um sorrisinho.

— Coma. Você não comeu ontem.

— Eu não comi porque você estava sendo um babaca.

A Sra. Jones derruba o prato que está lavando na pia; o barulho sobressalta Ana.

— Babaca ou não, coma.

Não se meta comigo em relação a isso, Ana.

Ela revira os olhos.

— Tudo bem! Pegando a colher, comendo granola... — Ela parece exasperada, mas se serve de iogurte e mirtilo e começa a comer o café da manhã.

Eu relaxo e lembro o que queria falar com ela.

— Talvez eu tenha que ir a Nova York no final da semana.

— Ah.

— Devo dormir uma noite lá. Quero que você vá comigo.

— Christian, eu não vou ter folga.

Eu olho para ela. *Acho que podemos resolver isso.*

Ela suspira.

— Sei que você é o dono da empresa, mas eu passei três semanas fora. Por favor. Como você espera que eu administre um negócio se nunca estou lá? Vou ficar bem. Presumo que você vá levar o Taylor, mas o Sawyer e o Ryan vão estar aqui... — Ela para.

Como sempre, minha mulher está sendo sensata.

— O quê? — pergunta.

— Nada. Só você.

E sua capacidade de negociação.

Ela me olha de soslaio, mas a diversão na expressão dela some de repente.

— Como você vai para Nova York?

— No jatinho da empresa. Por quê?

— Só queria saber se você iria no *Charlie Tango*. — O rosto dela perde a cor e ela treme.

— Eu não poderia ir a Nova York no *Charlie Tango*. Ele não tem autonomia para um voo desses. Além disso, os engenheiros só vão liberá-lo daqui a duas semanas.

Ela parece aliviada.

— Bem, fico feliz que o conserto esteja quase pronto, mas... — Ela para e olha para a granola.

— O que foi? — pergunto.

Ela dá de ombros.

Odeio quando ela faz isso.

— Ana?

Fale comigo.

— Eu só... Você sabe. Da última vez que você voou nele... Eu pensei... todos pensamos... que você tinha... — Ela gagueja e para.

Ah.

Ana.

— Ei. — Passo os dedos pelo rosto dela. — Aquilo foi sabotagem.

E nós desconfiamos do seu ex-chefe.

— Eu não aguentaria perder você — diz ela.

— Cinco pessoas foram demitidas por causa daquilo, Ana. Não vai acontecer de novo.

— Cinco?

Eu confirmo com a cabeça. Ela franze a testa.

— Isso me lembra uma coisa. Tem uma arma na sua gaveta.

Como ela sabe disso?

A tesoura.

Merda.

— É da Leila.

— Está completamente carregada.

— Como você sabe? — pergunto.

— Eu vi ontem.

O quê?!

— Não quero você mexendo com armas. Espero que tenha colocado de volta a trava de segurança.

Ela me olha como se eu tivesse duas cabeças.

— Christian, aquele revólver não tem trava de segurança. Você não entende nada de armas?

— Hã... Não.

Taylor pigarreia. Ele está nos esperando na entrada. Eu olho para o relógio. É mais tarde do que eu pensava.

Isso porque você fez amor com sua mulher de manhã, Grey.

— Temos que ir.

Eu me levanto, visto o paletó, e Ana vai atrás de mim até o corredor, onde cumprimentamos Taylor.

— Vou só escovar os dentes — diz Ana, e Taylor e eu a vemos seguir na direção do banheiro.

Eu me viro para Taylor.

— Isso me lembra uma coisa. É aniversário da Ana em setembro. Ela quer um R8. Branco.

Taylor ergue as sobrancelhas.

Eu dou risada.

— É. Também me pegou de surpresa. Você pode encomendar um?

Taylor sorri.

— Com prazer, senhor. Um Spyder, como o seu?

— Sim. Acho que sim. As mesmas especificações.

Taylor esfrega as mãos com alegria mal disfarçada.

— Pode deixar comigo.

— Precisamos receber no máximo até o dia 9 de setembro.

— Tenho certeza de que consigo providenciar um a tempo.

Ana volta e vamos para o elevador.

— Você deveria pedir ao Taylor para ensiná-lo a atirar — diz ela.

— Deveria, é? — Meu tom é irônico.

— Sim.

— Anastasia, eu tenho desprezo por armas. Minha mãe cuidou de muitas vítimas de crimes com armas de fogo e meu pai condena veementemente as armas. Eu cresci imbuído desse espírito. Ajudo pelo menos duas iniciativas para o controle de armas aqui em Washington.

— Ah. O Taylor anda armado?

Olho para Taylor e espero que o desdém total que sinto por armas de fogo não esteja evidente no meu rosto.

— Às vezes.

— Você não aprova? — pergunta Ana enquanto a levo para fora do elevador.

— Não. Digamos que eu e o Taylor temos visões muito diferentes no que diz respeito ao controle de armas.

No carro, Ana estica a mão e segura a minha.

— Por favor — diz ela.

— Por favor o quê?

— Aprenda a atirar.

Eu reviro os olhos.

— Não. Discussão encerrada, Anastasia.

Ela abre a boca, mas volta a fechá-la, cruza os braços e olha pela janela. Acho que ser filha de um ex-soldado dá uma perspectiva diferente sobre armas. Ser filho de médica deu a minha.

— Onde está a Leila? — pergunta Ana.

Por que ela está pensando na minha antiga submissa?

— Já falei. Está em Connecticut com os pais.

— Você verificou isso? Afinal, ela tem cabelo comprido. Poderia ser ela dirigindo o Dodge.

— Sim, eu verifiquei. Ela está matriculada numa escola de artes em Hamden. Começou esta semana.

— Você falou com ela? — Ana fica pálida, a voz ecoando o choque em tom baixo.

— Não. Foi o Flynn.

— Entendi — murmura ela.

— O quê?

— Nada.

Suspiro. É a segunda vez esta manhã que ela faz isso.

— Ana. O que foi?

Comunique-se e comprometa-se.

Ela dá de ombros e não tenho ideia do que está pensando. Em Leila? Talvez Ana precise ser tranquilizada.

— Estou de olho nela — digo —, para ter certeza de que ela está do outro lado do país. Ela está melhor, Ana. Flynn a encaminhou para um psiquiatra em New Haven, e todos os relatórios têm sido bem positivos. Ela sempre se interessou por artes, então... — Eu paro e tento encontrar uma pista no rosto de Ana sobre o que ela está pensando. — Não fique pensando nisso, Anastasia.

Eu aperto a mão dela e fico feliz quando ela retribui o gesto.

— BELO CORTE DE cabelo, Sr. Grey. — Barry está efusivo quando abre a porta de vidro da Grey House.

— Hum, obrigado, Barry.

Ora, isso é novidade.

— Como está seu filho? — pergunto.

— Ele está ótimo, senhor. Indo bem na escola. — Barry parece orgulhoso.

Não consigo conter o sorriso.

— Que bom saber.

Ros e Sam estão no elevador.

— Cortou o cabelo? — pergunta Ros.

— Sim, obrigado.

— Ficou ótimo.

— Ficou mesmo — diz Sam.

— Obrigado.

O que está acontecendo com meus funcionários?

DEPOIS DA MINHA REUNIÃO com Barney sobre o protótipo de tablet, envio um e--mail para Ana. Imagino que ela já tenha mandado trocarem o nome no e-mail.

De: Christian Grey
Assunto: Elogios
Data: 23 de agosto de 2011 09:54
Para: Anastasia Grey

Sra. Grey,
Recebi três elogios ao meu novo corte de cabelo. Ser elogiado pelos meus funcionários é algo novo para mim. Deve ser o sorriso ridículo que aparece no meu rosto sempre que eu me lembro de ontem à noite. Você é, sem dúvida, uma mulher linda, talentosa e maravilhosa.
E toda minha.

Christian Grey
CEO, Grey Enterprises Holdings, Inc.

Fico feliz da vida quando o e-mail não volta; mas não recebo a resposta imediatamente.
Estou entre reuniões quando a resposta chega.

De: Anastasia Grey
Assunto: Tentando me concentrar aqui
Data: 23 de agosto de 2011 10:48
Para: Christian Grey

Sr. Grey,
Estou tentando trabalhar e não quero ser distraída por lembranças deliciosas. Agora é a hora de confessar que eu costumava cortar o cabelo do Ray regularmente? Não tinha ideia de que seria tão útil.
E sim, eu sou sua, e você, meu marido querido e autoritário, que se recusa a exercitar seu direito constitucional, de acordo com a Segunda Emenda, de portar arma de fogo, é meu. Mas não se preocupe, eu vou protegê-lo. Sempre.

Anastasia Grey
Editora, SIP

Ela cortava o cabelo do Ray. Ora, foi por isso que ela fez um trabalho tão bom. E ela vai me proteger.
Claro que vai. Eu me viro para o computador e pesquiso "fobia de armas".

De: Christian Grey
Assunto: Annie Oakley
Data: 23 de agosto de 2011 10:53
Para: Anastasia Grey

Sra. Grey,
Estou encantado de ver que você falou com o depto. de TI e trocou o seu nome. :D
Dormirei em segurança na minha cama sabendo que minha esposa armada dorme ao meu lado.

Christian Grey
CEO & Hoplofóbico, Grey Enterprises Holdings, Inc.

De: Anastasia Grey
Assunto: Palavras compridas
Data: 23 de agosto de 2011 10:58
Para: Christian Grey

Sr. Grey,
Mais uma vez o senhor me confunde com sua destreza linguística.
Na verdade, sua destreza em geral, e eu acho que o senhor sabe do que estou falando.

Anastasia Grey
Editora, SIP

A resposta dela me faz sorrir.

De: Christian Grey
Assunto: Opa!
Data: 23 de agosto de 2011 11:01
Para: Anastasia Grey

Sra. Grey,
Está flertando comigo?

Christian Grey
CEO Chocado, Grey Enterprises Holdings, Inc.

De: Anastasia Grey
Assunto: Você preferiria...
Data: 23 de agosto de 2011 11:04
Para: Christian Grey

... que eu flertasse com outra pessoa?

Anastasia Grey
Editora Corajosa, SIP

De: Christian Grey
Assunto: Grrrrr
Data: 23 de agosto de 2011 11:09
Para: Anastasia Grey

NÃO!

Christian Grey
CEO Possessivo, Grey Enterprises Holdings, Inc.

De: Anastasia Grey
Assunto: Uau...
Data: 23 de agosto de 2011 11:14
Para: Christian Grey

Você está rosnando para mim? Porque isso meio que da tesão.

Anastasia Grey
Editora se contorcendo (no bom sentido), SIP

Adoro fazê-la se contorcer por e-mail.

De: Christian Grey
Assunto: Cuidado
Data: 23 de agosto de 2011 11:16
Para: Anastasia Grey

Flertando e brincando comigo, Sra. Grey? Talvez eu lhe faça uma visita hoje à tarde.

Christian Grey
CEO Priápico, Grey Enterprises Holdings, Inc.

De: Anastasia Grey
Assunto: Ah, não!
Data: 23 de agosto de 2011 11:20
Para: Christian Grey

Vou me comportar. Não quero o chefe do chefe do meu chefe em cima de mim no trabalho. ;)
Agora me deixe trabalhar. O chefe do chefe do meu chefe pode me dar um pé na bunda.

Anastasia Grey
Editora, SIP

De: Christian Grey
Assunto: &*%$&*&*
Data: 23 de agosto de 2011 11:23
Para: Anastasia Grey

Pode acreditar que tem muitas coisas que ele gostaria de fazer com a sua bunda agora. Mas não com o pé.

Christian Grey
CEO & Fanático por Bundas, Grey Enterprises Holdings, Inc.

De: Anastasia Grey
Assunto: Vá embora!
Data: 23 de agosto de 2011 11:26
Para: Christian Grey

Você não tem um império para administrar? Pare de me atrapalhar.
Tenho uma reunião agora.

Achei que você preferisse peitos...
Pense na minha bunda e eu penso na sua...
Amo vc. Bj.

Anastasia Grey
Editora Agora Molhadinha, SIP

Molhadinha? Olha essa palavra de novo. Eu balanço a cabeça. Eu gosto dela encharcada. Molhadinha não está nem um pouco bom para mim. Mas, infelizmente, preciso parar, pois minha reunião com Marco e a equipe dele começa em quatro minutos.

É uma ótima reunião. Marco partiu agressivamente para cima de Geolumara e nosso lance foi um sucesso. A aquisição vai nos levar para uma área nova de energia renovável, por meio de um painel solar mais barato e mais fácil de fabricar.

Também é provável que eu tenha que ir até Taiwan ou que os donos do estaleiro venham aos Estados Unidos. Mas primeiro eles querem uma conferência por telefone. Ros está marcando o horário.

Quando terminamos, ela pede para dar uma palavrinha. Nós esperamos que os outros saiam.

— Hassan gostaria que o senhor fosse a Nova York — diz ela. — O moral está baixo por causa da forma como Woods saiu. Ele não era popular e, como fez uma confusão na imprensa, a equipe está arredia. Nós não queremos perder ninguém. São boas pessoas.

— Hassan não consegue tranquilizá-los?

— Há um limite para o que ele pode fazer, Christian. Sua visita sinalizaria um apoio de verdade. Você é bom em animar as tropas.

— Certo.

— Vou avisar que o senhor estará lá na quinta.

— Obrigado.

— Ah, e Gwen está grávida.

— Uau. Parabéns!

Fico me perguntando como isso tudo funciona, mas não quero dar uma de intrometido.

— Obrigada. Ela completou doze semanas e começamos a contar para as pessoas.

— Três filhos! Uau!

— Sim. Acho que vamos parar aí.

Abro um sorriso.

— Bem, parabéns mais uma vez.

Quando volto para a minha mesa, ligo para Welch para saber as novidades. Ele viu as gravações do lado de fora do Escala.

— Sr. Grey, eu gostaria de conversar com os antigos assistentes do Hyde de novo. Para ver se eles falam agora.

— Mal não vai fazer.

— Exatamente o que eu penso.

— Me conte depois como foi.

— Pode deixar.

Eu desligo e aviso Ana que vou para Nova York.

De: Christian Grey
Assunto: Grande Maçã
Data: 23 de agosto de 2011 12:59
Para: Anastasia Grey

Querida esposa,
Meu império requer que eu vá para Nova York na quinta-feira.
Estarei de volta na noite de sexta.
Tem certeza de que não consigo persuadi-la a ir comigo?
O chefe do chefe do seu chefe precisa de você.

Christian Grey,
CEO, Fanático por Peitos e Bundas, Grey Enterprises Holdings, Inc.

De: Anastasia Grey
Assunto: NY NãoNão
Data: 23 de agosto de 2011 13:02
Para: Christian Grey

Acho que o chefe do chefe do meu chefe aguenta uma noite sem mim e sem meus peitos e minha bunda!
Como dizem, a distância acende... a chama da paixão.
Vou me comportar. Prometo.

Anastasia Grey
Editora, SIP

QUINTA-FEIRA, 25 DE AGOSTO DE 2011

Ainda não amanheceu, e minha mulher está enroscada debaixo das cobertas. Ao seu lado, no chão, há uma corrente jogada. Eu a pego, sorrindo, lembrando-me da noite anterior, e a guardo no bolso da calça.

Momentos de diversão.

Inclinando-me sobre ela, sinto um resquício de seu cheiro. Ana e sexo: o perfume mais sedutor do mundo. Dou-lhe um beijo carinhoso na testa.

— É muito cedo — resmunga.

Droga. Eu a despertei e sei, por experiência própria, que Ana não é fã de acordar cedo.

— Vejo você amanhã à noite — sussurro.

— Não vá — pede, sonolenta, e o convite é muito tentador.

— Preciso ir. — Acaricio seu rosto. — Sinta saudades de mim.

— Prometo. — Ela me dá um sorriso preguiçoso e faz beicinho.

Eu sorrio. Um beijo matinal de despedida na minha garota.

— Tchau — sussurro, encostando os lábios nos dela, e, relutante, saio e deixo que continue dormindo.

Do banco de trás do carro, envio um e-mail para Anastasia, enquanto Ryan leva a mim e a Taylor ao aeroporto da Boeing.

De: Christian Grey
Assunto: Já com saudades
Data: 25 de agosto de 2011 04:32
Para: Anastasia Grey

Sra. Grey,

Você estava encantadora esta manhã.
Comporte-se enquanto eu estiver fora.
Amo você.

Christian Grey
CEO, Grey Enterprises Holdings, Inc.

O capitão Stephan e a copiloto Beighley estão a postos, e logo decolamos para Nova York. Tiro a roupa no quarto pequeno, esperando conseguir dormir por uma horinha. Eu me lembro da nossa noite. Ana e eu fomos ao baile de gala da Seattle Assistance Union; ela estava elegante em seu vestido rosa-claro e seus brincos da segunda chance. Ainda mais elegante quando tirei sua roupa depois.

Ela podia estar comigo agora. Fecho os olhos e minha mente viaja para nossa noite de núpcias, a bordo desse Gulfstream.

Hmm... Tomara que eu sonhe com minha mulher.

ACORDO QUANDO ESTAMOS A cerca de uma hora de Nova York e, me sentindo revigorado, eu me visto depressa. Taylor está na cabine principal, comendo o que parece ser um croissant de queijo e presunto.

— Bom dia, senhor.

— Oi. Café da manhã. Maravilha. Você conseguiu dormir?

Taylor assente com seu jeito imaculado habitual.

— Consegui, obrigado.

Eu me sento quando o piloto vem ao nosso encontro.

— Dormiu bem, senhor? — pergunta Stephan.

— Dormi, obrigado. Está tudo bem?

— Fomos redirecionados para o aeroporto JFK. Houve um incidente em Teterboro.

— Um incidente?

— Pelo que fui informado, não é nada sério, apenas impediu o nosso pouso.

— Isso me dará menos tempo na GEH Fiber Optics — digo a Taylor.

— Já entrei em contato com o pessoal de serviço de pista em Sheltair, e vamos mudar a rota de seu carro em Teterboro — comunica Stephan.

— Ótimo. Você vai levar o Gulfstream para Teterboro depois que pousarmos? É mais conveniente decolarmos de lá.

— Verei o que pode ser feito. — Stephan sorri e volta para a cabine.

QUARENTA MINUTOS DEPOIS, POUSAMOS no JFK. Enquanto taxiamos para o terminal, verifico meus e-mails. Chegou um de Ana.

De: Anastasia Grey
Assunto: Comporte-se!
Data: 25 de agosto de 2011 09:03
Para: Christian Grey

Avise quando pousar — até lá vou ficar preocupada.
E vou me comportar. Afinal, que tipo de besteira eu posso fazer ao lado de Kate?

Anastasia Grey
Editora, SIP

Kate? Acho que ela pode cometer muitas besteiras com Kate. Da segunda vez que encontrei a Srta. Kavanagh, Ana estava trocando as pernas. Foi assim que passamos nossa primeira noite juntos. *Merda!* Ligo para ela.

— Ana St... Ana Grey.
Sinto muito prazer ao ouvir sua voz.
— Oi.
— Oi. Como foi o voo?
— Longo. O que você e a Kate vão fazer hoje?
— Só vamos sair para relaxar, tomar alguma coisa.
Sair? Com o Hyde à solta? Puta merda!
— Sawyer e a mulher nova, Prescott, também vão, para garantir nossa segurança — diz ela, com voz meiga.
Então eu me lembro.
— Achei que a Kate fosse lá em casa.
— Ela prefere dar uma saída rápida.
Suspiro.
— Por que você não me falou?
Não estou em Seattle. Se alguma coisa acontecer com elas... com Ana, e eu não estiver lá, nunca irei me perdoar.
— Christian, vamos ficar bem. O Ryan, o Sawyer e a Prescott estão aqui. É só uma saída rápida. Eu a vi poucas vezes desde que nós estamos juntos. Por favor. Ela é a minha melhor amiga.
— Ana, eu não quero afastar você dos seus amigos. Mas pensei que ela fosse lá em casa.
Ela suspira.
— Tudo bem. Vamos ficar em casa.
— Só enquanto aquele lunático está solto. Por favor.

— Eu já disse que sim — murmura, e, pelo tom de sua voz, sei que está exasperada.

Dou uma risada, aliviado por ela estar voltando ao seu natural.

— Eu sempre sei quando você está revirando os olhos para mim.

— Olha, me desculpe. Eu não queria preocupar você. Vou falar com a Kate.

— Ótimo.

Respiro aliviado. Posso passar o restante do dia sem me preocupar com ela.

— Onde você está?

— Na pista do JFK.

— Ah, então você acabou de pousar?

— Sim. Você pediu para eu ligar assim que pousasse.

— Bem, Sr. Grey, pelo menos um de nós dois é escrupuloso.

— Sra. Grey, seu dom para hipérboles não conhece limites. O que vou fazer com você?

— Tenho certeza de que vai pensar em algo criativo. Você é bom nisso — sussurra.

— Você está flertando comigo?

— Estou. — Ela parece ofegante e, mesmo com a distância e ao telefone, sua voz me excita.

Sorrio.

— É melhor eu ir. Ana, faça o que lhe pedirem, por favor. A equipe de segurança sabe o que faz.

— Pode deixar, Christian, vou fazer. — Sinto que ela revira os olhos de novo.

— A gente se vê amanhã à noite. Ligo mais tarde.

— Para me vigiar?

— Isso.

— Ora, por favor, Christian! — reclama.

— *Au revoir*, Sra. Grey.

— *Au revoir*, Christian. Amo você.

Nunca vou me cansar de ouvir essas duas palavras.

— Também amo você, Ana.

Nenhum dos dois desliga.

— Desligue, Christian — murmura.

— Mas que mandona que você é!

— *Sua* mandona.

— Minha — sussurro. — Faça o que lhe pedirem. Desligue.

— Sim, senhor — diz, em tom amuado, e desliga.

E a decepção é real.

Ana.
Digito um e-mail breve.

De: Christian Grey
Assunto: Dedos coçando
Data: 25 de agosto de 2011 13:42 LESTE
Para: Anastasia Grey

Sra. Grey,
Você, como sempre, foi muito divertida ao telefone.
É sério. Faça o que mandarem.
Preciso saber que você está segura.
Amo você.

Christian Grey
CEO, Grey Enterprises Holdings, Inc.

O avião estaciona perto do terminal. Nosso carro está à espera na pista. Hora de ir ao bairro de Flatiron e mobilizar as tropas.

Detesto o tedioso percurso do JFK para Manhattan. O trânsito está sempre parado e, mesmo quando anda, é lento. Por isso prefiro pousar no aeroporto Teterboro. Ocupo-me com os e-mails até o momento em que olho pela janela do carro. Estamos na via expressa, passando pelo Queens, seguindo em direção ao Midtown Tunnel... e lá está ela: Manhattan. Há algo mágico nessa vista. Faz alguns meses que não venho a Nova York; bem, desde que conheci Ana. Preciso trazê-la aqui em breve, já que ainda não conhece a cidade, nem que seja só para admirar essa vista icônica.

Vamos direto para a GEH Fiber Optics, localizada num prédio antigo da rua Vinte e Dois Leste. Estacionamos ali perto, e sinto a energia efervescente da cidade. É revigorante. Quando salto do carro em meio à movimentada Manhattan, fico animado diante da perspectiva da minha primeira reunião do dia.

A equipe técnica me surpreende. Jovem. Criativa. Dinâmica. Aqui eu me sinto em casa. Durante um demorado almoço à base de sanduíches e cerveja, eu lhes digo como a tecnologia deles revolucionará as operações da Kavanagh Media e como o trabalho que estão empreendendo no momento é vital para os futuros planos de expansão da Kavanagh. Será a primeira mídia importante a usar a tecnologia da empresa e, quando mostro como pretendo empregar a competência deles em outros setores, todos vibram de entusiasmo.

Ros tinha razão, eu precisava fazer isso. Hassan, que agora é o vice-presidente sênior da empresa, é inteligente, jovem e motivado; ele me lembra de como eu era. Está bem à frente de Woods; um sucessor inspirador e valioso com visão e dinamismo. Basta ver as instalações impostas por Woods à sua equipe para saber que ele tinha uma visão estreita, de curto prazo. O que ele tinha na cabeça? Enquanto a área destinada à recepção é incrivelmente luxuosa e pretensiosa, os escritórios são apertados, desleixados e precisam de uma renovada considerável. Temos que mudar de endereço. Deixei Rachel Morris, a chefe de logística da empresa, a cargo disso. Ela está ansiosa para a tarefa, o que é fantástico, mas não é de se espantar que o ânimo dos funcionários esteja baixo; o lugar é deprimente. Envio um e-mail para Ros e peço que verifique o contrato de aluguel para saber se podemos sair antes do prazo, que só acaba daqui a dois anos.

Quando termino, já passou das seis, e estamos atrasados. Só tenho tempo para chegar em meu apartamento em TriBeCa, vestir o smoking e sair de novo para a festa de arrecadação de fundos da Telecommunications Alliance Organization, perto da Union Square.

No carro, tento ligar para Ana, mas não consigo sinal.

Droga.

Não deixo de constatar a ironia. Tentarei de novo mais tarde.

O evento, como eu esperava, é bastante agradável e me permite encontrar alguns executivos sêniores e empresários da minha área. Mas ontem estive em um baile beneficente em Seattle com Ana e, só por esse motivo, a experiência foi mais agradável.

Enquanto os convidados reunidos se deliciam com canapés e coquetéis, tento ligar para ela de novo, mas cai na caixa postal. Estou prestes a deixar uma mensagem, quando sou interrompido pelo anfitrião, Dr. Alan Michaels, que parece encantado em me ver.

Às 21h30, enquanto servem a entrada, Taylor se aproxima de mim.

— Senhor, a Sra. Grey está tomando um drinque com Kate Kavanagh no Café Zig Zag.

— Sério? — Ana tinha dito que iria para casa. Olho o relógio. São 18h30 em Seattle. — Quem está com ela?

— Sawyer e Prescott.

— Está certo. — *Talvez seja só um drinque.* — Me avise quando ela sair de lá.

Ela tinha dito que ficaria em casa.

Por que fez isso?

Sabe que estou preocupado com seu bem-estar.

Hyde está à solta. Ele é, sem dúvidas, louco e imprevisível.

Meu humor azeda, e acho difícil me concentrar na conversa ao meu redor. A mesa em que estou é ocupada por alguns dos magnatas de nossa indústria e suas esposas; e, apenas em um caso, um marido. Estamos aqui para levantar fundos para levar tecnologia a escolas em comunidades menos privilegiadas e carentes em todo o país. Mas somos apenas nove pessoas na mesa, e resta um lugar vazio; a ausência de minha mulher é notória.

E ela também está ausente de nossa casa.

— Onde está sua mulher? — pergunta-me Callista Michaels.

Sentada à minha esquerda, ela é a organizadora do evento e esposa do Dr. Michael. Ela é mais velha, talvez perto dos sessenta, e está coberta de diamantes.

— Em Seattle.

Na porra de um bar.

— Uma pena ela não ter podido comparecer hoje.

— Ela trabalha. E adora o que faz.

— Ah, que curioso! O que ela faz?

Trinco os dentes.

— Trabalha numa editora.

E eu gostaria que estivesse aqui.

Ou que eu estivesse em Seattle.

Meu humor fica ainda mais sombrio. Meu contrafilé com molho *béarnaise* não está mais tão saboroso. É estranho... Sempre compareci a esses eventos sem um par; agora não sei o que deu em mim para aceitar esse convite sem Ana.

Bem, achei que Ana viria comigo.

Embora, pensando bem, ela parecesse meio entediada na festa beneficente de ontem.

E, hoje à noite, saiu para tomar um drinque. Com Kate.

Para se divertir.

Merda.

Todas as vezes que as duas saíram, Ana bebeu demais. Na primeira noite que dormimos juntos em Portland, estava tão bêbada que apagou nos meus braços. Estava totalmente embriagada quando chegou em casa depois de sua despedida de solteira. Eu penso nela nua na cama, os braços estendidos para mim, seu tom meigo e sedutor. *"Você pode fazer o que quiser comigo."*

Puta merda!

É sempre quando ela sai com a Kavanagh.

Controle-se, Grey. A equipe de segurança está com ela.

Que mal pode lhe acontecer?

Hyde. Ele está à solta, em algum lugar. Será que quer vingança? Não sei.

Ele é louco.

Olho para Taylor, do outro lado do salão. Ele balança a cabeça.

Ela ainda está na rua. Ainda está bebendo. Com Kavanagh.

Sou arrastado de volta para o presente, para uma conversa a respeito de minerais de conflito e fontes confiáveis de reservas minerais.

Depois da torta de chocolate amargo, que estava deliciosa e, devo confessar, reconfortante, volto a olhar para Taylor.

Ele faz que não com a cabeça.

Droga.

Dá para tomar quantos drinques durante esse tempo?

Espero que tenha comido alguma coisa.

— Com licença, preciso fazer uma ligação.

Deixo a mesa e ligo para Ana do hall de entrada. Ela não atende. Tento de novo. Nenhuma resposta. Tento mais uma vez. Nada.

Cacete.

Envio uma mensagem.

ONDE VOCÊ SE METEU?

Ela tinha que estar em casa. Ou aqui.

E sei que estou sendo arrogante, mas ela nem sequer atende minhas ligações.

Irrompo no salão, onde um leilão beneficente está prestes a começar. Ouço os dois primeiros lotes. Ambos envolvem golfe.

Chega dessa merda.

Preencho um cheque de cem mil dólares e o entrego à Sra. Michaels.

— Sinto muito, Callista, mas preciso ir. Obrigado por organizar este evento maravilhoso. Prometo contribuir com a mesma quantia no ano que vem. É uma causa nobre.

— Christian, quanta generosidade da sua parte. Obrigada.

Levanto-me para sair. Ela faz o mesmo e, para minha surpresa, me dá dois beijinhos no rosto.

— Boa noite — desejo a Callista, e aperto a mão de seu marido.

Olho de relance para Taylor, na extremidade do salão, e deduzo que já esteja chamando o carro.

Mesmo com o pé-direito alto e a vista fantástica da cidade, o lugar de repente parece claustrofóbico, e fico feliz ao sair e sentir o calor ameno da noite em Nova York.

— Senhor, o carro chegará em dois minutos.

— Está certo. Ela ainda está lá? No Zig Zag?

— Sim, senhor.

— Vamos para casa.

Taylor inclina a cabeça.

— Para TriBeCa?

— Não, para Seattle.

Ele me encara, o rosto inexpressivo, mas sei que acha que perdi o juízo.

Suspiro.

— Sim, tenho certeza. Quero ir para casa — respondo à sua pergunta não formulada.

— Vou ligar para Stephan — informa.

Ele caminha até a lateral da entrada principal e faz a ligação. Tento falar com Ana de novo e cai na caixa postal. Estou tão irritado que acho melhor não deixar nenhuma mensagem. Eu me dou conta de que podia ligar para Sawyer, mas minha paciência está por um fio.

Taylor poderia ligar para ele. Mas no que isso resultaria? Sawyer não pode retirar Anastasia do bar.

Ou pode?

Grey! Comporte-se.

Taylor encerra a ligação e volta para perto de mim com a expressão sombria.

Que diabos aconteceu?

— Senhor, o Gulfstream está em Teterboro. Estará pronto para decolar dentro de uma hora.

— Ótimo. Vamos.

— O senhor quer voltar para o apartamento? — pergunta.

— Não, não preciso de nada de lá. Você precisa voltar?

— Não, senhor.

— Vamos direto para o aeroporto.

No carro, não paro de remoer o ocorrido. Tenho uma suspeita irritante de que estou me comportando mal, mas não tão mal quanto minha mulher. Por que ela não pode cumprir o combinado? Ou me avisar?

Hyde está à solta em busca de vingança, e sinto medo.

Por ela.

E por mim, se eu perdê-la.

SEXTA-FEIRA, 26 DE AGOSTO DE 2011

Uma vez a bordo, tiro minha gravata-borboleta, a dobro e guardo no bolso do paletó do smoking. Taylor pendura nosso paletó no pequeno armário. Pego uma colcha para cada um de nós e me instalo na cabine principal. Pela janela, contemplo a escuridão de Nova Jersey, a tensão se espalhando de meus músculos para meus ossos. Enquanto ainda estávamos no terminal à espera do Gulfstream, consegui me impedir de ligar para Ana de novo. Mas não aguento mais me segurar e, enquanto Stephan e Beighley cuidam dos preparativos finais, telefono para Sawyer.

— Sr. Grey — atende ele, a voz se destacando sobre o burburinho do bar.

As pessoas estão saindo, aproveitando a vida. Como Ana.

— Sawyer, boa noite. A Sra. Grey está com você?

— Está, sim, senhor.

Fico tentado a pedir que passe o telefone para ela, mas sei que vou acabar me descontrolando e que ela provavelmente está se divertindo. Fico tranquilo por ela estar sob o olhar atento de Sawyer.

— Quer falar com ela? — pergunta.

— Não. Fique de olho nela. Mantenha-a em segurança.

Hyde pode estar em qualquer lugar.

— Sim, senhor. Prescott e eu estamos atentos — responde.

Eu desligo e olho para Taylor, sentado num banco na diagonal, com a expressão impassível. Volto a olhar para o telefone. De tão zangado com minha mulher, nem disse a Sawyer que estamos a caminho de casa. Taylor deve achar que sou maluco.

Eu sou maluco... maluco pela minha maldita mulher, em quem não posso confiar. Taylor já me viu sentado no chão do hall de casa, encarando o elevador, depois que ela me abandonou. E ele me ajudou a colar os pedaços.

— Senhor, ela vai ficar bem — diz, com gentileza.

Volto a erguer o olhar e mordo a língua.

Isso não é da conta dele, cacete.
Isso é entre mim e minha mulher.
No fundo, acho que ela vai ficar bem.
Mas preciso ter certeza.
Por que diabos ela não podia fazer o que eu precisava que fizesse?
Uma vez na vida.
Só dessa vez.
Meu mau humor fervilha e disparo um e-mail para ela.

De: Christian Grey
Assunto: Furioso. Você ainda não me viu furioso
Data: 26 de agosto de 2011 00:42 LESTE
Para: Anastasia Grey

Anastasia,
Sawyer me disse que você está tomando drinques em um bar, sendo que você disse que não iria.
Tem alguma ideia de como estou aborrecido no momento?
Vejo você amanhã.

Christian Grey
CEO, Grey Enterprises Holdings, Inc.

Beighley anuncia que decolaremos em breve. Afivelo o cinto de segurança enquanto Taylor faz o mesmo.

— Pode ficar com a cama, se quiser — ofereço. — Acho que eu não conseguiria pregar o olho deitado.

— Estou bem, senhor, obrigado.

Ok. Recosto no assento e fecho os olhos, grato por Beighley gostar de um cochilo e ter dormido a tarde inteira. Ela vai nos levar para casa.

TENHO UM SONO AGITADO, com sonhos cheios de atos de dominação e submissão, parado acima de Ana com uma vara na mão. Elena acima de mim com outra vara.

É confuso e perturbador.

Tento não dormir.

Para permanecer acordado, ando de um lado para outro, me sentindo um animal enjaulado, embora essa sensação seja mais porque o Gulfstream não foi exatamente projetado para se andar de um lado para outro.

Droga. Quero uivar para a lua.
Quero estar em casa.
Quero me aninhar em Anastasia.

O POUSO ME DESPERTA do sono inquieto. Ao abrir os olhos, que ardem pela falta de sono e estão secos em função do ar refrigerado, pego o telefone.

Taylor está acordado. Será que ele dormiu?

— Que horas são? — pergunto, quando Beighley estaciona o avião no final da pista.

— Quatro e dez.

— Cedo. Alguém vem nos buscar?

— Enviei um e-mail a Ryan. Vamos torcer para que ele tenha recebido a mensagem.

Ambos ligamos os telefones ao mesmo tempo.

Merda. Várias mensagens. E, a julgar pelas irritantes notificações que escuto do telefone dele, Taylor também. Há uma mensagem de texto e uma ligação perdida de Anastasia. Leio primeiro sua mensagem.

ANA
AINDA ESTOU INTEIRA. TIVE UMA NOITE ÓTIMA. SAUDADES. POR FAVOR, NÃO FIQUE ZANGADO

Tarde demais, Ana.
Pelo menos, sentiu saudades de mim.

Também deixou uma mensagem na caixa postal, que ouço em seguida. Sua voz está ofegante e ansiosa. "Oi. Sou eu. Por favor, não fique zangado. Tivemos um incidente no apartamento. Mas está tudo sob controle, então não se preocupe. Ninguém se machucou. Quando puder, ligue para mim."

Que merda é essa?

E meu primeiro pensamento é que Leila invadiu a casa de novo. Talvez *fosse* ela dirigindo o Dodge. Quando olho para Taylor, seu rosto está lívido.

— Hyde esteve no apartamento. Ryan o pegou. Está detido — informa.

Meu mundo desmorona de súbito.

— E Ana? — pergunto num sussurro, como se todo o ar tivesse evaporado de meu corpo.

— Ela está bem.

— Gail?

— Também está bem.

— Mas que merda?

— Exato.

Taylor parece tão abalado quanto eu. O avião taxia e, assim que para, ligo para Ana na mesma hora, mas a ligação cai direto na caixa postal.

Merda.

Hyde. No apartamento? Como? Por quê? O que houve?

Estou tentando entender o que pode ter acontecido, mas a exaustão nubla meus pensamentos. Ana não atende; deve estar dormindo, assim espero. Estou aliviado que esteja bem, mas preciso vê-la para me certificar. Stephan abriu a porta da aeronave, e o frio da madrugada penetra na cabine principal e em meus ossos. Tremendo, eu me levanto e pego o paletó da mão de Taylor, que é o primeiro a sair do avião.

— Obrigado, Beighley e Stephan — digo, enquanto visto o paletó do smoking para me proteger do frio.

— De nada, senhor — responde Beighley.

— Não. Estou falando sério. Obrigado. Pela mudança de plano de última hora.

— Não tem problema.

— Descansem.

Aperto a mão dos dois e sigo Taylor até Sawyer, que aguarda com o Audi.

Sawyer relata o que aconteceu durante o trajeto até o Escala. Enquanto Ana e Kate estavam na farra no Café Zig Zag, Hyde, trajando um macacão, chegou ao Escala e tocou a campainha dos fundos. Ryan o reconheceu. Deixou que entrasse e o derrubou. Tudo isso aconteceu pouco antes de Ana, Sawyer e Prescott voltarem para casa. A polícia e os paramédicos chegaram. Levaram Hyde preso. Interrogaram todo mundo.

Puta que pariu!

— Ele estava armado? — pergunta Taylor.

— Estava — responde Sawyer.

— Ryan está bem? — pergunto.

— Está. Mas houve um leve embate. Uma das portas precisa ser consertada.

— Leve embate?

Eu não acredito!

— Os dois brigaram.

Puta merda.

— Mas Ryan está bem?

— Está, sim, senhor.

— E Gail? Estava em casa? — pressiona Taylor.

— No quarto do pânico.

Obrigado, Ros Bailey! Olho para Taylor, que coça a testa, os olhos cerrados.

Droga. Nossas mulheres ameaçadas por aquele maldito filho da puta do Hyde.

— Quem chamou a polícia? — pergunta Taylor.
— Eu chamei. A Sra. Grey insistiu.
— Ela agiu certo — murmuro. — Que diabos ele queria?
— Não sei, não, senhor — responde Sawyer. — Mais uma coisa. A imprensa apareceu ontem à noite.

Merda. E justo agora, quando tinham perdido o interesse em nós. Esse dia só melhora e são apenas — olho para o relógio — 4h40 da manhã.

— Ryan só recebeu seu e-mail depois que entregou Hyde para a polícia — informa Sawyer. — Já era muito tarde para avisar a todos que o senhor estava a caminho.
— Então Anastasia e Gail não sabem? — pergunto.
— Não, senhor.
— Tudo bem.

Terminamos o curto trajeto em silêncio, cada um mergulhado nos próprios pensamentos inquietantes. Se Ana estivesse em casa, teria ido para o quarto do pânico com Gail, e Ryan não teria precisado enfrentar Hyde sozinho.

Por que ela não obedece?

Sawyer estaciona o Audi na garagem, e eu e Taylor disparamos do carro e entramos no elevador.

— Ainda bem que voltamos para casa antes — digo a Taylor.
— Tem razão, senhor. — Ele meneia a cabeça em concordância.
— Que zona do cacete!
— Se é.

Ele está com os lábios comprimidos.

— Deveríamos pedir um relato completo quando todos acordarem.
— Concordo.

As portas do elevador se abrem e adentramos o hall, cada um com um único objetivo: ver a própria mulher. Caminho direto para nosso quarto e sei que Taylor está fazendo exatamente a mesma coisa. Sigo às pressas pelo corredor e entro no quarto, grato pelo tapete grosso, que abafa meus passos.

Ana está completamente adormecida no meu lado da cama. Está encolhida em posição fetal usando uma de minhas camisetas.

Ela está aqui.
Ela está bem.

Meu alívio quase me faz cair de joelhos, mas permaneço em pé e a contemplo. Não posso me arriscar a tocá-la, porque sei que a acordarei se fizer isso.

Eu a acordarei e me enterrarei nela.

Será que ela bebeu muito na noite anterior?

Ana. Ana. Ana.

Imagino o choque de voltar para cá e encontrar Hyde.

Eu me reteso e roço o dorso do indicador em seu rosto. Ela resmunga algo no sono, e eu congelo. Não quero acordá-la. Quando se aquieta, eu saio devagar e vou para a sala. Preciso de uma bebida.

Ao passar pela porta do hall, noto que as dobradiças estão despencando. Há marcas nas paredes, mas não vejo sangue.

Graças a Deus. Um leve embate? Parece mais que foi uma briga das feias.

E Hyde estava armado. Poderia ter matado Ryan aqui, na minha casa.

O pensamento é nauseante.

Na sala de estar, vou até o carrinho de bebidas e me sirvo de uma dose de Laphroaig. Engulo todo o conteúdo do copo de uma vez, apreciando quando ele desce e queima minha garganta, o calor espalhando-se e atingindo o turbilhão que toma conta de minhas entranhas. Respiro fundo e me sirvo de outra dose mais generosa. Volto para o quarto.

Eu devia dormir um pouco, mas estou muito ligado.

E muito irritado.

Não. Irritado, não. Estou furioso.

A santidade do meu lar invadida por aquele babaca filho de uma puta.

Sem fazer barulho, arrasto a poltrona do quarto de sua posição perto da janela para o meu lado da cama. Eu me sento e observo Ana dormir enquanto beberico devagar o uísque e aperto a ponte do nariz, tentando acalmar a tempestade violenta dentro de mim.

Não funciona.

Ele queria machucar minha mulher.

Essa é a única conclusão a que chego.

Sequestrá-la? Assassiná-la?

Para se vingar de mim.

E Ana... não estava aqui.

Onde pedi que ficasse.

Onde mandei que ficasse.

A raiva irrompe no meu peito, se transformando numa ira amarga.

E não tenho escapatória.

Apenas essa bebida, e o fogo que deixa em seu rastro a cada gole.

Cruzo as pernas e bato com o dedo em meu lábio, pensando em ótimas formas de acabar com Hyde.

Estrangulamento. Sufocamento. Espancamento até a morte. Atirar nele. Tenho a arma de Leila.

E punir Ana por não me obedecer.

Açoite. Chicote. Vara... Cinto.

Mas não posso. Ela não vai permitir.

Puta merda.

Gradualmente o amanhecer ilumina o quarto.

Ana se remexe e entreabre os olhos. Os lábios se separam quando suspira, surpresa ao me ver observando-a.

— Oi — sussurra.

Termino a bebida e coloco o copo na mesinha de cabeceira, refletindo a respeito do que vou dizer a ela.

— Olá — murmuro, e parece que outra pessoa está falando. Um ser robótico. Alguém sem sentimentos.

— Você voltou.

— Parece que sim.

Ela se senta, os olhos azuis radiantes e adoráveis.

— Há quanto tempo você está aí me observando dormir?

— Tempo suficiente.

— Ainda está zangado — diz baixinho.

Ah, bem que eu gostaria de estar apenas *zangado*. O meu eu robótico diz a palavra em voz alta, experimentando-a, mas não é o suficiente.

— Não, Ana. Estou muito, muito mais que zangado.

— Muito mais que zangado... Isso não parece bom.

Não. Porque não é mesmo. Nós nos fitamos e eu gostaria de poder me levantar, berrar, gritar e lhe contar como estou me sentindo. Quanto estou desapontado e aliviado.

Quanto estou assustado.

Como estou puto da vida.

Acho que esses sentimentos conflitantes que me atormentam agora nunca foram tão intensos. Mas o meu eu robótico não sabe o que fazer; todos os sistemas estão desconectados, tentando conter minha raiva.

Ela estende o braço, pega um copo de água e toma um gole.

— Ryan pegou o Jack — diz, colocando o copo de volta no lugar.

— Eu sei.

Ela franze as sobrancelhas.

— Vai ficar monossilábico por muito tempo?

Ela está tentando fazer graça?

— Vou — respondo, porque é só o que consigo dizer.

Ela franze ainda mais as sobrancelhas.

— Sinto muito por ter saído.

— Sente mesmo?

— Não.

— Então por que disse isso?

— Porque eu não quero que você fique bravo comigo.

Tarde demais para isso, Ana. Suspiro e passo a mão pelo cabelo.

— Acho que o detetive Clark quer falar com você — avisa ela.

— Com certeza.

— Christian, por favor...

— Por favor o quê?

— Não seja tão frio.

Frio?

— Anastasia, frieza não é o que eu estou sentindo no momento. Estou queimando por dentro. Queimando de raiva. Não sei como lidar com esses... — abano a mão buscando a palavra certa — ... sentimentos.

Ela arregala mais os olhos e, antes que eu possa impedi-la, sai da cama e se senta no meu colo. É muito inesperado; uma distração bem-vinda, que desarma minha raiva. Devagar e com muito cuidado para não machucá-la, eu a envolvo com meus braços e mergulho meu nariz nos cabelos dela, inalando seu perfume inigualável.

Ela está aqui.

Ela está bem.

Minha garganta arde com as lágrimas de gratidão não derramadas.

Graças a Deus ela está a salvo.

Ela me abraça e beija o meu pescoço.

— Ah, Sra. Grey. O que eu faço com você? — Minha voz está rouca, e beijo o topo de sua cabeça.

— Quanto você bebeu?

— Por quê?

— Você não costuma tomar nada forte.

— Esse é o meu segundo copo. Tive uma noite exaustiva, Anastasia. Dê um desconto.

Sinto seu sorriso.

— Se você insiste, Sr. Grey. — Ela enfia o nariz no meu pescoço mais uma vez. — Você está divinamente cheiroso. Dormi do seu lado da cama, porque o travesseiro tem o seu cheiro.

Ah, Ana.

Beijo o topo de sua cabeça.

— Foi isso, então? Fiquei me perguntando por que você estava daquele lado. Ainda estou com muita raiva de você.

— Eu sei — sussurra.

Minha mão se move por suas costas num ritmo constante; tocá-la me reconforta e me traz de volta para o presente.

— E eu de você — diz ela.

Paro de acariciar suas costas.

— E o que eu fiz, me diga, para merecer a sua ira?

— Eu digo mais tarde, quando você não estiver mais queimando de raiva.

Ela beija meu pescoço, e eu fecho os olhos e a abraço.

Com força.

Nunca mais quero soltá-la. Nunca.

Eu poderia ter perdido a minha Ana. Ela podia ter sido assassinada por aquele babaca.

— Quando eu penso no que poderia ter acontecido... — As palavras atravessam com dificuldade o nó de fúria ainda entalado em minha garganta.

— Eu estou bem.

— Ah, Ana — digo com voz embargada, e sinto vontade de chorar.

— Eu estou bem. Estamos todos bem. Um pouco abalados. Mas Gail está bem. Ryan está bem. E Jack se foi.

— Embora você não tenha nenhum crédito nisso — resmungo.

Ela se inclina para trás e me encara.

— O que você quer dizer?

— Não quero discutir sobre isso agora, Ana.

Acho que ela está considerando minhas palavras. Por algum motivo, ela volta a se aninhar em meus braços. Não faria isso se soubesse o que estou com vontade de fazer.

Mas ela sabe como eu sou.

Ela me conhece.

A semente ruim.

Ela já viu o monstro.

— Quero punir você — sussurro, como se fosse uma confissão proibida, tenebrosa. — Espancar você até não poder mais.

Ela fica imóvel.

— Eu sei — sussurra.

Não é o que eu esperava que ela dissesse.

— Talvez eu faça isso.

— Espero que não — diz, a voz baixa, mas firme.

Suspiro. Isso nunca vai acontecer. Eu sei e já me conformei com esse fato quando ela voltou, depois de ter me abandonado.

Mas eu quero.

Puta merda, como eu quero.

Mas ela me deixou da última vez que me comportei assim.

Agora ela é minha mulher e estamos aqui, juntos.

Eu a abraço com mais força.

— Ana, Ana, Ana. Até um santo perderia a paciência com você.

— Eu poderia acusá-lo de muitas coisas, Sr. Grey, mas não de ser santo.

E ali está ela.

Essa é a minha garota.

Dou uma risada e, embora soe falsa até para os meus ouvidos, é catártico.

— É verdade, sempre usando bons argumentos, Sra. Grey. — Beijo sua testa. — Volte para a cama. Você dormiu tarde também.

Carrego-a no colo e a devolvo à cama.

— Deita comigo? — pede, os olhos implorando que eu fique.

— Não. Tenho umas coisas para fazer. — Pego o meu copo vazio. — Volte a dormir. Eu acordo você daqui a algumas horas.

— Ainda está zangado comigo?

— Estou.

— Vou dormir mais, então.

— Ótimo. — Eu a cubro e beijo sua testa. — Durma.

Saio apressado do quarto, antes que eu mude de ideia.

E sei que estou fugindo dela, porque ela tem o poder de me fazer sofrer como ninguém mais. Se o Hyde a tivesse pegado... *merda*. Sua ausência neste mundo me faria mais mal do que qualquer coisa que eu tenha sofrido até hoje.

Vou à cozinha, deixo o copo na pia e sigo para meu escritório. Preciso de um plano de ação. Anoto tudo o que tenho que fazer, depois envio a Andrea um e-mail pedindo que cancele minhas reuniões em Washington, D.C. Digo-lhe que, embora esteja de volta a Seattle, ainda posso fazer as reuniões por videoconferência ou telefone. Clico no botão de enviar, sabendo que, uma vez que a imprensa tome conhecimento da detenção de Hyde, minha ausência será autoexplicativa.

Puxo o arquivo de Hyde para dar mais uma olhada na informação fornecida por Welch, para verificar se há alguma pista de sua insanidade.

Há um detalhe específico que continua martelando em minha mente desde que li o relatório pela primeira vez. Fico me perguntando se é uma coincidência ou se é o motivo de toda essa confusão.

Jackson "Jack" Daniel Hyde.
Data de nascimento: 26 de fevereiro de 1979, Brightmoor, Detroit, MI

Droga. Estou tão cansado que parece que meu cérebro pifou, mas sei que não vou conseguir dormir. Preciso de ar fresco para expulsar o medo e a ansiedade do meu organismo.

Devagarzinho, vou até o closet e coloco minha roupa de correr, mas, antes de sair, dou uma olhada em Ana. Ela dorme um sono pesado. Com o iPod preso ao meu braço, pego o elevador para o saguão de entrada.

Quando as portas se abrem, vislumbro dois fotógrafos lá fora. Fujo para a área de serviço pelas portas dos fundos. Em seguida, atravesso uma série de corredores e saio pela parte de trás do prédio. Corro pelas ruas de Seattle banhadas pelo amanhecer ao som de "Bittersweet Symphony", da The Verve, que ressoa em tom alto e soberbo em meus fones de ouvido.

Vou correndo pela Quinta Avenida até a rua Vine, sem parar. Passo pelo antigo apartamento de Ana, onde Kate Kavanagh deve estar dormindo, de ressaca. Corro pela Western e pego o caminho na direção do Pike Place Market. É exaustivo, mas não paro até voltar ao Escala. E então refaço o percurso.

Volto encharcado de suor, com meu boné do Mariners cobrindo meu rosto. Passo pelos repórteres reunidos do lado de fora do prédio sem ser reconhecido e entro a salvo no elevador.

A Sra. Jones está na cozinha.

— Gail! Como você está? — pergunto assim que a vejo.

— Bem, Sr. Grey. Feliz que o senhor e Taylor estejam de volta.

— Conte o que aconteceu.

Enquanto encho e bebo um copo de água, ela faz um resumo rápido dos acontecimentos da noite anterior. Como Ryan a levou para o quarto do pânico. E depois, quando Hyde foi pego, como foi com a polícia e os paramédicos.

— Nunca achei que teríamos que usar aquele quarto — comenta ela.

— Ainda bem que mandei instalar.

— Sim, senhor. Ainda bem mesmo. Quer café?

— Ainda não. Quero um suco de laranja para Ana.

Ela sorri.

— É pra já.

— Taylor já acordou?

— Não, senhor.

— Ótimo. Deixe que descanse.

Ela me entrega o suco, e me afasto para ir acordar Ana.

Ela ainda está dormindo.

— Aqui: suco de laranja para você. — Coloco o suco na sua mesinha de cabeceira e ela se mexe, os olhos fixos em mim, os dentes brincando com o lábio inferior. — Vou tomar um banho — murmuro e saio.

Tiro a roupa devagar e deixo as peças no chão do banheiro. Minha corrida pouco adiantou para melhorar meu humor. Começo a esfregar o cabelo com força, enquanto mentalmente percorro a lista de coisas para fazer agora de manhã. Sinto a presença de Ana antes de ouvi-la. Ela abre a porta do box, fecha e depois para atrás de mim e me envolve em seus braços. Enrijeço com seu toque.

Em todos os lugares.

Não me toque.

Ignorando minha reação, ela me puxa para mais perto, para que eu sinta seu corpo quente e nu colado ao meu. Ela pressiona a bochecha em minhas costas.

Nossas peles estão unidas.

E é insuportável.

Estou muito zangado com você agora.

Estou muito zangado comigo mesmo.

Mudo de posição, e nós dois ficamos embaixo da água. Continuo tirando o xampu do cabelo. Ela encosta os lábios em minha pele e me dá beijinhos suaves.

Não.

— Ana — repreendo-a.

— Hmm...

Pare.

Ardo de desejo por ela.

Mas meus pensamentos são muito sombrios.

Estou muito irritado.

Sua mão desce devagar pelo meu abdômen, e sei o que ela tem em mente. Mas eu não quero nada disso.

Eu quero tudo isso.

Ela inteira.

Não!

Seguro suas mãos e balanço a cabeça.

— Não — sussurro.

Ela recua de imediato, como se eu a tivesse esbofeteado, então me viro e seus olhos focam na minha ereção.

É pura biologia, baby.

Seguro seu queixo.

— Ainda estou puto da vida com você — sussurro, e encosto minha testa na dela, fechando os olhos.

E estou puto da vida comigo mesmo.

Eu devia ter ficado em Seattle.

Ela estende a mão e acaricia meu rosto, e estou desesperado para me entregar ao seu toque suave.

— Não fique zangado comigo, por favor. Acho que você está exagerando — diz.

O *quê?*

Eu me empertigo, fazendo sua mão cair na lateral do corpo, e a encaro.

— Exagerando? — esbravejo. — Um lunático maldito entra no meu apartamento para sequestrar a minha mulher e você acha que eu estou exagerando!

Ela me encara, mas não recua.

— Não... hã... não era disso que eu estava falando. Achei que você estivesse assim porque eu dei uma saída.

Ah. Fecho os olhos. Eu a deixei sozinha apenas uma noite, e ela podia ter sido sequestrada ou sofrido coisa pior ainda. Podia ter sido assassinada por aquele babaca.

— Christian, eu não estava aqui — sussurra, no tom de voz mais gentil do mundo.

— Eu sei. — Abro os olhos, me sentindo ao mesmo tempo indefeso e inútil. — E tudo porque você não consegue atender uma merda de um pedido tão simples. Não quero discutir isso agora, no banho. Ainda estou puto com você, Anastasia. Você está me fazendo repensar certas coisas.

Saio do box, pego uma toalha e marcho para fora do banheiro. Quero remoer minha raiva. Esse sentimento me protege e mantém Ana longe de mim.

Ele me deixa a salvo.

A salvo de mais sentimentos complexos e difíceis de lidar.

Eu me enxugo, mas, quando me visto, meu corpo ainda está úmido. Não me importo. Saio irritado do closet e atravesso o corredor até a cozinha.

— Café? — pergunta Gail, quando me dirijo ao escritório.

— Por favor.

Sentado à escrivaninha, confiro mais uma vez o relatório com o histórico de Hyde. Tem algo estranho aqui. Posso sentir.

Gail surge e deixa uma xícara de café sobre a mesa.

— Obrigado.

Tomo um gole; está quente e forte. Cacete, que delícia.

Ligo para Welch.

— Bom dia, Grey. Soube que já está de volta a Seattle.

— Estou. Quem lhe contou?

— Taylor acabou de me avisar.

— Então já sabe sobre o Hyde.

— Sei. Já telefonei para um contato meu na delegacia de polícia de King County. Para descobrir o que está acontecendo.

— Obrigado.

— E falei com o FBI.

Ouço uma batida na porta, e Anastasia está parada no vão, usando o vestido ameixa que revela cada uma de suas curvas femininas. Seu cabelo está preso num coque, e ela usa brincos de diamantes. Parece distinta e séria, escondendo sua singularidade particular, e está gostosa pra cacete. Balanço a cabeça, dispensando-a, e noto a contração de sua boca ao dar meia-volta.

— Desculpe, Welch, o que você disse?
— O FBI. Parece que as digitais dele batem com as encontradas no EC135.
— É o Hyde?
— Sim, senhor. O FBI revelou as condenações de Hyde quando ainda era menor de idade em Detroit.

Detroit de novo.

— Elas batem — diz ele —, embora esses documentos supostamente sejam confidenciais, por isso o resultado demorou alguns dias.
— E o que isso significa?
— Que essas condenações podem não ser consideradas.
— Merda, sério? Bem, temos ainda a gravação de Hyde do lado de fora do Escala, que Prescott descobriu no início da semana. É óbvio que ele andava rondando o lugar. E, claro, as gravações do circuito fechado da sala do servidor do GEH.
— A polícia andava querendo interrogá-lo a respeito do incidente no GEH, mas não conseguia localizá-lo.
— Pois agora colocaram as mãos nele.
— É verdade — concorda, em tom raivoso. — E as duas investigações vão comparar as digitais de Hyde para ver se batem.
— Já não era sem tempo. Conseguiu alguma coisa com as ex-assistentes dele?
— Não. Estão relutando em falar. Todas dizem que ele era um chefe excelente.
— Acho difícil de acreditar.
— Concordo, considerando as queixas de assédio encobertas — resmunga Welch. — Até agora só falamos com quatro delas. Vou continuar insistindo.
— Ok.
— O que deseja fazer em relação ao reforço da segurança para sua família?
— Vamos manter tudo como está por enquanto e ver no que vai dar com Hyde. Não fazemos ideia se ele está agindo sozinho ou se tem alguém ajudando.
— Ok. Dou notícias assim que meu contato retornar.
— Ótimo. Obrigado.

Checo meus e-mails. Tem um do Sam avisando que foi soterrado de pedidos de entrevista sobre a noite passada. Eu o instruo a enviar todas as perguntas para a assessoria de imprensa da delegacia de King County.

Taylor entra no escritório.

— Bom dia, senhor.
— Conseguiu dormir?

Ele suspira.

— Algumas horas. O suficiente.
— Ótimo. Temos muita coisa para resolver.

Ele puxa uma cadeira e examinamos minha lista de afazeres.

— ... e, por último, chame um marceneiro para consertar a porta.
— Pode deixar. Reunião às dez com a equipe completa. Vou avisar todo mundo — garante Taylor.
— Por favor.
— Sawyer e Ryan estão no quarto. Presumo que ainda estejam dormindo. Prescott está verificando a gravação de ontem à noite para descobrir como Hyde entrou no prédio.
— Ótimo.
— Senhor — chama ele, de modo que atrai minha atenção na mesma hora.
— Sim?
— Estou feliz que tenhamos voltado para casa ontem à noite. Talvez o senhor tenha um sexto sentido ou algo parecido.
Fico surpreso.
— Taylor, eu só estava irritado com a minha mulher.
Seu sorriso repentino é irônico e experiente.
— Acontece com todo mundo, senhor.
Eu assinto, mas suas palavras não me tranquilizam; ele é divorciado.
Não pense nisso, Grey.
— Graças a Deus Ana e Gail estão em segurança — acrescento, ao me levantar.
Estou faminto, precisando do meu café da manhã.
— É verdade, senhor. — Ele me segue quando saio do escritório.
— Preparei omelete para o senhor — avisa-me Gail, abrindo um sorriso enorme para nós dois.
Talvez Taylor e Gail acabem juntando as escovas de dente.
Quem sabe?
Ignorando os dois, eu me sento à bancada e, depois que Taylor deixa a cozinha, pergunto a Gail se Ana comeu.
— Comeu, sim, Sr. Grey. Uma omelete, também.
— Ótimo.
Como se eu a tivesse invocado, Ana aparece no vão da porta vestindo o blazer.
— Está saindo? — pergunto, incrédulo.
— Para o trabalho? Sim, claro. — Ela se aproxima. — Christian, nós voltamos não faz nem uma semana. Tenho que ir trabalhar.
— Mas... — Eu passo a mão no cabelo, nervoso.
Mas e o que aconteceu ontem? Hyde! O sequestro!
Pelo canto do olho, vejo Gail sair da cozinha.
— Sei que temos muito o que conversar — continua Ana. — Talvez, se você tiver se acalmado, a gente possa fazer isso de noite.
— Acalmado? — pergunto, baixinho, e de imediato estou em brasas de novo.

Essa mulher está me fazendo perder o pouco de paciência que me resta esta manhã.

Ela enrubesce, constrangida.

— Você sabe o que eu quero dizer.

— Não, Anastasia. Não sei o que você quer dizer.

— Não quero brigar. Só vim perguntar se eu posso ir no meu carro.

— Não. Não pode — retruco.

— Tudo bem — diz, baixinho.

E, simples assim, como se o vento tivesse parado de atiçar minhas chamas, não estou mais zangado, só cansado. Esperava uma batalha.

— A Prescott vai acompanhar você. — Suavizo meu tom de voz.

— Tudo bem — diz, e se aproxima de novo.

Ana. O que está fazendo? Ela se inclina e me dá um beijo carinhoso no canto da boca. Quando os lábios encostam em minha pele, fecho os olhos, saboreando seu toque. Não mereço isso.

Eu não a mereço.

— Não me odeie — sussurra.

Seguro sua mão.

— Eu não odeio você.

Ana, eu jamais conseguiria odiar você.

— Você não me deu nem um beijo — balbucia.

— Eu sei.

Mas eu quero.

Droga, Grey. Carpe diem.

Eu me levanto de modo abrupto, seguro seu rosto e ergo sua boca na direção da minha. Surpresa, ela abre os lábios, e eu avanço, empurrando minha língua para dentro, saboreando e desfrutando seu gosto.

Ela tem sabor de paraíso, de épocas melhores e de pasta de dentes de menta.

Ana. Eu amo você.

Você. Só. Me. Deixa. Louco.

Solto-a antes que possa retribuir o beijo da maneira adequada. Sei que ela nunca irá para o trabalho se eu não recuar. Minha respiração está ofegante.

— O Taylor vai levar você e a Prescott para a SIP.

Luto para recobrar minha compostura e reprimir meu desejo.

Ana pisca, a respiração igualmente pesada.

— Taylor! — chamo.

— Sim, senhor. — Taylor está parado na porta.

— Diga à Prescott que a Sra. Grey está indo para o trabalho. Você pode levar as duas, por favor?

— Certamente. — Taylor gira nos calcanhares e desaparece.

Sentindo-me mais controlado, eu me volto para Ana.

— Se você pudesse tentar não se meter em nenhuma confusão hoje, eu agradeceria — murmuro.

— Vou ver o que posso fazer. — Os olhos dela brilham de diversão, e é impossível não sorrir.

— Até mais tarde, então — respondo.

— Até mais tarde — sussurra, e sai com Taylor e Prescott a tiracolo.

Após o café da manhã, volto para o escritório e ligo para Andrea. Aviso que trabalharei de casa; de qualquer maneira, eu já não pretendia ir ao escritório hoje. Ela me passa para Sam e temos uma tediosa discussão a respeito de "ter a notícia em primeira mão" quanto à invasão de Hyde.

— Não, não temos, Sam, não nesse caso.

— Mas... — protesta.

— Nada de "mas". Isso é um assunto policial. Todas as perguntas da imprensa sobre o incidente devem ser encaminhadas para a polícia. Fim de papo.

Ele suspira. Sam é louco por publicidade.

— Entendido, Sr. Grey. — Ele parece aborrecido, mas não estou nem aí.

Desligo e telefono para meu pai para lhe contar a respeito de Hyde. Concordamos em manter, por precaução, a equipe de segurança por mais uma semana.

— O senhor conta à mamãe?

— Conto, sim, meu filho. Cuide-se.

— Pode deixar.

Desligo e meu telefone vibra. É uma mensagem de Elliot.

ELLIOT
Fala, mano! Tá tudo bem? Hyde! PQP!

Ele é curto e grosso, indo direto ao ponto, como sempre. Deve ter ouvido as notícias, ou Ana contou a Kate. Ligo para inteirá-lo dos acontecimentos, e combinamos um encontro no fim de semana. Ele quer discutir um assunto, mas não ao telefone.

— Como quiser, cara — digo. — E, aliás, sua namorada tem levado minha mulher para o mau caminho. Era para Ana estar em casa, no quarto do pânico, mas em vez disso saiu para se embebedar com Katherine.

— Katherine, é?

— Kate. — Reviro os olhos. — Tanto faz.

— E por que está me dizendo isso?

— Não sei, cara, só estou desabafando com você.

Elliot suspira.

— Você vai ter que discutir isso com ela.

Ah. Eles terminaram? O que ele quis dizer?

Ele continua, antes que eu possa fazer qualquer pergunta:

— O cara que fica me seguindo. Ainda preciso dele?

— Vamos ver o que acontece com Hyde nos próximos dias.

— Tá certo, chefão. O dinheiro é seu.

— Até mais, Elliot.

RYAN E SAWYER FAZEM um relato completo para mim e Taylor. Não consigo decidir se Ryan é um herói ou um idiota por deixar Hyde entrar no apartamento. Seu rosto está bastante machucado, e ele tem um corte no supercílio depois do "leve embate". A julgar pelo ferimento em seu rosto, deve ter tido um embate e tanto com nosso invasor. Ele diz que só deixou Hyde entrar porque Ana não estava em casa. Dou uma olhada para Taylor, seus lábios comprimidos. Ryan colocou Gail em risco, mesmo com o quarto do pânico.

A boa nova é que Prescott, antes de sair pela manhã, localizou a gravação que mostra a chegada de Hyde na garagem. Sua van continua estacionada no mesmo lugar.

Peço a Sawyer que passe a informação ao detetive Clark.

— Sim, senhor.

— É só isso? — pergunta Taylor a Ryan e a Sawyer.

— Sim, senhor — respondem em uníssono.

— Obrigado. Por tudo — digo a eles. — Fico muito grato por ter conseguido pegar o desgraçado, Ryan.

— Senti uma satisfação enorme por ter vencido o cara.

— Vamos torcer para que a polícia o mantenha na cadeia — acrescento.

Ryan e Sawyer saem.

— O marceneiro chegará daqui a uma meia hora para consertar a porta quebrada — informa Taylor.

— Ótimo. Vou fazer uma busca no computador de Hyde para ver se consigo encontrar alguma outra pista do que pode estar por trás dessa história toda.

— Senhor, temos um possível problema — diz Taylor.

— Qual?

— Em termos técnicos, Ryan permitiu o acesso de Hyde ao apartamento.

Empalideço.

— Só por circunstâncias excepcionais. Além disso, Hyde estava armado.

— É verdade, mas mantenha isso em mente quando conversar com os policiais.

— Sim, tem razão. Fale com Ryan.

— Pode deixar.

— Taylor, tire a noite de hoje de folga. Gail, também. Na verdade, todos vocês.

— Sr. Grey...

— Você ficou acordado até tarde e dormiu pouco, assim como Sawyer e Ryan, que ficaram tomando conta da minha mulher ontem à noite.

Taylor parece triste.

— Gostaria de deixar Ryan em observação. Ele não está em condições de sair.

— Está certo.

— Obrigado, senhor.

Taylor meneia a cabeça e sai, enquanto volto a atenção para meu computador. Em específico, para os arquivos que Barney recuperou do disco rígido de Hyde.

Às 10h45, paro de vasculhar essa coleção assustadora e obsessiva de todas as coisas relacionadas à família Grey e entro na videoconferência. Vanessa também está na linha e iniciamos nossa reunião com a Comissão de Valores Mobiliários. É uma conversa curta e amigável, e a GEH é contratada para a força-tarefa que examinará a questão dos minerais de conflito na tecnologia.

Quando encerramos a conversa com a CVM, Vanessa me informa ter localizado Sebastian Miller, o motorista de caminhão que salvou a mim e a Ros quando o *Charlie Tango* caiu. Ela o apresentou à nossa equipe de logística e ele em breve se tornará um parceiro na transportadora usada pela GEH.

— Que ótima notícia.

— Sr. Grey, ele ficou pasmo ao receber a ligação.

— Posso apostar. Obrigado por tê-lo localizado.

Quando encerramos, ligo para a senadora Blandino.

Nossa conversa é breve, e combinamos de almoçar juntos da próxima vez que ela estiver em Seattle.

Taylor está parado à porta quando termino a ligação.

— Pois não?

— O detetive Clark está aqui, senhor.

— Peça que entre, por favor.

O detetive Clark tem um aperto de mão firme e um ar rabugento, envergonhado.

— Sr. Grey, obrigado por me receber.

— Por favor, sente-se.

Aponto a cadeira do outro lado da mesa.

— Obrigado. Gostaria que me fizesse um resumo de sua ligação com Jackson Hyde.

— Claro.

Explico que sou proprietário da SIP e que Ana trabalhava para ele, até ser demitido, e todas as circunstâncias que motivaram a demissão, inclusive minha briga com ele na SIP.

— O senhor o agrediu? — Clark ergue as sobrancelhas.

— Precisei lhe dar umas aulas de boas maneiras. Ele assediou minha mulher.

— Entendo.

— Caso verifique o histórico dele, verá que foi demitido mais de uma vez sob a acusação de assediar as colegas de trabalho.

— Hmm... Acha que ele está por trás do incêndio criminoso na GEH?

— Acho. Temos a gravação da Grey House.

— Sim, já assisti. E obrigado pela gravação da garagem também. A equipe forense está examinando a van.

— E encontraram alguma coisa?

— Isso.

Ele retira um saco plástico de provas. Dentro, um bilhete, que o detetive estende para que eu possa ler. Está escrito com canetinha:

Grey, sabe quem eu sou?
Porque eu sei quem você é, Passarinho.

Olho as palavras sem entender.

Que bilhete esquisito.

— Sabe o que significa? — pergunta Clark.

Nego com a cabeça.

— Não tenho a menor ideia.

Ele guarda o saco de novo no bolso interno do paletó.

— Tenho mais algumas perguntas para a Sra. Grey. Como ela está?

— Está bem. Ela é muito durona.

— Hmm... Ela está em casa?

— Está no trabalho. Pode ligar para ela.

— Entendo. Prefiro um método mais interativo. Gostaria de conversar com ela de novo, pessoalmente — diz o detetive, em tom severo.

— Posso me encarregar disso. Levando em consideração o grande interesse da imprensa na minha mulher e em mim, eu pediria que fosse ao escritório dela.

— Sem problema.

Ele assente e fica sentado, quieto, enquanto envio um e-mail rápido para Hannah solicitando que verifique quando Ana estará disponível.

— Hyde estava com um revólver. Ele tem porte de arma?

— Estamos verificando.

— Já conversou com a equipe do FBI que está investigando a sabotagem do meu helicóptero?

— Estamos em contato.

— Ótimo. Suspeito que ele possa estar por trás disso também.

— Hmm... Ele parece um pouco obcecado.

— Um pouco.

Conto-lhe a respeito do HD do computador de Hyde e de todas as informações que ele reuniu sobre minha família.

Clark franze a testa.

— Interessante. Podemos ter acesso ao HD?

— Com certeza. Pedirei ao meu pessoal da informática que o envie para vocês.

Meu computador apita, anunciando uma resposta de Hannah.

— Minha mulher pode recebê-lo hoje, às três da tarde, no escritório.

— Excelente. Bom, não tomarei mais o seu tempo, Sr. Grey.

Ele se levanta, assim como eu.

— Estou aliviado por terem detido Hyde. E espero que ele continue atrás das grades por um bom tempo.

O sorriso de Clark é ameaçador, e suspeito que ele esteja pensando o mesmo.

— O senhor tem uma vista maravilhosa — comenta.

— Obrigado.

Taylor o acompanha e eu digito um e-mail.

De: Christian Grey
Assunto: Depoimento
Data: 26 de agosto de 2011 13:04
Para: Anastasia Grey

Anastasia,
O detetive Clark irá à sua sala hoje às três da tarde para pegar o seu depoimento.
Insisti que ele fosse até você, já que não quero que você vá até a delegacia.

Christian Grey
CEO, Grey Enterprises Holdings, Inc.

Volto a pesquisar o conteúdo do computador de Hyde. Chega um e-mail de Ana.

De: Anastasia Grey
Assunto: Depoimento
Data: 26 de agosto de 2011 13:12
Para: Christian Grey

Ok.
Bj,

Anastasia Grey
Editora, SIP

Pelo menos ganhei um beijo.

Abro mais uma vez os arquivos de Hyde. Ele tem muita informação a respeito de Carrick em um dos arquivos. *Por que está tão interessado no meu pai? Não entendo.*

Uma notificação de e-mail de Ana surge em minha tela.

De: Anastasia Grey
Assunto: Seu voo
Data: 26 de agosto de 2011 13:24
Para: Christian Grey

A que horas você decidiu voltar para Seattle ontem?

Anastasia Grey
Editora, SIP

Não mandou beijo dessa vez. Eu respondo.

De: Christian Grey
Assunto: Seu voo
Data: 26 de agosto de 2011 13:26
Para: Anastasia Grey

Por quê?

Christian Grey
CEO, Grey Enterprises Holdings, Inc.

De: Anastasia Grey
Assunto: Seu voo
Data: 26 de agosto de 2011 13:29
Para: Christian Grey

Curiosidade.

Anastasia Grey
Editora, SIP

O que ela está tentando descobrir? Envio uma resposta evasiva.

De: Christian Grey
Assunto: Seu voo
Data: 26 de agosto de 2011 13:32
Para: Anastasia Grey

A curiosidade matou o gato.

Christian Grey
CEO, Grey Enterprises Holdings, Inc.

De: Anastasia Grey
Assunto: Hã?
Data: 26 de agosto de 2011 13:35
Para: Christian Grey

O que foi essa referência oblíqua? Mais uma ameaça?
Você sabe aonde quero chegar com isso, não sabe?
Você resolveu voltar porque eu saí para tomar um drinque com uma amiga mesmo você tendo pedido que eu não fosse ou porque tinha um homem louco no seu apartamento?

Anastasia Grey
Editora, SIP

Droga. Encaro a tela, sem saber o que responder. Não foi uma ameaça.

Caramba.

Ela sabe que eu voltei antes de descobrir sobre Hyde. Se não sabe é porque não calculou a diferença de fuso horário.

O que posso dizer?

Estou olhando pela janela, inexpressivo, quando a Sra. Jones bate à porta do escritório.

— Gostaria de almoçar?

— Sim. Claro. Obrigado, Gail.

— Disponha, Sr. Grey.

Com um sorriso educado, ela sai, me deixando entregue aos meus pensamentos. Ainda estou tentando elaborar uma resposta para Anastasia, quando ouço o barulho anunciando a chegada de uma nova mensagem em meu iMac.

De: Anastasia Grey
Assunto: É o seguinte...
Data: 26 de agosto de 2011 13:56
Para: Christian Grey

Vou tomar seu silêncio como uma confirmação de que você realmente voltou para Seattle porque EU MUDEI DE IDEIA. Sou uma mulher adulta e saí para tomar um drinque com uma amiga. Eu não podia avaliar os desdobramentos, em termos de segurança, do fato de eu ter MUDADO DE IDEIA porque VOCÊ NUNCA ME FALA NADA. Descobri pela Kate que, na verdade, a segurança foi reforçada para todos os Grey, e não só para nós. Acho que você em geral exagera quando se trata da minha segurança, e entendo o motivo, mas você está sempre agindo como o menino que avisava do lobo sem ser verdade.

Eu nunca sei o que é uma preocupação real ou o que é meramente algo que você encara como uma preocupação. Eu estava com dois seguranças. Achei que tanto Kate quanto eu estaríamos seguras. O fato é que estávamos mais seguras no bar do que em casa. Se eu tivesse sido INFORMADA DIREITO da situação, teria agido de maneira diferente.

Pelo que sei, as suas preocupações têm algo a ver com um material que estava no computador do Jack — ou pelo menos foi o que a Kate disse. Você sabe como é irritante descobrir que minha melhor amiga sabe mais sobre o que está acontecendo com você do que eu? E eu sou sua ESPOSA. Então, você vai me falar? Ou vai continuar a me tratar como uma criança, para que eu continue a me comportar como uma?

Você não é o único que está puto da vida. Entendeu?
Ana

Anastasia Grey
Editora, SIP

Ela está até falando palavrão e cuspindo letras maiúsculas. Olho por olho, dente por dente.

De: Christian Grey
Assunto: É o seguinte...
Data: 26 de agosto de 2011 13:59
Para: Anastasia Grey

Sra. Grey, como sempre, você foi franca e desafiadora em seu e-mail.
Talvez possamos discutir isso quando você voltar para **NOSSA** casa.
Você deveria tomar cuidado com o que fala. Ainda estou puto da vida.

Christian Grey
CEO, Grey Enterprises Holdings, Inc.

Mas que se foda. Não quero brigar com Ana por e-mail. Saio em disparada do escritório e entro na sala de estar. Meu humor melhora diante da visão da salada de frango que a Sra. Jones preparou para o almoço.

Talvez esteja tão furioso por causa da fome.

— Obrigado — murmuro.

— Vou à delicatéssen grega de que a Sra. Grey gosta para comprar as comidas favoritas dela para hoje à noite. Ela só vai precisar colocá-las no forno ou no micro-ondas para esquentar.

— Maravilha — digo, distraído.

Por que eu e Anastasia temos brigado tanto?

— Sr. Grey... — A Sra. Jones está tentando chamar minha atenção.

— Pois não.

— Obrigada pela folga hoje à noite. Desculpe dizer isso, mas o senhor parece cansado. Já pensou em tirar um cochilo rápido?

Franzo o cenho. Um cochilo? Não sou criança.

— Não.

— Foi só uma ideia.

— Vou tomar como um conselho — resmungo, e levo a salada para o escritório. Welch telefona quando estou comendo.

— Welch.

— Surgiram desdobramentos interessantes no caso Hyde — diz, áspero, com sua voz rouca. — Ao que parece, a van de Hyde na garagem estava equipada com um colchão e tranquilizante ketamina suficiente para nocautear todos os cavalos de um rodeio no Texas.

— Ketamina. Puta que pariu.

Eu tinha razão!

— Sim, senhor. E seringas.

Faço uma careta. Detesto seringas.

— Parece que nosso garoto vai ser indiciado por tentativa de sequestro em primeiro grau — continua Welch. — Na certa, vão acusá-lo de invasão criminosa, roubo e posse ilegal de arma. Também encontraram um bilhete.

— Clark me mostrou o bilhete.

— Significa alguma coisa para o senhor?

— Não, e Hyde deixou o bilhete na van. Talvez tenha mudado de ideia porque não faz sentido.

— Talvez. Ele estava entregando encomendas para um dos moradores do prédio — informa Welch.

— Entregando encomendas? Como assim?

— Isso mesmo. Estava trabalhando para uma empresa de entregas. O cliente mora no apartamento dezesseis.

— Ah, sei quem é. Já o encontrei. Um rapaz jovem. Foi assim que Hyde conseguiu acesso. Mas ele é um tremendo de um desgraçado.

— Se é, senhor — concorda Welch. — Só mais uma coisa. Tive notícias da delegacia de King County e do FBI. As digitais batem.

— Pegamos ele!

— É o que parece.

— Deve haver uma conexão com Detroit, mas, por mais que eu quebre a cabeça, não sei qual é — resmungo.

— Vou continuar investigando — responde Welch. — Por enquanto é só isso.

— Obrigado por me manter informado.

Ele desliga, e eu olho para o resto do almoço. Meu apetite evaporou. Que diabos aquele filho da puta diabólico tinha planejado fazer com minha mulher? Sequestro. Estupro. Assassinato. E tinha seringas. Talvez fosse injetar o produto com uma seringa suja, imunda. A bile sobe em minha garganta, mas a engulo.

Puta merda.

Preciso sair daqui e respirar um pouco de ar fresco. Abandono o almoço, atravesso a sala de estar e, ignorando o olhar ansioso de Gail, pego o elevador até o saguão de entrada. Os fotógrafos se foram, então saio pela entrada principal e caminho. E caminho. E caminho.

A vida em Emerald segue seu rumo. As pessoas cuidam de suas ocupações; as ruas estão lotadas, mas consigo caminhar tranquilo em meio à multidão.

Minha pobre mulher.

Ele podia ter matado Ana.

Se um dia eu colocar as mãos naquele maldito, pervertido, babaca... Ah, eu acabo com ele.

Mais uma vez, imagino todas as maneiras possíveis de acabar com a raça dele.

Merda.

Grey, controle-se.

Estou em frente à Nordstrom. Talvez devesse comprar um presente para Ana. Qualquer coisa. Verifico se minha carteira está no bolso de trás da calça e entro. Estou na seção de lenços. Um lenço de seda... Isso. Boa ideia.

Estou mais calmo quando volto ao apartamento.

— O senhor não gostou do almoço? — pergunta Gail. — Quer que eu prepare outra coisa?

— Não, obrigado. Acho que vou aceitar seu conselho. Vou me deitar. Estou exausto.

Gail abre um sorriso compreensivo.

Uma vez no quarto, tiro os sapatos, deito e fecho os olhos.

Ana está deitada à minha frente, nua. Os braços estão estendidos. *Você pode fazer o que quiser comigo. Sexo punitivo.* Ela está amarrada. Na sala de jogos. *O que você vai fazer comigo?* Paro atrás dela, uma vara na mão. *O que eu quiser.* Ela está em cima da mesa. De costas. Não pode se mexer. Está amarrada. Bato com o açoite em minha própria mão. Suas nádegas se contraem por antecipação. Ela está de joelhos, a testa pressionada no chão. As mãos amarradas nas costas. *Quero sua boca. Sua boceta. Sua bunda. Seu corpo. Sua alma.* Ela se ajoelha diante de mim. *Sou sua. Sempre serei sua, meu marido. Minha. Sua.*

Acordo. Desorientado.

Estou em casa. Pela luz, deduzo que seja fim de tarde. Verifico as horas; são 17h30. Ana ainda não deve ter chegado. Molho o rosto e a cabeça no banheiro, um plano tomando forma em minha mente. Estou prevendo uma briga e tanto. Ana diz que está zangada comigo. Tiro a camisa, troco por uma camiseta e visto a calça jeans que uso na sala de jogos à espera de seu retorno. Guardo o lenço novo dentro do bolso.

Talvez ambos possamos conseguir o que desejamos.

Em meu escritório, imprimo seu e-mail e noto que ela não me enviou nenhuma mensagem desde nossa última conversa. Minha mulher não recua diante de um desafio. Esta noite será interessante.

Gail não está em casa. Nem Taylor. Distraído, eu me pergunto o que estarão fazendo.

Ryan está no escritório de Taylor; levanta-se quando eu entro.

— Boa tarde, Sr. Grey.

— Pode ir lá para cima. Já dei folga para todo mundo hoje à noite. Caso precisemos de você, chamamos.

Ele hesita, mas acaba concordando.

— Sim, senhor.

E então volto para a sala de estar e passo pelo piano para aguardar a chegada de minha mulher.

Às minhas costas, o sol de fim de tarde se move em direção ao horizonte, e estou em meu canto do ringue, esperando o adversário para começar. Calçar as luvas. Colocar o protetor bucal.

Quantos rounds disputarei com a Sra. Grey?

O sinal suave do elevador ressoa no hall.

Ela chegou.

Hora do show, Grey.

O barulho da pasta de Ana ao atingir o chão no hall é seguido por seus passos entrando na sala de estar. Ela se detém ao me ver.

— Boa noite, Sra. Grey. — Descalço, eu deslizo em sua direção como um pistoleiro num filme antigo em preto e branco, meus olhos fixos nela. — Que bom que você chegou. Eu estava à sua espera.

— Estava, é? — sussurra.

Ela está tão linda quanto pela manhã, embora seus olhos estejam arregalados e desconfiados; está na defensiva.

Está dada a largada, Ana.

— Sim — respondo.

— Gostei da sua calça — murmura ela, examinando-me dos pés à cabeça.

Eu me vesti assim para você. Abro um sorriso predatório e me detenho diante dela. Ela passa a língua nos lábios, engole em seco, mas não desvia o olhar.

— Parece que você tem algumas questões para resolver, Sra. Grey.

Do bolso de trás, tiro o e-mail cheio de letras maiúsculas gritantes e o desdobro na sua frente, tentando intimidá-la com o olhar.

Fracasso.

— Sim, eu tenho algumas questões para resolver — responde, encarando-me com uma expressão decidida, embora a voz ofegante e sexy a traia.

Eu me curvo e roço o nariz no seu, saboreando o contato. Ela fecha os olhos e solta o suspiro mais meigo do mundo.

— Eu também tenho — murmuro, roçando a boca em sua pele perfumada.

Ela abre os olhos, e eu me empertigo.

— Acho que já conheço bem as suas questões, Christian.

Ela arqueia uma das sobrancelhas, e um ar divertido surge de repente em seus olhos.

Estreito os meus.

Não me faça rir, Ana.

Lembro-me dela dizendo isso para mim não faz muito tempo.

Ela recua um passo.

— Por que você voltou de Nova York? — pergunta, a voz manhosa contradizendo a leoa que conheço.

— Você sabe por quê.

— Porque eu saí com Kate?

— Porque você não cumpriu sua palavra e me desafiou, correndo um risco desnecessário.

— Não cumpri minha palavra? É assim que você vê?

— É.

Ela olha para cima, mas para ao perceber minha cara fechada. Não tenho certeza se uma surra seria uma boa ideia no momento.

— Christian — diz, na mesma voz suave —, eu mudei de ideia. Sou uma mulher. Somos conhecidas por mudar de ideia o tempo todo. É o que fazemos. — Quando eu não falo nada, ela continua: — Se eu tivesse pensado, por um minuto que fosse, que você cancelaria sua viagem... — Ela se cala, parecendo ter perdido as palavras.

— Quer dizer que você mudou de ideia?

— Isso.

— E por que não me ligou? — *Como pôde ter tão pouca consideração comigo?*

— Além do mais, você deixou a equipe de segurança em falta aqui, colocando o Ryan em risco — digo, em tom de recriminação.

Seu rosto enrubesce.

— Eu deveria ter ligado, mas não queria preocupar você. Se eu ligasse, você com certeza me proibiria de ir, e eu estava com saudades de Kate. Queria me encontrar com ela. Além disso, estando no bar, acabei ficando fora do caminho de Jack. Ryan não deveria tê-lo deixado entrar.

Mas deixou.

E se você estivesse aqui...

Puta merda. Chega, Grey.

Eu a abraço, puxando-a com força para o meu peito.

— Ah, Ana — sussurro, pressionando-a o máximo que consigo. — Se alguma coisa acontecesse com você...

Ele tinha um revólver.

Ele tinha uma seringa.

— Não aconteceu nada — diz.

— Mas poderia ter acontecido. Eu morri mil vezes hoje pensando no que poderia ter acontecido. Eu estava furioso, Ana. Furioso com você. Furioso comigo mesmo. Com todo mundo. Não consigo me lembrar de já ter sentido tanta raiva assim... exceto...

— Exceto? — pergunta.

— Uma vez no seu antigo apartamento. Quando Leila estava lá.

Outra pessoa com uma porra de uma arma.

— Você estava tão frio hoje de manhã. — Sua voz estremece e a última palavra sai num soluço.

Não. Ana. Não chore. Eu afrouxo o abraço e ergo sua cabeça.

— Não sei como lidar com essa raiva.

Eu costumava saber. Mas isso agora deixou de existir para mim.

Merda. Não pense nisso, Grey.

Olho para os olhos azuis atormentados que sempre extraem a verdade de mim.

— Acho que eu *não* quero machucar você. — Por isso agi com frieza. Estava com raiva. — Hoje de manhã, eu queria punir você, punir mesmo, e...

Como posso explicar isso?

Eu quero ter raiva do mundo, e você é o meu mundo.

— Você estava com medo de me machucar? — pergunta.

— Eu não podia confiar em mim mesmo.

— Christian, eu sei que você nunca me machucaria. Não fisicamente, pelo menos.

Ela segura meu rosto.

— Sabe?

— Claro. Eu sabia que o que você disse era uma ameaça vazia, à toa. Tinha certeza de que você não ia me bater até cansar.

— Mas eu queria.

— Não, não queria. Você só pensou que quisesse.

— Não sei se isso é verdade.

— Pense nisso — diz ela, envolvendo-me em seus braços e acariciando meu peito com o rosto. — Em como você se sentiu quando eu fui embora. Você me contou muitas vezes como aquilo afetou você. Como alterou sua visão de mundo, de mim. Eu sei do que você abriu mão por minha causa. Pense em como você se sentiu quando viu as marcas das algemas, durante a nossa lua de mel.

O que ela diz faz sentido. Pensando bem, eu me senti um babaca, e não quero que ela me deixe de novo. Ela me envolve em seus braços e acaricia minhas costas. Devagar — ah, tão devagar —, minha tensão diminui. Ela encosta o rosto em meu peito, e não consigo mais resistir. Inclinando-me, beijo o topo de sua cabeça, e ela ergue o rosto, me oferecendo a boca. Eu a beijo, meus lábios implorando-lhe que obedeça, implorando-lhe que não vá embora, implorando-lhe que fique. Ela retribui o beijo.

— Você confia tanto em mim — murmuro.

— Confio mesmo.

Acaricio seu rosto, mergulhado em seus olhos lindos, vendo sua compaixão, seu amor e seu desejo.

O que eu fiz para merecer essa mulher?

Ela sorri.

— Além disso, você não tem a papelada — sussurra, com uma expressão endiabrada.

Dou uma risada e a aperto no meu peito.

— Você tem razão.

Nós nos abraçamos e uma paz silenciosa se instala entre nós; é a primeira vez que sinto alguma tranquilidade desde minha viagem a Nova York. Será o fim das hostilidades?

— Vamos para a cama — peço baixinho.

— Christian, precisamos conversar.

— Mais tarde.

— Christian, por favor. Fale comigo.

Droga. Suspiro quando meu ânimo desce por água abaixo. Talvez estejamos apenas no olho do furacão.

— Sobre o quê? — Mesmo para meus próprios ouvidos, soo petulante.

— Você sabe. Você me deixa no escuro.

— Quero proteger você.

— Não sou uma criança.

— Estou plenamente ciente disso, Sra. Grey.

Passo minhas mãos pelo seu corpo e afago sua bunda, pressionando meu pau excitado nela.

— Christian! — diz, em tom de repreensão. — Converse comigo.

Anastasia está mais insistente do que nunca.

— O que você quer saber? — Eu a solto, pego seu e-mail caído no chão e seguro sua mão.

— Um monte de coisas — responde, quando a levo até o sofá.

— Sente-se. — Ela obedece, e eu me acomodo ao seu lado. Colocando minha cabeça entre as mãos, eu me preparo para sua enxurrada de perguntas. Então a encaro. — Pergunte.

— Por que reforçar a segurança para a sua família?

— Hyde era uma ameaça para eles.

— Como você sabe?

— Pelo computador dele. Tinha armazenados detalhes pessoais sobre mim e sobre o resto da minha família. Principalmente Carrick.

— Carrick? Por que ele?

— Não sei ainda. — Isso está parecendo a Santa Inquisição. — Vamos para a cama.

— Christian, conte!

— Contar o quê?

— Você é tão... irritante — diz ela, levantando as mãos.

— Você também.

Ela suspira.

— Você não aumentou a segurança logo que descobriu que havia informação sobre a sua família no computador. Então o que aconteceu? Por que agora?

— Eu não sabia que ele iria tentar incendiar minha empresa ou... — Eu me calo. Não quero lhe contar a respeito do *Charlie Tango*. Ela vai surtar. Mudo de assunto de novo. — Pensamos que se tratasse de uma obsessão indesejável, mas, você sabe — dou de ombros —, quando se está em evidência, as pessoas ficam interessadas. Eram coisas aleatórias: notícias sobre mim de quando eu estudava em Harvard: minhas atividades no remo, meu trabalho. Relatórios sobre o Carrick: informações sobre a carreira dele, sobre a carreira da minha mãe, e, até certo ponto, sobre Elliot e Mia.

Ela franze o cenho.

— Você disse *ou*.

— Ou o quê?

— Você disse: "tentar incendiar minha empresa ou..." Como se fosse falar mais alguma coisa.

Ela não perde um detalhe.

— Está com fome? — Tento distraí-la, e, como se estivesse esperando por isso, seu estômago ronca. — Você comeu hoje?

Seu rosto ruboriza, e obtenho minha resposta.

— Foi o que pensei. Você sabe como eu me sinto quanto a você deixar de comer. Venha. — Eu me levanto e seguro sua mão. Meu humor melhora. — Vou alimentar você.

— Vai me alimentar?

Guio Ana até a cozinha, pego um banco e o coloco do outro lado da ilha.

— Sente-se.

— Cadê a Sra. Jones? — Ana se acomoda no banco.

— Dei esta noite de folga a ela e ao Taylor.

— Por quê? — Ela parece incrédula.

Eles merecem uma folga depois da noite de ontem.

— Porque eu posso.

Simples assim.

— Então você vai cozinhar? — Agora ela parece mais incrédula ainda.

— Ah, está lhe faltando um pouco mais de fé, Sra. Grey. Feche os olhos.

Ela me fita com desconfiança, ainda insegura.

— Feche os olhos.

Revirando os olhos, ela obedece.

— Hmm... Não foi muito bom. — Do bolso traseiro da calça, tiro o lenço que comprei mais cedo e fico contente ao ver que combina com seu vestido. Ela arqueia uma das sobrancelhas. — Feche. Sem roubar.

— Você vai me vendar? — Sua voz soa baixa e aguda.

— Vou.

— Christian... — Ela está prestes a fazer uma objeção, mas eu pressiono um dedo em seus lábios com delicadeza.

— A gente conversa mais tarde. Quero que você coma agora. Você disse que estava com fome. — Roço meus lábios nos seus; depois tapo seus olhos com o lenço, dando um nó na parte de trás da cabeça. — Está conseguindo ver?

— Não — reclama, levantando a cabeça daquele jeito de quando revira os olhos.

A cena me faz rir. Às vezes ela é tão previsível...

— Eu sei quando você está revirando os olhos... e você sabe como eu me sinto em relação a isso.

Ela bufa e comprime os lábios.

— Podemos acabar logo com isso?

— Quanta impaciência, Sra. Grey. Tão ansiosa para conversar.

— Isso mesmo.

— Preciso alimentá-la antes.

Dou-lhe um beijo carinhoso na têmpora. Ela não faz ideia de como está excitante sentada toda empertigada no banco, de olhos tapados e com o cabelo preso num coque. Quase me sinto tentado a buscar minha máquina fotográfica.

Mas preciso alimentá-la.

Tiro da geladeira uma garrafa de Sancerre e os vários pratos para os quais Gail transferiu a comida da delicatéssen grega; o cordeiro está num pirex.

Merda. Por quanto tempo esqueço isso?

Coloco o pirex no micro-ondas e programo o timer para esquentar por cinco minutos na potência máxima. Deve ser o bastante. Coloco dois pães árabes na torradeira.

— Isso aí. Estou doida para conversar — diz Ana, e, pelo modo como inclina a cabeça, é evidente que está prestando atenção no que estou fazendo.

Pego a garrafa de vinho e um abridor, enquanto Ana se mexe no banco.

— Fique parada, Anastasia. Quero que você se comporte... — falo, pertinho de seu ouvido. — E não morda o lábio.

Solto seu lábio inferior dos dentes, e ela sorri.

Até que enfim!

Um sorriso.

Tiro o lacre, arranco a rolha e encho a taça.

Então, para a trilha musical, ligo as caixas de som surround e seleciono "Wicked Game", de Chris Isaak, no iPod. O dedilhar de uma corda de guitarra ressoa no cômodo.

Perfeito. Essa música funciona.

Diminuo o som e pego a taça de vinho.

— Um drinque primeiro, eu acho — digo, quase para mim mesmo. — Cabeça para trás. — Ela levanta o queixo. — Mais.

Ana obedece, e eu tomo um gole do vinho gelado e seco e a beijo, derramando o vinho em sua boca.

— Hmm... — Ela engole.

— Gostou do vinho?

— Gostei — balbucia.

— Mais?

— Eu sempre quero mais com você.

Eu sorrio. *Mais. A nossa palavra.* Ela sorri também.

— Sra. Grey, está flertando comigo?

— Estou.

Ótimo. Adoro quando ela flerta comigo.

Tomo outro gole grande de vinho e então, segurando o nó do lenço, empurro com cuidado sua cabeça para trás. Eu a beijo, derramando o vinho em sua boca. Ela bebe com avidez.

— Está com fome? — pergunto, com os lábios colados aos seus.

— Achei que já tivéssemos definido isso, Sr. Grey. — Sua voz destila sarcasmo.

Ah, essa é a Ana que conheço... a minha garota.

O micro-ondas apita anunciando que o cordeiro está pronto. O aroma delicioso paira na cozinha. Pego um pano de prato, abro a porta do micro-ondas e seguro o prato.

— Merda! Droga!

O lugar onde encosto o dedo sem o pano está fervendo. Largo o pirex e o deixo cair na bancada.

— Tudo bem aí? — pergunta Ana.

— Sim!

Não.

Ai!

Abandono o prato, esperando uma sessão de paparico.

— Acabei de me queimar. Aqui. — Coloco meu pobre dedo dentro da boca de Ana. — Por que não dá um beijo para passar?

Ana segura minha mão e retira devagarzinho o dedo de sua boca.

— Opa. Pronto, pronto — sussurra, e faz um biquinho lindo e sopra com carinho minha pele ardendo.

Ah.

Ela podia estar soprando meu pau.

Dá dois beijinhos no meu dedo, depois volta a inserir devagar meu indicador dentro de sua boca, acariciando-o com a língua e o chupando.

Ela bem que podia estar chupando meu pau.

O tesão me invade como se fosse um tsunami.

Ana.

De repente, enquanto chupa meu dedo, ela franze a testa.

— Em que está pensando? — pergunto, retirando meu dedo de sua boca e tentando manter o corpo sob controle.

— Em como você é inconstante.

Grande novidade.

— Cinquenta Tons, baby.

Dou um beijo no canto de sua boca.

— Meu Cinquenta Tons.

Ela agarra minha camiseta e me puxa para mais perto.

— Ah, não faça isso, Sra. Grey. Sem contato físico... ainda não. — Afasto sua mão da minha camiseta e beijo cada um de seus dedos. — Sente-se direito. — Ana faz beicinho. — Vou bater em você se fizer beicinho.

Pego um pedaço de cordeiro no prato, depois passo a carne no molho de iogurte e menta.

— Agora abra bem a boca.

Ela abre a boca, e enfio o garfo entre seus lábios.
— Hmm... — murmura, demonstrando apreciação.
— Gostou?
— Gostei.

Provo também, e uma explosão de sabores preenche minha boca. Então me dou conta de como estou faminto.

— Mais? — pergunto a Ana. Ela faz um sinal positivo, e sirvo-lhe outra garfada. Enquanto mastiga, separo um pedaço de pão árabe e o mergulho no húmus.
— Abra.

Ana obedece e come essa última porção com entusiasmo.

Eu também a acompanho.

Esse é sem dúvida o melhor húmus de Seattle.

— Mais? — pergunto.

Ela assente.

— Mais de tudo. Por favor. Estou morrendo de fome.

Suas palavras são música para minha alma. Eu a alimento e a mim, alternando entre o pão com húmus e o cordeiro. Ana está curtindo, adorando o banquete, e é um prazer alimentá-la e observá-la saborear a comida. De vez em quando, ofereço mais vinho, usando a técnica boca a boca já testada e aprovada.

Quando o cordeiro termina, pego o charuto de uva.

— Abra bem a boca, depois dê uma mordida.

Ela obedece.

— Adoro isso — murmura com a boca cheia.

— Concordo. São deliciosos.

Quando termino, ela lambe meus dedos até não sobrar uma gota. Um a um.

— Mais? — Minha voz está rouca.

Ela faz que não com a cabeça.

— Que bom — murmuro em seu ouvido —, porque está na hora do meu prato preferido. Você.

Pego Ana no colo. Desprevenida, ela dá um gritinho de surpresa.

— Posso tirar a venda?

— Não.

— Quarto de jogos.

Ana se retesa em meus braços enquanto eu a aconchego em meu peito.

— Que tal um desafio? — pergunto.

— Manda ver — responde, como eu esperava.

Ela parece mais leve quando subo a escada.

— Acho que você emagreceu — resmungo.

Ela sorri, satisfeita, eu acho.

Do lado de fora do quarto de jogos, eu a deslizo pelo meu corpo e a coloco de pé, mantendo o braço em volta de sua cintura, enquanto destranco a porta. Eu a puxo para dentro e acendo as luzes quando entramos.

No centro do quarto, eu a solto, desfaço o nó do lenço e retiro lentamente os grampos de seu coque. Sua trança se solta, e eu a seguro quando balança no ombro. Puxo-a suavemente para que Ana fique pertinho de mim.

— Eu tenho um plano — sussurro em seu ouvido.

— Imaginei — comenta, quando eu beijo aquele ponto atrás de sua orelha onde pulsa a veia do pescoço.

— Ah, Sra. Grey, tenho sim. — Ainda segurando a trança, inclino sua cabeça. Exponho seu pescoço e deslizo os lábios até sua nuca. — Primeiro temos que deixar você nua.

Quando eu a viro para que fique de frente para mim, seus olhos disparam para o primeiro botão aberto da minha calça jeans. Antes que eu possa impedi-la, ela insere o dedo no cós da calça, acariciando os pelos na base de meu abdômen.

Ai!

Ela me olha sob os cílios compridos.

— Você não deveria tirar a calça — diz.

— É exatamente essa a minha intenção, Anastasia.

Eu a envolvo em meus braços, uma das mãos em seu pescoço, a outra espalmada em sua bunda, e a beijo. Eu a provo e provoco com minha língua. Enquanto nos beijamos, eu a empurro para trás até que fique encostada na estrutura de madeira em forma de X, então aperto meu corpo no dela. Seus lábios estão ávidos, a língua tão sedenta quanto a minha. Recuo.

— Vamos nos livrar desse vestido. — Seguro a barra e lentamente a dispo, revelando seu corpo centímetro a centímetro. — Incline-se para a frente — ordeno, e ela obedece.

O vestido acaba no chão, e minha mulher está diante de mim usando apenas sua lingerie sedutora e sandálias. Entrelaçando os meus dedos nos seus, ergo as mãos dela acima da cabeça e inclino a minha num questionamento.

Alguma objeção, Ana?

Seu olhar é intenso, atento a tudo. Eu mergulho nesse olhar, sentindo-o penetrar em minha virilha. Ela engole em seco, depois faz um único gesto com a cabeça.

Minha doce garota. Ela nunca me decepciona.

Prendo seus pulsos nas algemas de couro acima da cabeça e tiro mais uma vez o lenço do bolso de trás da calça.

— Acho que você já viu o suficiente — sussurro, e tapo seus olhos de novo. Roço meu nariz no seu e faço uma promessa. — Vou deixar você louca.

Agarrando seus quadris, deslizo minhas mãos por seu corpo e aproveito para abaixar sua calcinha.

— Levante os pés, um de cada vez.

Ela obedece, e eu tiro sua calcinha, depois as sandálias, uma de cada vez. Deslizando meus dedos em volta de seu tornozelo, levo sua perna direita para o lado direito.

— Pise — ordeno.

Ela pisa, e eu prendo seu tornozelo direito na cruz. Repito o processo com o esquerdo, então a algemo e a deixo esticada. Quando ela está presa, eu me levanto e me aproximo, banhando-me em seu calor e em sua crescente excitação. Seguro seu queixo e dou um beijo suave e casto em seus lábios.

— Uma música e alguns brinquedos, eu acho. Você está linda assim, Sra. Grey. Acho que vou ficar um momento apreciando a visão.

Recuando, cumpro exatamente o que disse, sabendo que quanto mais tempo eu ficar olhando sem fazer nada, mais molhada vou deixá-la... e minha ereção aumentará ainda mais.

Ela é uma visão maravilhosa.

Mas agora quero ensiná-la sobre negação do orgasmo.

Caminho em silêncio e, da gaveta da cômoda, tiro uma varinha e o iPod. Há um potinho de Tiger Balm ao lado da varinha, e imagino como seria espalhar um pouco da pomada em seu clitóris.

Isso vai deixá-la excitada.

Não. Ainda não. Uma coisa de cada vez. Nada de pular etapas.

Mudo a música e escolho algo desconcertante que combine com meu estado de espírito.

Isso. Bach. A ária das Variações Goldberg. Perfeito.

Aperto o botão, e as notas límpidas, intensas e luminosas ecoam em meu quarto de jogos.

Nosso quarto de jogos.

Guardo a varinha no bolso de trás, tiro a camiseta e volto para perto da minha mulher, que está mordendo o lábio. Segurando seu queixo entre os dedos, eu a surpreendo e o puxo para que solte o lábio inferior. Ela abre um sorriso envergonhado e meigo, e sei que não tinha noção do que estava fazendo.

Ah, Ana, não tem ideia do que reservei para você.

Talvez eu deixe você gozar.

Talvez não.

Passo os nós dos dedos pela pele macia de seu pescoço, deslizando até seu peito; então, com o polegar, abaixo um dos bojos de seu sutiã meia-taça, libertando seu seio. Ela tem seios lindos. Enquanto beijo seu pescoço, solto seu outro seio e brinco com o mamilo. Em seguida, meus lábios e meus dedos puxam e provocam cada um, até ambos estarem duros e implorando por mais.

Ana se contorce tentando se desvencilhar das algemas.

— Ah — geme.

Mas eu não paro; minha boca e meus dedos continuam a atormentá-la de modo lento e sensual. Sei como é fácil excitá-la e levá-la ao orgasmo desse jeito.

Ela respira com dificuldade.

— Christian — implora.

— Eu sei. — Minha voz está rouca de desejo. — É assim que você faz eu me sentir.

Ela geme.

E eu continuo.

Ela projeta os quadris, e as pernas começam a tremer.

— Por favor — suplica.

Ah, baby. Aproveite.

Minha ereção pressiona o tecido macio, querendo se libertar. *Tudo no seu devido tempo, Grey.*

Eu paro e fico olhando seu rosto de cima. Ela está com a boca aberta enquanto inspira e se contorce contra as algemas de couro. Passo os dedos pela lateral de seu corpo, mantendo uma das mãos em seu quadril enquanto a outra desliza até sua barriga. Mais uma vez, ela empurra os quadris para a frente, oferecendo-se para mim.

— Vamos ver como você está — murmuro.

Roço meus dedos em seu sexo, e eles ficam molhados.

Minha calça jeans parece mais apertada.

Esfrego o polegar na pequena e excitada protuberância entre suas coxas, e ela geme, empurrando o corpo na direção da minha mão.

Ai, Ana. Tão ávida. Tão molhada para mim.

E você não tem ideia de quanto tempo ainda falta para gozar.

Se — e essa é uma dúvida e tanto — eu deixar você gozar.

Devagar, enfio meu dedo do meio dentro dela, e depois o indicador. Ela geme e continua se esfregando em minha mão, em busca do gozo.

— Ah, Anastasia, você está tão pronta.

Circulo meus dedos dentro dela e a acaricio, a atormento, o polegar estimulando seu clitóris. Suas pernas começam a tremer de novo quando projeta os quadris na minha direção. Aquela é a única parte de seu corpo que estou tocando. Sua cabeça está jogada para trás enquanto absorve o prazer. Ela está perto.

Com a outra mão, tiro a varinha do bolso de trás e a ligo.

— O que foi? — pergunta, ao ouvir o som.

— Sssh. — Meus lábios cobrem os dela, e Ana me beija com voracidade. Eu recuo, os dedos ainda se movendo dentro dela. — Isto é uma varinha mágica, baby. Ela vibra.

Eu a encosto em seu peito e deixo que percorra seu corpo de forma oscilante em sua pele. Meu polegar e os outros dedos ainda brincam com seu sexo, e eu deslizo a varinha vibradora por entre seus seios e seus mamilos.

— Ah!

Suas pernas se contraem quando ela inclina a cabeça para trás mais uma vez e geme alto. Paro o movimento dos dedos e afasto a varinha de sua pele.

— Não! Christian... — grita e, inutilmente, empurra os quadris na minha direção.

Tão perto. E, no entanto, tão longe.

— Paradinha, baby — sussurro, e a beijo. — Frustrante, não é?

Ela abafa um grito.

— Christian, por favor.

— Sssh.

Eu a beijo e lentamente recomeço a mexer os dedos dentro dela, passando a varinha na pele entre os seus seios. Eu me aproximo e me curvo sobre ela, esfregando meu pau duro.

Ela fica cada vez mais excitada; eu a faço chegar ainda mais perto do ápice.

Muito perto.

Então paro mais uma vez.

— Não... — choraminga, e dou muitos beijos em seu ombro, enquanto retiro meus dedos de dentro dela e paro de esfregar seu clitóris com o polegar. Em vez disso, aumento a velocidade da varinha e deixo que viaje por sua barriga em direção ao ponto inchado entre suas coxas. — Ah! — grita, e tenta se livrar das algemas.

E eu paro de novo, afastando a varinha de sua pele.

— Christian! — grita ela.

— Frustrante, não é? — repito com a boca encostada em seu pescoço. — Assim como você. Prometendo uma coisa e depois...

— Christian, por favor!

Permito que a varinha a toque de novo.

E paro.

E recomeço.

E paro.

Ela está ofegante.

— Sempre que eu paro, parece que recomeça mais forte. Certo?

— Por favor — implora, e eu desligo a varinha e a coloco na pequena prateleira ao lado da cruz e a beijo.

Seus lábios estão ávidos... não, *desesperados*... pelo meu toque. Passo meu nariz no seu.

— Você é a mulher mais frustrante que eu já conheci — sussurro.

Ela balança a cabeça.

— Christian, eu nunca prometi obedecer a você. Por favor, por favor...

Eu agarro sua bunda e, ainda vestido, esfrego meu pau em Ana. Ela geme, e eu tiro a venda e seguro seu queixo; os olhos azuis fogosos encontram os meus.

— Você me deixa louco. — Minha voz está rouca enquanto pressiono os quadris contra ela, uma, duas, três vezes.

Ela inclina a cabeça para trás, pronta para gozar... e eu paro. Ela fecha os olhos e respira fundo.

— Por favor... — sussurra, e olha para mim.

Ah, baby, você pode aguentar mais um pouco. Sei que pode.

Meus dedos roçam seu seio e passeiam por seu corpo. Ela se retesa ao sentir minha carícia e afasta o rosto de mim.

— Vermelho — choraminga. — Vermelho. Vermelho. — As lágrimas escorrem pelo seu rosto.

Eu paraliso.

Puta merda.

Não. Não.

— Não! Por Deus, não. — Solto suas mãos e a abraço, então me agacho e solto seus tornozelos. Ela apoia a cabeça entre as mãos e começa a chorar. — Não, não, não. Ana, por favor. Não.

Fui longe demais. Eu a pego nos braços e me sento na cama, aninhando-a em meu colo enquanto ela soluça. Estico o braço para pegar o lençol de cetim atrás de mim e o tiro da cama para cobri-la. Eu a aperto entre os braços, embalando-a gentilmente para a frente e para trás.

— Desculpe. Desculpe. — Eu me sinto um babaca, e encho seu cabelo de beijos. — Ana, me perdoe, por favor.

Ela não diz nada. Continua chorando; cada soluço é uma punhalada em minha alma sombria.

O que passou pela minha cabeça?

Ana, sinto muito.

Sou um babaca do cacete.

Ela aconchega o rosto em meu pescoço, e lágrimas molham minha pele.

— Por favor, desligue a música.

— Sim, claro.

Com ela no colo, tiro o controle remoto do bolso de trás e desligo a música. Tudo que ouço é seu lamento baixinho intercalado com a respiração trêmula.

É um inferno.
— Melhor? — pergunto.
Ela faz que sim e, com muito cuidado, limpo suas lágrimas com o polegar.
— Não é muito fã das Variações Goldberg de Bach? — Faço uma tentativa desesperada de ser engraçado.
— Não dessa peça.
Ela me fita, os olhos embaçados pela dor, e sou invadido por uma torrente de vergonha.
— Me desculpe — repito.
— Por que você fez isso? — gagueja ela, em meio aos tremores.
Balanço a cabeça e fecho os olhos.
— Eu me perdi no momento.
Ela franze o cenho.
Suspiro. Preciso explicar.
— Ana, a negação do orgasmo é uma ferramenta padrão no... Você nunca...
Qual o sentido disso?
Eu me calo, e ela se mexe; seu peso esbarra no meu membro ainda parcialmente ereto e eu estremeço.
— Me desculpe — balbucia, e suas bochechas pálidas enrubescem.
Apesar de tudo, ela está me pedindo desculpas. Essa mulher me deixa morto de vergonha. Enojado de mim mesmo, eu me deito e a levo comigo para a cama, meus braços em volta do seu corpo.
Ela se contorce e começa a ajeitar o sutiã.
— Precisa de ajuda? — pergunto.
Ela faz que não com veemência, e sei que não quer que eu a toque.
Puta merda.
Ana. Me desculpe.
Eu não aguento isso. Mudo de lugar para ficarmos cara a cara. Levanto a mão e espero um segundo para ver se ela vai recuar, mas, como não o faz, afago suavemente seu rosto encharcado de lágrimas com as costas dos dedos. As lágrimas voltam a marejar seus olhos.
— Por favor, não chore — peço, enquanto nos fitamos.
Ela parece tão magoada. É angustiante.
— Eu nunca o quê? — pergunta, e levo meio segundo para entender ao que ela se refere: à minha frase incompleta.
— Você nunca obedece. Você mudou de ideia; não me disse onde estava. Ana, eu estava em Nova York, sem poder fazer nada, e furioso. Se eu estivesse em Seattle, teria trazido você para casa.
— Então você está me punindo?

Sim. Não. Sim. Fecho os olhos, incapaz de encará-la.

— Você tem que parar com isso — diz ela. Eu fecho a cara. — Para começar, só faz você se sentir pior depois.

Eu bufo.

— É verdade. Não gosto de ver você assim.

— E eu não gosto de me sentir assim. Você disse no *Fair Lady* que não tinha se casado com uma submissa.

— Eu sei. Eu sei.

— Bem, então pare de me tratar como se eu fosse uma submissa. Lamento por não ter ligado. Não vou mais ser tão egoísta. Sei que você se preocupa comigo.

Nós nos encaramos, e eu reflito a respeito de suas palavras.

— Tudo bem. Está certo. — Inclino-me para lhe dar um beijo, mas paro antes que nossos lábios se toquem, pedindo permissão e implorando por perdão. Ela percorre o restante do caminho, e eu a beijo com ternura. — Sua boca fica sempre tão macia depois que você chora.

— Eu nunca prometi obedecer a você, Christian.

— Eu sei.

— Aprenda a lidar com isso, por favor. Para o nosso bem. E eu vou tentar ter mais consideração com as suas... tendências controladoras.

Não tenho resposta para isso, a não ser:

— Vou tentar.

Ela suspira.

— Por favor, tente. Além disso, se eu *estivesse* aqui... — Ela arregala os olhos.

— Eu sei — sussurro, sentindo como se todo o sangue estivesse sendo drenado do meu rosto.

Eu me deito virado para cima e tapo os olhos com o braço, imaginando pela milésima vez o que poderia ter acontecido.

Ele poderia tê-la matado.

Ela se enrosca em mim, deita a cabeça em meu peito e eu a abraço. Meus dedos torcem sua trança, depois a solta e, devagar, desembaraço seu cabelo. É relaxante sentir os fios macios se espalhando pelos meus dedos.

Ana. Lamento tanto...

Ficamos muito tempo quietos, até Ana interromper meus pensamentos.

— O que você quis dizer mais cedo quando falou *ou*?

— Ou? — pergunto.

— Alguma coisa sobre o Jack.

Eu a olho de esguelha.

— Você não desiste, não é?

Ela encosta o queixo em meu peito.

— Desistir? Nunca. Quero que me diga. Não gosto que escondam as coisas de mim. A sua noção quanto à minha necessidade de proteção é muito exagerada. Você nem sabe atirar; e eu sei. — Ela desabafa tudo o que pensa. — Você acha que eu não vou conseguir enfrentar isso que você não quer me contar, seja lá o que for? A sua ex-submissa obcecada já apontou uma arma para mim, sua ex-amante pedófila já me atormentou...

Ana!

— E não me olhe dessa maneira. Sua mãe tem a mesma opinião em relação a ela.

O quê?

— Você conversou com a minha mãe sobre Elena?

Eu não acredito.

— Sim, Grace e eu conversamos sobre ela.

Fico pasmo, mas Ana continua:

— Ela ficou muito aborrecida com tudo aquilo. Sua mãe se culpa pelo que aconteceu.

— Não acredito que você falou com a minha mãe. Merda!

Volto a cobrir meu rosto com o braço, quando mais uma vez sou invadido pela vergonha.

— Não falei nada específico.

— Espero que não. A Grace não precisa saber de todos os detalhes sórdidos. Por Deus, Ana. Meu pai também?

— Não! — exclama, parecendo chocada. — Mas você está tentando me distrair; de novo. O Jack. O que tem ele?

Ergo o braço para encará-la e encontro aquela expressão cheia de expectativa de fale-comigo-agora, não-me-venha-com-enrolação. Suspiro. Tapo de novo os olhos com o braço e deixo as palavras jorrarem.

— O Hyde está envolvido na sabotagem do *Charlie Tango*. Os investigadores acharam parte de uma impressão digital; apenas parte, então não conseguiram fazer uma comparação exata. Mas então você o reconheceu na sala do servidor. Ele tem algumas condenações de quando era menor, em Detroit, e as impressões batiam com as dele. Hoje de manhã, uma van de carga foi encontrada aqui na garagem. Quem dirigia era o Hyde. Ontem ele entregou alguma merda para aquele vizinho novo, o que acabou de se mudar. O sujeito que encontramos no elevador.

— Não me lembro do nome dele — murmura.

— Eu também não. Mas foi assim que Hyde conseguiu entrar no edifício legitimamente. Estava trabalhando para uma empresa de entregas...

— E...? O que tem de tão importante com a van?

Droga.

— Christian, me conte — insiste.
— Os policiais encontraram... umas coisas na van. — Eu me calo. Não quero que tenha pesadelos. Eu a abraço com mais força.
— Que coisas? — pressiona.
Permaneço calado. De que adianta? Sei que vai continuar insistindo.
— Um colchão, tranquilizante de cavalo em quantidade suficiente para apagar uma dúzia de cavalos e um bilhete. — Tento esconder meu horror e não menciono as seringas.
— Bilhete?
— Endereçado a mim.
— O que dizia?
Balanço a cabeça. *Era um disparate.*
— Ele veio aqui ontem à noite com a intenção de sequestrar você.
Ela estremece.
— Merda.
— Pois é.
— Não entendo por quê — diz ela. — Não faz sentido para mim.
— Eu sei. A polícia está investigando mais a fundo, e o Welch também. Mas achamos que Detroit é a conexão.
— Detroit? — Ana soa confusa.
— Sim. Tem alguma coisa lá.
— Ainda não entendo.
Levanto o braço e a encaro, percebendo que ela não sabe.
— Ana, eu nasci em Detroit.
— Pensei que você tivesse nascido aqui em Seattle.
Não. Estendo o braço para trás, pego um dos travesseiros e o coloco embaixo da cabeça. Com a outra mão, continuo acariciando seu cabelo.
— Não. Tanto Elliot quanto eu fomos adotados em Detroit. Viemos para cá logo depois da minha adoção. Grace queria morar na Costa Oeste, longe da expansão urbana, e arranjou um trabalho no hospital Northwest. Tenho poucas lembranças dessa época. Mia foi adotada aqui.
— Então o Jack é de Detroit?
— É.
— Como você sabe?
— Fiz um levantamento do passado do Jack quando você foi trabalhar com ele.
Ela me olha de esguelha.
— Você também tem um arquivo com informações sobre ele, num envelope de papel pardo e tudo? — Ela se contorce.

Eu disfarço o sorriso.

— Acho que é uma pasta azul-clara.

— O que consta no arquivo dele?

Acaricio seu rosto.

— Quer realmente saber?

— É tão ruim assim?

Eu dou de ombros.

— Já vi piores.

Meu triste e lamentável começo de vida me vem à mente.

Ana se enrosca em mim e puxa o lençol de cetim vermelho para nos cobrir antes de recostar o rosto em meu peito. Parece pensativa.

— O que foi? — pergunto. Ela tem algo em mente.

— Nada — murmura.

— Não, não. Isso serve para os dois lados, Ana. O que foi?

Ela me olha de esguelha, o cenho franzido. Apoia a bochecha no meu peito mais uma vez.

— Às vezes eu imagino você quando criança... Antes de você vir morar com os Grey.

Eu me contraio. Não quero conversar sobre isso.

— Eu não estava falando de mim. Não quero sua piedade, Anastasia. Essa parte da minha vida já se foi. Acabou.

— Não é piedade. É solidariedade e tristeza... Tristeza por alguém fazer aquilo com uma criança. — Ela faz uma pausa e engole em seco; em seguida, continua com a voz baixa e suave: — Essa parte da sua vida não acabou, Christian... como pode dizer isso? Você precisa conviver todos os dias com o seu passado. Você mesmo me disse: cinquenta tons, lembra?

Eu bufo e passo a mão no cabelo. *Pare com isso, Ana.*

— Eu sei que é por isso que você tem necessidade de me controlar. De me proteger.

— E mesmo assim você prefere me desafiar.

Estou desnorteado. Isso é o que mais me confunde em relação a Ana. Ela sabe que tenho questões mal resolvidas, mas ainda assim me desafia.

— O Dr. Flynn disse que eu deveria dar a você o benefício da dúvida. Acho que é isso o que eu faço; não tenho certeza. Talvez seja a minha maneira de trazer você para o aqui e agora, para longe do seu passado — murmura. — Não sei. Só não consigo calcular até que ponto a sua reação vai ser exagerada.

— Maldito Flynn — esbravejo.

— Ele disse que eu deveria continuar a me comportar da maneira como sempre me comportei com você.

— Ele disse isso? — pergunto, secamente.

A culpa é dele.

Ela respira fundo.

— Christian, eu sei que você amava sua mãe e não conseguiu salvá-la. Não competia a você fazer isso. Mas eu não sou ela.

Puta merda. O quê? Pare com isso. Agora mesmo.

Fico paralisado ao lado dela.

— Pare — sussurro.

Não quero falar daquela puta drogada.

Estou flutuando acima de um poço profundo de angústias nas quais não quero pensar e que, com certeza, não quero *sentir*.

— Não, escute. Por favor. — Ana levanta a cabeça, os olhos azuis faiscantes penetrando em meu escudo, e me dou conta de que estou prendendo a respiração. — Eu não sou ela. Sou muito mais forte do que ela era. Eu tenho você, que está muito mais forte agora, e sei que você me ama. E eu também amo você.

— Você ainda me ama?

— Claro que sim. Christian, eu vou amar você para sempre. Não importa o que você faça comigo.

Ana, você é louca.

Fecho os olhos e volto a tapá-los com o braço, apertando-a bem perto.

— Não se esconda de mim — pede, e afasta meu braço do rosto. — Você passou a vida se escondendo. Por favor, não faça isso, não comigo.

Eu?

Encaro-a, perplexo.

— Acha que estou me escondendo?

— Sim.

Rolo para o lado, afasto o cabelo de seu rosto e o prendo atrás da orelha.

— Você falou hoje mais cedo para eu não odiá-la. Eu não entendi o porquê disso, e agora...

— Você acha que eu odeio você? — pergunta.

— Não. — Nego com a cabeça. — Agora não. Mas eu preciso saber... Por que você usou a palavra de segurança, Ana?

Ela engole em seco, e eu vejo a torrente de emoções que cruza seu rosto.

— Porque... Porque você estava tão zangado e distante e... frio. Eu não sabia aonde você ia chegar.

Eu me dou conta de que ela me pediu, implorou que a deixasse gozar. E eu não deixei.

Traí sua confiança.

Agradeço aos céus pelas palavras de segurança.

— Você ia me deixar gozar?
Sim. Não. Não sei.
— Não — respondo. Mas a verdade é que eu não sei.
— Isso é... cruel.
Acaricio seu rosto com o nó do dedo, aquele com a queimadura.
— Mas eficaz — sussurro.
E você me impediu.
Sempre teremos palavras de segurança. Se eu for longe demais.
Apesar de eu ter dito que não precisaríamos delas.
— Fico feliz por você ter me interrompido.
— Sério?
Ela não acredita em mim.
Tento sorrir para ela.
— Sim. Eu não quero machucar você, fui levado pelo momento. — Eu a beijo. — Acabei perdendo o controle. — Eu a beijo de novo. — Acontece muito quando estou com você.
Seu rosto se ilumina com um sorriso.
É cativante.
— Não sei por que você está sorrindo, Sra. Grey.
— Eu também não.
Eu a puxo para mais perto num abraço e deito a cabeça em seu peito. Ela acaricia minhas costas nuas com uma das mãos e passa os dedos da outra pelo meu cabelo. E eu anseio pelo seu carinho.
— Quer dizer que eu posso confiar em você... para me fazer parar. Não quero machucar você nunca — confesso. — Eu preciso...
Diga a ela, Grey.
— Precisa do quê?
— Preciso de controle, Ana. Assim como preciso de você. É a única maneira como eu consigo funcionar. Não consigo parar. Não consigo. Já tentei... Mas com você... — Exasperado, balanço a cabeça.
— Eu também preciso de você — sussurra, abraçando-me com força. — Vou tentar, Christian. Vou tentar ter mais consideração.
— Eu quero que você precise de mim.
— Eu preciso! — exclama, enfática.
— Eu quero cuidar de você.
— Você já cuida. O tempo todo. Eu senti tanta saudade quando você viajou...
— Mesmo?
— Sim, claro. Detesto ficar longe de você.
Sorrio.

— Você podia ter ido comigo.

— Christian, por favor. Não vamos voltar a essa discussão. Eu quero trabalhar.

Eu suspiro quando ela passa os dedos pelo meu cabelo, afastando minha tensão, ajudando-me a relaxar.

— Eu amo você, Ana.

— Eu também amo você, Christian. Sempre vou amar.

Ficamos enroscados no cetim vermelho, quase nus. Eu, ainda com a calça jeans. E Ana de sutiã.

Que dupla...

Sua respiração abranda quando ela adormece. Fecho os olhos.

Mamãe está sentada no sofá, quieta. Ela olha para a parede e pisca de vez em quando. Estou de pé diante dela com meus carrinhos, mas ela não me vê. Eu aceno e então ela me nota, mas faz sinal para que eu vá embora. *Não, verme. Agora não.* Ele chega. Ele machuca mamãe. *Levante, sua puta idiota.* Ele me machuca. Eu o odeio. Ele me deixa com muita raiva. Corro para a cozinha e me escondo debaixo da mesa. *Levante, sua puta idiota.* Ele grita. Ele é barulhento. Mamãe grita. *Não.* Eu tapo os ouvidos com as mãos. *Mamãe.* Ele entra na cozinha com aquelas botas e fareja. *Onde está você, seu merdinha? Ah, achei. Fique aí, seu bostinha. Vou comer a puta da sua mãe. Não quero ver a porra da sua cara feia o resto da noite, entendeu?* Quando eu não respondo, ele me dá uma bofetada. Com toda a força. Meu rosto arde. *Senão eu queimo você, seu bostinha.* Não. Não. Não gosto disso. Não gosto de ser queimado. Dói. Ele dá uma tragada no cigarro e sopra a fumaça na minha cara. *Quer que eu queime você, seu merdinha? Quer?* Ele ri. Faltam-lhe alguns dentes. Ele ri. Ele ri sem parar. *Vou cozinhar uma coisa para aquela puta. Vou precisar de uma colher. Depois vou colocar aqui dentro.* Ele segura uma seringa para que eu veja. *Ela adora isso. Ela ama isso mais do que ama a você ou a mim, seu merdinha.* Ele dá as costas. Ele se transforma. Ele é Jack Hyde, e Ana está deitada no chão ao lado dele, e ele está enfiando a seringa em sua coxa.

— Não! — berro a plenos pulmões.

— Christian, por favor. Acorde!

Abro os olhos. Ela está aqui. Ela me sacode.

— Christian, foi só um pesadelo. Você está em casa. Está tudo bem.

Olho ao redor. Estamos na cama do quarto de jogos.

— Ana.

Ela está aqui. Está em segurança. Puxo seu rosto para encostar os lábios nos dela, buscando o conforto e o consolo de sua boca. Ela é tudo na minha vida. Meu amor. Minha luz.

Ana.

O desejo atinge meu corpo como um raio; estou excitado. Rolo para cima dela, pressionando seu corpo no colchão.

Eu a quero. Preciso dela.

Seguro seu queixo e coloco a outra mão em sua cabeça para mantê-la quieta enquanto afasto suas pernas com o joelho e encosto meu pau impaciente, ainda preso na calça jeans, em seu sexo.

— Ana — balbucio, e abaixo a cabeça para fitar seus olhos azuis sobressaltados. Suas pupilas se dilatam e escurecem.

Ela também está sentindo.

Ela também quer.

Meus lábios capturam de novo sua boca, saboreando-a, possuindo-a. E eu pressiono o pau duro em seu corpo. Beijo seu rosto, seus olhos, suas bochechas, a linha de seu maxilar. Eu a desejo com sofreguidão.

Agora.

— Estou aqui — sussurra e, passando os braços em volta dos meus ombros, me puxa mais para perto.

— Ah, Ana. Eu preciso de você. — Estou sem ar, louco de tesão por ela.

— Eu também — sussurra ela de maneira incisiva, agarrada às minhas costas.

Desaboto a calça, libertando meu pau, e mudo de posição, pronto para tomá-la.

Sim? Não? Ana? Encaro seus olhos escuros e sombrios, e vejo o reflexo do meu desejo e do meu tesão.

— Sim. Por favor — pede.

Eu a penetro com um movimento brusco.

— Ah! — grita ela, e eu solto um gemido, adorando a sensação de estar dentro dela.

Ana. Beijo sua boca de novo, minha língua insistente enquanto entro e saio de dentro dela, afastando meu medo e meu pesadelo. Perdendo-me em luxúria e em seu amor. Ela também está frenética. Enlouquecida. Ávida. Acompanhando meus movimentos a cada investida, repetidas vezes.

— Ana — digo, num som inarticulado, e gozo dentro dela demoradamente, perdendo toda a sensação de sermos duas pessoas diferentes e me entregando a seu poderoso feitiço. Ela faz com que eu me sinta inteiro.

Ela me cura. Ela é minha luz.

Ela me abraça com força, apertado, enquanto eu inspiro para encher os pulmões.

Saio de dentro dela e a envolvo em meus braços enquanto a terra volta ao seu eixo.

Uau.
Essa foi...
Rápida!
Balanço a cabeça e me apoio nos cotovelos, fitando seu lindo rosto.

— Ah, Ana. Meu Deus.

Eu a beijo.

— Você está bem?

Ela apoia a palma da mão em meu rosto.

Meneio a cabeça em afirmação quando enfim volto à terra.

— E você?

— Hmm...

Ela se contorce embaixo de mim, pressionando o corpo no meu sexo saciado. Abro um sorriso maldoso, carnal. Sei o que ela está tentando me dizer. Essa linguagem eu entendo.

— Sra. Grey, você tem necessidades — sussurro.

Dou-lhe um selinho e, antes que ela possa dizer alguma coisa, eu me levanto. Ajoelhado na ponta da cama, seguro suas pernas e a puxo na minha direção, trazendo sua bunda para a beira da cama.

— Sente-se.

Ela atende ao meu pedido. Seu cabelo solto cobre os seios, e, com meus olhos fixos nos dela, afasto suas pernas devagar. Anastasia se curva para trás, apoiada nas mãos, o peito subindo e descendo à medida que a respiração acelera. Sua boca está entreaberta. Não acho que ela seja capaz de acreditar no que vou fazer.

— Você é linda demais, Ana. — Beijo com carinho a parte interna de sua coxa. Olho para ela com os olhos semicerrados, como ela faz comigo. — Observe — balbucio, quando minha língua lambe seu clitóris.

— Ah! — grita ela.

Adoro o gosto de Ana, o gosto de sexo, e me delicio e a delicio. Depois do que fiz com ela antes, ela deve estar com muita energia acumulada. Mantenho-a parada, com as pernas afastadas, enquanto minha boca opera sua mágica e a provoco, a atiço com extremo zelo.

Seu corpo começa a tremer.

— Não... Ah! — murmura, e essa é a deixa para deslizar devagar um dedo dentro dela.

Ana geme e desaba na cama. Atiço o fogo dentro dela, massageando aquele ponto gostoso repetidas vezes enquanto minha língua continua lambendo seu clitóris.

Ela está tão perto de chegar ao orgasmo... Suas pernas se retesam.

Ana. Deixe fluir.

Ela grita meu nome, arqueando as costas e erguendo o corpo da cama enquanto goza. Tiro o dedo de dentro dela e também a minha calça. Ergo o rosto e acaricio sua barriga enquanto ela enfia os dedos em meu cabelo.

— Ainda não terminei — aviso e, voltando a me ajoelhar, a levanto da cama e a sento no meu colo, ao encontro da minha ereção ansiosa à sua espera.

Ela solta um arquejo quando a penetro.

— Ah, baby — balbucio, tomando-a em meus braços enquanto afago sua cabeça e a encho de beijos carinhosos no rosto.

Flexiono os quadris, e ela aperta meus braços, os olhos arregalados. Agarro sua bunda e a levanto, dando mais uma estocada.

— Ai. — Ela geme, e nos beijamos, enquanto movimento o corpo devagar, entrando e saindo. Ela enrosca as pernas em minhas costas e cavalgamos juntos.

Devagar. Carinhosamente.

Ela ergue o rosto para o teto, a boca escancarada num silencioso grito de prazer.

— Ana — murmuro com a boca colada em seu pescoço.

Nós dois nos movemos.

Juntos.

Em êxtase.

— Eu amo você, Ana.

Ela envolve meu pescoço com os braços.

— Também amo você, Christian.

Ela abre os olhos e nos encaramos.

O prazer crescendo.

Aumentando.

Cada vez mais.

— Goze para mim, baby — peço num sussurro, e ela fecha os olhos e dá um grito, entregando-se ao prazer.

Ah!

Encosto a testa na sua e sussurro seu nome enquanto seu corpo se entrega ao meu, num orgasmo intenso e demorado.

Quando eu termino de gozar, deito-a na cama e ficamos abraçados.

— Está melhor agora? — pergunto, roçando em seu pescoço.

— Hmm.

— Vamos para a nossa cama, ou você quer dormir aqui?

— Hmm.

Sorrio.

— Sra. Grey, fale comigo.

— Hmm.

— Isso é o melhor que você consegue fazer?

— Hmm.

— Venha. Vou colocar você na cama. Não gosto de dormir aqui.

Ela muda de posição.

— Espere — murmura.

O que foi agora?

— Você está bem? — pergunta.

Não posso conter meu sorriso presunçoso.

— Agora estou.

— Ah, Christian — diz numa repreensão, e acaricia meu rosto. — Eu estava falando do seu pesadelo.

Pesadelo?

Merda.

Flashes do horror que testemunhei ao dormir tremulam em minha mente. Eu a abraço e me escondo das imagens enterrando o rosto em seu pescoço.

— Não — murmuro.

Ana. Não me faça lembrar.

Ela balbucia.

— Desculpe. — Então me abraça, acariciando meu cabelo e minhas costas. — Está tudo bem — sussurra.

— Vamos para a cama — peço.

Eu me levanto, pego a calça jeans no chão e a visto. Ela me segue, mantendo o lençol enrolado no corpo para preservar seu pudor.

— Deixe isso aí — digo, quando ela se curva para recolher suas roupas. Eu a pego entre os braços, aconchegando-a em meu peito. — Não quero que você tropece nesse lençol e quebre o pescoço.

Desço a escada com ela no colo até o quarto e a ponho de pé. Anastasia veste a camisola enquanto eu tiro a calça jeans e visto a do pijama, e juntos vamos para a cama.

— Vamos dormir — balbucio.

Ela abre um sorriso sonolento e se aconchega em meus braços.

Fico deitado, olhando para o teto, tentando livrar a mente de meus pensamentos mórbidos. Hyde está preso agora. Eu deveria estar dormindo, como Ana, deitada ao meu lado. Ela nunca demora a pegar no sono. Sinto inveja disso.

Fecho os olhos, agradecido por ela ainda estar aqui, inteira, na nossa cama.

SÁBADO, 27 DE AGOSTO DE 2011

Ana está ajoelhada. Curvada. Nua. Na minha frente. A testa encostada no chão da sala de jogos. Seu cabelo, um véu sedoso espalhado pelos tacos de madeira. Sua mão esticada. Espalmada. Ela está implorando. Continuo parado com o chicote na mão. Eu quero mais. Eu sempre quero mais. Mas ela não aguenta. *Vermelho. Vermelho. Vermelho.* Não. Um estrondo. A porta é escancarada. O vulto dele ocupa o vão da porta. Vocifera, e o som horripilante enche o aposento. *Puta que o pariu.* Não. Não. Não. Ele está aqui. Ele sabe. Ana grita. *Vermelho. Vermelho. Vermelho.* Ele me atinge. Dá um golpe de direita no meu queixo. Eu tropeço. E caio. Minha cabeça gira. Não. Pare com os gritos. *Vermelho. Vermelho. Vermelho.* Pare. Mas os gritos continuam. Não param. E, de repente, o silêncio. Abro os olhos e Hyde está inclinado sobre o corpo de Ana. Com uma seringa. Ele lança um olhar cruel. Ana está imóvel. Pálida. Fria. Eu a sacudo. Ela não se move. *Ana!* Ela está em meus braços, inconsciente. Eu volto a sacudi-la, tentando reanimá-la. *Acorde.* Ela se foi. Se foi. *Se foi! Não.* Ajoelhado num tapete verde grudento, a abraço com força e inclino a cabeça para trás e uivo de dor. Ana. Ana. *Ana!*

Acordo apavorado, tentando inspirar e encher os pulmões.
Ana!
Giro a cabeça depressa e confirmo que ela está ao meu lado, dormindo serena.
Graças a Deus.
Apertando a cabeça entre as mãos, olho para o teto.
O que é que está acontecendo?
Por que estou permitindo que aquele babaca invada minha mente?
Ele está preso. Nós o pegamos.

Respiro fundo para me acalmar enquanto meus pensamentos vagueiam.

Passarinho? Que diabo isso significa? Algo tremula lá no fundo, mas desaparece no mesmo instante. Minha mente gira, tentando capturar o pensamento em meio às trevas, mas sem êxito. Suspeito que seja de uma parte da minha mente que armazena todas as memórias que tento esquecer. Estremeço.

Não pense nisso.

Tenho consciência de que não vou conseguir voltar a dormir tão cedo. Suspirando, eu me levanto, pego o telefone e vou até a cozinha buscar um copo de água. Parado perto da pia, passo a mão no cabelo.

Recomponha-se, Grey.

Amanhã eu e Ana podíamos fazer algo especial. Esquecer a existência de Hyde. Velejar? Fazer voo de planador?

Nova York? Não, é muito longe e, considerando que acabei de voltar de lá — e todas as peripécias que se sucederam desde o meu retorno —, não acho que seja uma boa ideia.

Aspen.

Eu posso levá-la para Aspen. Ela ainda não conhece a casa. A imprensa não nos encontrará lá. E o melhor, eu poderia convidar Elliot e Mia para irem conosco. Ana disse que queria encontrar Kate mais vezes.

Perfeito.

Do escritório, envio e-mails para Stephan, Taylor e para o Sr. e a Sra. Bentley, os caseiros de nossa propriedade em Aspen, comunicando uma possível viagem pela manhã. Então despacho um e-mail para Mia e Elliot.

De: Christian Grey
Assunto: Aspen HOJE!
Data: 27 de agosto de 2011 02:48
Para: Elliot Grey; Mia G. Chef Extraordinária

Mia, Elliot,
Quero fazer uma surpresa para Ana e decidi pegar o jatinho para Aspen, só para passar a noite de sábado, 27.
Venham conosco. Kate e Ethan serão muito bem-vindos. Voltaremos no domingo à noitinha.
Me avisem se toparem.

Christian Grey
CEO, Grey Enterprises Holdings, Inc.

Clico para enviar e poucos segundos depois meu celular apita.

ELLIOT
Parece sensacional, espertalhão.

Ele está acordado.
Por que cargas d'água Elliot está acordado a essa hora? Em geral, ele tem o sono pesado.

Não consegue dormir?

ELLIOT
Não. E você?

Reviro os olhos.

Não é óbvio?

ELLIOT
Toda essa confusão com Hyde?

Isso.

Meu celular vibra. Elliot ligando.
Que porra é essa?
— Cara, já é tarde — digo ao atender.
— Não acredito que estou fazendo isso — resmunga.
— Fazendo o quê?
— Pedindo conselho a alguém que se casou com a primeira namorada. Como você soube?
— Como eu soube o quê?
— Que Ana era a mulher da sua vida — completa.
— O quê? Por que está me perguntando isso? — *Como eu soube?* — Foi instantâneo — respondo.
— Como assim?
Evoco a imagem de Ana aparecendo em meu escritório durante *aquela* entrevista. *Faz séculos.*
— Quando eu a conheci, ela me encarou com aqueles olhos azuis enormes, e eu soube. Ela não viu todo o resto, todas as besteiras. Ela viu a mim. Foi aterrorizante.

— É, eu entendo.
— Por que está me perguntando isso?
Por favor, não me diga que é por causa de Kavanagh!
— É a Kate, cara.
Merda.
— Eu me lembro de quando a vi pela primeira vez — continua ele. — Quer dizer, ela é gostosa, isso não se discute. E depois, quando estávamos dançando naquele bar em Portland, eu pensei... Você não precisa se esforçar tanto. Você me entendeu. E mais, só tenho saído com ela desde então.
Suspiro. Esse não é o modus operandi de Elliot; ele é a pessoa mais promíscua que conheço.
— Então, qual o problema? — pergunto.
— Sei lá. Será que ela é a mulher da minha vida? Sei lá.
Nunca tivemos esse tipo de conversa; já houve tantas mulheres na vida de Elliot... Não sei o que dizer.
— Bem, como você sabe, ela saiu ontem com a Ana e ficaram fora até tarde, e sempre que estão juntas Ana chega bêbada em casa — resmungo.
E ela é um pé no saco, mas não posso dizer isso a ele.
— Kate adora uma farra. Talvez seja isso. Mas não sei o que ela sente.
— Cara, não sou a pessoa certa para dar conselhos. Acredite em mim. Você vai ter que descobrir sozinho.
— Acho que sim — concorda.
— Aspen pode ser o lugar apropriado.
— É. Vou mandar uma mensagem.
— Ela não está com você?
— Não, mas gostaria que estivesse. Estou tentando ir devagar.
— Você é quem sabe, cara. Envio os detalhes de onde nos encontraremos pela manhã.
— Já é de manhã, mano.
— Verdade. Essa viagem é surpresa para Ana. Avise a Kate. Não quero que ela estrague a surpresa.
— Entendido.
— Boa noite, Elliot.
— Boa, cara.
Ele desliga.
Fico olhando o celular, sem acreditar direito na conversa que acabamos de ter. Elliot nunca me pediu conselhos amorosos. Nunca. E, como eu desconfiava, ele está mesmo apaixonado por Kavanagh. Não entendo. Ela é a mulher mais irritante de todo o planeta.

Já é tarde, e eu devia voltar para a cama, mas sou atraído para o piano. A música acalmará minha mente. Levanto a tampa, sento-me e me concentro. As teclas sob meus dedos estão frias e me são muito familiares. Começo a tocar Chopin. A música nostálgica me envolve como uma manta protetora, afastando meus pensamentos; as notas tristes, melancólicas, combinam à perfeição com meu estado de espírito. Toco a mesma música uma, duas, três vezes, perdido na melodia e esquecendo tudo; somos só eu e a música. Quando estou tocando a peça pela quarta vez, Ana aparece no meu campo de visão vestindo um roupão. Eu não paro de tocar, mas me movo para lhe ceder espaço no banco. Ela se senta ao meu lado e recosta a cabeça em meu ombro. Beijo seu cabelo, enquanto continuo tocando.

Ao terminar, pergunto se a acordei.

— Só porque você não estava lá. Qual o nome dessa peça?

— É Chopin. Um dos prelúdios em mi menor. Chama-se "Suffocation"... — Quase rio tamanha a ironia: é isso que Ana me acusa de fazer com ela.

Ela segura minha mão.

— Você ficou realmente mexido com tudo isso, não foi?

— Um babaca demente entra na minha casa para sequestrar a minha mulher. Ela não faz o que lhe mandam fazer. Ela me deixa louco. Ela recorre à palavra de segurança. — Fecho os olhos. — É, fiquei bem mexido.

Ela aperta minha mão.

— Desculpe.

Pressiono a testa na dela e de repente estou confessando o meu mais pavoroso medo num sussurro:

— Eu sonhei que você tinha morrido. Deitada no chão... tão fria... e você não acordava.

Afasto a imagem que perdura do meu pesadelo.

— Ei... — A voz de Ana é reconfortante. — Foi só um sonho ruim. — Ela segura a minha cabeça, as mãos em minhas bochechas. — Eu estou aqui, e estou com frio sem você na cama. Volte para a cama, por favor.

Ela se levanta e segura minha mão. Depois de um segundo de hesitação, eu a sigo. Ela tira o roupão quando chegamos ao quarto e nos deitamos na cama. Eu a abraço.

— Durma — sussurra. Então beija minha testa e fecha meus olhos.

Primeiro noto o calor, o calor de seu corpo e o cheiro de seu cabelo. Quando abro os olhos, estou enroscado em minha mulher. Levanto a cabeça de seu peito.

— Bom dia, Sr. Grey — diz ela com um sorriso carinhoso.

— Bom dia, Sra. Grey. Dormiu bem?

Eu me espreguiço ao seu lado, me sentindo incrivelmente revigorado depois de uma noite tão conturbada.

— Depois que o meu marido parou com aquele lamento horrível ao piano, sim, dormi bem.

— Lamento horrível? Pode ter certeza de que eu vou mandar um e-mail para a Srta. Kathie contando isso. — Sorrio.

— Srta. Kathie?

— Minha professora de piano.

Ela dá risada.

— Que lindo som — comento. — Que tal termos um dia melhor hoje?

— Tudo bem — concorda. — O que você quer fazer?

— Depois que eu fizer amor com a minha esposa e ela preparar o meu café da manhã, eu gostaria de levá-la a Aspen.

Ana parece perplexa.

— Aspen?

— É.

— Aspen, no Colorado?

— Isso mesmo. A não ser que tenham tirado de lá. Afinal de contas, você pagou vinte e quatro mil dólares pela experiência.

Ela me lança um olhar de superioridade.

— Era dinheiro seu.

— Dinheiro nosso — corrijo.

— Era seu quando eu fiz a oferta. — Ela revira os olhos.

— Ah, Sra. Grey, você e seu revirar de olhos.

Passo a mão em sua coxa.

— Não vai levar horas para chegarmos ao Colorado? — pergunta.

— Não no meu jatinho — murmuro, e minha mão agarra minha parte preferida de seu corpo.

Meu plano funcionou com surpreendente facilidade. A tripulação completa e nossos convidados estão a bordo, à nossa espera. Estou curioso para ver a reação de Ana. Quando nos aproximamos do Gulfstream, aperto sua mão.

— Tenho uma surpresa para você.

— Surpresa boa?

— Espero que sim.

Ela inclina a cabeça, demonstrando diversão e curiosidade, quando Sawyer e Taylor descem do carro ao mesmo tempo para abrir nossas portas.

Com Anastasia me seguindo, cumprimento Stephan, que nos aguarda no alto da escada do avião.

— Bom dia, senhor.

— Obrigado por atender ao meu pedido tão repentino. — Retribuo seu sorriso. — Nossos convidados já chegaram?

— Chegaram, sim, senhor.

Ana olha ao redor e vê Kate, Elliot, Mia e Ethan sentados na cabine principal. Boquiaberta, ela me encara.

— Surpresa!

— Como? Quando? Quem? — pergunta, apressada e sem fôlego.

— Você disse que quase não tem visto seus amigos. — Dou de ombros.

Então aqui estamos, com seus amigos.

— Ah, Christian, obrigada.

Ela me abraça e me dá um beijo apaixonado.

Uau. Estou atônito com seu ardor inesperado, mas logo me perco em sua paixão, aceitando tudo o que tem a oferecer. Minhas mãos buscam seus quadris e a puxo para mim.

— Continue com isso e eu arrasto você para o quarto — sussurro.

— Você não teria coragem. — Sua respiração é suave e doce em meus lábios.

— Ah, Anastasia.

Proposta aceita.

Quando ela vai aprender que nenhum de nós dois recua diante de um desafio? Sorrindo, eu me abaixo rápido, agarro suas coxas e, com cuidado, a coloco por cima do meu ombro.

— Christian, me ponha no chão!

Ela me dá um tapa enquanto dou as boas-vindas a nossos convidados e atravesso a cabine.

— Se vocês me dão licença... Preciso ter uma conversinha particular com a minha esposa.

Acho que Mia, Kate e Ethan ficam chocados. Elliot está aplaudindo como se o Seattle Mariners tivesse acabado de marcar um *home run*.

É isso aí. Talvez eu marque.

— Christian! — grita Ana. — Me ponha no chão!

— Tudo a seu tempo, querida.

Eu a carrego para a cabine de trás, fecho a porta e a deslizo pelo meu corpo para que fique de pé. Ela não parece satisfeita. Cruza os braços, mas acho que está fingindo indignação.

— Foi realmente um espetáculo, Sr. Grey.

— Foi divertido, Sra. Grey.

— Você vai continuar com isso? — pergunta em tom de desafio, mas não sei se fala sério.

Ao olhar para a cama, fica ruborizada. Talvez esteja se lembrando da nossa noite de núpcias. Seus olhos encontram os meus, e um sorrisinho se abre em seu rosto até nós dois estarmos sorrindo um para o outro como idiotas. Acho que é exatamente nisso que ela está pensando.

— Acho que seria indelicado deixar nossos convidados esperando — murmuro. *Por mais tentadora que você seja.*

Eu me aproximo e roço meu nariz no dela.

— Surpresa boa? — pergunto, porque é imprescindível saber.

Ela parece maravilhada.

— Ah, Christian, surpresa fantástica. — Ela me beija de novo. — Quando você organizou isso? — pergunta, acariciando meu cabelo.

— Ontem à noite, quando eu não conseguia pegar no sono. Mandei um e-mail para Elliot e Mia e aqui estão eles.

— Muito bem pensado. Obrigada. Tenho certeza de que vamos nos divertir muito.

— Espero que sim. Achei que seria mais fácil evitar a imprensa em Aspen do que em casa. Venha. É melhor nos sentarmos. O Stephan vai decolar daqui a pouco.

Estendo a minha mão e voltamos juntos para a cabine principal.

Elliot aplaude quando nos vê.

— Isso é o que eu chamo de rapidinha no ar!

Cara! Pega leve.

Eu o ignoro e aceno para Mia e Ethan quando Stephan anuncia nossa iminente decolagem. Taylor sentou-se na parte de trás da cabine.

— Bom dia, Sr. e Sra. Grey — cumprimenta Natalia, nossa comissária de bordo.

Retribuindo seu sorriso de boas-vindas, acomodo-me em frente a Elliot. Ana abraça Kate antes de se instalar ao meu lado. Pergunto se ela colocou as botas de caminhada na mala.

— Não vamos esquiar?

— Isso seria um desafio, considerando que estamos em agosto.

Anastasia revira os olhos, e eu me pergunto se ela estava sendo sarcástica.

— Você costuma esquiar, Ana? — pergunta Elliot.

— Não.

A ideia de Anastasia aprendendo a esquiar é inquietante. Seguro sua mão.

— Tenho certeza de que meu irmãozinho pode ensinar você a esquiar. — Elliot pisca para ela. — Ele também é bastante rápido em descer montanhas.

Eu o ignoro e fico olhando Natalia repassar os procedimentos de segurança quando nosso avião começa a taxiar pela pista.

Entreouço Kate perguntar a Anastasia:

— Tudo bem com você? Quer dizer, depois de toda essa história com o Hyde?

Anastasia faz que sim.

— E então, por que ele enlouqueceu? — pergunta.

— Eu botei aquele filho da puta no olho da rua — intervenho, torcendo para ela calar a boca.

— Ah, é? Por quê? — insiste.

Caramba. Mais perguntas.

— Ele deu em cima de mim — responde Anastasia entre os dentes.

— Quando? — Kate arregala os olhos. Está chocada.

— Já faz séculos.

— Você nunca me contou que ele deu em cima de você!

Ana encolhe os ombros.

— Não pode ser só ressentimento por conta disso, ah, mas não mesmo — afirma Kate. — Afinal, foi uma reação muito extremada. — Ela concentra a atenção em mim. — Ele é mentalmente instável? E quanto a toda a informação que ele tem sobre vocês, os Grey?

Ela de fato não desiste. Suspiro.

— Achamos que tem alguma relação com Detroit.

— O Hyde também é de Detroit?

Meneio a cabeça. *Como ela sabe disso tudo, cacete?*

Ana aperta minha mão quando o avião acelera. Minha garota destemida não é muito fã de decolagens e aterrisagens. Roço o polegar no dorso de seus dedos.

Está tudo bem, baby.

— O que você *sabe* a respeito dele? — Pela primeira vez na vida, Elliot está sério, e não me resta opção a não ser revelar o que sei.

Lanço um olhar de advertência para Kate.

— O que eu vou dizer é confidencial — aviso, e começo a contar o que me lembro do levantamento de seu passado. — Sabemos um pouco sobre Jack. O pai dele morreu numa briga de bar. A mãe bebeu até perder a consciência. Ele passou a infância pulando de orfanato em orfanato... e de confusão em confusão também. A maioria por roubo de carros. Passou um tempo no reformatório. A mãe superou o alcoolismo com a ajuda de algum programa de reabilitação, e o Hyde deu a volta por cima. Ganhou uma bolsa de estudos em Princeton.

— Princeton? — Kate solta um gritinho de surpresa.

— Isso. Um rapaz inteligente. — Dou de ombros.

— Não tanto. Ele foi pego — observa Elliot com sarcasmo.

— Mas com certeza ele não armou isso tudo sozinho, não é? — pergunta Kate.

Meu Deus, ela é irritante. Nada disso lhe diz respeito.

— Não sabemos ainda — rebato, tentando manter a raiva em rédeas curtas.

Ana me fita alarmada. Aperto sua mão para tranquilizá-la quando levantamos voo. Ela se inclina para mim.

— Quantos anos ele tem? — pergunta num sussurro, para que nem Kate nem Elliot nos ouçam.

— Trinta e dois. Por quê?

— Curiosidade, só isso.

— Não fique curiosa em saber mais sobre o Hyde. Só estou feliz porque aquele babaca está preso.

— Você acha que ele tem um cúmplice? — Ela parece ansiosa.

— Não sei.

— Talvez alguém que tenha algum rancor de você, será? Elena, por exemplo?

Puta que pariu, Ana. Verifico se Kate e Elliot estão escutando, mas estão concentrados na conversa deles.

— Você gosta mesmo de demonizar a Elena, hein? — resmungo. — Ela pode até ter ressentimento, mas não faria uma coisa desse tipo. Não vamos falar dela. Sei que não é o seu assunto preferido.

— Você a confrontou?

— Ana, eu não falo com Elena desde a minha festa de aniversário. — *Quer dizer, não falo com ela pessoalmente.* — Por favor, esqueça isso. Não quero falar dela. — Beijo seus dedos.

— Por que vocês não vão procurar um quarto? — Elliot interrompe meus pensamentos. — Ah, é... Vocês já têm um, mas não precisaram ficar por lá muito tempo.

— Vai se foder, Elliot.

— Cara, só estou dando umas dicas. — Elliot parece muito satisfeito consigo mesmo.

— Como se você fosse a pessoa mais indicada — retruco.

— Você se casou com a sua primeira namorada. — Elliot faz um gesto indicando Ana.

— E eu tinha como resistir?

Beijo de novo a mão dela e lhe lanço um sorriso.

— Não.

Elliot ri e balança a cabeça. Kate dá um tapa na coxa de Elliot.

— Pare com essa babaquice.

— Ouça a sua namorada.

Talvez Kavanagh possa mantê-lo na linha. Ela olha para Elliot de cara feia enquanto Stephan anuncia nossa altitude e o tempo de voo, e avisa que já podemos andar pela cabine. Natalia aparece da cozinha.

— Alguém aceita um café?

Quando o Gulfstream aterrissa e estaciona bem perto do terminal principal do aeroporto Aspen Pitkin, Taylor é o primeiro a saltar.

— Belo pouso.

Aperto a mão de Stephan, enquanto nossos convidados se preparam para desembarcar.

— É tudo uma questão de altitude e densidade, senhor. Beighley é muito eficiente nos cálculos.

— Foi cravado, Beighley. Um pouso perfeito.

— Obrigada, senhor. — Seu sorriso demonstra merecido orgulho.

— Aproveitem o fim de semana, Sr. e Sra. Grey. Voltamos a nos ver amanhã.

Stephan se afasta para nos deixar passar. Descemos a escada da aeronave e caminhamos até Taylor, que já nos espera junto ao veículo.

— Minivan? — Ergo uma das sobrancelhas. Com um sorriso contrito, Taylor abre a porta de correr. — Em cima da hora, eu sei — comento. Volto-me para Ana: — Quer dar uns amassos no fundo do carro?

Ela dá risada.

— Andem, vocês dois. Entrem logo — resmunga Mia atrás de nós.

Entramos no carro, nos esforçando para chegar ao último banco, e nos acomodamos. Coloco meu braço em volta dos ombros de Ana e ela se aconchega em mim.

— Confortável?

— Sim.

Ana sorri, e beijo sua testa, encantado por estarmos aqui juntos. Já fiz viagens como essa antes com meus pais, para a casa em Montana, e com Mia e Elliot, quando eles convidavam os amigos. Mas eu sempre estava sozinho.

Mais uma primeira vez.

Quando era adolescente, eu não tinha amigos; já adulto, vivia sempre ocupado e solitário demais para gostar desse tipo de programa.

E ainda não tenho muitos amigos.

Depois de Elliot e Taylor terem guardado a bagagem, nos dirigimos à cidade. Vou apreciando a paisagem, e meus pensamentos se voltam para nossa casa em Red Mountain. Será que Ana vai gostar?

Espero que sim. Eu adoro esse lugar.

No final do verão, Aspen tem tanto verde quanto Seattle, até mais nessa época específica do ano. É isso o que eu adoro nesse lugar. A grama nas pastagens é exuberante e alta, e as montanhas ficam cobertas com uma floresta verdejante.

Hoje, o sol está brilhando no céu, embora haja algumas nuvens escuras no horizonte, lá para a direção oeste. Espero que não seja um presságio.

Ethan se vira para nós.

— Já esteve em Aspen antes, Ana?

— Não, primeira vez. E você?

— Kate e eu sempre vínhamos aqui na adolescência. Meu pai é um ótimo esquiador. Minha mãe, nem tanto.

— Estou torcendo para que meu marido me ensine a esquiar. — Ela me olha de soslaio.

— Não conte com isso — murmuro.

— Não vou me sair tão mal!

— Você pode acabar quebrando o pescoço.

Um calafrio percorre minha espinha.

— Há quanto tempo você tem essa casa? — pergunta Ana.

— Quase dois anos. Agora é sua também, Sra. Grey.

— Eu sei — sussurra, e beija meu queixo antes de se acomodar ao meu lado de novo.

Ethan me pergunta quais são as minhas pistas favoritas, e eu as enumero. Entretanto, não sou tão destemido quanto Elliot. Ele poderia descer qualquer montanha de costas e de olhos fechados.

— Eu também esquio — intromete-se Mia, olhando para Ethan.

Ele lança um olhar indulgente para ela, e me pergunto se a campanha dela para capturar o coração dele, *ou o pau dele*, fez progressos. Ethan diz que Mia não é o tipo dele, mas, pelas caras e bocas que Mia faz, ele definitivamente é o tipo dela.

— Por que você escolheu Aspen? — pergunta Ana, quando passamos pela rua principal.

— O quê?

— Para ter uma segunda casa.

— Meus pais costumavam nos trazer aqui quando éramos pequenos. Foi onde aprendi a esquiar, e gosto do lugar. Espero que você goste também... senão, a gente vende a casa e escolhe outra cidade. — Prendo uma mecha de seu cabelo atrás da orelha. — Você está linda hoje.

Ela enrubesce de um jeito muito bonito; não consigo resistir e lhe dou um beijo.

O trânsito está tranquilo, e Taylor chega ao centro da cidade em pouco tempo. Ele vira ao norte para entrar na rua Mill e passamos pelo rio Roaring Fork, então nos dirigimos para a Red Mountain. Taylor faz uma curva, e respiro fundo de ansiedade.

— O que foi? — pergunta Ana.

— Espero que você goste — respondo. — Chegamos.

Taylor estaciona na entrada e Ana se volta para olhar a casa, enquanto nossos convidados saem apressados da van. Quando ela volta a olhar para mim, seus olhos brilham de empolgação.

— Nosso lar — falo, baixinho.
— Promissor.
— Venha. Vamos entrar.

Seguro sua mão, ansioso para mostrar todos os cômodos.

Mia saiu em disparada para abraçar Carmella Bentley.

— Quem é aquela? — pergunta Ana, olhando para a mulher baixinha na porta, que dá as boas-vindas a nossos convidados.

— A Sra. Bentley. Ela mora aqui com o marido. Eles tomam conta da casa.

Mia apresenta Ethan e Kate à Sra. Bentley, enquanto Elliot lhe dá um abraço.

— Bem-vindo de volta, Sr. Grey — cumprimenta Carmella com um sorriso.
— Carmella, esta é minha mulher, Anastasia.
— Sra. Grey.

Ana abre um sorriso, e as duas se cumprimentam com um aperto de mão.

— Espero que tenham feito uma boa viagem. Parece que o tempo vai ficar bom durante todo o fim de semana, mas não tenho certeza. — Ela olha as nuvens cada vez mais escuras às nossas costas. — Quando quiserem o almoço, é só falar — avisa em um tom caloroso.

Acho que ela aprova minha mulher.

— Venha cá.

Agarro Ana e a ponho no colo.

— O que você está fazendo? — grita.
— Estreando mais um lugar nosso, Sra. Grey.

Ninguém se intromete quando carrego minha mulher no colo até a entrada ampla, onde lhe dou um selinho e a coloco no piso de madeira.

Atrás de nós, Mia segura a mão de Ethan e o arrasta para a escada.

Aonde é que ela vai?

Kate solta um assovio alto e diz:

— Lindo lugar.
— Tour? — pergunto a Ana.
— Claro. — Ela me presenteia com um sorrisinho.

Dou a mão para ela, entusiasmado em lhe mostrar o lugar e guiá-la em um tour completo para que conheça nossa casa de férias: cozinha, sala de estar, sala de jantar, salinha íntima e no andar de baixo uma ampla sala com TV, bar e mesa de sinuca. Ana fica vermelha ao ver o ambiente.

— Quer jogar? — pergunto com um timbre rouco.

Eu adorei nosso último jogo.

Ela faz que não com a cabeça.

— Ali é o escritório, e os aposentos do Sr. e da Sra. Bentley.

Ela meneia a cabeça, distraída.

Talvez ela não tenha gostado do lugar.

A hipótese me deixa arrasado.

Meu ânimo murcha um pouco, mas eu a levo ao segundo andar, onde ficam os quatro quartos de hóspedes e a suíte principal. A vista da janela envidraçada do nosso quarto é deslumbrante e o motivo de eu ter comprado a casa. Ana entra e contempla a paisagem.

— É a Montanha de Ajax; ou Montanha de Aspen, se preferir — informo da porta.

Ela assente.

— Você está muito quieta. — Minha voz é hesitante.

— É lindo, Christian. — Seus olhos estão arregalados e cautelosos.

Paro ao seu lado e seguro seu queixo para soltar o lábio que está mordendo.

— O que foi? — pergunto, buscando uma pista em seus olhos.

— Você é muito rico.

Só isso?

Eu modero o alívio.

— Sou.

Recordo-me de como ela ficou quieta quando a levei pela primeira vez ao Escala; lá, eu a vi reagir exatamente como agora.

— Às vezes eu fico surpresa com a sua fortuna.

— Nossa fortuna — volto a lembrá-la.

— Nossa fortuna — balbucia, com os olhos ainda mais arregalados.

— Por favor, Ana, não fique preocupada com isso. É só uma casa.

— E o que a Gia fez aqui exatamente?

— A Gia?

— É. Ela projetou a reforma da casa, não foi?

— Sim, foi. Ela reprojetou a sala lá de baixo, e Elliot providenciou a construção. — Passo a mão pelo cabelo, pensando aonde ela quer chegar com isso. — Por que você está perguntando sobre a Gia?

— Você sabia que ela teve um caso com o Elliot?

Permaneço um segundo em silêncio, pensando no que devo dizer. Ela não está a par dos hábitos escusos de Elliot. Suspiro.

— Elliot já transou com metade de Seattle, Ana.

Ela solta um arquejo de espanto.

— A maioria mulheres, pelo que eu sei.

Dou de ombros e escondo quanto me divirto com sua expressão chocada.

— Não!

— Não tenho nada a ver com isso.

Levanto a palma das mãos; de fato, não quero discutir esse assunto.

— Acho que Kate não sabe disso — diz em voz alta, estarrecida.

— Ele não deve divulgar muito essa informação. E Kate parece bastante segura. — Ele é discreto, e isso já é uma qualidade. Os olhos de Anastasia estão fixos nos meus, e tento adivinhar em que está pensando. — Mas aposto que isso não tem a ver só com a promiscuidade da Gia ou do Elliot — sussurro.

— Eu sei. Desculpe. Depois de tudo o que aconteceu essa semana, eu só...

— Ela ergue o ombro quando os olhos ficam marejados de lágrimas.

Não, Anastasia, não chore. Eu a envolvo em meus braços.

— Eu sei — murmuro com a boca colada em seu cabelo. — Me desculpe também. Vamos relaxar e nos divertir, que tal? Você pode ficar aqui e ler, ver um daqueles programas de TV horrorosos, fazer compras, caminhadas... até pescar. O que quiser. E esqueça o que eu disse sobre Elliot. Foi indiscrição minha.

— De certa maneira explica por que ele está sempre provocando você — comenta, o rosto encostado em meu peito.

— Ele não faz ideia do meu passado. Eu já disse a você, minha família achava que eu era gay. Celibatário, mas gay.

Ela dá risada.

— Eu achei que você fosse celibatário. Como me enganei.

Ela me aperta em seus braços, e eu percebo seu sorriso.

— Sra. Grey, está rindo de mim?

— Um pouquinho, talvez. Sabe, o que eu não entendo é por que você tem esta casa aqui.

— Como assim?

Beijo seu cabelo.

— Você tem o barco, e eu entendo, e também o apartamento de Nova York, por causa dos negócios, mas por que aqui? E você nem dividia este lugar com outra pessoa.

— Eu estava esperando por você.

— Isso... isso é uma coisa linda de se dizer.

Seus olhos azuis faiscantes encontram os meus.

— Mas é verdade. Só que eu não sabia na época.

— Estou feliz que você tenha esperado.

— Você valeu a espera, Sra. Grey.

Passo o dedo em seu queixo, atraindo seus lábios para os meus, e a beijo.

— Você também. — Ela sorri. — Mas acho que eu trapaceei. Nem esperei tanto tempo por você.

Sorrio, incrédulo.

— Sou um prêmio tão bom assim?

— Christian, você é um prêmio de loteria, a cura para o câncer e os três desejos que o Aladim pediu ao gênio: tudo isso junto.

O quê? Mesmo depois de ontem?

Fico imóvel, tentando processar o elogio.

— Quando você vai perceber isso? — pergunta, num leve tom de repreensão. — Você era um ótimo partido. E nem estou me referindo a isso. — Ela faz um gesto com o braço mostrando o ambiente. — Eu me refiro a isto aqui. — Ela apoia a mão em meu coração enquanto eu tento encontrar algo para dizer. — Acredite em mim, Christian, por favor.

Segurando meu rosto, ela encosta os lábios nos meus, e logo nos perdemos em um beijo purificante, abrasador, sua língua roçando a minha.

Quero inaugurar a cama.

Mas não podemos. Ainda não.

Eu me afasto e a fito com um olhar penetrante, ciente de quanto ela é forte e como poderia me ferir se decidisse... ir embora.

Não pense nisso, Grey.

— Quando é que você vai enfiar de vez nessa sua cabeça dura que eu amo você?

Eu engulo em seco.

— Algum dia.

Seu sorriso é comovente... e me incendeia por dentro.

— Venha. — Não me sinto à vontade com nossa conversa. — Vamos almoçar. Os outros devem estar se perguntando onde fomos parar. Podemos discutir o que vamos fazer.

Durante a refeição admirável que a Sra. Bentley preparou, decidimos dar uma caminhada à tarde. Mas, quando terminamos o almoço, todo o ambiente escurece.

— Ah, não! — exclama Kate de repente. — Olhem.

Lá fora, a chuva cai torrencialmente.

— Lá se vai nossa caminhada — diz Elliot, embora pareça aliviado.

— Podíamos ir até o centro — propõe Mia.

— Clima perfeito para pescar — sugiro.

— Eu fico com a pescaria — diz Ethan.

— Vamos nos dividir. — Mia bate palmas. — Meninas, compras; rapazes, programas chatos ao ar livre.

— Ana, o que você quer fazer? — pergunto.

— Qualquer coisa — responde. — Mas eu ficaria feliz em sair para as compras. — Ela sorri para Kate e Mia.

Ela odeia fazer compras.

— Posso ficar aqui com você, se quiser.

Penso de novo em como poderíamos inaugurar a cama.

— Não, pode ir pescar — diz, mas me lança um olhar tórrido, os olhos fumegantes, o que me faz achar que ela preferia ficar em casa.

Comigo. Sinto-me um gigante.

— Bem, então vai ser isso. — Kate se levanta da mesa.

— Taylor vai acompanhar vocês — anuncio, pois ele manterá Ana em segurança.

— Não precisamos de babá — contesta Kate, deixando evidente sua irritação.

Ana coloca a mão em seu braço.

— Kate, é melhor o Taylor ir conosco.

Ouça minha esposa. Esse assunto não dá margem a discussões. Essa mulher me faz perder as estribeiras; não sei o que meu irmão vê nela.

Elliot franze o cenho.

— Preciso ir buscar uma bateria para o meu relógio no centro.

Hoje? Não pode fazer isso perto de casa?

— Vá no Audi, Elliot. Quando você voltar a gente vai pescar.

— Tudo bem — diz, com a voz hesitante. — Boa ideia.

O que ele anda tramando?

Taylor manobra a minivan e se afasta, levando Ana e Cia. para a cidade. Entrego as chaves do Audi da Sra. Bentley para o Elliot, que avisou que não precisamos esperar por ele.

— Estaremos no Roaring Fork. No lugar de sempre, eu acho — aviso.

Quando ele pega as chaves, está com uma expressão estranha, como se estivesse prestes a enfrentar um pelotão de fuzilamento.

— Obrigado, mano — murmura.

Franzo o cenho.

— Você está bem?

Ele engole em seco.

— Decidi.

— Decidiu o quê?

— O anel.

— Anel?

— Vou comprar um anel. Acho que chegou a hora.

Merda.

— Vai pedir a Kate em casamento?

Ele assente.

— Tem certeza?
— Tenho. É ela.
Acho que fico boquiaberto. *Kavanagh?*
— A felicidade matrimonial parece estar dando certo para você, espertalhão. — Ele sorri, recobrando a costumeira atitude mais-safado-que-o-diabo num instante. — Você vai acabar engolindo uma mosca com essa boca aberta, cara. Melhor pescar uns peixes.

Ele dá uma risada. Eu fecho a boca e, perplexo, observo Elliot entrar na caminhonete A4.

Caramba. Ele vai se casar com Kavanagh. Aquela mulher vai ser uma pedra no meu sapato para sempre. Talvez ela não aceite. Mas, enquanto o observo dar marcha a ré, algo me diz que vai aceitar. Com um rápido aceno, ele se vai. Balanço a cabeça. *Elliot Grey. Juro por Deus que espero que você saiba o que está fazendo.*

Ethan está no depósito verificando a linha das varas de pescar.
— Vamos usar isca? — pergunto.
— Vamos entrar no rio. Está chovendo, então já nos molharíamos de qualquer maneira. — Ethan dá um sorriso.
— O material está ali. — Aponto para um dos armários. — Vou mudar de roupa. Pode vestir qualquer uma das roupas que encontrar aí.
— Beleza.

Ethan abre o armário e pega um par de galochas.

Guardamos nossas mochilas e nosso equipamento de pesca em minha picape e, saindo da garagem, pego a estradinha rumo à montanha. Mesmo com a chuva, a paisagem é inspiradora. Nossa primeira parada é na loja local de material de pesca, onde eu compro duas licenças. Dali, vamos até um dos meus locais favoritos no rio Roaring Fork.

— Você já pescou aqui? — pergunto a Ethan, enquanto caminhamos para a beira do rio.
— Aqui, não. Só no Yakima. Meu pai é um entusiasta da pesca.
— Sério?
Puxa, mais um motivo para gostar de Eamon Kavanagh.
— Sério. Meu pai me disse que vocês estão trabalhando juntos — comenta.
— A GEH está atualizando a rede de fibra ótica da empresa de seu pai.
— Ele está muito satisfeito.

Sorrio.
— Gosto de trabalhar com ele. Ele tem a cabeça no lugar.

Ethan aquiesce.
— Ele diz a mesma coisa sobre você.

— Fico feliz em saber. — Tiro uma caixa da minha mochila. Dentro, há uma coleção impressionante de iscas. — Foi o marido de Carmella quem fez. São fantásticas para a pesca de trutas.

— Legal.

Ele seleciona uma e a examina com atenção.

— Muito. — Escolho uma. — Aqui tem muita efemérida.

— Acho que está bom assim. Vamos pegar um monte de trutas. Vou abrir espaço para você — diz ele, e ambos tomamos direções opostas na margem rochosa.

Meu carretel está encolhido, mas rapidamente solto a linha do molinete, passando-a pelas guias, e prendo minha isca no gancho. Estou pronto. Ao olhar para Ethan, a uns oito metros de distância, vejo-o fazer sinal de que também está pronto. Ele dá seu primeiro arremesso. Num gesto preciso e gracioso, a isca para num ponto promissor. Ele entende do assunto.

O rio Roaring Fork corre na direção oeste aos meus pés, cercado de rochas e bétulas prateadas. É um cenário perfeito, tranquilo. A mera visão dessa vastidão é suficiente para me acalmar. Olho com atenção a água que passa apressada e entro devagar perto da margem.

Papai está em pé comigo na água.
Estamos usando galochas. Ele examina o rio.
Olhe, filho, você precisa aprender a ler a água como se lê um livro.
Fique atento aos sinais reveladores da Sra. Truta.
Ela pode estar escondida embaixo das rochas no rio.
Ou pode estar nas fendas.
Olhe a fenda, onde a água mansa encontra a água veloz.
E procure as bolhas. Ela pode estar se alimentando ali.
Ela adora comer efeméridas, principalmente nessa época do ano.
Ele segura a mosca. Vamos enganá-la com isto.
Pegue sua isca e a prenda no gancho na ponta da linha. Aqui. Assim. Papai prende a isca.
Agora é sua vez.
Depois de algumas tentativas, consigo.
Muito bem, Christian. Não se esqueça de arremessar como se estivesse sacudindo a tinta de um pincel.
O segredo está no pulso.
A isca de efemérida pousa e eu a deixo flutuar acima da água, como papai disse. Sinto a mordida.
Uma truta.
Muito bem, Christian!

Juntos nós giramos o molinete.

Meu pai era um ótimo professor. Faço uns dois arremessos na corrente na direção da outra margem, deixo a isca flutuar e a puxo, e logo estou totalmente concentrado. Tudo mais se desvanece de minha mente quando decido conquistar o rio.

Uma garça pousa rio acima.

A chuva diminui.

Faz silêncio absoluto. Apesar do tempo, é maravilhoso estar aqui.

Sinto a mordida.

É uma truta.

Das grandes.

Caramba, uau.

A truta dá uma cambalhota e arrebenta a linha.

Merda. Perdi o peixe. E a isca.

Ethan tem mais sorte que eu. Desconfio que pegou o mesmo peixe que eu perdi.

— O fujão — reclamo.

Ethan ri.

— Nesse aqui estava escrito o meu nome.

Verifico as horas; precisamos ir.

— Ele é grande o suficiente para comer. Podemos levar? — pergunta Ethan.

— Não devíamos.

Ele faz uma careta.

— Só dessa vez.

Sorrio.

— Vamos guardar tudo e voltar.

— Elliot não apareceu — diz Ethan, quando entramos na picape.

— O assunto que tinha para resolver na cidade deve ter demorado mais do que imaginava.

Ethan meneia a cabeça, pensativo.

— Ele é um cara legal. Acho que minha irmã está bem empolgada com ele.

— Acho que ele também está bem empolgado com ela. E por falar em irmãs, como vão as coisas com Mia? — Torço para parecer descontraído.

— Sua irmã é uma verdadeira força da natureza. — Ele balança a cabeça, achando graça em alguma coisa. — Mas ainda somos só amigos.

— Acho que ela gostaria de ser mais que sua amiga.

— É, eu também acho. — Ele suspira.

Paramos na entrada e aciono o controle remoto para abrir o portão da garagem. Saltamos da picape para começar a tirar as coisas, quando o portão da garagem sobe devagar e revela Ana e Kate paradas ao lado de Elliot, em cima de uma de minhas motocicletas de trilha KTM. Todos estão olhando para nós.

— Estão montando uma banda de garagem? — pergunto, enquanto vou direto para perto de Ana.

Ela está um pouco corada, como se tivesse bebido. Abre um sorriso à medida que os olhos percorrem meu corpo; está achando minha roupa engraçada.

Uniforme de pesca, baby. Ou talvez ela esteja reconhecendo o macacão que vendeu para mim quando trabalhava na Clayton.

— Oi — cumprimento, me perguntando que diabos estão fazendo na garagem.

— Oi. Belo macacão — murmura.

— Cheio de bolsos. Muito prático para pescar.

Recordo como ela estava atraente, mas constrangida, da vez em que fui à loja de ferragens. Suas bochechas ficam mais rosadas.

Ah, baby, percorremos um longo caminho desde então.

Pelo canto do olho, noto Kate revirar os olhos, mas a ignoro.

— Você se molhou — balbucia Ana.

— Estava chovendo. O que vocês estão fazendo na garagem?

— Ana veio pegar lenha. — Elliot abre um sorriso malicioso.

Cara!

— Eu tentei convencê-la a dar uma volta.

Ele dá uma batidinha na moto.

Puta merda. Não. Nesse tempo? E chega de papo furado, irmão!

— Ela não quis. Disse que você não ia gostar — apressa-se em informar.

Eu desvio os olhos para Ana.

— Ah, foi?

Seu rosto cora ainda mais.

— Escutem, eu adoraria continuar essa discussão sobre o que a Ana disse, mas será que podemos voltar para dentro de casa? — dispara Kate, pegando duas achas de lenha e saindo da garagem.

Elliot suspira, salta da moto e vai atrás dela.

Eu olho para Ana.

— Você sabe pilotar uma moto?

— Não muito bem. Ethan me ensinou.

É mesmo? Minha irmã e minha mulher...

— Você fez bem em não sair de moto hoje. O solo está muito duro no momento, e por causa da chuva ficou escorregadio e traiçoeiro.

— Onde eu coloco o material de pesca? — pergunta Ethan.

— Deixe aí, Ethan. Taylor cuida disso.

— E o peixe? — continua ele, num tom levemente zombeteiro.

— Você pegou um peixe? — pergunta Ana.

Não.

— Eu não. O Kavanagh. — E fecho a cara.

Ana começa a rir.

— A Sra. Bentley vai cuidar do peixe — aviso. Com um sorriso maroto, Ethan leva o peixe para casa. — Sra. Grey, está rindo de mim?

— Com certeza. Você está todo molhado... Vou preparar um banho.

— Desde que você me acompanhe. — Dou um beijo em seus lábios. — Encontro você no quarto. Preciso tirar esse macacão.

Ana inclina a cabeça para o lado.

— Você quer ficar me olhando? — Sorrio para ela.

— Sempre. Mas agora vou preparar seu banho, Sr. Grey.

Eu dou uma risada e a observo sair. Em seguida, entro no depósito.

— Cara, foi ótimo — diz Ethan, enquanto tira as galochas.

— Foi, sim. É um lugar ótimo.

— Pode deixar que eu arrumo o material. — Ele soa sincero.

— Nada disso. Vou ajudar você.

— De jeito nenhum, cara. Sua mulher está esperando você. Eu cuido disso.

Ele faz sinal para eu ir embora enquanto volta para a picape. Não insisto; pelo contrário, tiro a capa impermeável e penduro o macacão num gancho no depósito.

Quando estou indo atrás de Ana, encontro Mia perto da escada.

— Oi, irmão. — Ela me surpreende com um abraço.

— Mia.

Acho que ela está um pouquinho bêbada.

— Cadê o Ethan?

— Lá fora. Tirando as coisas da picape.

Ela põe as mãos nos quadris.

— Christian Grey, você o obrigou a cuidar de tudo sozinho?

— Ele se ofereceu.

— Sabe, você não fala mais comigo desde que se casou. É como se eu não existisse. — Ela soa magoada.

— Ei. — Beijo sua testa. — Claro que você existe. Que tal se eu levar você para almoçar fora semana que vem?

Entusiasmada, ela bate palmas.

— O que você andou bebendo? — pergunto, quando ela me dá as costas.

— Daiquiris de morango.

E sai em disparada à procura de Ethan.

Balanço a cabeça, então subo a escada de dois em dois degraus, indo ao encontro da minha mulher. Ana está pendurando uma roupa prateada no closet. Deve ter comprado na cidade.

— Você se divertiu?

— Sim — responde, me encarando.

— O que foi?

— Estava pensando em como senti sua falta hoje.

Meu coração quase para de bater ao ouvir o tom caloroso de sua voz.

— Você fala como se sofresse de amor, Sra. Grey.

— Eu sofri, Sr. Grey — sussurra.

Eu me aproximo a passos rápidos e me detenho diante dela, sentindo o calor que emana de seu corpo.

— O que você comprou? — pergunto, aquecendo-me em seu calor.

— Um vestido, um par de sapatos e um colar. Torrei o seu dinheiro.

Ela me olha como se tivesse cometido um crime tenebroso.

Ah, isso não vai dar certo.

— Que bom — afirmo em voz baixa, prendendo uma mecha de seu cabelo atrás da orelha. — E pela bilionésima vez: é o *nosso* dinheiro.

O perfume de jasmim e o som da água da banheira escapam do banheiro da suíte. Com delicadeza, solto seu lábio inferior dos dentes. Passo o indicador pela frente de sua camiseta, entre os seios, pela barriga, até a barra.

— Você não vai precisar disso no banho. — Seguro sua camiseta com as duas mãos e a suspendo. — Levante os braços.

Ana coopera, os olhos luminosos fixos nos meus. Tiro sua camiseta e a jogo no chão.

— Achei que fôssemos só tomar um banho. — Sua voz está ofegante de desejo.

— Primeiro, eu quero deixar você bem suja. Também senti saudades.

Eu me inclino e a beijo. Ela enfia as mãos em meu cabelo, recebendo com evidente prazer o toque de meus lábios, e logo nos perdemos um no outro.

A CABEÇA DE ANA pende da cama, inclinada para trás ao berrar quando atinge o orgasmo. Sua reação aciona a minha, e eu logo gozo dentro dela. Ofegante, eu a puxo de encontro ao meu peito e nos deitamos meio tontos e saciados, enquanto olho para o teto.

— Merda, a água! — lembra Ana, e tenta se sentar. Eu a seguro firme.

Não vá.

— Christian, a banheira!

Horrorizada, ela abaixa o rosto para mim.

Dou risada.

— Relaxe. Tem um sistema de escoamento. — Giro o corpo por cima dela, imprensando-a no colchão mais uma vez, e lhe dou um selinho. — Vou lá fechar a torneira.

Sentindo-me relaxado como não me sentia há dias, eu me levanto, entro no banheiro e fecho a água. A banheira realmente transborda, o que vai me proporcionar muita diversão com minha mulher. Ela vem atrás de mim e olha pasma para o chão.

— Está vendo?

Aponto para o ralo. Ela sorri... e juntos entramos na banheira, rindo sempre que a água transborda. Ela prendeu o cabelo num coque, que se equilibra de modo precário em sua cabeça, deixando mechas caídas ao redor de seu rosto.

Ela está linda.

E é toda minha.

Nós nos sentamos, um em cada ponta da banheira com água até a borda.

— O pé — ordeno, e ela coloca o pé esquerdo na minha mão. Começo a massagear a sola com os polegares. Ela fecha os olhos, e, como mais cedo, inclina a cabeça para trás e geme. — Está gostando? — sussurro.

— Estou.

Puxando de leve cada um dos dedos, observo seus lábios fazendo biquinho e formando um pequeno "o" enquanto absorve o prazer. Beijo cada um de seus dedos e arranho seu mindinho com os dentes

— Ah! — ela geme de novo, e abre os olhos.

— Assim?

— Hmm...

Recomeço a massagem, e ela volta a fechar os olhos.

— Eu vi Gia quando fomos à cidade — diz, como quem não quer nada.

— É mesmo? Acho que ela tem casa aqui.

— Ela estava com Elliot.

Paro o que estou fazendo, e Ana abre os olhos.

— Como assim com Elliot?

— Estávamos numa butique em frente a uma joalheria. Vi quando ele entrou sozinho, e achei que devia ter ido comprar a bateria do relógio. Ele saiu com Gia Matteo. Ela riu de alguma coisa que ele disse, depois ele lhe deu um beijinho no rosto e foi embora...

Será que Gia foi ajudar Elliot a escolher um anel?

— Ana, eles são só amigos. Acho que o Elliot está bem empolgado com Kate.

— *Infelizmente.* — Na verdade, eu sei que ele está bem empolgado com ela.

Embora eu não consiga imaginar o porquê.

— Kate é deslumbrante — rebate, e me pergunto mais uma vez se ela é capaz de ler meus pensamentos.

— Ainda fico feliz por ter sido você quem foi ao meu escritório.

Beijo seu dedão, pego seu pé direito e recomeço todo o processo. Ana se reclina mais uma vez enquanto massageio a sola e paramos de conversar a respeito de Elliot, Gia e Kate.

Eu me pergunto quando Elliot vai pedir Kate em casamento.

Deixo Ana se preparar para sairmos para jantar e vou ao escritório ler meus e-mails. Sento-me à escrivaninha e abro o laptop. Quando entro na caixa de entrada, encontro alguns problemas irritantes de trabalho que preciso resolver, mas os deixo de lado por enquanto. É o e-mail de Leila que me paralisa de imediato. Meu cérebro formiga, tamanha a apreensão. Que diabos ela quer?

De: Leila Williams
Assunto: Obrigada
Data: 27 de agosto de 2011 14:00 LESTE
Para: Christian Grey

Senhor, ou devo chamá-lo apenas de Sr. Grey?
Não sei mais.
Gostaria de agradecer.
Por tudo.
Pessoalmente.
Por favor.

Leila

Fecho a cara para a tela, abismado com a audácia de Leila. Eu lhe pedi, por intermédio de Flynn, para não entrar em contato comigo diretamente, mas apesar disso ela me enviou esse e-mail. Eu o encaminho para Flynn e peço que não se esqueça de lembrá-la do meu pré-requisito para pagar seu tratamento e a mensalidade do curso. Espero que não entre mais em contato comigo.

Para piorar minha irritação, tem um e-mail de Ros avisando que o pessoal de Taiwan gostaria de conversar comigo amanhã às 14h30 no horário local deles. Num domingo? Isso corresponde a que horas aqui?

Procuro a informação no Google... Merda. É hoje à meia-noite e meia.

Mas que droga!

Telefono para Ros.

— Oi, Christian. Como vai? — Ela parece estar de bom humor, o que só aumenta minha irritação.

— Estou puto. Pode mudar a hora dessa reunião?

— Eu sei, é ridículo, mas não posso. Um dos executivos da empresa só vai estar disponível nesse horário.

— Num domingo?

— Tem algo a ver com o fato de precisarem estar fora do local de trabalho quando fizerem essa ligação.

Suspiro.

— Está certo.

— Eu também participarei da conversa — avisa, suspeito que numa tentativa de me acalmar. — E vamos ter uma intérprete.

— Tudo bem, então nos falamos depois.

Desligo, irritado.

Vão todos para o inferno!

Vou para a sala, onde Elliot e Ethan estão jogando sinuca e tomando cerveja. Resolvo me unir a eles e tomar um drinque. Taylor reservou uma mesa para seis num restaurante local, mas temos tempo para uma partida.

— Então, o que está rolando entre você e Mia? — pergunta Elliot a Ethan.

Ethan cai na gargalhada.

— Você é tão pouco sutil quanto seu irmão. — Ele me olha de relance. — Como eu já disse a Christian, somos apenas amigos.

Elliot levanta a sobrancelha e dirige um olhar para mim.

Tomo um gole da cerveja gelada. Está deliciosa.

— Você conseguiu o que precisava na cidade? — pergunto a Elliot, enquanto observo Ethan acertar duas bolas.

— Consegui. — Ele sorri.

— Alguém ajudou você?

Elliot inclina a cabeça.

— Por que está perguntando isso?

— Porque um passarinho me contou.

Ele fecha a cara.

Quando Ethan encaçapa a bola branca, é a vez de Elliot dar uma tacada.

Meu telefone toca no bolso de trás da calça. Recebi um e-mail da minha mulher.

De: Anastasia Grey
Assunto: Minha bunda está muito grande nesse vestido?
Data: 27 de agosto de 2011 18:53 Hora local
Para: Christian Grey

Sr. Grey,
Preciso do seu aconselhamento de moda.
Bj,
Sra. G.

Ah, mas isso eu tenho que ver. Digito uma resposta rápida.

De: Christian Grey
Assunto: Maravilha
Data: 27 de agosto de 2011 18:55 Hora local
Para: Anastasia Grey

Sra. Grey,
Duvido muito.
Mas vou aí averiguar e examinar sua bunda em detalhes, só para ter certeza.
Ansiosamente,
Sr. G.

Christian Grey,
CEO, Grey Enterprises Holdings & Fiscalização de Bundas, Inc.

Abandono a cerveja, subo a escada de dois em dois degraus e abro a porta do nosso quarto.
Uau.
Anastasia Grey. Uau.
Fico paralisado na soleira da porta. Ana está se olhando no espelho de corpo inteiro. Está com um vestido prateado minúsculo e salto altíssimo. O cabelo é um sedoso véu emoldurando seu lindo rosto. Passou lápis para realçar os olhos e um batom vermelho-escuro na boca.
Ela está sensacional; meu corpo logo reage diante da visão.
Ela joga o cabelo para o lado.
— E então? — sussurra.
— Ana, você está... Uau.
— Você gostou?
— Gostei, acho que sim. — Minha voz está rouca e denuncia o meu desejo.
Quero despentear seu cabelo e borrar o batom. Quero que ela seja minha Ana, e não essa nova versão dela. Essa mulher poderosa e sedutora é, sinceramente, meio intimidante.

E sexy.
Sexy para cacete.

Entro no quarto, enfeitiçado por minha mulher, e fecho a porta, feliz por ter vestido o paletó. Suas pernas são bem-torneadas, compridas até dizer chega. A visão de seus pés nesse sapato, apoiados em meus ombros, logo me vem à mente.

Puta merda.

Colocando as mãos em seus ombros nus, eu a giro para que nós dois fiquemos de frente para o espelho.

Meu Deus!

Esse *vestido* praticamente não tem a parte de trás.

Pelo menos cobre sua bunda. Por um triz.

Nossos olhos se encontram no espelho. Meus olhos cinzentos ardem tão intensamente que parecem quase azuis.

Cada centímetro de seu corpo mostra a deusa que eu tanto admiro. E está alta. Alta mesmo!

Baixo o olhar para suas costas nuas, e é impossível resistir. Deslizo o dedo por sua coluna; ela arqueia devagar ao meu toque.

Ai, Ana.

Paro onde o vestido começa, logo abaixo de sua cintura.

— Isso mostra demais — sussurro.

Desço um pouco mais a mão e acaricio sua bunda, realçada de um jeito muito provocativo pelo tecido colante, até a barra da saia. Meus dedos roçam a pele de sua coxa. Eu a acaricio devagar, provocando sua pele. Seu olhar acompanha meus dedos contornarem sua coxa e subirem. Ela respira fundo, a boca se abrindo de um jeito excitante.

— Isso aqui não está longe... — toco a bainha do vestido e logo em seguida vou subindo a mão por sua coxa — ... daqui.

Encosto em sua calcinha e acaricio seu sexo por cima do tecido fino. Ela solta um arquejo, e o tecido umedece com minha carícia.

Ah, baby.

— E isso quer dizer que... — Sua voz está rouca.

— Quer dizer que... que isso não está longe... — deslizo os dedos por cima da calcinha até o elástico da perna e passo o indicador ao redor do tecido, até nossa pele se tocar — ... daqui. E mais um pouco... daqui.

Com nossos olhares fixos um no outro, enfio o dedo dentro dela.

Sinto quanto ela está quente e molhada. Anastasia fecha os olhos e geme.

— Isso é meu — sussurro as palavras em seu ouvido e, fechando os olhos, movo meu dedo devagar para dentro e para fora de seu sexo. — Não quero que ninguém mais veja.

Ela começa a respirar com dificuldade, e abro os olhos para constatar quanto a deixo excitada.

— Então seja uma boa menina e não se abaixe, e vai ficar tudo bem.

— Você aprova? — balbucia.

— Não, mas não vou impedi-la de usar o vestido. Você está deslumbrante, Anastasia.

Chega.

Quero trepar com ela, mas não temos tempo. E por mais que eu queira borrar sua maquiagem, tenho certeza de que ela não iria gostar. Devagar, retiro minha mão e mudo de lugar. Estou de frente para ela agora. Delicadamente, contorno seu lábio inferior com a ponta molhada do meu indicador. Ela move os lábios escarlates num biquinho para beijá-lo.

O toque ecoa em meu sexo.

Sorrio. Um sorriso malicioso.

Isso é o que amo na minha garota.

Ela não foge de um desafio.

Enfio o dedo na boca.

O gosto dela é delicioso. Lambo os lábios e Ana fica vermelha.

Isso. Essa é a minha garota.

Sorrindo, seguro sua mão.

— Venha.

De mãos dadas, descemos a escada para encontrar nossos convidados, e não me sinto imune aos olhares de admiração que todos lançam à minha mulher.

— Ana! Você está simplesmente deslumbrante! — exclama Mia, abraçando-a.

Eu solto a mão de Ana e abro a porta do closet.

— De quem é esse casaco? — pergunto, mostrando um trench coat.

— Meu — responde Mia.

— Vai usá-lo?

— Hoje, não.

— Ótimo. Pode me emprestar?

— Vai ficar meio apertado em você — observa Mia, em tom sarcástico.

Ignorando-a, estendo o casaco para Ana. Ela revira os olhos, mas assente e deixa que eu a vista.

Ótimo.

Ela pode sentir frio mais tarde.

E ninguém vai ver sua bunda.

A COMIDA NO MONTAGNA é excelente, assim como — para minha surpresa — a conversa. Deve ser a companhia. Descobri que adoro observar minha mulher interagir com outras pessoas; ela é encantadora, engraçada e inteligente. Bem, eu sabia disso tudo antes de me casar com ela, mas hoje ela não demonstra timidez e parece deixar todos à vontade. Fico me perguntando se esse comportamento mais sociável se deve à quantidade de álcool que consumiu, mas no momento pouco me importa. Eu podia passar o dia olhando para ela. Ela está encantadora e sinto brotar a esperança quanto ao nosso futuro. Podíamos fazer isso mais vezes: trazer os amigos para cá, sair com eles, desfrutar da companhia. Nunca imaginei que gostaria disso, mas talvez eu goste.

Curto Ethan cada vez mais. Ele é apaixonado pela área acadêmica que escolheu e se mostra animadíssimo para começar a pós-graduação em psicologia na universidade de Seattle.

— Cara, você entende bastante do assunto — diz para mim, enquanto esperamos a sobremesa.

Dou uma gargalhada.

— Não é para menos. Afinal, já me consultei com vários psicanalistas.

Ele franze o cenho, como se não acreditasse.

— Sério?

Você não faz ideia.

Elliot se levanta de supetão, fazendo a cadeira arranhar o chão, e o barulho ressoa alguns decibéis acima da conversa no ambiente. Todos os olhos se voltam para ele, que está fitando Kate. Ela ergue o olhar como se ele tivesse crescido vários centímetros. Elliot inclina-se e apoia o peso em um dos joelhos.

Ai, puta merda.
Fala sério, cara.
Aqui?

Ele segura a mão dela; acho que atraiu a atenção de todos no restaurante.

— Minha linda Kate, eu amo você. Sua graça, sua beleza e sua determinação são únicas, e você conquistou meu coração. Passe o resto da vida comigo. Case comigo.

O restaurante inteiro prende a respiração. Ana segura minha mão, e todos os olhares se voltam para Kavanagh, que apenas encara Elliot, embasbacada. Uma lágrima escorre pelo seu rosto e ela põe a mão no peito, como se estivesse tentando conter a emoção. Finalmente, abre um sorriso.

— Sim — sussurra.

Todos no restaurante aplaudem, soltam vivas e assovios. Uma barulheira danada. Essa atitude é a cara de Elliot: fazer um pedido desses num restaurante lotado. O cara é corajoso. Minha admiração por ele cresce exponencialmente. Do bolso, tira uma caixa e a abre, mostrando a Kate o anel. Kate o abraça e os dois se beijam.

Eu rio quando o público vai à loucura. Elliot se levanta, faz uma merecida reverência em agradecimento e se senta ao lado da noiva com um sorrisinho ridículo estampado no rosto.

Ana está chorando e apertando minha mão.

Merda.

Eu me lembro da primeira vez que a pedi em casamento. Ela chorou também. Estávamos no chão da sala de estar no Escala, e eu havia confessado meus piores pecados. Eu me pergunto como Ethan Kavanagh reagiria se soubesse.

Não pense nisso, Grey.

Elliot está colocando o anel no dedo de Kate, o que me lembra que eu já nem sinto os meus próprios dedos. Aperto a mão de Anastasia e ela solta, deixando o sangue voltar às pontas. Ana tem a decência de parecer sem graça.

— Ai — solto um gemido, apenas movimentando os lábios.

— Desculpe. Você sabia disso?

Lanço o meu melhor sorriso enigmático e chamo o garçom.

— Duas garrafas de Cristal, por favor. Safra 2002, se tiver.

Ana dá uma risadinha debochada.

— O que foi?

— Porque a safra de 2002 é muito melhor do que a de 2003 — provoca.

Eu rio. Ela tem razão. Mas não preciso lhe dizer isso.

— Para um paladar criterioso, sim.

— Você tem um paladar muito criterioso, Sr. Grey, e um gosto singular.

— Isso eu tenho, Sra. Grey. — Eu me aproximo mais e inspiro seu perfume. — Mas o seu sabor é ainda melhor.

Beijo o ponto atrás de sua orelha, onde sinto sua veia pulsar.

Mia se levantou e abraça Kate e Elliot. Ana faz o mesmo.

— Kate, estou tão feliz por você! Parabéns — diz Ana, dando um abraço apertado em Kate.

Estendo a mão para Elliot. Ele sorri; parece tão aliviado e feliz que o puxo para um abraço, o que surpreende a ambos.

— É isso aí, Lelliot.

Elliot fica imóvel por um milésimo de segundo, sem dúvida espantado com minha repentina demonstração de afeto, e depois retribui o abraço.

— Obrigado, Christian — diz, a voz embargada ao pronunciar meu nome.

Dou um abraço rápido em Kate.

— Espero que você seja tão feliz no seu casamento quanto eu sou no meu.

— Obrigada, Christian. Também espero — diz, de um jeito meigo.

Ela pode ser meiga!

Talvez não seja tão irritante quanto supus.

O garçom abre a garrafa de champanhe e enche as taças. Pegando a minha, eu a ergo para o casal feliz num brinde.

— A Kate e a meu querido irmão, Elliot. Parabéns.

— A Kate e a Elliot! — repetem todos.

Ana está sorrindo.

— Está pensando em quê? — pergunto.

— Na primeira vez que eu tomei esse champanhe.

Franzo o cenho, mergulhando nas miríades de lembranças que tenho de Ana.

— Estávamos no seu clube — diz ela.

No elevador. Sorrio. Ana sem calcinha.

— Ah, sim. Lembrei.

Pisco para ela.

— Elliot, já tem data? — pergunta Mia, bisbilhoteira como de costume.

Elliot balança a cabeça, deixando evidente sua exasperação.

— Eu acabei de pedir a mão de Kate. Vamos manter você informada, está bem?

— Ah, marquem para o Natal. Seria tão romântico... Além do mais, vocês não esqueceriam a data do aniversário de casamento. — Mia bate palmas.

— Vou pensar no assunto. — Elliot sorri.

— Depois do champanhe, podemos por favor ir dançar? — Mia se volta para mim com olhar de súplica.

— Acho que é melhor perguntarmos a Elliot e Kate o que eles gostariam de fazer.

Elliot dá de ombros e Kate fica ruborizada. Acho que ela gostaria de voltar para casa, para o isolamento do quarto do casal.

Caminho à frente, seguido por nossos convidados, e entramos na Zax, a boate que Mia escolheu. Do pequeno hall, já dá para ouvir a música. Não sei quanto tempo vou aguentar ficar aqui.

— Sr. Grey, bem-vindo novamente — cumprimenta a recepcionista. — Max vai se encarregar dos casacos. — Suas palavras são dirigidas a Ana.

Um jovem todo vestido de preto aparece ao seu lado. Acho que ele aprova a aparência da minha mulher... um pouco demais para o meu gosto.

— Belo casaco — diz, admirando o... físico de Ana.

Lanço um olhar para o merdinha. *Dá o fora, cara.*

Ele logo me entrega o tíquete para recolher o casaco.

— Vou acompanhar vocês até a mesa. — A recepcionista joga charme para mim, e Ana aperta com mais força meu braço. Eu me volto para ela, mas seus olhos estão grudados na recepcionista, e a seguimos para a área VIP da boate, perto da pista de dança. — Logo alguém virá anotar seus pedidos.

A recepcionista se afasta num rodopio quando nos sentamos.

— Champanhe? — pergunto, quando Ethan e Mia se encaminham para a pista de dança de mãos dadas. Ethan faz que sim com o polegar.

— Quero ver seu anel — pede Ana, enquanto eu volto minha atenção para minha irmã e Ethan na pista.

Como de hábito, ela faz passos doidos de dança, mas Ethan parece não se importar e a acompanha.

A garçonete chega para anotar os pedidos.

Ignoro o protesto de Elliot, que insiste em pagar a conta.

— Uma garrafa de Cristal, três de Peroni e uma de água mineral gelada, seis copos.

— Pois não, senhor. Eu já trago.

Ana está balançando a cabeça.

— O que foi? — pergunto.

— Ela não ficou fazendo charme para você.

Devo estar perdendo o encanto. Faço o maior esforço para não rir.

— Ah. E deveria?

— É costume entre as mulheres.

Sorrio.

— Sra. Grey, está com ciúmes?

— Nem um pouco.

Apesar disso, ela faz beicinho. Pego sua mão e a levo aos lábios, beijando seus dedos um a um.

— Você não tem motivo nenhum para sentir ciúmes, Sra. Grey.

— Eu sei.

— Ótimo.

A garçonete volta com nossas bebidas e abre a garrafa de champanhe sem muitos floreios. Enche nossas taças, e Ana toma um gole.

— Aqui. — Eu lhe estendo um copo de água. — Beba isto.

Ela franze o cenho e suspira.

— Três taças de vinho branco no jantar e duas de champanhe depois de um daiquiri de morango e duas taças de Frascati no almoço. Beba. Agora, Ana.

Ela me olha de cara feia, provavelmente porque percebeu que estou registrando tudo. Mas acaba me obedecendo. Espero que não acorde de resseca amanhã. Ela passa a mão na boca de uma maneira nada decorosa. Presumo que seja sua versão de protesto por eu ser tão controlador.

— Boa menina. Você já vomitou em cima de mim uma vez. Não quero repetir a experiência tão cedo.

— Não sei do que está reclamando. Você acabou dormindo comigo.

Ela tem razão.
— É verdade.
— Ethan cansou, por enquanto — avisa Mia ao voltarem da pista de dança. — Venham, garotas. Vamos incendiar a pista. Precisamos queimar as calorias da mousse de chocolate.

Kate se levanta.
— Você vem? — pergunta a Elliot.
— Prefiro ficar olhando você — responde.
— Vou queimar algumas calorias — diz Ana. Depois, se curva sobre mim, e eu vislumbro seus belos seios pelo decote. Ela sussurra: — Você pode me olhar.
— Não se abaixe assim — aviso.
— Tudo bem.

Ela se ergue depressa e segura meu ombro.
Merda. Estendo a mão para ampará-la quando se desequilibra, mas acho que ela nem percebe. Está tonta ou bêbada, ou as duas coisas juntas.
— Talvez você deva beber um pouco mais de água — sugiro.
Talvez eu devesse levá-la para casa.
— Eu estou bem. Essas cadeiras é que são baixas, e o meu sapato é alto.

Ela sorri e Kate lhe dá a mão ao se encaminharem para a pista de dança.
Não sei direito como enfrentar essa situação.

Kate abraça Ana.

E depois as duas começam a dançar.

Mia está... bem, Mia é Mia. Estou acostumado a observá-la em seu mundinho, dançando pela casa. Raras vezes fica parada.

Kavanagh dança bem.

E minha mulher também. Ela está arrasando na pista de dança, naquele pedacinho de pano que chama de vestido. Mexe as pernas, a bunda, o cabelo; está se soltando de um jeito muito provocante.

Ela fecha os olhos e se entrega à batida tecno.

Caralho. Minha boca fica seca ao admirar seus movimentos.

Na minha antiga vida, eu gostava de observar esse tipo de dança, mas sempre na privacidade do meu apartamento, e sempre sob o meu comando. Passo o polegar no lábio inferior e me remexo na cadeira quando meu corpo ganha vida só de olhar minha mulher. Talvez eu possa persuadir Ana a dançar assim em casa. Apenas para os meus olhos. A letra da música é apropriada.

Damn, you's a sexy bitch.

À medida que a música pulsa na boate, mais e mais pessoas enchem a pista de dança. Olho para Elliot, que sorri para mim, e ambos rimos.

— Nada mau — murmuro.

— Pode apostar.

Ele abre um sorriso malicioso; sei exatamente o que está pensando.

Safado.

— Você conseguiu — digo em voz alta, por causa da música barulhenta.

— O quê?

— Pedir a mão de Kate. Na frente de todo mundo.

— É. Sabe aquela hora em que a gente decide que é agora ou nunca?

— Está feliz?

Ele faz que sim, sorridente.

— Muito.

Olho de volta para Ana a tempo de ver minha mulher dando um tapa em um gigante louro.

Que merda é essa?

A adrenalina dispara em minhas veias, seguida de perto por uma raiva que clama por sangue. Levanto-me de súbito da cadeira, derrubando a cerveja, mas estou pouco me lixando.

O cara colocou as mãos na minha mulher.

Vou matar esse filho da puta.

Na velocidade de um raio, passo por entre as pessoas na pista, enquanto Ana olha ao redor freneticamente. *Estou aqui, baby.* Passando o braço em sua cintura, puxo-a para o meu lado. O filho da puta na frente dela é mais de um palmo mais alto do que eu e muito bombado, parece ter exagerado nos esteroides. Ele é jovem. E idiota.

— Tire as mãos de cima da minha mulher, seu filho da puta!

— Ela sabe se cuidar sozinha! — berra o gigante.

Eu o atinjo. Com força. Disparo um gancho de direita no queixo dele.

Ele desaba no chão.

Perdeu, babaca.

Estou tenso, cada nervo, cada músculo em estado de alerta máximo.

Estou preparado. Manda ver.

— Christian, não! — Ana para na minha frente e tenho a vaga consciência do pânico em sua voz. — Eu já dei um tapa nele! — berra, as mãos empurrando meu peito.

Mas não tiro os olhos do filho da mãe estirado no chão. Ele se levanta com dificuldade e sinto outra mão segurar meu braço com força. Enrijeço, pronto para bater nessa pessoa também.

É Elliot.

O gigante louro levanta a palma da mão admitindo a derrota.

— Pega leve, cara. Não fiz por mal.

Ele bate em retirada com o rabo entre as pernas, e eu preciso controlar o impulso de segui-lo e ensinar boas maneiras ao filho da puta. Meu coração está batendo no mesmo ritmo que agita a boate. Ouço o sangue pulsando em meus tímpanos.

Ou será a música? Não sei.

Elliot afrouxa o aperto no meu braço e acaba me soltando.

Estou paralisado. Imóvel. Tentando, desesperadamente, recuperar o autocontrole e não mergulhar no abismo.

Respiro fundo e por fim olho para Ana, que está com os braços em volta do meu pescoço, os olhos arregalados e assustados.

Merda.

— Você está bem? — pergunto.

— Estou.

Ela baixa as mãos do meu pescoço para o meu peito, os olhos penetrando em minha alma. Ela está com medo.

Por mim?

Por ela?

Pelo gigante louro?

— Quer se sentar? — pergunto.

Ana faz um sinal negativo com a cabeça.

— Não. Dance comigo.

Ela quer dançar? Agora?

Permaneço impassível, enquanto me esforço para controlar a fúria, minha mente reprisando em círculos os últimos quinze segundos.

— Dance comigo — pede de novo, implorando. — Dance, Christian, por favor.

Ela pega as minhas mãos, enquanto observo o babaca caminhar para a saída. Ana começa a se mover encostando-se em mim. Seu calor, seu ardor, seu fogo me envolvem e penetram em minhas veias.

É... perturbador.

— Você bateu nele? — Quero me certificar de que não imaginei a cena.

— Claro que sim.

Cerro os punhos, porque sinto vontade de socar a cara dele de novo.

— Pensei que fosse você — prossegue ela —, mas as mãos dele eram mais cabeludas. Por favor, dance comigo.

Seus dedos se enroscam em meus punhos cerrados e ela chega mais perto. Sinto de leve seu perfume.

Ana. Agarrando seus pulsos, eu a puxo vigorosamente para o meu corpo e prendo suas mãos nas minhas.

— Você quer dançar? Então vamos dançar — rosno em seu ouvido, e movo os quadris junto aos seus, gostando de senti-la encostada em meu sexo.

Continuo, mas, quando ela sorri, eu a solto e ela sobe as mãos dos meus braços até meus ombros.

Dançamos.

Juntos.

Testa na testa.

Olho no olho.

Corpo no corpo.

Alma na alma.

Eu a mantenho pertinho.

Quando ela relaxa, inclina a cabeça para trás.

Meu Deus, como ela é sexy. Sou um homem de sorte.

Eu a giro pela pista para observar seu cabelo esvoaçar ao redor.

Depois, quando o ritmo pulsante nos contagia, a puxo de novo para perto de mim.

Nunca tinha feito isso.

Numa boate.

Dançamos em nossa festa de casamento... mas não assim.

É libertador.

Quando a música termina, ela está ofegante, os olhos cintilantes.

E meu equilíbrio voltou. Preciso baixar essa música no meu iPod. Acho que se chama "Touch Me".

Bem apropriada. Eu nunca a tinha ouvido.

— Podemos nos sentar? — pergunta, sem fôlego.

— Claro.

Voltamos para nossa mesa.

— Você me deixou suada e quente — sussurra Ana.

Eu passo os braços em seus ombros.

— Eu gosto de você suada e quente. Embora prefira deixar você assim quando estamos a sós.

Exultantes, nós nos sentamos. Fico aliviado ao ver que já enxugaram a mesa onde derrubei a cerveja e que a substituíram por outra garrafa. Bem como a água.

Os outros ainda estão na pista de dança. Ana toma um gole de seu champanhe.

— Aqui.

Coloco um copo de água mineral à sua frente e fico satisfeito ao ver que ela toma tudo. Pego uma cerveja no balde de gelo e tomo um longo gole.

Que noite!

— E se a imprensa estivesse aqui? — pergunta Ana.

Dou de ombros.

— Eu tenho advogados caros.

Ela franze a testa.

— Mas você não está acima da lei, Christian. Eu tinha a situação sob controle.

É mesmo?

— Ninguém toca no que é meu. — Insiro a quantidade exata de veneno na declaração. Ana toma outro gole de champanhe e fecha os olhos. De repente, parece cansada. Seguro sua mão. — Venha, vamos embora. Quero levar você para casa.

— Vocês estão indo? — pergunta Kate, quando ela e Elliot voltam para a mesa.

— Sim.

— Ótimo, vamos com vocês.

ANA PEGA NO SONO na minivan no trajeto de volta para casa, a cabeça apoiada em meu ombro. Ela está exausta. Eu a balanço com suavidade quando Taylor estaciona.

— Acorde, Ana.

Ela sai cambaleante no ar frio da noite. Taylor espera com toda a paciência.

— Vou ter que carregar você? — pergunto.

Ela faz que não com a cabeça.

— Vou buscar a Srta. Grey e o Sr. Kavanagh — comunica Taylor.

Ana se agarra a mim enquanto sobe, cambaleante, pé ante pé, os degraus de pedra até a porta principal de carvalho. Com pena dela, me agacho e retiro os seus sapatos.

— Melhor?

Ela assente e me lança um sorriso exausto. Está tonta.

— Tive visões deliciosas desses sapatos atrás das minhas orelhas — sussurro, olhando cheio de desejo para os saltos que são um convite a uma boa trepada, mas ela está cansada demais. Abro a porta e subimos para nosso quarto. Vacilante, ela fica parada ao lado da cama, os olhos fechados, as mãos pendendo ao lado do corpo. — Você está destruída, não está?

Baixo o olhar para seu rosto sonolento.

Ela balança a cabeça de novo e começo a abrir o cinto de seu casaco.

— Eu faço isso — reclama, e tenta me empurrar.

— Deixa comigo.

Ela suspira e se conforma com a própria sorte.

— É a altitude. Você não está acostumada. E o álcool, claro.

Dou um sorrisinho zombeteiro, tiro seu casaco e o jogo em cima de uma cadeira. Segurando sua mão, a levo até o banheiro.

Ela franze a testa.

— Sente-se — ordeno.

Anastasia desaba na cadeira e fecha os olhos. Ela pode cair no sono, caso eu não seja rápido o suficiente. No armário, encontro o Advil, os chumaços de algodão e os cremes que a Sra. Bentley providenciou, e encho um copo pequeno de água. Volto minha atenção para Ana e, com imensa suavidade, inclino sua cabeça para trás. Ela abre os olhos borrados de maquiagem.

— Olhos fechados.

Ela obedece e, muito gentilmente, limpo o rosto dela até remover toda a maquiagem.

— Ah. Aí está a mulher com quem eu me casei.

— Não gosta de maquiagem?

— Gosto bastante, mas prefiro o que está por baixo dela. — Beijo sua testa. — Aqui. Pegue isso.

Coloco o comprimido na palma de sua mão e lhe entrego o copo de água.

Ela me fita, fazendo beicinho.

O que foi?

— Tome. — *Se não tomar, vai se sentir pior amanhã.*

Ela revira os olhos, mas acaba me obedecendo.

— Ótimo. Você precisa de um momento sozinha?

Ela dá um risinho irônico.

— Tão recatado, Sr. Grey. Sim, eu preciso fazer xixi.

Eu rio.

— Quer que eu saia?

Ela cai na gargalhada.

— Você quer ficar?

Inclino a cabeça para o lado. A ideia é tentadora.

— Você é um filho da puta de um pervertido. Fora. Não quero que você fique me vendo fazer xixi. Assim já é demais.

Ela se levanta e me põe porta afora.

Contenho o riso e a deixo sozinha. No quarto, tiro a roupa, visto a calça do pijama e penduro meu paletó no closet. Quando me viro, Ana está me observando. Pego uma camiseta, me aproximo dela, apreciando sua admiração escancarada e lasciva ao examinar meu corpo.

— Admirando a vista?

— S-sempre — diz, gaguejando.

— Acho que você está um pouco bêbada, Sra. Grey.

— Acho que, pela primeira vez, vou ter que concordar com você, Sr. Grey.

— Deixe que eu a ajudo a tirar o pouco pano que esse vestido tem. Realmente deveria vir com uma advertência de risco para a saúde.

Viro-a de costas, afasto seu cabelo para o lado e abro o único botão que tem no pescoço.

— Você ficou tão zangado — murmura.

— Fiquei, sim.
— Comigo?
— Não. Não com você. — Beijo seu ombro. — Não dessa vez.
— Uma boa mudança.
— Sim. É mesmo. — Beijo seu outro ombro, depois tiro seu vestido por baixo. Prendendo os polegares na calcinha, eu me inclino e a puxo de uma vez. Seguro sua mão. — Dê um passo. — Ela dá, apertando os dedos nos meus quando se desequilibra. Jogo as roupas em cima do casaco. — Levante os braços. — Enfio a camiseta pela sua cabeça, a envolvo em meus braços e a beijo. Ela tem gosto de champanhe, pasta de dentes e do meu sabor preferido: Ana. — Eu adoraria trepar com você, Sra. Grey, mas você bebeu demais, além de estar a quase dois mil e quinhentos metros de altitude e de não ter dormido bem a noite passada. Venha. Deite-se.

Afasto o edredom e ela se deita na cama, encolhendo-se quando a cubro e beijo sua testa.

— Feche os olhos. Quando eu voltar para a cama, espero que já esteja dormindo.
— Não vá.
— Preciso dar alguns telefonemas, Ana.
— Hoje é sábado. Está tarde. Por favor.

Ela levanta o rosto e me fita com aqueles olhos capazes de ler minha alma. Passo a mão no cabelo.

— Ana, se eu me deitar nessa cama agora, você não vai descansar nada. Durma.

Ela faz beicinho de novo, mas sem muita convicção. Está bem cansada. Mais uma vez, roço os lábios em sua testa.

— Boa noite, baby.

Dou as costas e a deixo. Preciso ligar para Taipei.

DOMINGO, 28 DE AGOSTO DE 2011

Ana está apagada quando volto para a cama. Enfiando-me debaixo das cobertas, me inclino e beijo o topo de sua cabeça. Ela murmura algo ininteligível, mas continua dormindo pesado. Fecho os olhos. Minha conversa com os donos do estaleiro em Taiwan foi um sucesso; irmão e irmã unidos no mesmo negócio — é a primeira vez para mim — e estavam interessadíssimos em discutir os termos do contrato pessoalmente. Precisamos apenas acertar a data. É a cereja do bolo de um dia maravilhoso. Bem, tirando o fato de eu ter perdido a cabeça na boate e ter feito aquele babaca ver estrelas. Sorrio na escuridão... Não, isso também foi bom demais. Com um sorriso satisfeito no rosto, eu apago.

ANA SE CONTORCE, E eu acordo. Como de costume, nossas pernas estão entrelaçadas.

— O que houve? — pergunto.
— Nada. — Banhada pelo sol da manhã, ela está radiante. — Bom dia.

Passa os dedos em meu cabelo.

— Sra. Grey, está linda esta manhã.

Dou-lhe um beijo no rosto.

Seus olhos procuram os meus.

— Obrigada por cuidar de mim ontem à noite.
— Eu gosto de cuidar de você. É o que eu gosto de fazer. *Sempre.*
— Você me faz sentir querida.

Seu sorriso aquece meu coração.

— Porque você é querida. — Mais do que jamais saberá. Seguro sua mão e ela estremece. Eu a solto de imediato. *Merda!* — Foi o soco?

Eu sabia que devia ter batido mais naquele babaca.

— Eu dei um tapa nele. Não um soco.
— Aquele filho da mãe! Não consigo suportar que ele tenha tocado em você.

Fico irritado.

— Ele não me machucou, só foi inconveniente. Christian, eu estou bem. Minha mão está um pouco vermelha, só isso. Você sabe como é, não sabe? — Ela dá um risinho irônico como de hábito, e minha breve explosão de raiva se dissolve.

— Ora, Sra. Grey, estou muito familiarizado com essa sensação. E poderia voltar a senti-la neste exato minuto, se você desejasse.

— Ah, contenha-se, Sr. Grey.

Ela passa a ponta dos dedos em meu peito e depois puxa os pelinhos com a mão dolorida. Não sei se gosto da sensação. Seguro seu pulso e dou um beijo na sua palma.

— Por que você não me disse ontem à noite que estava doendo?

— Hmm... Eu quase não estava sentindo ontem à noite. Mas já está melhor agora.

Ah, claro. O álcool amorteceu a dor.

— Como está se sentindo?

— Melhor do que mereço.

— Você tem uma bela direita, Sra. Grey.

— É melhor se lembrar disso, Sr. Grey. — E seu tom de voz exibe uma ponta de ameaça.

— Ah, é? — Rolo para cima dela e agarro seus pulsos, prendendo-os acima da cabeça. — Eu poderia lutar com você a qualquer hora, Sra. Grey. Na verdade, subjugar você na cama é uma das minhas fantasias.

Beijo seu pescoço, me perguntando como seria lutar com ela. A ideia é excitante.

— Achei que você me subjugasse o tempo todo.

— Hmm... mas eu queria sentir alguma resistência — murmuro, roçando o nariz em seu queixo, imaginando se ela concordaria com isso.

Ela fica imóvel embaixo de mim e sei que capturei sua atenção, possivelmente seu interesse. Soltando suas mãos, me apoio nos cotovelos.

— Quer que eu lute com você? Aqui? — pergunta, tentando disfarçar a surpresa.

Faço que sim com a cabeça. *Por que não?* Sempre quis fazer isso, mas não podia, pois não suportava a ideia de alguém tocar em mim.

— Agora?

Dou de ombros. Uma parte de mim não acredita que ela esteja sequer considerando a ideia, mas estou excitado com a possibilidade. Faço um sinal positivo de novo, e meu pau duro roça em sua pele macia. Ana brinca com o lábio inferior enquanto me fita, e sei que está considerando a ideia.

— Era isso que você queria dizer quando falou sobre vir para a cama zangado?

Sim. Exatamente. Confirmo.

— Não morda o lábio.

Ela estreita os olhos, mas há um brilho de divertimento e talvez até de desejo no fundo de seu olhar, pois suas pupilas se dilatam.

— Acho que estou em desvantagem, Sr. Grey.

Ela se contorce embaixo de mim, pisca, e eu a desejo ainda mais.

— Desvantagem?

— Você já me colocou na posição em que quer, não? — Seu sorriso é malicioso, e eu pressiono meu pau cheio de tesão nela.

— Bom argumento, Sra. Grey.

Dou-lhe um selinho e rolo de novo, levando-a comigo para que ela monte em meu abdômen. Anastasia pega minhas mãos, prendendo-as de cada lado da minha cabeça. Os olhos faíscam, travessos e lascivos, e seu cabelo cai em meu rosto. Ela balança a cabeça para me torturar, a ponta dos fios fazendo cócegas.

— Então quer dizer que você quer uma brincadeira bruta? — pergunta enquanto me provoca, roçando seu sexo no meu.

De repente, eu respiro fundo.

— Quero.

Ela se senta e solta minhas mãos.

— Espere.

Ana pega o copo de água mineral que deixei para ela na mesinha de cabeceira e toma um grande gole, enquanto vou subindo meus dedos em círculos por suas coxas até alcançar a bunda. Eu a aperto com força. Ela se curva e me beija, derramando a água fria dentro da minha boca.

— Muito gostoso, Sra. Grey — murmuro, tentando conter minha excitação com a nova brincadeira.

Deixando o copo de volta na mesinha, ela tira minhas mãos de sua bunda e mais uma vez as prende de cada lado da minha cabeça.

— Então eu devo mostrar resistência? — pergunta, em tom brincalhão.

— Isso mesmo.

— Não sou muito boa atriz.

Sorrio.

— Tente.

Inclinando-se, ela me dá outro beijo.

— Tudo bem, vou tentar — murmura, e fecho os olhos, regozijando-me por dentro quando ela arranha meu maxilar com os dentes.

Solto um rugido profundo que sai do fundo da minha garganta e me movo com rapidez, prendendo-a embaixo de mim. Ana grita de surpresa e eu me esforço para segurar suas mãos, mas ela é muito ágil. Empurra meu peito quando tento afastar suas pernas com o joelho, mas suas coxas estão firmemente coladas. Capturo um de seus pulsos, mas ela consegue alcançar meu cabelo com a outra mão e o puxa. Com força.

Puta merda. Isso. Dá. O. Maior. Tesão.

— Ai! — Consigo me desvencilhar de sua mão e a encaro.

Seus olhos estão ferozes e libidinosos, a respiração ofegante.

Ela também está excitada.

Isso basta para colocar minha libido em chamas.

— Selvagem — sussurro, demonstrando todo meu tesão em cada uma das sílabas pronunciadas.

Com a mão livre, ela tenta me empurrar para libertar a outra. Agarro a mão solta com a minha mão esquerda e prendo seus pulsos acima da cabeça, deixando a mão direita livre para acariciar seu corpo. Meus dedos vão descendo pelo seu peito, com o objetivo de levantar a barra da camiseta, mas adoro sentir seu corpo pelo tecido macio. Seu mamilo está duro, excitado, e eu o belisco.

Ana uiva em resposta e, em vão, tenta me afastar mais uma vez.

Eu me inclino para lhe dar um beijo, mas ela vira o rosto.

Não.

Seguro seu queixo e a imobilizo, arranhando seu maxilar com os dentes, exatamente como ela fez comigo antes.

— Ah, baby, resista. — Minha voz está rouca de desejo.

Mais uma vez, ela se contorce na tentativa de se desvencilhar, mas continuo segurando-a, e essa sensação de domínio me causa euforia, tesão; é extasiante. Arranhando seu lábio inferior com os dentes, tento invadir sua boca, mas de repente ela relaxa embaixo de mim, recebendo minha língua e retribuindo meu beijo. Sua paixão me pega de surpresa. Solto seus pulsos; as mãos estão em meu cabelo enquanto ela enrosca as pernas em volta de mim, seus calcanhares na minha bunda, baixando a calça do pijama. Ela levanta a pélvis para mim enquanto nos beijamos.

— Ana — sussurro.

Seu nome é um talismã e ela me enfeitiça. Não estamos mais brigando. Estamos nos entregando um ao outro. Não me canso dela. Ela está em mim, e eu nela. Somos lábios e línguas, e bocas e mãos.

Porra. Eu a quero.

— Pele — murmuro, ofegante.

Eu a levanto e tiro sua camiseta num movimento rápido, jogando-a no chão.

— Você — sussurra ela, que baixa a calça do meu pijama e segura meu pau, apertando-o com força.

— Foder.

Agarro suas coxas e as levanto; embora seu tronco despenque na cama, ela não me solta. Seus dedos se movem pelo meu corpo, quentes e sôfregos, seu polegar me provocando enquanto minhas mãos acariciam seu corpo: seus quadris, sua barriga, seus seios.

Ela enfia o polegar na boca.

— É bom? — pergunto, enquanto ela me fita, os olhos faiscantes de desejo.

— Sim. Prove.

Anastasia enfia o polegar em minha boca, e eu monto em cima dela. Lambendo e mordendo a ponta, chupo seu polegar e fico maravilhado com sua audácia. Ela geme e puxa meu cabelo, trazendo minha boca para a sua. Suas pernas me envolvem e ela termina de abaixar a calça do meu pijama com os pés. Meus lábios deslizam por sua mandíbula, mordiscando-a com delicadeza.

— Você está linda. — Meus lábios continuam descendo, percorrendo seu pescoço. — Que pele linda.

Baixo para os seios.

Ana se contorce embaixo de mim.

— Christian — suplica, enterrando as mãos em meu cabelo.

— Quieta.

Minha língua circula seu mamilo antes dos meus lábios se fecharem em torno dele e mordê-lo.

— Ah! — geme, erguendo os quadris, e então ficamos colados.

Sorrio com a boca grudada em sua pele. Vou fazê-la esperar. Deslizando meus lábios para o outro seio, sugo seu mamilo duro e excitado.

— Ansiosa, Sra. Grey? — Chupo com mais força, e Ana intensifica o puxão em meu cabelo, arrancando um gemido de mim. Aperto os olhos em sinal de repreensão. — Vou fazer você parar.

— Me possua — implora.

— Tudo a seu tempo.

Meus lábios e língua continuam excitando seu seio e seu mamilo. Ana não para de se contorcer embaixo de mim; ela geme alto, sua pélvis avançando no meu pau, pronto para ela.

De repente ela se contorce, se debate, tentando mais uma vez me derrubar de cima dela.

— Mas o que...

Agarro suas mãos e as prendo no colchão. Embaixo de mim, Ana está sem fôlego.

— Você queria resistência — diz, a voz áspera.

Apoio parte do meu peso nos cotovelos e olho para ela, tentando entender sua súbita mudança de ideia... de novo. Seus calcanhares se cravam em minha bunda.

Ela me deseja.

Agora.

— Não quer uma brincadeira mais leve? — Meu pau está latejando.

— Só quero que você faça amor comigo, Christian — diz entre os dentes. — Por favor.

Seus calcanhares voltam a empurrar minha bunda, dessa vez com mais força.

Porra. O que está acontecendo?

Soltando suas mãos, eu me sento sobre os calcanhares, puxando-a para o meu colo.

— Tudo bem, Sra. Grey, vamos fazer do seu jeito.

Eu a ergo e então a trago ao encontro da minha ereção.

— Ah! — ela geme, fechando os olhos e inclinando a cabeça para trás.

Meu Deus, como ela é gostosa!

Anastasia enrosca os braços ao redor do meu pescoço, enfia os dedos no meu cabelo e começa a se mover. Com rapidez. Freneticamente. Meus lábios encontram os dela, e me entrego à sua velocidade, ao seu ritmo superacelerado, até nós dois gritarmos de prazer e desabarmos na cama.

Uau.

Isso foi... diferente.

Ficamos deitados, tentando recuperar o fôlego. Ela passa a ponta dos dedos nos pelos do meu peito, e fico tamborilando em suas costas, deliciando-me com o contato.

— Você está tão calado — acaba dizendo, antes de beijar meu ombro. Olho para ela, tentando compreender o que acabou de acontecer. — Foi divertido — diz ela, mas, quando seus olhos encontram os meus, parece insegura.

— Você me deixa confuso, Ana.

— Confuso?

Eu me viro para ficarmos cara a cara.

— É. Você. Dando as cartas. É... diferente.

Uma ruguinha se forma entre suas sobrancelhas quando ela franze a testa.

— Diferente bom ou diferente ruim?

— Diferente bom.

Porém, frenético. Gostaria que tivesse durado mais tempo.

— Você nunca cedeu a essa fantasia antes?

— Não, Anastasia. Você pode me tocar.

E foi gostoso pra caralho. Gostaria de tentar de novo.

— A Mrs. Robinson podia tocar em você.

Meus olhos encontram os seus e me pergunto o motivo de ela ter mencionado Elena de novo.

— Era diferente — sussurro.

Os olhos de Ana se arregalam; como sempre, ela consegue ver através de mim.
— Diferente bom ou diferente ruim?

A dor lancinante que sinto com o toque de Elena irrompe em minha imaginação. *Suas mãos me tocando. Suas unhas arranhando minha pele enquanto a escuridão me invade e finca as garras em mim lá dentro, tentando afastá-la.*
Era insuportável.

Engulo em seco, tentando expulsar a lembrança.

— Ruim, eu acho. — As palavras saem baixinho, quase um sussurro.

— Achei que você gostasse.

— Eu gostava. Na época.

— E agora não?

Os olhos azuis de Ana são de uma inocência impressionante, e é impossível escapar. Devagar, faço que não com a cabeça.

— Ah, Christian.

Ela se joga em cima de mim, uma irrefreável força do bem, beijando meu rosto, meu peito, cada uma de minhas cicatrizes. Solto um gemido e correspondo ao beijo com paixão e amor. E logo estamos perdidos um no outro, fazendo amor no meu ritmo. Devagar, com muita ternura, para lhe demonstrar quanto a amo.

ANA ESTÁ ESCOVANDO OS dentes quando termino de me vestir.

— Vou ver como estão nossos convidados.

Nossos olhos se cruzam no espelho do banheiro.

— Tenho uma pergunta.

Eu me encosto no vão da porta.

— Por gentileza, o que quer saber agora, Sra. Grey?

Ela se volta para mim, enrolada numa toalha.

— A Sra. Bentley sabe alguma coisa sobre suas... hmm... suas...

— Predileções? — concluo.

O rosto de Ana se ruboriza, e eu rio, porque Ana ainda consegue ficar constrangida quando o assunto tem a ver com sexo e porque o Sr. e a Sra. Bentley não fazem ideia de nada.

— Não. Aqui não tem quarto de jogos. Vamos ter que trazer alguns brinquedinhos.

Pisco e giro nos calcanhares, deixando-a boquiaberta.

Kate e a Sra. Bentley estão conversando na cozinha. Ao que tudo indica, são as únicas acordadas, apesar da manhã maravilhosa. Cumprimento as duas.

— Bom dia, Sr. Grey — cumprimenta Carmella.

Kate sorri. Falando sério, seu jeito de sorrir é irritante. Mas acho que estou me acostumando com o sorriso amarelo.

— Podíamos sair para dar uma caminhada e fazer um piquenique antes de voltamos para casa — sugiro a Kate.

— Ótima ideia.

— Waffles? — pergunta a Sra. Bentley.

— Maravilha. Consegue preparar um piquenique para mais tarde?

— Claro — responde, com um olhar que me diz que seria uma audácia eu duvidar de suas habilidades culinárias. — Ah, e Martin queria dar uma palavrinha com o senhor. Ele está no quintal.

— Vou procurá-lo.

Martin Bentley está arrancando ervas daninhas do que a Sra. Bentley chama de horta. Trocamos palavras afáveis e ele me leva para dar uma volta pelo terreno. É um homem atencioso, introspectivo, cheio de ideias a respeito de como melhorar o quintal. Cuide não só da minha propriedade, mas também de umas duas outras na vizinhança, e é voluntário no Corpo de Bombeiros.

Enquanto caminhamos, discutimos a possibilidade de instalar uma banheira de hidromassagem e talvez uma piscina. Noto uma vara de bambu que foi jogada fora, a pego e continuamos conversando. Faz um bom tempo desde que segurei uma vara pela última vez. É meio pesada, e não muito flexível. Distraído, brando o bambu no ar.

— Vai custar caro — comenta Martin, referindo-se à piscina. — E, convenhamos, com que frequência o senhor vai usá-la?

— Tem razão. Talvez seja melhor construir uma quadra de tênis.

— Ou podia manter tudo como está e deixar as flores da pradaria brotarem.

— Seu sorriso é contagiante.

Examino a área: piscina, quadra de tênis ou flores na campina? O que será que Ana prefere? Brando a vara de bambu no ar mais uma vez, enquanto o Sr. Bentley abre a porta que dá para o porão. Não sei o que me faz olhar para cima, mas acabo olhando e descubro Anastasia me observando da janela da cozinha. Ela acena, mas parece culpada por algum motivo... Qual? Não sei.

Ela sai do meu campo de visão, eu entrego a vara para Martin e volto para dentro da casa. Estou morrendo de vontade de comer waffles.

O VOO DE VOLTA é tranquilo. Ana deita a cabeça no meu ombro, enquanto examino o esboço dos termos do contrato para a aquisição da Geolumara. Acho que todos estão cansados depois da caminhada na trilha da Red Mountain à qual Elliot nos levou. Mas valeu a pena. A vista é deslumbrante.

A noitada, a altitude e o álcool cobram seu preço de todos nós. Elliot e Anastasia estão dormindo. Kate e Ethan, cochilando. Mia está lendo. Desconfio de que ela e Ethan discutiram. Parece que afinal entrou na cabeça dura de Mia o real significado do "somos apenas amigos" de Ethan.

Stephan anuncia que estamos dando início à descida em Seattle. Acordo Anastasia.

— Ei, dorminhoca. Já vamos pousar. Coloque o cinto.

Ela se contorce e tenta prender o cinto de segurança, mas eu me encarrego disso e beijo sua testa. Ela se aconchega e dou um beijo no topo de sua cabeça.

Essa viagem foi um sucesso, acredito. Mas, para mim, também foi perturbadora. Estou sentindo uma crescente sensação de... contentamento. É uma sensação estranha e assustadora. Uma sensação que poderia desaparecer num piscar de olhos. Olho para Ana, na tentativa de afastar a inquietação. É tudo muito novo. E muito frágil. Tento me concentrar no trabalho à minha frente. Continuo lendo e anotando minhas observações nas margens.

Não fique remoendo a sua felicidade, Grey.
Isso só vai lhe trazer sofrimento.

O recente aviso de Flynn ecoa em minha mente. *Cultive e valorize a felicidade.* Merda. Como?

Droga.

Elliot acorda e implica com Ana quando a copiloto Beighley anuncia que estamos nos aproximando do aeroporto. Seguro a mão de Ana.

— Christian, Anastasia. Obrigada pelo fim de semana fantástico — diz Kate, entrelaçando os dedos nos de Elliot.

— O prazer foi nosso — respondo. E lá vem aquele *contentamento* de novo.

— Como foi o seu fim de semana, Sra. Grey? — pergunto, a caminho do Escala.

Ryan está dirigindo, e Taylor, no banco do carona. Até ele parece relaxado.

— Bom, obrigada.

— Podemos voltar lá a qualquer hora. Leve quem você quiser.

— Podíamos levar o Ryan. Ele ia gostar de pescar.

— É uma boa ideia.

— E para você, foi bom? — pergunta ela.

Eu a encaro.

Fantástico. Dá até medo de tão fantástico...

— Foi — acabo dizendo. — Muito bom.

— Você parecia relaxado.

— Eu sabia que você estava segura.

Ela franze o cenho.

— Christian, eu estou segura a maior parte do tempo. Já falei: você vai pifar aos quarenta anos se continuar com esse nível de ansiedade. E eu quero ficar velhinha com você.

Anastasia pega a minha mão. Eu a levo aos lábios e beijo seus dedos.

Eu sempre vou me preocupar com você, baby.
Você é minha vida.
— Como está a sua mão? — pergunto, para mudar de assunto.
— Melhor, obrigada.
— Muito bem, Sra. Grey. Pronta para encarar a Gia de novo?
Ana revira os olhos.
— Talvez eu queira que você fique longe de nós duas, para protegê-lo.
— Para me proteger?
Ora, vejam só como o jogo virou. Tenho vontade de rir.
— Sempre, Sr. Grey. De todas as predadoras sexuais — provoca, mantendo a voz baixa para que Ryan e Taylor não a escutem.

Escovo os dentes, satisfeito por termos aprovado as plantas de Gia. A equipe de Elliot começará a construção na segunda-feira. Eu vou ticando mentalmente os itens da minha lista de afazeres. Tenho muitos compromissos durante a próxima semana, mas minha prioridade é me certificar de que Hyde seja condenado e mantido encarcerado. Welch vai precisar investigar para tentar descobrir se o babaca estava trabalhando sozinho ou se tinha um cúmplice.
Espero que não.
Espero que tudo tenha terminado.
— Tudo bem? — pergunta Ana, quando a encontro no quarto.
Ela está usando uma de suas camisolas de cetim e cada centímetro de seu corpo mostra a deusa que é.
Faço que sim ao me deitar na cama, deixando de lado todos os pensamentos referentes à próxima semana.
— Não estou muito ansiosa para voltar à realidade — confessa.
— Não?
Ela balança a cabeça e acaricia meu rosto.
— Tive um fim de semana maravilhoso. Obrigada.
— Você é a minha realidade, Anastasia. — Dou-lhe um beijo.
— Você sente falta?
— De quê?
— Você sabe. Das submissões... dessas coisas — sussurra.
Qual o motivo da pergunta? Reviro meu cérebro. A vara de bambu hoje de manhã?
— Não, Anastasia, não sinto falta. — Afago seu rosto com os nós dos dedos.
— O Dr. Flynn me disse uma coisa quando você foi embora, algo que me marcou. Ele disse que eu não poderia ser daquela maneira se você não estivesse disposta a fazer aquilo. Foi uma revelação.

John me encorajou a tentar um relacionamento do jeito dela.
E olhe onde estamos.
— Eu não conhecia outra maneira, Ana. Agora conheço. Tem sido educativo.
— Estou educando você? — Ela dá um sorriso zombeteiro.
Eu sorrio.
— Você sente falta? — pergunto.
— Eu não quero que você me machuque, mas gosto de brincar, Christian. Você sabe disso. Se quisesse fazer alguma coisa... — Ela levanta o ombro esquerdo de um jeito malicioso.
— Alguma coisa?
— Você sabe, com um chicote ou o seu açoite... — Ela enrubesce e se cala.
Chicotes e açoites, é?
— Bem... Vamos ver. Mas no momento eu quero o bom e velho sexo baunilha. Meu polegar roça seu lábio inferior, e dou-lhe outro beijo.

QUINTA-FEIRA, 1º DE SETEMBRO DE 2011

Bastille está acabando comigo.
— O casamento está deixando você frouxo — provoca, jogando as tranças rastafári para o lado, enquanto tento me levantar de novo. É a terceira vez que ele me derruba e caio de bunda no chão. — Talvez esse seja o retrato da felicidade.

Ele abre um sorriso bondoso que ilumina seu rosto e volta a me atacar com um chute circular. Mas eu o bloqueio, finjo que vou usar a direita e o derrubo com a perna esquerda.

— É — respondo, enquanto a adrenalina corre em minhas veias. — Talvez seja.

Eu me movo de um pé para o outro, os punhos erguidos, preparado para derrubá-lo de novo, quando ele se levanta.

— Agora, sim, cara.

Enquanto tomo o café na escrivaninha, reflito a respeito dos últimos dias e das palavras de Bastille. *Talvez esse seja o retrato da felicidade.*

Felicidade.

É uma emoção estranha e perturbadora; uma emoção que senti muitas vezes desde que conheci Ana. Mas sempre pensei que fossem momentos fugazes, às vezes eufóricos, às vezes de puro prazer. A felicidade nunca foi minha companheira constante. Mas ela entrou na minha vida e agora está sempre comigo; é uma sensação inquietante, um aperto no peito. E sei que pode ser arrancada de mim a qualquer momento, o que me faria perder o chão.

Não quero que sabote sua felicidade, Christian. Sei que acha que não merece ser feliz. As palavras de Flynn ecoam mais uma vez em minha mente.

Sabotar minha felicidade?

Como e por que eu agiria assim?

É como o amor. Essa também era uma perspectiva assustadora, entretanto eu me permiti experimentar o amor.

Merda. Por que não posso simplesmente aceitar essa sensação e desfrutá-la? Eu poderia arder em seu fogo e renascer das cinzas como uma fênix... Ou morrerei nas chamas, com o que restou do meu coração destroçado?

Deixe florescer, Grey. Abro um sorriso. *Controle-se.*

Talvez Bastille tenha razão. Esses últimos dias têm sido idílicos. O trabalho vai indo bem. Não voltei a discutir com minha mulher, temos apenas nos divertido e desfrutado de nossos momentos juntos.

Ela tem sido... *Ana. Minha Ana.*

Lembro-me do jantar da Associação de Construtores Navais, algumas noites atrás, quando, atendendo ao meu pedido, Ana usou bolas de Kegel durante toda a longa refeição. Como ela conseguiu segurá-las, nunca saberei. Mas não aguentou quando chegamos em casa. Eu me reviro no assento, recordando sua excitação.

Meu telefone apita, interrompendo minha reminiscência erótica.

— Sim?

— Welch quer falar com o senhor.

— Obrigado, Andrea.

— Sr. Grey. — A voz grave de Welch mata qualquer resíduo de luxúria ainda remanescente em meu corpo. — A audiência para definir a fiança de Hyde será hoje à tarde. Assim que a juíza pronunciar o veredito, eu ligo para avisar.

— Vamos torcer para que tome a decisão certa.

Ele pigarreia.

— São grandes as chances de ele fugir do país. Acho que ela tomará a decisão certa.

— Ótimo. Me avise.

Quando desligo, meu BlackBerry apita com uma mensagem de texto.

> LEILA
>
> **Queria agradecer pessoalmente por tudo o que fez por mim. Não consigo entender, por mais que tente, o motivo de você não querer me ver. É doloroso. Devo muito a você. Leila.**

Que merda é essa?

Desligo o telefone e termino de tomar o café. Não estou a fim de lidar com Leila Williams. Ela não deveria me mandar mensagem nenhuma. Eu esperava que Flynn tivesse conversado com ela, mas vou discutir com ele essa insistência quando nos encontrarmos mais tarde.

Mia está mais animada do que o normal quando nos encontramos para almoçar no meu restaurante japonês preferido. Ela se joga em meus braços, agitada de tanta animação, e beija meu rosto.

— É tão bom ver você — declara.

— Você me viu no fim de semana passado — digo em tom contido, e retribuo seu abraço.

— Mas agora eu tenho você só para mim e trago novidades! Consegui um emprego.

Ela ergue as mãos e dá um rodopio de comemoração antes de se sentar.

— O quê? Até que enfim!

Sua alegria é contagiante, e estou ansioso para ouvir os detalhes.

— Demorou uma eternidade, mas estou empolgada. Estou trabalhando para a Crissy Scales.

— O serviço de bufê?

— Isso. Casamentos, eventos, todas essas festas. Quero começar meu próprio negócio um dia, mas vou aprender coisas fundamentais com ela. Estou muito empolgada.

— Que bom! Quando começa?

— Sexta-feira.

— Me conte tudo.

Ninguém é capaz de se empolgar tanto quanto minha irmãzinha, e não me lembro da última vez que um almoço nosso durou tanto tempo. Enquanto comemos sashimi e maki rolls, ela me diverte com suas expectativas na nova carreira e com as últimas tentativas de conquistar o coração de Ethan Kavanagh.

— Mia, não sei se consigo aceitar que você tenha uma vida amorosa.

— Ah, Christian, claro que tenho uma vida amorosa. Você não faz ideia de como me diverti em Paris.

— Como assim?

— É. Teve o Victor, o Alexandre...

— Tem uma lista? Meu Deus! Pode parar por aí.

— Não seja tão puritano, Christian — diz, em tom de repreensão.

— *Moi?*

Coloco as mãos no peito, fingindo me sentir ofendido.

Ela dá uma risada.

— Então, você acha que tem alguma chance com Ethan? — pergunto.

— Sim.

Ela é categórica, e isso é uma das muitas coisas que aprecio nela, sua determinação e sua resiliência.

— Tudo bem. Boa sorte!

Faço sinal pedindo a conta.

— Podemos repetir o almoço? Sinto saudade de você.

— Claro que sim. Mas agora preciso voltar ao escritório. Tenho uma reunião.

Estou sentado com Barney e Fred no laboratório, examinando o último protótipo do tablet a energia solar, a versão mais leve, simples e barata, voltada para a venda em países em desenvolvimento que estejam enfrentando problemas econômicos. Essa é a parte do meu trabalho de que mais gosto. Barney está descrevendo os mínimos detalhes.

— Leva oito horas para carregar e a bateria dura três dias

— Não podemos conseguir mais tempo?

— Acho que chegamos ao limite em termos de tecnologia de baterias no momento. — Fred ajeita os óculos que escorregaram pelo nariz. — É uma tela preta e branca E-ink que economiza energia. E é mais robusta.

— E para o mercado doméstico?

— Tela touch colorida.

Barney me entrega o outro protótipo. Eu avalio o peso.

— É bem mais pesado.

— Todas as telas coloridas são.

— Parece caro. — Abro um sorriso.

— Só estamos conseguindo quatro horas por enquanto, com exposição de oito horas no sol.

— Entendo. Mas pode ser carregado de modo convencional?

— Pode, sim. Olhe aqui. — Barney mostra a entrada na parte de baixo do aparelho. — É para o USB padrão. Assim, economizaremos em pesquisa.

— Esse é um bom ângulo a ser explorado pelo marketing.

Meu telefone toca, e o nome de Welch aparece na tela.

— Pessoal, preciso atender essa ligação. — Eu me afasto da bancada de trabalho. — E aí? — pergunto ao telefone.

— Ele não conseguiu ter direito a pagar fiança. Ainda não marcaram o julgamento.

— Ele não merece ter direito a pagar fiança. Obrigado por avisar.

Desligo e envio um e-mail rápido para Ana.

De: Christian Grey
Assunto: Hyde

Data: 1º de setembro de 2011 15:24
Para: Anastasia Grey

Anastasia,
Para sua informação, o Hyde teve a fiança negada e permanece detido. Ele está sendo acusado de tentativa de sequestro e incêndio criminoso. Ainda não foi marcada a data do julgamento.

Christian Grey
CEO, Grey Enterprises Holdings, Inc.

Em seguida, continuo a discussão com Fred e Barney a respeito do tablet e dos próximos passos a serem tomados.

DE VOLTA À MINHA sala, leio a resposta de Ana.

De: Anastasia Grey
Assunto: Hyde
Data: 1º de setembro de 2011 15:53
Para: Christian Grey

Que boa notícia.
Isso significa que você vai diminuir a segurança?
Eu realmente não vou com a cara da Prescott.
Bj,
Ana

Anastasia Grey
Editora, SIP

De: Christian Grey
Assunto: Hyde
Data: 1º de setembro de 2011 15:59
Para: Anastasia Grey

Não. A segurança continua a mesma. Sem discussão.
O que tem de errado com a Prescott? Se você não gosta dela, podemos substituí-la.

Christian Grey
CEO, Grey Enterprises Holdings, Inc.

Alguém bate à porta. Estou esperando Ros para uma reunião às 16h, mas é Andrea quem enfia a cabeça pela fresta.

— Sr. Grey, Ros está atrasada. Deve chegar em dez minutos. Precisa de algo?

— Não, Andrea, obrigado.

Ela fecha a porta, e eu abro os termos revisados do contrato para a Geolumara. Preciso ler tudo com atenção e verificar se todas as minhas sugestões foram incluídas. Quando ergo os olhos, tenho uma resposta de Ana.

De: Anastasia Grey
Assunto: Não arranque os cabelos!
Data: 1º de setembro de 2011 16:03
Para: Christian Grey

Foi só uma pergunta (revirando os olhos). E vou pensar a respeito da Prescott. Segure essa mão nervosa!
Bj,
Ana

Anastasia Grey
Editora, SIP

De: Christian Grey
Assunto: Não mo provoque
Data: 1º de setembro de 2011 16:11
Para: Anastasia Grey

Posso lhe assegurar, Sra. Grey, que meu cabelo está bem firme na cabeça — você mesma comprovou isso, não?
Já a minha mão está coçando.
Acho que vou dar um jeito nisso hoje à noite.
Bj,

Christian Grey
CEO ainda não careca, Grey Enterprises Holdings, Inc.

Envio um e-mail curto para Ros, pedindo que traga cópias assinadas para o contrato da Geolumara, e recebo outro e-mail da minha mulher.

De: Anastasia Grey
Assunto: Me contorcendo
Data: 1º de setembro de 2011 16:20
Para: Christian Grey

Promessas, promessas...
Agora pare de me importunar. Estou tentando trabalhar; tenho um encontro de última hora com um escritor. Vou tentar não me distrair pensando em você durante a reunião.

Bj,
A.

Anastasia Grey
Editora, SIP

Alguém bate à porta, e dessa vez é Ros.

— Você ESTÁ COM uma cara ótima. — Flynn me leva até seu escritório.
— Estou mesmo, obrigado.
Sento-me no lugar de sempre e espero, paciente, que Flynn se acomode no dele. Quando está pronto, me lança seu olhar inquisidor.
— Então, o que está acontecendo? — pergunta.
Eu o coloco a par dos acontecimentos da semana, começando com meu voo antecipado de Nova York para casa. Escondendo meu divertimento, observo suas sobrancelhas se erguerem enquanto ouve meu relato.
— Só isso? — pergunta, quando termino.
— Mais ou menos.
— Então, deixe-me ver se entendi direito. Você cancelou duas reuniões importantes para voltar para casa e vigiar Ana, porque estava zangado por ela não ter seguido suas instruções, e acabou descobrindo que esse tal de Hyde tinha invadido seu apartamento para sequestrar sua mulher.
— Em poucas palavras, é isso mesmo.
— Ela disse as palavras de segurança para você, e isso nunca tinha acontecido. Não quero saber os detalhes, a não ser que você sinta necessidade de me contar,

mas vocês resolveram suas diferenças e, depois disso, você teve um pesadelo no qual ela morre.

Meneio a cabeça, tentando controlar minha repentina ansiedade ao me lembrar de fragmentos do sonho.

— Mais alguma coisa?

— Fomos para Aspen com uns amigos. Dei um soco num cara que encostou em Ana. E hoje à tarde recusaram a fiança para Hyde. E eu recebi uma mensagem de Leila.

Ele fecha os olhos, e eu fico sem saber se é porque não acredita no que acabou de ouvir, porque está refletindo ou porque está puto com Leila.

— Christian, é muita coisa para processar. Estou surpreso por você não estar ainda mais estressado.

— É. É mesmo surpreendente. Mas meu estresse tem diminuído por algo totalmente desconhecido e, para ser muito sincero, alarmante.

— É mesmo?

— É. Algo que você abordou em uma das nossas últimas sessões.

— Prossiga — pede Flynn.

— Estou com uma sensação de felicidade absoluta. É aterrorizante. E bem perturbador.

— Ah, entendo.

— Entende?

— É obvio. Para mim, pelo menos.

É frustrante, mas sua expressão nada deixa transparecer.

— Por favor. Discorra a respeito.

— Bem, eu diria que a tentativa de sequestro desse tal de Jack Hyde e a subsequente prisão dele justificaram seus sentimentos quanto à segurança de Ana, mas a ameaça que ele representava agora foi eliminada. Então você conseguiu baixar a guarda. Ana está a salvo.

Ah! Faz sentido.

Mas eu também diria que esse não é um fenômeno novo. Você já vivenciou muita felicidade ao longo dos últimos meses. Seu noivado. O casamento. A lua de mel. Já conversamos sobre isso. Você tende a se concentrar no resultado e não no caminho para chegar lá. Primeiro, estava focado em se casar e ansioso achando que isso não aconteceria. Entretanto, aconteceu. — Ele faz uma pausa; imagino que seja com a intenção de dar ênfase ao que vai dizer em seguida. — Christian, você é o dono e senhor de sua felicidade. Imagino que em seu subconsciente você não acredite que merece ser feliz. Mas deixe eu lhe explicar uma coisa: você merece. Tem permissão para ser feliz. Afinal, é um direito inalienável escrito em nossa constituição.

— Acho que você vai descobrir que a busca pela felicidade é que está estabelecida na Constituição.

— Hmm... Pura semântica. Mas o que estou tentando mostrar, considerando toda a situação, é que você possui a chave de sua felicidade. Você está no controle. Só precisa abrir a porta e deixar a felicidade entrar. E não ponha obstáculos no seu caminho.

Olho as minúsculas orquídeas em sua mesinha.

— Eu posso? — As palavras saem antes que eu me dê conta de que as disse em voz alta.

— Pode o quê?

— Deixá-la entrar.

— Só depende de você.

— Mas e se ela for embora?

Ele suspira.

— Não há certezas nessa vida a não ser a morte e os impostos. Todo mundo corre o risco de ser magoado, sabe. Você já ultrapassou sua cota de sofrimento durante a infância. Mas você não é mais criança. Permita-se desfrutar a vida e o amor de sua mulher.

É simples assim?

— Agora, em relação a Leila — diz, e sei que o outro assunto está encerrado.

SEGUNDA-FEIRA, 5 DE SETEMBRO DE 2011

Taylor dá partida enquanto observo Ana e Prescott desaparecerem no prédio da SIP. Minha desconfortável sensação de contentamento persiste. Passamos um fim de semana incrível... mais diversão e outras coisinhas com a Sra. Grey. Era isso o que sempre faltara na minha vida.

— Senhor.

Taylor me distrai de meu pensamento feliz e me traz de volta à realidade.

— Sim?

— O R8 Spyder para a Sra. Grey estará pronto no fim da semana.

— Excelente. Obrigado.

Pelo espelho retrovisor, vejo que seu olhar não desvia do meu.

— O que foi?

— Gail tem uma sugestão para o aniversário da Sra. Grey.

— É mesmo? — Espero que me conte, mas ele se cala e continua dirigindo.

— Não vai me dizer o que é?

Seus olhos voltam a fitar os meus pelo retrovisor, e vejo neles uma súplica silenciosa. Ele não quer estragar a surpresa.

— Vou falar com ela.

— Obrigado, senhor.

Meu telefone apita.

ELLIOT
Começou!

Ele anexou uma foto de sua equipe derrubando uma das paredes de trás da nossa casa na praia. É uma imagem espetacular: o céu azul, um buraco em uma das paredes, nuvens de poeira e cinco homenzarrões usando capacetes amarelos brandindo marretas.

Calma aí! Deixe alguma coisa de pé!

ELLIOT
Não precisa tirar a calça pela cabeça.
Estamos seguindo os planos.

Eu não esperava outra coisa. Boa sorte.

No elevador da Grey House, verifico meus e-mails.

De: Anastasia Grey
Assunto: Casa, comida e palmadas
Data: 5 de setembro de 2011 09:18
Para: Christian Grey

Marido,
Você realmente sabe como entreter uma mulher.
Com certeza vou esperar receber esse tipo de tratamento todo fim de semana.
Você está me mimando. Adoro isso.
Bjs,
Sua esposa

Anastasia Grey
Editora, SIP

Já instalado no escritório, respondo.

De: Christian Grey
Assunto: Minha missão na vida...
Data: 5 de setembro de 2011 09:25
Para: Anastasia Grey

... é mimar você, Sra. Grey.
E mantê-la segura, porque eu amo você.

Christian Grey
CEO apaixonado, Grey Enterprises Holdings, Inc.

Mas só *a paixão* não basta. Quero preparar algo de fato especial para seu aniversário. Fico imaginando o que a Sra. Jones tem em mente. Conversarei com ela hoje à noite. Nesse ínterim, gostaria de dar a Ana algo diferente de um carro... um presente que exija um pouco mais de criatividade.

Bebo um gole de café, e uma ideia aos poucos toma forma em minha mente. Algo para celebrar todas as nossas *primeiras vezes*.

De: Anastasia Grey
Assunto: Minha missão na vida...
Data: 5 de setembro de 2011 09:33
Para: Christian Grey

... é deixar você me mimar — porque eu também amo você.
Agora deixe de ser tão bobo.
Está me fazendo chorar.

Anastasia Grey
Editora igualmente apaixonada, SIP

Eu sorrio. Somos dois apaixonados.

TERÇA-FEIRA, 6 DE SETEMBRO DE 2011

A Astoria Fine Jewelry se superou. Minha missão de almoço foi um sucesso, e estou muito feliz com o presente que comprei para Ana.

Espero que ela goste também. Olhando para seu lindo rosto na parede do meu escritório, admiro o sorriso secreto enquanto ela me observa, mas, como sempre, não revela nada.

Meu Deus, ela é maravilhosa.

Eu me pego sorrindo para o retrato como o idiota apaixonado que sou.

Um homem apaixonado pela esposa.

Controle-se, Grey.

Meus planos para o aniversário de Ana estão dando certo. A Sra. Jones se ofereceu para preparar um jantar surpresa, e estou aguardando a confirmação de todos os convidados. Ofereci o jato para buscar Carla e Bob, Ray já garantiu presença, e meus irmãos disseram que vão, mas ainda não tive notícias dos meus pais. Ana não sabe de nada, e o evento será a primeira festa surpresa que organizo na vida. Lembro que, quando comprei meu apartamento na planta, o corretor de imóveis enfatizou que haveria um amplo espaço de entretenimento. Nunca pensei que realmente viria a usá-lo. Aquela não era a minha vida. E agora, dois anos depois, vou dar uma festa.

Para a minha esposa. Quem diria? Vai ser divertido.

Talvez no domingo, depois do almoço, pudéssemos levar todos para ver a casa nova e checar o progresso de Elliot e sua equipe. Ou talvez pudéssemos ir antes, só Ana e eu. Quem sabe na sexta-feira. Olho minha agenda, mas sou interrompido por uma mensagem de Taylor e, um nanossegundo depois, por um e-mail de Ana. Abro o e-mail primeiro.

De: Anastasia Grey
Assunto: Visita

Data: 6 de setembro de 2011 15:27
Para: Christian Grey

Christian,
Leila está aqui para me ver. Prescott vai ficar comigo durante o encontro.
Se precisar, vou usar minhas recém-adquiridas habilidades de estapeamento, com minha mão agora curada.
Tente, mas tente mesmo, não se preocupar.
Sou uma garota crescida.
Eu ligo depois da nossa conversa.

Bj,
A.

Anastasia Grey
Editora, SIP

O quê?
Leila?
Puta que pariu!
Ligo imediatamente para Ana.
Ela não vai se encontrar com a Leila nem fodendo.
O telefone toca sem parar, ignorado por Ana, e minha pressão arterial sobe a cada segundo sem resposta, até eu ficar tonto. No fim, entra a caixa postal, pedindo-me para deixar um recado. Desligo, sem condições de falar.
Merda.
Leio a mensagem de Taylor.

> **TAYLOR**
> A Sra. Grey está falando com Leila Williams. Prescott está participando do encontro. Estou indo para o carro.

Prescott deve ter dito a ele.
— Andrea! — Meu berro praticamente balança a janela atrás de mim.
Mando uma mensagem de volta para Taylor.

> Você vai para a SIP?

Andrea entra correndo no meu escritório, sem nem bater na porta.

— Sr. Grey?
— Ligue para a assistente da Ana. Agora.
— Sim, senhor.

O que é que a Leila quer? Ela sabe que isso é proibido. E Prescott também sabe; Leila está na lista de vigilância.

O telefone do escritório vibra, e Andrea coloca Hannah na linha.

— Sr. Grey, boa tarde. — Hannah parece irritantemente alegre.
— Preciso falar com a minha esposa. Agora.

Não estou com paciência para conversa fiada.

— Ah. Hum. Receio que ela esteja em uma reunião.

Eu vou ter um infarto.

— Estou ciente disso. Tire-a da reunião.
— Hã. Eu não...
— Faça isso agora, ou você está demitida — esbravejo por entre os dentes cerrados.
— Sim, senhor — dispara, e o telefone bate em sua mesa. O barulho agride meu tímpano.

Merda.

Sou forçado a aguardar. Mais uma vez esperando por Anastasia Stee... Grey. Tamborilo os dedos freneticamente na minha mesa.

Talvez eu devesse me levantar e ir logo para lá.

Isso é um absurdo.

John falou com a Leila?

Meu BlackBerry vibra.

> TAYLOR
> **Estou no carro. Do lado de fora.**

> Espere por mim.

> TAYLOR
> **Ok.**

Não entendo o que Prescott está fazendo. Como ela deixou isso acontecer?

O telefone raspa ao longo da mesa e volta a cair na superfície dura, fazendo um barulho ensurdecedor novamente.

Cacete. Como Hannah é desajeitada!

— Hã. S-Sr. Grey?
— Sim. — A palavra sibila para ela em frustração.

Fale logo!
— Ana pede desculpas, mas está o-ocupada e li-ligará para o senhor em breve.
Meu Deus do céu. Ela está até gaguejando.
— Está bem — respondo rispidamente, e desligo.
Merda. E agora, o que eu faço?
Prescott! É claro.
Prescott também está lá. Ela tem celular, mas acho que não tenho o número.
— Andrea! — grito mais uma vez, e um instante depois ela está na porta, hesitante. — Ligue para o celular da Prescott.
Andrea parece momentaneamente perplexa, e eu acho que vou explodir.
— Belinda Prescott, segurança da Ana — disparo. — Agora!
— Ah, sim. — Andrea desaparece.
Não seja babaca, Grey.
Respirando fundo para me acalmar, eu me levanto e ando de um lado para outro atrás da minha mesa, sabendo que vai demorar um pouco para Andrea arrumar o número de Prescott. Estou sufocado pela ansiedade. Afrouxando a gravata, abro o botão de cima em busca de algum alívio. Mas uma imagem de Leila, suja e maltrapilha, apontando uma arma para Ana, toma conta da minha mente.
É uma tortura.
Minha raiva e minha apreensão sobem vários graus na escala Richter.
Quando meu telefone toca, eu o agarro.
— A segurança da Sra. Grey para o senhor — informa Andrea.
— Sr. Grey — diz Prescott.
— Prescott, não tenho nem como expressar como estou decepcionado com você agora. Me deixe falar com a minha esposa.
— Sim, senhor — responde.
Ao fundo, o som de conversa abafada.
— Christian — diz Ana secamente, e, pelo tom, sei que ela está no alto do pedestal, falando comigo como se estivesse me fazendo um favor.
— Que porra de brincadeira é essa? — vocifero ao telefone.
— Não grite comigo. — A resposta dela só aumenta minha fúria.
— Como assim não gritar com você? — Minha voz ressoa pela sala. — Eu dei instruções específicas, que você desacatou completamente; de novo. Que merda, Ana, estou furioso.
— Quando você estiver mais calmo, a gente conversa.
Ah, não!
— Não ouse desligar na minha cara.

— Tchau, Christian.

— Ana! Ana! — A linha fica muda, e acho que vou explodir como o Monte Santa Helena. Ardendo de raiva, pego meu paletó e meu telefone, e saio furioso do escritório. — Cancele o resto das minhas reuniões de hoje — rosno para Andrea. — E diga a Taylor que estou descendo.

— Sim, senhor.

O elevador demora eternos dezesseis segundos para chegar. Eu sei disso porque conto cada um na tentativa de controlar minha irritação. Depois de entrar e apertar o botão para o térreo, cerro os punhos com tanta força que minhas unhas cravam nas palmas das mãos, e eu percebo que a tentativa de me acalmar foi frustrada. Andrea olha para mim com a consternação estampada em seu rosto, mas permaneço impassível, ignorando-a enquanto as portas se fecham.

Estou pronto para a batalha.

Com minha esposa.

De novo.

E com Leila. *Que merda ela está fazendo?*

Taylor está parado ao lado do carro, segurando a porta aberta. Ainda bem que pelo menos ele está cumprindo com suas obrigações. Seguimos em silêncio para a SIP enquanto minha raiva piora, pronta para ferver à menor provocação. Do banco traseiro, ligo para o escritório de Flynn, mas caio na caixa postal de Janet, sua secretária. Desligo, frustrado por não conseguir sequer descarregar minha ira em Flynn.

Era esse o plano de Leila desde o início?

Ela sabia que, se abordasse minha esposa, eu iria para lá correndo.

Estou caindo no jogo dela, mas que se foda.

Depois de um trajeto agonizante, Taylor estaciona na frente da SIP, e eu saio do carro assim que ele encosta no meio-fio. Sem parar na recepção, sigo pelas portas duplas em direção ao escritório de Ana. Em sua mesa, Hannah ergue os olhos. Eu a ignoro também.

— Sr. G-Grey...

Entro no escritório tão bruscamente que alguns papéis caem no chão, acentuando o vazio da sala.

Merda.

Me sentindo um completo idiota, eu me viro para Hannah e a encaro com impaciência.

— Onde ela está? — pergunto asperamente, tentando não perder o controle.

Ela empalidece e aponta para o lado oposto do escritório de plano aberto.

— Na sala de reuniões. E-eu levo o senhor.

— Vou sozinho, obrigado.

Com a cara fechada, a voz glacial e cortante, disparo na direção de onde vim, uma nuvem de tempestade prestes a estourar. Preciso lembrar a mim mesmo que não é culpa dela. Ignorando o olhar curioso dos funcionários em suas mesas, passo pelas portas duplas da recepção. Elas se abrem e Taylor se junta a mim. Atrás dele, vejo Susannah Shaw sentada em um dos Chesterfields na área de espera.

Que porra é essa?
Todas as minhas ex-submissas estão aqui?
Como está lendo uma revista, ela não me vê.
Não tenho tempo para isso.
Vejo Leila pela parede de vidro da sala de reuniões. Entro sem bater e encontro três pares de olhos surpresos. Ana me observa em choque, depois em fúria. Leila arregala os olhos, mas ela muda o foco para a mesa, como deveria. Prescott olha fixamente para a frente. Minha primeira reação é de alívio ao perceber que Ana está ilesa, mas o sentimento é rapidamente varrido pela raiva.

— Você — dirijo-me a Prescott. — Está despedida. Saia.
Prescott assente, parecendo resignada, e dá a volta na mesa para sair.
Ana olha boquiaberta para mim.
— Christian...
Ela empurra a cadeira para trás, e sei que vai se levantar e me repreender. Levanto um dedo em advertência.
— Não. — Mantenho a voz baixa enquanto luto para conter minha ira.
Prescott, com o rosto inexpressivo, passa por mim e sai da sala. Depois que fecho a porta, me viro para confrontar Leila.

Sua aparência é a mesma de quando estava comigo: saudável e equilibrada. É um alívio vê-la parecida com a Leila de antes, e eu diria isso a ela se não estivesse tão puto. Apoiando as mãos na superfície fria da madeira polida, eu me inclino para a frente, a tensão comprimindo todos os músculos do meu corpo, e rosno:
— O que é que você quer aqui?
— Christian! — exclama Ana, que parece chocada, mas a ignoro e concentro minha atenção na Srta. Leila Williams.
— E então? — insisto.
Os olhos de Leila se fixam nos meus, seu rosto lentamente perdendo a cor.
— Eu queria ver você e você não me deixou... — sussurra ela.
— E aí você veio aqui assediar a minha esposa?
Leila examina o tampo da mesa novamente.
Bem, estou aqui agora. Você conseguiu o que queria.
Estou bravo por ter sido manipulado, e ainda mais furioso por ela estar com Ana.

— Leila, se você chegar perto da minha mulher mais uma vez, vou cortar toda a assistência que eu lhe dou. Médicos, aulas de artes, seguro-saúde: tudo. Pode dar adeus. Você entendeu?

— Christian... — Ana tenta intervir. Ela parece aflita, mas, neste momento, eu não dou a mínima e a silencio com um olhar.

— Entendi — diz Leila, a voz quase inaudível.

— O que a Susannah está fazendo na recepção?

— Ela veio comigo.

Eu me endireito e passo a mão pelo cabelo.

O que vou fazer com ela?

— Christian, por favor — interrompe Ana novamente. — A Leila só veio agradecer. Só isso.

Ignorando Ana, faço outra pergunta a Leila.

— Você ficou na casa da Susannah enquanto estava doente?

— Fiquei.

— Ela sabia o que você estava fazendo na época?

— Não. Ela estava de férias, viajando.

Não imagino Susannah de braços cruzados, deixando Leila enlouquecer. Ela sempre me pareceu uma pessoa gentil e atenciosa.

Suspiro.

— Por que precisava me ver? Você sabe que qualquer pedido deve ser encaminhado ao Flynn. Está precisando de alguma coisa?

Leila passa o dedo pela borda da mesa, e o silêncio enche a sala. De repente, ela ergue os olhos.

— Eu precisava saber — responde, olhando diretamente para mim.

— Precisava saber o quê?

— Que você estava bem.

Porra.

— Que eu estava bem?

Eu não acredito nela.

— É. — Ela não recua.

— Estou ótimo. Pronto, pergunta respondida. Agora Taylor vai levá-la até o aeroporto para que você volte para a Costa Leste. E se você der um passo a oeste do Mississippi, está tudo acabado. Entendeu?

— Entendi — diz Leila baixinho, a expressão finalmente arrependida.

Isso ajuda a me acalmar.

— Ótimo — murmuro.

— Talvez não seja conveniente para a Leila voltar agora. Ela tem outros planos — intervém Ana novamente.

— Anastasia — digo, em tom ártico —, isso não é da sua conta.

A expressão teimosa e irritada que eu conheço tão bem surge em seu rosto.

— A Leila veio ver a mim, não a você — retruca.

Leila se vira para Ana.

— Eu recebi instruções, Sra. Grey. E desobedeci. — Ela olha para mim e depois de volta para minha esposa. — Esse é o Christian Grey que eu conheço — diz ela, e seu tom é quase melancólico.

O quê?

Isso não é justo.

Nós só encenamos um relacionamento, caralho. E da última vez que esteve com a minha esposa, apontou uma arma para ela! Sou capaz de fazer qualquer coisa para manter Anastasia segura. Leila se levanta, e eu quero argumentar em minha defesa, mas se é assim que ela quer reescrever a história, que seja. Não me importo.

— Eu gostaria de ficar até amanhã. Meu voo é ao meio-dia — informa ela.

— Vou pedir para alguém pegar você às dez para levá-la ao aeroporto.

— Obrigada.

— Você está na casa da Susannah?

— Estou.

— Ok.

Leila olha para Ana.

— Tchau, Sra. Grey. Obrigada por me receber.

Ana se levanta e estende a mão, e elas se cumprimentam.

— Hã, tchau. Boa sorte — responde.

Leila acena com um sorriso fraco e sincero, e depois se dirige a mim.

— Tchau, Christian.

— Tchau, Leila. Dr. Flynn, lembre-se.

— Sim, senhor.

Abro a porta para Leila sair, mas ela para na minha frente.

— Fico contente por vê-lo feliz. Você merece — diz, e então sai.

Acompanho-a com os olhos, perplexo com a conversa.

Que diabos foi isso?

Fecho a porta e, respirando fundo, viro-me para minha esposa.

— Nem pense em ficar bravo comigo — rosna ela. — Chame o Claude Bastille e arranque o couro dele ou marque uma consulta com o Flynn.

Seu rosto está vermelho, a raiva cada vez maior.

Nossa. Ataque como primeira forma de defesa.

Mas não é disso que se trata.

— Você prometeu que não faria isso.

— Isso o quê? — pergunta rispidamente.

— Me desafiar.

— Não prometi. Eu disse que teria mais consideração. Avisei a você que ela estava aqui. A Prescott a revistou, e revistou também aquela sua outra amiguinha. Além disso, Prescott ficou aqui comigo o tempo todo. Agora você demitiu a pobre coitada, quando ela só estava fazendo o que eu pedi — continua Ana, enérgica. — Eu falei para você não se preocupar, e veja só você. Não me lembro de ter recebido uma bula papal sua decretando que eu não podia ver a Leila. Não sabia que as minhas visitas estavam sujeitas a uma lista de proibições. — Ela está brava, muito brava, aumentando o tom de voz e com os olhos faiscando de indignação.

Impressionante, Sra. Grey.

É incrível como até me enfrentando ela continua encantadora. E é engraçada com sua escolha de palavras, tirando o veneno da situação.

— Bula papal? — pergunto, porque é a coisa mais divertida e desrespeitosa que ouço em muito tempo, e espero arrancar um sorriso dela.

Ana permanece impassível.

Merda.

— O que foi? — pergunto, exasperado.

Eu esperava que pudéssemos encerrar esse assunto, depois de Ana ter desabafado.

— Você. Por que foi tão duro com ela?

O quê? Eu não fui duro, eu estava furioso. Ela não deveria estar aqui.

Porra.

Suspirando, eu me apoio na mesa.

— Anastasia, você não entende. A Leila, a Susannah, todas elas eram só um passatempo divertido, prazeroso. Mas só isso. Você é o centro do meu universo. E da última vez que vocês estiveram juntas em um mesmo cômodo, ela estava apontando uma arma para você. Não quero que ela chegue nem perto de você.

— Mas, Christian, ela estava doente.

— Eu sei disso, e sei que está melhor agora, mas não quero mais dar a ela o benefício da dúvida. O que a Leila fez foi imperdoável.

— Mas você fez exatamente o jogo dela. Ela queria vê-lo de novo, e sabia que você viria correndo se ela viesse até mim.

Dou de ombros.

— Não quero que você seja maculada pela minha antiga vida.

Ana franze a testa.

— Christian, você é quem você é por causa da sua antiga vida, sua nova vida, o que for. O que afeta você me afeta também. Eu aceitei isso quando aceitei seu pedido de casamento, porque eu amo você.

Aonde ela quer chegar com isso?

Sua expressão é franca, cheia de compaixão. Desta vez não por mim, mas por Leila.

Quem diria que a minha esposa defenderia Leila?

— Ela não me machucou. Ela também ama você.

— Não dou a mínima.

E não, ela não me ama. Como poderia?

Leila sabe muito bem do que eu sou capaz...

Ana me encara como se estivesse me vendo pela primeira vez.

Ah, baby. Eu te disse há muito tempo. Cinquenta Tons.

— Por que de repente você resolveu tomar as dores dela? — pergunto, perplexo.

— Escute, Christian, não é que eu vá trocar receitas com a Leila, nem vamos tricotar juntas. Mas eu também não imaginei que você seria tão insensível com ela.

— Eu já lhe disse que não tenho coração — murmuro, e até mesmo para os meus ouvidos pareço petulante.

Ela revira os olhos.

— Isso não é verdade, Christian. Você está sendo ridículo. Você se importa com ela, sim. Não estaria pagando pelas aulas de artes e pelas outras coisas se não se importasse.

Lembro-me de Leila, detonada e suja enquanto eu dava banho nela no antigo apartamento de Ana, e de como me senti ao vê-la assim.

Porra. Não aguento mais essa merda.

— Essa discussão acabou. Vamos para casa.

Ana olha para o relógio.

— Ainda está cedo.

— Vamos — insisto.

Por favor, Ana.

— Christian, estou cansada de discutir sempre a mesma coisa com você. — Ela parece exausta.

Que coisa?

— Você sabe — continua ela, interpretando corretamente minha confusão —, eu faço algo que o desagrada, e você pensa em alguma maneira de se vingar. Geralmente envolve alguma das suas sacanagens, que podem ser magníficas ou cruéis. — Ela dá de ombros.

Cruéis? Merda.

Sim, ela usou a palavra de segurança com você, Grey.

Puta que pariu.

— Magníficas? — pergunto, porque não quero focar no *cruéis*.

— Geralmente, sim.

— O quê, por exemplo?

Ana parece exasperada.

— Você sabe.

— Posso adivinhar.

Várias memórias eróticas nublam minha imaginação. Ana em uma barra espaçadora, acorrentada à cama, à cruz... no quarto da minha infância...

— Christian, eu... — Ela parece sem fôlego; distraí-la funcionou.

— Eu gosto de satisfazer você.

Passo meu polegar sobre seu lábio inferior.

— É o que você faz. — A voz dela é suave como uma pétala, me acariciando. *Em toda parte.*

— Eu sei — sussurro no ouvido dela. — É a única coisa que eu *realmente* sei fazer.

Quando me afasto, os olhos de Ana estão fechados. Ela os abre de repente e franze os lábios, provavelmente em resposta ao meu sorriso malicioso.

Eu a quero.

Não quero discutir.

— O que foi magnífico, Anastasia? — repito.

— Você quer uma lista?

— Existe uma lista?

— Bem, as algemas — murmura, e por um momento ela parece perdida na lembrança da nossa lua de mel.

Não. Pego sua mão e passo o polegar em seu pulso.

— Eu não quero deixar você marcada. — Meus olhos encontram os dela, implorando. — Vamos para casa.

— Preciso trabalhar.

— Vamos.

Por favor, Ana. Não quero brigar.

Olhamos um para o outro, o espaço entre nós virando um campo de batalha, enquanto tento desesperadamente entender o que ela está pensando. Sei que a irritei e, no fundo, temo estar fazendo exatamente o que Flynn me alertou a não fazer: sabotar nosso relacionamento e matar minha própria felicidade.

Eu preciso saber que estamos bem.

As pupilas dela se dilatam, ficando maiores e escurecendo seus olhos. Não consigo resistir a ela. Erguendo a mão, acarício seu rosto com a parte de trás dos dedos.

— Podíamos ficar aqui. — Minha voz está rouca, deixando transparecer meu desejo e minha necessidade de me reconectar com a minha esposa.

Ana pisca e balança a cabeça, dando um passo para trás.

— Christian, eu não quero fazer sexo aqui. Sua amante acabou de sair desta sala.
— Ela nunca foi minha amante.
Apenas Elena se encaixa nesse título.
Não pense nisso, Grey.
— É só forma de falar, Christian. — Ela parece cansada, mais uma vez.
— Não pense muito nisso, Ana. Ela é passado. — E não sei se estou me referindo a Leila ou Elena, mas o comentário se aplica a ambas.
Elas são passado.
Ana suspira e me observa como se eu fosse um enigma difícil de resolver, os olhos me implorando, mas não sei o quê. De repente, ela fica com uma expressão alarmada, arfa, e acho que diz não.
Mas ela *é* passado.
— Sim — suplico, pressionando os lábios nos dela para afastar sua dúvida.
— Ah, Christian — murmura —, às vezes você me assusta.
Ela segura minha cabeça entre as mãos e me beija.
Estou perdido. *Eu a assusto?*
Envolvo Ana em meus braços e sussurro em seus lábios:
— Por quê?
— Foi tão fácil para você dar as costas para ela...
Desta vez, sei que ela está se referindo à minha atitude em relação a Leila.
— E você acha que eu posso um dia dar as costas para você, Ana? Por que diabo acha isso? O que faz você pensar assim?
— Nada. Me beije. Me leve para casa.
Os lábios dela encontram os meus novamente, mas desta vez há um toque de desespero em seu beijo.
O que há de errado, Ana?
O pensamento é fugaz enquanto me rendo à sua língua.

ANA SE CONTORCE EMBAIXO de mim.
— Ah, por favor — implora.
— Tudo a seu tempo.
Eu a tenho exatamente onde quero, em nossa cama no Escala, amarrada e disponível. Ela geme e puxa as amarras de couro que prendem os cotovelos aos joelhos. Está completamente aberta para mim, indefesa, enquanto foco a atenção e a ponta da língua em seu clitóris. Ela geme conforme estimulo o potente centro de força enterrado em sua carne, sentindo-o endurecer sob meu toque implacável.
Meu Deus, como eu amo isso.
Seus dedos encontram meu cabelo, puxando-o com agressividade.
Mas eu não paro.

Ela está tentando esticar as pernas. Está quase lá.

— Não goze. — Minhas palavras flutuam sobre sua pele molhada. — Vou bater em você se você gozar.

Ela geme e puxa com mais força.

— Controle, Ana. É só controlar.

E eu dobro meus esforços, minha língua continuando a provocá-la, trazendo-a para cada vez mais perto do orgasmo. Sei que é uma batalha perdida, ela está no limite.

— Ah! — grita, e o clímax percorre todo o seu corpo.

Ela levanta o rosto para o teto e arqueia as costas ao gozar.

Isso!

Só paro quando ela berra.

— Ah, Ana — eu a repreendo, beliscando sua coxa. — Você gozou. — Virando-a de bruços, dou um tapa forte em sua bunda, e ela grita. — Controle — repito e, agarrando seus quadris, penetro nela.

Ela grita novamente.

E eu paro.

Aproveitando-a.

É aqui que eu quero estar.

Meu lugar feliz.

Inclinando-me para a frente, solto uma algema por vez para que ela fique livre, e a puxo totalmente para o meu colo, penetrando mais fundo.

Ana. Passo meu braço ao seu redor e acaricio sua mandíbula, apreciando a sensação de suas costas em meu peito.

— Mexa-se — sussurro minha ordem em seu ouvido.

Ela geme e se levanta no meu colo, depois desce.

Devagar demais.

— Mais rápido — ordeno.

E ela se mexe. Rápido. Mais rápido. Ainda mais rápido. Me levando com ela.

Ah, baby.

É o paraíso.

Estar dentro dela.

Movo a cabeça de Ana para trás, beijando seu pescoço enquanto a outra mão desliza por seu corpo, acariciando sua pele. Meus dedos descem do quadril e cobrem sua vulva. Ela choraminga quando eu encosto no clitóris já sensível.

— Isso mesmo, Ana. Você é minha. Só você.

— Sou — ofega, e eu não posso acreditar que ela esteja tão perto.

Sua ânsia alimenta meu desejo. Ela inclina a cabeça para trás.

E começam os primeiros choques.

— Goze para mim — sussurro.

Ela goza, e eu a seguro conforme prolongo seu orgasmo.

— Christian! — Ela chama meu nome, me levando ao limite.

— Ah, Ana, eu amo você.

Solto um gemido e gozo, toda a tensão de antes escapando do meu corpo enquanto eu chego ao clímax.

FICAMOS DEITADOS JUNTOS, FORMANDO um emaranhado de braços, pernas e algemas. Beijo seu ombro e tiro o cabelo do seu rosto, então apoio meu peso no cotovelo. Enquanto massageio a parte da bunda em que bati, pergunto:

— Isso vai para a lista, Sra. Grey?

— Hmm.

— Isso é um sim?

— Hmm. — Os lábios dela se erguem em um sorriso glorioso.

Sorrio. Ela não consegue nem falar.

Missão cumprida, Grey.

Beijo seu ombro novamente, e ela se vira para me encarar.

— E então? — insisto.

— Sim. Vai para a lista. — Os olhos dela brilham de malícia. — Mas é uma lista bem comprida.

Ela faz com que eu me sinta gigante.

A raiva de antes está esquecida.

Obrigado, Ana. Eu a beijo.

— Ótimo. Vamos jantar?

Ela assente, e seus dedos dançam sobre meu peito.

— Quero que você me diga uma coisa.

Olhos azuis sinceros e curiosos encontram os meus.

— O quê?

— Não fique bravo.

— O quê, Ana?

— Eu sei que você se importa. — Ela diz as palavras com uma sinceridade tão compassiva que todo o ar é sugado dos meus pulmões. — Quero que você admita que se importa. Porque o Christian que eu conheço e amo se importaria.

Por que ela faz isso?

Do nada, imagens de Leila, Susannah e minhas outras submissas tomam conta do meu cérebro. Tudo o que fizemos. Tudo o que elas fizeram. Para mim. Tudo o que eu fiz e faço para elas.

Leila destruída e suja.

Porra.

Aquilo foi uma tortura. Eu não queria que ela ou qualquer uma delas tivesse passado por aquilo. *Nunca.*

— Sim. Sim, eu me importo. Satisfeita?

Os olhos de Ana se suavizam.

— Sim. Muito.

Franzo o cenho.

— Não acredito que estou aqui, agora, na nossa cama, falando com você sobre...

Ela encosta um dedo em meus lábios.

— Não estamos falando sobre isso. Vamos comer. Estou com fome.

Suspiro e balanço a cabeça.

Essa mulher me deixa desconcertado. Em todos os sentidos.

Por que isso é tão importante para ela?

Minha doce e compassiva esposa.

— Você me encanta e me confunde, Sra. Grey.

— Que bom.

Ela me beija, a língua encontrando a minha, e logo estamos perdidos um no outro novamente.

SEXTA-FEIRA, 9 DE SETEMBRO DE 2011

— Bom dia, Sr. Grey. — Andrea está alegre e animada.

Um pouco como eu. Pelo jeito, a vida de casada também faz bem a ela.

— Bom dia, Andrea. — Dou um sorriso rápido e sincero.

— Café?

— Por favor. Onde está Sarah?

— Cuidando dos preparativos para a reunião desta manhã. Puro?

— Isso. E vamos repassar os planos para hoje e para o fim de semana.

Sentado à mesa, examino os documentos à minha frente. Hoje nos reuniremos com os Hwang, de Taiwan, para discutir nossa joint venture com seu estaleiro. Tenho as estatísticas da empresa, a estrutura de gestão, detalhes dos fornecedores e terceirizados, e uma lista de seus clientes. É impressionante, mas parte de mim ainda se pergunta por que eles querem firmar parceria com uma empresa nos Estados Unidos. Aliás, é isso que tem me incomodado ao longo das nossas discussões. Durante nossa última ligação, eles disseram que desejam se expandir pelo Círculo do Pacífico para depender menos do mercado interno e do Leste Asiático. Mas a GEH pode estar entrando em um campo minado político.

Bem, hoje poderemos fazer todas as perguntas difíceis.

Andrea se junta a mim. Ela sabe preparar um excelente café.

— Está ótimo. — Levanto a xícara para ela e sou recompensado com um sorriso. — Como estão os preparativos de viagem para a festa surpresa de Ana?

— A sua família chegará amanhã. Raymond Steele está em uma viagem de pesca no Oregon e virá amanhã de carro. O Gulfstream vai decolar esta tarde rumo a Savannah para buscar o Sr. e a Sra. Adams. Eles voarão para Seattle amanhã à tarde. Preciso reservar um hotel para eles?

— Não, obrigado. Eles ficarão conosco.

— Acho que isso é tudo em relação ao fim de semana. Estou em contato com a Sra. Jones.

— Perfeito. Agora, a delegação taiwanesa. — Olho para o relógio. — Eles devem chegar aqui por volta das onze.

— Está tudo pronto. — Andrea está mostrando sua eficiência habitual. — Eles vêm do Fairmont Olympic. Além dos proprietários, o Sr. e Sra. Hwang, e o diretor de operações, o Sr. Chen, eles vão trazer um intérprete. Infelizmente, não sei o nome dele ainda. Marco os encontrará recepção e os acompanhará até a sala de reuniões.

— Estranho eles trazerem um intérprete. Todos falam inglês fluentemente.

Andrea dá de ombros.

— O almoço está reservado no seu nome, no Four Seasons, à uma e meia da tarde.

— Obrigado, Andrea, parece que está tudo sob controle.

— Mais alguma coisa?

— Por enquanto, não.

Depois que ela sai, viro-me para meu iMac e verifico meu e-mail. O título da mensagem de Ana chama minha atenção.

De: Anastasia Grey
Assunto: A lista
Data: 9 de setembro de 2011 09:33
Para: Christian Grey

Essa com certeza entrou para as primeiras posições.
:D
Bj,
A.

Anastasia Grey
Editora, SIP

Dou uma gargalhada e me mexo na cadeira, lembrando-me da barra espaçadora e de como minha esposa estava excepcionalmente receptiva ontem à noite. Na verdade, é o que tem acontecido todas as noites desde que Leila se intrometeu na nossa vida. Felizmente, esse drama acabou; Leila está em casa, e Flynn me garantiu que ela está contente de voltar para sua vida em Connecticut.

Ana está mais insaciável do que nunca.

Eu sou um homem de muita, muita sorte.

De: Christian Grey
Assunto: Conte uma novidade
Data: 9 de setembro de 2011 09:42
Para: Anastasia Grey

Você disse a mesma coisa nos últimos três dias.
Decida-se.
Ou... podemos tentar algo diferente.
;)

Christian Grey
CEO, Gostando Desse Jogo, Grey Enterprises Holdings, Inc.

Nossa única fonte de conflito é a campanha de Ana para recontratar Prescott, apesar de a própria Ana ter dito que não estava segura em relação a ela. Garanti a Ana que daria uma boa referência a Prescott, mas só isso, e para mim o assunto está encerrado. Volto aos documentos à minha frente para relê-los. Preciso estar por dentro de tudo.

Feito isso, verifico se há mais e-mails de Ana, mas não há nenhum. Estou inquieto para o começo da reunião, mas, como ainda faltam quarenta e cinco minutos, preciso esticar as pernas. Salto da cadeira, pego o celular e saio da sala.

— Andrea, vou só ver Ros. Estou com meu telefone.

Mostro o aparelho para ela, e percebo que a bateria precisa ser recarregada.

Droga.

— Pode carregá-lo para mim?

— Sim, Sr. Grey.

Necessitando gastar energia antes da reunião, desço de escada até o escritório de Ros.

Ros TEM UMA SÉRIE de perguntas prontas para os Hwang, e estamos discutindo táticas quando alguém bate na porta. É Andrea.

— A Sra. Grey ligou para você. Disse que era urgente. Achei que você gostaria de saber.

Ela me entrega meu celular.

— Obrigado.

Franzindo a testa, saio do escritório de Ros e ligo para Ana.

— Christian — arfa Ana, sem fôlego e com a voz embargada.

Sinto um arrepio subindo pela espinha.

— Por Deus, Ana. O que aconteceu?
— Foi o Ray... ele sofreu um acidente.
— Merda!
— É. Estou indo para Portland.
— Portland? Por favor, me diga que o Sawyer está com você.
— Sim, ele está dirigindo.
— Onde está o Ray?
— No hospital universitário.

Ros sai de seu escritório, me distraindo:
— Christian, eles estarão aqui em breve.

Meus olhos vão para o relógio na parede. São 10h48.
— Sim, Ros, eu sei!

A reunião levará pelo menos duas horas. *Cacete*. Eu ia levá-los para almoçar. *Ros e Marco podem fazer isso.*

— Desculpe, querida: só poderei estar lá daqui a umas três horas. Tenho um assunto a resolver aqui. Posso ir voando. — Graças a Deus, o *Charlie Tango* está operando novamente. — Tenho uma reunião com uns caras de Taiwan. Não posso cancelar agora. É uma transação que estamos negociando há meses. Assim que puder eu vou.

— Certo — sussurra ela, a voz baixa e assustada.

Fico com o coração apertado. Esse não é o jeito normal de Ana.
— Ah, baby — murmuro, tomado pela necessidade de largar tudo e me juntar a ela.

Ela precisa de mim.

Mas eu não posso. Tenho responsabilidades aqui.

Sawyer está com ela.

— Vou ficar bem, Christian. Vá quando puder. Não corra. Não quero me preocupar com você também. E faça uma boa viagem.
— Pode deixar.
— Amo você.
— Também amo você, baby. Vou encontrá-la assim que der. Mantenha o Luke por perto.
— Está bem.
— Até mais tarde.
— Tchau.

Ela desliga.
— Está tudo bem? — pergunta Ros.

Balanço a cabeça.
— Não. O pai de Ana sofreu um acidente.

— Ah, não...

— Ele está no hospital universitário de Portland. Ela está indo para lá agora. Preciso fazer uma ligação rápida.

Ligo para minha mãe e, por algum milagre, Grace atende o celular.

— Christian, querido. Que bom falar com você.

— Mãe, o pai da Ana sofreu um acidente.

— Ah, não, pobre Ray. Ele está bem? Onde ele está?

— No hospital universitário de Portland.

— É grave?

— Não sei. Ana está indo para lá. Infelizmente, preciso participar de uma reunião antes de poder me encontrar com ela.

— Entendo. Uma amiga de Yale trabalha lá. Vou fazer algumas ligações.

— Obrigado, mãe. Preciso ir.

Ligo para Andrea, esperando que esteja de volta à sua mesa.

— Sr. Grey.

— O pai de Ana sofreu um acidente. Depois da reunião, vou precisar que Stephan voe comigo para Portland no *Charlie Tango*. Pode pedir que Beighley comande o Gulfstream para Savannah? Temos que encontrar um segundo piloto para ir com ela. E entre em contato com Taylor. Preciso que ele vá comigo.

— Sim, senhor. Vou fazer isso agora.

Desligo. Ros está recolhendo os papéis de sua mesa.

— Você precisará entreter os Hwang depois da reunião. Leve-os para almoçar. Tenho uma mesa reservada no Four Seasons. Vou ter que me juntar a Ana.

— Claro. Vou pedir a Marco para me acompanhar.

— É melhor subirmos.

RYAN LEVA A MIM e a Taylor para o heliporto no centro de Seattle. Foi ideia de Andrea que saíssemos daqui, e não do Boeing Field, para economizar tempo. A reunião com os Hwang foi um grande sucesso. Adquiri um estaleiro, e o acordo a que chegamos parece ser satisfatório para todas as partes, mas deixei Ros e Marco acertando os detalhes. Ros e eu fomos convidados a visitar o estaleiro na próxima semana, porém agora preciso dar apoio à minha esposa e saber como está meu sogro.

Enquanto Ryan estaciona o Audi na frente do prédio, lembro-me da última vez que usei este heliporto: para levar Ana à exposição de José em Portland. Tudo parte da minha campanha para reconquistá-la.

Me permito um breve momento de triunfo.

Eu consegui.

Ela agora é minha esposa.

Quem diria, Grey?

Taylor e eu caminhamos até o elevador, que nos conduz ao heliporto na cobertura. As portas se abrem, e lá está ele: *Charlie Tango*.

Meu orgulho de volta à antiga glória.

Abandonei-o incendiado em uma clareira, em um canto selvagem e ermo da Floresta Nacional de Gifford. Agora, ele tem dois novos motores e, após uma limpeza completa na Eurocopter, está imponente e orgulhoso, brilhando como novo sob o sol do início da tarde. É uma alegria vê-lo. Stephan sai da cabine, radiante, enquanto caminhamos em sua direção.

— Ele está operando como antes, e está muito bonito também — diz a título de saudação.

— Mal posso esperar para voar de novo nele.

Apesar da minha ansiedade em relação a Ana, não consigo conter a euforia por poder pilotar *Charlie Tango* novamente.

— Achei que você fosse dizer isso.

Com um sorriso, ele mantém a porta do piloto aberta, então se senta ao meu lado enquanto Taylor entra na parte de trás. Depois de afivelar o cinto de segurança, coloco os fones de ouvido e faço as verificações pré-voo.

— Esqueci alguma coisa? — pergunto a Stephan.

— Não, senhor. Tudo bem lembrado.

Checo a RPM do rotor e, em seguida, entro em contato com a torre pelo rádio.

— Ok, pessoal. Preparados?

— Sim — diz Taylor em seu fone, e Stephan me dá um sinal de positivo.

Suavemente, puxo a alavanca do coletivo, e o *Charlie Tango* sobe como uma fênix ao sol de Seattle. Sinto ao mesmo tempo adrenalina e alívio, por saber que estarei com minha esposa em pouco mais de uma hora.

O voo para Oregon é uma distração bem-vinda das minhas preocupações quanto a Ana e seu pai. *Charlie Tango* está ágil, suave e elegante como sempre. E pousa com seu charme habitual no heliporto de Portland.

— Você cuida dele? — pergunto a Stephan.

— Com prazer, senhor.

Ele concordou em ficar à espera de mais instruções, pois não sei quando, ou se, voltaremos para casa hoje.

Fora do prédio, um Suburban nos aguarda. O agente da locadora entrega as chaves para Taylor, e partimos para o hospital. Enquanto ele dirige, pego meu telefone para entrar em contato com Ana, mas há uma chamada perdida e uma mensagem de voz da minha mãe. Em vez de ouvir a mensagem, ligo para Grace, mas ela não atende. *Porra*. Desligo e ouço a caixa postal. Seu tom é firme e conciso, sua voz de médica.

"Christian, não tenho muitas informações sobre o seu sogro. Sei que está na sala de cirurgia e já faz algum tempo. Ele está em estado grave. Teremos mais detalhes quando terminarem o procedimento. Ainda não sei quando isso vai acontecer. Se estiver no hospital, me ligue."

Olho com inquietação para o telefone. A mensagem da minha mãe é preocupante. *Grave* não parece nada bom.

— Taylor, talvez tenhamos que dormir aqui. Pode comprar algumas coisas básicas para mim e para Ana?

— Artigos de higiene pessoal?

— Isso. E uma ou duas mudas de roupa. Para nós dois. Roupa casual. Por favor.

— Sim, senhor.

Ligo para Andrea, e ela atende no primeiro toque.

— Sr. Grey.

— Andrea, talvez a gente precise ficar em Portland esta noite. Veja se o Heathman tem uma suíte.

— Está bem. Envio o laptop para você?

— Estou com ele. Taylor trouxe para mim.

Merda. Amanhã é o aniversário da Ana.

— Ligue para a Sra. Jones. Não tenho certeza se conseguiremos ir para o jantar amanhã. Falo com ela mais tarde para dar notícias.

— Devo pedir para o Gulfstream voltar?

— Não. Deixe-o pousar em Savannah. Talvez Ana queira a mãe dela aqui. Volto a entrar em contato quando tiver mais informações.

Desligo.

O que fazer?

Taylor chama minha atenção.

— O que foi? — pergunto.

— Senhor, posso deixá-lo no hospital, comprar o que vocês precisam, deixar as sacolas no hotel, então voar de volta para Seattle com Stephan e trazer o R8 para a Sra. Grey. Assim, ele estará aqui amanhã de manhã.

— É uma ideia. Vamos ver como está o pai dela antes de tomar qualquer decisão. Mas, sim, é um bom plano. Você poderia pegar algumas coisas para mim também.

— Sim, senhor.

Talvez seja preciso remarcar as comemorações do aniversário de Ana para o final do mês. Enquanto penso sobre isso, lembro que Mia começou no emprego novo hoje. Envio a ela uma mensagem rápida de boa sorte, enquanto Taylor me deixa no prédio principal do hospital.

Me preparo para entrar. Apesar da profissão da minha mãe, detesto hospitais.

No elevador, a caminho do andar da sala de cirurgia, meu telefone vibra com uma mensagem de Andrea. Ela reservou minha suíte de costume no Heathman. Na recepção do terceiro piso, uma enfermeira me direciona para a sala de espera. Respirando fundo, abro a porta. Dentro da sala espartana e totalmente utilitária, encontro Ana sentada em uma cadeira de plástico. Pálida, assustada e com uma jaqueta de couro masculina engolindo seus ombros, ela segura a mão de José Rodriguez. O pai dele está ao lado, em uma cadeira de rodas.

— Christian! — grita Ana.

Ela se levanta em um pulo para me cumprimentar, e o alívio e a esperança em seu rosto eliminam o lampejo de ciúme que havia surgido em minhas entranhas. Com ela em meus braços, fecho os olhos e a aperto em meu peito. Ela cheira a maçãs, pomares e Ana, e também sinto o aroma inconfundível de colônia barata e noites suadas na rua.

A jaqueta do José?

Torço o nariz e espero que ninguém tenha percebido. José se levanta, mas José Rodriguez pai continua na cadeira de rodas, parecendo bem machucado.

Merda. Ele também deve ter sofrido o acidente.

— Alguma notícia? — dirijo a pergunta a Ana.

Ela balança a cabeça em sinal negativo.

— José.

Aceno enquanto abraço minha mulher. Sawyer está sentado no canto. Ele me cumprimenta com um gesto rápido. Fico grato por ele estar aqui com Ana.

— Christian, este é o meu pai, José — diz o amigo de Ana.

— Sr. Rodriguez. Nós nos conhecemos no casamento. Deduzo que o senhor também estava no acidente.

Cuidadosamente, aperto sua mão livre.

— Nós todos estávamos — responde seu filho. — Estávamos indo a Astoria para um dia de pesca. — Seu rosto se fecha e a aparência juvenil desaparece, revelando o homem ameaçador por baixo da superfície. — Mas fomos atingidos por um motorista bêbado no caminho. Ele destruiu o carro do meu pai. Milagrosamente, saí ileso. Meu pai ficou muito ferido, mas Ray... — Ele para e engole em seco para se recompor. Então, com um olhar rápido e ansioso para Ana, continua: — Ele ficou mal. Foi transportado de avião do hospital comunitário de Astoria para cá.

Abraço Ana mais forte.

— Depois que fizeram os curativos no meu pai, nós viemos também — conclui ele, e eu levanto as sobrancelhas, surpreso.

O Sr. Rodriguez está com uma perna e um braço engessados, e ainda tem um lado do rosto machucado. Ele não parece apto a viajar.

— É. — José balança a cabeça, exasperado, como se pudesse ler minha mente. — Meu pai insistiu.

— E vocês dois se sentem bem o suficiente para estarem aqui? — pergunto.

— Não queremos ir para nenhum outro lugar. — O rosto do Sr. Rodriguez se contorce; ele parece estar com dor.

Talvez eles devessem ir para casa.

Mas não os pressiono. Eles estão aqui pelo Ray. Pegando a mão de Ana, eu a guio de volta para uma das cadeiras e me sento a seu lado.

— Você já comeu?

Ela faz um gesto negativo.

— Está com fome?

Ela faz outro gesto negativo.

— Mas está com frio? — pergunto, sentindo novamente o cheiro da jaqueta.

Ela assente e envolve a jaqueta detestável mais confortavelmente em seu corpo. A porta se abre, e entra um homem alto com uniforme cirúrgico, cabelo escuro e a aparência cansada de alguém que luta uma batalha. Sua expressão é solene.

Merda.

Ana se levanta desequilibrada, e eu a sigo rapidamente para firmá-la. Todos os olhos na sala estão voltados para o jovem médico.

— Ray Steele — diz Ana, com uma apreensão discreta.

— É parente próxima? — pergunta o médico.

— Sou Ana, filha dele.

— Srta. Steele...

— Sra. Grey — murmuro, corrigindo-o.

— Perdão — gagueja o médico. — Sou o Dr. Crowe. Seu pai está estável, mas em condição crítica.

Ana se encolhe em meus braços enquanto cada notícia sobre o estado de Ray a atinge como um golpe.

— Ele sofreu traumas internos graves, principalmente no diafragma, mas conseguimos reconstituir os tecidos e também salvar o baço. Infelizmente, ele sofreu um ataque cardíaco durante a cirurgia por causa da perda de sangue. Reestabilizamos o coração, mas ainda nos preocupa.

Meu Deus!

— Nossa maior preocupação, porém — continua o Dr. Crowe —, é com a cabeça, que teve contusões graves, e a ressonância magnética mostra inchaço no cérebro. Ele está em coma induzido para permanecer imóvel enquanto controlamos o edema no cérebro.

Ana arfa, apoiando-se mais em mim.

— Trata-se do procedimento padrão nesses casos. Por enquanto, só nos resta esperar e ver como a condição dele progride.

— Qual é o prognóstico? — pergunto, tentando mascarar a angústia em minha voz.

— Sr. Grey, é difícil dizer no momento. É possível que ele consiga se recuperar por completo, mas isso agora está nas mãos de Deus.

— Quanto tempo ele vai ser mantido em coma?

— Depende de como o cérebro vai reagir. Em geral, são de setenta e duas a noventa e seis horas.

— Eu posso ver o meu pai? — A ansiedade deixa Ana sem fôlego.

— Pode, sim. Dentro de mais ou menos meia hora. Ele foi levado para a UTI, no sexto andar.

— Obrigada, doutor.

Dr. Crowe faz um aceno com a cabeça e sai da sala.

— Bom, ele está vivo — sussurra Ana, tentando soar esperançosa, mas as lágrimas se acumulam em seus olhos e escorrem pelo rosto pálido.

Não. Ana, baby.

— Sente-se — peço a ela, colocando-a de volta na cadeira.

— Papá — diz José ao pai —, acho que devemos ir embora. Você precisa descansar. Não vamos ter outra notícia tão cedo. Podemos voltar de noite, depois que você descansar. Tudo bem por você, Ana? — José se vira para Ana.

— É claro — responde ela.

— Vocês vão ficar em Portland? — pergunto, e José assente. — Querem uma carona para casa?

José franze a testa.

— Eu ia chamar um táxi.

— O Luke pode levar vocês.

Sawyer se levanta, enquanto José parece confuso.

— Luke Sawyer — esclarece Ana.

— Ah... Claro. Acho que seria bom mesmo. Obrigado, Christian.

Ana dá um abraço cuidadoso no Sr. Rodriguez e um menos cuidadoso em José. Ele sussurra em seu ouvido, mas estou perto o bastante para escutar.

— Seja forte, Ana. O Ray é um homem saudável e que se cuida. Isso conta a favor dele.

— Espero que sim — responde ela, a voz assustadoramente frágil. Suas palavras me cortam como uma foice, porque não há nada que eu possa fazer para ajudar. Ela tira a jaqueta de cheiro forte e a devolve a José.

Graças a Deus.

— Pode ficar, você ainda está com frio.

— Não, já estou bem. Obrigada — diz, e pego sua mão. — Se houver alguma mudança no quadro dele, eu aviso vocês na hora.

José dá um sorriso fraco e empurra o pai em direção à porta, que já foi aberta por Sawyer. O Sr. Rodriguez levanta a mão, e José para.

— Vou incluir seu pai nas minhas orações, Ana. — A voz do homem mais velho embarga. — Foi tão bom retomar o contato com o Ray depois de todos esses anos... Ele se tornou um bom amigo.

— Eu sei — responde Ana, a voz carregada de emoção.

Os três saem, e finalmente estamos sozinhos. Acaricio seu rosto.

— Você está pálida. Venha cá.

Sento-me e a posiciono em meu colo, envolvendo-a nos meus braços. Ela se aninha em meu peito, e eu beijo o topo de sua cabeça.

Ficamos sentados.

Juntos.

Cada um com seus próprios pensamentos.

O que eu digo para confortá-la?

Não faço ideia. Sinto-me impotente e odeio isso.

Pegando sua mão, ofereço o que espero ser um toque reconfortante.

Ray é um homem forte. Ele vai sobreviver. Precisa sobreviver.

— Como estava o *Charlie Tango*? — pergunta depois de um tempo, e acho impressionante que, mesmo em uma situação como essa, ela esteja pensando em mim. Meu sorriso espontâneo já deve ser uma resposta bem clara.

Meu EC135 está de volta. E que alegria eu senti ao voar nele.

— Ah, ele estava *yar*.

Ela sorri.

— *Yar*?

— É um trecho de *Núpcias de escândalo*. O filme favorito da Grace.

— Não conheço.

— Acho que eu tenho em casa, em Blu-ray. Podemos assistir e dar uns amassos. — Roçando os lábios em seu cabelo, eu inalo sua fragrância, mais doce agora que a jaqueta de José foi embora com ele. — Será que eu consigo convencer você a comer alguma coisa?

— Agora não. Quero ver o Ray primeiro.

Não insisto.

— E os taiwaneses? — pergunta, e acho que está desviando o assunto para que eu não fale mais em comida.

— Foram afáveis.

— Afáveis como?

— Aceitaram me vender o estaleiro deles por menos do que eu estava disposto a pagar.
— E isso é bom?
— É bom, sim.
— Mas eu pensei que você já tivesse um estaleiro. Aqui na cidade.
— Eu tenho. Vamos usar o daqui para o acabamento. E construir os cascos no Extremo Oriente. Sai mais barato.
— E quanto aos funcionários do estaleiro daqui?
Boa pergunta, Sra. Grey.
— Vamos realocar. Acho que conseguiremos fazer com que o número de demissões seja mínimo.
Espero.
Eu a beijo mais uma vez.
— Vamos ver como está o Ray?

RAYMOND STEELE ESTÁ NO último leito da UTI. É um choque vê-lo inconsciente e conectado a uma série de equipamentos médicos de alta tecnologia. Esse homem me intimida mais do que qualquer pessoa que conheço, mas agora ele parece vulnerável e doente. *Muito doente.* Ele está em coma induzido e em um respirador. Tem uma perna engessada e o peito envolto em um curativo cirúrgico. Suas partes íntimas estão protegidas por um cobertor fino.
Meu Deus. Ana fica chocada ao vê-lo e pisca para conter as lágrimas.
É difícil testemunhar sua angústia.
O que eu faço? O que eu digo?
Não posso melhorar essa situação.
Uma enfermeira está verificando seus vários monitores. O crachá a identifica como KELLIE.
— Posso tocá-lo? — pergunta Ana, e estica sua mão sem esperar por uma resposta.
— Pode — diz Kellie gentilmente.
Da ponta da cama, observo Ana cobrir cuidadosamente a mão de Ray com a dela. De repente, ela afunda na cadeira ao lado da cama, deita a cabeça no braço dele e começa a chorar.
Ah, não.
Eu me movo rapidamente para confortá-la.
— Ah, pai. Por favor, melhore logo — implora baixinho. — Por favor.
Sentindo-me totalmente impotente, coloco a mão em seu ombro e aperto com força, tentando oferecer alguma segurança a ela.
— Todos os sinais vitais do Sr. Steele estão bons — informa Kellie suavemente.

— Obrigado — murmuro, porque não sei mais o que dizer.
— Ele consegue me ouvir? — pergunta Ana.
— Ele está em um sono profundo. Mas nunca se sabe...
— Posso ficar aqui por um instante?
— Claro. — Kellie dá a Ana um sorriso caloroso.

Agora Ana está onde precisa estar, e eu deveria finalizar os arranjos para ficarmos em Portland. Certamente não vamos voltar para casa esta noite. Aperto seu ombro mais uma vez, e ela ergue os olhos para mim.

— Preciso dar um telefonema. — Dou um beijo em sua cabeça. — Vou estar aqui fora. Fique um tempo a sós com o seu pai.

Da sala de espera no sexto andar, ligo para minha mãe. Desta vez, ela atende, e eu a atualizo sobre o estado de Raymond Steele.

Ela respira fundo.
— Parece crítico. Quero ir para aí e vê-lo...
— Mamãe. Você não...
— Não. Christian. Eu quero. Ana é da família. Eu preciso ver pessoalmente como ele está. Carrick e eu vamos de carro.
— Você pode vir voando.
— Como assim?
— Meu helicóptero está aqui, mas Taylor o está levando de volta para Seattle. Stephan pode voar com você para cá.
— Ótimo. Vamos fazer isso.
— Está bem. Vou informar ao Taylor, e você pode combinar com ele.
— Farei isso. Christian, Ray está em boas mãos.
— Obrigado, mãe.

Ligo para Taylor e falo sobre a vinda da minha mãe. Então ligo para Andrea.
— Sr. Grey. Como está o Sr. Steele?
— Em estado grave. Ficaremos aqui por pelo menos duas noites. Vou ter que fazer alguma coisa para o aniversário da Ana aqui, isso se fizermos alguma coisa. Talvez um jantar privado, se ela quiser. Eu gostaria que a família dela e nossos amigos comparecessem também. Mas precisamos ver como Ray passará a noite.
— Posso ligar para o Heathman e ver se eles acomodam um jantar privado.
— Ótimo. A Ana precisa da mãe, então vamos trazê-la com o marido, como planejado. Reserve quartos para eles, para os meus pais e o resto dos convidados, e tome providências provisórias para trazê-los para cá. Minha mãe vai se juntar a nós hoje. Por favor, reserve um quarto no Heathman para ela esta noite.
— Certo.

— Descubra o celular de José Rodriguez. Eu gostaria de convidá-lo também.
— Mandarei para você por mensagem.
— Obrigado, Andrea.

Desligo e ligo para a Sra. Jones, confirmando que o jantar surpresa de amanhã no Escala está cancelado.

— Espero que o Sr. Steele tenha uma recuperação rápida — diz Gail.
— Sim. Eu também. Sinto muito sobre amanhã.
— Não é nenhum problema, Sr. Grey. Haverá outra oportunidade.
— Haverá, sim. Obrigado, Gail.

Desligo e volto para a UTI. No posto de enfermagem, dou a Kellie meu número de celular e o de Ana, com instruções para nos ligar se houver qualquer mudança no estado de Ray. Está na hora de levar minha esposa para comer alguma coisa.

Quando volto para a cabeceira de Ray, Ana está conversando com ele, e as lágrimas cessaram. Ela está composta, seu rosto brilhando de amor pelo homem inconsciente e prostrado a seu lado.

É uma visão comovente.

E eu sinto como se estivesse invadindo.

Mas não quero ir embora.

Silenciosamente, sento-me e ouço a voz suave e doce de Ana. Ela está convidando-o para ir a Aspen, onde eu o levarei para pescar. As palavras me dão um aperto no coração. Como disse minha mãe, Ana é minha família agora, e, por extensão, Ray também é. Eu nos vejo lado a lado, lançando iscas no rio Roaring Fork ou no lago Snowmass. Ray taciturno. Eu relaxado e igualmente taciturno.

Nós dois dividindo uma cerveja mais tarde.

— Sr. Rodriguez e José também serão bem-vindos. É uma casa muito bonita. Tem espaço para todos vocês. Por favor, esteja aqui para fazer isso, papai. Por favor.

Ok. Ray, José pai, José e eu pescando juntos.

Sim. Eu posso fazer isso.

Ela se vira e me vê.

— Oi — murmuro.
— Oi.
— Quer dizer que eu vou pescar com o seu pai, o Sr. Rodriguez e o José?

Ela assente.

— Tudo bem. — Eu sorrio, concordando. — Vamos comer. Deixe o Ray dormir. — Ana franze a testa, e sei que ela não quer deixar o pai. — Ana, ele está em coma. Eu dei os nossos números para as enfermeiras daqui. Se alguma coisa mudar no quadro dele, elas ligam. Vamos comer, fazer check-in no hotel, descansar um pouco, e à noite voltamos para cá.

Ela olha ansiosamente para Ray, depois de volta para mim.
— Está bem — ela se rende.

ANA ESTÁ NA PORTA de nossa suíte no Heathman, examinando o quarto familiar. Parece em estado de choque.

Ou talvez ela esteja se lembrando da primeira vez em que eu a trouxe para cá, embora isso seja improvável, já que estava completamente bêbada na ocasião. Coloco sua pasta ao lado de um dos sofás.

— O lar quando estamos longe do lar — murmuro.

Certamente era um lar para mim enquanto eu tentava convencer a Srta. Steele a ser minha submissa.

E agora, aqui estamos.

Marido e mulher.

Finalmente, ela entra e fica no meio da sala, parecendo perdida e desamparada.

Ah, Ana. O que eu posso fazer?

— Quer tomar um banho? Ficar um pouco na banheira? Do que você precisa, Ana? — Estou desesperado para ajudá-la de alguma forma.

— Um banho de banheira. É o que eu quero agora — murmura.

— Banheira. Ótimo. Tudo bem.

Entro no banheiro, aliviado por ter uma função, e abro as torneiras. A água escorre, e eu adiciono um pouco de óleo de banho com cheiro doce, que imediatamente começa a espumar. Tiro o paletó e a gravata enquanto meu telefone vibra. É uma mensagem de Andrea com o número de José. Vou tratar disso mais tarde.

Ana está no quarto, olhando para as sacolas da Nordstrom, quando volto para lá.

— Mandei o Taylor fazer umas compras. Camisola, essas coisas. — Ela acena com a cabeça, mas não diz nada, a desolação óbvia em seu olhar vazio. Meu coração anseia por acabar com sua dor. — Ah, Ana, nunca vi você assim. Normalmente você é tão forte e corajosa...

Ela encontra o meu olhar, muda e indefesa.

Lentamente, cruza os braços, abraçando a si mesma como se estivesse sendo atingida por uma corrente de ar gelado, e eu não aguento mais. Eu a envolvo em meus braços, oferecendo o calor do meu corpo.

— Baby, ele está vivo. Os sinais vitais estão bons. Só temos que ser pacientes. — Ela estremece, e não sei se está com frio, ou se é o choque de ter visto Ray tão machucado. — Venha.

Pegando sua mão, levo-a para o banheiro, tiro suas roupas lentamente e a ajudo a entrar na banheira. Ela prende o cabelo em um coque que desafia a gravidade, desliza para baixo da espuma e fecha os olhos. Entendo isso como minha deixa para me despir e acompanhá-la. Entrando atrás dela, eu me sento na água quente e a puxo para o meu corpo. Ficamos deitados nas águas quentes e calmantes, seus pés em cima dos meus.

Conforme o tempo passa, Ana relaxa.

Suspiro de alívio e me permito esquecer, por um momento, o medo que paira na boca do meu estômago.

Espero que Ray fique bem.
Caso contrário, Ana vai desmoronar.
E não tem nada que eu possa fazer para ajudá-la.

Preguiçosamente, beijo sua cabeça, grato por ela conseguir relaxar um pouco estourando bolhas de espuma.

— Você não ficava na banheira com a Leila, ficava? Naquela época você dava banho nela? — pergunta do nada.

— Hum... não.

— Imaginei. Que bom.

De onde veio isso?

Puxando o coque bagunçado de Ana, inclino sua cabeça para ver seu rosto. Estou curioso.

— Por que a pergunta?

Ela dá de ombros.

— Curiosidade mórbida. Não sei... ver a Leila essa semana...

Espero que você nunca mais a veja.

— Entendo. Menos dessa morbidez, por favor.

— Até quando você vai sustentá-la?

— Até ela conseguir andar com as próprias pernas. Não sei. Por quê?

— Existem outras?

— Outras? — pergunto.

— Alguma outra ex que você sustente.

— Havia outra, sim. Mas acabou.

— Ah, é?

— Ela estava estudando medicina. Já se formou e arranjou outra pessoa.

— Outro Dominador?

— É.

— A Leila disse que você tem dois quadros dela — murmura Ana.

— Eu tinha, mas não gostava muito. Apresentavam certa qualidade técnica, mas eram muito coloridos para o meu gosto. Acho que estão com o Elliot. Como você bem sabe, ele não tem bom gosto.

Ana ri, e é um som tão maravilhoso que eu a aperto nos meus braços. Exagero um pouco no entusiasmo, e a água do banho escorre pelas laterais até cair no chão.

— Assim está melhor. — Beijo a testa dela.

— Ele vai se casar com a minha melhor amiga.
— Então é melhor eu calar a boca. — Sorrio para ela e sou recompensado com outro sorriso. — Precisamos comer.

Ana faz cara de desgosto, mas não vou aceitar um não como resposta. Eu a deixo sentada e saio da banheira, pegando um roupão.

— Fique aí mais um pouco. Vou pedir serviço de quarto.

Depois de pedir comida, vasculho as sacolas de compras e visto roupas limpas. Taylor escolheu tudo muito bem. Gosto da calça jeans preta e do suéter de caxemira cinza que ele escolheu. Na sala de estar, pego meu laptop e o ligo para conferir os e-mails. Enquanto passo os olhos, tenho uma ideia.

De: Christian Grey
Assunto: Motorista bêbado. Polícia de Astoria.
Data: 9 de setembro de 2011 17:34
Para: Grey, Carrick

Oi, pai,

A mamãe provavelmente lhe disse que Raymond Steele sofreu um acidente. O carro dele foi atingido por um motorista bêbado esta manhã em Astoria. Ray está agora na UTI. Você pode acionar os seus contatos no departamento de polícia para descobrir qualquer informação sobre o cara que bateu nele? Obrigado.

Christian Grey
CEO, Grey Enterprises Holdings, Inc.

Volto para o quarto e me encosto no batente da porta, observando Ana vasculhar as sacolas da Nordstrom.

— Tirando aquela vez que você foi me assediar na Clayton's, algum dia você efetivamente entrou em uma loja para comprar alguma coisa? — pergunta.

— Assediar você?

Caminho até ela, tentando esconder minha diversão.

Ela dá um meio sorriso.

— Exato, me assediar.

— Você ficou toda nervosa, se bem me lembro. E aquele rapaz estava sempre rodeando você. Como era mesmo o nome dele?

— Paul.

— Um dos seus muitos admiradores.

Ela revira os olhos, e não consigo conter meu sorriso. Dou um beijo rápido em seus lábios.

— Essa é a minha garota. — Eu sabia que ela não poderia estar longe. — Vá se vestir. Não quero que fique com frio de novo.

ANA NÃO SE ANIMA com a comida que pedi. Ela come duas batatas fritas e meio bolinho de siri, mas só. Suspirando de decepção, eu a observo deixar a mesa e voltar para o quarto. Sei que não posso forçá-la a comer, mas me preocupo quando ela não se alimenta. Enquanto penso sobre o que fazer, mando uma mensagem para José, convidando a ele e ao pai para o jantar surpresa de aniversário de Ana, se — e é um grande se — ocorrer mesmo amanhã e se o pai dele estiver disposto também.

No meu laptop, verifico os e-mails. Há um de Carrick.

De: Grey, Carrick
Assunto: Motorista bêbado. Polícia de Astoria.
Data: 9 de setembro de 2011 17:42
Para: Christian Grey

Pode deixar. Sua mãe já deve estar em Portland.
Papai.

Carrick Grey, Sócio
Grey, Krueger, Davis e Holt LLP

Essa é uma boa notícia. Minha mãe deve estar com Ray quando chegarmos ao hospital.

Ana volta para a sala vestindo um moletom azul-claro com capuz, All Star e calça jeans.

— Estou pronta — murmura.

Talvez seja porque está triste e ansiosa, e seu rosto está pálido, mas ela parece mais jovem.

Por outro lado, ela ainda tem apenas vinte e um anos.

— Você parece tão jovem. E pensar que vai ficar um ano inteiro mais velha amanhã — comento.

Seu sorriso triste me parte o coração.

— Não estou muito a fim de celebrações. Podemos ir ver o Ray agora?

— Claro. Eu queria que você comesse alguma coisa. Você mal tocou na comida.

— Christian, por favor. Não estou com fome. Talvez depois de ver o Ray. Quero dar boa-noite a ele.

José está saindo da UTI quando chegamos.

— Ana, Christian, oi.

— Cadê seu pai? — pergunta Ana.

— Estava cansado demais para vir. Afinal de contas, ele também sofreu um acidente de carro hoje de manhã.

José força um sorriso. Acho que essa é a ideia que ele tem de uma piada.

— E os analgésicos contribuíram. Ele capotou. Tive que brigar para poder entrar e ver o Ray, já que eu não sou da família.

— E aí? — A voz de Ana embarga de ansiedade.

— Ele está bem, Ana. Na mesma... mas bem. — Ela assente, aliviada, eu acho. — Vejo você amanhã, aniversariante?

Porra. Não estrague a surpresa!

— Claro. Vamos ficar por aqui.

José olha para mim e a puxa para um breve abraço, fechando os olhos enquanto a segura.

— *Mañana* — sussurra ele.

Cara. Você ainda é a fim da minha esposa?

Ele a solta, e lhe desejamos boa-noite, observando-o caminhar pelo corredor em direção aos elevadores.

Suspiro.

— Ele ainda é louco por você.

— Não é, não. E mesmo que fosse... — Ana dá de ombros. Ela não se importa.

— Meus parabéns — diz.

O quê?

— Por não espumar pela boca — esclarece, os olhos brilhando de divertimento.

Até neste momento, ela está tirando sarro de mim.

— Eu nunca fiz isso! — Tento parecer ofendido, mas seus lábios se contraem em um leve sorriso, o que era minha intenção. — Vamos ver o seu pai. Tenho uma surpresa para você.

— Surpresa?

— Venha.

Pego a mão dela.

Minha mãe está na ponta da cama de Ray, a cabeça baixa, enquanto ouve o Dr. Crowe e uma mulher de uniforme cirúrgico. Grace se anima quando nos vê.

— Christian. — Ela beija minha bochecha e depois abraça minha esposa. — Ana. Como você está?

— Estou bem. É com o meu pai que eu estou preocupada.
— Ele está em boas mãos. A Dra. Sluder é especialista nessa área. Estudamos juntas em Yale.
— Sra. Grey. — A Dra. Sluder aperta a mão de Ana. Ela tem um leve sotaque sulista, suas palavras soando como uma canção de ninar. — Como a principal médica do seu pai neste momento, fico feliz em dizer que tudo está correndo conforme o previsto. Os sinais vitais dele estão fortes e estáveis. Temos muita fé em que ele vai se recuperar plenamente. O edema cerebral cessou e mostra sinais de que está diminuindo. Isso é muito promissor depois de tão pouco tempo.
— Que boa notícia — diz Ana, um pouco de cor voltando ao seu rosto.
— É mesmo, Sra. Grey. Estamos cuidando muito bem dele. Foi bom ver você de novo, Grace.
— Digo o mesmo, Lorraina.
— Dr. Crowe, vamos deixar a família fazer uma visita ao Sr. Steele. — Crowe segue a Dra. Sluder até a saída.

Ana baixa os olhos para Ray, que ainda dorme. Grace pega a mão dela.
— Ana, querida, fique sentada ao lado dele. Fale com ele. Isso só faz bem. Ficarei com o Christian na sala de espera.

— Como ela está? — pergunta Grace.
— É difícil dizer. Ela está resistindo, mas sei que está extremamente ansiosa. Ela costuma ser muito forte.
— Deve ser um choque para ela, querido. Graças a Deus você está aqui com ela.
— Obrigado por vir, mãe. O que você disse foi muito reconfortante, e tenho certeza de que fez uma grande diferença para Ana.

Grace sorri para mim.
— Você a ama muito.
— Amo mesmo.
— O que você vai fazer para o aniversário dela amanhã?
— Ainda não decidi, mas pensei que poderíamos fazer uma celebração discreta aqui mesmo.
— Eu acho que é uma boa ideia. Vou ficar em Portland esta noite. Não é sempre que tenho algum tempo de folga.
— Andrea reservou um quarto para você e o papai no Heathman.

Ela sorri.
— Christian, você é tão eficiente. Você pensa em tudo.

Suas palavras se espalham pelo meu corpo como o sol quente de verão.

Tiro minha camiseta branca, e Ana a pega e veste antes de subir na cama.
— Você parece mais animada.
Coloco meu pijama, satisfeito por Ana querer usar minha camiseta.
— É verdade. Acho que conversar com a Dra. Sluder e com a sua mãe fez uma grande diferença. Foi você que pediu à Grace para vir até aqui?
Deslizando para a cama, eu a puxo em meus braços, suas costas apoiadas no meu peito. É a melhor posição para abraçar minha garota.
— Não. Ela quis vir e verificar pessoalmente como estava o seu pai.
— Como ela soube?
— Liguei para ela hoje de manhã.
Ana suspira.
— Baby, você está exausta. Durma um pouco.
— Aham — murmura.
Em seguida, vira a cabeça para olhar para mim, franzindo a testa.
O que foi?
Ela se vira e se enrosca em mim, seu calor permeando minha pele enquanto acaricio seu cabelo. O que quer que ela estivesse pensando parece ter desaparecido.
— Quero que me prometa uma coisa — peço.
— Hmm?
— Prometa que vai se alimentar amanhã. Posso até tolerar você usando a jaqueta de outro homem sem espumar pela boca, mas, Ana... você tem que comer. Por favor.
— Hmm — ela grunhe em concordância, e eu beijo o topo de sua cabeça. — Obrigada por estar aqui — fala baixinho, e beija meu peito.
— E onde mais eu estaria? Quero estar onde você estiver, Ana.
Sempre.
Você é minha esposa. Minha família agora.
E a família vem em primeiro lugar.
Fico olhando para o teto, me lembrando da primeira vez que dormimos juntos neste quarto.
Faz tanto tempo... E nem tanto tempo assim.
Foi uma revelação.
Dormir com alguém.
Dormir com ela.
— Estar aqui me faz pensar em como chegamos tão longe. E na primeira noite que dormimos juntos — sussurro. — Que noite! Fiquei observando você por horas e horas. Você era simplesmente... *yar.*
Sinto o sorriso cansado de Ana em meu peito.
Ah, baby.
— Durma — murmuro, e não é um pedido.

SÁBADO, 10 DE SETEMBRO DE 2011

Vovô Theodore me entrega uma maçã. É de um tom vermelho vivo. E tem um gosto doce: de casa e verões longos e exuberantes, em que os dias não terminavam nunca. Sinto uma leve brisa no rosto. É refrescante sob o calor do sol. Estamos frente a frente no pomar. Seu rosto marcado pelo sol e castigado pelo tempo, as linhas gravadas na pele contando mil histórias. Ele estende o braço, e um tremor percorre sua mão. Ele não está tão firme quanto antes... *Vovô!* Ele agarra meu ombro, os olhos semicerrados, mas ainda brilhando com sabedoria e amor... por mim. Eu vejo agora. *Lembra que a gente fazia as maçãs doces quando você era criança?* Sorrio. Elas ainda são doces. As árvores ainda estão dando frutas. Ele sorri, a pele enrugando ao redor dos olhos. *Garoto, você era estranho. Não falava. Terrivelmente tímido. Agora, olhe para você. Mestre do seu próprio universo. Tenho orgulho de você, garoto. Você se saiu bem.* O calor das palavras é forte como o calor do sol. Atrás dele, mamãe, papai, Elliot, Mia e Ana caminham pela grama extensa e vicejante, vindo na nossa direção com um cobertor e uma cesta de piquenique. Ana ri de algo que Mia diz. Ela inclina a cabeça para trás, o cabelo solto refletindo a luz dourada. Minha mãe se aproxima. Ela também está rindo. *Família é tudo, garoto. Sempre. Família em primeiro lugar.* Ana se vira e sorri para mim. O brilho de seu sorriso me ilumina por dentro. Minha luz. Meu amor. Minha família. *Ana.*

Eu acordo, mas, antes de abrir os olhos, saboreio minha felicidade. Tudo está bem no mundo, tudo está como deveria ser, e eu sei que estou curtindo os resquícios de um sonho já esquecido.

Abro os olhos.

Onde estou?
No Heathman.
Merda... Ray.

A realidade sombria se intromete, mas viro a cabeça e fico reconfortado ao ver Ana enroscada ao meu lado, ainda dormindo. Pela luz que atravessa as cortinas, sei que é cedo. Paro por um momento, fazendo uma lista mental de tudo o que preciso fazer hoje.

É aniversário dela.

E Ray está ferido no hospital.

Será difícil equilibrar as coisas: viver, ao mesmo tempo, a celebração e o lamento.

Saio da cama com cuidado.

Não acorde a esposa!

Depois de tomar banho e me vestir, vou silenciosamente para a sala e deixo Ana dormindo. Preciso decidir se mantenho o jantar de aniversário, então minha primeira tarefa do dia é ligar para a UTI. Falo com uma das enfermeiras de Ray, que relata que ele teve uma noite confortável e que seus sinais vitais estão bons. Em seguida, ela me coloca em contato com o médico assistente, que explica que tudo está correndo bem e que devemos nos manter otimistas. Com essa notícia encorajadora e o relato da Dra. Sluder ontem, decido prosseguir com o jantar.

Nesse meio-tempo, preciso dos presentes da Ana. Ambos estão com Taylor. Confiro o relógio — são 7h35 — e mando uma mensagem para ele, que também está hospedado no hotel.

> Bom dia.
> Está com o presente da Ana?

TAYLOR
> Sim, senhor.
> Devo levar a caixa?

> Por favor. Ela ainda está dormindo!

Alguns momentos depois, ouço uma leve batida na porta. Taylor está com seu traje elegante de sempre.

— Olá — sussurro, pensando na bela adormecida.

Mantenho a porta aberta com o pé e me junto a Taylor no corredor.

— Bom dia — responde, sussurrando também. — Aqui está.

Ele coloca um pacote lindamente embrulhado, com papel rosa-claro e fitas de cetim, na palma da minha mão.

— Belo embrulho. Obra sua?

Levanto uma sobrancelha, e Taylor enrubesce.

— Para a Sra. Grey — murmura, e sei que isso é motivo suficiente. — Aqui está o cartão que veio com a caixa.

— Obrigado. Vou arriscar e fazer aquele pequeno jantar para Ana. Precisamos coordenar a chegada dos convidados hoje.

— Andrea tem me atualizado, e Sawyer está aqui. Eu e ele cuidaremos de tudo — afirma.

— E temos o carro novo, então Ana e eu não precisaremos de transporte.

— Tomei a liberdade de trazer as duas chaves. — Ele mostra a chave do R8. — A reserva está com o manobrista.

— Bem pensado. — Enfio a chave no bolso. — Acho que vamos demorar pelo menos uma hora. Mando uma mensagem quando estivermos prontos para sair, aí você traz o Audi.

— Talvez não tenha sinal na garagem. Vou falar com o concierge, e ele pode me ligar do posto dos manobristas.

— Está bem. Darei um sinal quando estivermos no saguão. Mas e aí, como ele se saiu?

— O R8?

Confirmo, e seu sorriso largo me diz tudo que preciso saber.

— Excelente. — Sorrio de volta. — Até mais tarde.

Ele se vira, e rio enquanto o vejo partir. Eu já tive algum dia uma conversa sussurrada no corredor de um hotel? Com Taylor? Ex-fuzileiro naval? Balanço a cabeça pensando em como somos ridículos, e volto para a suíte.

Quando dou uma olhada em Ana, ela ainda está apagada. Não me surpreendo. Ela deve estar destruída depois de ontem. Tenho tempo de enviar um e-mail para Andrea.

De: Christian Grey
Assunto: Jantar de aniversário da Ana
Data: 10 de setembro de 2011 07:45
Para: Andrea Parker

Bom dia, Andrea.
Quero prosseguir com o jantar surpresa para Ana.
Confirme com o hotel e providencie um bolo (chocolate!).

Mantenha-me informado sobre os preparativos de viagem para todos. Como Sawyer e Taylor estão aqui, poderão fazer o translado do aeroporto. Coordene com eles.
Obrigado.

Christian Grey
CEO, Grey Enterprises Holdings, Inc.

O que mais preciso fazer?
Sentado à mesa com o presente de Ana na mão, fico olhando para o cartão em branco. Mas sei exatamente o que quero dizer.

> *Por todas as nossas primeiras vezes, no seu primeiro aniversário como minha amada esposa.*
> *Amo você.*
> *Bj,*
> *C.*

Coloco o cartão no envelope e volto para o laptop. Ana vai querer uma roupa um pouco mais elegante para o jantar, e, considerando o que ela disse ontem, prefiro escolher um vestido eu mesmo a pedir para Taylor. Confiro o site da Nordstrom, e descubro que é possível fazer a compra pela internet e retirá-la no local. E fica a duas quadras do Heathman.
Perfeito.
Começo a navegar pelo site.
Vinte minutos depois, já comprei tudo de que Ana precisa. Espero que goste do que escolhi. Aviso Taylor por mensagem, e ele responde que mandará Luke até a Nordstrom enquanto estivermos com Ray.
Está na hora de acordar Ana.
Quando me sento na beira da cama, ela se mexe e abre os olhos, piscando à luz da manhã. Por um momento, parece relaxada e descansada, mas, de repente, sua expressão se transforma.
— Merda! Meu pai! — exclama, alarmada.
— Ei. — Acaricio sua bochecha, e ela olha diretamente para mim. — Liguei para a UTI agora de manhã. Ray passou bem a noite. Está tudo certo.
Ela me agradece enquanto se senta, parecendo aliviada. Inclino-me para beijar sua testa e, fechando os olhos, inalo seu perfume.
Sono e Ana.
Delicioso.

— Bom dia, Ana.
Beijo sua testa.
— Oi.
— Oi. Queria desejar um feliz aniversário. Posso?
Seu sorriso é incerto, mas ela acaricia minha bochecha, seus olhos brilhando de sinceridade.
— Sim, claro. Obrigada. Por tudo.
— Tudo?
— Tudo — responde com convicção.
Por que ela está me agradecendo? É desconcertante. Mas, como estou ansioso para dar meu presente, ignoro a confusão.
— Aqui.
Os olhos de Ana se fixam nos meus, cheios de entusiasmo quando ela pega o pacote e abre o cartão. Sua expressão se suaviza conforme ela lê.
— Também amo você.
Sorrio.
— Abra.
Retribuindo meu sorriso, ela desenrola a fita e remove cuidadosamente o papel de embrulho, revelando a caixa de couro da Cartier. Seus olhos se arregalam quando ela abre a caixa e encontra uma pulseira de ouro branco, com pingentes representando nossas primeiras experiências juntos: um helicóptero, um catamarã, um planador, um táxi preto de Londres, a Torre Eiffel, uma cama. Ela franze a testa enquanto examina a casquinha de sorvete, e olha para mim com uma expressão confusa.
— Baunilha?
Encolho os ombros, um pouco sem jeito.
Ela ri.
— Christian, é maravilhosa. Obrigada. É *yar*.
Seus dedos acariciam o pequeno coração na pulseira. É um relicário: achei apropriado, já que nunca dei meu coração a ninguém. Foi Ana quem o abriu, entrou rapidamente e se sentiu em casa.
Que sentimental, Grey.
— Você pode colocar uma foto ou o que quiser.
— Uma foto sua. — Ela me olha por entre os cílios. — Em meu coração para todo o sempre.
Ela faz com que eu me sinta nas nuvens.
As pontas de seus dedos roçam os pingentes das letras *C* e *A*, que simbolizam nós dois, depois tocam na chave de ouro branco. Ela me encara novamente, uma pergunta ardendo em seus olhos azuis brilhantes.

— Do meu coração e da minha alma — sussurro.

Ela abafa o choro e se joga em cima de mim, me pegando de surpresa enquanto joga os braços em volta do meu pescoço. Eu a embalo no meu colo.

— É um presente tão atencioso... Adorei. Muito obrigada. — Sua voz falha na última palavra.

Ah, baby. Aperto os braços ao redor dela.

— Não sei o que eu faria sem você — diz em meio às lágrimas.

Engulo em seco, tentando digerir suas palavras e ignorar a pontada no meu peito.

— Por favor, não chore. — Minha voz está rouca de emoção. Eu adoro saber que ela precisa de mim.

Ela funga.

— Desculpe. É que eu estou tão feliz e triste e nervosa, tudo ao mesmo tempo. É um doce amargo.

— Ei. — Inclino sua cabeça para trás e pressiono meus lábios nos dela. — Eu entendo.

— Eu sei — afirma ela com um sorriso triste.

— Queria que estivéssemos em circunstâncias mais felizes e em casa. Mas estamos aqui. — Eu a abraço, como se pedisse desculpas. Nenhum de nós poderia prever essa situação. — Venha, levante-se. Depois do café, vamos ver como está o Ray.

— Está bem.

Seu sorriso parece um pouco mais alegre quando saio para ela se vestir.

Na sala, peço granola, iogurte e frutas vermelhas para Ana, e uma omelete para mim.

É GRATIFICANTE VER QUE o apetite de Ana voltou. Ela devora a comida como se não houvesse amanhã, mas não faço qualquer comentário. É o aniversário dela, e eu quero vê-la feliz.

Na verdade, eu quero vê-la feliz basicamente o tempo todo.

— Obrigada por pedir meu café da manhã preferido.

— É seu aniversário. E você tem que parar de ficar me agradecendo.

— Só quero que você saiba que me agrada.

— Anastasia, é essa a minha função.

Quero cuidar de você. Já disse isso mais de uma vez.

Ela sorri.

— É verdade.

Assim que ela termina de comer, pergunto com o máximo de indiferença possível se está na hora de ir. Estou animado para dar o carro a ela.

— Só vou escovar os dentes.

Abro um largo sorriso.

— Tudo bem.

O pequeno *v* se forma entre as sobrancelhas quando Ana franze a testa. Acho que ela desconfia de que algo está acontecendo, mas não diz nada e vai para o banheiro. Mando uma mensagem para Taylor avisando que vamos sair em breve.

A caminho dos elevadores, noto que Ana está usando sua nova pulseira. Pego sua mão e beijo os nós dos dedos. Meu polegar roça o pingente de helicóptero.

— Você gostou?

— Gostar é pouco. Eu adorei. Adorei mesmo. Assim como eu adoro você.

Beijo seus dedos mais uma vez enquanto esperamos o elevador.

O elevador.

Onde tudo começou. Onde perdi o controle.

Cedeu o controle, Grey.

Sim. Ela mantém você sob controle desde que você a conheceu.

Os olhos de Ana voam para os meus assim que entramos.

Ela está pensando no que eu estou pensando?

— Não faça isso — sussurro, enquanto aperto o botão para o saguão e as portas se fecham.

— Isso o quê?

Ela me espia por entre os cílios, tímida e provocante ao mesmo tempo.

— Não me olhe assim.

— Foda-se a papelada — diz, com um sorriso largo.

Dou risada e a puxo para meus braços, inclinando seu rosto na direção do meu.

— Um dia vou alugar este elevador por uma tarde inteira.

— Só pela tarde?

Ela levanta uma sobrancelha, e é um desafio.

— Sra. Grey, mas que ambiciosa.

— Quando se trata de você, sou mesmo.

— Fico muito feliz em ouvir isso.

Dou um beijo carinhoso em seus lábios, mas, quando me afasto, Ana posiciona a mão na minha nuca e puxa minha boca para a dela. Sua língua é insistente, exigindo acesso, e ela me empurra contra a parede, pressionando o corpo no meu. Eu a beijo de volta, o desejo ardendo como um cometa dentro de mim.

O que imaginei que seria uma expressão cortês e respeitosa de afeto torna-se algo mais sombrio, mais intenso, mais quente.

Mais.

Muito mais.

Sua língua é implacável, acasalando-se com a minha.

Cacete.

Eu a quero. Aqui. Neste elevador.

De novo.

Nós nos beijamos. Línguas. Lábios. Mãos. Todos desempenhando um papel. Meus dedos apertam seu cabelo enquanto suas mãos acariciam meu rosto.

— Ana — sussurro, lutando contra meu desejo.

— Eu amo você, Christian Grey. — Ela está ofegante e inquieta, os olhos cheios de promessa. — Nunca se esqueça disso.

O elevador para, as portas se abrem e ela coloca um espaço entre nós.

Porra.

Meu sangue corre rápido e espesso pelo meu corpo.

— Vamos lá visitar seu pai antes que eu decida alugar esse elevador hoje mesmo.

Eu a beijo rapidamente, pego sua mão e sigo para o saguão do hotel. Estou grato por estar usando minha jaqueta.

O concierge nos vê, e eu faço um sinal com a cabeça. Ana percebe nossa troca, mas dou à minha garota meu sorriso clássico de "você é minha e eu tenho uma surpresa para você", e ela franze a testa.

— Cadê o Taylor? — pergunta.

— Ele deve chegar daqui a pouco.

— E o Sawyer?

— Resolvendo uns assuntos.

Saímos e paramos na calçada larga. É fim de verão, e está fazendo um dia lindo. As árvores da Broadway estão frondosas, mas já dá para sentir os primeiros sinais do outono. Taylor ainda não apareceu. Ana olha para os dois lados da rua, seguindo meus gestos.

— O que foi? — pergunta.

Encolho os ombros, tentando ser discreto e não entregar o jogo.

Então eu ouço: o rugido do motor gutural do R8. Taylor dirige o veículo branco imaculado que é o novo Audi de Ana, até parar na nossa frente.

Ana dá um passo para trás e, incrédula e perplexa, olha do carro para mim.

Bom, da última vez que tentei dar um carro para ela, as coisas não foram muito bem.

Ela pode gostar ou não.

Você disse, Ana. *Você pode me dar um de aniversário. Branco, acho.*

— Feliz aniversário — murmuro, e pego a chave do bolso.

Ela fica boquiaberta.

— Agora você passou totalmente dos limites. — Cada palavra é um staccato silencioso, então ela se vira para admirar o primor de engenharia que está estacionado rente ao meio-fio. A consternação dura pouco. Seu rosto se ilumina, e ela começa a dar pulinhos de alegria. Ana se vira e se joga nos meus braços abertos, e eu a giro, eufórico pela reação. — Você tem mais dinheiro do que bom senso! — grita ela. — Adorei! Obrigada mesmo!

Eu a deito para trás, surpreendendo-a. Ela suspira e agarra meus bíceps.

— Tudo para você, Sra. Grey. — Eu a beijo. — Venha. Vamos ver o seu pai.

— Claro! — exclama. — Posso dirigir?

Sorrindo para ela, e contrariando meus instintos, concordo.

— Pode. É seu.

Eu a coloco de pé novamente, e ela vai dançando até a porta do motorista, que Taylor está segurando aberta.

— Feliz aniversário, Sra. Grey. — Ele sorri.

— Obrigada, Taylor.

Ela o abraça enquanto eu reviro os olhos e me sento no banco do carona. Ana se senta ao meu lado e desliza as mãos pelo volante, sorrindo de alegria, e Taylor fecha a porta.

— Dirija com cuidado, Sra. Grey — diz ele, seu afeto óbvio apesar da voz áspera.

Por alguma razão insondável, isso me faz sorrir.

— Pode deixar — responde Ana, empolgada.

Ela coloca a chave na ignição, e fico tenso ao seu lado.

Detesto que dirijam por mim.

Taylor é a exceção.

Mas ela sabe disso.

— Vá com calma — aviso. — Não tem ninguém nos perseguindo agora.

Ela gira a chave, e o R8 desperta. Ana ajusta rapidamente os espelhos retrovisores e laterais, coloca o carro em movimento e sai para a rua a uma velocidade angustiante.

— Uau! — grito, agarrando meu assento.

— O que foi?

— Não quero ver você internada na UTI junto com o seu pai. Vá devagar — berro, me perguntando se o R8 foi mesmo uma boa ideia.

Ela desacelera imediatamente.

— Melhor assim? — Ela me dá um sorriso deslumbrante.

— Bem melhor — murmuro, agradecido por ainda estarmos vivos. — Vá com calma, Ana.

SETE MINUTOS DEPOIS, ESTAMOS no estacionamento do hospital, e eu envelheci pelo menos dez anos a cada minuto de viagem. Meus batimentos devem estar em 180. Andar em um carro dirigido pela minha esposa não é para os fracos.

— Ana, você precisa ir mais devagar. Não faça eu me arrepender de ter comprado isso para você. — Eu a encaro irritado enquanto ela desliga a ignição. — Seu pai está lá em cima porque se envolveu em um acidente de carro.

— Você tem razão — sussurra, estendendo o braço e apertando minha mão.
— Eu vou me comportar.
Quero dizer mais coisas, mas deixo para lá. É aniversário dela, e seu pai está na UTI.

E você comprou o carro para ela, Grey.
— Está bem. Ótimo. Vamos.

ENQUANTO ANA ESTÁ COM Ray, fico na sala de espera fazendo algumas ligações. Primeiro, Andrea.
— Sr. Grey. Bom dia.
— Bom dia. Quais são as novidades?
— Todos os planos de viagem para Portland estão encaminhados. Vou falar com Stephan daqui a pouco. Ainda estou esperando um retorno do Heathman, e, se eles não puderem providenciar o bolo, encontrei uma padaria em Portland que pode fazer isso hoje.
— Bom trabalho.
— O Sr. e a Sra. Adams vão decolar às dez e meia desta manhã, horário do Pacífico. Devem chegar em Portland por volta das quatro e meia da tarde.
— Eles sabem por que mudamos a festa surpresa para Portland?
— Não entrei em detalhes.
Ótimo. Não quero que Carla passe o voo preocupada com Ray.
Andrea continua:
— A Sra. Adams disse que está evitando contato com a Sra. Grey de propósito, para aumentar a surpresa.
— Está bem. Avise-me quando eles saírem de Savannah.
— Pode deixar.
— Obrigado por organizar tudo isso.
— É um prazer, senhor. Espero que o Sr. Steele continue melhorando. Nos falamos mais tarde.
Desligo e abro o e-mail que chamou minha atenção.

De: Grey, Carrick
Assunto: Motorista bêbado. Polícia de Astoria.
Data: 10 de setembro de 2011 09:37
Para: Christian Grey

Sua mãe disse que Raymond Steele está em boas mãos.
Me juntarei a ela mais tarde para a comemoração do aniversário da Ana.

Quanto ao motorista, tenho algumas informações, mas prefiro falar pessoalmente ou por telefone.
Nos vemos esta noite, filho.
Papai

Carrick Grey, Sócio
Grey, Krueger, Davis e Holt LLP

Ligo para Carrick, mas cai na caixa postal. Deixo uma mensagem, sento-me e leio as anotações de Ros sobre a reunião de ontem com os Hwang.
Meia hora depois, meu pai me retorna.
— Christian.
— Pai. Oi. Você tem novidades?
Olho para o horizonte de Portland.
— Falei com um dos meus contatos no departamento de polícia de Astoria. O nome do criminoso é Jeffrey Lance. Ele é bem conhecido na polícia, não apenas em Astoria, mas também no sudeste de Portland, de onde ele é. Mora lá em um parque de trailers.
— Ele estava bem longe de casa.
— O nível de álcool no sangue dele era de 0,28%.
— O que isso significa? — pergunto.
Eu me viro. Sem eu perceber, Ana entrou na sala de espera e me observa com apreensão.
— Significa que o nível de álcool estava três vezes e meia acima do limite legal — diz meu pai, me puxando de volta para a conversa.
— *Quanto* acima do limite?
Não acredito nisso. *Bêbados de merda. Eu detesto todos eles.* Da parte do meu cérebro que guarda minhas memórias mais dolorosas, brota o cheiro de cigarro Camel, bourbon e odor corporal.
"Aí está você, seu merdinha."
Porra. O cafetão da prostituta viciada em crack.
— Três vezes e meia — murmura papai, enojado.
— Entendo...
— E ele não é primário. A carteira de motorista está suspensa. Ele não tem seguro. A polícia está avaliando todas as acusações, e o advogado dele está tentando conseguir um acordo judicial, mas...
— Todas as acusações, tudo — interrompo. Meu sangue está fervendo. *Que babaca.* — O pai da Ana está na UTI. Quero que você use tudo que puder contra esse filho da puta.

— Filho... eu não posso me envolver, por causa da conexão familiar. Mas uma das mulheres com quem trabalho é especialista nesse tipo de assunto. Com a sua permissão, ela pode agir em nome do seu sogro e exigir penalidades mais pesadas.

Suspiro, tentando me acalmar.

— Ótimo, pai — murmuro.

— Preciso ir, filho. Tenho outra chamada na linha. Até mais.

— Mantenha-me informado.

— Pode deixar.

— O outro motorista? — pergunta Ana quando desligo.

— Um babaca de um bêbado de merda que mora num trailer na parte sul de Portland.

Seus olhos se arregalam, provavelmente com o meu tom, mas Jeffrey Lance merece. Respirando fundo para me acalmar, vou até ela.

— Já viu o Ray? Quer ir embora?

— Hmm... não. — Ela parece ansiosa.

— O que aconteceu?

— Nada de mais. Ele está sendo levado para a radiologia. Vão fazer uma tomografia computadorizada para ver como está o edema no cérebro. Eu queria esperar o resultado.

— Tudo bem. Vamos esperar. — Sento-me, estendendo meus braços, e ela sobe no meu colo. Acaricio suas costas e sinto o perfume de seu cabelo. É reconfortante. — Não foi assim que eu imaginei passar o dia de hoje — murmuro em sua têmpora.

— Eu também não, mas estou mais otimista agora. Sua mãe me tranquilizou bastante. Foi muito gentil da parte dela ter aparecido ontem à noite.

— Minha mãe é uma mulher extraordinária.

Continuo acariciando suas costas e apoio o queixo em sua cabeça.

— É verdade. Você tem muita sorte de tê-la por perto.

Concordo plenamente, Ana.

— Eu deveria ligar para a minha mãe. Avisar sobre o Ray — diz ela.

Opa. Neste momento, a mãe dela deve estar a caminho de Portland.

— Estou surpresa de ela não ter me ligado.

Ela franze a testa, e me sinto um pouco culpado pelo meu subterfúgio.

— Talvez ela tenha ligado — comento.

Ana tira o telefone do bolso, mas não há chamadas perdidas. Ela olha as mensagens e, pelo que posso ver, recebeu votos de aniversário das amigas, mas, como eu imaginava, nada da mãe. Ela balança a cabeça.

— Ligue logo para ela — digo, sabendo que não terá uma resposta.

Ana faz isso, mas desliga pouco depois.

— Ela não está. Tento de novo mais tarde, depois que eu souber o resultado da tomografia.

Puxando-a mais para perto, beijo sua cabeça. Quero contar a ela, mas isso estragaria a surpresa. Meu telefone vibra. Sem soltar Ana, tiro o aparelho do bolso.

— Andrea.

— Sr. Grey. É só para avisar que o Sr. e a Sra. Adams decolaram de Savannah há quinze minutos.

— Ótimo.

— Taylor está preparado para buscá-los no aeroporto.

— Qual é o horário previsto para a chegada?

Não quero que eu e Ana os encontremos no hotel.

— No momento, quatro e trinta e cinco.

— E os outros, hã... — olho para Ana, não querendo entregar o jogo — pacotes?

— Está tudo encaminhado com eles. Seu pai irá de carro. Seu irmão, sua irmã, Kate e Ethan Kavanagh vão voar com Stephan. Eles não podem sair antes das cinco e meia por causa do novo emprego da sua irmã, mas devem estar com vocês às seis e meia.

— O Heathman tem todos os detalhes?

— Há quartos reservados para todos. O jantar está marcado para doze pessoas, às sete e meia. Será oferecido o menu completo e um bolo. De chocolate, conforme solicitado.

— Ótimo.

— Ros queria saber se você recebeu as anotações dela sobre o negócio do estaleiro. Se estiver satisfeito, ela já pode enviar a carta de intenções para assinatura.

— Sim. Pode esperar até segunda de manhã, mas me mande um e-mail, em todo caso: eu imprimo, assino e escaneio para enviar de volta para você.

— Samir e Helena têm um problema de RH que desejam discutir, e Marco queria dois minutos.

— Eles podem esperar. Vá para casa, Andrea.

Ela parece sorrir do outro lado do telefone.

— Precisa de mais alguma coisa? Estarei no celular, se for necessário.

— Não, estamos bem, obrigado.

Desligo.

— Está tudo bem? — pergunta Ana.

— Sim.

— É o lance dos taiwaneses?

— É.

— Estou muito pesada?

Até parece!

— Não, baby.

Ela me pergunta se estou preocupado com o negócio de Taiwan, e garanto que não.

— Pensei que fosse importante.

— E é. O estaleiro daqui depende disso. Tem muitos empregos em jogo. Só temos que vender a ideia para os sindicatos. É aí que entram Sam e Ros. Mas pelo rumo que a economia está tomando, nenhum de nós tem muitas opções.

Ana boceja.

— Estou aborrecendo você, Sra. Grey?

Acho graça, e beijo seu cabelo mais uma vez.

— Não! De jeito nenhum... É só que está muito confortável aqui no seu colo — murmura. — Eu gosto de ouvir sobre o seu trabalho.

— Ah, é?

— Claro. Gosto de ouvir qualquer informação que você se digne a compartilhar comigo. — Ela sorri, e eu sei que está me provocando.

— Sempre ávida por mais informação, Sra. Grey.

— Conte para mim. — Ela encosta novamente a cabeça no meu peito.

— Contar o quê?

— Por que você faz isso.

— Isso o quê?

— Por que você trabalha desse jeito.

Dou uma risada, entretido, porque é óbvio, não é?

— Todo mundo tem que ganhar o seu sustento.

— Christian, o que você ganha é mais do que o seu sustento — comenta, os olhos diretos como sempre, exigindo a verdade.

— Não quero ficar pobre. Já passei por isso. Não vou passar de novo.

A fome.

A insegurança.

A vulnerabilidade.

... O medo.

Grey, alegre-se. É aniversário dela.

— Além do mais... é um jogo. O objetivo é ganhar. Um jogo que eu sempre achei muito fácil.

— Ao contrário da vida — murmura ela, quase para si mesma.

— É, acho que sim. — Nunca pensei nisso dessa forma. Sorrio para ela. *Perspicaz, Sra. Grey.* — Embora seja mais fácil estando com você.

Ela me abraça.

— Não pode ser só um jogo. Você é tão filantrópico!

Encolho os ombros.

— Em relação a algumas coisas, talvez.

Ana, não me enalteça. Eu posso me dar ao luxo de ser generoso.

— Eu adoro o Christian filantrópico — sussurra.

— Só ele?

— Ah, adoro o Christian megalomaníaco também, e o Christian maníaco por controle, o Christian especialista em sexo, o Christian pervertido, o Christian romântico, o Christian tímido... a lista é interminável.

— É uma porção de Christians.

— Eu diria que são pelo menos cinquenta.

Eu rio.

— Cinquenta Tons — sussurro em seu cabelo.

— Meu Cinquenta Tons.

Eu me inclino, levanto sua cabeça e a beijo.

— Bem, Sra. Tons, vamos ver como está seu pai.

— Isso mesmo.

A Dra. Sluder tem boas notícias. O inchaço no cérebro de Ray diminuiu, então ela decidiu despertá-lo do coma amanhã de manhã.

— Estou satisfeita com o progresso dele. Evoluiu bastante em um curto período de tempo. A recuperação dele está indo bem. Está tudo certo, Sra. Grey.

— Obrigada, doutora — diz Ana, os olhos brilhando de gratidão.

Pego a mão dela.

— Vamos almoçar.

— Podemos dar uma volta? — pergunta ela enquanto liga a ignição.

— Claro. É seu aniversário... podemos fazer o que você quiser.

Por um instante, sou transportado para um estacionamento em Seattle, onde uma insaciável Ana assumiu o controle da situação.

Ela me encara, seus olhos escurecendo.

— Qualquer coisa? — Sua voz está rouca.

— Qualquer coisa — respondo.

— Bom — fala em tom sedutor —, eu quero dirigir.

— Então dirija, baby.

Sorrimos um para o outro como os idiotas que somos, e eu resisto à vontade de agarrá-la.

Comporte-se, Grey.

Ana nos conduz para fora do estacionamento e, a uma velocidade tranquila que mantém minha pressão arterial normal, nos leva para a I-5. Uma vez lá, pisa no acelerador, nos impulsionando para trás nos assentos. *Droga!* Ela me iludiu com uma falsa sensação de segurança.

— Ana! Devagar — advirto, e ela desacelera.

Atravessamos a ponte sem problemas. Felizmente, o trânsito está bom. Olho para o rio Willamette e me lembro de todas as vezes que corri ao longo das margens, sempre que ia a Portland atrás da Srta. Anastasia Steele.

E agora estamos aqui, e ela é a Sra. Anastasia Grey.

— Tem alguma coisa em mente para o almoço? — pergunta.

— Não. Está com fome? — Ouço a esperança em minha voz.

— Estou.

— Aonde você quer ir? Hoje é o seu dia, Ana.

— Conheço um lugar perfeito.

Ela sai da I-5, voltando para o outro lado do rio e para o centro de Portland. Por fim, para na frente do restaurante onde comemos depois da exposição de fotografia do José Rodriguez. *No dia em que a reconquistei.*

— Por um minuto eu pensei que você ia me levar para aquele bar horroroso de onde você me ligou bêbada — eu a provoco.

— Por que eu faria isso?

— Para ver se as azaleias ainda estão vivas.

Lanço a ela um olhar de soslaio, e ela cora.

Ah, sim, baby. Você vomitou nos meus pés.

— Nem me lembre! Além do mais... você depois me levou para o seu quarto de hotel.

Sorrindo, ela levanta o queixo daquele seu jeito teimoso e triunfante.

— A melhor decisão que eu já tomei.

— É. Foi sim.

Ela se inclina e me beija.

— Você acha que aquele filho da puta arrogante ainda é garçom lá? — pergunto.

— Arrogante? Achei ele simpático.

— Ele estava tentando impressionar você.

— Bom, ele conseguiu.

Ana, você se impressiona fácil demais.

— Vamos entrar? — pergunta, achando graça.

— Primeiro as damas.

Aperto a ponte do nariz. Estou há duas horas trabalhando na pequena sala de espera da UTI. Ana está ao lado de Ray desde que voltamos do almoço. Da última vez que olhei, ela estava lendo para ele. É uma filha gentil e atenciosa. Ele deve ter sido um pai maravilhoso para inspirar tanta devoção.

Li a carta de intenções para o estaleiro e elaborei uma lista de perguntas, que enviei por e-mail a Ros. Não vou assinar nada antes de conversarmos, mas isso pode esperar até segunda-feira, no mínimo.

Meu telefone vibra. É Taylor, ligando para dizer que deixou a mãe de Ana e o marido dela no Heathman. Confiro a hora, notando que acabou de passar das 17h. Carla precisa ser informada sobre Ray. Não posso mais adiar. Relutantemente, ligo para o hotel e peço para falar com os Adam.

Não estou nada ansioso por esse momento.

— Alô — atende Carla.

Respiro fundo.

— Carla, é Christian.

— Christian! — diz ela, animada. — Tivemos um voo maravilhoso até aqui. Muito obrigada.

— Que bom que vocês tiveram uma viagem agradável. Mas tenho más notícias.

— Ah, não! Ana está bem?

— Ana está ótima. É o Ray. Ele se envolveu em um acidente de carro e está na UTI aqui em Portland. É por isso que estamos em Portland e não em Seattle. Ele está melhorando. Embora esteja em coma induzido no momento, deve despertar amanhã.

— Ah, não — arfa. — Como está Ana?

— Ela está lidando bem. E, como todas as notícias da UTI são boas, pensei em manter os planos e comemorar o aniversário dela.

— Sim. Sim, claro.

— Achei que você deveria saber antes do jantar. Mas ainda gostaria que a sua vinda fosse uma surpresa.

— Sim. Sim — responde. — Não liguei ou mandei mensagem para Ana de propósito, para manter a surpresa.

— Agradeço por isso, e lamento ser o portador desta notícia. Deve ser perturbadora.

— Não. Christian. Obrigada por me contar. Gosto muito do Ray.

— Nos vemos mais tarde.

— Sim. Nos vemos. Até lá.

Ela desliga.

Não foi tão ruim quanto eu imaginava.

Está na hora de voltar para o hotel. Guardo o laptop, me levanto e me espreguiço. Essas cadeiras não são as mais confortáveis.

Ana ainda está lendo algo do telefone para Ray. Observo do pé da cama enquanto ela acaricia a mão do pai e olha para ele de vez em quando, o amor brilhando intensamente em seu rosto.

Ela nota minha presença quando a enfermeira Kellie se aproxima.

— Hora de ir, Ana — digo suavemente.

Ela aperta a mão de Ray, ficando claro que não quer deixá-lo.

— Você precisa comer. Venha. Já é tarde — insisto.
— Agora vou fazer a higiene do Sr. Steele — diz a enfermeira Kellie.
— Está bem — concorda Ana. — A gente volta amanhã de manhã.
Ela se inclina e beija o rosto de Ray.

ELA ESTÁ EM SILÊNCIO e pensativa enquanto atravessamos o estacionamento.
— Quer que eu dirija? — pergunto.
Ela se vira para mim.
— Não. Estou bem — responde, abrindo a porta do motorista.
Essa é a minha garota.
Sorrio e me sento ao seu lado.

NO ELEVADOR, ELA FICA quieta novamente. Sua mente está em Ray, tenho certeza. Envolvendo-a em meus braços, ofereço-lhe o único conforto que posso.
Eu. E o calor do meu corpo.
Abraço-a forte enquanto subimos até o nosso andar.
— Achei que podíamos jantar lá embaixo. Numa mesa isolada.
Abro a porta da nossa suíte e a conduzo para dentro.
— Sério? Terminar o que você começou meses atrás? — Ana levanta uma sobrancelha.
— Só se você tiver muita sorte, Sra. Grey.
Ela ri.
— Christian, eu não tenho nada mais arrumado para vestir.
Ah, mulher de pouca fé.
No quarto, abro a porta do armário. Lá, onde Sawyer disse que estaria, há um vestido numa capa protetora.
— Taylor? — Ana está surpresa.
— Christian — digo, sentindo-me um pouco ofendido por ela duvidar de mim.
Ela ri, daquele jeito indulgente que tem às vezes, abre o zíper da capa e tira o vestido. Suspira quando o segura.
— É lindo — afirma. — Obrigada. Espero que caiba.
— Vai caber. — *Espero.* — E tem isso aqui — pego a caixa do fundo do armário — para usar com o vestido.
Sapatos sensuais de salto alto. Meus favoritos.
— Você pensa em tudo. Obrigada.
Ela me beija, um beijo doce e casto, e eu sorrio, satisfeito.
— Penso mesmo. — Entrego a ela uma segunda sacola da Nordstrom, menor, que não pesa nada e parece ter só o tecido. Ana vasculha a bolsa e descobre a lingerie de renda preta para complementar o vestido. Inclinando seu queixo para

cima, dou um beijo suave em seus lábios. — Estou ansioso para tirar isso de você mais tarde.

— Eu também — sussurra, e suas palavras inspiram meu pau.

Agora não, Grey.

— Quer que eu prepare um banho para você? — pergunto.

— Por favor.

Enquanto Ana está de molho na banheira, verifico com o hotel se todos os arranjos de Andrea estão em ordem. Parece que ela pensou em tudo, até na decoração.

Dê um aumento à mulher, Grey.

Como preciso esperar por Ana, abro o laptop, pego o DRE da Geolumara e o examino por vários minutos.

Hmm... as vendas poderiam ser melhores, mas os valores em caixa são bons, considerando que a empresa é relativamente nova. No entanto, com as despesas significativas, suas margens de lucro não são tão altas quanto eu esperava. Podemos melhorar isso. Faço algumas anotações sobre o que pode ser feito, até que o barulho do secador de cabelo tira o meu foco da planilha.

Perdi a noção do tempo.

Entrando no quarto, encontro uma Ana limpíssima sentada na beira da cama, enrolada em uma toalha e secando o cabelo.

— Deixa que eu faço isso — ofereço, apontando para a cadeira em frente à penteadeira.

— Secar o meu cabelo? — A descrença dela é evidente.

Ana, esta não é a minha primeira vez.

Mas acho que ela não gostaria de ouvir que eu costumava fazer isso para minhas submissas como recompensa por bom comportamento.

— Venha — incentivo.

Ela se senta na cadeira, lançando-me um olhar interrogativo no espelho. Mas, quando começo a escovar o cabelo, ela se entrega aos meus cuidados. É uma tarefa envolvente, e logo fico totalmente absorto... desembaraçando mechas de seu cabelo e secando-as em seguida. Isso me leva a outros tempos, muito mais remotos do que eu gostaria.

Para um quarto pequeno e miserável em uma favela de Detroit.

Detenho esses pensamentos imediatamente.

— Você já fez isso antes. — Ana interrompe meu devaneio, e eu sorrio para ela no espelho, mas não digo nada.

Você não quer saber, Ana.

Quando termino, seu cabelo está macio e exuberante, refletindo a luz de um abajur na penteadeira.

Lindo.

— Obrigada — diz ela, balançando a cabeça e deixando o cabelo cair nas costas.

Dou um beijo em seu ombro nu e digo que vou tomar um banho rápido. Ela sorri, embora eu veja sua tristeza e me pergunte se tomei a decisão certa ao promover essa festa.

Droga.

Esses pensamentos pesam em mim enquanto entro sob a cascata de água quente.

Tanto que ofereço uma oração silenciosa a Deus.

Faça Ray melhorar.

Por favor, Senhor.

QUANDO SAIO DO BANHEIRO, Ana está esperando por mim. Ela está deslumbrante. O vestido caiu perfeitamente, acentuando seu belo corpo, e a pulseira brilha em seu pulso. Ela dá uma voltinha rápida, então pausa para que eu feche o zíper.

— Você está linda, como deveria estar no seu aniversário — sussurro.

Ela se vira e coloca as mãos no meu peito nu.

— Você também.

Ela me espia através dos cílios longos, daquele jeito que esquenta meu sangue.

Ana.

— É melhor eu me vestir, antes de mudar de ideia sobre o jantar e abrir o zíper do seu vestido.

— Você escolheu bem, Sr. Grey.

— Você o veste bem, Sra. Grey.

MIA ME MANDOU UMA mensagem informando que todos já estavam reunidos no salão. Aperto a mão de Ana quando saímos do elevador para o mezanino. Espero que ela goste de surpresas. Eu a conduzo em direção aos salões de jantar privados, e minha deslumbrante esposa não parece nem notar os olhares de admiração que está atraindo. No final do corredor, paro por um breve momento antes de abrir a porta, então entramos e ouvimos um coro animado de "Surpresa!".

Mamãe, papai, Kate, Elliot, os dois Josés, Mia, Ethan, Bob e Carla erguem suas taças, comemorando, enquanto paramos diante de nossa família e nossos amigos. Ana se vira boquiaberta para mim. Sorrio, apertando sua mão, feliz que tudo tenha dado certo. Carla dá um passo à frente e toma Ana em seus braços.

— Querida, você está linda. Feliz aniversário.

— Mãe! — sussurra Ana. É um som agridoce, e eu me afasto para dar às duas um pouco de privacidade e cumprimentar o restante dos convidados.

Estou sinceramente satisfeito em ver todos. Até José. Ele e o pai parecem descansados, e menos machucados do que ontem. Elliot e Ethan rasgam elogios ao *Charlie Tango*, Mia e Kate ao Heathman.

— E eu pude voar no seu helicóptero! Muito obrigada! — Mia joga os braços em volta de mim. Pergunto como está indo seu trabalho. — Até agora, tudo bem. — Ela sorri. — Ah, é minha vez com Ana!

Ela sai correndo para incomodar minha esposa.

— Obrigada por tudo isso, Christian — diz Kate. — Tenho certeza de que Ana está adorando.

— Espero que sim.

Quando volto para perto dela, Elliot está com Ana em um abraço apertado. Pego sua mão e a trago para o meu lado.

— Já chega. Pode parar de se esfregar na minha mulher. Vá se esfregar na sua noiva — digo sem rancor.

Elliot pisca para Kate.

Um garçom oferece a Ana e a mim taças de champanhe rosé: nosso habitual Grande Année, é claro. Pigarreio. O zumbido na sala diminui à medida que todos me dão atenção.

— Este seria um dia perfeito se Ray estivesse aqui conosco, mas ele não está longe. Está se recuperando, e eu sei que ele gostaria que você se divertisse, Ana. Agradeço a todos vocês por terem vindo participar do aniversário de minha bela esposa, o primeiro de muitos que passaremos juntos. Felicidades, meu amor.

Ergo a taça para a minha garota em meio a um coro de "parabéns", e lágrimas brilham em seus olhos.

Ah, baby.

Beijo sua têmpora, desejando afastar sua dor.

— Surpresa boa? — pergunto, sentindo-me nervoso, de repente.

— Muito boa. Obrigada, meu amor.

Ela traz os lábios aos meus, e eu lhe dou um beijo rápido e casto, adequado para encontros de família.

Durante o jantar, ela não é a Ana de sempre. Está abatida, mas eu entendo. Está preocupada com o pai. Ela acompanha as conversas, ri nos momentos certos e eu *acho* que ficou mais animada vendo a alegria da família e dos amigos. Mas, no fundo, minha garota está sofrendo. Ela está pálida, mordendo o lábio e, às vezes, se distrai; provavelmente perdida em seus pensamentos sombrios.

Eu vejo sua dor e não tenho como ajudar.

É frustrante.

Ela só belisca a comida, mas não falo nada. Já me sinto grato por ela ter almoçado bem.

Elliot e José estão em sua melhor forma. Eu não fazia ideia de que o fotógrafo tinha um senso de humor tão afiado. Kate também percebeu o estado de Ana. É atenciosa e, enquanto cochicham, eu as vejo dando risada. Ana mostra sua pulseira nova, e Kate disfere os elogios adequados. Meus sentimentos em relação a Kavanagh melhoram um pouco mais.

Faça minha esposa rir. Ela precisa de distração agora.

Finalmente, um magnífico bolo de chocolate com vinte e duas velas acesas é entregue por dois garçons. Elliot começa uma versão animada de "Parabéns pra você", e todos nos juntamos a ele. Ana abre um sorriso melancólico.

— Faça um pedido — sussurro. Ela fecha os olhos como uma criança faria, então apaga todas as velas de uma só vez. Olha para mim, ansiosa, e sei que está pensando em Ray. — Ele vai ficar bem, Ana. Só precisa de um tempo.

Damos boa noite a todos os convidados e subimos para o nosso quarto. Acho que a noite foi um sucesso. Ana parece mais contente, e eu estou surpreso, dadas as circunstâncias, do quanto gostei da companhia de todos. Fecho a porta da suíte e me encosto nela, enquanto Ana se vira para me encarar.

— Enfim sós — murmuro.

Ela deve estar exausta.

Dá um passo em minha direção e passa os dedos na lapela do meu paletó.

— Obrigada pelo aniversário maravilhoso. Você é realmente o mais adorável, atencioso e generoso dos maridos.

— Ao seu dispor.

— Sim... ao meu dispor. Agora eu quero desembrulhar meu presente — sussurra ela, e encosta os lábios nos meus.

DOMINGO, 11 DE SETEMBRO DE 2011

Ana está aninhada no sofá da suíte, lendo um manuscrito que imprimiu no hotel. Está calma e focada, o pequeno *v* formando-se entre as sobrancelhas enquanto ela rabisca, com um lápis azul, seus hieróglifos nas margens. De vez em quando, mastiga o lábio inferior carnudo, e não sei se é uma reação ao que está lendo ou se está imersa na narrativa, mas provoca o efeito de sempre no meu corpo.

Eu quero morder aquele lábio.

Sorrindo sozinho, lembro-me de como ela me acordou de manhã. Ana está se tornando cada vez mais proativa quando o assunto é sexo; como beneficiário de sua paixão, não estou reclamando. Acho que ter visto as pessoas mais próximas e queridas neste momento difícil foi terapêutico para ela.

Dito isso, foi uma manhã emocionante. Após um café da manhã agradável com a família e os amigos, nos despedimos de todos, exceto de Carla e Bob. Meus pais voltaram para Seattle. Stephan levou Elliot, Mia, Kate e Ethan para casa no *Charlie Tango*. Ryan, que ainda está em Seattle, os buscará no Boeing Field.

Quando todos foram embora, Carla, Ana e eu visitamos Ray. Bem, Carla e Ana visitaram. Dei a elas um pouco de privacidade e fiquei trabalhando na sala de espera, até a hora de levar Carla e Bob ao aeroporto. Nós os deixamos nas mãos seguras de Beighley e seu copiloto, que estavam de prontidão com o Gulfstream. Ana despediu-se chorosa da mãe. Agora estamos de volta à nossa suíte, relaxando um pouco depois de um almoço leve. Acho que Ana está lendo para não pensar em Ray.

Eu só queria ir para casa.

Mas acho que isso depende da recuperação de Ray.

Espero que ele acorde logo, e possamos planejar uma transferência para Seattle e voltar para o Escala. Mas não mencionei isso a Ana. Não quero causar mais preocupações.

Cansei de ler, então, para passar o tempo, comecei a montar uma colagem de fotos da minha esposa para usar como protetor de tela no laptop e no telefone. Tenho várias fotos dela da lua de mel. E, em todas, Ana está deslumbrante. Adoro o fato de que a capturei em muitos humores diferentes: dando risada, pensativa, fazendo beicinho, achando graça, descontraída, feliz e, em algumas, até fechando a cara para mim. Essas são as fotos que me fazem sorrir.

Lembro-me do choque ao ver sua imagem, grande e linda, na exposição de José Rodriguez, e da conversa que tivemos depois.

Queria que você se sentisse descontraída desse jeito quando está comigo.

Olho para ela novamente. Aqui está. Descontraída. Absorta no trabalho.

Missão cumprida, Grey.

Vamos pendurar as outras fotos na nossa casa nova, e talvez eu coloque uma delas no escritório do Escala.

Ela ergue os olhos.

— O que foi?

Bato o dedo indicador nos meus lábios e balanço a cabeça.

— Nada. Como está o livro?

— É um *thriller* político. Situado em um futuro surreal distópico.

— Parece fascinante.

— E é. É uma versão do *Inferno* de Dante, escrita por um novo escritor que mora em Seattle. Boyce Fox.

Os olhos de Ana brilham, animados com a emoção de um bom livro.

— Mal posso esperar para ler.

Ela sorri e retorna ao manuscrito.

Sorrindo, volto à minha colagem.

Um pouco depois, ela se levanta e se aproxima de mim, o rosto cheio de esperança.

— Podemos voltar?

— É claro.

Fecho o laptop, satisfeito com minha fotomontagem da Sra. Anastasia Grey.

— Você dirige? — pergunta ela.

— Claro.

Taylor está visitando a filha, e dei um dia de folga a Sawyer.

— Quero pegar uma cópia do *The Oregonian* no caminho, para ler a página de esportes para o papai.

— Boa ideia. Deve ter uma na recepção. Vamos lá.

Pego minha jaqueta e o laptop e saímos.

Ray dorme tranquilamente na cama de hospital, e Ana e eu levamos alguns segundos para perceber que ele não está mais no respirador. A rajada de ar repetitiva e marcada que vinha sendo sua companheira constante já não existe mais. Ele está respirando sozinho. O rosto de Ana se ilumina de alívio. Com infinita ternura, ela acaricia o queixo mal barbeado do pai e enxuga sua saliva com um lenço de papel.

Desvio o olhar.

Estou sendo invasivo. Essa expressão silenciosa de amor de uma filha para o pai é íntima demais para eu testemunhar. Sei que Ray ficaria muito constrangido se soubesse que eu estava parado aqui, olhando para ele em seu estado mais vulnerável. Saio para encontrar um dos médicos para uma atualização. A enfermeira Kellie e sua colega Liz estão no posto de enfermagem.

— A Dra. Sluder está em cirurgia. — Kellie pega o telefone. — Deve sair a qualquer momento. Quer que eu mande uma mensagem para ela?

— Não. Está tudo certo. Obrigado.

Deixo as duas enfermeiras e volto para a sala de espera, que agora já conheço tão bem. Novamente, estou aqui sozinho. Afundado em uma das cadeiras, abro o laptop e puxo a última iteração da minha colagem de Ana. Decidi acrescentar algumas fotos do nosso casamento.

Estou completamente imerso na tarefa quando Ana irrompe na sala, tirando minha atenção da tela. Seus olhos estão vermelhos de lágrimas recentes, mas ela está transbordando de euforia.

— Ele acordou — exclama.

Graças a Deus. Finalmente.

Deixando o laptop de lado, eu me levanto para abraçá-la.

— Como ele está?

Ela se aninha no meu peito, os olhos fechados enquanto coloca os braços em volta de mim.

— Falante, desorientado, com sede. Não se lembra de nada do acidente.

— É compreensível. Agora que ele acordou, quero transferi-lo para Seattle. Assim podemos voltar para casa e minha mãe pode dar atenção a ele.

— Não sei se ele já está em condições de ser transferido.

— Vou falar com a Dra. Sluder, saber a opinião dela.

— Está com saudades de casa? — Ana olha para mim.

— Sim.

Muita.

— Tudo bem.

Ela sorri, e juntos voltamos para a enfermaria, onde encontramos Ray sentado na cama. Ele parece um pouco chocado e, para ser sincero, envergonhado por eu estar aqui.

— Ray. É bom ver você de volta com a gente.

— Obrigado, Christian — resmunga ele. — Muito trabalho para vocês, crianças, estarem aqui.

— Pai, não é trabalho. Não queremos estar em nenhum outro lugar. — Ana tenta tranquilizá-lo.

A Dra. Sluder se junta a nós, exalando eficiência.

— Sr. Steele. Bem-vindo de volta — diz ela.

— Você só sabe sorrir.

Coloco uma mecha do cabelo de Ana atrás de sua orelha quando ela para o R8 na frente do Heathman.

— Estou muito aliviada. E feliz. — Ela me abre um sorriso.

— Ótimo. — Saímos, e Ana entrega as chaves ao manobrista. Está ficando mais escuro e frio, e Ana começa a tremer, então coloco o braço em volta de seus ombros e entramos no hotel. Do saguão, vejo o Marble Bar. — Vamos comemorar?

— Comemorar? — Ana franze a testa.

— Seu pai.

Ela ri.

— Ah, tá.

— Senti falta da sua risada.

Beijo o cabelo dela.

— Podemos jantar no quarto mesmo? Sabe, uma noite calma, sem sair?

— Claro. Venha.

Pegando sua mão, eu a levo até os elevadores.

Ana devora o jantar.

— Estava delicioso. — Ela empurra o prato. — Eles sabem fazer uma *tarte tatin* aqui.

Isso é verdade, Ana.

— Desde que chegamos aqui, essa foi a primeira vez que eu vi você comer bem.

— Eu estava com fome.

Ela se recosta, satisfeita, e é algo muito gratificante de ver. Ela está revigorada e limpa depois do banho que tomamos mais cedo, vestindo nada além da minha camiseta e de uma calcinha. É toda olhos, sorrisos, rabo de cavalo e pernas... especialmente pernas.

Erguendo minha taça de vinho, tomo um gole.

— O que você gostaria de fazer agora? — Mantenho meu tom gentil e, espero, um pouco sedutor.

Meu iPod está tocando algumas músicas tranquilas ao fundo. Sei o que quero fazer, mas ela teve um dia cheio de emoções.

— O que *você* quer fazer?

É uma pegadinha?

Levanto uma sobrancelha, achando graça.

— O que eu sempre quero fazer.

— E o que seria?

— Sra. Grey, não seja recatada.

Ela franze os lábios com seu sorriso secreto e, estendendo o braço sobre a mesa, pega minha mão e a vira. Com muito cuidado, desliza o indicador pela palma da minha mão, que arrepia em resposta. É uma sensação estranha que me tira o fôlego.

— Quero que me toque com este aqui. — Sua voz é baixa e provocadora, enquanto a ponta do seu dedo roça o meu indicador.

Seu toque ecoa. *Em toda parte.*

Porra.

Eu me remexo na cadeira.

— Só isso?

— Talvez este? — Ela traça uma linha ao longo do meu dedo médio, depois volta à palma da minha mão. — E este. — Ela tece um caminho até minha aliança. — Este aqui, sem dúvida. — Ela para, o dedo pressionando o anel de platina. — Este é muito sexy.

— Você acha?

— Com certeza. Ele diz *este homem é meu.*

Cacete. Estou duro.

Sim. Ana. Seu.

Usando a unha, ela delineia o pequeno calo no ponto em que minha palma encontra o anel, seus olhos fixos nos meus. Ela está com as pupilas dilatadas. O escuro superando o azul brilhante.

Ela me fascina.

Inclinando-me para a frente, seguro seu queixo em minha mão.

— Sra. Grey, você está me seduzindo?

— Espero que sim.

— Anastasia, eu já fui fisgado. — *Sempre.* — Venha cá. — Eu a puxo para o meu colo e a seguro. — Gosto de ter acesso desimpedido.

Para provar, passo a mão por sua coxa nua até a bunda. Em seguida, agarro sua nuca com a outra mão, inclino sua cabeça e a beijo. Intensamente. Explorando sua boca e saboreando a sensação de sua língua na minha, enquanto seus dedos encontram meu cabelo.

Ela tem gosto de torta de maçã e Ana.

Com o toque de um bom Chablis.

É uma combinação estimulante em todos os sentidos. Ambos estamos ofegantes quando me afasto.

— Vamos para a cama — sussurro em seus lábios.

— Cama? — zomba.

Ah!

Eu me inclino para trás e puxo seu cabelo para encará-la.

— Onde você prefere, Sra. Grey?

Ela dá de ombros, indiferente. Desafiadora.

— Quero ser surpreendida.

— Você hoje está cheia de energia.

Roço o nariz no dela enquanto uma lista de possibilidades se forma em minha mente.

— Talvez eu precise que alguém me contenha.

— Talvez precise mesmo. A idade está deixando você muito mandona.

— E o que você vai fazer a respeito?

Ela endireita os ombros, do seu jeito característico, pronta para a batalha.

Ah, Ana.

— Eu sei bem o que eu quero fazer a respeito. Mas não sei se você vai topar.

— Ah, Sr. Grey, você tem sido extremamente gentil comigo nos últimos dias. Eu não sou feita de vidro, sabia?

— Não gosta de gentilezas?

— Vindas de você, é claro que sim. Mas, sabe... é sempre bom variar um pouco. — Ela bate os cílios.

— Está a fim de alguma coisa menos gentil?

— Alguma coisa revigorante.

Nossa.

— Revigorante?

Espantado, olho para ela enquanto diversos cenários sexuais surgem em minha mente. Ela balança a cabeça, me encarando e mordendo o lábio inferior.

De propósito.

Ela está me provocando.

Ela quer algo revigorante, eu posso oferecer.

— Não morda o lábio.

Seguro Ana com mais força e me levanto, levando-a no colo. Ela arfa de surpresa e agarra meus braços, enquanto eu a carrego pela sala e a deixo no sofá mais distante.

Tenho um plano. Quero ver até onde vai sua recém-descoberta confiança sexual.

E quero assistir.

— Espere aqui. Não se mexa.

Ela vira a cabeça, os olhos me acompanhando conforme ando para o quarto. Examino o cômodo e me lembro de um dos presentes que ela havia aberto no café da manhã. Uns produtos de toalete sofisticados de Kate. Na embalagem elegante, encontro um pequeno frasco de óleo hidratante perfumado, âmbar escuro e sândalo.

Perfeito. Eu o coloco no bolso traseiro da calça jeans. No banheiro, pego os cintos dos nossos roupões de banho e uma das toalhas maiores.

De volta à sala, fico satisfeito ao ver que Ana permaneceu no sofá.

Obediência! Finalmente!

Ela não me vê quando me aproximo por trás, nem me ouve, pois estou descalço. Ana arfa quando me inclino sobre ela e seguro a bainha de sua camiseta.

— Acho que não vamos precisar disso aqui.

Arranco-a sobre sua cabeça e a jogo no chão. Admiro como seus mamilos endurecem em resposta ao contato do material e à temperatura mais fria na sala. Agarro o rabo de cavalo, puxando sua cabeça e reivindicando sua boca com um beijo rápido.

— Fique de pé — murmuro em sua pele.

Ela obedece, nua, exceto pela calcinha. Estendo a toalha sobre o sofá, para não derramar óleo ou qualquer outra coisa no estofado.

— Tire a calcinha.

Olho diretamente para Ana. Ela engole em seco, mas, com os olhos fixos nos meus, obedece sem hesitar.

Gosto dessa versão da Ana.

— Sente-se. — Ela faz o que eu mando, e agarro seu rabo de cavalo mais uma vez, enrolando o cabelo macio entre meus dedos. Eu o puxo, levando sua cabeça para trás, e a observo de cima. — Você vai pedir para parar se eu for longe demais, tudo bem?

Ela assente.

Droga, Ana.

— Diga.

— Tudo bem — responde, a voz um pouco estridente e ofegante, deixando transparecer sua excitação.

Sorrio e falo em tom baixo:

— Ótimo. Então, Sra. Grey... atendendo a pedidos, vou prender você. — Eu escolhi este, o único sofá que tem remates, por um motivo. — Levante os joelhos. E sente-se ereta.

Mais uma vez, ela obedece sem hesitação. Pegando sua perna esquerda, coloco o cinto de um dos roupões em volta de sua coxa, e faço um nó corrediço acima do joelho.

— Um roupão? — diz Ana.

— Estou improvisando. — Amarro a outra ponta no remate que fica na parte inferior esquerda do sofá e puxo, separando suas coxas. — Não se mexa.

Faço o mesmo com sua perna direita, amarrando o outro cinto no remate direito.

Ana está espalhada, as pernas bem abertas, revelando tudo o que ela tem a oferecer, suas mãos ao lado do corpo.

— Tudo bem? — pergunto, embevecido com a vista de cima.

Ela assente e olha para mim, suave, doce, vulnerável. *Minha.*

Abaixando-me, eu a beijo.

— Você não tem ideia de como está sexy neste momento. — Esfrego meu nariz no dela, contendo meu anseio pelo que está por vir. — Hora de mudar a música, eu acho.

Vou até meu iPod. Percorro os artistas. Seleciono uma faixa. Pressiono repetir e reproduzir.

Sweet About Me. Perfeito.

Conforme a voz abafada e sensual de Gabriella Cilmi preenche a sala, eu me viro, fixo o olhar na minha esposa, nua e amarrada, e ando até ela. Seu olhar não abandona o meu quando caio de joelhos na sua frente, para adorá-la em seu altar.

Sua boca se abre enquanto ela inspira.

Ah, Ana. Vamos ver quanto a sua confiança cresceu.

Eu sei o que ela está sentindo.

— Exposta? Vulnerável? — pergunto.

Ela lambe os lábios e assente.

— Ótimo — sussurro.

Baby, você consegue.

— Me dê as mãos. — Retiro o pequeno frasco de óleo do bolso de trás. Ana levanta as palmas das mãos em concha, e eu derramo um pouco de óleo. O cheiro é forte, mas não desagradável. — Esfregue as mãos.

Ela se contorce no sofá.

Ah, isso nao.

— Fique parada — advirto.

Ana para de se contorcer.

— Agora, Anastasia, eu quero que você se toque.

Ela pisca. Surpresa, eu acho.

— Comece pelo pescoço e vá descendo. — Seus dentes cravam naquele lábio inferior. — Não fique tímida, Ana. Vamos. Faça o que eu pedi.

Vamos, Ana.

Ela coloca as mãos em cada lado do pescoço. Em seguida, as desliza até o topo dos seios, deixando em seu rastro um brilho oleoso sobre a pele.

— Mais para baixo — sussurro.

Depois de um instante, ela envolve os seios com as mãos.

— Acaricie seu corpo.

Timidamente, com seus olhos escuros nos meus, ela pega os mamilos entre o polegar e o indicador, e puxa ambos gentilmente.

— Mais forte — insisto, me sentindo como a serpente do Éden. — Como eu faria — acrescento, agarrando minhas coxas para me impedir de tocá-la.

Ela geme em resposta, e aperta e puxa com mais força. Observo cada movimento sob seu toque.

Porra, ela é gostosa.

— Isso. Assim mesmo. De novo.

Ela fecha os olhos e geme, então gira e torce os mamilos entre os dedos.

— Abra os olhos. — Minha voz está rouca.

Ela olha para mim.

— De novo — ordeno. — Quero ver você. Quero ver você aproveitar a sensação.

Ela continua, os olhos nublados de desejo... a respiração ficando mais intensa conforme o desejo a consome... conforme fico com tanto tesão quanto ela.

Ana já deve estar tão molhada...

Minha calça fica mais apertada a cada segundo. *Chega.*

— As mãos. Mais para baixo.

Ela se contorce.

— Fique parada, Ana. Absorva o prazer. Mais para baixo.

— Faça você — sussurra.

— Ah, vou fazer, sim... mas só daqui a pouco. Agora é sua vez. Mais para baixo. Agora.

Ela está gostosa para caralho agora, e nem faz ideia. Desliza as mãos sob os seios, sobre a barriga, indo mais para baixo, enquanto se contorce e puxa os cintos dos roupões.

Não. Não. Balanço a cabeça.

— Parada. — Colocando minhas mãos em cada um de seus joelhos, eu a seguro no lugar. — Vamos lá, Ana... mais para baixo.

Suas mãos deslizam pelo abdômen.

— Mais para baixo — balbucio.

— Christian, por favor — implora.

Passo as mãos por seus joelhos, suas coxas, rumo à junção que está exposta na parte superior de suas pernas.

Meu objetivo final.

O objetivo dela.

— Vamos, Ana. Quero ver você se tocar.

Sua mão esquerda roça a vulva, então ela começa a esfregar os dedos em um círculo lento sobre o clitóris.

— Ah! — murmura, a boca formando um "o" mal desenhado.

— De novo. — É um sussurro e uma ordem.

Ela geme, ofegante, e fecha os olhos, apoiando a cabeça no sofá enquanto sua mão se move.

— De novo.

Ela geme mais uma vez, e eu não quero que ela goze sem mim. Eu seguro suas mãos com firmeza e me curvo entre suas coxas, passando o nariz e a língua sobre seu clitóris. Para cima e para baixo. De novo. Levando-a ainda mais alto.

Ela está tão molhada. Encharcada de desejo.

— Ah! — grita ela e tenta mexer as mãos.

Aperto os dedos em torno de seus pulsos e continuo meu ataque sensual.

— Vou amarrar você aqui também. Fique parada — murmuro em seu lugar mais íntimo.

Ana geme, e eu a solto, então lentamente coloco dois dedos dentro dela.

Tão molhada.

Tão pronta.

Tão voraz.

Esfrego seu clitóris com a palma da minha mão.

— Vou fazer você gozar bem rápido, Ana. Está pronta?

— Sim — sussurra, balançando a cabeça freneticamente.

Movo minha mão. Com força. Rápido. Estimulando-a por dentro e por fora. Ela grunhe acima de mim. Sua cabeça girando de um lado para outro, os dedos dos pés se curvando, e as mãos agarrando a toalha abaixo. Sei que ela quer esticar as pernas para amenizar a sensação intensa. Mas não pode; ela está no limite.

Tão perto.

Mas eu não paro.

E eu sinto.

O início.

Do fim.

Seu orgasmo. Chegando.

— Deixe-se levar — sussurro, e ela grita. Alto e sem pudor.

Pressiono a palma da minha mão em seu clitóris e prolongo seu orgasmo, que continua sem parar.

Nossa. Ana.

Com a outra mão, desamarro os cintos dos roupões, um de cada vez.

Enquanto ela desce de volta à terra, murmuro:

— Agora é a minha vez.

Retirando os dedos de dentro dela, eu me inclino para trás e a viro de bruços no sofá, seus joelhos no chão. Abro a calça jeans, afasto suas pernas com meu joelho e dou um tapa forte em sua bunda maravilhosa.

— Ah! — berra, e eu a penetro o mais fundo que posso. Ela berra novamente.
— Ah, Ana — sussurro, agarrando seus quadris e começando a me mover. Com força. Rápido.

De novo. Perseguindo meu prazer. Ela queria selvagem.

Nosso. Objetivo. É. Satisfazer.

Eu a penetro. Me perdendo. Dentro dela. *Tão dentro dela.*

Seus gritos me levando mais alto.

Puta merda.

Ela está quase lá de novo.

Posso sentir.

— Vamos, Ana! — grito, e ela goza mais uma vez, levando-me ao limite.

Eu a puxo do sofá e nos deitamos no chão, onde ela se esparrama sobre mim, de barriga para cima. Estamos quietos, recuperando o fôlego em conjunto.

— Foi revigorante como você queria? — pergunto, por fim, beijando sua cabeça.

— Ah, sim. — Suas mãos tocam as minhas coxas, e ela puxa o material da minha calça. — Podíamos repetir a dose. Você sem roupa dessa vez.

De novo!

— Meu Deus, Ana. Preciso me recuperar. — Ela ri, e eu não consigo deixar de rir junto. — Que bom que o Ray recobrou a consciência. Parece que todos os seus apetites voltaram.

Ela se vira, ainda em cima de mim, e faz uma careta.

— Está se esquecendo de ontem à noite e hoje de manhã? — Ela faz beicinho e apoia o queixo nas mãos, em cima do meu peito.

— Não tem como esquecer nem um nem outro. — Sorrio e agarro seu traseiro generoso com as mãos. — Você tem uma bunda fantástica, Sra. Grey.

— Você também. — Ela arqueia uma sobrancelha. — Só que a sua ainda está coberta.

— E o que vai fazer a respeito, Sra. Grey?

— Ora essa, vou tirar a sua roupa, Sr. Grey. Todinha. — O entusiasmo dela é contagiante. — E acho você muito doce — sussurra, repetindo a letra da música ao fundo, os olhos irradiando calor e amor.

Merda.

— Você é — enfatiza, e beija o canto da minha boca.

Fechando os olhos, aperto os braços ao seu redor.

Por que você está falando sobre isso?

— Christian, você é uma pessoa doce. Você tornou este fim de semana tão especial... apesar do que aconteceu com o Ray. Obrigada!

Olhos grandes e luminosos encontram os meus.

— Porque eu amo você — murmuro.

— Eu sei. Também amo você. — Ela passa os dedos pelo meu rosto. — E você é precioso para mim também. Você sabe disso, não sabe?

Precioso. *Eu?*

De repente, me sinto indefeso e em pânico. E completamente desarmado.

O que eu digo?

Agora não, verme.

Porra. Fecho os olhos. Não quero isso na minha cabeça.

— Acredite em mim — sussurra ela, e eu abro os olhos mais uma vez, cinza encarando azul.

— Não é fácil. — Minhas palavras são quase inaudíveis.

Não quero falar sobre isso.

Ainda é um ponto muito sensível. Agora. Por algum motivo que eu não entendo.

Ela tem muito poder sobre mim. É por isso.

— Tente. Tente o máximo que puder, pois é verdade.

Ela acaricia meu rosto, e sei que está falando sério. Queria muito poder ouvir isso sem entrar em pânico.

— Você vai se resfriar. Venha.

Eu a movo para o lado e fico de pé, levantando-a também.

Deixando os detritos do nosso sexo para trás, Ana desliza o braço ao meu redor. Desligo o iPod e voltamos para o quarto, enquanto reflito sobre minha reação.

Por que às vezes ainda é tão difícil ouvir as declarações de amor dela?

Balanço a cabeça.

— Vamos ver TV? — pergunta Ana, e sei que ela está tentando resgatar a leveza de antes.

— Eu tinha esperanças de começar o segundo round.

Ela me olha especulativamente.

— Bom, nesse caso, acho que eu dito as regras.

Ah!

Ela me empurra subitamente, com tanta força que eu caio na cama. Antes que eu perceba, ela está montada em mim, prendendo meus braços em cada lado da minha cabeça.

— Muito bem, Sra. Grey, agora que você me pegou, o que vai fazer comigo?

Inclinando-se, sua respiração fazendo cócegas em minha orelha, ela sussurra:

— Vou foder você com a minha boca.

Cacete.

Fecho os olhos enquanto ela arranha meu queixo com os dentes, e eu me rendo a ela. Eu me rendo ao amor da minha vida.

SEGUNDA-FEIRA, 12 DE SETEMBRO DE 2011

Ana ainda está dormindo quando saio do banheiro. Sinceramente, não estou surpreso; ela foi persistente ontem à noite.
Louca por sexo e insaciável.
Não estou reclamando.

Com essa memória deliciosa fresca na mente, pego minhas roupas e vou até a sala para me vestir. Os restos da aventura de ontem ainda estão por todo o sofá. Desamarro os cintos dos roupões e pego a toalha, me perguntando o que a equipe de limpeza teria achado deste cenário se tivesse vindo mais cedo para limpar. Dobrando os itens, coloco-os no aparador ao lado da porta do quarto.

Peço o café da manhã. Levará meia hora para chegar, e eu estou com fome. Para me distrair, sento-me à mesa e abro o laptop. Hoje quero providenciar a transferência de Ray para o Hospital Northwest, onde minha mãe pode cuidar dele. Abro meus e-mails e, para minha surpresa, há um do detetive Clark. Ele tem perguntas para Ana sobre aquele idiota do Hyde.

Que diabo é isso?

Envio uma breve resposta para informá-lo que estamos em Portland e ele terá de esperar nosso retorno à Seattle. Ligo para minha mãe e deixo uma mensagem sobre a transferência de Ray. Em seguida, leio rapidamente meus outros e-mails. Há um de Ros: os Hwang estão nos convidando para uma visita no final da semana.

Isso vai depender de Ray.

Imagino.

Mando um e-mail para Ros dizendo que é provável que eu consiga ir, mas ainda não posso confirmar, pois não temos certeza do que vai acontecer com meu sogro.

Não quero deixar Ana sozinha para lidar com isso.

Quando clico em "enviar", recebo uma resposta de Clark. Ele está vindo para Portland.

Merda.

O que pode ser tão importante?

— Bom dia. — O tom doce de Ana interrompe meus pensamentos.

Quando me viro, ela está parada na porta do quarto, vestindo apenas um lençol e um sorriso tímido. Seu cabelo é uma bagunça desgrenhada que cai sobre os seios, os olhos brilhantes fixos em mim.

Ela parece uma deusa grega.

— Sra. Grey, já de pé tão cedo.

Estendo os braços, e, apesar do lençol, ela dispara pela sala, oferecendo-me um lampejo bem-vindo das pernas antes de ir para o meu colo.

— Você também — diz ela.

Eu a embalo no meu peito e beijo seu cabelo.

— Estou só trabalhando.

— O que foi? — pergunta, afastando-se para me examinar. Ela sabe que tem alguma coisa errada.

Suspiro.

— Recebi um e-mail do detetive Clark. Ele quer falar com você sobre aquele filho da puta do Hyde.

— Sério?

— É. Respondi que você deve passar um tempo em Portland e que ele vai ter que esperar. Mas ele disse que viria até aqui para interrogar você.

— Ele vem aqui?

— Acho que sim.

Ela franze a testa.

— O que será tão importante que não pode esperar?

— Justamente.

— E quando ele vem?

— Hoje. Vou responder o e-mail dele

— Eu não tenho nada para esconder. O que será que ele quer saber?

— Vamos descobrir quando ele chegar. Também estou intrigado. — Mexo-me em minha cadeira. — O café da manhã já vai ser servido. Vamos comer para podermos visitar seu pai.

— Você pode ficar aqui, se quiser. Dá para ver que está ocupado.

— Não, quero ir com você.

— Tudo bem.

Ela sorri, aparentemente satisfeita por eu querer acompanhá-la. Ela me beija, depois anda de volta para o quarto e, com um olhar sugestivo para mim, deixa o lençol cair ao cruzar a porta.

Caramba. Deusa, de fato.

É a minha deixa. E-mails e café da manhã podem esperar.

Sigo Ana até o quarto para atender a seu convite.

RAY ESTÁ ACORDADO, MAS não parece estar com o melhor dos humores. Depois de dizer bom dia, deixo Ana cuidando dele e vou para a sala de espera; meu novo escritório, ao que parece. Já recebi a autorização provisória da Dra. Sluder quanto à transferência de Ray para Seattle. Antes de organizar o translado de helicóptero, estou esperando minha mãe confirmar que há um leito disponível no Northwest. A Dra. Sluder acha que podemos realocá-lo já amanhã, mas vai confirmar isso mais tarde, assim que fizer mais exames.

Ligo para Andrea.

— Bom dia, Sr. Grey.

— Andrea, olá. Espero que possamos transferir Raymond Steele amanhã. Você pode encontrar um serviço de ambulância aérea, por favor? Do hospital universitário de Portland para o Northwest. Minha mãe deve conhecer uma empresa confiável. Vou perguntar à médica de Ray se há algum equipamento específico que precisa haver a bordo. Ela ou eu enviaremos o que for necessário.

— Vou ligar para a Dra. Grey.

— Faça isso. Estou esperando ela me dizer se há um quarto disponível.

— Ok, vou cuidar disso.

— Taiwan. Ros e eu talvez viajemos na quinta à noite. Vamos precisar do jato.

— Você está na WSU na quinta de manhã.

— Eu sei. Mas prepare o Stephan e a equipe. Ainda não está confirmado.

— Sim, senhor. Aliás, Ros quer dar uma palavra.

— Está bem. Obrigado. Pode passar a ligação.

Ros e eu conversamos rapidamente, e decidimos que as assinaturas da carta de intenções para o estaleiro de Taiwan podem esperar até amanhã, quando espero estar de volta a Seattle. Assim que desligo, meu telefone vibra. É o Clark.

— Sr. Grey. Obrigado por me receber hoje. Quatro horas é uma boa hora?

— Sim. Estamos no Heathman.

— Nos vemos lá.

Ana entra na sala de espera. Ela parece séria.

Algum problema?

— Ok — respondo para Clark e desligo. — O Clark chega às quatro.

Ela franze a testa.

— Tudo bem. Ray quer café e donuts.

Dou risada. Não estava esperando essa resposta.

— Acho que eu ia querer a mesma coisa, se tivesse sofrido um acidente. Peça ao Taylor para comprar.

— Não, eu vou.
— Mas leve o Taylor.
Ana revira os olhos.
— Ok.
Ela parece uma adolescente exasperada. Sorrio e inclino a cabeça para o lado.
— Não tem ninguém aqui.
Ela arregala um pouco os olhos quando percebe o que eu quero dizer. Claramente despertei seu interesse. Ela endireita os ombros como se fosse me desafiar, e levanta o queixo daquele seu jeito teimoso.

Um jovem casal entra na sala por trás de Ana, e o homem abraça a companheira, que está em lágrimas. A mulher está visivelmente abalada. *Merda, aconteceu alguma coisa muito séria.*

Os olhos de Ana se enchem de compaixão, então ela me encara e faz um gesto de pesar com o ombro.

Ah. Talvez ela quisesse algumas palmadas. O pensamento é interessante.
Muito interessante.

Pego meu laptop, seguro sua mão e saímos da sala.
— Eles precisam de privacidade mais do que nós — murmuro. — Nós vamos nos divertir mais tarde.

Taylor está do lado de fora, esperando no carro.
— Vamos todos comprar café e donuts — digo. Uma guloseima agora vai cair bem.

Ana devolve meu sorriso.
— Voodoo Doughnut, em Portland. Os melhores donuts do mundo — anuncia, subindo no banco traseiro do SUV.

O DETETIVE CLARK É PONTUAL. Taylor o leva até nossa suíte, e ele entra com a aparência amarrotada e ranzinza de sempre.
— Sr. e Sra. Grey, obrigado por atenderem ao meu pedido.
— Detetive Clark.

Aperto sua mão e o convido a se sentar. Em seguida, junto-me a Ana no sofá em que a amarrei ontem à noite.
— É com a Sra. Grey que eu gostaria de conversar — diz Clark, seu tom um pouco abrasivo, e eu sei que ele está se dirigindo a Taylor e a mim.

Ah. Agora é que eu realmente quero saber o que ele tem a dizer.

Aceno para Taylor, que reconhece meu sinal e sai, fechando a porta.
— Tudo o que o senhor quiser falar com a minha mulher pode falar na minha frente.

Se for sobre Hyde, não vou sair do lado da minha esposa.

— A senhora tem certeza de que gostaria de ter seu marido presente? — pergunta Clark para Ana.

Ela parece confusa.

— É claro que sim. Não tenho nada a esconder. O senhor quer apenas me fazer algumas perguntas, não?

— Exatamente, madame.

— Eu gostaria que o meu marido ficasse.

Viu? Eu disse. Olho para ele, satisfeito por Ana ter me apoiado. Sento-me ao lado dela, tentando mascarar minha irritação latente.

— Muito bem — murmura Clark. Ele tosse para limpar a garganta, e me pergunto se está nervoso. — Sra. Grey, o Sr. Hyde sustenta que a senhora o assediou sexualmente e fez várias investidas libidinosas contra ele.

Que porra é essa?!

Ana parece achar a declaração chocante e cômica ao mesmo tempo. Ela coloca a mão na minha coxa, mas isso não me acalma.

— Isso é ridículo! — exclamo.

Ela crava as unhas em minha perna. Desconfio que em uma tentativa de me calar.

— Isso não aconteceu. — Ana o encara diretamente nos olhos, a personificação da serenidade enquanto se dirige a Clark. — Na verdade, foi justamente o oposto. Ele deu em cima de mim de um jeito bastante rude, e foi demitido.

Clark comprime os lábios, como se estivesse esperando essa resposta.

— Hyde alega que a senhora inventou uma história de assédio sexual a fim de provocar a demissão dele. Que fez isso porque ele não cedeu aos seus avanços e porque a senhora queria o emprego dele.

Ana contorce o rosto de desgosto.

— Isso não é verdade.

Isso é a porra de um absurdo.

— Detetive, por favor, não me diga que o senhor veio até aqui só para importunar minha esposa com essas acusações ridículas.

Clark me oferece um olhar resignado.

— Preciso ouvir isso da boca da sua esposa, senhor.

Ana agarra minha coxa novamente, e sei que ela quer que eu fique quieto.

— Você não precisa ouvir essas merdas, Ana.

— Acho que devo relatar ao detetive Clark o que aconteceu.

Ela me olha com seus olhos azuis brilhantes, implorando para que eu cale a boca.

Está certo, baby. Faça como quiser.

Acenando para ela continuar, me esforço para ficar quieto e manter a raiva sob controle. Ela cruza as mãos no colo e continua:

— O que Hyde afirma simplesmente não é verdade. — Sua voz soa calma e clara no ambiente. — O Sr. Hyde me acuou na cozinha do escritório uma noite. Ele me disse que eu tinha sido contratada graças a ele e que esperava favores sexuais em troca. Tentou me chantagear, usando e-mails que eu tinha enviado para o Christian, que não era meu marido na época. Eu não sabia que Hyde estava monitorando meu e-mail. Ele estava fora de si; até me acusou de ser uma espiã a mando do Christian, provavelmente para ajudá-lo a tomar a empresa. Ele não sabia que Christian já tinha comprado a SIP. — Ela balança a cabeça e junta as mãos. — No final, e-eu o derrubei no chão.

— A senhora o derrubou? — interrompeu Clark, confuso.

— Meu pai foi do Exército. O Hyde... ele... hã... me tocou, e eu sei como me defender. — Seus olhos se voltam para os meus, e não consigo esconder o orgulho e a admiração pela minha garota.

Não mexe com a minha garota.

Ela é uma guerreira.

— Entendo. — Clark suspira pesadamente e se recosta no sofá.

— O senhor falou com alguma das ex-assistentes de Hyde? — pergunto. Estou curioso para saber se os policiais fizeram mais progresso do que Welch.

— Falamos, sim. Mas a verdade é que não conseguimos fazer com que nenhuma delas nos contasse nada. Todas dizem que ele era um patrão exemplar, embora nenhuma tenha durado mais do que três meses no cargo.

Droga.

— Também tivemos esse problema. O meu chefe de segurança. Ele entrevistou cinco ex-assistentes do Hyde.

Essa notícia desperta o interesse de Clark. Ele franze a testa, os olhos fixos em mim.

— E posso saber por quê?

— Porque minha mulher trabalhou para ele, e eu faço uma verificação de segurança com todo mundo com quem minha mulher trabalha.

O rosto de Clark fica vermelho.

— Entendo. — Suas sobrancelhas espessas se juntam. — Acho que essa história esconde mais do que parece à primeira vista, Sr. Grey. Amanhã vamos realizar uma busca mais completa no apartamento dele. Talvez surja algo. Embora já faça um tempo que ele não aparece por lá, pelo que nos disseram.

— Vocês já fizeram uma busca?

— Já. Vamos fazer de novo. Nos mínimos detalhes dessa vez.

— Ainda não o acusaram de tentativa de homicídio contra mim e Ros Bailey?

Talvez seja uma prerrogativa do FBI?

— Esperamos encontrar mais provas com relação à sabotagem de sua aeronave, Sr. Grey. Precisamos de mais do que uma impressão digital parcial, e podemos fundamentar o caso enquanto ele está detido.

— Era só isso que o senhor queria conosco?

Clark fica tenso.

— Era, Sr. Grey, a não ser que o senhor tenha mais alguma coisa a acrescentar sobre o bilhete.

Novamente, os olhos de Ana examinam os meus, mas desta vez ela está franzindo a testa.

— Não. Já lhe disse. Para mim, não significa nada. — *Minha esposa não precisa saber disso!* — E não vejo por que não podíamos ter discutido isso por telefone.

— Acho que já lhe disse que prefiro uma abordagem presencial. — E — acrescenta ele, um pouco envergonhado — aproveito para visitar minha tia-avó, que mora em Portland, então são dois coelhos... com uma cajadada só.

— Bom, então, se isso é tudo, tenho trabalho a fazer.

Fico de pé, esperando que Clark entenda meu gesto.

Ele entende.

— Perdão por tomar o seu tempo, Sra. Grey.

Ana assente.

— Sr. Grey.

Abro a porta e ele sai lentamente.

Até que enfim, porra.

Ana se recosta no sofá.

— Dá para acreditar nesse babaca? — Passo as mãos pelo cabelo.

— O Clark? — pergunta Ana.

— Não. Aquele filho da puta, o Hyde.

— Não, não dá para acreditar. — Ela parece confusa.

— O que é que o merdinha pretende?

— Não sei. Você acha que o Clark acreditou em mim?

— É claro que sim. Ele sabe que o Hyde é um babaca de merda.

— Você está muito xingão. — Ana me repreende.

— Xingão? E essa palavra existe?

— Agora existe.

Num piscar de olhos, seu humor abafa minha raiva e a faz evaporar.

Maravilhado com o feitiço que ela lança, sento-me ao seu lado e a puxo em meus braços.

— Não pense naquele babaca. Vamos ver seu pai e tentar providenciar a transferência amanhã.

— Ele estava inflexível: queria porque queria ficar em Portland e não se tornar um estorvo — diz Ana.

— Vou falar com ele.

Ela dedilha os botões da minha camisa.

— Eu quero ir com ele.

Isso deve ser possível.

— Está bem. Vou com vocês. Sawyer e Taylor podem levar os carros. E deixo o Sawyer dirigir o seu R8 hoje à noite.

Ela me dá um sorriso doce de agradecimento, e eu me sinto nas nuvens.

RAY CONCORDOU. SEU HUMOR está muito melhor do que de manhã. Os donuts devem ter feito sua mágica, e acho que ele está secretamente satisfeito por poder andar de helicóptero amanhã. Ele não se lembra do voo de Astoria para cá. Decido que, em algum momento, vou levá-lo para uma volta no *Charlie Tango*.

Enquanto Ana fica com ele, vou até a sala de espera para finalizar os trâmites da transferência.

Andrea está com tudo organizado. Ela é, sem dúvida, a melhor assistente que eu já tive.

— Obrigado, Andrea.

— De nada, Sr. Grey. Algo mais?

— Não, está tudo bem. Vá para casa.

— Está bem, senhor.

Envio um e-mail rápido para Samir, pedindo que revise o salário de Andrea e recomendando um aumento generoso.

Antes de voltar para a enfermaria, reflito sobre a visita de Clark e sobre o que ele disse e não disse. Ele está obviamente discutindo com o FBI a sabotagem do *Charlie Tango*, mas mencionou que vai revistar o apartamento de Hyde novamente. Por quê? Ele tem outra pista? Ou é outra coisa que não nos contou? E onde *estava* Hyde enquanto planejava sua tentativa de sequestro? É óbvio que ainda estava em Seattle. Tenho a filmagem das câmeras de segurança para provar. Vale a pena explorar isso.

Mando um e-mail para Welch e Barney, e pergunto se eles rastrearam os movimentos da van branca usada por Hyde antes de ele chegar ao Escala.

Talvez eles pensem em algo.

TERÇA-FEIRA, 13 DE SETEMBRO DE 2011

Desligo o telefone depois de falar com minha mãe, e encontro o olhar de Ana na foto. Ela está me observando da parede do meu escritório com seu sorriso cativante, os olhos brilhantes e transbordando inteligência. Faz apenas três horas desde que a vi, mas já estou com saudades. Me pergunto o que ela está fazendo agora. Provavelmente está no trabalho e, se tudo correu bem, Ray já deve estar acomodado em seu quarto no Hospital Northwest, onde minha mãe ficará de olho nele. Espero que esteja confortável, ou o mais confortável possível. Ele pareceu gostar do voo do hospital universitário até o Boeing Field, mas não é um homem que adora ser o centro das atenções... muito pelo contrário, na verdade. Um pouco como sua filha.

E aqui estou eu, sentindo sua falta.

Da última vez que a vi, ela estava indo para o hospital em uma ambulância com o pai.

Olho para o meu relógio.

Ela com certeza já está no trabalho.

Digito um e-mail curto.

De: Christian Grey
Assunto: Saudades
Data: 13 de setembro de 2011 13:58
Para: Anastasia Grey

Sra. Grey,
Faz apenas três horas que voltei ao escritório, e já estou com saudades.
Espero que Ray tenha se instalado bem em seu novo quarto. Minha mãe vai visitá-lo hoje à tarde para ver como ele está.

Busco você lá pelas seis, e podemos passar lá para vê-lo antes de voltarmos para casa.
Que tal?

Seu apaixonado marido,

Christian Grey
CEO, Grey Enterprises Holdings, Inc.

Clico em "enviar", abro o relatório na minha mesa e começo a ler. Mas, quase imediatamente, o sinal de um novo e-mail me distrai. Ana?
Não. É do Barney.

De: Barney Sullivan
Assunto: Jack Hyde
Data: 13 de setembro de 2011 14:09
Para: Christian Grey

O rastreamento da caminhonete branca que conseguimos fazer pelas câmeras de segurança de Seattle só chega até a rua South Irving. Antes disso, não consigo encontrar nenhum rastro, então Hyde deve ter partido daquela área.

Como Welch já lhe disse, o carro do elemento foi alugado por uma mulher desconhecida com uma carteira falsa, mas nada liga o veículo à área da South Irving.

No arquivo anexado, seguem detalhes de funcionários conhecidos da GEH e da SIP que moram na área. Enviei o arquivo também para Welch.

No computador que Hyde usava na SIP não havia nada sobre suas ex-assistentes. Só para lembrar, aqui vai uma lista do que foi obtido no computador dele de lá.

Endereços de residências dos Grey:
Cinco propriedades em Seattle
Duas propriedades em Detroit

Resumos detalhados das vidas de:
Carrick Grey

Elliot Grey
Christian Grey
Dra. Grace Trevelyan
Anastasia Steele
Mia Grey

Artigos de jornais impressos e digitais relacionados a:
Dra. Grace Trevelyan
Carrick Grey
Christian Grey
Elliot Grey

Fotografias:
Carrick Grey
Dra. Grace Trevelyan
Christian Grey
Elliot Grey
Mia Grey

Vou continuar investigando para ver se encontro mais alguma coisa.

B. Sullivan
Diretor de TI, Grey Enterprises Holdings, Inc.

Olho para o conteúdo do e-mail e me pergunto quando Hyde começou a buscar na internet informações sobre minha família. Foi antes de Ana trabalhar com ele? Ou foi depois que ele me conheceu? Estou prestes a dar um retorno para Barney quando a resposta de Ana ao meu e-mail aparece na caixa de entrada.

De: Anastasia Grey
Assunto: Saudades
Data: 13 de setembro de 2011 14:10
Para: Christian Grey

Claro.
Bj,
Anastasia Grey
Editora, SIP

Ah. Sentindo-me um pouco decepcionado, olho para a deusa enigmática e sorridente na parede. Achei que poderíamos começar alguma brincadeira por e-mail.

Ela costuma ser muito boa nisso.

Isso não é típico dela.

De: Christian Grey
Assunto: Saudades
Data: 13 de setembro de 2011 14:14
Para: Anastasia Grey

Você está bem?

Christian Grey
CEO, Grey Enterprises Holdings, Inc.

Enquanto espero sua resposta, examino o arquivo de endereços que Barney anexou ao e-mail. Alguns nomes de funcionários da GEH e um da SIP chamam a minha atenção: o que mais se destaca para mim é o de Elizabeth Morgan, diretora de RH da SIP. Seu nome me traz alguma vaga lembrança, mas, seja o que for, permanece indefinida. Vou pedir a Welch para buscar mais informações sobre ela, mas é difícil imaginar que qualquer uma dessas pessoas possa estar envolvida com Hyde.

Descarto essa linha de pensamento e me pergunto o que está acontecendo com Ana. Estou tentado a pegar o telefone e ligar para ela. Quando decido fazer isso, chega outro e-mail.

De: Anastasia Grey
Assunto: Saudades
Data: 13 de setembro de 2011 14:17
Para: Christian Grey

Sim. Só muito ocupada.
Vejo você às seis.

Bj,
Anastasia Grey
Editora, SIP

Claro que ela está ocupada. Perdeu alguns dias de trabalho, e minha garota é muito comprometida.

Grey, controle-se.

Volto para o e-mail de Barney e leio a lista mais uma vez. Não tenho nenhum outro insight, mas talvez ele possa responder a uma pergunta.

De: Christian Grey
Assunto: Jack Hyde
Data: 13 de setembro de 2011 14:23
Para: Barney Sullivan

Barney,
Obrigado pelo e-mail. Você consegue rastrear quando Hyde começou a fazer essas pesquisas na internet?

Christian Grey
CEO, Grey Enterprises Holdings, Inc.

Confiro a hora. Tenho um encontro com Ros.

Taylor e eu esperamos por Ana em frente à SIP. Olho ansiosamente para a entrada, esperando-a sair. Um alerta de e-mail aparece no meu telefone.

De: Barney Sullivan
Assunto: Jack Hyde
Data: 13 de setembro de 2011 17:35
Para: Christian Grey

As pesquisas na internet sobre os tópicos no e-mail de Hyde aconteceram entre 19:32 de segunda-feira, 13 de junho de 2011, e 17:14 de quarta-feira, 15 de junho de 2011.

B. Sullivan
Diretor de TI, GEH

Hmm... Interessante. Lembro que o conheci na sexta-feira anterior, no bar, quando combinei de me encontrar com Ana. Naquele dia, ele foi um babaca falastrão. Eu me pergunto se ele estava tentando descobrir alguma coisa específica sobre a minha família, e se a descobriu. Olho pela janela, e finalmente Ana aparece. Ela corre em direção ao carro, fugindo da chuva, com Sawyer logo atrás. Sorrio enquanto a observo, mas fico nervoso quando a vejo melhor.

Sob a chuva cinzenta, seu rosto está branco como papel.

Merda!

Sawyer abre a porta, e ela se senta ao meu lado.

— Oi. — Minha voz soa hesitante.

O que foi, Ana?

— Oi.

Ela me olha brevemente, brevemente demais, e tudo o que eu vejo é a inquietação em seu rosto.

— O que houve?

Ela balança a cabeça enquanto Taylor começa a dirigir.

— Nada.

Não acho que isso seja verdade.

— Tudo bem no trabalho?

— Tudo bem. Ótimo. Obrigada. — Seu tom é brusco.

Fale para mim!

— Ana, o que aconteceu? — Minhas palavras saem mais ásperas do que eu pretendia, pois estão carregadas de ansiedade.

— Só estava com saudades de você, só isso. E preocupada com Ray.

Ah, claro. Graças a Deus. Eu me alegro imediatamente.

— Ray está bem. — Tento tranquilizá-la. — Falei com minha mãe hoje à tarde, e ela está impressionada com o progresso dele. — Pego sua mão. Está gelada. — Nossa, sua mão está fria. Você comeu hoje?

Ela enrubesce.

— Ana.

Por que ela faz isso?

— Vou comer de noite. Não tive tempo.

Esfrego sua mão na tentativa de aquecê-la.

— Quer que eu acrescente "alimentem minha mulher" à lista de tarefas dos seguranças? — Encontro o olhar de Taylor no espelho retrovisor.

— Desculpe. Vou comer alguma coisa. É só que o dia hoje foi meio estranho. Você sabe, a transferência do papai e tudo o mais.

Acho que sim. Ela se vira e olha pela janela, me deixando pensativo.

Tem alguma coisa errada.

Foi *mesmo* um dia estranho.

Acredite no que ela está dizendo, Grey.

Conto as minhas novidades para sondar o terreno.

— Talvez eu tenha que ir a Taiwan.

— Ah, é? Quando? — Isso chama a atenção dela.

— No final da semana. Ou talvez semana que vem.

— Está bem.

— Queria que você fosse comigo.

Ela comprime os lábios.

— Christian, por favor. Eu tenho o meu trabalho. Não vamos voltar a discutir isso.

Suspiro, incapaz de esconder minha decepção.

— Achei melhor perguntar.

— Vai ficar quanto tempo? — A voz de Ana está suave, mas distraída.

Esta não é a minha garota. Ela está muito quieta e hesitante.

— Uns dois dias, no máximo. Eu queria que você me dissesse o que está acontecendo.

— Bom, agora que meu amado marido está indo viajar... — Sua voz vai se esvaindo conforme eu levo sua mão aos meus lábios e beijo seus nós dos dedos.

— Não vou ficar por muito tempo.

— Ótimo. — Ela me dá um sorriso fraco, mas sei que está preocupada.

Olho pela janela e penso em vários cenários que podem estar incomodando Ana. Apenas um deles parece verdadeiro: seu pai acaba de sofrer um acidente grave, e sua recuperação levará algum tempo.

Sim.

É isso.

Grey, acalme-se.

RAYMOND STEELE FICA FELIZ de nos ver.

— Não tenho como agradecer por você ter organizado tudo isso.

Ele indica a sala arejada, seus olhos escuros cheios de sinceridade.

— Foi um prazer, Ray. — Desconfortável com sua gratidão, mudo de assunto: — Vejo que você tem uma pilha de revistas esportivas.

— Annie me deu. Estava lendo sobre os Mariners e a temporada atual deles.

— Ray começa um discurso sobre como está decepcionado com o time este ano. Devo dizer que concordo com ele; não está sendo uma grande temporada. Depois, nossa conversa passa para pesca. Ele lamenta ter perdido o passeio em Astoria, e menciono minha recente expedição em Aspen.

— Roaring Fork... eu conheço — diz ele.

— Você devia ir conosco. Talvez por um fim de semana, quando você estiver bem.

— Seria ótimo, Christian.

Durante toda a nossa conversa, Ana fica quieta.

Quieta demais. Ela está distraída e pensando em outra coisa.

É frustrante. *Ana. O que aconteceu?*

Ray boceja. Ana olha para mim, e sei que está na hora de ir.

— Papai, vamos deixá-lo dormir.

— Obrigado, Ana querida. Gostei de ver você. Hoje também vi sua mãe, Christian. Ela me tranquilizou bastante. E ainda por cima torce pelos Mariners!

— Mas ela não é muito fã de pesca.

— Não conheço muitas mulheres que sejam, não é? — Ray dá um sorriso fatigado. Ele precisa descansar.

— Vejo você amanhã, ok?

Ana beija a testa dele, e há um traço de tristeza em sua voz.

Porra. Por que ela está triste?

— Venha.

Estendo a mão. Ela está cansada? Talvez só precise dormir cedo.

ANA FICOU EM SILÊNCIO no carro e quando chegamos em casa, e agora está revirando a comida no prato com o garfo, taciturna e aérea. Minha ansiedade atingiu o estado máximo de alerta.

— Droga! Ana, quer fazer o favor de me dizer o que está havendo? — Afasto meu prato vazio. — Por favor. Você está me deixando louco.

Ela volta os olhos apreensivos para os meus.

— Estou grávida.

O quê? Encaro-a conforme um arrepio de descrença desce pela minha espinha. Por alguma razão desconhecida, de repente estou na porta do planador, pairando sobre o mundo sem paraquedas, prestes a saltar.

Para o ar.

Para o nada.

— O quê? — Não reconheço minha voz.

— Estou grávida.

Foi o que eu achei que tinha ouvido.

Mas pensei que estivéssemos cuidando disso.

— Como?

Ela inclina a cabeça para o lado e levanta uma sobrancelha.

Puta merda. Uma raiva como nunca senti explode dentro de mim.

— E a injeção? — rosno. — Você esqueceu de tomar a injeção?

Ela apenas me encara, os olhos vidrados, como se estivesse olhando através de mim, e não diz nada.

Eu não quero filhos.
Ainda não.
Não agora. O pânico toma conta do meu peito e aperta minha garganta, alimentando minha fúria.

— Meu Deus, Ana! — Dou um soco na mesa e me levanto. — Você só precisava se lembrar de uma coisa, uma única coisa. Merda! Eu não acredito. Como é que você pôde ser tão idiota?

Ela fecha os olhos, depois encara os próprios dedos.

— Sinto muito — sussurra.

— Sente muito? Porra!

Um filho. O que eu faço com um filho?

— Eu sei que não é a melhor hora.

— Não é a melhor hora! — Meu berro ecoa pela sala. — A gente se conhece faz só cinco minutos, porra! Eu queria levar você para conhecer o mundo, mas agora... Puta que pariu. Fralda, vômito e merda!

Fecho os olhos.

Você não vai mais me amar.

— Você esqueceu? Diga. Ou fez de propósito?

— Não. — A palavra é uma onda silenciosa de negação.

— Eu achei que tivéssemos concordado sobre isso!

E não dou a mínima para quem pode me ouvir.

Ela se encolhe, curvando-se sobre si mesma.

— Eu sei. E tínhamos. Desculpe.

— É por isso. É por isso que eu gosto de controle. Assim não acontece esse tipo de merda, pra foder com tudo!

— Christian, por favor, não grite comigo.

Porra.

Vou ser substituído.

Ela começa a chorar.

Não se atreva, Ana.

— Não venha com a sua choradeira agora. Puta que pariu. — Passo a mão pelo cabelo, tentando compreender essa situação de merda. — Você acha que eu estou preparado para ser pai? — Minha voz falha na última palavra.

Ela me observa com os olhos cheios de lágrimas.

— Eu sei que nenhum de nós está pronto para isso, mas acho que você vai ser um ótimo pai. Vamos dar um jeito.

— Como é que você sabe, porra?! — Meu grito ressoa pelo ambiente. — Como?

Ela abre a boca e fecha novamente, as lágrimas escorrendo pelo seu rosto.

E aí está... o pesar.
O pesar registrado em cada traço de seu rosto. Pesar por ter que lidar comigo.
Não consigo suportar isso.
Minha fúria está me afogando.
— Ah, foda-se!
Fico furioso com o mundo e me afasto, levantando as mãos em sinal de derrota.
Eu não posso fazer isso...
Vou dar o fora daqui.
Pegando minha jaqueta, saio da sala em disparada e bato a porta do saguão. Aperto freneticamente o botão do elevador e, embora já tenha chegado ao nosso andar, as portas demoram um tempo do caralho para abrir.
Um filho?
A porra de um filho?
Entro no elevador, mas na minha cabeça estou embaixo da mesa da cozinha, em uma cabana bagunçada, suja e abandonada, esperando que ele me encontre.
Aí está você, seu merdinha.
Inferno e danação.
Porra, não.
No térreo, abro as portas do Escala com violência e saio para a calçada. Inspiro uma golfada de ar fresco de outono, mas isso não ameniza a raiva e o medo, que explodem em igual medida nas minhas veias. Preciso sair de perto. Instintivamente, viro à direita e começo a andar, mal percebendo que parou de chover.
Eu caminho.
E caminho.
Em transe.
Concentrando-me no simples ato de colocar um pé na frente do outro.
Afastando todos os outros pensamentos.
Exceto um.
Como ela pôde fazer isso comigo?
Como?
Como eu posso amar um filho?
Acabei de aprender a amá-la.
Quando me dou conta, estou no escritório de Flynn. Ele não vai estar aqui de jeito nenhum. A porta não se move; está trancada. Ligo para ele, mas cai na caixa postal. Não deixo mensagem. Não confio em mim para falar agora.
Enfio as mãos nos bolsos da jaqueta, ignorando os transeuntes nas ruas, e sigo em frente.
Sem rumo.

Quando ergo os olhos do chão, Elena está trancando o salão, envolta em seu traje preto habitual. Ficamos nos observando; ela de um lado do vidro, eu, do outro. Ela destranca e abre a porta.

— Olá, Christian. Você está com a cara péssima. — Olho para ela, sem saber o que dizer. — Vai entrar?

Balanço a cabeça e dou um passo para trás.

Grey, o que você está fazendo?

Em algum lugar no fundo do meu subconsciente, um alarme está soando. Ignoro.

Elena suspira e bate uma unha escarlate nos lábios escarlates, o anel de prata refletindo a luz da noite.

— Vamos beber alguma coisa?

— Vamos.

— No Mile High?

— Não. Em algum lugar menos cheio.

— Entendo... — Ela tenta, mas não consegue esconder a surpresa. — Está bem.

— Tem um bar na esquina.

— Eu sei qual é. É um lugar silencioso. Vou pegar minha bolsa.

Parado na calçada enquanto espero por ela, me sinto entorpecido.

Acabei de abandonar minha esposa grávida.

Mas agora estou bravo demais com ela para me importar.

Grey, o que você está fazendo?

Expulso a voz inquietante da minha cabeça. Elena sai do salão, tranca a porta e, com um leve aceno de cabeça, aponta para a direita. Enfio as mãos nos bolsos e caminhamos juntos o resto do quarteirão, virando a esquina e entrando no bar.

O local passou por uma reforma considerável desde a última vez que estive aqui. Não é mais um boteco, mas um bar sofisticado, todo decorado com painéis de madeira e estofados de veludo macio. Elena tinha razão. É um lugar silencioso, exceto pela voz suave e melancólica de Billie Holiday no sistema de som.

Bem apropriado.

Nós nos sentamos em uma cabine, e Elena faz um sinal para a garçonete.

— Boa noite, meu nome é Sunny. Querem pedir uma bebida?

— Eu gostaria de uma taça do seu Willamette Pinot Noir — diz Elena.

— Uma garrafa — peço, sem olhar para a garçonete.

As sobrancelhas de Elena se erguem um pouco, mas ela mantém seu ar familiar de distanciamento. Talvez seja por isso que eu esteja aqui. É o que estou procurando. O desapego personificado.

— Já vou trazer. — A jovem nos deixa.

— Então nem tudo vai bem no mundo de Christian Grey — observa Elena. — Eu sabia que veria você de novo. — Ela está com os olhos fixos nos meus, e eu não sei o que dizer. — Vai ser assim, é? — Elena preenche o silêncio entre nós: — Você recebeu minha mensagem?

— No dia do meu casamento?

— Sim.

— Recebi. Eu apaguei.

— Christian, posso sentir a sua hostilidade daqui. Está na sua cara. Mas você não estaria aqui se eu fosse uma inimiga.

Suspiro e me encosto no banco.

— Por que você está aqui? — pergunta, não sem razão.

Merda.

— Não sei. — Não tenho como soar mais taciturno.

— Ela deixou você?

— Pare. — Lanço um olhar glacial a ela.

Não quero falar sobre Ana.

Elena comprime os lábios quando a garçonete retorna. Observamos enquanto ela abre o vinho e derrama uma amostra em minha taça.

— Com certeza está bom.

Aceno na direção de Elena, e a garçonete enche as duas taças.

— Aproveitem — diz alegremente, deixando-nos com a garrafa.

Elena ergue sua taça.

— Aos velhos amigos. — Ela sorri e toma um gole.

Eu bufo, sentindo um pouco da tensão deixar meus ombros.

— Velhos amigos.

Levanto minha taça e bebo goles grandes de vinho, sem saboreá-lo. Elena franze a testa e comprime os lábios, mas não diz nada. Seus olhos não deixam os meus.

Suspiro. Ela quer que eu preencha o silêncio. Vou precisar dizer alguma coisa.

— Como vai o salão?

— Muito bem. Foi generoso da sua parte me dá-lo de presente. Obrigada por isso.

— Era o mínimo que eu podia fazer.

Ela olha para a taça enquanto o silêncio entre nós aumenta. Por fim, ela o interrompe:

— Já que você está aqui, acho que preciso me desculpar pela forma como me comportei na casa dos seus pais.

Isso é uma surpresa. Não é típico da Sra. Lincoln se desculpar por nada. Seu mantra sempre foi "nunca peça desculpas, nunca se explique".

— Eu disse várias coisas das quais me arrependo — acrescenta baixinho.

— Nós dois fizemos isso, Elena. Já está no passado.

Ofereço mais vinho, mas ela recusa. Sua taça ainda está pela metade, enquanto a minha está vazia. Me sirvo novamente.

Ela suspira.

— Meu círculo social está consideravelmente menor. Sinto falta da sua mãe. Dói saber que ela não quer me ver.

— Acho que não é uma boa ideia você entrar em contato com ela.

— Eu sei. Entendo. Nunca quis que ela nos ouvisse. Grace sempre foi feroz quando se trata de proteger sua cria. — Ela parece melancólica por um momento. — Mas nós compartilhamos alguns bons momentos. Sua mãe sabe aproveitar uma festa.

— Eu não quero saber disso.

Elena ri.

— Você sempre a colocou em um pedestal.

— Não estou aqui para falar sobre a minha mãe.

— Sobre o que você está aqui para falar, Christian?

Ela inclina a cabeça para o lado e passa uma unha escarlate na borda do copo, os olhos azuis gelados fixos nos meus.

Balanço a cabeça e tomo outro longo gole de Pinot.

— Ela deixou você?

— Não! — disparo.

Se alguém fez alguma coisa, fui *eu* que saí.

Que tipo de homem abandona a esposa grávida?

Droga. Talvez meu pai estivesse certo.

As palavras dele voltam para me assombrar. *A questão é você. Você assumir suas responsabilidades. Você ser uma pessoa decente e confiável. Você servir para o casamento.*

Talvez eu não sirva para o casamento.

Afasto o pensamento enquanto Elena olha para mim, e sei que ela está tentando descobrir o que aconteceu.

— Você sente falta? Do estilo de vida? É isso? A mulherzinha não está dando o que você quer?

Vá se foder, Elena.

Eu não preciso ouvir as baboseiras dela.

Começo a deslizar para fora da cabine.

— Christian. Não vá. Me desculpe. — Ela se estica para me tocar, mas muda de ideia, e a mão estendida vira um punho sobre a mesa. — Por favor. Não vá — implora.

Dois pedidos de desculpa da Sra. Lincoln em tão pouco tempo.

Eu me acomodo de volta no assento. Mais cauteloso.

— Me desculpe — diz mais uma vez, para reforçar. Em seguida, tenta uma abordagem diferente: — Como está Anastasia?

— Está bem — respondo, enfim, e espero não ter revelado nada.

Elena estreita os olhos. Não acredita em mim.

Solto o ar e confesso:

— Ela quer filhos.

— Ah — responde Elena, como se tivesse decifrado o enigma da Esfinge. — Isso não deveria ser uma surpresa para você. Mas ela parece um pouco jovem para produzir sua prole.

— Prole? — ironizo, porque ela disse a palavra em tom malicioso.

Elena nunca quis ter filhos. Suspeito que não tenha um pingo de instinto maternal.

— Bebê Grey — reflete. — Que irá *certamente* pôr um fim às suas predileções. — Ela parece estar se divertindo. — Ou talvez elas já tenham chegado ao fim.

Olho para ela com irritação.

— Elena. Cale a boca. Não estou aqui para discutir minha vida sexual com você.

Esvazio minha taça e sirvo mais vinho para nós dois, terminando a garrafa. O Pinot Noir está começando a fazer efeito. Já estou me sentindo meio zonzo. Não é uma sensação de que eu normalmente goste, mas, agora, anseio pelo esquecimento que acena do fundo da minha taça. Peço outra garrafa para a garçonete.

— Ela fez algo específico para chatear você? Não o vejo beber assim há anos. — O tom de Elena é de desaprovação. Mas estou me lixando.

— Como está Isaac? — pergunto, tentando tirar o foco da minha esposa e direcioná-lo para seu amante. Meu casamento não é da conta dela.

Ela dá um meio sorriso e cruza os braços.

— Está bem. Entendi. Você realmente não quer falar. — Ela faz uma pausa, e sei que está esperando que eu me abra. Mas meus segredos são meus. Não dela.

— Isaac está bem — continua, finalmente. — Obrigada por perguntar. Na verdade, estamos muito bem no momento.

Ela começa a contar a história de sua última aventura sexual, mas com que fim eu não sei. Uma parte de mim escuta, a outra se deixa levar pelo vinho.

— Então, são os negócios? É esse o seu problema? — pergunta, quando não esboço reação.

— Não, está tudo indo muito bem. Comprei um estaleiro.

Ela balança a cabeça, parecendo impressionada. Encho nossas taças com a nova garrafa, e ofereço um resumo do que tenho feito no trabalho: o tablet movido a energia solar, a aquisição do negócio de fibra óptica, Geolumara e, claro, o estaleiro.

— Você tem estado ocupado.
— Sempre.
— Então, você fala muito sobre os seus negócios, mas não sobre a sua esposa.
— E?
Isso é um problema?
— Eu sabia que você voltaria — sussurra.
O quê?
— Por que você está bebendo tanto?
— Porque estou com sede.
E quero esquecer como me comportei há duas horas.
Ela me fita com os olhos semicerrados.
— Com sede? — sussurra. — Quanta sede? — Ela se aproxima, pegando minha mão. Fico tenso quando seus dedos deslizam sob os punhos da minha jaqueta e da camisa, as unhas cravando no meu pulso. — Talvez eu possa fazer você se sentir melhor. Tenho certeza de que você sente falta.

O hálito dela é desagradável, não é doce como o de Ana. Sua mão aperta meu pulso e, de repente, a escuridão circunda meu peito e começa a subir pela minha garganta. É uma sensação que eu não tinha há um tempo, e agora está de volta, amplificada, ecoando pelo meu corpo e clamando por libertação.

— O que você está fazendo? — digo com dificuldade.
Meu peito fica cada vez mais apertado.
Não me toque.
Era assim que acontecia.
Sempre.
Eu lutando contra meu medo enquanto ela colocava as mãos em mim.
— Não me toque.
Afasto minha mão da dela.
Ela empalidece e franze a testa, os olhos nos meus.
— Não é isso que você quer?
— Não!
— Não é por isso que está aqui?
— Não, Elena. Não. Faz anos que não penso em você assim. — Balanço a cabeça, me perguntando como ela pode ter interpretado tão mal minhas intenções, mas meus pensamentos não estão tão claros como deveriam. — Eu amo a minha mulher — sussurro.

Ana.
Elena me observa, e seu rosto antes pálido fica vermelho pelo vinho, por vergonha ou pelos dois. Ela franze a testa e olha para a mesa.
— Sinto muito — murmura.

Pedido de desculpa número três.

Já tenho uma coleção.

— Eu não sei... o que deu em mim. — Ela ri, mas é uma risada alta, forçada. — Preciso ir. — Ela pega sua bolsa. — Christian, desejo o melhor a você e à sua esposa. — Ela para e me olha bem nos olhos. — Sinto a sua falta. Mais do que você imagina.

— Adeus, Elena.

— A forma como você diz isso parece bem definitiva.

Não respondo.

Ela assente.

— Seria difícil. Eu entendo. Estou feliz que você tenha vindo me ver. Acho que esclarecemos bem as coisas.

É mesmo? Em relação a quê? A nós? Não existe nós.

— Adeus, Sra. Lincoln. — Sei que é a última vez que direi essas palavras a ela.

Ela acena com a cabeça.

— Boa sorte, Christian Grey. — Ela desliza para fora da mesa. — Foi bom ver você. Espero que o que quer que esteja incomodando você se resolva. Tenho certeza de que se irá se resolver. Se tiver relação com sua capacidade de ser pai, você se sairá muito bem.

Ela joga o cabelo liso por cima do ombro e sai do bar sem olhar para trás, deixando-me com uma garrafa de Pinot Noir pela metade e um sentimento incômodo de culpa.

Quero ir para casa. Para Ana.

Merda.

Apoio a cabeça nas mãos. Ana vai estar furiosa quando eu chegar em casa.

Pegando a garrafa e a taça, vou em direção ao bar para pagar a conta. Como há uma banqueta livre, me sento e encho a taça novamente.

Não ao desperdício.

Bebo meu vinho. Devagar.

Porra. Detesto quando Ana fica brava comigo. Se eu for para casa agora, posso dizer mais coisas de que vou me arrepender. Além disso, bebi demais, e acho que ela nunca me viu bêbado. Claro, eu vi *Ana* bêbada. Naquela primeira noite em que dormimos juntos no Heathman, e na noite de sua despedida de solteira...

Suas palavras flutuam no meu cérebro lento e embriagado.

Você vai me punir?

Punir você?

Por ficar tão bêbada. Uma trepada de punição. Você pode fazer o que quiser comigo.

Pare. Grey.

Quando será que ela engravidou?
Na nossa lua de mel? Na nossa cama? No Quarto Vermelho?
Puta merda...
Júnior.
Vamos precisar da porra de uma minivan.
Ele terá os olhos azuis de Ana? Meu temperamento? *Cacete.* Minha taça está vazia. Eu a encho de novo, terminando a garrafa.
Se Ana descobrir que saí para beber com Elena, me fará pagar muito caro por isso. Ela detesta Elena.
Christian, se aquele fosse seu filho, como você se sentiria?
Ah, Ana, Ana, Ana.
Não quero pensar nisso.
Não agora. É muito recente e doloroso.
Preciso do esquecimento.
Quero esquecer quem eu sou e como me comportei.
Como eu costumava fazer... antes... de tudo.
Antes da Mrs. Robinson.
O barman olha na minha direção.
— Bourbon, por favor.

QUARTA-FEIRA, 14 DE SETEMBRO DE 2011

— Chegamos.

O motorista se vira e me dá um sorriso largo, mostrando todos os dentes.

— O quê?

Estou em um carro... Um táxi. Meu rosto está encostado no vidro frio. Minha cabeça está girando. *Merda*. Fechando um dos olhos, observo o prédio em frente ao qual estamos parados. A luminária de metal brilha na escuridão.

— "Escala?" — diz o motorista.

— Ah. É.

Do bolso interno, tiro a carteira e pesco as notas. Entrego uma ao taxista e espero que seja o suficiente.

— Nossa! Obrigado!

Abro a porta do carro e caio na calçada.

— Porra.

— Você está bem? — pergunta ele.

— Estou.

Fico ali deitado por um instante, olhando para o céu noturno, esperando o mundo parar de girar. Está claro, e há algumas estrelas brilhando, piscando para mim. É sereno.

Estou deitado na calçada.

Levante-se, Grey.

Um homem paira acima mim, bloqueando a luz da luminária, e, por um momento, sinto um calafrio na espinha.

— Aqui. — Ele me oferece a mão.

Ah, ele está aqui para ajudar... O cara do táxi? Talvez. Ele me põe de pé.

— Exagerou um pouco, hein?

— É. Bastante. Acho.

Tento inutilmente limpar a minha roupa, e o motorista volta para o carro. Começo a cambalear quando me viro, e uso o impulso para seguir rumo ao prédio e ao elevador. Vou ficar bem se conseguir ir para a cama. As portas do elevador se abrem, e eu tropeço para dentro. Digito o código... o elevador não se move.

Tento de novo.

Nada.

Que inferno.

Mais uma vez.

Tapo um olho e aperto os botões. Dá certo! As portas se fecham, e o elevador zumbe, indicando algum movimento... Espere, não... tudo está se movendo. Eu me inclino para a parede e fecho os olhos, tentando fazer com que o mundo pare de girar. Ouço um barulhinho. Cheguei! Abro os olhos e saio ziguezagueando para o saguão.

Porra. Esbarrei em alguma coisa.

Quem mudou essa mesa de lugar?

— Merda!

Colocando as mãos sobre a mesa, eu me estabilizo, mas ela se arrasta. O barulho me tira do sério.

— Merda!

Consigo chegar às portas duplas.

— Christian, você está bem?

Olho para cima e lá está ela, vestida como uma deusa do cinema. *Ana.* Minha própria Afrodite. Minha esposa. Meu coração se enche de amor e de luz. Ela é muito bonita.

— Sra. Grey.

O batente da porta me sustenta.

— Ah... Você está extremamente elegante, Anastasia.

De repente, ela está mais perto, e eu preciso apertar os olhos para colocá-la em foco.

— Onde você estava? — Ela parece preocupada.

Ah, não. Eu não posso contar para ela. Ela vai ficar furiosa. Levo os dedos aos lábios.

— Shh!

— Acho que é melhor você ir para a cama.

Cama. Com a Ana. Não há nenhum outro lugar onde eu prefira estar.

— Com você...

Dou a ela meu melhor sorriso, mas ela parece irritada.

— Vou ajudar você a chegar até a cama. Apoie-se em mim.

Ela passa um braço ao redor da minha cintura, e eu me apoio nela, sentindo o cheiro de seu cabelo.

Néctar.

— Você está muito bonita, Ana.

— Christian, ande. Vou colocar você na cama.

Ela é tão mandona! Mas eu a quero feliz.

— Tudo bem. — Nós caminhamos. Juntos. Pelo corredor. Um passo lento de cada vez. E então estamos em nosso quarto. — Cama.

É uma visão muito bem-vinda.

— Isso mesmo, cama.

O rosto dela está um borrão. Mas ainda assim é lindo. Eu a seguro perto de mim.

— Vem cá, vem.

— Christian, acho que você precisa dormir.

Ah, não.

— Ih, já começou. Bem que me falaram.

— Falaram o quê?

— Que com bebês não existe mais sexo.

— Isso não é verdade. Se fosse assim, todo mundo seria filho único.

A Sra. Grey tem resposta para tudo, com sua boca inteligente.

— Você está engraçada.

— E você está bêbado.

— Aham.

Muito.

Para esquecer.

Aí está você, seu merdinha.

— Venha, Christian — diz Ana. Sempre gentil e compassiva. — Venha para a cama.

De repente, estou na cama.

É tão confortável.

Eu devia simplesmente ficar aqui.

Ela está de pé na minha frente, vestindo seda ou cetim, tão tentadora quanto a própria Eva. Estendo os braços para ela.

— Vem cá.

— Primeiro, vamos tirar essa sua roupa.

Hmm... nu. Com Ana.

— Agora, sim, você está falando a minha língua.

— Sente-se. Para eu poder tirar o seu casaco.

— O quarto está rodando.

— Christian, sente-se!

Sorrio para ela.

— Mas como você é mandona, Sra. Grey...

— Sou mesmo. Faça o que eu estou mandando: levante o corpo e fique sentado na cama.

Ela põe as mãos na cintura. Está tentando parecer severa... eu acho. Mas está linda.

Minha esposa.

Minha amada esposa.

Lentamente, luto com a cama para me sentar.

Ganhei.

Ela pega minha gravata.

E acho que está tentando me despir. Ela está perto. Muito perto. Sorvo seu perfume único.

— Você está cheirosa.

— E você está cheirando a álcool.

— É... bour-bon. — Ah, merda, o quarto virou um carrossel de novo. Para me manter ancorado à cama, coloco as mãos em Ana, e os giros diminuem. Sua camisola é quente e macia, aumentando o calor de seu corpo. — Gostoso esse tecido em você, Anasta-shia. Você devia usar cetim ou seda o tempo todo.

É claro. Não é só ela agora. Eu a puxo para mais perto. Quero falar com o Júnior. Precisamos definir algumas regras básicas.

— E tem um intruso aqui. Você vai me deixar a noite toda acordado, não vai?

As mãos de Ana estão no meu cabelo. Levanto o rosto para ela. Minha Madona. Mãe do meu filho. E, naquele momento, eu digo a ela meu medo mais sombrio.

— Você vai escolher o bebê em vez de mim.

— Christian, você não tem ideia do que está falando. Não seja ridículo; não vou "escolher" ninguém. E ele pode ser ela.

— Ela... Ah, meu Deus.

Uma garota?

Uma menina?

Não. O quarto não para de girar, e eu caio na cama...

A bebê Mia, com seu cabelo escuro e seus olhos escuros vigilantes.
Ana a segura no colo. Sinto uma leve brisa no rosto. É refrescante sob o sol. Estamos no pomar. O rosto de Ana irradia amor enquanto ela sorri para Mia, depois direciona os olhos tristes para mim. Ela se afasta, sem se virar para mim, mas eu a fico observando. Ela não olha para trás.
Ela continua andando e desaparece na garagem do Heathman. Ela não olha para trás. Cada tendão, cada osso, cada átomo da minha medula está doendo. *Não*. Eu quero gritar.
Mas não consigo falar. Não tenho palavras. Estou enroscado no chão.

Preso. Amordaçado. Dolorido. Em toda parte. O barulho do salto agulha vermelho ecoa nas pedras do piso. *Então, você ficou bêbado. De novo.* Elena está usando uma cinta peniana e empunhando uma vara longa e fina. Não. Não. Isso vai ser difícil de suportar. *Desculpe. Eu não disse que você podia falar.* Seu tom é cortante. Formal. Eu me preparo. Busco forças. Ela passa a vara pela minha espinha e, de repente, o toque desaparece da minha pele, oferecendo-me um breve descanso antes de ela me bater nas costas. Respiro fundo enquanto abraço a fisgada ardente em minha pele. Ela cutuca meu crânio com a ponta da vara. A dor irradia na minha cabeça. A porta se abre, e uma silhueta corpulenta domina o espaço. Elena grita. E grita. E grita. O som faz minha cabeça latejar. Ele está aqui. E ele me acerta, um bom gancho de esquerda na mandíbula, e meu crânio explode de dor. *Merda.*

Meus olhos se abrem, e a luz atravessa meu cérebro como um bisturi. Eu os fecho imediatamente. *Porra.* Minha cabeça... minha cabeça latejante e dolorida.
Que porra foi essa?
Estou deitado em cima da cama, com frio e com os músculos tensos.
Vestido?
Por quê? Abro os olhos de novo, desta vez lentamente, permitindo que a luz do dia entre. Estou em casa.

O que aconteceu? Esforço-me para lembrar, mas algo, talvez uma ação condenável, está pesando sobre a minha consciência.
Grey. O que você fez?
Aos poucos, minha mente abre as cortinas para a noite passada, revelando algumas das minhas transgressões.
Bebida
Um barril cheio.
Eu me sento na cama, rápido demais. Minha cabeça gira, e sinto bile na garganta. Me obrigo a engoli-la enquanto esfrego as têmporas, vasculhando o que sobrou do meu cérebro para lembrar o que aconteceu. Imagens vagas da noite anterior correm pela minha mente, confusas e malformadas. Vinho tinto e bourbon?
O que eu estava pensando?
O bebê. Porra.
Levanto a cabeça para ver Ana, mas ela não está aqui, e é óbvio que não dormiu nesta cama ontem à noite.
Onde ela está?
Checo meu corpo. Nenhum ferimento, mas ainda estou com as roupas de ontem, e estou fedendo.

Merda. Eu afastei Ana?

Que horas são? Olho para o relógio, e são 7h05. Com o corpo trêmulo, me levanto. Meus pés estão descalços. Não me lembro de ter tirado as meias.

Esfrego a testa.

Onde está a minha esposa? A inquietação toma conta do meu peito, acompanhada por uma sensação ardente de culpa.

Droga, o que foi que eu fiz?

Meu telefone está na mesa de cabeceira. Eu o pego e vou cambaleando até o banheiro. Ana não está lá. Também não está no quarto de hóspedes.

A Sra. Jones está na cozinha. Ela me olha rapidamente e depois volta ao trabalho. Não vejo Ana em lugar nenhum.

— Bom dia, Gail. Ana?

— Eu não a vi, senhor — responde ela em tom glacial. A Sra. Jones está irritada.

Comigo?

Por quê?

Ignorando-a, checo a biblioteca. Nada.

Minha inquietação aumenta.

Evitando propositalmente o olhar gelado de Gail, passo de novo pela sala de estar e checo o escritório e a sala de TV. Ana não está em nenhum dos dois lugares.

Porra.

Apesar de me sentir péssimo, corro pela sala, subo a escada e olho nos dois quartos de hóspedes. *Nada de Ana.*

Ela foi embora. Caralho, ela foi embora. Desço a escada, ignorando a pontada nas têmporas, e entro bruscamente no escritório de Taylor. Ele ergue os olhos, parecendo surpreso.

— Ana?

Seu rosto está impassível.

— Eu não a vi, senhor

— Puta que pariu, nós temos quantos seguranças aqui? Onde é que está a minha esposa? — explodo, e minha cabeça lateja. Fecho os olhos enquanto Taylor empalidece. *Merda. Controle-se, Grey.* — Ela saiu? — pergunto, tentando falar em um tom mais equilibrado.

— Não há nada no registro, senhor.

— Não consigo encontrá-la.

Não sei o que fazer.

Ele olha para as câmeras de segurança.

— Todos os veículos estão aqui. E ninguém pode entrar na casa.

Fico pálido quando entendo o que ele quer dizer. Ela foi sequestrada?

Taylor percebe minha expressão.

— Ninguém pode entrar na casa, senhor — repete para dar ênfase.
— Leila Williams e Jack Hyde entraram! — disparo.
— A Srta. Williams tinha uma chave, e Ryan deixou Hyde entrar — rebate Taylor. — Vou verificar o apartamento, Sr. Grey.

Assinto e o acompanho pelo corredor.

Ela não iria embora. Iria? Reviro meu cérebro confuso e dolorido, e me lembro de uma imagem de Ana — da noite passada, acho — vestida com um cetim muito macio, perfumado e bonito, sorrindo para mim. Taylor vai para o nosso quarto, sem dúvida para procurar lá, e eu não o impeço. Posso ter deixado passar alguma coisa.

Meu telefone!

Eu posso ligar para ela.

Espere. Há uma mensagem dela, em maiúsculas gritantes.

ANA

VAI QUERER QUE A SRA. LINCOLN ESTEJA PRESENTE QUANDO DISCUTIRMOS ESTA MENSAGEM QUE ELA MANDOU PARA VOCÊ? ASSIM NÃO VAI PRECISAR CORRER ATÉ ELA DEPOIS.
SUA ESPOSA

ENCAMINHADO: ELENA
Foi bom ver você. Agora eu entendo.
Não fique assim. Você vai ser um pai maravilhoso.

Ah, merda.
Ana andou lendo minhas mensagens.
Quando?
Como ela ousa fazer isso?

A raiva explode dentro de mim. Ligo para ela, e o telefone toca. E toca. E toca, cacete. Por fim, a ligação cai na caixa postal.

— Onde diabos você está? — rosno para o meu BlackBerry, furioso por ela estar lendo minhas mensagens, furioso por ela saber sobre Elena, furioso *com* Elena. Mas, acima de tudo, furioso comigo mesmo e com o medo que ameaça me sufocar.

Ela está desaparecida.

Ana, onde você está, porra? Talvez ela tenha me deixado.
Para onde ela iria? *Kate.* É claro. Ligo para Kavanagh.

— Alô. — Kate atende após vários toques, a voz rouca de sono.
— É o Christian.
— Christian? O que foi? Ana está bem?

Kate desperta e imediatamente adota seu familiar tom de insistência. Não preciso disso agora.

— Ela não está com você? — pergunto.

— Não. Ela deveria?

— Não. Não se preocupe. Volte a dormir.

— Chris... — Eu desligo.

Minha cabeça está explodindo, e minha esposa está desaparecida. É o inferno. Eu estou no inferno. Tento o telefone de Ana, e novamente cai na caixa postal. Entro na cozinha, onde Gail está fazendo café.

— Pode me dar um Advil, por favor? — Sou tão educado quanto um homem com a esposa desaparecida pode ser.

Ela reprime um sorriso.

Ela está rindo porque eu estou sofrendo?

Fecho a cara conforme ela silenciosamente coloca uma embalagem de Advil sobre o balcão e se vira para encher um copo de água. Fico lutando com a tampa à prova de crianças. Por fim, consigo tirar dois comprimidos do tubinho plástico enquanto a Sra. Jones, sem qualquer expressão no rosto, coloca a água na minha frente.

Olhando irritado para ela, enfio os comprimidos na boca, mas ela se volta para o fogão. Tomo um gole.

Porra. A água está morna, e o gosto é horrível.

Eu a encaro furiosamente. Ela fez isso de propósito. Batendo o copo no balcão, me viro e subo a escada para procurar Ana, esperando que as cápsulas acalmem a tempestade na minha cabeça.

Taylor está saindo do quarto que era das submissas. Ele parece sério. Tento a porta da sala de jogos. Está trancada, mas, na minha frustração, eu a chacoalho para ter certeza e berro o nome de Ana no corredor. A dor perfura minha cabeça, e eu imediatamente me arrependo de ter levantado a voz.

— Algum sinal? — pergunto a Taylor.

— Não, senhor. Olhei na academia, e acordei Sawyer e Ryan. Eles estão revistando os cômodos dos funcionários.

— Ótimo. Precisamos de um plano.

— Nos encontraremos lá embaixo.

Na cozinha, Sawyer e Ryan se juntaram a nós. Ryan parece ter dormido menos do que eu.

— A Sra. Grey está desaparecida — rosno para eles. — Sawyer, verifique a filmagem das câmeras de segurança e veja se consegue rastrear os movimentos dela. Ryan, Taylor, vamos revistar o apartamento novamente.

Todos parecem subitamente chocados. Estão boquiabertos, com os olhos arregalados.

O que foi?
No canto do olho, um movimento chama minha atenção.
É Ana.
Graças a Deus. Ela está aqui. Por um momento, meu alívio toma conta de mim. No entanto, quando Ana nos examina, vejo que está fria e distante, seus olhos arregalados, mas com olheiras reveladoras. Ela está enrolada em um edredom... pequena, pálida e absolutamente linda.
E furiosa.
Enquanto a observo, um pressentimento ruim sobe pela minha espinha, arrepiando todos os pelos da nuca. Ela endireita os ombros estreitos, levanta o queixo daquele jeito teimoso de sempre e, me ignorando completamente, se dirige a Luke.

— Sawyer, vamos sair em uns vinte minutos.

Ela aperta o edredom ao seu redor, mantendo o queixo erguido.

Ah, Ana. Estou tão feliz que ela ainda esteja aqui. *Ela não me deixou.*

— Gostaria de alguma coisa para o café, Sra. Grey? — pergunta Gail, em um tom tão doce e solícito que me viro para olhá-la com surpresa.

Seus olhos encontram os meus, mais frios do que nunca.

Ana balança a cabeça.

— Não estou com fome, obrigada. — Sua voz é suave, mas a expressão está implacável.

Ela vai deixar de comer para me punir? É isso? Mas agora não é hora para essa discussão.

— Onde você estava? — pergunto, confuso.

Atrás de mim, percebo um movimento repentino quando a equipe começa se espalhar. Eu os ignoro, assim como Ana. Ela se vira e segue em direção ao nosso quarto.

— Ana, responda!
Não me ignore, porra!

Eu a sigo em sua lenta caminhada pelo corredor e pela suíte, até que ela entra em nosso banheiro, fecha a porta e a tranca.

Merda!

— Ana! — Bato na porta com força e tento a maçaneta. — Ana, abra essa porra dessa porta.

Por que ela está fazendo isso? Porque eu a abandonei ontem à noite? Porque encontrei a Elena?

— Vá embora! — grita, se sobrepondo ao som de água jorrando no chuveiro.

— Não vou a lugar algum.

— Como quiser.

— Ana, por favor.

Chacoalho a porta mais uma vez, em um esforço para expressar minha raiva, mas não sinto nada exceto uma ira impotente. Como ela ousa trancar a porta? Reúno todo o meu autocontrole para não arrombá-la, mas, dada a atitude de Ana e a minha dor de cabeça, provavelmente não seria uma boa ideia.

Por que ela está tão furiosa?

Ela está furiosa?

Depois da bomba que lançou para mim? Uma bomba que tem dez dedos nas mãos, dez dedos nos pés?

Ou é porque fiquei bêbado?

No fundo, eu sei qual é o problema.

Elena. Por que a Sra. Lincoln não guardou seus pensamentos para si mesma? Eu sabia que tinha sido um erro encontrá-la.

Soube disso no bar.

Que merda você fez, Grey.

Bem, como minha mãe sempre diz, quando um não quer, dois não brigam. Esposas ficam bravas com os maridos o tempo todo. Não é? Isso com certeza é normal. Olho com irritação para a porta trancada.

O que eu posso fazer?

Encontre o seu lugar feliz. As palavras de Flynn invadem meus pensamentos enquanto me encosto na parede.

Bem, meu lugar feliz não é aqui, parado, porra.

Meu lugar feliz está no chuveiro.

Mas eu não tenho escolha.

Minha cabeça está pegando fogo. Pelo menos o som da água correndo é menos doloroso do que os meus gritos. Fora isso, está tudo quieto. Penso em tomar uma ducha no quarto de hóspedes, mas ela pode fugir de mim. Suspirando, passo a mão pelo cabelo, decidido a esperar pela Sra. Grey.

De novo.

Como sempre faço.

Minha mente vagueia para a noite anterior. Para Elena. Sobre o que conversamos? Enquanto tento me lembrar, minha inquietação retorna. Do que falamos? Meus negócios. Isso. O salão dela. Isaac. O fato de Ana querer filhos. Não cheguei a contar que Ana estava grávida. Cheguei?

Não. *Graças a Deus.*

Prole. Eu bufo. Foi o termo que Elena usou.

E ela pediu desculpa. Essa foi nova.

Sobre o que mais conversamos? Há algo pairando no limite da minha consciência. Droga. *Por que eu fiquei tão bêbado?* Detesto ficar fora de controle. Detesto bêbados.

Uma memória mais sombria vem à tona. Não da noite passada, mas uma que tento enterrar. Aquele homem. A porra do cafetão da prostituta viciada, chapado de bebida barata e de tudo o que conseguia colocar em seu sistema e no sistema da prostituta viciada em crack.

Puta que pariu.

Esse não é o meu lugar feliz. Um suor frio brota em minha pele quando me lembro do fedor emanando do corpo sujo dela, do cigarro Camel preso entre seus dentes. Respiro fundo para conter o pânico crescente.

Isso está no passado, Grey.

Fique calmo.

A porta faz barulho, e eu abro os olhos para ver a Sra. Anastasia Grey enrolada em duas toalhas, saindo do banheiro. Ela passa direto por mim a passos largos, como se eu fosse invisível, e desaparece no closet. Vou atrás dela e fico na soleira da porta, enquanto ela casualmente escolhe a roupa do dia.

— Você está me ignorando? — A descrença é evidente em minha voz.

— Que perspicaz, você — murmura ela, como se nem lembrasse que eu estava ali.

Eu a observo. Impotente. *O que eu faço?*

Ela anda na minha direção com as roupas nas mãos, para na minha frente e, por fim, me olha com uma expressão de "saia da minha frente, idiota". Eu realmente estou fodido. Nunca a vi tão brava, exceto, quem sabe, quando ela jogou uma escova de cabelo em mim no *Fair Lady*. Saio do seu caminho, quando na verdade tudo o que quero fazer é agarrá-la, pressioná-la contra a parede e beijá-la... beijá-la intensamente. E então me enterrar dentro dela. Mas eu a sigo como a porra de um cachorrinho para o quarto, e fico na porta enquanto ela caminha até a cômoda. Como ela consegue ficar tão indiferente?

Olhe para mim! Incito-a.

Ela tira a toalha que envolve seu corpo e a joga no chão. Meu pau se agita em resposta, me deixando com mais raiva. Meu Deus, ela é linda; sua pele impecável, a curva suave dos quadris, o volume de sua bunda e as longas, longas pernas que eu quero em volta de mim. Seu corpo ainda não mostra nenhum sinal do invasor. Meu Deus, nem sei há quanto tempo ela está grávida.

Merda. Tiro Júnior da cabeça.

Quanto tempo vai demorar para eu tê-la na cama?

Grey, não... controle-se.

Ela ainda está me ignorando.

— Por que você está fazendo isso? — Tento esconder o desespero em minha voz.

— O que você acha?

Ela tira lingerie de uma gaveta.

— Ana... — Minha respiração fica presa na garganta quando ela se curva e puxa a calcinha, mexendo aquela bunda maravilhosa.

Ela está fazendo isso de propósito. E, apesar da cabeça doendo e do meu mau humor, eu quero trepar com ela. *Agora.* Só para ter certeza de que estamos bem. Minha ereção cada vez mais firme concorda.

— Vá perguntar à sua Mrs. Robinson. Tenho certeza de que ela vai lhe dar alguma explicação.

Ela vasculha a gaveta, dispensando-me como se eu fosse um maldito lacaio.

Como pensei, é Elena.

O que você esperava, Grey?

— Ana, eu já disse que ela não é minha...

— Não quero ouvir, Christian. — Ana levanta a mão. — A oportunidade de conversar foi ontem, mas, em vez disso, você preferiu berrar comigo e se embebedar com a mulher que abusou de você durante anos. Ligue para ela. Tenho certeza de que ela vai ter a maior boa vontade em escutar você.

O quê?

Ana escolhe um sutiã, o preto rendado, e o veste. Caminho mais para dentro do quarto e coloco as mãos na cintura, olhando para ela. Ela ultrapassou um limite.

— Por que você estava me espionando?

Não acredito que ela leu minhas mensagens.

— Essa não é a questão, Christian — sibila. — O fato é que, quando as coisas complicam, você corre para ela.

— Não foi bem assim.

— Não estou interessada.

Ela anda até a cama, e eu continuo olhando para ela. Confuso. Ela está tão fria. *Quem é esta mulher?*

Sentando-se, ela estende uma perna longa e bem torneada, estica os dedos dos pés e lentamente veste uma meia até a altura da coxa. Minha boca vai de seca a desértica enquanto vejo suas mãos deslizarem pela perna.

— Onde você estava? — É a única frase coerente que consigo formar.

Me ignorando, ela puxa a outra meia até a coxa com o mesmo jeito lento e sensual. Então se levanta, se vira e se inclina para secar o cabelo com a toalha, as costas formando uma curva perfeita. Preciso usar cada fragmento restante do meu autocontrole para não agarrá-la e jogá-la na cama. Ela se endireita novamente, sacudindo o volume espesso e úmido de cabelo castanho, de modo que cai pelas costas abaixo da linha do sutiã.

— Responda — murmuro.

Mas ela simplesmente volta para a cômoda, pega o secador de cabelo e o liga. O barulho irrita meus nervos já em frangalhos, detonando-os ainda mais.

O que eu faço quando minha esposa me ignora?
Estou perdido.

Ela passa os dedos pelo cabelo enquanto o seca, e eu aperto as mãos para me impedir de esticar o braço. Estou desesperado para tocá-la e acabar com essa loucura. Mas uma lembrança surge na minha mente, e vejo Ana sibilando furiosamente para mim depois de eu usar a correia no quarto de jogos.

Você é um filho da puta.
Fico lívido. Não quero que aquilo se repita.
Nunca.

Eu a observo, sem palavras e hipnotizado. Há poucos dias, Ana me deixou secar seu cabelo. Ela termina com um floreio, o cabelo formando uma coroa rebelde castanha com listras vermelhas e douradas que cai sobre seus ombros. Ela está *realmente* fazendo de propósito. Esse pensamento reacende minha raiva.

— Onde você estava? — sussurro.

— E você se importa?

— Ana, pare com isso. Agora.

Ela encolhe os ombros, como se não se importasse, e meu sangue ferve. Eu me movo rapidamente em direção a ela, sem saber o que fazer, mas ela se vira para me encarar como um anjo vingador.

— Não toque em mim — rosna com os dentes cerrados, e sou transportado àquele momento no quarto de jogos, quando ela saiu.

Passo a agir com mais cuidado.

— Onde você estava? — Cerro os punhos para conter o tremor nas minhas mãos.

— Eu não estava enchendo a cara com o meu ex. — Os olhos dela brilham com justa indignação. — Você dormiu com ela?

É como se ela tivesse me dado um soco na cara.

Perco o ar.

— O quê? Não! *Como ela pôde pensar isso? Dormir com Elena?* — Você acha que eu trairia você?

Meu Deus, ela não tem nenhuma confiança em mim.

Sinto um nó no estômago, e uma lembrança se agita, em meio a uma névoa de vinho tinto e bourbon.

— Você traiu — continua Ana. — Abrindo nossa vida particular para aquela mulher e mostrando fraqueza ao contar tudo para ela.

— Fraqueza. É isso que você pensa?

Meu Deus. Eu achei que tinha estragado tudo, mas isso é muito pior do que eu temia.

— Christian, eu li a mensagem. Disso eu sei.

— A mensagem não era endereçada a você.

— Bom, o fato é que eu vi a mensagem quando o BlackBerry caiu do seu casaco enquanto eu tentava tirar a sua roupa, porque você estava tão bêbado que não conseguia nem se trocar sozinho. Você tem ideia de como me magoou indo ver aquela mulher? — Ela não para nem para respirar. — Você se lembra da noite passada, quando chegou em casa? Lembra-se do que disse?

Porra. Não. *O que eu disse ontem à noite?* Eu só estava com raiva de você, Ana. Chocado com a sua revelação. Quero dizer isso, mas não consigo encontrar as palavras.

— Pois bem: você tinha razão. Tendo que escolher, eu escolho este bebê indefeso em vez de você.

Meu mundo para de repente.

O que isso significa?

— É o que faria qualquer mãe ou pai decente. É o que a sua mãe deveria ter feito com você. E eu lamento muito que ela não tenha feito isso, porque não estaríamos nesta discussão agora se ela tivesse agido de outra maneira. Só que você já é um adulto; então cresça, porra, olhe à sua volta e pare de agir como um adolescente petulante. — Ela continua, em ritmo frenético.

Franzo a testa e fico boquiaberto ao vê-la em toda a sua glória. Ela está usando apenas uma calcinha provocativa, o sutiã e as meias, seu cabelo caindo sobre os seios como uma nuvem de mogno, seus olhos escuros arregalados e desolados. A raiva e a mágoa estão estampadas em seu rosto e, apesar de tudo isso, ela está deslumbrante, e me sinto completamente perdido.

— Você pode não estar feliz com este filho — exclama. — Também não estou dando pulos de alegria, por não ser a hora e por causa da sua reação mais que indiferente a este novo ser, sangue do seu sangue, carne da sua carne. Mas você pode encarar essa situação junto comigo, ou eu vou encarar sozinha. A decisão é sua. Enquanto você se afunda no seu poço de autopiedade e auto-ódio, eu vou trabalhar. E quando voltar, vou levar minhas coisas para o quarto de cima.

Ela vai se mudar. Ela vai embora.

Ela está *mesmo* escolhendo o bebê em vez de mim.

O pânico me oprime. Parece uma faca nas minhas entranhas.

— Agora, se me der licença, eu queria terminar de me vestir.

Sinto um arrepio quando me deparo com o abismo. *Ela vai embora.* Recuo.

— É isso que você quer? — Minha voz é um sussurro chocado.

Seus olhos feridos estão exageradamente arregalados enquanto ela me examina.

— Não sei mais o que eu quero — diz baixinho e, voltando-se para o espelho, passa um pouco de creme no rosto.

— Você não me quer?

Não há oxigênio no ambiente.

— Ainda estou aqui, não é? — responde, conforme abre o rímel e o aplica.

Como ela pode ser tão fria?

— Você pensou em me deixar? — O abismo se escancara diante de mim.

— Quando o seu marido prefere a companhia da ex-amante, não costuma ser um bom sinal.

Seu desdém goteja de cada palavra e me empurra para mais perto do abismo. Apertando os lábios, ela aplica um pouco de gloss casualmente, enquanto eu estou à beira desse precipício terrível.

Ela pega as botas, caminha até a cama e se senta. Eu a observo, sem saber o que fazer. Ela se calça e fica de frente para mim, com as mãos na cintura e a expressão indiferente.

Porra.

De botas e lingerie, o cabelo rebelde, ela é uma mulher a ser domada.

O sonho molhado de um dominador.

O meu sonho molhado.

Meu único sonho.

Eu a quero. Eu quero que ela diga que me ama. Do jeito que eu a amo.

Seduza-a, Grey.

É minha única arma.

— Eu sei o que você está fazendo — murmuro, baixando a voz.

— Sabe, é? — Sua voz falha.

Será uma fenda em sua armadura? A esperança surge brevemente no meu peito.

Ela sente.

Eu posso fazer isso. Dou um passo à frente, mas ela dá um passo para trás e ergue as mãos, as palmas voltadas para mim.

— Nem pense nisso, Grey. — Suas palavras são armas apontadas para o meu coração.

— Você é minha esposa — digo.

— Sou a mulher grávida que você abandonou ontem, e, se você tocar em mim, vou gritar até arrebentar os vidros.

Que porra é essa? Não!

— Vai gritar, é?

— Até morrer.

Não é possível! Ou... ela quer jogar? Talvez seja isso... é isso que ela quer.

— Ninguém iria ouvir você — murmuro.

— Está tentando me assustar?

O quê? Não. Nunca. Recuo.

— Não era minha intenção.

Estou em queda livre.

Diga a ela. Fale a verdade, Grey.

E dizer o quê? Que Elena se aproximou de mim com uma intenção clara?
Acho que não.
— Eu tomei um drinque com uma pessoa que costumava ser próxima de mim. Só para espairecer. Não vou vê-la de novo.
Acredite em mim, por favor. Ana.
— Você a procurou?
— Não de primeira. Tentei entrar em contato com o Flynn. Mas acabei indo para o salão de beleza.

Os olhos de Ana se estreitam, a fúria ardendo em suas profundezas.

— E você espera que eu acredite que não vai mais ver aquela mulher? — Ela levanta a voz: — E da próxima vez que eu cruzar uma linha imaginária? É sempre a mesma briga, toda vez a mesma coisa. Parece até que estamos presos à roda de Íxion. Se eu fizer mais alguma merda, você vai correr para ela outra vez?

Não é isso!

— Não vou vê-la de novo. Ela finalmente entendeu como eu me sinto.

Elena me viu recuar. Ela sabe que eu não a quero.

— O que isso quer dizer?

Se eu contar a ela que Elena tentou me seduzir, Ana entrará em colapso.
Merda. Por que diabos você foi vê-la, Grey?
Olho para minha esposa linda e furiosa. O que eu posso dizer?

— Por que você pode falar com ela e não comigo? — sussurra Ana.

Não. Não é isso. Você não entende. Ela era minha única *amiga.*

— Eu estava zangado com você. Como estou agora. — As palavras saem em um fluxo desesperado.

— Não me diga! — grita Ana. — Pois bem: *eu* estou zangada com você agora. Por você ter sido tão frio e insensível ontem, quando eu precisava de você. Por me acusar de engravidar deliberadamente, o que não foi o caso. Por me trair.

Eu não traí!

— Eu deveria ter sido mais cuidadosa com as aplicações do anticoncepcional — continua, falando mais baixo. — Mas não foi de propósito. Esta gravidez também é um choque para mim. Além do mais, o método pode ter falhado.

Você está chocada! Eu também estou chocado.
Nós não estamos prontos para um bebê.
Eu não estou pronto para um bebê.

— Você fez muita merda ontem — murmura. — Passei por poucas e boas nas últimas semanas.

Eu fiz muita merda? E você? Encurralado novamente, ataco.

— E você fez uma merda das grandes três ou quatro semanas atrás. Ou sei lá quando você esqueceu de tomar a injeção.

— Bom, Deus me ajude a ser perfeita como você!

Touché, Anastasia.

— Bela performance, Sra. Grey.

— Fico feliz de saber que mesmo grávida sou uma boa diversão.

Ah, que se foda.

— Preciso tomar um banho — digo entre os dentes.

— E já chega do meu espetáculo de cabaré.

— É um ótimo espetáculo, aliás — sussurro, dando um passo à frente.

Mais uma tentativa. Ela dá um passo para trás. *Nada feito.*

— Não ouse.

— Odeio quando não me deixa tocar em você.

— Que ironia, não?

Suas palavras me atingem em cheio. Quem diria que ela poderia ser tão... escrota? Minha doce Ana, machucada e magoada, mostrando as garras. Eu a fiz chegar a esse ponto?

Isso não está nos levando a lugar algum.

— Não decidimos muita coisa, não é? — Minha voz está sombria e desolada. Não sei mais o que dizer. Fracassei em fazê-la mudar de ideia.

— Eu diria que não. Só decidi me mudar para o outro quarto.

Então... ela não está me deixando. Agarro-me a essa esperança enquanto continuo pendurado no abismo.

Tente mais um pouco, Grey. Este é o seu casamento.

— Ela não significa nada para mim — sussurro. *Não como você.*

— A não ser quando você precisa dela.

— Eu não preciso dela. Preciso de você.

— Você não precisou de mim ontem. Aquela mulher é um limite rígido para mim, Christian.

— Ela não faz mais parte da minha vida.

— Como eu queria acreditar em você.

— Puta que pariu, Ana.

— Por favor, preciso terminar de me vestir.

Suspirando, passo as mãos pelo meu cabelo. O que eu posso fazer? Ela não me deixa tocá-la. Está furiosa demais. Preciso me recompor e criar uma estratégia diferente. E, agora, preciso me afastar um pouco antes de fazer algo de que vá me arrepender.

— Vejo você à noite.

Disparo para o banheiro, fechando a porta ao entrar. Como ela, eu a tranco pela primeira vez, me protegendo. Ana tem o poder de me ferir como nenhuma outra. Apoiado na porta, inclino a cabeça para trás e fecho os olhos.

Eu realmente estraguei tudo. Da última vez que estraguei tudo, ela me deixou.

"*Você não me quer?*"

"*Ainda estou aqui, não é?*"

Eu me apego a essa esperança. Agora preciso de um banho para lavar o fedor da noite anterior.

A água está fervendo, do jeito que eu gosto. Coloco o rosto embaixo da ducha, apreciando o calor pungente que me encharca.

Meu Deus, como estou confuso. Nada é simples no que diz respeito a Ana. A essa altura, eu já deveria saber disso. Está com raiva porque eu gritei com ela e saí, e está com raiva porque encontrei Elena.

Aquela mulher é um limite rígido para mim, Christian.

Elena tem sido um estorvo para Ana desde o início. E agora, por causa dessa porra de mensagem descuidada, é um estorvo para mim. A noite passada deveria ter sido o ponto final. Em tudo. Mas ela tinha que ter enviado aquela mensagem.

As palavras de Elena me assombram. *Talvez eu possa fazer você se sentir melhor. Tenho certeza de que você sente falta.*

Estremeço com a lembrança.

Merda, que caos.

Quando saio do banheiro, Ana se foi. Não tenho certeza se fico aliviado ou decepcionado.

Decepcionado.

Com o coração apertado, me visto, escolhendo minha gravata favorita como talismã para o dia. Ela me trouxe sorte antes.

Na cozinha, a Sra. Jones ainda está emitindo sua reprovação glacial. Isso me irrita e me mantém na linha ao mesmo tempo. No entanto, ela preparou um café da manhã substancial e cheio de frituras para mim.

— Obrigado — murmuro.

Sua única resposta é um sorriso forçado. Desconfio que ela tenha escutado a briga de ontem à noite.

Grey, você estava gritando.

Todo mundo ouviu você.

Merda.

Fico olhando pela janela do carro enquanto Taylor enfrenta a hora do rush matinal. Ana nem se despediu. Ela simplesmente saiu com Sawyer.

— Taylor, diga a Sawyer que quero ele grudado na Sra. Grey. Preciso saber se ela está se alimentando.

— Sim, senhor. — As palavras dele soam cortantes. Até Taylor está frio esta manhã.

Eu me pergunto se Ana vai cumprir a ameaça de se mudar para o andar de cima. *Espero que não*.

Ela não usa o anticoncepcional direito, nos sobrecarregando com um filho antes de estarmos prontos, antes de fazermos qualquer coisa... e *eu* saio de vilão? Nem sei há quanto tempo ela está grávida. Decido ligar para a Dra. Greene quando chegar ao escritório. Talvez ela possa esclarecer como minha esposa ficou sem a injeção.

Meu telefone vibra, e meu coração imediatamente começa a bater mais forte. *Ana?* Não, é Ros.

— Grey — disparo.

— Você está alegre e tranquilo esta manhã, Christian.

— O que foi, Ros? — pergunto com o mesmo tom ríspido.

Ela pausa por um nanossegundo, então vai direto ao ponto:

— Hansell, do estaleiro, quer uma reunião. E a senadora Blandino também.

Droga. Os sindicatos e os políticos. *Tem como este dia ficar melhor?*

— Eles já sabem do acordo com Taiwan?

— É o que parece. E querem conversar.

— Está bem. Esta tarde. Pode marcar. Quero você e Samir lá também.

— Pode deixar, Christian.

— Isso é tudo?

— Sim.

— Ótimo.

Desligo.

O que vou fazer com relação à minha esposa? A verdade é que ainda estou sofrendo com a investida de Anastasia. Quem diria que ela tem tanto ímpeto? Acho que ninguém me repreendeu assim desde... nunca. Tirando a minha mãe *e* o meu pai... justamente na minha festa de aniversário. E foi por causa da porra da Elena, também. Rio da ironia. Sim, a porra da Elena.

Balanço a cabeça, enojado. Por que eu a procurei? Por quê?

O Advil fez efeito, e o café da manhã cheio de frituras ajudou. Eu me sinto quase humano, mas arrasado... totalmente arrasado.

O que Ana está fazendo agora? Eu a imagino em seu escritório minúsculo, usando seu vestido roxo. Talvez tenha me enviado um e-mail. Pego rapidamente o telefone, mas não há nada.

Será que ela está pensando em mim como eu estou pensando nela? Espero que sim. Quero estar em seus pensamentos, sempre.

Taylor para em frente ao GEH, e eu me preparo para um longo dia.

— Bom dia, sr. Grey.

Andrea sorri quando saio do elevador, mas seu sorriso desaparece quando ela vê minha expressão.

— Ligue para a Dra. Greene, e diga a Sarah para me trazer um pouco de café.

— Sim, senhor.

— Depois de terminar com Greene, preciso falar com Flynn. Então você pode trazer minha agenda do dia. Ros falou com você sobre Hansell e Blandino?

— Sim.

— Ótimo.

— O Dr. Flynn foi para uma conferência em Nova York esta manhã.

Porra.

— Eu tinha esquecido. Veja se ele tem um momento para mim no telefone.

— Está bem. A tela plana que você solicitou para o Sr. Steele será instalada esta tarde.

— E a fisioterapia adicional?

— Vai começar amanhã.

— Está bem. Passe a Dra. Greene quando ela estiver na linha.

Saio sem esperar por uma resposta. Entro na minha sala e me sento sob o olhar vigilante da minha esposa. Suspiro longa e demoradamente, me perguntando se o amigo fotógrafo dela algum dia a viu do jeito que ela estava hoje de manhã. De Afrodite a Atena, deusa da guerra. Uma Atena repreensiva, zangada e atraente.

Meu telefone vibra.

— Dra. Greene está na linha.

— Obrigado, Andrea. Dra. Greene?

— Sr. Grey, o que posso fazer por você?

— Eu achava que a injeção era uma forma confiável de contracepção — sibilo. Há um silêncio prolongado do outro lado da linha. — Dra. Greene?

— Sr. Grey, nenhuma forma de contracepção é cem por cento eficaz. Apenas abstinência ou esterilização para você ou sua esposa. — O tom dela é frio. — Posso enviar um material de leitura, se quiser ler a respeito.

Suspiro.

— Não. Isso não será necessário.

— O que eu posso fazer por você, Sr. Grey?

— Eu gostaria de saber o tempo de gravidez da minha esposa.

— A Sra. Grey não pode dizer isso a você?

Como assim? Apenas responda à pergunta!

— Estou perguntando a você, Dra. Greene. É para isso que eu lhe pago.

— Minha paciente é a Sra. Grey. Sugiro que você converse com sua esposa, e ela pode lhe dar os detalhes. Precisa de mais alguma coisa?

Minha raiva atinge o ponto de ebulição.
Respire fundo, Grey.
— Por favor — peço entredentes.
— Sr. Grey. Fale com sua esposa. Tenha um bom dia.

Ela desliga, e eu olho furioso para o telefone, esperando que ele se reduza a cinzas sob o meu olhar. Essa é uma médica nada atenciosa.

Ouço uma batida na porta, e Sarah aparece com o café.

— Obrigado — murmuro, tentando controlar minha fúria contra a maldita, intrometida e inútil pessoa que, supostamente, é uma médica. — Peça que Andrea venha aqui. Quero repassar minha agenda.

Sarah sai rapidamente, e fico olhando para a foto de Ana na minha parede.
Até sua médica está irritada comigo.

A TRISTEZA É A minha companhia constante durante todas as reuniões, o almoço e a minha sessão de kickboxing com Bastille.

— Você está com a cara péssima, Grey.
— Eu me sinto péssimo.
— Vamos ver se conseguimos reverter essa carranca.
Sério?

Jogo-o no chão duas vezes. Só por esse comentário, ele merece ser derrubado.

SÃO 16H30, E NÃO recebi nada da minha mulher, nem mesmo um e-mail furioso generosamente salpicado de maiúsculas gritantes. Sawyer entrou em contato para me informar que ela comeu um bagel no almoço. Já é alguma coisa. Tenho quinze minutos antes do encontro com Brad Hansell, chefe do sindicato dos construtores navais, e a senadora Blandino. Será uma reunião difícil. Tenho todas as informações, mas não consigo me concentrar. Em vez disso, estou sentado olhando para o meu computador, ansiando por um e-mail da minha esposa. Não acredito que não recebi nada de Ana o dia todo. Nada.

Não gosto disso. Não gosto de ser objeto de sua raiva. Apoio a cabeça nas mãos. Talvez... talvez eu devesse me desculpar. O que Flynn disse? *É melhor perder a batalha e vencer a guerra.*

E, no fundo, sei que fiz merda. Mas eu esperava que ela já tivesse me perdoado.

Digito um e-mail.

De: Christian Grey
Assunto: Me desculpe

Data: 14 de setembro de 2011 16:45
Para: Anastasia Grey

Me desculpe. Me desculpe. Me desculpe. Me desculpe.
Me desculpe. Me desculpe. Me desculpe. Me desculpe.
Me desculpe. Me desculpe. Me desculpe. Me desculpe.
Me desculpe. Me desculpe. Me desculpe. Me desculpe.
Me desculpe. Me desculpe. Me desculpe. Me desculpe.
Me desculpe. Me desculpe. Me desculpe. Me desculpe.
Me desculpe. Me desculpe. Me desculpe. Me desculpe.
Me desculpe. Me desculpe. Me desculpe. Me desculpe.
Eu estraguei tudo. Por favor, me perdoe.

Christian Grey
CEO & Marido penitente, Grey Enterprises Holdings, Inc.

Não quero voltar para casa e enfrentar sua raiva novamente. Quero seus sorrisos, suas risadas e seu amor. Olho para o rosto sorridente na foto. Quero que ela olhe para mim como faz neste retrato. Volto ao e-mail, pensando se devo enviá-lo. Minha reunião pode demorar um tempo. Ligo para a Sra. Jones.

— Sr. Grey.

— Talvez eu não chegue em casa a tempo para o jantar. Por favor, certifique-se de que a Sra. Grey se alimente.

— Sim, senhor.

— Cozinhe algo interessante para ela.

— Farei isso.

— Obrigado, Gail.

Desligo o telefone e excluo o e-mail. Ele não será o suficiente. Eu poderia tentar joias. Flores? Meu telefone vibra.

— Sim, Andrea.

— Sr. Hansell e a senadora Blandino estão aqui com suas equipes.

— Ligue para Ros e Samir e diga para se juntarem a nós.

— Sim, senhor.

Haverá briga por causa das demissões. Cerro os dentes. Às vezes, odeio meu trabalho.

Blandino está pedindo calma.

— Essa é a nossa realidade econômica em 2011 — diz a Hansell, que está sentado com o rosto vermelho do outro lado da mesa.

Eu só quero ir para casa. Mas ainda não terminamos.

Meu telefone vibra, e minha frequência cardíaca dispara. É minha esposa.

— Com licença.

Eu me levanto da mesa, sentindo sete pares de olhos fixos em mim enquanto saio da sala.

Ela ligou. Estou quase zonzo de alívio. Parece que meu coração vai pular do peito.

— Ana!

— Oi. — É tão bom ouvir a voz dela...

— Oi.

Não consigo pensar em mais nada para dizer, mas quero implorar a ela para não ter mais raiva de mim.

Por favor, não fique brava. Me desculpe.

— Você vem para casa? — pergunta.

— Mais tarde.

— Está no escritório?

Franzo a testa.

— Claro. Onde mais eu estaria?

— Vou deixar você trabalhar, então.

O quê? Mas... Tem tanta coisa que eu quero dizer, porém nenhum de nós fala nada. O silêncio é um abismo entre nós, e uma sala cheia de pessoas discutindo crises está esperando por mim.

— Boa noite, Ana.

Amo você.

— Boa noite, Christian.

Desligo antes dela, pensando em todas as vezes que ficamos na linha e nenhum de nós desligava. Não aguentaria ouvi-la desligar primeiro. Olho desanimado para o meu telefone. Pelo menos ela perguntou se eu estava voltando para casa. Talvez sinta minha falta. Ou esteja me vigiando. Não interessa. Ela se importa. Talvez. Uma pequena chama de esperança brilha no fundo do meu coração. Preciso encerrar esta reunião e voltar para casa, para minha esposa.

É TARDE QUANDO CONSEGUIMOS um potencial acordo. Pensando agora, vejo que o confronto com o sindicato era inevitável, mas tem sido bom todos os lados expressarem suas queixas. Samir e Ros assumirão as negociações a partir daqui e chegarão a um acordo final. Comparado com a batalha que estou enfrentando em casa, não foi tão ruim. Ros foi uma negociadora impressionante, e eu a convenci a ir para Taiwan amanhã à noite sem mim.

— Está bem, Christian. Eu irei. Mas eles realmente vão querer que você vá.

— Vou encontrar tempo. No final deste mês.

Ela comprime os lábios, mas não diz nada.

Não posso dizer a ela que não quero deixar Ana agora, no momento em que ela não está sequer falando comigo. No fundo, estou apavorado que minha esposa possa não estar lá quando eu voltar.

O APARTAMENTO ESTÁ ESCURO quando chego em casa. Ana deve estar na cama. Vou para o nosso quarto, e meu coração dispara quando descubro que ela não está lá. Sufocando meu pânico, subo a escada. Na penumbra do corredor, vejo sua forma enrolada sob o edredom em seu antigo quarto.

Antigo quarto?

Não é exatamente isso. Ela dormiu nele, o quê, duas vezes?

Ela parece muito pequena. Mexo no dimmer para vê-la melhor, mantendo as luzes baixas, e levo a poltrona para me sentar e observá-la. A pele dela está pálida, quase translúcida. Andou chorando. Está com as pálpebras e os lábios inchados. Fico com o coração apertado de desespero.

Ah, baby... me desculpe.

Sei como os lábios dela são suaves de beijar quando ela chora... quando eu a faço chorar. Quero me deitar ao lado dela, puxá-la em meus braços e abraçá-la, mas ela está dormindo e precisa dormir, ainda mais agora.

Eu me acomodo na cadeira e sincronizo minha respiração com a de Ana. O ritmo me acalma, isso e minha proximidade com ela. Pela primeira vez desde que acordei de manhã, me sinto um pouco mais tranquilo. A última vez que me sentei e a observei dormir foi quando Hyde invadiu nosso apartamento. Ela tinha saído com a Kate. Eu estava furioso na ocasião.

Por que passo tanto tempo bravo com a minha mulher?

Eu a amo.

Mesmo que ela nunca faça o que eu mando.

É por isso.

Deus me conceda serenidade para aceitar as coisas que não posso mudar;
A coragem de mudar o que posso;
E a sabedoria de saber a diferença.

Franzo a testa quando penso na oração de serenidade frequentemente citada por Dr. Flynn: uma oração para alcoólatras e empresários fodidos. Olho para o relógio, embora saiba que está tarde demais para lhe telefonar em Nova York. Vou tentar amanhã. Posso discutir minha iminente paternidade com ele.

Balanço a cabeça.

Eu, um pai?

O que eu poderia oferecer a um filho? Inclino-me para trás, desfazendo o nó da gravata e abrindo o botão de cima da camisa. Bem, há riqueza material. Pelo menos ele não vai passar fome. Não... não enquanto eu estiver aqui. Não o meu filho. Ela diz que fará isso sozinha. Como poderia? Ela é muito... quero dizer *frágil*, porque às vezes ela parece frágil, mas não é. É a mulher mais forte que conheço, mais forte ainda do que Grace.

Olhando para ela deitada, dormindo o sono dos inocentes, percebo como fui babaca ontem. Ela nunca fugiu de um confronto, nunca. Ficou magoada com o que eu disse e com o que eu fiz. Percebo isso agora. Ela sabia que eu reagiria mal quando soubesse do bebê.

Ela me conhece melhor do que ninguém.

Será que ela descobriu antes de chegarmos a Portland? Acho que não. Teria me contado. Ela deve ter descoberto ontem. E, quando me contou, foi tudo para o caralho. Meu medo assumiu o controle.

Como vou me redimir com ela?

— Me desculpe, Ana. Me perdoe — sussurro. — Você me deu um susto do cacete ontem.

Inclinando-me para a frente, beijo sua testa.

Ela se mexe e franze o cenho.

— Christian — murmura, a voz melancólica e cheia de saudade.

A esperança acesa pela sua ligação de antes se incendeia.

— Estou aqui — sussurro.

Mas ela se vira, suspira e volta a cair em sono profundo. Fico muito tentado a me despir e me juntar a ela, mas acho que não seria bem-vindo.

— Eu te amo, Anastasia Grey. Vejo você de manhã.

Droga. Não, não vou vê-la.

Preciso voar para Portland e me reunir com o comitê de finanças da WSU em Vancouver. Isso significa sair cedo.

Coloco minha gravata favorita ao lado dela no travesseiro, assim ela saberá que eu estive aqui. Ao fazer isso, lembro-me da primeira vez que amarrei suas mãos. O pensamento viaja direto para o meu pau.

Eu usei a gravata para provocá-la em sua formatura.

Eu a usei no nosso casamento.

Eu sou um tolo sentimental.

— Amanhã, baby — sussurro. — Durma bem.

Desisto do piano, embora queira tocar. Não quero acordá-la. Mas quando vou sozinho para o nosso quarto, estou mais otimista. Ela sussurrou meu nome.

Sim. Ainda há esperança para nós.

Não desista de mim, Ana.

QUINTA-FEIRA, 15 DE SETEMBRO DE 2011

São 5h30 da manhã e estou na academia, correndo na esteira. O sono me escapou ontem à noite, e, quando adormeci, fui assombrado por meus sonhos:

Ana desaparecendo na garagem do Heathman sem olhar para mim.

Ana, uma sereia enfurecida, segurando um chicote fino, olhos brilhando, usando nada além de lingerie cara e botas de couro, suas palavras raivosas como farpas.

Ana deitada imóvel em um tapete verde pegajoso.

Afasto essa última imagem e corro mais, levando meu corpo ao limite. Não quero sentir nada além da queimação em meus pulmões e das pernas doloridas. Com as notícias de negócios da Bloomberg na TV e "Pump It" nos ouvidos, eu me desligo do mundo... Apago os pensamentos sobre minha mulher, que dorme profundamente a dois quartos de distância.

Sonhe comigo, Ana. Sinta a minha falta.

No chuveiro, enquanto lavo o suor do treino, penso em acordá-la apenas para me despedir. Voarei para Portland no *Charlie Tango* esta manhã e gostaria de levar comigo um doce sorriso.

Deixe-a dormir, Grey.

Considerando quanto ela está irritada comigo, não há garantia de um doce sorriso.

A Sra. Jones ainda está me dando gelo, mas eu a interrogo de qualquer maneira:

— Ana comeu ontem à noite?

— Sim.

A atenção da Sra. Jones está voltada para a omelete que prepara para mim. Acho que essa é toda a informação que receberei esta manhã. Bebo meu café e fico de mau humor, sentindo-me um tanto infeliz.

No carro, a caminho do Boeing Field, escrevo um e-mail para Ana.

Atenha-se aos fatos, Grey.

De: Christian Grey
Assunto: Portland
Data: 15 de setembro de 2011 06:45
Para: Anastasia Grey

Ana,
Vou a Portland hoje.
Tenho alguns negócios a fechar com a WSU.
Achei que você fosse querer saber.

Christian Grey
CEO, Grey Enterprises Holdings, Inc.

Mas eu sei que minha verdadeira intenção ao enviar o e-mail não é informá-la... é obter uma resposta.
Eu vivo com esperança.
Stephan está disponível para nos levar até Portland. Depois da minha noite sem dormir, estou exausto. Se eu adormecer, ficarei mais confortável na parte de trás, de modo que, pela primeira vez, ofereço a Taylor o banco do carona da frente, tiro a jaqueta e me acomodo no *Charlie Tango*. Folheio as anotações para a reunião e, então, me inclino para trás e fecho os olhos.

Ana está correndo pela campina na casa nova. Ela ri enquanto corro atrás dela. Também estou rindo. Eu a alcanço e a derrubo na grama alta. Ela ri e eu a beijo. Seus lábios estão macios, porque ela andou chorando. Não. Não chore. Baby, não chore. Por favor, não chore. Ela fecha os olhos. Ela dorme. Ela não vai acordar. Ana! Ana! Ela está deitada em um tapete gasto. Pálida. Imóvel. Ana. Acorde. Ana!

Ofegando, eu desperto e por um instante me vejo desorientado. Espere... estou no *Charlie Tango* e acabamos de pousar em Portland. Os rotores ainda estão girando e Stephan fala com a torre. Esfrego o rosto para despertar e solto o arnês.
Taylor abre a porta e salta no heliporto enquanto visto o casaco com cuidado para que os fios dos meus fones de ouvido não se prendam nele.
— Obrigado, Stephan — digo nos fones.
— Sem problemas, Sr. Grey.
— Devemos estar de volta em torno da uma da tarde.
— Estaremos prontos e esperando.

Ele faz uma careta, a preocupação evidente nas rugas da testa, enquanto Taylor, de cabeça baixa, abre minha porta.

Merda. Espero que essa preocupação não tenha a ver comigo. Retiro os fones de ouvido e saio para me juntar a Taylor. É uma manhã clara, mais do que a de Seattle, mas com uma brisa fresca que traz um aroma de outono. Não há sinal de Joe, o veterano que costuma estar aqui para supervisionar chegadas e partidas. Talvez seja muito cedo, ou ele não está escalado para trabalhar esta manhã... ou é um presságio, ou alguma merda.

Pelo amor de Deus, Grey. Controle-se.

Nosso motorista nos aguarda do lado de fora do prédio do heliporto. Taylor abre a porta do Escalade, eu entro e ele se senta na frente, no banco do carona.

Ainda com o pesadelo de hoje em mente, ligo para Sawyer.

— Sr. Grey.

— Luke. Fique por perto da Sra. Grey hoje.

— Farei isso, senhor.

— Ela está tomando café da manhã? — Mantenho a voz baixa, pois estou um tanto envergonhado pela pergunta. Mas quero saber se ela está bem.

— Acredito que sim, senhor. Sairemos para o escritório daqui a uns quinze minutos.

— Bom. Obrigado.

Desligo e olho com melancolia pela janela, para o rio Willamette. Suas águas cinza-metálicas parecem frias quando cruzamos a Steel Bridge. Estremeço. Isso é o inferno. Eu preciso falar com Ana. Não podemos continuar assim.

Tenho uma opção que pode funcionar.

Peça desculpas, Grey.

Sim. É a única alternativa.

Porque me comportei como um idiota.

As palavras de Ana ressoam em mim: *então cresça, porra, olhe à sua volta e pare de agir como um adolescente petulante.*

Porra. Ela não está errada.

Agora não é um bom momento. Preciso ajudar o Departamento de Ciência Ambiental da WSU a conseguir financiamento adicional do USDA. É vital progredir no trabalho que a professora Gravett e sua equipe estão realizando em tecnologia do solo. Seu trabalho está alcançando enormes benefícios em nossos locais de teste em Gana. Isso pode mudar tudo. O solo pode ser uma iniciativa-chave não apenas para a alimentação do planeta e o alívio da insegurança alimentar e da pobreza, como também em relação ao sequestro de carbono, revertendo as mudanças climáticas. Retiro as anotações da pasta e as examino mais uma vez.

A REUNIÃO FOI UM SUCESSO retumbante: garantimos um milhão de dólares adicionais do USDA. Parece que alimentar o mundo também está no topo da agenda do governo federal. Com a gratidão dos professores Choudury e Gravett ecoando em meus ouvidos, Taylor e eu voltamos para Portland. Verifico o telefone, mas não há nenhuma palavra da minha mulher, nem mesmo uma resposta sarcástica ao meu e-mail. É deprimente. Estou ansioso para chegar em casa e encontrar uma forma de tranquilizá-la... se eu puder.

Talvez sair para jantar?
Um filme?
Andar de planador?
Velejar?
Sexo?
O que eu posso fazer?
Eu sinto falta dela.
O Escalade estaciona em frente ao prédio do heliporto enquanto Taylor faz uma ligação.

— Sawyer, eu li sua mensagem — murmura ele, e tem toda a minha atenção.
Mensagem? Ana está bem?
Ele franze a testa enquanto escuta.
— Certo. — Os olhos de Taylor encontram os meus. — Entendo. Espere — diz para Luke, antes de se dirigir a mim. — A Sra. Grey não está se sentindo bem. Sawyer vai levá-la de volta para o apartamento.
— É sério?
— Não há motivo para duvidar disso.
— Certo. Voaremos direto para o Escala.
— Sim, senhor. Sawyer, partiremos em breve. Vamos desviar diretamente para o Escala e pousar lá.
— Mantenha-a em segurança! — grito alto o bastante para Sawyer me ouvir.
— Você ouviu o Sr. Grey. Me mande uma mensagem se a situação mudar.
Taylor desliga.

Taylor e eu entramos no prédio com um senso de urgência renovado, e fico satisfeito quando vejo o elevador esperando por nós.
Espero que Ana esteja bem... e o bebê.
Talvez eu devesse ligar para minha mãe e pedir que ela vá ate lá para ver como Ana está. Ou a Dra. Greene, mas não sei se ela atenderia minha ligação. Vai demorar uma hora até eu chegar em casa, e não posso esperar tanto tempo. Tento

minha mãe, mas não há sinal de telefone; estamos no elevador. Também não posso ligar para Ana.

Se fosse sério, ela me ligaria, não é?

Droga. Não faço ideia, já que ela não está falando comigo.

As portas do elevador se abrem. O *Charlie Tango* está onde o deixamos e Stephan nos aguarda nos controles.

Que se dane. Vou pilotar. Posso focar no voo em vez de remoer o que está acontecendo no Escala.

Espero que Ana vá para a cama. *Nossa cama*.

Stephan desce da cabine para nos cumprimentar.

— Oi, Stephan. Gostaria de pilotar de volta para casa. Vamos fazer outro curso, para o Escala.

— Sim, senhor.

Ele abre a porta do piloto para mim e acho que está surpreso com minha mudança de atitude. Embarco, prendo o cinto de segurança e começo as verificações finais pré-voo.

— Todas as verificações foram feitas? — pergunto a Stephan enquanto ele se senta ao meu lado.

— Apenas o transponder.

— Ah, sim. Entendo. Eu preciso voltar para casa, para minha mulher. Taylor, você está afivelado?

— Sim, senhor. — Sua voz sem corpo soa alta e clara em meus fones de ouvido. Falo com a torre pelo rádio e eles liberam o voo.

— Certo, senhores, vamos voltar para casa.

Puxando o controle, ergo o *Charlie Tango* suavemente em direção ao céu e sigo para Seattle.

Enquanto cortamos o ar em alta velocidade, sei que pilotar foi uma boa decisão. Preciso me concentrar em nos manter no ar, mas, no fundo, a ansiedade continua corroendo minhas entranhas. Espero que Ana esteja bem.

Aterrissamos no horário programado, às 14h30.

— Foi um bom voo, Sr. Grey — diz Stephan.

— Divirta-se levando-o de volta ao Boeing Field.

— Certo. — Ele sorri.

Desafivelo o cinto, ligo o telefone e desembarco com Taylor no teto do Escala. Taylor franze a testa para seu telefone. Eu paro enquanto ele escuta uma mensagem.

— É de Sawyer. A Sra. Grey está no banco. — Taylor ergue a voz para ser ouvido acima do vento que sopra ao nosso redor.

O quê? Achei que ela estivesse se sentindo mal. Que merda ela está fazendo no banco?

— Sawyer a seguiu até lá. Ela tentou despistá-lo.

A ansiedade cresce em espiral em meu peito, e meu coração fica apertado. Meu telefone reiniciado emite um bipe e vibra com uma enxurrada de alertas. Há uma mensagem de Andrea, enviada há quatro minutos, algumas chamadas perdidas do meu banco e uma chamada de Welch.

Que porra é essa?

ANDREA
Troy Whelan, do seu banco, precisa falar com você com urgência.

Aciono Whelan na discagem rápida. Ele atende na hora.

— Whelan, é Christian Grey. O que está acontecendo? — grito acima da rajada do vento.

— Sr. Grey, boa tarde. Hum, a sua mulher está aqui solicitando a retirada de cinco milhões de dólares.

O quê?

Meu sangue se transforma em gelo.

— Cinco milhões?

Não consigo acreditar no que ele disse.

Para que ela precisa de cinco milhões?

Merda. Ela está me deixando.

Meu mundo desaba e arde em chamas, um poço de desespero se abrindo sob meus pés.

— Sim, senhor. Como sabe, de acordo com a legislação bancária atual, não posso sacar cinco milhões.

— Sim, claro. — Estou em choque, oscilando à beira do abismo. — Deixe-me falar com a Sra. Grey. — Minha voz soa robótica.

— Certamente, senhor. Espere um instante.

Isso é uma agonia. Procuro proteção do vento, ao lado das portas do elevador, e fico em silêncio esperando notícias da minha mulher... temendo ouvir o que ela dirá.

Ela está indo embora. Ela está me deixando.

O que vou fazer sem ela? O telefone clica e meu pânico me oprime.

— Oi. — A voz de Ana é ofegante e estridente.

— Você está me deixando? — As palavras saem antes que eu possa detê-las.

— Não! — grasna ela, e soa como um apelo agonizante.

Ah, merda, obrigado. Mas meu alívio dura pouco.

— Sim — sussurra, como se tivesse acabado de tomar a decisão.

O quê!
— Ana, eu... — Não sei o que dizer. Quero implorar para que ela fique.
— Christian, por favor. Não faça isso.
— Você vai embora?
Você está mesmo indo embora.
— Vou.
Não! Não! NÃO! Caio em queda livre no abismo. Caindo. Caindo. Caindo. Estendo a mão e me apoio na parede. A dor é visceral.
Não me deixe.
Merda, isso sempre vai acontecer? Algum dia ela me amou?
Era tudo pela porra do meu dinheiro?
— Mas por que o dinheiro? Esse tempo todo foi só pelo dinheiro?
Diga que não foi pelo dinheiro. Por favor. A dor é indescritível.
— Não! — Ela soa enfática.
Acredito nela?
É porque eu *me encontrei com Elena?* Pelo amor de Deus! Neste momento, acho que não poderia odiar Elena mais do que estou odiando agora. Respiro fundo, tentando controlar meus pensamentos.
— Cinco milhões de dólares basta?
Como vou viver sem Ana?
— Basta.
— E o bebê?
Ela vai levar o nosso bebê? A faca estraçalha minha alma.
— Vou tomar conta do bebê.
— É isso o que você quer?
— É.
Sua voz é quase inaudível. Mas eu a ouço. A dor é paralisante. Ela quer que eu desligue o telefone, dá para notar. Ela quer acabar com isso. Ela quer se afastar de *mim*.
— Pode tirar tudo — sussurro.
— Christian — choraminga ela. — É para você. Para a sua família. Por favor.
Não faça isso.
Eu não consigo suportar isso.
— Pegue tudo, Anastasia — rosno, depois inclino a cabeça para trás e lamento silenciosamente para o céu cinza.
— Christian... — Seu desespero está presente em cada sílaba do meu nome.
Não suporto ouvi-la.
— Vou amar você para sempre — murmuro, porque é verdade. São as últimas palavras de um condenado.

Desligo e respiro fundo, me acalmando, me sentindo vazio... nada mais do que uma casca.

Eu disse isso para ela uma vez.

Em um chuveiro.

Foi quando disse para ela que eu a amava.

— Sr. Grey? — Taylor está tentando atrair minha atenção.

Ignorando-o, volto a ligar para Whelan.

— Troy Whelan.

— Aqui é Christian Grey. Dê o dinheiro para minha mulher. O que ela quiser.

— Sr. Grey, eu não posso...

— Eu sei que vocês detêm a reserva da Pacific Northwest. Basta transferi-la da conta de depósito principal. Ou liquidar alguns dos meus ativos. Não me importo. Dê o dinheiro a ela.

— Sr. Grey, isso é altamente irregular.

— Apenas faça, Whelan. Encontre uma forma, ou fecharei as porras das minhas contas e mudarei os negócios da GEH para outro lugar. Entendeu?

Ele fica em silêncio no outro lado da linha.

— Resolvemos a papelada mais tarde — acrescento em um tom mais conciliador.

— Sim, Sr. Grey.

— Basta dar a ela o que ela quiser.

— Sim, Sr. Grey.

Eu desligo.

Quero chorar. Quero desabar aqui no teto do prédio e chorar. Mas não posso. Fecho os olhos e desejo estar sozinho.

— Sr. Grey. — A voz de Taylor interrompe minha dor.

Eu me viro para encará-lo e ele empalidece.

— O quê? — rosno.

— Hyde foi libertado sob fiança. Ele está livre.

Olho para ele. *Que inferno é esse?*

Hyde está livre? *Como?* Achei que isso estivesse resolvido.

Taylor e eu olhamos um para o outro, nos perguntando: *Que porra é essa?*

"*Você está me deixando?*"

"*Não!*"

"*É para você. Para a sua família. Por favor. Não.*"

— Ana! — sussurro. — Ela está tentando sacar cinco milhões de dólares.

Os olhos de Taylor se arregalam.

— Merda! — diz ele.

Chegamos à mesma conclusão no mesmo instante. O que quer que ela esteja fazendo, no fundo eu sei que tem algo a ver com aquele filho da puta do Hyde.

Aperto o botão do elevador enquanto meu desespero absoluto se transforma em medo. Medo por minha mulher.

— Onde está Sawyer?

— Ele está no banco. Seguiu o carro dela.

Entramos no elevador e aperto o botão para a garagem enquanto os rotores do *Charlie Tango* voltam a ser acionados. É ensurdecedor.

— Você está com as chaves do carro? — grito para Taylor enquanto as portas se fecham.

— Sim, senhor.

— Vamos para o banco. Nós sabemos onde Hyde está?

— Não. Vou enviar uma mensagem de texto para Welch.

— Ele deixou uma mensagem. Merda... deve ter sido a notícia sobre Hyde.

O elevador leva uma eternidade para descer até a garagem. O que Ana está tramando? Por que ela não pode me dizer que está com problemas? O medo embrulha meu coração e minhas entranhas, estrangulando-me por dentro. O que poderia ser pior do que Ana me deixar? A imagem angustiante do meu sonho anterior passa por minha mente, trazendo memórias perturbadoras mais, muito mais antigas: uma mulher sem vida no chão. Fecho os olhos com força.

Não. Por favor. Não.

— Nós a encontraremos — diz Taylor com uma determinação implacável.

— Temos de encontrar.

— Vou rastrear o celular dela — afirma ele.

Por fim, as portas se abrem e Taylor me joga as chaves do Q7. Ele quer que eu dirija?

Controle-se, Grey. Você precisa tirar a sua mulher desta confusão.

Talvez aquele filho da puta a esteja chantageando.

Entramos no carro e ligo a ignição. Os pneus cantam quando saio da vaga e acelero até a entrada da garagem, apenas para esperar segundos agoniantes enquanto a barreira sobe.

— Vamos. Vamos. Vamos. Vamos!

Mal evitando a barreira, saímos ruidosamente para a rua, na direção do banco. Taylor coloca o telefone no painel, esperando por um sinal, praguejando em voz baixa, sem paciência.

— Ela ainda está no banco — diz ele por fim.

— Que bom.

O tráfego está mais congestionado do que eu esperava. É frustrante.

Vamos, vamos, *vamos!*

Por que Ana faz isso? Guardar essa merda para si mesma? Ela não confia em mim? Penso no meu comportamento nos últimos dias.

Certo, não foi exemplar, de forma alguma, mas assumir toda essa porcaria? Por que ela não pede ajuda?

— Ana Grey! — grito para o sistema Bluetooth do telefone.

Depois de alguns momentos, seu telefone começa a tocar, tocar e tocar... então cai na caixa postal. Meu coração afunda.

"Oi, você ligou para Ana. Não posso atender a sua ligação agora, mas, por favor, deixe uma mensagem após o bipe que eu ligo de volta."

Meu Deus!

— Ana! Que merda está acontecendo? — grito. É bom gritar. — Estou indo buscá-la. Ligue para mim. Fale comigo.

Desligo.

— Ela ainda está no banco — diz Taylor.

— Sawyer está lá?

— Sim, senhor.

— Ligue para Sawyer! — grito para o viva-voz e, momentos depois, seu celular está tocando.

— Sr. Grey?

— Onde está Ana?

— Ela estava prestes a sair do banco, mas deu meia-volta e retornou lá para dentro.

— Vá buscá-la.

— Senhor, estou armado. Não posso passar pelos detectores. Estou parado na entrada observando Anast... a Sra. Grey, e tudo parece muito suspeito. Se eu voltar para o carro para guardar a arma, posso perdê-la de vista.

Merda de armas de fogo.

— Como foi que ela o despistou?

— Ela é uma mulher muito engenhosa, Sr. Grey. — Ele soa como se estivesse falando com os dentes cerrados, e reconheço a sua frustração.

Isso me faz sentir um pouco mais de simpatia por ele; ela também me deixa louco.

— Eu quero um panorama completo quando a tivermos de volta. Jack Hyde foi solto sob fiança, e tanto Taylor quanto eu temos um palpite de que as atitudes de Ana têm algo a ver com ele.

— Merda! — diz Luke.

— Exatamente. Estamos a uns cinco minutos daí. Não a perca de novo, Sawyer.

— Senhor.

Eu desligo.

Taylor e eu ficamos sentados em silêncio enquanto eu costuro entre os carros, em meio ao tráfego.

O que você está tramando, Anastasia Grey?
O que farei com você quando voltar?
Vários cenários passam pela minha mente. Eu me remexo no assento.
Pelo amor de Deus, Grey. Agora é um péssimo momento.
Taylor me desperta.
— Ela está em movimento.
— O quê? — Meu coração dispara quando a adrenalina percorre meu corpo.
— Ela está indo para o sul, na Segunda.
— Ligue para Sawyer! — grito para o viva-voz.
Momentos depois, seu celular toca outra vez.
— Sr. Grey — responde ele de imediato.
— Ela está em movimento!
— O quê? Ela não saiu pela entrada principal. — Sawyer parece confuso.
— Ela está indo para o sul na Segunda — interrompe Taylor.
— Deixe comigo. Eu ligo do carro. — Sawyer está obviamente correndo. — Ela não está no carro. O veículo ainda está aqui.
— Inferno! — grito.
— Ainda rumo ao sul na Segunda — diz Taylor. — Espere. Ela dobrou à esquerda na Yesler.
Passamos pelo meu banco. Não há por que parar.
— São três quarteirões? — pergunto.
— Sim, senhor.
Pela bilionésima vez, agradeço a Deus por Taylor estar comigo. Ele conhece a cidade como a palma da própria mão, o que é estranho, já que ele é de alguma cidade rural no meio do nada no Texas.
Três minutos depois, estamos indo para o leste na Yesler.
— Ela ainda está na Yesler — rosna Taylor, olhos grudados no telefone. — Virou para o sul. Na Vinte e Três. Isso fica a oito quarteirões daqui.
— Estou bem atrás de vocês — diz Sawyer pelo viva-voz.
— Fique por perto. Vou tentar me esquivar desse trânsito. — Olho para Taylor. — Queria que você estivesse dirigindo.
— Está se saindo bem, senhor.
Para onde é que ela está indo? E com quem?
Ficamos em silêncio por vários minutos. Concentro-me na estrada enquanto Taylor dá instruções ocasionais. Seguimos para o sul, depois para o leste outra vez, agora principalmente através de ruas residenciais.
— Ela virou para o sul, na Treze.
Seguimos por alguns quarteirões.
— Está parada. Rua South Day. Mais dois quarteirões.

O medo se assenta em meu estômago, pesado e cáustico, enquanto corro pelas ruas secundárias.

Três minutos depois, entro na rua South Day.

— Calma — ordena Taylor, surpreendendo-me, mas faço o que ele diz. — Ela está aqui em algum lugar.

Ele se inclina para a frente e examinamos cada lado da rua. Há uma fileira de edifícios abandonados do meu lado.

— Merda!

Há um estacionamento esburacado onde uma mulher está parada com as mãos para cima ao lado de um Dodge preto. *O Dodge!* Viro o volante e entro no estacionamento, e lá está ela...

No chão. Imóvel. Olhos fechados.

Ana. Minha Ana... Não! Tudo se move em câmera lenta enquanto todo o ar é sugado de meus pulmões. Meu pior medo realizado. Aqui. Agora.

Taylor sai do carro antes que eu pare. Eu o sigo, deixando o motor ligado.

— Ana! — grito.

Por favor, Deus. Por favor, Deus. Por favor, Deus.

Ela está inerte no concreto. Mais à frente, aquele filho da puta do Hyde está rolando no chão, gritando de agonia e agarrando a própria coxa. Sangue escorre por entre seus dedos. A mulher dá um passo para trás, mantendo as mãos para cima enquanto Taylor saca a arma.

Mas é Ana quem tem toda a minha atenção. Ela está deitada imóvel no chão duro e frio.

Não!

Era isso que eu temia desde que a conheci. Este momento. Eu me ajoelho ao seu lado, com medo de tocá-la. Taylor pega a arma que está ao lado dela e ordena que a mulher se deite de bruços no chão.

— Não atire em mim, não atire em mim — balbucia ela.

Merda! É a Elizabeth Morgan, da SIP.

Como é que ela está envolvida nessa merda?

De repente, Sawyer aparece. Aponta a arma para Elizabeth e fica de guarda. Hyde grita em agonia:

— Socorro! Socorro! A vadia atirou em mim!

Nós o ignoramos.

Taylor se curva e verifica o pulso abaixo do maxilar de Ana.

— Ela está viva. Pulso forte — diz ele. *Graças a Deus.* Então, dispara para Sawyer: — Ligue para a emergência, agora. Ambulância e polícia.

Sawyer pega o telefone enquanto Taylor passa as mãos sobre Ana, rápida e suavemente, verificando se há ferimentos.

— Acho que ela não está sangrando.
— Posso tocá-la?
— Ela pode ter quebrado alguma coisa. Melhor deixar isso para os paramédicos.
Ah, não. Minha mulher. Minha garota. Minha linda garota.
Acaricio seu cabelo e coloco delicadamente uma mecha atrás de sua orelha. Ela parece estar dormindo, embora tenha uma marca vermelha no rosto. *Ele bateu em você? Ele fez isso com você?*
Agora minha atenção se volta para Hyde, que ainda está gritando. Uma nova dose de raiva alimentada pela adrenalina percorre minha corrente sanguínea.
O filho da puta. Ele colocou as mãos na minha mulher e ela atirou nele.
Meu Deus, Ana atirou nele.
Eu me levanto e me aproximo enquanto ele se contorce no chão.
Antes que eu saiba o que estou fazendo, eu me inclino no Dodge, levo a perna para trás e chuto a sua barriga com toda a força. Duas vezes. Três vezes, com todo o meu peso a cada chute.
Ele grita.
— Você fez isso com a minha mulher, seu filho da puta?
Desconto minha raiva e o chuto outra vez. Ele levanta as mãos para proteger o estômago, e coloco todo o peso sobre a ferida que goteja em sua coxa. Ele grita de novo: um grito diferente, mais alto, feroz, de agonia. Inclinando-me, pego as lapelas de seu casaco e bato com a cabeça dele no chão. Uma. Duas vezes. Seus olhos estão selvagens, arregalados de medo enquanto ele agarra minhas mãos, espalhando seu sangue em mim.
— Eu vou te matar, seu doente pervertido filho da puta!
Do outro lado do túnel, ouço vozes.
— Sr. Grey! Sr. Grey! Christian! Christian, pare!
É Taylor. Ele e Sawyer me afastam do verme que é Hyde.
Taylor me agarra pelos ombros e me sacode.
— Christian! Pare! Agora!
Ele me sacode mais uma vez.
Pisco para ele e encolho os ombros.
Não me toque!
Taylor se coloca entre Hyde e eu, me olhando como se eu fosse letal, um desequilibrado pronto para atacar. Respiro enquanto a névoa vermelha assassina se dissipa.
— Estou bem — sussurro.
— Cuide de sua mulher, senhor. — O tom de Taylor é enfático.
Concordo com a cabeça. E olho mais uma vez para o filho da puta no chão. Ele está balançando suavemente, segurando a coxa, choramingando como o cocô de doninha que é. Ele mijou na calça, o nojento.

— Deixe-o sangrar até a morte — murmuro para Taylor, e me afasto.

Eu me ajoelho ao lado de Ana e me inclino para ouvir a sua respiração, mas não ouço nada. O pânico toma conta de mim mais uma vez.

— Ela ainda está respirando? — Olho para Taylor.

— Olhe para o peito dela, subindo e descendo.

Taylor se abaixa outra vez e verifica o pulso de Ana.

— Ainda forte.

Ah, Ana. O que você estava pensando? E o bebê?

Lágrimas fazem meus olhos arderem. Detesto essa sensação de impotência. Quero envolvê-la nos braços e soluçar junto a ela, mas não posso tocá-la. Isso é uma agonia. Onde está a merda da ambulância?

— A garota. A garota — fala Elizabeth de repente.

Que garota? Todos nós nos viramos para olhar para ela, caída no chão.

— Lá dentro — diz ela. — Ali. Naquele prédio.

Ela aponta com o queixo.

Será um truque?

Eu ouço o comando de Taylor.

— Sawyer, verifique lá dentro.

Ouvem-se sirenes ao longe. Graças a Deus!

— Taylor! — Quando me viro, Sawyer está parado à porta. — Eles estão com a Srta. Grey aqui.

— Fique aqui, Christian!

Taylor ergue um dedo em advertência.

Mia? Minha irmã mais nova? O medo cresce em minhas entranhas. O que aquele filho da puta fez com a minha irmã? Observo, paralisado, enquanto Taylor desaparece dentro do prédio, Sawyer lhe dando cobertura da porta.

"É para você. Para a sua família. Por favor. Não..."

É tudo o que Ana disse fica claro. Olho para ela e, neste momento, sei que ela poderia ter sido assassinada pelo filho da puta doente. A bile sobe à minha garganta e o tempo para, até que Taylor sai do prédio.

— Ela está bem, eu acho. Foi dopada. Está dormindo. Sem sinais evidentes de lesão ou agressão. Está totalmente vestida. Eu não quero movê-la. Vamos deixar os paramédicos fazerem isso.

— Mia? — pergunto, sem acreditar muito no horror da situação.

Ele faz que sim. Sua boca forma uma linha sombria.

As sirenes estão mais altas.

Que porra Hyde estava planejando fazer com a minha irmã? Ele ainda está choramingando feito um cachorro ferido, mais quieto agora, e suspeito que perdeu muito sangue. Não dou a mínima. Quero matá-lo, lenta e dolorosamente, mas duas ambulâncias e dois veículos de patrulha da polícia param em um clarão de luzes piscando e uma cacofonia de sirenes, quebrando a paz da vizinhança e salvando a pele de Hyde.

Estou acordado em um pesadelo, sentado entre Mia e Ana na ambulância enquanto aceleramos por Seattle. Estou com a cabeça entre as mãos, meu coração na garganta enquanto rezo pelas duas. Não sou um homem religioso, mas neste momento faria qualquer coisa, até implorar a Deus, para saber que minha mulher, nosso bebê e minha irmã estão bem.

— Os sinais vitais estão bons, Sr. Grey, tanto os da sua mulher quanto os da sua irmã — diz o paramédico, seus olhos escuros repletos de compaixão.

— Minha mulher está grávida.

O paramédico olha para Ana.

— Senhor, não há sinais evidentes de sangramento.

Fico pálido, sabendo que ele está tentando me tranquilizar, mas não está funcionando.

— Por que ela ainda está inconsciente? — Minha voz é um sussurro.

— Os médicos devem ser capazes de explicar isso quando chegarmos ao hospital.

Mia se mexe, resmungando coisas ininteligíveis. Ela está voltando. É óbvio que ela foi dopada.

Mas, pelo menos, está calma. Eu seguro e aperto a sua mão.

— Está tudo bem, Mia. Estamos aqui.

Ela murmura alguma coisa. Ainda não abriu os olhos, mas aperta minha mão em resposta e relaxa no que espero ser sono.

Minha irmã, minha mulher, meu filho por nascer. Eu deveria ter matado Hyde quando tive a oportunidade. A raiva impotente amarga em meu estômago mais uma vez e aperto os olhos, tentando dissipá-la. Eu quero chorar. Quero gritar para liberar essa dor, mas não posso.

Inferno. Estou exausto. As últimas palavras que troquei com Ana...

"Você está me deixando?"

"Não!"

"É para você. Para a sua família. Por favor. Não."

Eu disse que sempre a amaria. Pelo menos eu fiz isso.

Por favor, Ana, acorde.

No fundo, me preocupo com o bebê. Ana estava mesmo se sentindo mal ou ela inventou isso? Esse... estresse, porra. Não pode ser bom para ele.

Júnior. Ele está bem?

Enfim chegamos ao pronto-socorro e sou colocado de lado imediatamente enquanto os paramédicos entram em ação.

Minha mãe e meu pai estão lá, esperando. Eles correm para a maca que leva minha irmã adormecida ou inconsciente. Grace olha para Mia e as lágrimas brotam em seus olhos. Ela pega a mão da filha.

— Amo você, filha — lamenta, enquanto os paramédicos levam Mia em direção às portas duplas que meu pai não pode ultrapassar.

Ele fica de lado e observa enquanto minha mãe os segue para a triagem do pronto-socorro. Uma enfermeira e um médico pegam a maca de Ana.

— Cuidado com a minha mulher. Ela está grávida. — Minha voz está rouca e abafada de preocupação.

— Cuidaremos bem dela — diz o atendente.

Solto a mão de Ana e eles a empurram atrás de Mia.

Carrick se juntou a mim, com o rosto pálido, deixando evidente cada segundo de sua idade.

Nós nos encaramos.

— Pai — sussurro, e minha voz falha.

— Ah, filho. — Carrick abre os braços e, pela primeira vez na vida, eu me coloco entre eles e ele me abraça. Engulo a emoção e agarro o seu casaco, mais que grato por sua força silenciosa, sua presença reconfortante, seu cheiro familiar, mas, acima de tudo, seu amor. — Vai ficar tudo bem, filho. As duas ficarão bem.

— Elas ficarão bem — repito como um mantra, enquanto minha garganta queima com a angústia reprimida. — Elas ficarão bem.

Mas não dá para ter certeza disso.

Eu só rezo para que seja verdade.

Eu me afasto, de súbito consciente de que somos dois homens adultos se abraçando na entrada do pronto-socorro. Carrick sorri e aperta meu ombro.

— Vamos para a sala de espera. Você pode me dizer o que aconteceu, e nós podemos limpá-lo.

— Certo.

Faço que sim e olho para minhas mãos. Merda! Ainda estão manchadas com o sangue daquele filho da puta.

ANA ESTÁ PÁLIDA, EXCETO pelo hematoma na bochecha, onde o filho da puta deve ter batido nela. Seus olhos estão fechados como se estivesse apenas dormindo, mas ainda está inconsciente. Ela parece dolorosamente jovem e pequena. Vários tubos entram e saem de seu corpo. Meu coração se aperta e se retorce de medo, mas a Dra. Bartley está calma ao olhar para minha mulher machucada.

— Ela sofreu uma contusão nas costelas, Sr. Grey, e uma pequena fratura no crânio, fina como um fio de cabelo, mas os sinais vitais estão fortes e estáveis.

— Por que ela ainda está inconsciente?

— A Sra. Grey sofreu um trauma grave na cabeça. Mas sua atividade cerebral está normal e ela não tem nenhum edema. Ela vai despertar quando estiver pronta. Basta esperar.

— E o bebê? — sussurro.

— O bebê está bem, Sr. Grey.

— Ah! Graças a Deus. — O alívio me atinge como um ciclone.

Graças a Deus.

— Mais alguma pergunta, Sr. Grey?

— Ela pode me ouvir?

O sorriso da Dra. Bartley é benigno.

— Quem sabe? Se ela puder, tenho certeza de que adoraria ouvir a sua voz.

Não tenho tanta certeza. Ela vai ficar brava. Achei que ela estava me deixando.

— Minha colega, a Dra. Singh, vai dar uma olhada em sua mulher mais tarde.

— Obrigado — murmuro, e ela sai.

Puxando uma cadeira, sento-me ao lado de Ana. Com ternura, pego a sua mão, feliz por descobrir que está quente. Aperto-a suavemente, na esperança de despertá-la.

— Acorde, baby, por favor — sussurro. — Fique com raiva de mim, mas acorde, por favor. — Inclinando-me para a frente, roço os lábios nos dedos dela. — Sinto muito. Desculpe por tudo. Por favor, acorde.

Por favor. Eu te amo.

Seguro suas mãos entre as minhas, pressiono a testa nos dedos e rezo.

Por favor, Deus. Por favor. Traga minha mulher de volta para mim.

ANA DORME, SEU QUARTO está envolto em sombras, exceto pelo halo de luz da lâmpada da cabeceira e pela iluminação fraca que entra por debaixo da porta. Usando o casaco como cobertor, cochilo na cadeira, lutando contra o sono. Quero estar acordado quando ela voltar para mim.

A porta se abre e Grace entra, despertando-me.

— Olá, querido — sussurra ela, seu rosto pálido, sem maquiagem.

Ela parece tão cansada e esgotada quanto eu.

— Mãe.

Estou cansado demais para ficar de pé.

— Só vim dar uma olhada em você, pois estou indo embora para dormir um pouco. Carrick está aqui para ficar com Mia.

— Como ela está?

— Ela está bem. Com raiva. Ainda sofrendo com os efeitos das drogas. Tentando dormir. E Ana?

— Nenhuma mudança.

Grace pega o prontuário de Ana ao pé da cama e verifica as anotações. Seus olhos se arregalam e ela engasga.

— Ela está grávida!

Eu assinto, abalado e ansioso demais para fazer qualquer outra coisa.

— Ah, Christian, que notícia maravilhosa. Parabéns.

Ela dá um passo à frente e segura o meu ombro.

— Obrigado, mãe. Está no começo.

Eu acho.

— Compreendo. Os casais costumam anunciar com doze semanas. Querido, você está exausto, vá para casa dormir.

Balanço a cabeça.

— Vou dormir quando Ana acordar.

Ela estreita os lábios, mas não diz nada, e se abaixa para beijar minha cabeça.

— Ela vai acordar, Christian. Apenas lhe dê algum tempo. Tente dormir um pouco.

— Tchau, mãe.

Ela bagunça o meu cabelo.

— Vejo você de manhã.

Ela sai tão silenciosamente quanto entrou, me deixando mais desolado do que nunca.

Apenas para me torturar e também para ficar acordado, recordo os erros que cometi nos últimos dias.

Eu tenho sido um idiota.

Em relação ao bebê.

Por ter me encontrado com Elena.

Por não pedir desculpas.

E, para coroar tudo, eu acreditei em Ana... acreditei quando ela disse que estava me deixando.

Meus olhos se fecham e minha cabeça tomba para a frente, acordando-me com um solavanco.

Porra.

Olho para minha mulher, desejando que ela abra os olhos.

Ana. Por favor. Volte para mim.

— Então eu poderei pedir desculpas. Direito, de verdade. Por favor, baby. — Pegando sua mão, levo-a aos lábios mais uma vez e beijo cada nó de seus dedos.

— Estou com saudade.

Inclinando-me para trás, fecho os olhos apenas por um segundo.

SEXTA-FEIRA, 16 DE SETEMBRO DE 2011

Desperto um momento depois. *Merda*. Quanto tempo dormi? Verifico o relógio: quase três da manhã. Olhando para minha mulher, vejo que ela ainda está dormindo pacificamente.

Só que ela não está dormindo. Está inconsciente.

— Volte para mim, baby — sussurro.

— Christian.

— Pai! Você me assustou.

— Desculpe.

Carrick emerge das sombras.

— Há quanto tempo você está parado aí?

— Não muito. Eu não queria acordá-lo. A enfermeira estava aqui verificando os sinais vitais de Ana. Estão todos bons. — Ele olha para a minha mulher. — Grace me disse que ela está grávida do meu neto.

Seus olhos brilham em reverência enquanto ele olha para Ana.

— Sim, está.

— Parabéns, filho.

Dou um sorriso sombrio.

— Ela colocou a criança e a si mesma em risco.

Eu estremeço, e não sei se é porque o ar da noite está mais frio ou porque Ana poderia facilmente estar morta. Carrick estreita os lábios com uma expressão séria, depois volta a atenção para mim.

— Você está exausto. Deveria ir para casa descansar.

— Não vou sair de perto dela.

— Christian, você precisa dormir.

— Não, pai. Quero estar aqui quando ela acordar.

— Eu fico com a Ana. É o mínimo que posso fazer depois que ela salvou a vida da minha filha.

— Como está a Mia?

— Está toda grogue... com medo e raiva. Ainda vai levar algumas horas até o Rohypnol sair totalmente do organismo dela.

— Meu Deus do céu.

Hyde é um pervertido filho da puta.

— É, eu sei. Estou me sentindo a pessoa mais idiota do mundo por ter relaxado na segurança dela. Você me avisou, mas Mia é teimosa. Se não fosse pela Ana aqui...

— Todo mundo achava que o Hyde era carta fora do baralho. E a louca da minha esposa... Por que ela não me contou?

As lágrimas não derramadas queimam minha garganta.

— Christian, acalme-se — diz Carrick, movendo-se lentamente em minha direção. — Ana é uma jovem incrível. Ela foi de uma coragem surpreendente.

— Corajosa, cabeça-dura, teimosa e burra. — Minha voz falha na última palavra enquanto tento conter a emoção.

Mas o que teria acontecido com Mia, se não fosse Ana?

Isso é tão confuso... Apoio a cabeça nas mãos, em conflito.

— Ei. — Meu pai coloca a mão no meu ombro. Seu toque reconfortante é bem-vindo. — Não seja tão duro com ela, nem com você, filho... Acho que é melhor eu voltar para ficar com a sua mãe. Já são mais de três da madrugada, Christian. Você realmente deveria tentar dormir um pouco.

— Achei que mamãe tivesse ido para casa.

Carrick suspira, frustrado.

— Ela não quer deixar Mia. Ela é teimosa, assim como você. Parabéns novamente pelo bebê. No meio de toda essa bagunça, é uma boa notícia.

Sinto o sangue se esvair da minha cabeça. Nunca serei um pai tão bom quanto Carrick.

— Ei — diz ele com gentileza. — Você consegue.

E, por estar cansado e desanimado, fico aborrecido por ele ter diagnosticado a minha ansiedade com tanta precisão.

Muito perceptivo, pai.

— Você será um ótimo pai, Christian. Pare de se preocupar. Vai ter vários meses para se acostumar com a ideia. — Ele dá outro tapinha no meu ombro. — Volto mais tarde esta manhã.

— Boa noite, pai.

Eu o vejo fechar a porta silenciosamente.

Um ótimo pai, hein?

Apoio a cabeça nas mãos.

Agora só quero minha mulher de volta. Não quero pensar no bebê.

Eu me levanto e me alongo. Está tarde. Estou rígido, dolorido e com o coração partido de preocupação.

Por que ela não acorda? Curvando-me, beijo seu rosto. Sinto sua pele macia e reconfortantemente quente nos meus lábios.

— Acorde, baby — sussurro. — Preciso de você.

— Bom dia, Sr. Grey.

O quê? Mais uma vez, meu cochilo é interrompido quando a enfermeira abre as cortinas, deixando a luz dourada do outono invadir o quarto. É a enfermeira mais velha; não consigo lembrar o nome dela.

— Vou verificar os fluidos intravenosos da sua mulher.

— Claro — murmuro. — Devo sair?

— Se preferir.

— Vou esticar as pernas.

Sentindo-me um bagaço, levanto-me e, lançando um último olhar para minha mulher, cambaleio para o corredor. Talvez eu consiga um café.

Taylor chega por volta das 8h30 com o carregador do meu telefone e o café da manhã (cortesia da Sra. Jones). Eu me pergunto se essa é uma oferta de paz. Uma olhada no saco de papel pardo confirma que sim: dois croissants de presunto e queijo. O cheiro é divino. Também recebo uma garrafa térmica com café decente.

— Por favor, agradeça a Gail por mim.

— Claro. Como está a Sra. Grey?

Ele olha para Ana, a preocupação óbvia na linha tensa de seu maxilar.

— Todos os sinais vitais estão bons. Só estamos esperando que ela acorde. Não acredito que passamos o último fim de semana no hospital universitário de Portland, e, neste fim de semana, estamos no Northwest.

Taylor assente, empático.

— Você pode ficar aqui e me atualizar — continuo. — Não quero sair do lado dela.

Eu lhe ofereço o assento ao lado. Enquanto tomo meu café da manhã, ele conta tudo o que aconteceu depois que as ambulâncias deixaram a cena do crime.

— ... e a polícia recuperou o celular da Sra. Grey.

— Ah.

— Ela o colocou em uma das mochilas com o dinheiro.

— É mesmo? — Olho para minha mulher adormecida. Isso é genial. — Estávamos seguindo o dinheiro?

— Sim — responde Taylor, e fica claro que ele está impressionado com a engenhosidade de Ana.

— A polícia está com o dinheiro.

É a primeira vez que penso nos cinco milhões de dólares.

— Será que vamos recuperá-lo?

— Em algum momento, senhor.

Reviro os olhos. Esse é o menor dos meus problemas.

— Vou colocar Welch em contato com a polícia para negociar a devolução do dinheiro.

— Hyde está aqui, recebendo cuidados. Ele está sob guarda policial — diz Taylor.

— Gostaria que ela tivesse acabado com ele.

Taylor ignora meu comentário, e eu me lembro dele me afastando de Hyde enquanto eu espancava aquele filho da puta. Não consigo me decidir se Taylor agiu bem ou mal.

Droga. Se ele não tivesse feito isso, agora eu estaria preso.

— O detetive Clark gostaria de falar com você. — Taylor muda de assunto com sabedoria enquanto dou uma mordida no segundo croissant.

— Não é um bom momento.

— Ryan foi buscar o carro da Sra. Grey. Tirando a multa de estacionamento, está tudo bem. — Seu sorriso é irônico. — Sawyer está furioso por tê-la deixado escapar.

— Tenho certeza de que sim.

— Há fotógrafos acampados do lado de fora do hospital.

Droga.

Meu telefone vibra. É o Ray. *Merda*.

— Bom dia, Ray.

— Preciso ver a Annie.

Ray ouviu falar sobre o heroísmo de Ana, cortesia da mídia, e agora insiste em vê-la.

Como ele é o único homem no mundo que me intimida, não posso negar.

Despacho Taylor, e, trinta minutos depois, Ray está ao pé da cama, sentado em sua cadeira de rodas.

— Annie — sussurra ele enquanto o empurro para mais perto da cama. — Em que ela estava pensando? — diz com a voz rouca.

Está de barba feita, com um short folgado e uma camisa, de modo que, apesar da perna quebrada e dos hematomas, continua parecendo o Ray de sempre.

— Não sei, Ray. Teremos que esperar ela acordar para podermos perguntar.

— Se você não der uma bronca nessa menina, juro que eu mesmo vou dar. Que diabo ela estava pensando? — Ele soa mais inflexível desta vez.

— Pode acreditar, Ray. Vou brigar com ela, sim.

Se ela deixar. Seguro sua mão enquanto Ray balança a cabeça.

— Ela atirou nele, sabia?

Ele fica boquiaberto.

— No sequestrador?

— Sim.

— Ora, quem diria?

— Obrigado por ensiná-la a usar uma arma. Talvez algum dia você possa me ensinar a atirar.

— Christian, seria uma honra para mim. — Ambos olhamos para minha mulher obstinada, imprudente e corajosa. Cada um de nós cuidando dos nossos próprios temores enquanto Ana permanece inconsciente. — Avise-me quando ela acordar.

— Farei isso, Ray.

— Vou ligar para Carla — murmura ele.

— Eu agradeço. Obrigado.

Ele beija a mão de Ana, lágrimas brilhando nos olhos, e eu preciso desviar o olhar.

Quando ele sai, ligo para o escritório, em seguida para Welch, que está em Detroit, seguindo uma pista de Hyde. Ele não consegue acreditar que Hyde encontrou alguém que pagasse a fiança. Descobrir quem e por que é o próximo item de sua lista. Ele vai ligar para o contato que tem no departamento de polícia de Seattle para descobrir o que eles sabem.

Ando para lá e para cá em frente à janela para afastar o cansaço enquanto falo ao telefone e olho para minha mulher. Ela dorme durante as minhas ligações, dorme enquanto chegam as muitas flores enviadas por nossa família e nossos amigos — de tal forma que, no meio da tarde, seu quarto parece uma floricultura —, e também enquanto todos ligam perguntando como ela está.

Todo mundo adora Ana.

O que há ali para não amar? Com os nós dos dedos, acaricio seu rosto macio e translúcido, lutando contra a vontade de chorar.

— Acorde, baby. Por favor. Acorde e fique com raiva de mim outra vez. Qualquer coisa. Me odeie... o que seja. Apenas acorde. Por favor.

Eu me sento ao lado dela e espero.

Kate invade o quarto sem bater.

— Oi, Kate.

Ela me cumprimenta com a cabeça, vai direto para a cama de Ana e pega a sua mão.

— Como ela está?

Estou muito cansado para isso.

— Inconsciente.

— Ana! Ana! Acorde — grita Kate.

Pelo amor de Deus. A tenaz Sra. Kavanagh está aqui.

— Eu já tentei, Kate. Tenho certeza de que Ana vai acordar no tempo dela.

Kate estreita os lábios.

— Ela perdeu o juízo.

Não tenho como contestar isso.

Kate se vira para mim.

— E você, como está?

Sua pergunta a respeito do meu bem-estar me surpreende.

— Estou bem. Ansioso. Cansado.

Ela faz que sim.

— Parece mesmo. Vocês dois se reconciliaram?

Eu suspiro.

— Não exatamente. Quando ela acordar... — Paro de falar.

Estranhamente, Kate parece aceitar isso e não me incomoda.

— Então o que aconteceu? Como ela veio parar aqui?

Kate cruza os braços e, como parece que não vou me livrar dela de outra forma, faço um resumo do sequestro da minha irmã cometido por Hyde e do resgate heroico, mas totalmente imprudente, de Ana.

— Que merda! — diz Kate, quando termino. — O que é que ela estava pensando? Ela deveria ser a esperta da história.

— Pois é.

— Sabe, Christian... ela te ama muito.

— Eu sei. Ela não estaria aqui se não amasse.

Trinco o maxilar em autoaversão por ter duvidado dela.

— Diga a ela que estive aqui.

— Direi.

— Espero que você durma um pouco.

Ela dá uma última olhada em Ana, aperta a sua mão e vai embora em seguida.

Graças a Deus.

UMA BATIDA À PORTA me acorda e o detetive Clark aparece. Ele é a última pessoa que desejo ver. Não quero compartilhar minha mulher com ninguém, não quando ela está assim.

— Lamento perturbá-lo. Eu esperava que houvesse uma chance de falar com a Sra. Grey.

— Detetive, como o senhor pode ver, minha esposa não está em condições de responder a pergunta alguma.

Eu me levanto para cumprimentá-lo, me sentindo bastante mal. Só quero que esse homem vá embora.

Felizmente, sua visita é breve, embora informativa. Ele me diz que Elizabeth Morgan está cooperando totalmente com a polícia. Parece que Hyde tinha vídeos comprometedores dela, de modo que pôde coagi-la a ajudá-lo. Foi Morgan quem atraiu Mia até a academia.

— O Hyde é realmente um filho da puta de um pervertido — murmura Clark.
— Ele tem um ressentimento enorme contra o senhor e o seu pai...
— Você sabe por quê?
— Ainda não. Voltarei quando a Sra. Grey acordar. Ela está segura aqui. Hyde está algemado à cama, sob guarda policial vinte e quatro horas por dia. Ele não vai a lugar nenhum.
— Isso é reconfortante. Vamos receber o nosso dinheiro de volta?

Clark franze a testa.
— O resgate.

Ele sorri brevemente.
— Em algum momento, Sr. Grey.
— Isso é reconfortante.
— Vou deixá-lo descansar — diz ele.
— Obrigado.

Faço uma careta para as costas do detetive Clark enquanto ele fecha a porta.

Hyde está aqui, em algum lugar deste hospital, porque minha mulher deu um tiro nele.

A raiva volta a crescer em mim.

Eu poderia encontrá-lo e terminar o serviço.

Ele está sob escolta, Grey. Tomara que fique encarcerado por muito tempo.

A Dra. Bartley retorna.
— Como vai, Sr. Grey?
— Estou bem. É com minha mulher que estou preocupado.
— Bem, estou aqui para dar uma olhada nela.

Eu me afasto e a deixo fazer as aferições.
— Por que ela não acordou? — pergunto.
— É uma boa pergunta. Era de se esperar que já tivesse acordado. O que ela passou foi traumático, então talvez precise de um pouco mais de tempo para processar tudo. Ela estava sob algum outro estresse?

A Dra. Bartley me lança um olhar direto e eu coro, culpado.
— Bem, hum... a gravidez? — Mantenho a resposta vaga.
— Eu tenho uma ideia do que pode trazê-la de volta, mas pode demorar um pouco para vermos se funciona. Além disso, não acho bom cateterizar mulheres grávidas por tanto tempo. Há o risco de infecção urinária.
— Certo, claro. Preciso sair?

— Como quiser.
— Vou buscar um pouco de café.
No corredor, meu telefone vibra. É John Flynn.
— Christian. Soube da Ana. Como ela está?
Suspiro e resumo os fatos para ele.
— Ela deve acordar a qualquer momento. É só...
— Eu sei. Deve ser difícil para você. Tenho certeza de que ela está em boas mãos. Outro dia vi uma chamada sua não atendida. Eu estava na reunião de pais e mestres do meu filho.
Ah. A noite das minhas transgressões. Teria sido ótimo se ele tivesse atendido o telefone.
— Falamos semana que vem? — pergunta Flynn.
— Sim.
— Se precisar de mim, estou aqui.
— Obrigado, John.

— Olá, querido.
Grace chega durante a noite com uma pequena bolsa térmica.
— Mãe.
Ela me abraça brevemente, então examina o meu rosto, os olhos cheios de preocupação.
— Quando você comeu pela última vez?
Olho para ela sem expressão enquanto tento me lembrar.
— Café da manhã?
— Ah, Christian, já passa das oito da noite. Você deve estar faminto. — Ela acaricia o meu rosto. — Trouxe macarrão com queijo. Preparei para você.
Estou tão cansado que a queimação em minha garganta chega aos meus olhos.
— Obrigado — sussurro, e, apesar da minha mulher ainda não ter acordado, estou com fome.
Não. Estou morrendo de fome.
— Vou esquentar isso aqui. Tem um micro-ondas na cozinha das enfermeiras. Vai demorar alguns minutos.
Minha mãe faz o melhor macarrão com queijo dos Estados Unidos, melhor até do que o da Gail. Quando ela volta, o ambiente se enche de um aroma de dar água na boca, nos sentamos lado a lado, e ela puxa assunto enquanto observamos minha linda mulher, que teimosamente se recusa a acordar.
— Levamos Mia para casa esta manhã. Carrick está com ela.
— Como ela está? — pergunto.
— Christian! Não fale com a boca cheia.

— Desculpe — murmuro, com a boca cheia, e ela ri.

Pela primeira vez em muito tempo, meus lábios formam um sorriso relutante.

— Assim está melhor.

Os olhos de Grace brilham com amor maternal e devo confessar que me sinto mais esperançoso com ela aqui. Termino a última garfada e coloco o prato no chão, cansado demais para ir mais longe.

— Estava delicioso. Obrigado, mãe.

— O prazer é meu, querido. Ela é muito corajosa, a sua mulher.

— Estúpida — murmuro.

— Christian!

— Ela é.

Grace estreita os olhos e me fita especulativamente.

— O que está acontecendo?

— O que você quer dizer?

— Algo está acontecendo. Quero dizer, algo além de Ana estar deitada aqui inconsciente e você estar exausto.

Como ela sabe?

Grace não diz nada, seu olhar penetrante encarrega-se de toda a conversa. O silêncio preenche o ambiente, quebrado apenas pelo zumbido da máquina que monitora a pressão arterial de Ana.

Porra.

Mulher intrometida.

Isso não é bom... Fraquejo sob seu escrutínio, como sempre acontece.

— Tivemos uma briga.

— Uma briga?

— Sim. Antes de tudo isso acontecer. Não estávamos nos falando.

— Como assim vocês não estavam se falando? O que você fez?

— Mãe...

Por que ela assume automaticamente que a culpa foi minha?

— Christian! O que você fez?

Eu engulo em seco e minha garganta queima com lágrimas não derramadas, exaustão e ansiedade.

— Eu estava com tanta raiva...

— Ei... — Grace pega a minha mão. — Com raiva de Ana? Por que, o que ela fez?

— Ela não fez nada.

— Não entendo.

— O bebê. Foi um choque. Eu perdi a cabeça.

Minha mãe segura a minha mão e, de repente, sinto uma vontade enorme de confessar tudo.

— Estive com Elena — sussurro, e a vergonha toma conta de mim como uma correnteza. Os olhos da minha mãe se arregalam e ela solta a minha mão.

— O que você quer dizer com "esteve"? — sibila minha mãe, enfatizando a última palavra com tanto desprezo que me abala.

Você dormiu com ela? Lembro-me da pergunta de Ana de quando... ontem? Anteontem?

Primeiro Ana, agora minha mãe!

— Nada disso que você está pensando! Porra, mãe!

— Veja como fala, Christian. O que eu deveria pensar?

— Nós só conversamos. E eu fiquei bêbado.

— Bêbado? Que merda!

— Mãe! É *você* quem não deve dizer palavrões! Soa esquisito.

Ela estreita os lábios.

— Você é o único dos meus filhos que me faz usar uma linguagem tão vulgar. Você me disse que tinha cortado todos os laços. — Seu olhar está carregado de censura.

— Eu sei. Mas me encontrar com ela finalmente colocou tudo numa nova perspectiva para mim. Você sabe... com relação à criança. Pela primeira vez eu senti... O que nós dois fizemos... foi errado.

— O que *ela* fez, querido... Você era uma criança! — Ela franze os lábios novamente, depois suspira. — Christian, os filhos vão fazer isso por você. Vão fazê-lo ver o mundo sob uma ótica diferente.

— Finalmente ela entendeu. Eu acho. E eu também. Já chega dela. Eu magoei a Ana.

A vergonha me atinge mais uma vez.

— Nós sempre magoamos as pessoas que amamos, querido. Você tem de pedir desculpas a ela. E fazer isso de coração, dando tempo ao tempo.

— Ela disse que estava me deixando.

— E você acreditou?

— No início, sim.

— Querido, você sempre acredita no pior em relação a todo mundo, inclusive você mesmo. Sempre foi assim. A Ana ama você demais, e é óbvio que você também a ama.

— Ela ficou bem brava.

— É claro que ficou. Eu mesma estou muito zangada com você agora. Mas acho que a gente só consegue ficar realmente zangada com quem a gente ama de verdade.

— Eu pensei sobre isso, e ela já me mostrou várias e várias vezes como me ama... a ponto de colocar a própria vida em perigo.

— É verdade, meu filho.

— Ah, mãe, por que ela não acorda? — De repente, é demais. O nó em minha garganta incha, me sufoca, e me sinto sobrecarregado: a briga, Ana indo embora, quase morrendo, Hyde, Mia... *porra*. E embora eu tenha tentado conter as lágrimas, não consigo. — Eu quase a perdi. — As palavras são estranguladas e quase inaudíveis enquanto expresso meu pior medo, e a represa se rompe.

— Ah, Christian.

Minha mãe suspira. Ela me abraça quando eu desmorono e, pela primeira vez na vida, choro nos braços dela: por minha mulher, minha mulher machucada, por mim e pelo idiota que fui.

Droga. Droga. Droga.

Grace me balança para a frente e para trás, beijando minha cabeça e sussurrando palavras suaves enquanto me deixa chorar.

— Vai ficar tudo bem, Christian. Vai ficar tudo bem.

Ela me abraça. Apertado. Não quero que ela me solte.

Mamãe.

A primeira mulher a me salvar.

EU ME SENTO, ENXUGO o rosto e descubro que ela também está chorando.

— Pelo amor de Deus, mãe, pare de chorar.

Suas lágrimas se transformam em um sorriso. Ela me entrega um lenço de papel de sua bolsa e pega um para si.

Ela estica o braço e acaricia o meu rosto.

— Você levou vinte e quatro anos para me deixar abraçá-lo assim... — diz ela com tristeza.

— Eu sei, mãe.

— Antes tarde do que nunca.

Ela dá um tapinha no meu rosto e eu lhe dirijo um sorriso molhado.

— E fico contente de termos conversado.

— Eu também, querido. Vou estar sempre ao seu lado. — Ela olha para mim com nada além de amor e sorri com uma pitada de alegria. — Nem acredito que vou ser avó!

ESTÁ MAIS ESCURO. MAIS tarde. Não sei que horas são e estou exausto demais para olhar. Ana está em seu próprio mundo particular.

— Ah, meu amor, por favor, volte para mim. Eu sinto muito. Por tudo. Acorde. Estou com saudades. Eu amo você...

Beijo os seus dedos e apoio a cabeça em meus braços, em sua cama.

É UM TOQUE SUAVE, dedos passando pelo meu cabelo e, neste sonho, eu me deleito com seu toque. *Merda.* Acordo instantaneamente e me sento. Ana está olhando para mim com grandes e lindos olhos azuis. A alegria explode em meu coração. Nunca fiquei tão feliz ao ver aqueles olhos como agora.

— Oi — resmunga Ana com a voz rouca.

— Ah, Ana.

Ah, graças a Deus, graças a Deus, graças a Deus. Agarro a sua mão e a levo ao rosto para que ela me acaricie.

— Preciso ir ao banheiro — sussurra ela.

— Tudo bem.

Ana tenta se sentar.

— Ana, não se mexa. Vou chamar a enfermeira.

Eu me levanto e pego a campainha ao lado da cama.

— Por favor — murmura ela. — Preciso levantar.

— Pelo menos uma vez você podia obedecer? — falo com firmeza.

— Eu preciso muito fazer xixi — murmura ela.

A enfermeira chega e fica satisfeita ao ver que Ana finalmente está consciente.

— Sra. Grey, bem-vinda de volta. Vou avisar à Dra. Bartley que a senhora acordou. — Ela vai até a cabeceira de Ana. — Meu nome é Nora. A senhora sabe onde está? — Seus olhos azuis brilham gentilmente.

— Sei. Hospital. Preciso fazer xixi.

— Vou buscar uma comadre — oferece a enfermeira Nora.

Ana franze o rosto em repulsa.

— Por favor. Eu quero me levantar.

— Sra. Grey... — Nora não está convencida.

— Por favor.

— Ana — advirto enquanto ela se esforça para se sentar.

— Sr. Grey, tenho certeza de que sua mulher vai querer um pouco de privacidade. — Nora ergue uma sobrancelha e, pelo seu tom de voz, sei que está me dispensando.

Nos seus sonhos, querida.

— Não vou a lugar nenhum.

— Christian, por favor. — Ana pega a minha mão e eu aperto a dela, mais que grato por ela estar de volta. — Por favor — repete ela.

Merda.

— Tá bom! — Passo a mão pela cabeça, frustrado por ela já estar querendo se livrar de mim. — Você tem dois minutos — digo para a enfermeira Nora.

Eu me inclino, beijo a testa da minha mulher e saio correndo do quarto.

Vago pelo corredor.

Ana não me quer por perto.

Talvez ela não suporte sequer me ver.

Eu não a culparia.

Porra. Eu não consigo aguentar isso.

Volto para o quarto quando Nora está ajudando Ana a se levantar da cama.

— Deixe que eu a levo — digo.

— Sr. Grey, eu posso fazer isso — repreende a enfermeira Nora, lançando-me um olhar gélido.

— Mas que droga, ela é minha mulher. Eu é que vou levá-la.

Afasto o suporte de soro do caminho.

— Sr. Grey! — exclama Nora, mas eu a ignoro, colocando com cuidado meus braços ao redor da minha mulher e erguendo-a.

Ana abraça o meu pescoço e eu a levo até o banheiro anexo. A enfermeira Nora vem logo atrás, empurrando o suporte de soro.

— Sra. Grey, você está muito leve.

Coloco Ana de pé, mantendo uma mão sobre ela para que não caia. Ela parece um pouco instável. Acendo a luz e Ana cambaleia.

Droga!

— Sente-se para não cair.

Eu não a solto. Cautelosamente, ela faz o que pedi, e, assim que ela se senta, eu a solto.

— Saia. — Ela me dispensa.

— Não. Faça logo, Ana.

— Não consigo; não com você aqui.

Ela olha para cima, implorando com olhos grandes e escuros.

— Você pode cair.

— Sr. Grey! — Nora não está contente, mas nós a ignoramos.

— Por favor — diz Ana.

Porra. Controle-se, Grey.

— Estou aqui fora, de porta aberta.

Saio com Nora, que me olha feio.

— Vire de costas, por favor — diz Ana, e fico com vontade de rir.

Já fizemos todo tipo de coisa um com o outro, mas esse é um limite rígido para ela? Reviro os olhos, mas faço o que ela pede.

Nora murmura algo baixinho e imagino que entendi a palavra *interferindo*, mas estou aliviado demais por Ana ter acordado para permitir que isso me aborreça.

Depois de um ou dois minutos, Ana avisa que terminou. Eu a pego em meus braços mais uma vez e fico emocionado quando ela enlaça o meu pescoço. Enterro o nariz em seu cabelo, mas fico alarmado ao descobrir que ela não cheira a Ana e, sim, a produtos químicos, hospital e à porra do trauma. Mas não me importo com isso. Ela está de volta.

— Ah, eu estava com saudades, Sra. Grey — sussurro enquanto a levo de volta à sua cama.

A enfermeira Nora me segue com o soro, uma acompanhante carrancuda.

— Se o senhor já acabou, Sr. Grey, eu gostaria de verificar a condição da Sra. Grey agora. — A enfermeira Nora fica carrancuda quando está zangada.

Eu me afasto e ergo as mãos em sinal de rendição.

— Ela é toda sua.

Nora bufa, nada impressionada, mas sorri para Ana.

— Como se sente?

— Dolorida e com sede. Muita sede.

— Vou buscar água depois que verificar seus sinais vitais e que a Dra. Bartley examinar a senhora.

Ela pega um medidor de pressão arterial e o envolve no braço de Ana enquanto eu assisto.

Os olhos de Ana estão voltados para mim. Ela franze a testa.

O que é isso?

Ela quer que eu vá embora?

Grey, você deve estar horrível.

Sento-me na beira da cama, fora do alcance de Nora.

— Como você está se sentindo? — pergunto para Ana.

— Confusa. Dolorida. Faminta.

— Faminta?

Ela assente.

— O que quer comer?

— Qualquer coisa. Sopa.

— Sr. Grey, precisamos ter o consentimento da médica antes de a Sra. Grey começar a se alimentar.

Nora e eu não estamos na mesma sintonia. Tiro o telefone do bolso e ligo para Taylor.

— Sr. Grey.

— Ana quer canja de galinha...

— Estou muito feliz em ouvir isso, senhor. — Sei que ele está sorrindo. — Gail foi para a casa da irmã, mas vou ligar para o Olympic Hotel. Eles ainda devem ter serviço de quarto a essa hora.

— Ótimo.

— Chego daqui a pouco.

— Obrigado.

Desligo.

Nora parece mais sombria do que nunca. Mas eu não me importo.

— Taylor? — pergunta Ana.

Eu assinto.

— Sua pressão está normal, Sra. Grey. Vou chamar a médica.

Nora retira o aparelho e, sem dizer mais uma palavra, sai da sala, irradiando desaprovação por mim.

— Acho que você deixou a enfermeira Nora zangada.

— Eu tenho esse efeito sobre as mulheres.

Sorrio para Ana, e ela sorri de volta, mas para abruptamente, com o rosto contraído, enquanto agarra a lateral do corpo.

— É verdade — diz ela baixinho.

— Ah, Ana, adoro ouvir você rir.

Mas só se não doer.

Nora volta com uma jarra d'água e Ana e eu ficamos em silêncio, olhando um para o outro enquanto a enfermeira serve um copo.

— Pequenos goles por enquanto — avisa Nora.

— Sim, senhora. — Ana toma um gole e fecha os olhos por um instante. Quando os abre, olha diretamente para mim. — E a Mia?

— Sã e salva. Graças a você.

— Ela estava mesmo com eles?

— Estava.

— Como eles a capturaram?

— Elizabeth Morgan.

— Não!

Eu assinto.

— Ela pegou a Mia na academia.

Ana franze a testa, como se não conseguisse compreender a magnitude da traição de Morgan e Hyde.

— Ana, eu conto os detalhes mais tarde. Mia está bem, apesar de tudo. Ela foi dopada. Ainda está grogue e abalada, mas, por um milagre, não se machucou. — Minha raiva volta a se acender; Ana colocou a si mesma e ao Júnior em risco. — O que você fez — passo os dedos pelo cabelo, escolhendo as palavras com cuidado e tentando controlar o meu temperamento — foi incrivelmente corajoso e incrivelmente estúpido. Você podia ter morrido.

— Eu não sabia mais o que fazer — sussurra ela, e olha para os próprios dedos.

— Você podia ter me contado!

— Ele disse que mataria a Mia se eu contasse para alguém. Eu não podia correr esse risco.

Fecho os olhos enquanto imagino o pior resultado possível. *Nada mais de Mia. Nada mais de Ana.*

— Eu morri mil vezes desde quinta-feira. — Minha voz está rouca.

— Que dia é hoje?

— Quase sábado. — Verifico o relógio. — Você ficou inconsciente por mais de vinte e quatro horas.

— E quanto a Jack e Elizabeth?

— Sob custódia da polícia. Se bem que Hyde está aqui no hospital sob escolta. Tiveram que remover a bala que você enfiou nele. — Mais uma vez, desejo que ela tivesse acabado com o sujeito. — Felizmente não sei em que ala ele se encontra, ou seria provável que eu mesmo matasse o canalha.

Ana arregala os olhos e estremece, seu medo evidente enquanto seus ombros ficam tensos e as lágrimas brotam.

— Ei. — Eu me aproximo, pego o copo de sua mão, coloco-o na mesa de cabeceira e gentilmente a envolvo em meus braços. — Agora você está a salvo.

— Christian, me perdoe.

Ela começa a chorar.

Não. Ana. Você está em segurança.

— Calma.

Acaricio o seu cabelo e a deixo chorar.

— Pelo que eu disse. Eu jamais abandonaria você.

— Shhh, baby, eu sei.

— Você sabe?

Ela se afasta e me observa em meio às lágrimas.

— Eu deduzi. Depois de um tempo. Francamente, Ana, onde você estava com a cabeça?

Ela coloca a cabeça no meu ombro.

— Você me pegou de surpresa. Quando a gente se falou no banco. Achando que eu ia deixar você. Pensei que você me conhecesse melhor. Eu já disse milhares de vezes que nunca vou deixar você.

Suspiro lentamente.

— Mas depois da maneira horrível como eu me comportei... — Aperto um pouco mais meu abraço. — Por um curto tempo, cheguei a pensar que tinha perdido você.

— Não, Christian. Nunca. Eu não queria que você interferisse, para não pôr a vida da Mia em perigo.

Interferir!

— Como você deduziu? — pergunta ela.

Coloco o seu cabelo atrás da orelha.

— Eu tinha acabado de aterrissar em Seattle quando o banco ligou. A última notícia que eu tinha era a de que você estava doente e indo para casa.

— Então, você estava em Portland quando o Sawyer telefonou do carro?

— Estávamos prestes a levantar voo. Fiquei preocupado com você.

— Ficou?

— É claro que fiquei. — Roço seu lábio inferior com o polegar. — Eu só faço me preocupar com você. E você sabe muito bem disso.

Isso me rendeu um meio sorriso. Já é alguma coisa.

— Jack me ligou quando eu estava no trabalho — disse ela, os olhos novamente arregalados. — Ele me deu duas horas para conseguir o dinheiro. — Ela dá de ombros. — Eu tinha que ir embora, e essa me pareceu a melhor desculpa.

Hyde filho da puta.

— E você passou a perna no Sawyer. Ele também está bravo com você — murmuro.

— Também?

— Também; assim como eu.

Ela levanta a mão, as pontas dos dedos mais uma vez acariciando o meu rosto. Fechando os olhos, eu me inclino ao seu toque, saboreando a sensação de seus dedos percorrendo minha barba por fazer.

— Por favor, não fique bravo comigo — sussurra.

— Estou muito bravo com você. O que você fez foi de uma estupidez monumental. No limite da insanidade.

— Já falei, eu não sabia o que fazer.

— Você não parece ter nenhuma consideração com a sua segurança pessoal. E agora não é só você.

Mas, antes que ela ou eu possamos dizer mais alguma coisa, a porta se abre e a Dra. Bartley entra.

— Boa noite, Sra. Grey. Sou a Dra. Bartley.

Aceno para a médica e me afasto, para que ela tenha espaço para examinar a minha mulher. Enquanto isso, ligo para meu pai e aviso que Ana acordou.

— Ah, essa é uma ótima notícia, filho. — Ele faz uma pausa e eu sei que está ouvindo Grace. — Sua mãe está mandando você pedir desculpas.

— Farei isso, pai.

— Por quê? O que aconteceu? — Carrick parece confuso.

— É uma longa história.

— Certo. Mande lembranças para Ana. Nós a visitaremos amanhã.

Ligo para Carla e dou a boa notícia.

— Obrigada, Christian! — Ela soluça em meio às lágrimas.

Em seguida, Kavanagh.

— Graças a Deus — diz Kate. — E espero que vocês dois tenham feito as pazes.

— Sim — murmuro, embora não seja da conta dela, porra. — Preciso ligar para o Ray.

— Tudo bem — diz Kate. — E diga para Ana não perseguir mais sequestradores.

— Farei isso.

Ray está tão aliviado que fica em silêncio por vários segundos enquanto se recompõe. Por fim, ele diz:

— Agradeço a ligação, Christian. Diga para Annie que eu a amo.

— Direi, Ray.

Quando termino a ligação com meu sogro, a Dra. Bartley está cutucando as costelas da minha mulher. Ana estremece.

— Não vejo sinais de fissura ou fratura. Teve muita sorte, Sra. Grey.

Ana olha para mim.

— Imprudente — murmuro.

Ainda estou furioso com você, Ana.

— Vou lhe receitar alguns analgésicos. A senhora vai precisar tomar não só para a dor nas costelas, mas também para a dor de cabeça que deve estar sentindo. Mas parece estar tudo no lugar, Sra. Grey. Sugiro que durma um pouco. Dependendo de como se sentir amanhã de manhã, podemos tentar lhe dar alta. A Dra. Singh vai examinar a senhora amanhã.

— Obrigada.

Há uma batida forte na porta e Taylor entra carregando uma caixa pesada do Olympic.

— Comida? — diz a Dra. Bartley, surpresa.

— A Sra. Grey está com fome — informo. — É canja de galinha.

— Pode tomar, mas só o caldo. Nada pesado.

Ela olha incisivamente para nós dois e sai da sala com a enfermeira Nora.

Há uma bandeja com rodas em um canto. Eu a levo até Ana, e Taylor coloca a caixa em cima.

— Bem-vinda de volta, Sra. Grey — diz ele com um sorriso afetuoso.

— Olá, Taylor. Obrigada.

— Não há de quê, madame.

Taylor faz uma pausa, e olho para ele enquanto abro a caixa. Acho que ele quer dizer algo mais. Talvez repreender Ana? Eu não o culparia; mas ele apenas sorri.

Além da garrafa térmica com sopa, há uma pequena cesta com pãezinhos, um guardanapo de linho, uma tigela de porcelana e uma colher de prata.

— Isso está maravilhoso, Taylor — diz Ana.

— Mais alguma coisa? — pergunta Taylor.

— Não, obrigado — respondo.

Ele pode voltar para a cama.

— Obrigada, Taylor.

— A senhora não quer mais nada, Sra. Grey?

Ela olha para mim e arqueia uma sobrancelha.

— Apenas roupa limpa para o meu marido.

Taylor olha para mim e sorri.

— Sim, senhora.

Como assim? Verifico a minha camisa. Não derramei nada nela. Mas eu não tomo banho nem faço a barba há dias.

Devo estar horrível.

— Há quanto tempo você está com essa camisa? — pergunta Ana.

— Desde quinta de manhã. — Dou de ombros, me desculpando, e Taylor nos deixa. — Ele também está bravo com você — acrescento, e desatarraxo a tampa da garrafa térmica para despejar a canja na tigela.

Ana ataca a sopa com uma ansiedade que eu nunca vi. Na primeira colherada, ela fecha os olhos como se estivesse em êxtase.

— Está bom?

Sento-me na cama mais uma vez.

Ela faz que sim com entusiasmo e toma outra colherada, então faz uma pausa para limpar a boca com o guardanapo de linho.

— Conte o que aconteceu depois que você percebeu o que estava havendo.

— Ah, Ana, como é bom ver você comer.

— Estou com fome. Conte.

Franzo a testa, tentando lembrar a ordem em que tudo aconteceu.

— Bom, depois que me ligaram do banco, e que eu pensei que o mundo inteiro tinha desmoronado...

Ana para e me olha, parecendo perdida.

— Não pare de comer, ou eu vou parar de falar. — Soo muito mais severo do que pretendia. Ela estreita os lábios, mas continua comendo: — Enfim: depois que falei com você e desliguei, Taylor me informou que Hyde havia sido solto sob fiança. Como ele conseguiu, eu não sei, pois achei que tivéssemos impedido qualquer tentativa nesse sentido. Mas isso me fez parar para pensar no que você tinha dito... e então eu percebi que havia alguma coisa muito errada.

— Nunca foi pelo dinheiro — rebate ela, levantando a voz de repente. — Como você pôde pensar isso? Nunca me interessei pelo seu maldito dinheiro de merda!

Uau!

— Olha essa língua! — exclamo. — Acalme-se e coma.
Ela me encara, os olhos brilhando de raiva.
— Ana.
— Isso me magoou mais do que qualquer outra coisa, Christian — sussurra ela. — Quase tanto quanto você ter ido ver aquela mulher.
Merda. Fecho os olhos enquanto meu remorso retorna com força total.
— Eu sei — sussurro. — Estou muito arrependido. Mais do que você possa imaginar. Por favor, continue comendo. Enquanto a sopa ainda está quente. — Meu tom é contrito e gentil. Devo isso a ela.
Ela pega a colher e suspiro aliviado.
— Continue — encoraja Ana, entre mordidas no pãozinho macio.
— Não sabíamos que a Mia tinha sido sequestrada. Achei que talvez ele estivesse chantageando você ou coisa parecida. Liguei para o seu celular, mas você não atendia. — Faço uma careta, lembrando quão impotente eu me sentia. — Deixei uma mensagem e liguei para o Sawyer. Taylor começou a rastrear o seu celular. Eu sabia que você estava no banco, então fomos direto para lá.
— Não sei como o Sawyer me encontrou. Ele também estava rastreando o meu celular?
— O Saab tem um dispositivo de rastreamento. Todos os nossos carros têm. Quando chegamos ao banco, você já estava partindo, e nós seguimos. Por que está rindo?
— No fundo eu sabia que você estaria me seguindo.
— E por que isso é engraçado?
— Jack me instruiu a me livrar do celular. Então, peguei o do Whelan emprestado, e foi esse que eu joguei fora. O meu, eu coloquei em uma das sacolas de lona, para que você pudesse rastrear o seu dinheiro.
Eu suspiro.
— Nosso dinheiro, Ana. Coma.
Mais uma vez, estou impressionado com a sua cabeça fria e o raciocínio rápido, mas apenas observo enquanto ela esfrega o último pedaço de pão na tigela e o leva à boca.
— Acabei.
— Boa menina.
Ouvimos uma batida à porta, e a enfermeira Nora retorna carregando um pequeno copo de papel.
— Analgésico — anuncia Nora, enquanto guardo os restos da refeição de Ana.
— Não tem problema tomar isso? Sabe... por causa do bebê?
— Não, Sra. Grey. — Ela entrega os comprimidos e um copo d'água para Ana.
— É Tylenol; não vai afetar o bebê.

Ana engole o comprimido, boceja e pisca, sonolenta.

— A senhora deveria repousar, Sra. Grey. — A enfermeira Nora olha de maneira incisiva para mim.

Eu assinto. *Sim. Deveria.*

— Você vai embora? — pergunta Ana com uma expressão alarmada.

Eu bufo.

— Sra. Grey, se você pensou por um minuto que vou deixar você fora da minha vista, está muito enganada.

Nora me lança um olhar fulminante enquanto ajeita os travesseiros de Ana para que ela possa se deitar.

— Boa noite, Sra. Grey — diz ela.

Então, me lança um último olhar de censura e vai embora.

— Acho que a enfermeira Nora não gosta de mim.

Olho para minha mulher. Acordada. Presente. Alimentada. Meu alívio é avassalador, mas estou esgotado, exausto. Acho que nunca me senti tão cansado em toda a vida.

— Você precisa descansar também, Christian. Vá para casa. Você parece exausto.

— Não vou deixar você. Posso dormir na poltrona.

Posso relaxar um pouco a minha vigília.

Ela faz uma careta, depois sorri como se tivesse uma ideia maliciosa e muda de posição.

— Durma comigo.

O quê? De jeito nenhum!

— Não. Não posso.

— Por que não?

— Não quero machucar você.

— Você não vai me machucar. Por favor, Christian.

— Você está com o soro.

— Christian. Por favor.

É muito tentador. Eu não deveria... mas posso abraçá-la, e o desejo de abraçá-la se sobrepõe ao bom senso.

— Por favor.

Ela ergue os cobertores, convidando-me para a sua cama.

— Que se foda.

Tiro os sapatos e as meias, subo na cama da minha mulher e me deito de frente para ela. Gentilmente, eu a abraço e ela apoia a cabeça no meu peito.

Ah. O. Seu. Toque.

Ana.

Beijo o topo de sua cabeça.

— Acho que a enfermeira Nora não vai ficar muito feliz com isso.

Ana ri e para abruptamente.

— Não me faça rir, porque dói.

— Ah, mas eu adoro ouvir você rindo. — *E eu te amo, Ana. Com todo o coração.* — Sinto muito, baby, sinto muito mesmo.

Eu a beijo outra vez e inalo o seu perfume. Percebo um traço da minha Ana. Está ali, sob os produtos químicos.

Minha mulher. Minha linda mulher.

Ela apoia a mão no meu coração e eu coloco a mão sobre a dela e fecho os olhos.

— Por que você foi se encontrar com aquela mulher?

— Ah, Ana — solto um gemido. — Você quer discutir isso agora? Não podemos simplesmente esquecer? Eu me arrependi, caramba!

— Eu preciso saber.

— Amanhã eu explico — murmuro, cansado demais para ficar aborrecido com a pergunta. — Ah, e o detetive Clark quer falar com você. Apenas rotina. Agora vá dormir.

Volto a beijar sua cabeça.

— Já descobriram por que Jack estava fazendo isso tudo?

— Hmm — murmuro enquanto o sono me domina com força e rapidez.

E, após muitas horas de preocupação, arrependimento e exaustão, eu me rendo e caio em um sono profundo e sem sonhos.

SÁBADO, 17 DE SETEMBRO DE 2011

Ana está desmaiada. Eu não consigo acordá-la. *Acorde, Ana. Acorde.* Elena se aproxima para se sentar ao meu lado. Ela está nua, mas usa luvas de couro compridas e apertadas que sobem até acima de seus cotovelos. E usa sapatos de salto alto pretos com solas vermelhas. Ela pega a minha mão. *Não.* Seus dedos apertam a minha coxa. *Não. Não me toque. Não mais. Apenas Ana.* Seus olhos brilham de raiva, mas o fogo esmorece. Derrotada, ela se levanta. Agora vestida de preto. *Adeus, Christian.* Ela joga o cabelo para o lado e vai até a porta sem olhar para trás. Eu me viro. Ana está acordada, sorrindo para mim. *Junte-se a mim. Durma comigo. Fique comigo.* Meu coração dispara. Suas palavras me trazem alegria. Ela acaricia o meu rosto. *Fique comigo. Por favor.* Ela implora. Como posso resistir? Ela me ama. Sim, ama. E eu a amo.

Quando acordo, demoro um instante até me lembrar de que estou na cama de hospital de Ana. Ela dorme ao meu lado, de frente para mim, com a cabeça no travesseiro. Olhos fechados, lábios entreabertos, tez pálida, exceto pela mancha roxa do golpe cruel de Hyde. A visão do hematoma faz meu estômago se revirar de raiva.

Não sofra, Grey.
Ela está aqui. Está segura.

Pisco para afastar o sono, sentindo-me descansado, embora sujo. Estou precisando desesperadamente tomar um banho, fazer a barba e colocar roupas limpas. Meu relógio marca 6h20. Tenho tempo. Agora que Ana está de volta ao mundo dos vivos, não me importo de deixá-la brevemente. Com alguma sorte, ela vai continuar dormindo até eu voltar. Com cuidado para não acordá-la, deslizo para fora da cama e calço os sapatos. Roço os lábios na testa dela simulando um beijo.

Em seguida, pego meu telefone, meu carregador e a jaqueta e saio do quarto na ponta dos pés, como se estivesse fugindo da cena de um crime.

Parece que estou me esgueirando para fora da casa de alguém depois de uma noite de sexo casual.

A ideia me diverte.

Pelo amor de Deus, somos casados.

Felizmente, Nora e suas colegas não estão no posto de enfermagem, de modo que minha fuga passa despercebida.

É meu dia de sorte. Há um táxi esperando na entrada do hospital e nenhum fotógrafo. Como ainda é cedo, chego logo ao Escala. No momento em que as portas do elevador se abrem na cobertura, me sinto alegre.

Taylor está de saída no saguão. Ele dá um passo atrás, boca aberta, surpreso ao me ver, mas se recupera depressa.

— Sr. Grey. Bem-vindo de volta.

— Bom dia, Taylor.

— Eu teria ido buscá-lo... estava indo levar uma muda de roupa, de acordo com as instruções da Sra. Grey, e também o *The Seattle Times*.

Ele mostra uma bolsa de couro.

— Tudo bem. Eu preciso de um banho. Voltaremos quando eu terminar.

— Sim, senhor. Pedirei que Sawyer se junte a nós.

— Pegaremos café da manhã para ela no caminho.

Ele assente.

A ÁGUA FUMEGANTE CAI sobre mim.

Lavando os meus pecados.

Droga. Depois de tudo o que fiz, gostaria que fosse assim tão simples. E, para encerrar, Ana quer saber tudo sobre a minha discussão com Elena. O que é que eu vou dizer a ela?

A verdade, Grey.

Ela não vai gostar. Mas devo isso a ela, especialmente considerando meu terrível comportamento recente. Meu humor efervescente espumeja e passa. Enquanto me barbeio, contemplo o idiota que me encara de volta no espelho.

Você deve mais do que isso a ela.

Depois de tudo o que Ana fez por você.

Ela salvou a sua irmã.

Ela salvou VOCÊ.

Fecho os olhos.

É verdade. Essa mulher me desarmou a cada passo. Ela quebrou todas as minhas barreiras, abriu-me completamente e me iluminou por dentro. Ela não aceita nenhuma das minhas merdas. Expulsa a minha escuridão como a guerreira que é, e me deu esperança porque me ama. Eu sei disso.

E está grávida do meu filho.

Porra. *Uma criança.*

O idiota de olhos cinzentos me encara, perplexo.

Ela fez tudo isso simplesmente porque me ama e porque é um ser humano decente.

E como eu a trato?

Muito mal, Grey.

Suas palavras me assombram. *Eu escolho este bebê indefeso em vez de você. É o que faria qualquer mãe ou pai decente. É o que a sua mãe deveria ter feito por você. E eu lamento muito que ela não tenha feito isso, porque não estaríamos nesta discussão agora. Só que você já é um adulto; então cresça, porra, olhe à sua volta e pare de agir como um adolescente petulante.*

E eu pensei que ela estava me deixando.

Limpo o rosto.

Conserte isso, Grey.

Paramos no caminho para o hospital, e Taylor corre até a lanchonete para onde ligou pedindo comida. Ele volta com o que parece ser um banquete matinal para Ana. Espero que ela esteja com fome. Sawyer para na entrada do hospital, mas, quando saio do carro, sou emboscado por dois fotógrafos, que começam a tirar fotos.

— Como está a sua mulher, Sr. Grey?

— O senhor vai prestar queixa?

Ignoro os idiotas e entro correndo no saguão. Taylor me segue, trazendo o café da manhã de Ana.

Seguimos para a copa na enfermaria de Ana, onde colocamos o seu café da manhã em uma bandeja. Droga, por que eu não trouxe um vasinho? Poderia roubar uma flor de um dos muitos buquês que ela recebeu. Seria uma espécie de pedido de desculpas.

— Senhor — diz Taylor, quando ergo a bandeja carregada —, antes de sair, Gail fez o ensopado de frango favorito da Sra. Grey. Posso trazê-lo mais tarde para o almoço, senhor.

— É bom saber. Mas espero poder levá-la para casa ainda esta manhã.

Taylor assente e abre a porta do quarto de Ana para me deixar entrar. Espero uma recepção calorosa.

Ela sumiu.

Merda.

— Ana! — grito com o coração disparado.

— Estou no banheiro!

Ah! Graças a Deus.

Taylor irrompe pela porta, tão alarmado quanto eu.

— Estamos bem — tranquilizo-o, e ele volta a sair, provavelmente para se sentar no corredor.

Coloco a comida na bandeja de rodinhas de Ana e mais uma vez espero pela Sra. Grey... pacientemente dessa vez. Um instante depois, ela aparece e me recompensa com um largo sorriso. Sinto-me aliviado por vê-la de pé e por perto.

— Bom dia, Sra. Grey. Trouxe o café da manhã.

Ela sobe na cama e eu puxo a bandeja com rodinhas em sua direção e levanto a coberta. Um olhar grato e arregalado de Ana é toda a confirmação de que preciso enquanto ela toma o suco de laranja e começa a tomar o mingau de aveia. Sento-me na beirada da cama, desfrutando de um prazer indireto pelo seu prazer de comer. Ela não só está faminta, mas também tem um pouco de cor em seu rosto. Ela está se recuperando.

— O que foi? — pergunta com a boca cheia.

— Gosto de ver você comer. Como está se sentindo hoje?

— Melhor.

— Nunca vi você comer assim.

Ela ergue os olhos com uma expressão séria.

— É porque eu estou grávida, Christian.

Eu bufo.

— Se eu soubesse que isso ia fazer você comer, eu a teria engravidado antes. — Meu comentário espertinho é um esforço para distraí-la de uma conversa séria que não estou pronto para ter.

Ainda não sei como me sinto a esse respeito.

— Christian Grey!

Ela deixa a colher cair no mingau de aveia.

— Não pare de comer.

— Christian, precisamos falar sobre isso.

— Falar o quê? Vamos ser pais.

Dou de ombros, esperando que ela mude de assunto. Ana não está impressionada. Ela empurra a bandeja para o lado, se levanta da cama e segura as minhas mãos entre as suas. Fico olhando para ela, paralisado.

— Você está com medo. Eu sei disso — diz ela suavemente, encarando-me com olhos azuis profundos. — Eu também estou. É normal.

Tenho consciência de que estou prendendo a respiração.

Como posso amar uma criança?

Acabei de aprender a amar você.

— Que tipo de pai eu posso pensar em ser? — sussurro, forçando as palavras através da minha garganta apertada.

— Ah, Christian. — Meu nome é quase um soluço, e isso faz meu coração ficar apertado. — Um pai que dá o melhor de si. É tudo o que podemos fazer.

— Ana... Não sei se eu consigo.

— É claro que consegue. Você é amoroso, é engraçado, é forte, você vai estabelecer os limites. Não vai faltar nada ao nosso filho. — Seus olhos se arregalam, me implorando.

Ana. É tão cedo...
Há espaço no meu coração para outra pessoa?
Há espaço no seu coração para nós dois?
Ela continua:

— Sim, o ideal teria sido esperar mais. Ter mais tempo só para nós dois. Mas agora vamos ser nós três, e vamos todos crescer juntos. Seremos uma família. Nossa própria família. E o seu filho vai amar você incondicionalmente, como eu.

Lágrimas se acumulam em seus olhos e lentamente escorrem pelo seu rosto.

— Ah, Ana. — Eu suspiro enquanto reprimo as minhas lágrimas. — Eu pensei que tinha perdido você. Depois, pensei que tinha perdido você de novo. Vê-la caída no chão, pálida, fria, inconsciente... vi meus piores medos transformados em realidade. E agora você está aqui, forte e corajosa... me transmitindo esperança. E me amando depois de tudo o que eu fiz.

— É verdade, eu amo você, Christian, desesperadamente. Vou amar você para sempre.

Seguro a sua cabeça entre as mãos e limpo suas lágrimas suavemente, com os polegares.

— Eu também amo você. — Puxo os seus lábios até os meus e a beijo, mais do que grato por ela ainda estar aqui e inteira. Grato por ela ser minha. — Vou tentar ser um bom pai.

— Vai tentar e vai conseguir. E verdade seja dita: você não tem opção, porque o Pontinho e eu não vamos a lugar algum.

— Pontinho?

— Pontinho.

Pontinho.

— Eu tinha pensado em Júnior.

— Que seja Júnior, então.

— Mas eu gostei de Pontinho.

Eu a beijo outra vez, provocando seus lábios, e é como um fósforo em gravetos secos. Minha reação imediata. Inata.

Não. Eu me afasto.

— Por mais que eu queira passar o dia todo beijando você, o seu café da manhã está esfriando. — Os olhos de Ana brilham com a cor de um céu de verão, acho que ela está se divertindo. — Coma — insisto.

Ela volta para a cama e empurro a bandeja para a sua frente. Uma barreira entre nós. Ela começa a comer as panquecas, entusiasmada.

— Você sabe — diz ela entre as garfadas — que o Pontinho pode ser uma menina, não sabe?

Meu Deus. Passo a mão pelo cabelo.

— Duas mulheres, hein?

— Você tem alguma preferência?

— Preferência?

— Menino ou menina.

— Prefiro com saúde.

Meu Deus. Uma menina? Que se pareça com a Ana?

— Coma — digo.

— Estou comendo, estou comendo... Nossa, relaxe um pouco, Grey.

Eu saio da cama e me sento na poltrona ao seu lado, feliz porque finalmente abordamos o assunto... Pontinho.

Pontinho.

Sim. Gosto desse nome.

Pego o jornal.

Merda! Ana está na primeira página.

— Você saiu no jornal de novo, Sra. Grey.

Por dentro, estou fervendo. Por que eles não podem nos deixar em paz? *Maldita imprensa.*

— De novo?

— Os picaretas estão só repetindo a história de ontem, mas parece correta quanto aos fatos. Quer ler?

Ela faz que não com a cabeça.

— Leia para mim. Estou comendo.

Qualquer coisa para que você continue comendo, esposa.

Leio a matéria em voz alta enquanto Ana se delicia com o seu café da manhã. Ela não comenta o que foi escrito, mas me pede para ler mais.

— Gosto de ouvir você. — Suas palavras aquecem a minha alma.

Ela termina o desjejum, se recosta e ouve enquanto eu continuo, mas somos interrompidos por uma batida à porta. Meu ânimo se esvai quando o detetive Clark entra no quarto.

— Sr. Grey e Sra. Grey. Estou atrapalhando?

— Sim — rebato.

Ele é a última pessoa que eu desejo ver.

Clark me ignora, o que me deixa furioso. Que idiota arrogante.

— Fico contente por vê-la acordada, Sra. Grey — diz ele. — Preciso lhe fazer algumas perguntas sobre os acontecimentos da tarde de quinta-feira. Apenas rotina. Agora seria conveniente?

— Claro — murmura Ana, embora pareça desconfiada.

— Minha mulher deveria estar descansando.

— Não vou demorar, Sr. Grey. Além do mais, assim eu já deixo o casal em paz.

Ele tem razão. Lanço um olhar de desculpas para Ana e me levanto com relutância. Ofereço a cadeira para Clark e me sento do outro lado da cama, pegando a mão de Ana. Fico em silêncio e escuto enquanto Clark ouve a minha mulher contar o seu lado da aterrorizante história de sequestro e extorsão de Hyde; as palavras estão em desacordo com a sua voz suave e doce. Ocasionalmente, aperto a mão dela com mais força para controlar a raiva, e fico aliviado quando ela acaba de falar. Ana se saiu bem, lembrando de muitos detalhes.

— Isso foi ótimo, Sra. Grey. — Clark parece satisfeito.

— Eu queria era que você tivesse mirado mais em cima — murmuro.

— Teria feito um bem às mulheres — concorda Clark.

O olhar perplexo de Ana passa de Clark para mim. Ela não sabe do que estamos falando, mas não vou explicar agora.

— Obrigado, Sra. Grey. É tudo por enquanto.

Clark se remexe na cadeira, pronto para ir embora.

— O senhor não vai deixar o Hyde livre outra vez, vai? — Ana estremece visivelmente.

— Acho difícil que ele consiga fiança dessa vez, madame.

— Aliás, quem pagou para soltá-lo? — pergunto.

— Isso é informação sigilosa.

Pedirei uma atualização de Welch para saber se ele encontrou o benfeitor de Hyde. Clark se levanta para sair assim que a Dra. Singh e dois residentes entram na sala. Eu sigo o detetive, levando a bandeja de Ana comigo.

— Tenha um bom dia, Sr. Grey — diz Clark, enquanto caminha pelo corredor.

Taylor se levanta de sua cadeira do lado de fora do quarto de Ana e me segue até a copa, onde deixo a bandeja.

— Eu cuido disso, senhor.

— Obrigado.

Deixo-o lavando a louça e volto para o quarto de Ana, onde aguardo a Dra. Singh terminar o exame.

— Você está bem. Acho que pode voltar para casa — diz ela, dirigindo um sorriso agradável para Ana.

Graças a Deus.

— Sra. Grey, fique atenta caso as dores de cabeça piorem ou a sua visão fique embaçada. Se isso ocorrer, retorne imediatamente ao hospital.

Ana assente, sorrindo, claramente tão grata quanto eu por ter recebido alta.

— Dra. Singh, podemos trocar duas palavras?

— Claro, Sr. Grey.

Saímos para o corredor e fico aliviado ao ver que Taylor não está muito perto.

— Minha mulher... Hum...

— Sim, Sr. Grey?

— Os ferimentos... eles nos impedirão de...

A Dra. Singh franze a testa.

— Podemos... Ato sexual...

Ela me interrompe, finalmente entendendo o que quero dizer.

— Sim, Sr. Grey, sem problema. — Ela sorri e acrescenta em um tom mais baixo: — Desde que sua mulher esteja... você sabe. Disposta.

Dou um largo sorriso.

— Sobre o que vocês estavam falando? — pergunta Ana enquanto fecho a porta.

— Sexo.

Abro um sorriso libidinoso.

Ana fica vermelha.

— E então?

— Você está liberada.

Ana não consegue esconder seu deleite.

— Estou com dor de cabeça.

Seu sorriso provocante me faz duvidar de que esteja sendo totalmente sincera.

— Eu sei. Você vai estar fora de combate por um tempo. Só quis verificar.

Ela franze a testa, e, caso eu esteja interpretando corretamente, diria que ela está desapontada. A enfermeira Nora entra apressada na sala e, depois de um olhar arrogante para mim, remove o soro de Ana.

Ana agradece e Nora sai. Sorrio enquanto ela se afasta. Eu não quero seu mal de forma alguma; ela cuidou bem da minha mulher. Decido fazer uma doação substancial para a caixinha da equipe do hospital.

Eu me viro para Ana.

— Vamos para casa?

— Eu queria ver o Ray primeiro.

É claro, Grey, ela quer ver o pai!

— Claro.
— Ele já sabe sobre o bebê?
— Achei que você mesma ia querer contar. Também não disse nada à sua mãe.
— Obrigada.
— Minha mãe sabe. Ela viu no prontuário. Contei para o meu pai, mas só ele. Minha mãe disse que os casais em geral esperam umas doze semanas... para terem certeza.

Dou de ombros. Essa decisão é dela.
— Não sei se estou preparada para contar ao Ray.

Essa provavelmente é uma boa ideia.
— Tenho que avisar: ele está bravo à beça. Disse que eu deveria dar umas palmadas em você.

Ana fica boquiaberta. É uma reação muito gratificante e eu rio.
— Eu disse que ficaria bem feliz em fazer isso.
— Você não disse isso!

Ana me olha, boquiaberta, mas seus olhos brilham, divertidos.

Essa nunca envelhece.
Chocar a minha mulher.
Fico feliz por ainda conseguir.

Pisco para ela.
— Olhe aqui, o Taylor trouxe roupas limpas. Eu ajudo você a se vestir.

RAY FICA MUITO FELIZ ao ver a filha. Isso está evidente em seus olhos, menos quando ele os vira para Ana: medo, alívio, amor e raiva estão todos refletidos em suas profundezas sombrias. Bato em retirada, sabendo que ele repreenderá Ana como ela merece ser repreendida. Taylor está esperando do lado de fora.
— Senhor, ainda há fotógrafos na entrada principal.
— Encontre uma saída pelos fundos e providencie que Sawyer esteja lá com o carro.
— Certo.

Ele se afasta e eu pego o meu telefone para ligar para Welch.
— Sr. Grey.
— Alguma novidade, Welch?
— Sim. Estou esperando para embarcar no meu avião. Deixe-me encontrar um canto tranquilo. — Ouço um farfalhar e um anúncio abafado de partida de uma empresa aérea, mas não para Seattle. — Certo — grunhe ele. — Levantei algumas informações sobre Hyde. Eu vou levá-las para você. Prefiro que as ouça pessoalmente.

— Você não pode dizer agora?

— Prefiro não dizer. Aqui é um lugar público e esta não é uma linha segura.

O que diabos pode ser?

— Além disso, a polícia descobriu vários dispositivos USB durante a revista minuciosa no apartamento de Hyde. Vídeos de sexo. Em todos eles. Com as assistentes antigas. Com Morgan. É coisa muito pesada.

Porra. Meu couro cabeludo se arrepia.

— Meu palpite é que ele usou as filmagens para comprar o silêncio delas e também para chantagear Morgan. — A voz rouca de Welch deixa o ponto bem claro.

Eu sabia sobre Morgan... mas as ex-assistentes?

Graças a Deus impedi Ana de ir para Nova York com ele.

— Provavelmente eles também o acusarão disso — continua Welch. — Mas ainda estão montando o caso.

— Entendo. Alguma palavra sobre quem pagou a fiança?

— Nada certo. Mas cuidarei disso quando voltar.

— A que horas devo esperá-lo?

— Estarei aí por volta das cinco da tarde.

— Vejo você mais tarde.

Eu desligo e me pergunto o que mais ele descobriu sobre Hyde.

ANA ESTÁ ABATIDA ENQUANTO descemos até a entrada dos fundos do hospital. Acho que ela foi castigada no reencontro com o pai e, embora eu esteja nessa com o pai dela até o fim, uma pequena parte de mim sente pena. Eu não gostaria de ser alvo da ira de Raymond Steele.

Dentro do carro, Ana liga para a mãe.

— Oi, mãe... — A voz dela está rouca de emoção controlada.

Por outro lado, ouço Carla soluçando e gemendo na linha.

— Mãe!

Os olhos de Ana se enchem de lágrimas. Seguro sua mão e a aperto em sinal de apoio, roçando o polegar sobre os nós de seus dedos. Mas me desligo da conversa das duas enquanto meus pensamentos se voltam para Welch e o que ele pode ter descoberto. Estou irritado porque ele não me deu nenhuma pista pelo telefone.

Eu quero mesmo saber?

Olho pela janela, pensativo.

— O que foi? — pergunta Ana, e percebo que ela terminou a ligação com a mãe.

— O Welch quer me ver.

— O Welch? Por quê?

— Ele descobriu alguma coisa sobre aquele filho da mãe do Hyde. — Meus lábios rosnam o nome. Desprezo aquele homem com todas as fibras do meu ser. *Desprezo* não é forte o suficiente. *Ódio* não é forte o suficiente. Eu o odeio e a tudo o que ele fez. Ana ainda está olhando para mim com expectativa. — Não quis me contar o que era pelo telefone.

— Ah.

— Ele vem de Detroit hoje à tarde.

— Você acha que ele descobriu alguma ligação?

Assinto.

— O que acha que é?

— Não faço ideia.

É frustrante, mas suprimo o pensamento, pois agora preciso me concentrar em minha mulher.

— Feliz de chegar em casa? — pergunto a Ana, enquanto entramos no elevador do Escala.

— Sim. — A resposta de Ana sai extremamente baixa, e vejo o sangue se esvair aos poucos do seu rosto.

Ela ergue os olhos vidrados para mim e começa a tremer.

Droga. Ela enfim está sentindo.

Ela está traumatizada.

— Ei... — Eu a abraço. — Você está em casa. Está tudo bem.

Beijo o topo de sua cabeça, agradecido por ela estar cheirando mais a Ana, sem o travo sintético de drogas e desinfetante.

— Ah, Christian. — Um soluço borbulha em seus lábios e ela começa a chorar.

— Shhh.

Apoio sua cabeça no meu peito, querendo afastar sua dor e seu medo. Ela devia estar reprimindo toda essa emoção.

Para o meu bem?

Espero que não.

Odeio vê-la chorar, mas entendo a necessidade agora.

Deixe sair tudo, baby. Estou aqui.

Quando as portas do elevador se abrem, eu a ergo em meus braços e ela se agarra a mim, ainda soluçando, cada som uma ferida em meu coração. Eu a carrego pelo saguão e pelo corredor até a nossa suíte, onde a acomodo na cadeira branca como se ela fosse feita de vidro.

— Quer tomar um banho de banheira?

Ana balança a cabeça e estremece.

Merda. Sua cabeça dói.

— Uma chuveirada?

Ela assente, as lágrimas ainda escorrendo pelo rosto. A visão fica presa à minha alma, e respiro fundo para conter minhas emoções conflitantes: raiva de Hyde e ódio de mim mesmo por ter deixado isso acontecer.

Ligo o chuveiro e, quando me viro, Ana está gemendo, balançando lentamente, as mãos tapando o rosto.

— Ei. — Ajoelho-me aos seus pés e seguro suas mãos, afastando-as de seu rosto manchado de lágrimas. Seguro seu rosto e ela pisca para afastar as lágrimas enquanto olhamos nos olhos um do outro. — Você está a salvo. Vocês dois — murmuro.

A tristeza volta a brotar em seus olhos, o que me deixa desamparado.

— Agora pare. Não suporto ver você chorar. — Minha voz está rouca; minhas palavras são honestas, mas lamentavelmente não conseguem conter a maré de sua angústia.

Limpo seu rosto mais uma vez com os polegares, mas é uma batalha perdida. As lágrimas ainda fluem.

— Eu sinto muito, Christian. Por tudo. Por fazer você ficar preocupado, por arriscar tudo... pelo que eu disse.

— Não fale mais, querida, por favor. — Beijo a sua testa. — Também sinto muito. Quando um não quer, dois não brigam, Ana. — Tento um sorriso torto para animá-la. — Bem, isso é o que a minha mãe sempre diz. Eu disse e fiz coisas das quais não me orgulho.

Minhas palavras voltam para me assombrar.

É por isso que gosto de controle.

Assim não acontece esse tipo de merda, para foder com tudo.

A vergonha queima dentro do meu peito. *Grey, isso não está ajudando.*

— Vou tirar a sua roupa.

Ana limpa o nariz com as costas da mão, e esse gesto despretensioso faz com que eu a valorize ainda mais. Beijo sua testa, porque preciso que ela saiba que a amo, não importa o que faça. Pego sua mão e a apoio enquanto ela cambaleia, despindo-a depressa, tomando um cuidado especial ao tirar a sua camiseta pela cabeça. Eu a guio até o chuveiro e abro a porta do box, onde fazemos uma pausa enquanto tiro minha roupa. Quando estou nu, volto a pegar a mão dela e ambos entramos.

Sob a cachoeira de água fumegante, eu a seguro com força contra meu corpo.

Eu nunca a deixarei ir embora.

Ela continua chorando, as lágrimas lavadas pela cascata que flui sobre nós. Eu a balanço suavemente de um lado a outro, o ritmo me acalmando, assim como espero que acalme a Ana.

Também estou embalando meu filho... dentro dela.

Uau. Esse é um pensamento estranho.

Beijo o topo de sua cabeça, muito grato por ela ter voltado para casa comigo, quando eu temia...

Merda. Não pense nisso, Grey.

De repente, ouço uma fungada alta e Ana escapa dos meus braços. Ela parece ter parado de chorar.

— Está melhor?

Ela assente, seus olhos claros.

— Ótimo. Agora me deixe dar uma olhada em você.

Ela franze a testa, e espero que não me detenha, pois preciso ver por mim mesmo o que aquele idiota fez com minha mulher. Pegando sua mão, eu a viro. Meu olhar vai do arranhão em seu pulso até o machucado em seu cotovelo, e passa pelo grande hematoma do tamanho de um punho em seu ombro. Fico enfurecido ao ver essas marcas, o que atiça as brasas da raiva que sinto de Hyde. Eu me curvo até cada arranhão e hematoma, dando leves beijos ali. Pegando a toalha e o gel de banho da prateleira, coloco sabão no pano, inalando a doce fragrância de jasmim.

— Vire-se.

Ana obedece e, sabendo que ela está frágil e ferida, lavo os seus braços, pescoço, ombros e costas o mais ternamente possível. Absorto na tarefa, mantenho o toque suave. Ela não reclama, e a tensão em seus ombros diminui aos poucos enquanto eu os lavo. Eu a viro para ter uma visão mais clara do hematoma em seu quadril; meus dedos patinam sobre a lívida marca roxa. Ela estremece.

Filho da puta.

— Não está doendo — diz Ana baixinho.

Eu levanto a cabeça e encontro seu olhar brilhante.

Não acredito nela.

— Quero matar aquele homem. Quase o matei.

A raiva que senti quando Hyde estava no chão queima profundamente dentro da minha alma.

Eu deveria tê-lo chutado até ele virar uma pasta.

Para proteger Ana de meus pensamentos assassinos, concentro-me na toalha e a ensaboo de novo com sabonete líquido. Lavo o seu corpo mais uma vez, as laterais e as costas, então me ajoelho a seus pés e lavo suas pernas. Paro no hematoma em seu joelho, inclino-me e roço os lábios ali antes de ensaboar seus pés. Seus dedos se enredam no meu cabelo, distraindo-me da minha tarefa. Quando olho para cima, sua expressão é crua e terna, e isso fere meu coração. De pé, sigo o hematoma em suas costelas com a ponta dos dedos. A visão atiça a minha fúria mais uma vez, mas eu a suprimo. Não vai ajudar a nenhum de nós.

— Ah, querida. — Forço as palavras através da angústia em minha garganta.
— Eu estou bem.

Seus dedos se enredam em meu cabelo mais uma vez e ela puxa a minha cabeça para baixo para me beijar. Suave. Doce. Eu me contenho. Ela está machucada. Mas sua língua me provoca, e o fogo acende mais uma vez, queimando o meu corpo de uma maneira diferente.

— Não — sussurro em seus lábios, e me afasto. — Vamos acabar o banho.

Ana me olha através dos cílios, desse jeito que ela faz, e seus olhos se voltam para minha ereção crescente, depois retornam para os meus olhos. Ela faz beicinho do jeito mais lindo, e o clima entre nós dois clareia de imediato. Como o palhaço que sou, sorrio e lhe dou um beijo rápido.

— Quero você limpinha. Não suja.
— Eu gosto de coisas sujas.
— Eu também, Sra. Grey. Mas não agora, nem aqui.

Pego o shampoo e esguicho um pouco em minhas mãos. Usando apenas a ponta dos dedos, lavo com delicadeza o seu cabelo, lembrando como ela foi gentil quando lavou o meu da última vez, e como me senti querido naquele momento.

Depois de enxaguar a espuma, desligo o chuveiro e saio, levando-a comigo. Eu a envolvo em uma toalha quente, enrolo outra ao redor da minha cintura e lhe entrego uma toalha para o cabelo.

— Aqui.

Só ela pode avaliar quão vigorosamente pode secar a cabeça; afinal, é ela que está com uma fratura no crânio. Meu humor mais leve se dissipa.

Aquele babaca.

— Ainda não entendo por que a Elizabeth se envolveu com o Jack. — Ana se intromete em meus pensamentos sombrios.

— Eu entendo — digo.

Ela me olha, e estou esperando uma pergunta, mas ela parece perder a linha de raciocínio enquanto seus olhos me observam... por inteiro.

Sra. Grey! Eu sorrio.

— Apreciando a vista?
— Como você sabe?
— Que você está apreciando a vista?

— Não. — Ela parece exasperada. — Sobre Elizabeth.

Eu suspiro.

— O detetive Clark me deu uma pista.

As sobrancelhas de Ana se unem e seu olhar me instiga, exigindo mais informações.

— Hyde tinha vídeos. Vídeos delas todas. Em diversos pen drives. Vídeos dele trepando com ela e com todas as outras assistentes.

Ela fica boquiaberta.

— Exatamente. Material para chantagem. Ele gosta de sexo violento.

Eu também. Merda.

Meu Deus.

A aversão a mim mesmo se apodera de mim como um anjo vingador.

— Não faça isso — interrompe Ana, as palavras soando como o estalo de um chicote.

— Isso o quê?

— Você não se parece *em nada* com ele.

Como ela adivinhou?

— Em nada mesmo. — O tom de Ana é insistente.

Ah, Ana, mas pareço, sim.

— Somos farinha do mesmo saco.

— Não são, não. — A negação fervorosa de Ana me silencia. — O pai dele morreu numa briga de bar. A mãe bebeu até perder a consciência. Ele passou a infância pulando de orfanato em orfanato... e de confusão em confusão também. A maioria por roubo de carros. Passou um tempo no reformatório. — *Meu Deus, ela se lembrou de tudo o que eu lhe disse no avião para Aspen.* E ela não para, segue o embalo: — Vocês dois têm passados atribulados e os dois nasceram em Detroit. A semelhança acaba aí, Christian.

Ela fecha os punhos e os leva aos quadris.

Ela está tentando me intimidar, vestindo apenas uma toalha.

Não vai funcionar.

Porque sei quem sou.

Mas não quero irritá-la. Agora não é hora de discutir. Não é bom para ela nem para o bebê.

— Ana, sua fé em mim é tocante, ainda mais diante do que aconteceu nos últimos dias. Vamos saber de mais coisas quando o Welch chegar.

— Christian...

Curvando-me, dou um beijo rápido em seus lábios para encerrar a discussão.

— Chega. — Sua expressão é taciturna. — E não faça beicinho — acrescento.

— Venha. Vou secar o seu cabelo.

Ela estreita os lábios, mas, para meu alívio, não fala mais no assunto. Eu a levo para o quarto, depois vou até o closet, onde rapidamente visto uma calça jeans e uma camiseta. Pego uma calça de moletom e uma das minhas camisetas para ela.

Enquanto ela se veste, ligo o secador de cabelo, me sento na cama e faço um gesto para que ela se junte a mim. Ana se empoleira entre as minhas pernas e começo a escovar seu cabelo molhado.

Adoro pentear o cabelo dela.

É tão relaxante...

Logo, o único som em nosso quarto é o zumbido agudo do secador de cabelo. Os ombros de Ana caem enquanto ela relaxa encostada em mim, e ela fica quieta por algum tempo.

— Então o Clark disse algo mais enquanto eu estava inconsciente? — Suas palavras me arrancam da tarefa na qual estou absorto.

— Não que eu me lembre.

— Eu ouvi algumas conversas suas.

— Ah, é? — Eu paro de escovar.

— Sim. Com meu pai, seu pai, o detetive Clark... sua mãe.

— E a Kate?

— Kate esteve lá?

— Sim, rapidamente. Ela também está uma fera com você.

Ana se vira.

— Vamos parar com essa chatice de *Ana, todo mundo está bravo com você*? — Seu tom de voz é tão agudo quanto o som do secador de cabelo.

— Só estou dizendo a verdade. — Dou de ombros.

Ainda estou um pouco bravo com você, Ana.

— Eu sei, foi insensato, mas poxa, a sua irmã estava em perigo.

— É verdade — murmuro, enquanto uma imagem mórbida e sombria do que poderia ter acontecido se desenrola mais uma vez em minha mente.

Desarmado com uma verdade simples. Ana, você me humilha a cada passo.

Desligo o secador de cabelo e agarro o seu queixo, olhando para seus olhos claros embora vibrantes; olhos nos quais eu poderia me afogar.

Não. Eu não sou louco.

Estou maravilhado com minha mulher corajosa.

Ela teve a coragem de salvar Mia.

— Obrigado. — As palavras são inadequadas. — Mas chega de insensatez. Porque, da próxima vez, eu vou encher você de porrada.

Ela respira fundo.

— Você não se atreveria!

Ah, baby. Minha mão está coçando agora.

— Atreveria, sim. — Não consigo conter o sorriso presunçoso. — Eu tenho a permissão do seu padrasto.

As pupilas de Ana se dilatam e sua boca se abre.

E aquela eletricidade que crepita invisivelmente está lá entre nós: eu a sinto em toda parte, e sei que ela também.

Ana... Não...

Subitamente, ela se joga sobre mim.

Porra! Ana!

Eu a pego e giro para que caiamos juntos na cama, Ana em meus braços.

Mas seu rosto se contorce de dor e ela solta um arquejo.

— Comporte-se! — rosno, o tom de voz mais rude do que pretendia.

— Desculpe.

Ela acaricia o meu rosto e eu pego sua mão e beijo a palma.

— Francamente, Ana, você não tem nenhuma consideração pela própria segurança.

Eu levanto a bainha de sua camiseta e apoio os dedos sobre sua barriga.

A emoção do desconhecido aguça todos os meus sentidos.

Existe vida. Aqui. Dentro dela.

O que ela disse? *Carne da minha carne.*

Nosso filho.

— Não se trata mais só de você — sussurro, e passo os dedos sobre a sua pele quente.

Ana fica tensa embaixo de mim, puxando o ar para os pulmões. Conheço esse som. Meus olhos se viram para os dela, e eu me perco em suas insondáveis profundezas azuis.

Ana deseja o mesmo. Também sinto isso.

Nossa alquimia especial.

Mas é impossível. Ela está machucada. Relutante, tiro os dedos de sua pele, baixo a camiseta e, em seguida, coloco uma mecha de cabelo atrás de sua orelha, porque ainda preciso tocá-la. Mas não posso dar a ela o que ambos queremos.

— Não. — Eu suspiro.

O rosto de Ana desmorona, a expressão desamparada.

— Não olhe para mim dessa forma. Eu vi os hematomas. E a resposta é não.

Beijo a sua testa e ela se retorce ao meu lado.

— Christian... — ela geme, me provocando.

— Não. Já para a cama.

Sento-me para me livrar da tentação.

— Cama? — Ela parece desanimada.

— Você precisa descansar.

— Eu preciso de você.

O gemido se foi, deixando apenas um tom rouco em sua voz. Fechando os olhos, balanço a cabeça diante de sua audácia e do meu desejo.

Ela está machucada. Abro os olhos e olho para ela.

— Faça o que eu mandei, Ana.

— Tudo bem — murmura ela, com um beicinho exagerado que imediatamente levanta meu ânimo e me dá vontade de rir.

— Vou lhe trazer o almoço.

— Você vai cozinhar? — Ela pisca, incrédula.

— Vou esquentar alguma coisa. A Sra. Jones tem andado ocupada.

— Christian, eu faço. Estou bem. Puxa, se eu quero fazer sexo, com certeza posso cozinhar.

Ela se esforça para se sentar, mas estremece.

Droga! Ana!

— Cama!

Aponto para o travesseiro, todos os pensamentos carnais afastados.

— Deite comigo. — Ela faz uma última tentativa.

Eu não sei o que se apossou dela.

Você que não foi, Grey.

— Ana, vá para a cama. Agora. — Fecho a cara.

Ela responde com uma careta, se levanta e joga a calça de moletom no chão em um gesto dramático. Apesar de seu olhar furioso, está linda. Escondo o sorriso e parte de mim se sente mais do que satisfeita por ela ainda me desejar depois de tudo o que aconteceu nos últimos dias.

Ela me ama.

Afasto o edredom.

— Você ouviu a Dra. Singh. Ela disse para você descansar.

Ainda fazendo beicinho, Ana obedece, deslizando para a cama e cruzando os braços, demonstrando a sua frustração. Eu quero rir, mas acho que minha alegria não seria bem recebida.

— Não saia daqui — ordeno, e com a lembrança de seu rosto bonito e azedo corro até a cozinha para encontrar o lendário ensopado de frango que Taylor mencionou esta manhã.

É BOM VER ANA devorando a comida da Sra. Jones. Sento-me de pernas cruzadas no meio da cama, observando-a enquanto devoro o meu almoço. É delicioso, e nutritivo também; perfeito para Ana.

— Essa comida foi muito bem aquecida.

Ela estala os lábios, parecendo saciada e um tanto sonolenta. Sorrio para ela, sentindo-me satisfeito. Consegui não me queimar desta vez; então, sim, foi mesmo!
— Você parece cansada.
Baixo a minha tigela em sua bandeja e, de pé, recolho as duas.
— E estou — admite.
— Ótimo. Durma, então. — Eu lhe dou um beijo rápido. — Tenho que trabalhar. Vou fazer isso aqui, se não se importar.
Ela assente e fecha os olhos. Segundos depois, adormece.

Ros me enviou um relatório preliminar de sua visita a Taiwan. Ela reafirma que, embora tenha sido a decisão certa ela ir até lá, terei de ir também, e em breve. É estranho ler o seu curto resumo — há dias que não penso em meu negócio, na minha empresa, no estaleiro ou até mesmo no resto do mundo em geral —, perdi a noção do tempo. Minha atenção está concentrada exclusivamente em minha mulher. Olho para ela. Ainda dorme.

Leio meus outros e-mails, e há uma projeção detalhada dos lucros da Geolumara e um e-mail notavelmente otimista de Hassan da GEH Fiber-Optics: o moral está alto desde a minha visita, e os negócios estão indo bem. Minha viagem até lá valeu a pena. A batida suave de Taylor à porta atrapalha minha leitura.

— Welch chegou, senhor.

Mal posso ouvi-lo, porque ele fala muito baixo. Assinto e, após uma rápida verificação em minha bela adormecida, sigo-o até a sala de estar.

Welch está de pé, admirando a vista pela janela. Segura um grande envelope pardo.

Hora do show, Grey.

— Welch.

Ele se vira.

— Sr. Grey.

— Vamos para o meu escritório?

Ouço a respiração de Ana enquanto a observo, sincronizando a minha respiração à sua. Para dentro. Para fora. Para dentro. Para fora. Concentrar-me nela significa que não preciso me concentrar nas fotos que Welch deixou.

Por que Carrick e Grace não me contaram?

Eu morei com Jackson Hyde!

Como eu não sabia disso?

Meus pensamentos estão acelerados, percorrendo todos os cantos e recantos da minha mente perturbada, tentando acender uma luz nas sombras, mas não encontro nada. Minha experiência de adoção está escondida nas profundezas obscuras do passado.

Não consigo me lembrar de nada disso. Um pedaço da minha vida. Perdido. Não. Perdido, não. *Apagado.*

No lugar, há um buraco escuro e aberto com nada além de incerteza.

É profundamente perturbador. Com certeza eu deveria me lembrar... *de alguma coisa?*

Ana se mexe. Seus olhos piscam e encontram os meus.

Graças a Deus.

— O que aconteceu? — Ela empalidece e se senta, com o rosto tenso de preocupação.

— Welch acabou de sair.

— E então?

— Eu morei com o filho da puta. — As palavras são quase inaudíveis.

— Morou? Com o Jack?

Engolindo a ansiedade, assinto.

— Vocês são parentes? — O choque de Ana é palpável.

— Não. Por Deus, não.

Franzindo a testa, ela se mexe e puxa o edredom; é um convite para que eu me junte a ela. Não hesito. Preciso dela para me ancorar no agora e me ajudar a entender essa notícia alarmante e a enorme lacuna em minha memória.

No momento, me sinto sem amarras.

Sem nenhuma.

Tirando os sapatos e pegando as fotos, deslizo para o lado dela e coloco um braço sobre suas coxas enquanto baixo a cabeça em seu colo. Lentamente, ela passa os dedos pelo meu cabelo; o gesto é reconfortante e acalma minha alma perturbada.

— Não entendo — diz ela.

Fecho os olhos e me lembro de Welch, do tom gutural de sua voz enquanto ele me dizia aquilo. Repito suas palavras para Ana, editando-as um pouco.

— Depois que me encontraram com a prostituta drogada, antes de eu ir morar com Carrick e Grace, eu fiquei aos cuidados do estado de Michigan. Morei com uma família adotiva provisória. — Eu paro e respiro fundo. — Mas não consigo lembrar nada daquela época.

A mão de Ana está apoiada em minha cabeça.

— Por quanto tempo?

— Uns dois meses. Não me lembro de nada.

— Você falou com os seus pais sobre isso?

— Não.

— Pois deveria, eu acho. Talvez eles ajudem a preencher algumas lacunas.

Eu abraço Ana um pouco mais forte, meu bote salva-vidas.

— Olhe.

Mostro as fotos para ela. Tenho me debruçado sobre aquelas imagens na esperança de que possam despertar alguma memória adormecida, profundamente enterrada. A primeira retrata uma casinha miserável com uma alegre porta amarela. A segunda mostra um casal comum de classe média e seus três filhos esqueléticos e comuns, além de Jackson Hyde com oito anos e... eu. Tenho quatro anos, um pequeno pedaço de humanidade, com olhos selvagens e assustados e roupas puídas, segurando um cobertor imundo. É óbvio que a criança de quatro anos está muito desnutrida, não é à toa que estou sempre importunando Ana para que ela se alimente.

— Este aqui é você. — Ana suspira e sufoca um soluço.

— Sou eu. — Minha voz soa sombria. No momento, não tenho palavras de conforto para ela.

Não tenho nada. Estou entorpecido.

Olho para o crepúsculo lá fora. O céu tem faixas laranja e rosa-claras que anunciam a escuridão próxima. Uma escuridão que me reivindica como um dos seus.

Novamente, apenas uma casca de ser humano. Vazio e oco.

Estou perdendo tempo. Sentindo falta de uma parte de mim que eu nem sabia que existia.

E não entendo por quê.

Estou com medo de saber por quê.

O que aconteceu comigo naquela época? Como eu posso ter esquecido tudo?

Eu me apego à raiva residual que ferve sob a superfície. É dirigida a Carrick e Grace.

Por que eles não me contaram, porra?

Fecho os olhos. Não quero a escuridão. Vivi nela por muito tempo.

Quero a luz que Ana me traz.

— Welch trouxe essas fotografias? — pergunta ela.

— Sim. Eu não me lembro de nada disso.

— De um lar adotivo provisório? E por que você iria se lembrar disso? Christian, foi há muito tempo. É isso que está preocupando você?

— Eu me lembro de outras coisas, de antes e depois. Quando conheci minha mãe e meu pai. Mas isso... É como se fosse um gigantesco hiato.

— Jack aparece na foto?

— Sim, é o menino mais velho.

Ana fica em silêncio por um instante e eu a abraço com mais força.

— Quando o Jack me telefonou para dizer que estava com a Mia — murmura ela —, ele disse que, se as coisas tivessem sido diferentes, ele poderia ser você.

A repulsa estremece dentro de mim.

— Aquele filho da puta!

— Você acha que ele agiu assim porque os Grey adotaram você em vez dele?

— Quem sabe? Não dou a mínima para ele.

— Talvez ele soubesse que a gente estava junto quando eu fui para aquela entrevista de emprego. Talvez ele estivesse o tempo todo planejando me seduzir. — O pavor de Ana ecoa em sua voz.

— Acho que não. As pesquisas que ele fez sobre a minha família só começaram pelo menos uma semana depois de você começar a trabalhar na SIP. Barney sabe as datas exatas. E, Ana, ele trepou com todas as assistentes que teve, e filmou tudo.

Ana está calada e eu me pergunto em que está pensando.

Em Hyde? Em mim?

Eu poderia ter acabado como Hyde se não tivesse sido adotado.

Ela está me comparando a ele?

Porra. Eu sou como Hyde. Um monstro. É isso que ela vê?

Que somos iguais?

Que pensamento repulsivo.

— Acho que você deveria falar com os seus pais.

Ela se contorce e eu solto suas pernas, mas ela se arrasta para baixo na cama de modo que acabamos de frente um para o outro.

— Eu ligo para eles, ok? — sugere em um terno sussurro. Balanço a cabeça em negativa. — Por favor — implora ela.

Sua expressão está tão compassiva e sincera como sempre. Seus olhos estão cheios de amor.

Talvez ela não esteja me comparando a Hyde.

Devo ligar para os meus pais? Talvez eles possam oferecer as peças que faltam nesses fragmentos do meu passado. Eles certamente se lembram.

— Eu ligo — murmuro.

— Que bom. Podemos ir juntos visitá-los, ou você vai sozinho. O que preferir.

— Não. Eles podem vir aqui.

— Por quê?

— Não quero que você vá a lugar algum.

— Christian, eu posso muito bem sair de carro.

— Não. — Lanço um sorriso torto para ela. — Além do mais, é sábado à noite e eles devem ter saído.

— Ligue para eles. Essa história perturbou você, sem dúvida. Talvez eles possam esclarecer alguma coisa. — As palavras de Ana me emocionam.

Enquanto olho em seus olhos, não vejo crítica ali, apenas seu amor brilhando através das rachaduras da minha escuridão.

— Tudo bem.

Vou fazer do jeito dela. Pego o telefone ao lado da cama e ligo para a casa dos meus pais. Ana se aconchega ao meu lado enquanto espero que alguém atenda.

— Christian. — A voz de Carrick nunca foi tão bem-vinda.

Eles estão em casa!

— Pai? — Não consigo esconder a surpresa.

— Que ótimo ouvir você, filho. Como está Ana?

— Ana está bem. Estamos em casa. O Welch acabou de sair daqui. Ele descobriu a conexão...

— Conexão? Com o quê? Com quem? Hyde?

— O lar adotivo em Detroit.

Carrick fica em silêncio do outro lado da linha.

— Não me lembro de nada disso. — Minha voz vacila quando a vergonha e a raiva em ebulição vêm à tona, um coquetel venenoso.

Ana me abraça com mais força.

— Christian. Como você poderia? Isso foi há muito tempo. Mas sua mãe e eu podemos preencher as lacunas. Tenho certeza.

— É mesmo? — Odeio a esperança em minha voz.

— Nós iremos até aí. Quer que seja agora?

— É... Vocês vêm? — Mal posso acreditar.

— É claro. Vou levar alguma papelada daquela época comigo. Estaremos aí em breve. Também será bom ver Ana.

Papelada?

— Ótimo. — Desligo e observo a expressão curiosa de Ana. — Estão vindo para cá. — Ainda não consigo esconder a surpresa.

Peço ajuda aos meus pais... e eles vêm correndo.

— Muito bem. Tenho que me vestir — diz Ana.

Eu a seguro.

— Não vá.

— Tudo bem.

Ela me oferece um sorriso amoroso e se aninha mais uma vez ao meu lado.

ANA E EU ESTAMOS de braços dados na porta da sala para dar as boas-vindas aos meus pais.

Minha mãe se ilumina ao ver Ana, sua alegria e gratidão óbvias para todos. Relutantemente, solto minha mulher nos braços da minha mãe.

— Ana, Ana, minha querida Ana — diz ela, e preciso me esforçar para ouvi-la.
— Você salvou dois dos meus filhos. Como posso algum dia lhe agradecer?

Sim. Minha mãe está certa. Ela também me salvou.

Meu pai abraça Ana, os olhos brilhando de afeto paternal. Ele beija a testa dela. Atrás dos dois, Mia, a quem eu não esperava, aparece e puxa Ana para um abraço forte.

— Obrigada por me livrar daqueles babacas.

Ana estremece.

— Mia! Cuidado! Ela está dolorida. — Meu grito assusta a todos.

É claro. Eles trouxeram Mia porque mamãe não quer perdê-la de vista. Ela foi dopada e sequestrada há poucos dias. Minha irritação com minha irmãzinha se evapora.

— Ah! Desculpa — diz ela bobamente.
— Estou bem — diz Ana, lançando a Mia um sorriso tenso.

Mia se aproxima de mim e me abraça pela cintura.

— Não seja tão mal-humorado! — repreende ela, baixinho.

Faço cara feia para ela, que me responde com um beicinho.

Droga. Eu a abraço com força ao meu lado.

Graças a Deus ela está bem.

Minha mãe se junta a nós e eu lhe entrego as fotos de Welch. Grace examina a imagem da família. Ela respira fundo e cobre a boca com a mão. Meu pai se junta a nós e apoia o braço sobre os ombros dela enquanto também examina a foto de família.

— Ah, querido...

Grace estende a mão e coloca a palma sobre o meu rosto, os olhos repletos de choque e consternação.

Por quê? Ela não queria que eu soubesse disso?

Taylor nos interrompe.

— Sr. Grey? A Srta. Kavanagh, o irmão dela e o seu irmão estão subindo, senhor.

Como assim?

— Obrigado, Taylor.
— Liguei para o Elliot e disse que estávamos vindo para cá — diz Mia. — É uma festa de boas-vindas.

Minha mãe e meu pai trocam um olhar exasperado. O olhar de Ana é simpático.

— Acho melhor providenciar algo para comermos. Mia, você pode me ajudar?

— Ah, eu adoraria.

Ela pega a mão de Ana e as duas se dirigem para a área da cozinha.

Meus pais me seguem até o meu escritório e ofereço-lhes assentos diante da minha escrivaninha. Eu me inclino sobre a bancada, de súbito ciente de que era assim que meu pai se empoleirava em seu escritório, enquanto eu estava diante dele levando algum sermão por conta da minha última delinquência. Os papéis se inverteram totalmente e a ironia não passa despercebida. Preciso de respostas e eles estão aqui; então, provavelmente, estão dispostos a lançar alguma luz sobre esse capítulo sombrio da minha vida. Eu mascaro a raiva e olho para os dois em expectativa.

Grace é a primeira a falar, de forma clara e autoritária — sua voz de médica.

— Esta família na fotografia são os Collier. Eles eram os seus pais adotivos. Você teve que ficar com eles depois que sua mãe biológica morreu, porque, de acordo com a lei estadual, tínhamos de esperar para ver se você tinha algum parente que pudesse reivindicar a sua guarda.

Ah.

Seu tom de voz diminui:

— Nós tivemos de esperar por você. Foi angustiante. Dois meses inteiros.

Ela fecha os olhos, como se revivesse a dor. É preocupante. Minha raiva derrete enquanto minha respiração fica presa na garganta. Tusso para disfarçar a emoção.

— Na foto. — Aponto para a fotografia que Grace está segurando. — O menino de cabelo vermelho.

— Esse é Jack Hyde.

Carrick se inclina e eles examinam a fotografia juntos.

— Não me lembro dele — diz meu pai.

Minha mãe balança a cabeça, um olhar desamparado no rosto.

— Eu também não. Nós só tínhamos olhos para você, Christian.

— Eles eram... Eles eram gentis? — pergunto, hesitante, e minha voz está sombria. — Os Collier?

Os olhos de Grace se enchem de lágrimas.

— Ah, querido. Eles foram maravilhosos. A Sra. Collier adorava você.

Silenciosamente, suspiro de alívio.

— Eu estava me perguntando isso. Não conseguia me lembrar.

Grace arregala os olhos, compreendendo. Ela estende a mão e agarra a minha, olhos castanhos implorando para os meus.

— Christian, você era uma criança traumatizada. Você não queria ou não podia falar. Era pele e osso. Eu nem consigo imaginar os horrores que você suportou na infância. Mas isso teve fim com os Collier. — Ela aperta a minha mão, querendo que eu acredite nela. — Eles eram boas pessoas.

— Gostaria de me lembrar deles — sussurro.

Ela se levanta e pega minha outra mão.

— Não há por que você se lembrar. Pareceu uma eternidade para nós, porque o queríamos muito, mas foram apenas dois meses. Já tínhamos sido aprovados para adoção, graças a Deus. Caso contrário, o processo poderia ter sido mais demorado.

— Veja — diz Carrick. — Deve ser angustiante não saber, mas tenho algumas coisas daquela época para você. Talvez possam ajudá-lo a se lembrar.

Ele tira um grande envelope de dentro do casaco. Sento-me à mesa, me fortaleço e o abro. Lá dentro, encontro o currículo do Sr. e da Sra. Collier e detalhes sobre a sua família, uma filha e dois filhos. Várias cartas e dois desenhos... meus desenhos?

Olho para eles, e meu couro cabeludo se arrepia com uma sensação de admiração.

Os dois desenhos foram feitos com lápis de cera. São a versão infantil de uma casa com uma porta amarela. Há bonecos de palitos: dois adultos e cinco irmãos.

O sol brilha sobre todos. Imenso. Forte.

O segundo desenho é semelhante, mas todas as crianças estão segurando o que parecem ser casquinhas de sorvete.

Estão bastante felizes.

— Recebíamos relatórios sobre você toda semana. E nós o visitávamos todo final de semana.

— Por que vocês não me contaram antes?

Grace e Carrick trocam um olhar.

— Nunca surgiu a oportunidade, filho. — O maxilar de Carrick fica tenso, a voz baixa com o que acredito ser remorso enquanto ele dá de ombros. — Queríamos que você se esquecesse de tudo... — Ele para de falar.

Eu assinto. *Entendi.*

Esquecer a minha vida com a prostituta drogada.

Esquecer o cafetão dela.

Esquecer a minha vida antes deles.

Eu não os culpo. Eu gostaria de esquecer.

Por que alguém desejaria se lembrar disso?

— Espero que isso o ajude a responder algumas de suas perguntas — diz ele.

— Ajuda, sim. Estou feliz por ter ligado para vocês. Foi ideia da Ana.

Carrick sorri.

— Ela é uma mulher corajosa, Christian.

Ele olha mais uma vez para Grace. Ela assente e parece estar lhe dando permissão. Ele me entrega outro envelope.

Com um olhar perplexo para os dois, eu o abro. Dentro, há uma certidão de nascimento.

```
              ESTADO DE MICHIGAN
              CERTIDÃO DE NASCIMENTO

   Número do arquivo do Estado: 121-83-757899
   Data de arquivamento: 29 de junho de 1983
   Nome da criança (nome, nome do meio, sobrenome, sufixo):
   Kristian Pusztai
   Data de nascimento: 18 de junho de 1983
   Gênero: masculino
   Local de nascimento: Detroit, Condado de Wayne
   Nome da mãe antes do primeiro casamento: Életke Pusztai
   Idade da mãe: 19
   Local de nascimento da mãe: Budapeste, Hungria
   Nome do pai: Desconhecido
   Idade do pai: Desconhecida
   Local de nascimento do pai: Desconhecido


   Certifico por meio desta que o texto acima é uma repre-
   sentação verdadeira e correta dos fatos sobre o nasci-
   mento arquivados na Divisão de Registros Vitais, Depar-
   tamento de Saúde Comunitária de Michigan.
```

Kristian! Um tremor percorre a minha espinha. *O meu nome!*

E a prostituta drogada! *Ela tem um nome.*

De repente, ouço seu cafetão idiota gritando. "Ella!"

Ella... apelido de Életke.

Seu epíteto usual era *vadia*.

Afasto o pensamento.

— Por que vocês estão me dando isso agora? — Minha voz está rouca enquanto olho para meus pais.

— Encontrei entre as cartas e os desenhos. Nas cartas da Sra. Collier, ela o chama de Christian com K. Então, se você ficasse se perguntando... — A voz da minha mãe some.

— Por que vocês mudaram a grafia?

— Porque você é um presente. Para nós. De Cristo.

Fico olhando para ela. Estupefato. *Um presente? Eu?* Toda a merda que fiz com essas duas pessoas à minha frente, e é isso o que elas pensam?

— Sentíamos que devíamos a Ele. Você sempre foi um presente, Christian — murmura Carrick.

Lágrimas brotam dos meus olhos e respiro fundo.

Um presente.

— Crianças são um presente. Sempre.

A adoração maternal de Grace está evidente em seus olhos brilhantes, e eu sei o que ela não disse: o que vou descobrir por mim mesmo daqui a alguns meses. Inclinando-se, ela afasta o meu cabelo da testa. Retribuo o sorriso e, de pé, eu a puxo em meus braços.

— Obrigado, mãe.

— De nada, filho.

Carrick nos abraça.

Fecho os olhos e, contendo as lágrimas, aceito seu toque.

Amor incondicional.

Dos meus pais.

Como deveria ser.

Basta. Eu me afasto.

— Lerei as cartas mais tarde. — Minha voz está rouca de emoção.

— Certo.

— Devíamos voltar para nos juntar aos outros — murmuro.

— Você se lembrou de alguma coisa? — pergunta Carrick.

Balanço a cabeça.

— Talvez lembre, talvez não, mas não se preocupe, filho. Você nos tem. Você tem a sua família. E, como sua mãe disse, os Collier eram boas pessoas.

Gentilmente, ele aperta o meu braço, seu calor e seu carinho irradiando pelo meu corpo.

Voltamos para a sala principal, mas estou me movimentando em câmera lenta, desconectado da realidade, a cabeça pronta para explodir com todas essas revelações. Procuro Ana pela sala; ela está com Elliot e Kate no balcão da cozinha, comendo alguns canapés.

De algum lugar no fundo do meu cérebro, da parte que armazena as minhas primeiras memórias, vem um fragmento: a visão de uma família reunida ao redor de uma mesa de madeira. Rindo. Provocando. Comendo... Macarrão com queijo.

Os Collier.

Sou distraído das minhas lembranças ao ver Ana com uma taça de champanhe rosé na mão.

Júnior!

Eu faço um movimento para tirar a taça de sua mão, mas Kate se interpõe no meu caminho.

— Kate — cumprimento.

— Christian — responde ela, em seu jeito abrupto de sempre.

— Seus remédios, Sra. Grey — Meu tom de voz é de advertência enquanto olho para o copo na mão de Ana, tentando não dar na pinta.

Mas Ana estreita os olhos e ergue o queixo em desafio. Grace pega com Elliot uma taça cheia, vai até Ana e sussurra algo em seu ouvido. Elas trocam um sorriso furtivo e tilintam as taças.

Mãe! Faço uma careta para as duas. Mas elas me ignoram.

— E aí, espertalhão! — Elliot dá um tapinha nas minhas costas e me entrega um copo.

— Irmão.

Mantenho os olhos em Ana enquanto Elliot e eu nos sentamos no sofá.

— Meu Deus, você deve ter ficado muito preocupado.

— Sim.

— Que bom que o cretino finalmente foi pego. Ele está a caminho da prisão.

— Sim.

Elliot franze a testa.

— Você perdeu um grande jogo.

— Jogo?

Ele quer falar sobre beisebol? Está tentando me distrair? Ele está puto porque hoje os Mariners perderam para os Rangers, mas acho difícil me concentrar no que ele está dizendo, pois minha atenção está voltada para Ana. Carrick se junta a Ana e Grace o beija no rosto. Em seguida, vai se sentar com Mia e Ethan, que estão parecendo muito confortáveis no sofá, deixando Ana conversando com meu pai.

Meu pai e minha mulher conversam animados, aos sussurros.

Sobre o que estão falando? Sobre mim?

— Você não está ouvindo uma palavra do que estou dizendo, seu idiota. — Elliot me puxa de volta para a nossa conversa.

— Claro. Os Rangers.

Ele dá um soco no meu braço.

— Dessa vez passa — diz ele. — Você teve dias difíceis. Sabe, vocês dois deveriam ir ver sua casa.

— Sim. Seria bom. Ana e eu estávamos planejando fazer isso, e então o inferno se instalou.

— Ana e Mia. Que merda, né? — A expressão de Elliot é sombria. — Que bom que a sua mulher derrubou aquele idiota.

Eu concordo.

— Oi, Christian. — Ethan se junta a nós e fico grato pela interrupção.

— Assistiu ao jogo? — pergunta Elliot, e eles começam a falar sobre Beltré ter marcado dois *home runs* contra os Mariners.

Paro de prestar atenção quando Ana vem em nossa direção.

— É ótimo ver todo mundo — diz ela a Carrick, enquanto se senta ao meu lado.

— Um gole só — repreendo-a baixinho. — E você já tomou.

Tiro o copo de sua mão.

— Sim, senhor.

Ela agita os cílios, os olhos escurecendo cheios de promessa. Meu corpo se agita em resposta e eu o ignoro.

Meu Deus. Temos companhia.

Apoio o braço ao redor de seus ombros e lanço-lhe um olhar rápido.

Comporte-se, Ana.

Ana está encolhida na cama, me observando enquanto eu me dispo.

— Meus pais pensam que você pode até caminhar sobre a água.

Jogo a camiseta na cadeira.

— Ainda bem que você sabe que não é verdade.

— Ah, não sei, não.

— Eles falaram algo de útil?

— Algumas coisas. Eu morei com os Collier durante dois meses, enquanto meus pais esperavam a papelada ficar pronta. Eles já tinham sido aprovados para adoção, por causa do Elliot, mas a lei exige um tempo de espera para ver se algum parente vivo quer reivindicar a guarda.

— Como você se sente a respeito disso?

— O fato de não ter parentes vivos? — *Aliviado!* — Que se foda, se fossem parecidos com a prostituta drogada... — Balanço a cabeça.

Agradeço a Deus por meus pais.

Eles foram — *sao* — um presente para mim.

Visto a calça do pijama e subo na cama, abraçando minha mulher, mais do que grato por ela estar aqui comigo. Ela inclina a cabeça, sua expressão é calorosa, mas sei que espera que eu fale mais.

— Minha memória está voltando — reflito. *Macarrão com queijo... sim.* — Eu me lembro da comida. A Sra. Collier sabia cozinhar. E ao menos sabemos agora por que aquele filho da puta é tão cismado com a minha família.

Uma lembrança nebulosa vem à tona.

Espere... ela se sentava ao lado da minha cama?

Ela está me acomodando em uma cama pequena e segurando um livro.

— Cacete!

— O que foi?
— Agora faz sentido!
— O quê?
— Passarinho. A Sra. Collier me chamava de Passarinho.

Ana parece confusa.

— E isso faz sentido?
— O bilhete. O bilhete de resgate que o filho da puta me deixou. Era algo parecido com "Você sabe quem eu sou? Porque eu sei quem você é, Passarinho".

Ana ainda parece confusa.

— É de um livro infantil. Meu Deus. Tinha esse livro na casa dos Collier. Chamava-se... *Você é a minha mãe?* Merda. — A capa surge em minha mente: o passarinho e o cachorro velho e triste. — Eu adorava aquele livro. A Sra. Collier lia essa história para mim. Meu Deus. Ele sabia... O filho da puta sabia.

Embora eu não tenha nenhuma lembrança dele... graças a Deus.

— Você vai contar isso à polícia?
— Vou. Vou, sim. Só Deus sabe o que o Clark vai fazer com essa informação.

Eu expiro. Elas estão aqui, em meu cérebro, as memórias que faltam. É um alívio. Mais uma vez, fico grato por meus pais terem vindo me ver esta noite. Eles removeram tudo o que estava bloqueando essas lembranças.

Ana sorri, acho que aliviada por mim. Mas chega da minha história de merda. Devo uma explicação a Ana. Mas por onde começar? Ela pode estar muito cansada; ela trabalhou muito para entreter a minha família.

— Bom, obrigado por esta noite.
— Pelo quê?
— Por fazer uma refeição para a minha família num piscar de olhos.
— Não agradeça a mim, agradeça à Mia. E à Sra. Jones, que mantém a despensa cheia.

Ana! Aceite um elogio. Ela é uma mulher muito irritante às vezes, mas eu deixo passar.

— Como está se sentindo, Sra. Grey?
— Bem. E você? Como está se sentindo?
— Estou bem.

Os olhos de Ana se iluminam e seus dedos dançam sobre minha barriga.

Eu rio e agarro a sua mão.

— Ah, não. Não comece com essas ideias.

Ela franze os lábios em decepção e volta a me encarar por entre os cílios.

— Ana, Ana, Ana, o que eu vou fazer com você?

Eu beijo o seu cabelo.

— Tenho algumas sugestões.

Ela se retorce ao meu lado e para de repente, o rosto contraído de dor.
Ana! Você está machucada.
Ela sorri para me tranquilizar.

— Baby, você já passou por problemas suficientes. Além disso, eu tenho uma história para contar.

Ela ergue os olhos, na expectativa.

— Você queria saber...

Fecho os olhos e engulo em seco enquanto minha mente vaga de volta à minha adolescência.

Tenho quinze anos.

— Imagine a cena: um adolescente louco para ganhar um dinheirinho extra para poder continuar com seu hábito secreto de beber.

Abro os olhos, mas ainda me vejo como era naquela época: um adolescente alto e magricelo, vestindo short jeans desfiado, com uma cabeleira acobreada e uma atitude beligerante de fodam-se todos.

Esse era eu.
Droga.

Eu me viro de lado, de modo que Ana e eu ficamos deitados um de frente para o outro. Seus olhos estão arregalados e cheios de perguntas. Eu respiro fundo.

— Então, eu me vi no quintal da casa dos Lincoln, limpando pedregulhos e entulhos da ampliação que o Sr. Lincoln tinha acabado de concluir na casa...

Voltando a fechar os olhos, vejo-me lá outra vez. O perfume das flores de verão paira espesso no ar. Os insetos zumbem e eu os espanto. O calor do sol do meio-dia me atinge, tanto que tiro a camiseta. E há Elena. Usando o vestido mais curto que eu já vi, que mal cobre o seu corpo.

Quando arrisco um olhar para Ana, ela ainda está me encarando, prestando atenção em cada palavra que eu digo.

— Era um dia quente de verão. Eu estava trabalhando bastante. — Rio, lembrando que provavelmente foi um dos poucos dias em que fiz trabalho manual. — Era bem puxado, retirar entulho. Eu estava sozinho, e a Elen... a Sra. Lincoln apareceu do nada me trazendo limonada. Batemos um papo, coisas banais, até que eu fiz um comentário debochado... e ela me deu um tapa. Um tapa bem forte.

Minha mão vai automaticamente até o meu rosto quando me lembro daquela dor até então inédita. Nunca tinham me dado um tapa assim.

Meus olhos estão aqui, garoto. A Sra. Lincoln aponta dois dedos para o próprio rosto.

Ela me pegou olhando para os seus seios.

Bem. Não havia como não os notar.

Merda.

Tive uma ereção. Imediatamente. Daquelas.
O olhar da Sra. Lincoln desce para as minhas calças.
Merda. Minha ereção! É humilhante.
Você gosta, não é?, diz ela lentamente, lábios escarlates se erguendo em um sorriso sexy.
Acho que vou gozar na calça.
— Mas aí ela me beijou. E, quando acabou, me deu outro tapa.
A boca dela está quente. Molhada. Forte. Tudo com que sempre sonhei.
— Eu nunca tinha sido beijado antes, nem nunca tinha levado um tapa daquele jeito.
Ana bufa.
Merda.
— Você quer ouvir isso?
Ana me encara, olhos arregalados, e suas palavras saem em um sussurro sem fôlego:
— Só se você quiser me contar.
— Estou tentando contextualizar.
Ela balança a cabeça, mas parece que viu a porra de um fantasma, e eu hesito. Devo continuar? Olho profundamente para os seus olhos assustados e tudo o que vejo são mais perguntas. Ela está faminta por informações; está sempre querendo mais.
Viro-me para cima, olho para o teto e continuo a minha triste história:
— Bem, naturalmente, eu fiquei confuso, irado e cheio de tesão. Quer dizer, uma mulher mais velha, toda gostosa, aparece e se atira em cima de você daquela maneira...
Foi a primeira vez que fui beijado.
A primeira. Foi o paraíso. E o inferno também.
— Ela voltou para dentro da casa, deixando-me sozinho no quintal. Agiu como se nada tivesse acontecido. Fiquei completamente perdido. — *Eu queria me masturbar bem ali. Mas é claro que não podia.* — Então voltei ao meu trabalho, despejando o entulho na caçamba. Quando saí de lá, à noite, ela me pediu para voltar no dia seguinte. Nem mencionou o que tinha acontecido. E no outro dia, quando eu voltei, mal podia esperar para ver a Sra. Lincoln de novo. — Estou sussurrando, como se estivesse no confessionário. — Ela não me tocou quando me beijou.
Só no meu rosto, por onde ela me segurou. Foi uma revelação.
Eu me viro para encarar Ana.
— Você tem que entender... minha vida era o inferno na terra. Eu tinha quinze anos, era alto para a minha idade, vivia com tesão o tempo todo, os hormônios ensandecidos. As garotas da escola...

Elas estavam interessadas.
E eu também... mas não suportava ser tocado.
Eu briguei com todas.
E afastei todo mundo com a minha raiva.

— Eu vivia com raiva, uma raiva tão grande, irado com todo mundo, eu mesmo, minha família. Não tinha amigos. Meu analista na época era um babaca completo. E os meus pais... eles me mantinham na rédea curta, não conseguiam entender.

Olho para o teto pensando em como Carrick e Grace foram solícitos esta noite.

— Eu simplesmente não suportava que ninguém me tocasse. Não suportava. Não suportava ninguém perto de mim. Eu me metia em brigas... porra, muitas brigas. E umas bem pesadas. Fui expulso de algumas escolas. Mas era uma maneira de extravasar. De tolerar algum tipo de contato físico.

Eu cerro os punhos, lembrando-me de uma briga em particular.
Wilde, aquele idiota. Implicando com crianças menores.

— Bom, você já tem uma ideia. E quando ela me beijou, só segurou o meu rosto. Não tocou em mim.

Foi um alívio.
Finalmente experimentar esse tipo de contato.
E foi excitante pra caralho.
Minha vida mudou naquele instante.
Tudo mudou.

— Bom, no dia seguinte eu voltei até a casa, sem saber o que esperar. Vou poupar você dos detalhes sórdidos, mas a coisa toda se repetiu.

Eu posso dar jeito em um selvagem como você. A fala arrastada de Elena ecoa em minha mente.
Selvagem? Ela sabe!
Ela me vê.
A semente ruim.

— E foi assim que o nosso relacionamento começou. — Afastando a lembrança, me viro para encarar Ana mais uma vez. — E, sabe de uma coisa, Ana? Meu mundo achou um foco. Claro e nítido. Em tudo. Era exatamente daquilo que eu precisava. Ela era um sopro de ar fresco. Tomava as decisões todas, me afastava daquela merda, me deixava respirar. E mesmo quando acabou, meu mundo continuou em foco por causa dela. E assim permaneceu... até que eu encontrei você.

Subitamente, uma onda de emoção brota dentro de mim, quase me engolindo.
Ana.

Meu amor.
Estendendo a mão, aliso uma mecha perdida de seu cabelo atrás da orelha, porque eu quero — não, eu *preciso* — tocá-la.

— Você fez meu mundo virar de cabeça para baixo. — De repente, vejo seu rosto pálido e triste, deixando-me enquanto as portas do elevador se fecham. — Meu mundo era organizado, calmo e controlado. Aí você entrou na minha vida, com essa sua língua afiada, a sua inocência, a sua beleza e a sua coragem discreta... e todo o resto, tudo antes de você simplesmente ficou bobo, vazio, medíocre... nada.

Ana inspira.

— Eu me apaixonei — sussurro, passando os nós dos dedos em seu rosto.

— E eu também — responde ela, e sinto sua respiração no meu rosto.

— Eu sei.

— Você sabe?

— Sei.

Você ainda está aqui comigo, ouvindo esta história triste e perturbadora. Você me salvou.

Seu rosto se abre em um sorriso tímido.

— Finalmente — murmura ela.

— E isso colocou tudo em perspectiva para mim. Quando eu era mais jovem, a Elena era o centro do meu mundo. Não havia nada que eu não fizesse por ela. E ela também fazia muito por mim. Ela me fez parar de beber. Fez com que eu me empenhasse nos estudos... Você sabe, ela me forneceu uma forma de lidar com o que acontecia à minha volta, algo que eu não tinha antes, e me permitiu experimentar coisas que eu nunca tinha imaginado fazer.

— Contato físico — afirma Ana.

— Em certo sentido.

Ana franze as sobrancelhas, e seus olhos estão cheios de novas perguntas. Não tenho escolha a não ser contar para ela.

— Se você cresce com uma autoimagem inteiramente negativa, pensando que é algum tipo de rejeitado, um selvagem incapaz de ser amado, você acha que merece apanhar. — Faço uma pausa, avaliando a sua reação. — Ana, é muito mais fácil lidar com a dor do lado de fora...

É muito mais difícil por dentro.

Não me detenho nesse pensamento.

— Ela canalizou minha raiva. Principalmente por dentro. Agora eu percebo isso. O Dr. Flynn tem tocado nesse ponto já faz algum tempo. Mas há pouco eu enxerguei a nossa relação pelo que era. Você sabe... no meu aniversário.

Ana faz uma careta.

— Para ela, aquela parte do nosso relacionamento era uma questão de sexo e controle, uma mulher solitária encontrando algum tipo de conforto em seu menino de estimação.

— Mas você gosta de controle — diz ela.

— É. Eu gosto. Sempre vou gostar, Ana. Eu sou assim. Abri mão disso por um curto espaço de tempo. Deixei outra pessoa tomar as decisões por mim. Eu mesmo não conseguia fazer isso; não estava em condições. Mas, com a minha submissão a ela, eu me reencontrei e descobri a força de que precisava para tomar as rédeas de minha vida... ter o controle e tomar minhas próprias decisões.

— Tornar-se um Dominador?

— Sim.

— Decisão sua?

— Sim.

— Abandonar Harvard?

— Foi decisão minha, e a melhor que já tomei na vida. Até conhecer você.

— Eu?

— É. A melhor decisão que eu já tomei na vida foi me casar com você.

Sorrio para ela.

— Não foi começar a sua empresa? — sussurra ela.

Balanço a cabeça.

— Nem aprender a pilotar?

Não, baby.

— Você. — Acaricio seu rosto mais uma vez, maravilhado com sua maciez. — Ela sabia.

— Sabia o quê?

— Que eu estava completamente apaixonado. Ela me incentivou a ir para a Geórgia ver você, e que bom que fez isso. Ela achou que você entraria em pânico e se afastaria. O que realmente aconteceu.

Ana pisca e a cor desaparece de seu rosto.

Ela achava que eu precisava de todos os subterfúgios do estilo de vida de que eu gostava.

— O Dominador?

Sim.

— Dessa forma eu podia evitar me relacionar de verdade com quem quer que fosse, e isso me dava controle e me mantinha livre: ou pelo menos eu pensava assim. Tenho certeza de que você já imaginou por quê.

— Sua mãe biológica?

— Eu não queria sofrer de novo. E foi aí que você me deixou. — Vejo as portas do elevador se fechando mais uma vez e me lembro de ter ficado sentado no chão do hall de entrada pelo que pareceram horas. — E eu fiquei um trapo. — Respiro fundo. — Eu fugi da intimidade por tanto tempo... não sei como fazer isso.

— Você está se saindo muito bem.

Ela toca meus lábios e beijo a ponta do seu dedo enquanto nos olhamos. E, como sempre, me afogo em seus olhos azuis.

— Você sente falta? — pergunta.

— Falta de quê?

— Daquele estilo de vida.

— Sinto, sim.

Pela sua expressão, não tenho certeza se ela acredita em mim.

— Mas só na medida em que sinto falta do controle que aquilo me dava. E, sinceramente, a sua façanha estúpida — faço uma pausa — que salvou a minha irmã...

Sua mulher louca, malvada e linda.

— É assim que eu sei.

— Sabe o quê? — Ela franze a testa.

— Realmente sei que você me ama.

— Sabe mesmo?

— Sim, porque você arriscou tanto... por mim, pela minha família.

O franzido na sua testa se aprofunda e não consigo resistir. Estendo a mão e deslizo a ponta do dedo sobre a sua testa.

— Aparece um V aqui quando você franze a testa. É bem gostoso de beijar. — Sua expressão se ilumina. — Eu às vezes me comporto tão mal... e ainda assim você continua aqui — murmuro.

— Por que está surpreso de eu continuar aqui? Eu disse que não ia abandonar você.

— Por causa da minha reação quando você me contou que estava grávida. — Meu dedo percorre a sua sobrancelha e desce por seu rosto por conta própria. — Você tinha razão. Eu sou um adolescente.

Ela franze os lábios. Contrita.

— Christian, eu disse coisas horríveis.

Coloco meu dedo sobre a sua boca.

— Shh. Eu merecia ouvir. Além disso, estou lhe contando uma história. — Volto a me deitar virado para cima. — Quando você me disse que estava grávida... — eu paro, lutando contra a minha vergonha e tentando encontrar as palavras. — Eu tinha pensado que seria só você e eu por um tempo. Eu tinha considerado a hipótese de uma criança, mas só de maneira abstrata. Eu tinha uma vaga ideia de um filho em algum momento no futuro. Você ainda é tão jovem, e sei que é discretamente ambiciosa. Bom, você me deixou sem chão. Nossa, aquilo me pegou de surpresa. Quando perguntei o que havia de errado, jamais, nem em um milhão de anos, eu imaginaria que você pudesse estar grávida. — Suspiro, enojado de mim mesmo. — Eu fiquei com tanta raiva... Raiva de você. De mim. De todo mundo. E isso me trouxe de volta aquela sensação de não ter nada sob o meu controle. Eu tinha que sair. Fui procurar o Flynn, mas ele estava ocupado, em um evento de associação de pais na escola.

Olho para ela enquanto ergo uma sobrancelha, esperando que ela veja o lado engraçado da coisa. E, claro, ela vê.

— Que ironia — diz ela, e ambos sorrimos maliciosamente.

— Então eu andei e andei e andei, e aí... me vi em frente ao salão. A Elena estava saindo. Ela ficou surpresa em me ver. E, verdade seja dita, também fiquei surpreso de estar naquele lugar. Ela percebeu que eu estava irritado e me convidou para beber alguma coisa. Fomos a um bar tranquilo que eu conheço e tomamos uma garrafa de vinho. Ela se desculpou pelo modo como tinha se comportado da última vez em que nos viu. Ficou magoada porque a minha mãe não quer mais saber dela, o que restringiu o círculo social que ela frequentava, mas compreende. Falamos sobre o negócio, que está indo bem, apesar da recessão... E eu mencionei que você gostaria de ter filhos.

— Pensei que você tinha contado a ela que eu estava grávida.

— Não, não contei.

— Por que não me disse isso antes?

Dou de ombros.

— Não tive oportunidade.

Você estava com muita raiva.

— Teve, sim.

— Não consegui encontrar você na manhã seguinte, Ana. E quando encontrei, você estava tão furiosa comigo...

— Estava mesmo.

— Enfim, em algum momento daquela noite, já no meio da segunda garrafa de vinho, ela se inclinou para me tocar. E eu fiquei paralisado.

Cubro os olhos com o braço. Estou mortificado.

Desembuche, Grey.

— Ela viu que eu me retraí com o seu toque. Nós dois ficamos chocados.

Ana puxa o meu braço, então eu me viro e olho para ela.

Me desculpe, garota.

— E aí? — pergunta Ana.

Eu engulo em seco, tentando lutar contra o constrangimento.

— Ela me passou uma cantada.

O rosto de Ana se transforma. Ela está chocada. E furiosa. Novamente.

Merda.

— Foi só um instante, suspenso no tempo — continuo, apressado. — Ela viu minha expressão e percebeu que tinha ido longe demais. Eu disse... não. Não penso nela naqueles termos há anos, e além do mais — volto a engolir em seco, voz baixa —, eu amo você. Eu disse a ela que eu amo a minha mulher.

Ana me encara. Silenciosa.

Ah, meu amor, o que você está pensando?

Eu continuo:

— Ela recuou imediatamente. Pediu desculpas mais uma vez, fez parecer que tinha sido uma brincadeira. Sabe, ela disse que estava feliz com o Isaac e com o negócio, e que não queria causar mal a nós dois. Disse que sentia falta da minha amizade, mas que entendia que a minha vida agora era com você. E foi muito estranho, tendo em vista o que aconteceu na última vez em que estivemos no mesmo ambiente. Concordei inteiramente com ela. Então nos despedimos, dissemos um adeus definitivo. Eu disse que nunca mais iria procurá-la, e ela foi embora.

— Vocês se beijaram?

— Não! — *Meu Deus, não.* — Eu não conseguiria ficar assim tão perto dela. Eu estava me sentindo péssimo e queria vir para casa, para perto de você. Mas... eu sabia que tinha agido muito mal. Então, fiquei no bar e acabei com a garrafa, depois comecei a tomar bourbon. Enquanto eu estava bebendo, me lembrei do que você me disse um tempo atrás: "Se fosse meu filho..." E comecei a pensar no Júnior e em como tinha começado a minha relação com Elena. E isso me deixou... desconfortável. Eu nunca tinha pensado nisso dessa forma.

— E foi só isso? — Ana respira.

— Basicamente.

— Ah.

— Ah?

— Acabou?

— Acabou. Acabou desde que eu pus os olhos em você. Finalmente eu percebi naquela noite, e ela também.

— Desculpe — diz ela.

— Pelo quê?

— Por ter ficado tão furiosa no dia seguinte.

— Baby, eu entendo a fúria.

Raiva é meu nome do meio.

Eu suspiro.

— Sabe, Ana, eu quero você só para mim. Não quero dividir você. O que nós temos... eu nunca tive antes. Quero ser o centro do seu universo, pelo menos por um tempo.

— E você é — objeta ela. — Isso não vai mudar.

— Ana — sussurro suavemente, com um sorriso resignado. — Isso simplesmente não é verdade. Como é possível?

Lágrimas brotam de seus olhos.

— Merda... não chore, Ana. Por favor, não chore.

Levo a mão ao seu rosto.

— Sinto muito.

Seu lábio treme, e passo o polegar sobre ele enquanto meu coração se dilata.

— Não, Ana, não. Não fique assim. Você vai ter alguém mais para amar também. E você tem razão. É assim que deve ser.

— O Pontinho também vai amar você. Você vai ser o centro do mundo do Pontinho... do Júnior. Os filhos amam os pais incondicionalmente, Christian.

Sinto o sangue se esvair de meu rosto.

— É assim que eles vêm ao mundo — continua Ana, sua paixão evidente. — Programados para amar. Todos os bebês... até você. Pense naquele livro infantil de que você gostava quando era criança. Você ainda queria a sua mãe. Você a amava.

Ella.

Ei, merdinha. Vamos encontrar seus carros.

Estou na borda de um redemoinho escuro.

Oscilando sobre ele.

Levo a mão ao queixo enquanto olho para minha linda mulher, procurando algo para dizer enquanto luto contra a correnteza, nadando para longe da dor.

— Não — murmuro.

As lágrimas de Ana escorrem pelo seu rosto.

— Sim. Você a amava. É claro que amava. Você não tinha escolha. É por isso que é tão doloroso.

Todo o ar deixou a sala e o meu corpo.

Estou sendo sugado.

— É por isso que você é capaz de me amar — diz ela. — Perdoe a sua mãe. Ela tinha a própria dor para suportar. Ela foi uma péssima mãe, mas você a amava.

Estou perdido no vórtice. Isso está me sufocando.

Ei, merdinha. Vamos fazer um bolo?

Minha mãe sorri e bagunça o meu cabelo.

Aqui está. Minha mãe me dá uma escova.

Ela sorri para mim. Minha mãe é linda.

Ela tem cabelo comprido. Ela está cantando. Feliz.

Aí está, Grey.

Houve momentos felizes...

— Eu costumava escovar o cabelo dela. Ela era bonita.

— Basta olhar para você que ninguém duvida.
— Ela foi uma péssima mãe.
Ana concorda com a cabeça, olhos repletos de lágrimas e compaixão.
Fecho os olhos e confesso:
— Tenho medo de ser um péssimo pai.
Ana roça os dedos em meu rosto, me tranquilizando.
— Christian, como você pode pensar que eu deixaria você ser um péssimo pai?
Abro os olhos e olho para ela.
E aí está... o brilho de Anastasia Steele.
Tão apropriadamente batizada.
Minha guerreira, lutando por mim, comigo, contra mim... por nosso filho.
Ela me tira o fôlego.
Eu sorrio. Com admiração.
— É mesmo, você não deixaria. — Acaricio o seu rosto. — Meu Deus, você é tão forte, Sra. Grey. Eu amo tanto você. — Beijo a sua testa. — Nunca pensei que fosse capaz.
— Ah, Christian — sussurra ela.
— Bom, esse é o fim da minha história.
— Foi uma história e tanto....
— Como está a sua cabeça?
— Minha cabeça?
— Ainda dói?
— Não.
— Ótimo. Acho que é bom você dormir agora. — Ana não está convencida.
— Durma — ordeno. — Você precisa.
— Tenho uma pergunta — diz Ana.
— Ah, é? Qual?
— Por que você de repente ficou tão... comunicativo, por falta de palavra melhor? Está me contando tudo isso, quando normalmente extrair informação de você é uma tarefa bastante difícil e cansativa.
— É?
— Você sabe que é.
— Por que estou sendo comunicativo? Não sei dizer. Talvez por ter visto você praticamente morta no chão frio de concreto. — Eu vacilo, me lembrando de Ana no chão, do lado de fora daquele armazém abandonado onde Hyde mantinha a minha irmã. É traumático, então volto os pensamentos para uma direção mais feliz, para Júnior. — Ou porque vou ser pai. Não sei. Você disse que queria saber, e eu não desejo que a Elena se torne um problema entre nós. Ela não pode. Ela agora é passado. E eu já lhe disse isso muitas e muitas vezes.

— Se ela não tivesse dado em cima de você... vocês ainda seriam amigos? — pergunta Ana.

— Isso é mais do que uma pergunta.

— Desculpe. Não precisa me responder. — Ela cora, e é bom ver um pouco de cor em seu rosto. — Você já se dispôs a contar muito mais do que eu jamais imaginei.

— Não, acho que não, mas ela era uma questão não resolvida para mim desde o meu aniversário. Agora ela cruzou a linha, e acabou. Por favor, acredite. Não vou mais me encontrar com ela. Você disse que ela era um limite rígido para você. Esse é um termo que eu compreendo.

Ana sorri.

— Boa noite, Christian. Obrigada pela história tão esclarecedora.

Ela se inclina e roça os lábios nos meus, sua língua me provocando. Meu corpo se inflama e eu me afasto.

— Não. Estou desesperado para fazer amor com você — sussurro com desejo.

— Então faça.

— Não, você precisa descansar, e está tarde. Vá dormir.

Eu apago a luz de cabeceira e somos cercados pela escuridão.

— Eu amo você incondicionalmente, Christian — sussurra Ana enquanto se aconchega junto a mim.

— Eu sei — sussurro, banhando-me em sua luz.

Você... e meus pais.

Incondicionalmente.

DOMINGO, 18 DE SETEMBRO DE 2011

É quase meia-noite. Afora alguns exercícios, tive um dia tranquilo com minha mulher; só saímos para ver Ray, que já está se recuperando. Além disso, insisti para que Ana ficasse na cama e descansasse. Ela concordou, mas tem lido alguns manuscritos, e nenhuma pressão da minha parte poderia convencê-la do contrário.

A Sra. Jones voltou da casa da irmã e esta noite preparou uma farta refeição de três pratos para nós dois. Ela parece tão ansiosa quanto eu pelo bem-estar de Ana.

Ana adormeceu pouco depois das dez da noite.

Comecei a trabalhar e agora estou avaliando com atenção as notas que a Sra. Collier escreveu para minha mãe e meu pai enquanto eu estava sob seus cuidados. Ela tem uma caligrafia bem delineada e organizada e suas palavras provocam pequenas reminiscências que iluminam os cantos escuros da minha memória.

Kristian não me deixa lavá-lo, mas ele sabe como se lavar. Foram necessários dois banhos para deixá-lo limpo, e tive de ensiná-lo a lavar o cabelo. Ele não tolera que o toquemos de forma alguma.

Kristian teve um dia melhor hoje. Ele ainda se recusa a falar. Não sabemos se ele é mudo ou não. Mas tem um temperamento e tanto. As outras crianças têm muito medo dele.

Kristian ainda não deixa que ninguém o toque. Ele tem crises quando tentamos.

Kristian está com fome. Ele tem muito apetite para uma criança tão magrinha. Suas comidas favoritas são massa e sorvete.

Nossa filha, Phoebe, se encantou por Kristian. Ela o adora, e ele tolera a sua atenção. Ela se senta e desenha com ele. Não acho que ele tenha muita experiência em desenho.

Para onde Phoebe for, Kristian a seguirá.

Hoje Kristian teve uma crise. Ele não gosta de se separar do seu cobertor. Mas está imundo. Eu o deixei observá-lo rodando na máquina de lavar. Essa foi a única coisa que o acalmou.

As memórias surgem e sobem à superfície aos trancos e barrancos, mas é a sensação de estar sobrecarregado que mais pesa sobre mim. Eu estava em um lugar estranho, com uma família estranha... deve ter sido terrivelmente confuso. Não é à toa que escolhi esquecer aquela época. Contudo, após ler as anotações, sei que não sofri nenhum dano lá e me lembro de Phoebe. Ela cantava para mim. Canções bobas. Ela era gentil e especialmente doce comigo.

Sou grato por meus pais terem guardado essas cartas. Elas me lembram quão distante estou daquele garotinho assustado. Eu não sou mais ele. Ele não existe mais.

Penso em compartilhá-las com Ana, mas me recordo de sua reação às fotografias. Sua tristeza ao contemplar aquela criança faminta e abandonada. E isso a faria lembrar daquele idiota do Hyde... e de quanto ele e eu temos em comum.

Para o inferno com isso.

Ela já teve o suficiente para lidar nos últimos dias.

Coloco as cartas, os desenhos e as fotos em uma pasta de papel pardo marcada como KRISTIAN e a guardo em segurança em meu arquivo por mais um dia. Talvez, quando ela estiver totalmente recuperada. Além do mais, preciso conversar sobre esse assunto com Flynn, e é melhor fazer isso antes de compartilhar com Ana. Ela é minha mulher, não minha terapeuta.

Tranco o arquivo e verifico a hora.

É tarde e Ana está dormindo quando me deito e a puxo em meus braços. Ela murmura algo ininteligível enquanto eu respiro seu perfume calmante e fecho os olhos.

Minha apanhadora de sonhos.

SEGUNDA-FEIRA, 19 DE SETEMBRO DE 2011

Ana está deitada ao meu lado, ainda em um sono profundo. São 7h16 da manhã. Normalmente, acordo mais cedo, mas os últimos dias também me afetaram. Ou pode ser o treino que fiz ontem. Não só corri, como também completei dois circuitos na academia e fiz uma hora de remo pesado. Sorrio para o teto enquanto penso em dar outra corrida esta manhã. Estou com todo esse excesso de energia.

Talvez eu devesse deixar Ana me levar para o mau caminho.

Considero a ideia.

Merda.

Considero *demais* a ideia.

Respirando fundo, ergo meu corpo rebelde, pego o telefone e me levanto da cama. Talvez eu volte quando ela acordar. Agora, estou com fome.

— Bom dia, Sr. Grey.

Gail está na cozinha; se ficou surpresa por eu ainda estar de pijama, não dá a entender. Ela vai direto para a Gaggia para fazer meu café.

— Bom dia, Sra. Jones.

— Como está a Sra. Grey esta manhã?

— Ainda dormindo.

Ela assente com um sorriso satisfeito.

— O que você quer?

— Uma omelete. Por favor.

— Bacon, cogumelo e queijo?

— Parece bom.

Ela me entrega uma xícara de café fresquinho.

Começo a folhear o *The Seattle Times*, feliz por minha mulher não estar na primeira página, e me pergunto o que Ana e eu faremos hoje, quando vejo a seção de imóveis.

É claro!

— Gail. — Chamo a atenção dela mais uma vez. — Dependendo de como Ana estiver se sentindo, pensei que poderíamos ir até a casa nova mais tarde. Você poderia preparar um piquenique para nós?

— Seria um prazer, senhor. Vou pedir a Taylor para levá-lo para o R8 quando estiver pronto.

— Obrigado.

Ligo para Andrea para informar que não irei ao escritório e peço a ela que remarque as reuniões de hoje. Ela não se incomoda.

— Sim, Sr. Grey. Como está a Sra. Grey? — pergunta timidamente.

— Bem melhor. Obrigado.

— É bom ouvir isso.

— Estarei no celular hoje, caso precise de mim.

MINHA OMELETE É TUDO o que eu esperava que fosse. Estou comendo feliz quando levanto os olhos do prato; Ana surgiu à porta. Parece bem descansada; o hematoma em seu rosto desapareceu, mas ela está com roupa de sair. Está usando uma saia que beira o indecente; pernas e saltos altos em destaque como se dissesse "me foda". Perco a linha de pensamento.

— Bom dia, Sra. Grey. Vai a algum lugar? — Estou rouco.

— Trabalhar.

Ela me lança um sorriso que ilumina a sala.

Zombo de sua audácia.

— Pois eu acho que não. A Dra. Singh disse uma semana de repouso.

— Christian, eu não vou passar o dia inteiro deitada na cama sozinha. — Ela me lança um olhar rápido e acalorado que sinto em todos os lugares certos. — Então, é melhor eu ir trabalhar. Bom dia, Gail.

— Sra. Grey. — A Sra. Jones estreita os lábios, tentando esconder a diversão. — Gostaria de tomar o café da manhã?

— Sim, por favor.

— Granola?

— Prefiro ovos mexidos com torrada de pão integral.

— Pois não, Sra. Grey — responde Gail, com um largo sorriso.

— Ana, você não vai trabalhar.

Me diverte ela pensar que poderia.

— Mas...

— Não. É simples assim. Não discuta.

Sou o chefe do seu chefe e a resposta é não.

Ela estreita os olhos, mas seu olhar se transforma em uma carranca ao examinar a minha roupa.

— Você não vai trabalhar?

Balanço a cabeça e olho para a minha calça do pijama.

— Não.

— Hoje é segunda-feira, não é?

Sorrio.

— Da última vez que olhei, era.

— Vai fugir do trabalho hoje? — Pelo tom dela, acho que está intrigada e um tanto incrédula.

— Não vou deixar você aqui sozinha para se meter em alguma enrascada. E a Dra. Singh disse que só daqui a uma semana você poderia voltar ao trabalho. Lembra?

Ela se senta na banqueta ao meu lado e sua saia sobe, expondo a parte superior das coxas, e eu perco a linha de pensamento... de novo.

— Você está com uma aparência boa — murmuro, e ela cruza as pernas. — Muito boa. Principalmente aqui. — Não resisto e passo o dedo pela pele exposta entre a parte de cima da meia e a barra da saia. — Essa saia é muito curta — murmuro.

Não consigo tirar os olhos de suas pernas, Sra. Grey.

Não tenho certeza se aprovo isso.

— É mesmo? Não tinha reparado. — Ana acena com a mão, indiferente.

Tirando os olhos de suas pernas, eu a encaro. Ana fica vermelha; ela é uma péssima mentirosa.

— Verdade, Sra. Grey? — Ergo uma sobrancelha. — Não sei se esse traje é adequado para o ambiente de trabalho.

— Bom, já que eu não vou trabalhar, isso é discutível — diz ela, rigidamente.

— Discutível?

— Discutível — murmura ela, e escondo meu sorriso.

Aquela palavra de novo. Como mais um pedaço da minha omelete.

— Tenho uma ideia melhor.

— Você tem?

Meus olhos encontram os dela, e, de repente, lá está aquele olhar que conheço tão bem; seu desejo respondendo ao meu. O ar entre nós faísca com a nossa própria eletricidade especial.

Ela inspira e eu sussurro:

— Podemos ir ver o que o Elliot está aprontando na reforma da casa.

Um lampejo momentâneo de decepção cruza o seu rosto, mas logo ela ri da minha provocação.

— Eu adoraria.

— Ótimo.

— Você não tem que ir trabalhar?

— Não. Ros já voltou de Taiwan. Tudo correu bem. Hoje está tudo em seus devidos lugares.

Há certas vantagens em ser o próprio patrão.

— Pensei que *você* é que iria a Taiwan.

— Ana, você estava no hospital.

De jeito nenhum eu a deixaria.

— Ah.

— Isso mesmo: ah. Então, hoje vou aproveitar e passar um tempo com minha esposa.

Tomo um gole do excelente café da Sra. Jones.

— Aproveitar... comigo? — O desejo de Ana preenche cada sílaba.

Ah, baby.

Gail serve os ovos mexidos diante de Ana.

— Aproveitar com você — murmuro.

Os olhos de Ana vão dos meus lábios para o seu café da manhã. E seu café da manhã vence.

Droga. Derrotado por ovos mexidos.

— É bom ver você comer — murmuro. Empurrando meu prato de lado, saio da banqueta e beijo a testa de Ana. — Vou tomar um banho.

— Hmm... posso ir junto para esfregar as suas costas? — pergunta ela com a boca cheia de comida.

— Não. Coma.

Vou até o banheiro, sentindo seus olhos em mim. No caminho, tiro a camisa e não sei se é para tentá-la a se juntar a mim no chuveiro ou não. Manter minhas mãos longe dela está ficando cada vez mais difícil.

Grey, cresça.

ANA INSISTIU QUE PRIMEIRO visitássemos Ray, mas não demoramos muito. Rodriguez está com ele, assistindo a uma partida de futebol inglês da véspera: Manchester United x Chelsea. O Manchester United está com dois gols de vantagem, o que parece agradar enormemente a Rodriguez, a julgar por sua alegria.

Eu suspiro. Por mais que tente, não ligo para futebol.

Ana fica com pena de mim e avisa Ray que estamos indo embora.

Graças a Deus.

EU ME RECOSTO E relaxo enquanto seguimos até a nova casa em meu R8. Estou animado para ver a destruição que Elliot causou e, espero, o início de como será a nossa casa.

Ana trocou os saltos altíssimos por sapatilhas mais sensatas; ela está batendo os pés ao som de uma música de Crosby, Stills & Nash que ecoa no sistema de som do Audi. Parece feliz pelo passeio. Dois dias de repouso forçado na cama foram bons para ela. Seu rosto está corado, e seu sorriso é suave e doce quando olho para ela. Parece ter esquecido seu recente e horrível encontro com o maligno Hyde.

Eu o expulso da minha mente.

Não caia nessa, Grey.

Quero preservar o bom humor.

Desde que expus minha alma algumas noites atrás, me sinto mais feliz. Eu não tinha ideia de que me abrir para minha mulher teria um efeito tão benéfico. Não sei se é porque finalmente aposentei o fantasma de Elena Lincoln ou se é porque meus pais me deram algumas das peças que faltavam do quebra-cabeça incompleto que era a minha vida anterior, mas meu coração está mais leve de algum modo — mais livre, até —, embora amarrado, tão firme como sempre, à bela mulher ao meu lado.

Ana me conhece.

Ela refrata minha escuridão e a transforma em uma luz brilhante.

Balanço a cabeça diante dos meus pensamentos fantasiosos.

Românticos, Grey.

Ela ainda está aqui, apesar de tudo o que fiz.

O calor de seu amor se espalha por minhas veias.

Estendendo a mão, aperto a sua perna e, em seguida, passo os dedos sobre sua pele exposta acima da meia, saboreando a sensação de sua pele.

— Que bom que você não mudou de roupa.

Ana cobre a minha mão com a sua.

— Você vai continuar me provocando?

Eu não sabia que estava provocando.

Mas, ei, vou jogar.

— Talvez.

— Por quê?

— Porque sim. — Sorrio para ela.

— Eu posso pagar na mesma moeda — sussurra ela.

Meus dedos sobem por sua coxa.

— Vá em frente, Sra. Grey.

Ela pega a minha mão e a coloca sobre o meu joelho.

— Bom, segure essas mãos nervosas — diz ela afetadamente.

— Como quiser, Sra. Grey.

Não consigo esconder o sorriso. Amo a Ana brincalhona.

Ah. Eu amo a Ana. Ponto-final.

Paramos no portão da nossa casa e insiro o código de entrada no teclado. Os portões de metal se abrem lentamente, rangendo em protesto por terem sido perturbados. Precisam ser substituídos, e vamos resolver isso. Ao acelerar pelo acesso de veículos, gostaria de ter baixado a capota do carro. A grama alta na campina está dourada sob o sol de setembro, e as árvores ao longo do caminho estão todas enfeitadas com as cores do outono que se aproxima. O Canal à distância é de um azul brilhante. É idílico.

E é nosso.

Enquanto a pista serpenteia em uma curva ampla, a casa surge, cercada por vários dos caminhões de construção de Elliot. Está escondida atrás de um andaime, e vários membros da equipe de Elliot trabalham no telhado. Estaciono em frente ao pórtico, desligo o motor e me viro para Ana.

— Vamos procurar o Elliot. — Estou ansioso para ver o que ele fez até agora.

— Ele está aqui?

— Espero que sim. Pelo que ele está recebendo... — Ela ri e nós dois saímos do carro.

— E aí, mano! — Ouço Elliot gritar, mas não consigo vê-lo. — Aqui em cima! — Examino a linha do telhado, grato por estar usando óculos escuros diante do brilho do sol, e lá está ele, acenando para nós. Seu sorriso rivaliza com o do gato da Alice. — Já era hora de vocês darem uma passada por aqui. Fiquem aí mesmo. Estou descendo.

Estendo a mão para Ana e, enquanto esperamos de mãos dadas, observamos o exterior do que será a nossa casa. É maior do que eu me lembrava.

Muito espaço para o nosso filho.

O pensamento me surpreende.

Enfim Elliot surge à porta da frente, coberto de fuligem, mas ainda com seu largo sorriso. Evidentemente está maravilhado por estarmos aqui.

— E aí, mano. — Ele balança a minha mão como se estivesse tentando puxar água de um poço profundo. — E como vai você, senhorinha? — Ele agarra Ana e a gira.

— Melhor, obrigada — diz ela, rindo, um pouco envergonhada, acho.

Pare de maltratar a minha mulher, cara! As costelas dela estão machucadas!

Ele a coloca no chão e eu faço uma cara feia para ele.

Idiota.

Mas ele me ignora. Hoje ninguém acaba com o humor dele.

— Vamos para o escritório. Vocês vão precisar disso aqui.
Ele dá um tapa no capacete empoleirado na cabeça.

Elliot nos guia em um tour completo pela casa, ou pelo que sobrou dela; é quase uma casca. Ele explica meticulosamente o trabalho em andamento e quanto tempo levará cada etapa. Quando ele está assim, em seu habitat natural, é muito envolvente. Ana e eu o ouvimos, extasiados.

A parede nos fundos da casa desapareceu. Ali ficará a parede de vidro de Gia Matteo, e a vista é espetacular. Há alguns veleiros no Canal e me sinto tentado a descer ao *The Grace* após a nossa visita. Mas isso não é uma ideia tão boa, considerando os ferimentos de Ana.

Ela ainda está se recuperando e precisa ir com calma.

— Espero termos terminado até o Natal — declara Elliot.

— Ano que vem — interrompo.

Não há como estarmos lá no Natal.

— Veremos. Com vento favorável, é possível.

Na cozinha, ele conclui nosso passeio.

— Vou deixar vocês dois livres para andar por aí. Cuidado. Estamos num canteiro de obras.

— Claro. Obrigado, Elliot.

Meu irmão acena alegremente e sobe a escada coberta para voltar a se juntar à sua equipe de construção no telhado. Eu pego a mão de Ana.

— Feliz?

Ana me lança um sorriso deslumbrante.

— Muito. Adorei. E você?

— Idem.

— Ótimo. Eu estava pensando nos quadros de pimenta aqui. — Ana aponta para uma das paredes.

Assinto.

— Quero colocar nesta casa as suas fotos que o José tirou. Você tem que decidir onde.

Suas bochechas ganham aquele delicioso tom rosado.

— Em algum lugar onde eu não precise vê-las sempre.

— Não fale assim. — Passo o polegar em seu lábio inferior. — São os meus quadros prediletos. Adoro o que está no meu escritório.

— Não sei por quê. — Ela faz beicinho e beija a ponta do meu polegar.

— Tem coisas piores para se fazer do que ficar olhando o seu lindo rosto sorridente o dia inteiro. Está com fome?

— Fome de quê?

Ela me olha com aquele olhar sedutor que conheço tão bem.
Ah, baby. Não consigo aguentar muito disso.
— De comida, Sra. Grey. — Eu lhe dou um beijo rápido.
Ela faz beicinho e suspira.
— Estou. Ultimamente, eu ando sempre com fome.
— Podemos fazer um piquenique, nós três.
— Nós três? Alguém mais está vindo?
Deixo cair a cabeça para o lado.
Esqueceu alguém, Ana?
— Daqui a uns sete ou oito meses — murmuro.
Ela sorri de um jeito bobo para mim... *Sim. Ele.*
— Achei que você fosse gostar de comer ao ar livre — sugiro casualmente.
— Na campina?
Assinto.
— Claro. — Ana concorda. E me sinto nas nuvens ao pensar em fazer um piquenique. Temos bastante espaço e privacidade aqui. — Este vai ser um excelente lugar para se criar uma família. — Olho para a minha esposa.
Júnior será feliz aqui.
Tendo a campina como o seu quintal.
Estendo a mão e a apoio sobre a barriga de Ana. A respiração dela se acelera e ela coloca a mão na minha.
— É difícil de acreditar — sussurro.
— Eu sei. Ah! Aqui. Tenho uma prova. Uma foto.
— Você tem? O primeiro sorriso do bebê?
Ela tira de sua carteira uma imagem em preto e branco em um papel brilhante e a entrega para mim.
— Está vendo? — diz ela.
A fotografia granulada é quase toda cinza. Mas, no meio, há um espacinho vazio e escuro, e ali dentro uma pequena anomalia, ancorada ao cinza, mas visível em contraste com a escuridão.
— Ah... Pontinho. — Suspiro, maravilhado. — Claro, estou vendo.
O nosso pontinho. Uau. Nosso humano minúsculo. O bebê Grey.
Sou surpreendido por uma pontada de arrependimento momentânea, por ter perdido este momento com Ana.
— Seu filho — sussurra ela.
— Nosso filho — corrijo-a.
— O primeiro de muitos.
— Muitos?
O quê?

— Pelo menos dois.

Ana parece esperançosa.

— Dois? — *Merda!* — Não podemos pensar em uma criança de cada vez?

Ela sorri para mim com carinho.

— Claro.

Pego a mão dela e, juntos, atravessamos a casa e saímos pela porta da frente.

A tarde está linda. Os aromas do Canal, a grama do prado e as flores pairam no ar. Minha linda esposa está ao meu lado. É o paraíso. E logo seremos três.

— Quando você vai contar para os seus pais? — pergunto.

— Logo. Pensei em contar ao Ray hoje de manhã, mas o Sr. Rodriguez estava lá. — Ana dá de ombros.

Concordo. *Eu entendo, Ana.*

Levantando o capô do R8, pego a cesta de piquenique de vime e o cobertor xadrez que Ana comprou da Harrods em Londres.

— Venha.

De mãos dadas, caminhamos campina adentro. Quando estamos longe o bastante de casa, eu a solto e, juntos, estendemos o cobertor no chão. Eu me sento ao lado dela, tiro a jaqueta, os sapatos e as meias. Por um momento, me limito a respirar, inspirando o ar fresco profundamente. Estamos protegidos pela grama alta, longe do mundo, em nossa própria bolha. Quando Ana abre a cesta de piquenique para inspecionar todas as guloseimas que a Sra. Jones forneceu, meu telefone vibra.

Merda.

É Ros.

— ... Obrigada por responder a minha pergunta, e fico feliz em saber que Ana está se recuperando — diz Ros ao telefone.

— De nada.

Essa é a terceira ligação que recebo desde que começamos nosso piquenique.

— Você não devia ser tão indispensável.

Eu rio.

— Fico lisonjeado.

Ana está deitada ao meu lado, entreouvindo minha conversa. Sua sobrancelha franze com a minha última observação.

— Você devia tirar uns dias de folga — digo a Ros. — Afinal, você passou a maior parte do fim de semana viajando de volta de Taiwan...

— Essa é uma ótima ideia. Posso folgar na quinta e na sexta, se estiver tudo bem para você.

— Claro, Ros, pode providenciar.

— Ótimo. Obrigada, Christian. Tchau.

Largo o telefone e, apoiando as mãos nos joelhos erguidos, olho para minha mulher. Ela está deitada ao meu lado em nosso cobertor, olhando para cima com uma expressão sonhadora. Esticando o braço, pego outro morango do que sobrou do excelente farnel da Sra. Jones e o passo ao longo da boca de Ana. Ela abre os lábios; a ponta da língua brinca com o morango e, depois, Ana o suga com sua boca quente e úmida.

Sinto isso na minha virilha.

— Gostoso? — sussurro.

— Muito.

— Saciada?

— De morangos, já. — Seu tom de voz é baixo.

Ana, ninguém pode nos ver aqui.

Grey, comporte-se.

Eu sorrio. *Basta.* Mudo de assunto.

— A Sra. Jones prepara um piquenique de primeira.

— Ah, isso é.

Meu Deus, sinto falta da minha mulher, de tudo nela. Deito-me, descansando suavemente a cabeça em sua barriga, e fecho os olhos, tentando não pensar em todas as coisas que gostaria de fazer com ela agora. Ela acaricia o meu cabelo.

Ah, isso é felicidade.

Meu BlackBerry começa a zumbir novamente.

Merda. É Welch. O que ele quer?

Eu atendo, um pouco mal-humorado com a interrupção:

— Welch.

— Sr. Grey. Tenho uma atualização. Quem pagou a fiança de Hyde foi Eric Lincoln, da Madeireira Lincoln.

Porra.

Aquele idiota filho da puta.

Eu me sento. Meus sentidos mudam para alerta máximo quando a raiva toma conta de mim.

— Eu gostaria de colocá-lo sob vigilância, a menos que você tenha alguma objeção.

— Dia e noite... — rosno, concordando.

Como Lincoln ousa se envolver com Hyde?

Esta é uma declaração de guerra.

— Certo. Não sei o que mais ele pode ter planejado, ou como os dois estão conectados. Mas vou descobrir.

— Obrigado.

Ele desliga e mal consigo conter a fúria. Agarrado ao telefone, percebo que agora é o momento da vingança. Meus planos foram traçados há muito tempo e, como diz o ditado, a vingança é um prato que se come frio. Sorrio para Ana e ligo para Ros.

— Christian. Achei que você estava aproveitando o seu dia de folga.

Eu me ajoelho. *Não liguei para bater papo.*

— Ros, quantas ações da Madeireira Lincoln nós temos?

— Deixe-me verificar. — Ela assume seu modo profissional. — Detemos sessenta e seis por cento de todas as empresas de fachada.

Excelente.

— Então incorpore as ações à GEH e demita a diretoria.

— Todos eles? Aconteceu alguma coisa?

— Menos o CEO.

— Christian, isso não faz sentido.

— Não me interessa.

Ela arfa.

— Não vai sobrar nenhuma empresa. O que o CEO vai poder fazer? Se você quer liquidar essa empresa, esse não é o caminho.

— Já ouvi você, agora faça o que estou mandando — rosno, controlando a raiva.

Ela suspira, parecendo resignada.

— As ações são suas.

Ela não vai mais discutir.

— Obrigado — respondo, me sentindo um pouco mais calmo.

— Vou pedir para o Marco cuidar disso.

— Mantenha-me informado.

Quando desligo, Ana está com os olhos arregalados.

— O que aconteceu? — sussurra.

— Linc.

— Linc? O ex da Elena?

— Ele mesmo. Foi ele quem pagou a fiança do Hyde.

Ana fica boquiaberta.

— Bom... ele vai parecer um idiota — diz ela, consternada. — Afinal, o Hyde cometeu outro crime depois que foi solto.

Como sempre, Ana tem uma resposta inteligente.

— Muito bem colocado, Sra. Grey.

— O que você acabou de fazer?

Ela se ajoelha para me encarar.

— Acabei de foder com ele.

Ela estremece.

— Hmm... isso parece um pouco impulsivo.

— Eu sou um cara que age na empolgação do momento.

— Sei bem disso.

— Eu tinha esse plano na manga já faz algum tempo — explico.

Uma aquisição hostil.

— É?

Ana inclina a cabeça, seu olhar exigindo respostas. Me pergunto se devo lhe dizer. *Droga.* De qualquer maneira, ela sabe tudo sobre Elena. Respiro fundo e lanço um olhar de advertência para ela. *Isso é difícil, Ana.*

— Muito tempo atrás, quando eu tinha vinte e um anos, Linc encheu a mulher de porrada. Quebrou o maxilar dela, o braço esquerdo e quatro costelas, porque ela estava transando comigo. Agora, descubro que ele pagou a fiança de um homem que tentou me matar, sequestrou a minha irmã e fraturou o crânio da minha esposa. Já chega. Acho que é hora de dar o troco.

Minha mente volta àquele momento terrível em que ele também me espancou; achei que ele tivesse deslocado o meu queixo. Levo a mão ao queixo quando me lembro do incidente perturbador. Perdi a consciência por alguns minutos e foi tempo suficiente para ele fazer o que fez com Elena.

E eu não fiz nada. Estava chocado... atordoado demais.

Merda. *Grey, pare com isso. Agora.*

O rosto de Ana está pálido.

— Muito bem colocado, Sr. Grey — diz ela.

— Ana, é assim que eu ajo. Não costumo ser vingativo, mas não posso deixar Linc se safar dessa vez. O que ele fez com a Elena... Bom, ela devia ter prestado queixa, mas não prestou. Preferiu assim. — Meu maxilar fica tenso. — Mas ele ultrapassou todos os limites com o Hyde. O Linc tornou tudo isso pessoal quando começou a perseguir a minha família. Vou acabar com ele, fazer a sua empresa quebrar bem debaixo do nariz dele e vender as partes para quem der a melhor oferta. Vou fazer com que ele peça falência.

Ana bufa.

— Além disso — acrescento, tentando aliviar o tom —, vamos faturar um bom dinheiro com o negócio.

Ela pisca várias vezes, e me pergunto se está me vendo sob um ponto de vista totalmente novo.

Não um bom ponto de vista.

Merda.

— Eu não queria assustar você.

— Você não me assustou — murmura ela.

Arqueio uma sobrancelha. Ela está sendo sincera? Ou está tentando fazer com que eu me sinta melhor?

— Você só me pegou de surpresa — admite Ana.

Seguro o seu rosto entre as mãos e roço os lábios nos dela.

Eu não me arrependo, Ana.

— Vou fazer tudo o que estiver ao meu alcance para manter você segura. Para manter a minha família segura. Para deixar esse menininho em segurança.

Eu coloco a mão em sua barriga e a respiração de Ana acelera.

Seus olhos encontram os meus e, naquelas profundezas azuis, seu desejo está ardendo, chamando por mim.

Droga.

Eu a desejo.

Ela é tão atraente... Deslizo os dedos um pouco mais para baixo, roçando a ponta dos dedos em seu sexo através da roupa, provocando-a.

Ana ataca, segurando minha cabeça, entrelaçando os dedos no meu cabelo e puxando meus lábios para os seus. Suspiro de surpresa, e sua língua está em minha boca.

O desejo, quente e denso, viaja na velocidade da luz até a ponta do meu pau.

Droga, estou de pau duro.

Solto um gemido e retribuo o seu beijo, minha língua se entrelaçando com a dela.

Faz muito tempo.

O gosto dela, a sensação dela. Ela é tudo.

— Ana — murmuro em seus lábios.

Estou enfeitiçado, minhas mãos movem-se aleatoriamente sobre o seu belo traseiro até a bainha de sua saia e a pele macia das coxas.

Obrigado a tudo o que é mais sagrado por essa saia curta!

Suas mãos começam a desabotoar a minha camisa.

E, por um instante, seus dedos desajeitados me distraem.

— Uau, Ana... pare.

Com enorme comedimento, eu me afasto e pego as suas mãos.

— Não — geme ela, desolada, e seus dentes mordiscam o meu lábio inferior.

— Não. — Ela é insistente, olhos azul-escuros me encarando com saudade. Ela me solta. — Quero você.

Ana! Você está machucada!

Meu corpo concorda com Ana.

— Por favor, eu preciso de você. — É um apelo sincero.

Ah, merda.

Pra mim chega. Eu me deixo levar, superado por seu ardor e por minha necessidade. Solto um gemido e minha boca encontra a dela, beijando-a e provando-a mais uma vez. Embalando a sua cabeça, passo a mão pelo seu corpo até a cintura, e suavemente a deito virada para cima e me ajeito ao seu lado.

Nós nos beijamos.

E beijamos.

Lábios e línguas colados.

Voltando a nos acostumar um com o outro.

Quando paro para respirar, fito seus olhos atordoados de paixão.

— Você é tão linda, Sra. Grey.

Seus dedos tocam o meu rosto.

— Você também, Sr. Grey. Por dentro e por fora.

Ah, não tenho certeza se isso é verdade.

Seus dedos traçam a linha da minha testa.

— Não faça essa cara — sussurra ela. — Para mim, você é lindo, sim, mesmo quando está zangado.

Ela diz as coisas mais doces. Eu gemo e a beijo mais uma vez e me deleito com a sua resposta: seu corpo subindo de encontro ao meu.

— Senti sua falta.

Minhas palavras são inadequadas e não correspondem aos sentimentos por trás delas.

Ela é o mundo para mim.

Roço os dentes em seu maxilar.

— Também senti sua falta. Ah, Christian.

Sua paixão me estimula. Passo os lábios ao longo de seu pescoço, deixando beijos suaves e molhados pelo caminho, desaboto a sua blusa e a abro para beijar a suave protuberância de seus seios.

Meu Deus, estão maiores!

Já.

Hum.

— Seu corpo está mudando — murmuro em elogio, e esfrego o polegar sobre o seu sutiã, incitando o despertar de seu mamilo até que ela implore por meus lábios.

— Gostei.

Eu disse isso em voz alta?

Não sei. E não me importo. Estou muito apaixonado por minha mulher. Acaricio o seu seio usando o nariz e a língua através da teia branca de seu sutiã. Enquanto seu mamilo se eriça, pedindo alívio, uso os dentes para puxar o sutiã para baixo, liberando seu seio. Seu mamilo se arrepia com a brisa suave, e eu o ponho lentamente em minha boca e o sugo com força.

— Ah! — geme Ana, e então se encolhe embaixo de mim.

Porra! As costelas!
Paro imediatamente.
— Ana! — *Droga.* — Era disso que eu estava falando. Sua falta de instinto de autopreservação. Não quero machucar você.
Olhos desesperados e ardentes encontram os meus.
— Não... não pare — choraminga ela. — Por favor.
Merda. Meu corpo inteiro está gritando "não pare".
Mas...
Droga!
— Aqui.
Com cuidado, eu a levanto e a viro para que ela fique montada sobre mim, e minhas mãos viajam suavemente por suas coxas até o topo de suas meias.
Ela é uma visão e tanto. Seu cabelo caindo em minha direção, olhos suaves e cheios de desejo, seios livres.
— Pronto. Assim está melhor, e eu ainda posso apreciar a vista.
Enfio o dedo na outra taça do sutiã e o arrasto para baixo para poder desfrutar dos dois seios. Quando eu os tomo em minhas mãos, Ana geme e joga a cabeça para trás, empurrando-os ainda mais nas palmas de minhas mãos.
Ah, garota.
Puxo e provoco cada um de seus mamilos, que se alongam cada vez mais sob o meu toque até ela gritar. Eu quero a sua boca. Eu me sento para ficar frente a frente com ela e a beijo, minha língua e meus dedos provocando-a.
Os dedos de Ana voltam à minha camisa, se esforçando para abrir os botões restantes, e ela corresponde meus beijos com tanto fervor que tenho certeza de que um de nós dois entrará em combustão. Há desespero em seu beijo.
— Ei... — Delicadamente, pego a sua cabeça e a afasto. — Não temos pressa. Vá devagar. Quero saborear você.
— Christian, faz tanto tempo....
Ela está sem fôlego.
Eu sei. Mas você está machucada. Não sejamos precipitados.
— Devagar. — E não é um pedido. Eu pressiono os lábios no canto direito de sua boca. — Devagar. — O canto esquerdo. — Sem pressa, baby. — Sugo o seu lábio inferior para dentro de minha boca. — Vamos bem devagar.
Embalando a sua cabeça, continuo a beijá-la, minha língua subjugando a dela, a dela seduzindo a minha. Ela desliza os dedos pelo meu rosto, meu queixo, meu pescoço e recomeça a abrir os botões da minha camisa. Ela puxa o tecido, seus dedos acariciam o meu peito e, em seguida, me empurram para baixo, de modo que fico prostrado embaixo dela.
Ela olha para mim e se contorce sobre a minha virilha.

Empurro os quadris para desfrutar da fricção em meu pau ansioso.

Ana me observa, lábios entreabertos enquanto esculpe minha boca com a ponta dos dedos. Ela continua, seus dedos passando pelo meu queixo, descendo pelo pescoço e até a base da minha garganta. Inclinando-se, seus beijos carinhosos passam por onde seus dedos estiveram, roçando meu maxilar e meu pescoço. Eu me rendo à sensação, fechando os olhos e reclinando a cabeça com um gemido. Sua língua continua a jornada pelo meu esterno, pelo meu peito, onde ela se detém para beijar algumas das minhas cicatrizes.

Ana.

Quero me enterrar profundamente dentro dela. Agarrando os seus quadris, olho para seus olhos escuros com uma expressão sombria.

— Você quer isso? Aqui? — Minha voz está rouca de necessidade.

— Quero — murmura ela, e baixa a cabeça mais uma vez, seus lábios e língua provocando meu mamilo. Ela o puxa suavemente.

— Ah, Ana — ofego, maravilhado quando o prazer se espalha pelo meu corpo.

Enlaço a sua cintura, levanto-a e desabotoo rapidamente a calça jeans, abro a braguilha e empurro a cueca para baixo, para que meu pau salte livremente. Volto a sentá-la e ela se esfrega em mim.

Ah. Preciso entrar nela. Passando as mãos pelas suas pernas, faço uma pausa no alto de suas meias. Circulo os polegares em sua pele quente e movo as mãos mais para cima, então toco a umidade que escorre através de sua calcinha de renda.

Ana solta um arquejo.

— Espero que você não seja apegada a essa calcinha — sussurro, e meus dedos deslizam para dentro, tocando-a.

Porra. Ela está encharcada.

Pronta para mim.

Forço os polegares através do tecido e o material se rasga.

Sim!

Movo as mãos até sua virilha e deixo os polegares roçarem seu clitóris enquanto contraio as nádegas, em busca de alguma fricção em meu pau. Ela desliza sobre mim.

— Estou sentindo que você está bem molhada.

Sua deusa do caralho, Ana.

Eu me sento para ficarmos cara a cara mais uma vez, envolvo meu braço ao redor de sua cintura e esfrego o nariz no dela.

— Vamos fazer isso devagar, Sra. Grey. Quero sentir você toda.

Antes que ela possa discutir comigo, volto a levantá-la e, suavemente, desço-a sobre mim e a preencho languidamente. Fecho os olhos e saboreio cada delicioso centímetro.

Ela é uma bênção.

— Ah... — Ana geme e agarra os meus braços.

Ela tenta se erguer, ansiosa para começar, mas eu a seguro no lugar e volto a abrir os olhos.

— Todo dentro de você — murmuro, e ergo a pélvis, reivindicando tudo dela.

Ana emite um gemido estrangulado e joga a cabeça para trás.

— Quero ouvir você — murmuro. E ela tenta se levantar outra vez. — Não... não se mexa, apenas sinta.

Ela abre os olhos, e seus lábios se entreabrem em um suspiro fixo de prazer. Ela me encara, mal respirando, ao que parece. Entro mais um pouco nela, mas a mantenho imóvel. Ela geme enquanto curvo a cabeça para beijar seu pescoço.

— Esse é o meu lugar preferido. Enterrado em você — sussurro para a veia que pulsa abaixo de seu ouvido.

— Por favor, eu quero movimento — implora ela.

Mas eu quero provocá-la.

Vá devagar.

Para que ela não se machuque.

— Devagar, Sra. Grey.

Flexiono o quadril mais uma vez, empurrando para dentro dela, e ela acaricia o meu rosto e me beija. Sua língua me consumindo.

— Faça amor comigo. Por favor, Christian.

Minha determinação desmorona, e arranho o seu maxilar com os dentes.

— Comece.

Sou todo seu, Ana.

Ela me empurra para o chão e começa a se mover, para cima e para baixo. Rápido, um pouco frenético. Pegando tudo que tenho para dar.

Ai, meu Deus.

Seguro as suas mãos e complemento seu ritmo selvagem empurrando para cima, mais e mais. Saboreando a sensação dela, apreciando a visão, minha mulher, o céu azul atrás dela ao ar livre.

— Ah, Ana — solto um gemido, rendendo-me completamente ao seu ritmo.

Fecho os olhos e passo as mãos por suas coxas mais uma vez, até aquele ponto precioso entre elas. Ali, pressiono os dois polegares em seu clitóris, e ela grita, explodindo ao meu redor, em um clímax ofegante e ondulante que me leva ao limite.

— Ana! — grito ao sucumbir ao meu próprio orgasmo inebriante.

Quando abro os olhos, ela está esparramada sobre mim.

Eu a envolvo em meus braços e ficamos deitados. Ainda unidos.

Senti falta disso.

Sua mão fica sobre o meu coração, que desacelera até o ritmo normal.
É estranho. Não muito tempo atrás, eu não toleraria as mãos dela em mim. Agora, anseio por seu toque.
Ela beija o meu peito.
Eu beijo o topo de sua cabeça.
— Está melhor? — pergunto.
Ela levanta a cabeça, seu sorriso refletindo o meu.
— Muito melhor. E você?
Estou muito grato por ela estar aqui, inteira, e ainda comigo, depois de tudo o que aconteceu.
— Senti saudades, Sra. Grey.
— Eu também.
— Nada de heroísmo agora, viu?
— Tudo bem. — Ela inspira.
— Fale sempre comigo — insisto em voz baixa.
— O mesmo para você, Grey.
— Muito bem colocado. Vou tentar.
Eu a beijo outra vez, sorrindo. Ela não está aceitando nenhuma das minhas merdas, como de costume.
— Acho que vamos ser felizes aqui — diz Ana.
— Aham. Você, eu e... o Pontinho. Aliás, Como você se sente?
— Bem. Relaxada. Feliz.
— Ótimo.
— E você?
— Todas essas coisas.
Delirantemente feliz, Ana.
Ela me olha.
— O que foi? — pergunto.
— Sabe, você é muito mandão durante o sexo.
Ah.
— Está reclamando?
— Não — diz ela enfaticamente. — Só estava pensando. Você disse que sentia falta.
Por um instante, eu me pergunto ao que ela está se referindo.
Ao controle? Eu preciso disso. Ao quarto de jogos? Ao que fazemos lá? Uma visão dela algemada ao dossel e a música de Tallis soando pela sala vêm à minha mente. Ou talvez a cruz e um chicote... o de couro marrom. Minhas memórias continuam, me seduzindo.
— Às vezes — sussurro.

Sim. Às vezes eu sinto falta.

Ela sorri.

— Bom, vamos ter que ver o que podemos fazer com relação a isso. — Ela me dá um beijo nos lábios.

Ah. Isso parece interessante.

— Eu também gosto de jogar — diz ela, e olha timidamente para mim.

Ora, ora, ora. Este dia perfeito acabou de ficar muito melhor.

— Você sabe, eu realmente gostaria de testar os seus limites — sussurro.

— Limites de quê?

— De prazer.

— Ah, acho que eu vou gostar disso.

— Bom, quem sabe quando voltarmos para casa?

Eu a abraço suavemente, maravilhado com quanto ela significa para mim.

Quanto eu a amo.

Quem diria que eu poderia me apaixonar tão desesperada e completamente?

QUARTA-FEIRA, 21 DE SETEMBRO DE 2011

Flynn está sem palavras.
Deve ser a primeira vez.
Faço para ele um resumo de tudo o que aconteceu desde a nossa última sessão.

— Então foi por isso que você me procurou — murmura ele.
— Sim.

Ele balança a cabeça em descrença.

— Bem, vamos começar pelo mais importante. Como está a Ana?
— Está bem. Em recuperação. Desesperada para voltar ao trabalho.
— Sem estresse pós-traumático?
— Acho que sim. Mas pode ser muito cedo para dizer.
— Posso recomendar alguém, se ela precisar de um terapeuta. — Ele para e usa o indicador para bater no lábio. — Vamos por etapas? Vamos começar com a gravidez e a sua reação.
— Não é o momento de que mais me orgulho.

Fico olhando para um espaço na parede atrás de Flynn, com vergonha de olhar nos olhos dele.

Não concorda ele, rápido demais. — Como você está se sentindo agora?

Suspirando, eu me inclino para a frente e apoio os cotovelos nos joelhos.

— Resignado. Animado. Assustado. Quase na mesma medida. Eu teria preferido se fosse mais adiante. Mas agora que Júnior está a caminho... bem.

Dou de ombros.

Flynn parece simpático à ideia.

— Você não aprende de verdade o que é o amor incondicional até ter um filho.
— Isso é o que Ana diz. Mas acabei de aprender a amá-la... — Eu paro, sem querer expressar o resto do meu pensamento.

— Como você pode amar outra pessoa também? — Flynn termina a frase por mim.

Meu sorriso é sombrio.

— Christian, sabendo de sua extraordinária necessidade de proteger e prover aqueles que estão perto de você, aqueles a quem você ama, não tenho dúvidas de que você tem uma capacidade inata de amar o próprio filho.

— Espero que você esteja certo.

John se permite um sorriso sutil.

— Veremos. Você saberá daqui a alguns meses. Como se sente quanto à Sra. Lincoln?

— Sinto que é um capítulo encerrado.

Flynn assente.

— Acho que ajudou ter contado tudo para a Ana. Como tudo começou e terminou. Parece completo.

— Acho que sim. Nenhum arrependimento?

Suspiro.

— De ter contado para a Ana? Não. Nenhum. De ter rompido meu relacionamento com Elena... Sim. Não...

John franze os lábios e acrescento depressa:

— Sei que você não concorda. Sei que o que Elena e eu fizemos foi errado... o que ela fez foi errado. O comportamento dela foi predatório. Eu entendo isso agora, mas não me arrependo totalmente. Como posso? Na época eu acreditava que ela era o que eu precisava. Ela me ensinou muito.

Ele suspira.

— Ela se aproveitou de um adolescente vulnerável, Christian. Você não pode se esquivar dessa verdade.

Olho para John.

Ele não está errado.

Mas não estou preparado para admitir isso... ainda.

— Me dê um tempo — declaro baixinho.

Ele concorda.

— Sem dúvida, vamos acabar voltando a isso, então vamos dar um tempo e podemos nos aprofundar de novo quando você estiver pronto. — Ele suspira. — Gostaria de perguntar sobre a conversa com seus pais a respeito de sua adoção. Como se sentiu?

— Estranho, por vários motivos.

— Por favor, elabore.

— Em primeiro lugar, fiquei chocado com a rapidez com que responderam ao meu pedido de ajuda.

— Eles não fizeram isso antes?

— Bem, sim, fizeram. Minha mãe foi muito prestativa com Ray quando ele sofreu o acidente.

— Mas isso é diferente. Ela é médica.

— Sim. Não tenho certeza se já perguntei a eles sobre algo tão pessoal. Acho que desisti de tentar há muito tempo. Como você sabe, tive um relacionamento difícil com os dois durante a adolescência. E eles ficaram muito desapontados e críticos depois que eu abandonei Harvard.

Flynn concorda.

— Mas, como pai, você sempre acha que sabe o que é melhor para o seu filho. É uma lição que vale a pena lembrar. Desistir de Harvard obviamente não lhe fez mal.

— Mas, na outra noite, quando eles vieram, foram mais do que prestativos. Trouxeram todas aquelas coisas com eles.

Aponto para a pasta de papel pardo que Flynn já folheou. Ele pega a fotografia da família Collier e seus dois filhos adotivos.

— Esse é o Hyde? — pergunta, apontando para o menino ruivo e truculento.

Eu assinto.

— E você é o garoto menor.

— Sim.

— Deve ter sido muito perturbador para você, não se lembrar dessa época.

— Foi.

— Você se lembra mais agora?

— Sim. Acho que foi a garantia da minha mãe de que não sofri nenhum dano sob os cuidados da família adotiva, isso foi o mais reconfortante. Permitiu que eu deixasse as lembranças voltarem. Antes, minha imaginação voava. Eu estava com medo de lembrar. Entende... quando você não sabe.

— Sim. Entendo. Você acredita nela?

— Sim. As lembranças que tenho sao todas boas.

— E quanto a Kristian Pusztai?

Suspiro.

— Ele não existe mais.

Flynn franze a sobrancelha.

— Tem certeza?

Eu debocho.

— Não. Mas acho que é hora de eu crescer e deixar isso para trás. Minha mulher me disse claramente que preciso crescer e aparecer.

Flynn ri.

— Foi mesmo? Você contou para ela? Sobre isso?

Ele mostra a minha certidão de nascimento.

— Não.
— Por quê?
Dou de ombros.
— Ela me conhece como Christian Grey.
John considera a minha resposta.
— Essa criança faz parte de você.
— Eu sei. Mas quero preservá-la um pouco mais. Me acostumar com ela.
— Você vai contar para Ana?
— Um dia. Claro.
— Você só soube disso há alguns dias. Acho que tem o direito de manter para si pelo tempo que quiser, Christian. Aprenda a amá-lo. Perdoe-o. Fazer isso está em suas mãos

Suspiro quando o peso total das palavras de Flynn me atinge.
Perdoe-o.
— O que ele fez que exija perdão? — sussurro.
John sorri gentilmente para mim.
— Ele sobreviveu.
Estou paralisado. Olhando para ele.
— Ao contrário de sua pobre mãe. Você pode querer direcionar parte de seu perdão para ela também.
Olho para ele pelo que parecem minutos, então olho para o relógio.
— Certo. — Suspiro, aliviado por termos terminado. — Como sempre, você me deu muito em que pensar.
— Ótimo. Esse é o meu trabalho. Ainda temos o que discutir, mas sinto muito, o tempo acabou.
— Estamos chegando lá, certo? — pergunto.
O sorriso de Flynn é amigável.
— Aos poucos. Agora que estamos nesse ponto, só os seus problemas de apego podem ocupar um ano.
Eu rio.
— Eu sei.
— Mas você está começando a se abrir com sua esposa. Tornando-se vulnerável. São passos gigantes.
Assinto, sentindo que tirei nota máxima na terapia.
— Acho que sim.
— Vejo você na próxima. E parabéns, Christian.
Franzo a testa. *Pelo quê?*
— Pelo bebê. — Flynn sorri.
— Ah, sim. Júnior. Obrigado.

É FIM DE TARDE e uma luz rosa e dourada enche a sala. Com as mãos nos bolsos da calça, olho para o horizonte de Seattle em direção ao Canal e sorrio em minha torre de marfim, como Ana diria. E eu a corrigiria e diria que é a nossa torre de marfim.

Ela estava animada e falante no jantar, feliz por estar trabalhando. Após a refeição, voltou para o seu covil, quer dizer, para a biblioteca, para conferir as cartas de apresentação enviadas pela SIP. Talvez ela já possa ir ao escritório trabalhar amanhã. Acho que já está bem o bastante.

Minha mente retorna à minha conversa com Flynn.

Perdoe-o.

Perdoe-a.

Talvez seja hora. Passei tanto tempo odiando a prostituta drogada, não sei se posso superar esses sentimentos, mas Ana fez uma defesa apaixonada em favor dela... *Perdoe a sua mãe. Ela tinha a própria dor para suportar. Ela foi uma péssima mãe, mas você a amava.*

Meu psiquiatra e minha mulher estão de acordo quanto a isso. Talvez eu deva ouvi-los.

Preguiçosamente, vou até o piano, sento-me e começo a tocar Debussy, "Arabesque Parte I", uma peça que não toco há muito tempo. Enquanto a melodia otimista e evocativa ecoa pela sala, desapareço na música.

Meu telefone vibra, interrompendo o segundo Arabesco.

Recebo um e-mail da minha mulher.

De: Anastasia Grey
Assunto: O prazer do meu marido
Data: 21 de setembro de 2011 20:45
Para: Christian Grey

Senhor,
Aguardo instruções.
Sempre sua,

Sra. G.

Fico olhando para a tela enquanto o desejo desperta em meu corpo.
Ana quer brincar.

Melhor não deixar uma dama esperando.

Digito uma resposta.

De: Christian Grey
Assunto: O prazer do meu marido <—— adorei o título, querida
Data: 21 de setembro de 2011 20:48
Para: Anastasia Grey

Sra. G.,
Fiquei intrigado. Estou indo atrás de você.
Prepare-se.

Christian Grey
CEO ansioso, Grey Enterprises Holdings, Inc.

Ela não pode estar no quarto de jogos; eu teria notado se ela tivesse subido para o andar de cima. Abro a porta do quarto e lá está ela, ajoelhada na entrada, olhos baixos, vestindo uma camisola e calcinha azul-clara, e nada mais. Na cama, ela colocou minha calça jeans de Dominador.

Meu coração bate acelerado enquanto olho para ela, absorvendo cada detalhe: seus lábios entreabertos, seus cílios compridos, seu cabelo curvando-se em ondas deliciosas abaixo dos seios. Sua respiração está acelerada; ela está excitada. Minha linda garota está se oferecendo para mim, totalmente. Outra vez.

Na última vez que estivemos no quarto de jogos, ela usou a palavra de segurança.

E ainda assim confia em mim o suficiente para tentar novamente.

O que eu fiz para merecê-la?

Ela ainda está se recuperando, Grey.

Porra.

Mas ela deu dicas suficientes nos últimos dias.

Vamos ter que ver o que podemos fazer com relação a isso.

E, de repente, uma enxurrada de visões de Ana no quarto de jogos invade a minha mente.

Aquela primeira vez.

Seu nervosismo.

Minha excitação.

Droga. Ela quer isso... e eu também. Pego a calça jeans e, virando-me, vou até o closet para me vestir. Enquanto me dispo, penso no que poderíamos fazer. Vamos com calma... *com carinho.*

Mas eu vou enlouquecê-la.
Um frisson de pura excitação desce pela minha espinha até o meu pau.
Manda ver, Sra. Grey.
Volto para o quarto e ela ainda está ajoelhada à porta.
— Então, você quer brincar?
— Sim.
Ah, Ana. Você pode fazer melhor do que isso.
Quando eu não respondo, ela olha para mim e registra a minha expressão irritada.
— Só "sim"? — sussurro.
— Sim, senhor — diz ela depressa.
— Boa menina. — Acaricio seu cabelo. — Acho que é melhor levar você lá para cima.
Oferecendo-lhe a mão, ajudo-a a se levantar, e juntos caminhamos até a escada e subimos para o quarto de jogos.
Do lado de fora, à porta, eu me curvo e a beijo e, em seguida, agarro seu cabelo e jogo sua cabeça para trás, para que eu possa me afogar no fundo de seus olhos.
— Sabe, na verdade é você que está no comando — murmuro em seus lábios.
Mas ela tem feito isso desde que a conheci.
Ela me possui de corpo e alma.
— O quê? — Ela inspira.
— Não importa. Posso viver com isso.
Até que a morte nos separe, Anastasia Grey.
Porque amo você.
Mais do que a própria vida.
E sei que você me ama.
Passo o nariz por seu maxilar, enchendo os meus sentidos com o seu doce perfume. Eu mordo a sua orelha.
— Quando entrarmos, ajoelhe-se, como eu lhe ensinei.
— Sim... senhor.
Ana me olha através dos cílios e não sinto falta de seu sorriso subserviente.
Isso me faz sorrir também.
Porque é verdade.
Ela é tudo para mim.
E eu sou dela... para sempre.
Agora, vamos nos divertir...

EPÍLOGO
SEGUNDA-FEIRA, 30 DE JULHO DE 2012

Fico imóvel, me deleitando com a visão da minha mulher deitada ao meu lado. A luz do amanhecer atravessa o vão das cortinas, dourando o cabelo de Ana e revelando o brilho de adoração em seu rosto. Ela ainda não sabe que estou acordado, pois está ocupada amamentando o nosso filho, sorrindo, murmurando palavras de amor para ele e acariciando suas bochechas rechonchudas.

É uma cena emocionante.

Ana tem um poço insondável de amor para dar. Para ele. Para mim.

Ela me mostra como deve ser, e não há problema em sentir essa emoção, essa paixão por alguém tão pequeno. Esta carne da minha carne.

Ted.

Meu menino.

Estou obcecado pelos dois.

Ela ergue a cabeça para olhar para mim e sou pego espiando. Seu rosto se abre em um enorme sorriso.

— Bom dia, Sr. Grey. Apreciando a vista? — Ela ergue uma sobrancelha, achando graça.

— Muito, Sra. Grey.

Apoiando-me no cotovelo, dou um beijo carinhoso em seus lábios que me aguardam, e outro no topo acobreado da cabeça de Ted. Fechando os olhos, sinto o seu perfume; depois do perfume da Ana, é a fragrância mais doce do mundo.

— Cheira tão bem...

— Isso é porque eu troquei a fralda dele há dez minutos.

Faço uma careta, então sorrio.

Antes você do que eu!

Ana ri, mas revira os olhos, sabendo muito bem o que estou pensando. Teddy nos ignora, com os olhos fechados e a mão espalmada sobre o seio de Ana. Ele está muito ocupado desfrutando do café da manhã.

Garoto de sorte.
Ele é um menino de muita sorte. Ele dorme com a gente.
Essa é uma batalha que nunca vencerei. E embora tenha diminuído um pouco a nossa atividade no quarto à noite, saber que ele está tão perto enquanto dormimos é reconfortante. É irônico pensar que, até conhecer Ana, eu nunca tinha dormido com ninguém, e agora há duas pessoas comigo.
— Ele acordou ontem à noite?
— Não desde que o amamentei à meia-noite. — Ela volta a acariciar o rosto de Ted e canta. — Você dormiu a noite toda, homenzinho.
Ele lhe dá um tapinha no seio em resposta, encarando-a com olhos da mesma tonalidade que os da mãe, e com uma expressão que conheço muito bem.
Adoração total.
Sim, Teddy e eu sofremos da mesma fixação.
Ele fecha os olhos e a sucção diminui e para.
Ela acaricia o seu rosto e, então, desliza o dedo delicadamente em sua boca para liberar o mamilo.
— Acabou o café da manhã — sussurra. — Vou colocá-lo no berço.
— Deixa comigo.
Hoje é um dia especial. Eu me sento e gentilmente o tomo nos braços, apreciando o seu calor e o seu peso em meu peito. Beijo sua cabeça mais uma vez e, aproximando-o, eu o levo para o quarto ao lado, *onde ele deveria estar dormindo.* Milagrosamente, ele continua dormindo enquanto eu o deito no berço e o cubro com seu cobertor de algodão. Olhando para ele, me vejo perdido em uma onda avassaladora de emoção. Isso me atinge de vez em quando, uma imensa onda de amor que passa por mim. Esse ser humano minúsculo invadiu o meu coração, prendeu-o e destruiu todas as minhas defesas. Flynn estava certo: eu o amo incondicionalmente.
Estremeço, porque essa sensação ainda me assusta, e examino o seu quarto. Há um pomar de maçãs pintado nas paredes e, um dia, espero ensiná-lo a colher maçãs vermelhas e doces de uma macieira com a ajuda de seu homônimo, o vovô Theodore. Ligando o monitor do bebê, pego o receptor e o levo de volta para o nosso quarto.
Ana dorme profundamente.
Droga. Não desejei feliz aniversário de casamento para ela.
Por um instante, penso em acordá-la, mas, no fundo, sei que não seria justo. Ana está cansada na maior parte do tempo; o sono é valorizado acima de tudo. Agora que Ted está com quase três meses, com sorte ela vai descansar.
Tenho saudades dela.
Sentindo uma pontada de desgosto que sei ser completamente egoísta, entro no armário para vestir minha roupa de corrida.

Percorro as músicas em meu telefone e encontro uma que Ana deve ter baixado. Isso me faz sorrir.

Com "We Found Love", de Rihanna, tocando em meus fones de ouvido, saio para uma corrida pela Quarta Avenida. É cedo e as ruas estão relativamente vazias, exceto por um ou outro passeador de cães, os caminhões refrigerados fazendo entregas nos restaurantes locais e o pessoal do turno da manhã indo para o trabalho. Minha mente se esvazia enquanto me concentro em encontrar meu ritmo e definir uma marcha de corrida longa. Sigo para o noroeste, o sol brilha, as árvores estão cheias de folhas e sinto que poderia correr para sempre. Tudo está ótimo no meu mundo.

Uma ideia me ocorre.

Eu me decido por um passeio nostálgico e resolvo ir até o antigo apartamento de Ana, onde moram Kate e Ethan.

Pelos velhos tempos.

Eles se mudarão em breve; Kate e Elliot vão se casar no próximo fim de semana. Assim que Kate descobriu que Ana estava grávida e soube a data do parto, mudou todos os seus planos para que Ana pudesse ser sua madrinha. Aquela mulher continua tão teimosa como sempre... Espero que Elliot saiba o que está fazendo.

A despedida de solteiro do último fim de semana foi... épica, muito mais gregária do que a minha. Mas esse é o Elliot. E o que acontece em Cabo San Lucas fica por lá mesmo. Como padrinho, foi minha responsabilidade organizar a coisa toda, mas passei aqueles poucos dias com saudades da minha mulher e do meu filho.

Mas, afinal, o festeiro é Elliot, não eu, e ele se divertiu. Esse era o objetivo.

Ao dobrar a esquina da rua Vine, lembro-me das minhas corridas desesperadas durante os dias sombrios em que Ana me deixou.

Droga. Eu estava louco.

Louco de amor, Grey.

E eu nem sabia disso.

Aproximando-me do meu esconderijo de perseguidor, considero fazer uma pausa, mas rejeito a ideia. Esses dias sombrios estão muito longe de mim. E eu não quero ficar longe de Ana por muito tempo.

Viro à esquerda na esquina da Western Avenue, a mente vagando por todos os acontecimentos desde que Ana e eu nos casamos, neste mesmo dia, no ano passado. Claro, a maior mudança foi a chegada dramática, no dia 2 de maio, de Theodore Raymond Grey, que agora governa nossos corações e nossos domínios.

Meu Deus, eu amo o meu filho.

Mesmo que agora eu tenha que competir com ele pela atenção da minha mulher.

Eu escolho este bebê indefeso em vez de você. É o que faria qualquer mãe ou pai decente.

Certíssimo, Ana.

Suas palavras ainda doem, mas ressoam em mim agora. É difícil entregá-la a outra pessoa. Eu não faria isso por ninguém, exceto ele.

E vê-la cuidar dele...!

Ela o ama muito. Faria qualquer coisa por ele.

Sei que, até certo ponto, minha mãe biológica deve ter feito o mesmo por mim. Eu não teria sobrevivido até os quatro anos de outra maneira. Isso me faz sentir um pouco mais gentil em relação a Ella... mas só um pouco.

De certa forma, sinto inveja de Ted; ele tem uma defensora: sua mãe. Ela lutará por ele. Sempre. É por isso que ele fica em nossa cama.

Enquanto eu o estiver amamentando, ele ficará aqui conosco. Acostume-se com isso, Christian.

Minha garota não dá o braço a torcer.

E, claro, ele tem a *mim*.

Farei tudo ao meu alcance para garantir a sua segurança.

Aquele filho da puta do Hyde está preso. O julgamento foi doloroso, mas um mal necessário. Ele foi condenado por sequestro agravado, incêndio criminoso, extorsão e sabotagem, e sentenciado a trinta anos. Na minha opinião, não foi tempo suficiente, mas ao menos ele está fora da nossa vida e onde merece estar: atrás das grades.

Lincoln está falido, e atualmente em prisão preventiva por acusações de fraude criminosa. Espero que ele também apodreça na prisão. A vingança é de fato um prato muito gratificante.

Chega, Grey.

Volto os pensamentos para a minha família enquanto corro pelo Pike Place Market. Adoro vir aqui a esta hora da manhã: os floristas montando as vitrines coloridas, os peixeiros colocando gelo nas pescadas frescas e os donos de mercearias arrumando as frutas e vegetais; é uma parte vibrante e agitada da cidade, e muito mais fácil de atravessar cedo pela manhã, sem turistas no caminho. O casamento do próximo fim de semana será realizado na residência de Eamon Kavanagh, em Medina. Ainda preciso escrever meu discurso e, para grande irritação de Kate, recusei-me a lhe conceder aprovação editorial.

Ela é maníaca por controle.

Não sei como Elliot aguenta.

Ana e Mia participarão da festa nupcial: Ana como madrinha e Mia como dama de honra. Espero que não seja muito constrangedor com Ethan presente.

Balanço a cabeça. *Ele simplesmente não é muito fã de você, Mia.*

Acelero o ritmo na rua Stewart, correndo em direção ao Escala.

Correndo para casa.

Bem, para uma de nossas casas.

Dividimos o tempo entre as nossas duas residências: o Escala durante a semana, e a Casa Grande, como Ana gosta de chamá-la, nos fins de semana. Até agora, está funcionando bem.

Quando chego à entrada principal, verifico o meu tempo. Nada mal.

No elevador, recupero o fôlego e, como estou sozinho, me alongo.

A Sra. Jones está ocupada na cozinha quando passo a caminho do quarto. Verifico Ted e descubro que ele ainda está dormindo, seu peito subindo e descendo.

Droga, mas eu adoro quando ele está dormindo.

Hope, a babá, em breve estará com ele.

Ana ainda está fora de combate.

Eu me dispo no closet, despejo as roupas suadas no cesto de roupa suja e, em seguida, vou para o chuveiro.

A água quente me encharca, lavando todo o suor da corrida. Estou perdido em meus pensamentos, ensaboando o cabelo, quando ouço o som da porta do chuveiro se abrindo. Ana me abraça e beija as minhas costas, encostando o corpo no meu.

Meu dia acabou de ficar muito melhor.

Faço um movimento, mas Ana me aperta em seus braços e espalma as mãos sobre o meu peito.

— Não — diz ela, entre beijos nas minhas costas. — Eu quero segurá-lo aqui. Devidamente.

Ficamos quietos, juntos, até que eu não aguento mais. Virando-me, eu a puxo em meus braços, apreciando a suavidade e o calor de seu corpo no meu. Ela ergue os lábios para mim, seus olhos escurecendo.

— Bom dia, Sra. Grey. Feliz aniversário de casamento.

— Feliz aniversário, Christian. — A voz dela está rouca, cheia de desejo.

Roço os lábios nos dela e meu corpo ganha vida. Assim como Ana. Ela geme ao corresponder ao beijo, abrindo a boca e me concedendo acesso à sua língua, que me cumprimenta com um fervor intensificado. Nós nos beijamos, as línguas se enredando e brigando, despejando um no outro o que deve ser uma semana de frustração enquanto ela passa as mãos nas minhas costas, sobre meus ombros e no meu cabelo, me empurrando para os ladrilhos frios.

Sem fôlego, ela belisca o meu queixo e a minha orelha.

— Senti a sua falta — murmura, acima do barulho do chuveiro.

Porra.

Suas palavras jogam gasolina no fogo. Minha ereção fica mais dura e completa, pressionando-a. Desejando-a. Meus dedos estão em seu cabelo molhado, direcionando os seus lábios para os meus, enquanto busco mais de sua boca.

Eu imaginava que faríamos um amor carinhoso, como temos feito recentemente. Não isso.

Ana está acesa e gananciosa. Seus dentes arranham meu maxilar mal barbeado. Ela puxa o meu cabelo enquanto minhas mãos se movem para ela, pressionando-a contra mim. Ela se contorce junto ao meu corpo, buscando algum atrito, uma intenção bastante clara.

— Ana? Aqui? — sussurro.

— Sim. Não sou feita de vidro, Christian.

Ela é enfática enquanto beija a linha da minha clavícula, suas mãos percorrendo as minhas costas até a minha bunda. Ela aperta com força e, em seguida, segura meu pau.

— Foda-se — sussurro com os dentes cerrados.

— Senti falta disso.

Ela envolve meu pau com os dedos e começa a mover a mão para cima e para baixo, sua boca na minha mais uma vez.

Eu me afasto para olhar para ela; seus olhos estão ofuscados de paixão. Sua mão se estreita ao meu redor e eu observo e tensiono as nádegas a cada movimento, empurrando-me na direção da sua mão.

Ela lambe os próprios lábios.

Ah, não. Para o inferno com isso.

Quero estar dentro dela.

Ela disse que não é feita de vidro.

Eu a levanto.

— Passe as pernas ao redor da minha cintura, garota.

Ela concorda, com uma agilidade surpreendente.

Devem ser as sessões com Bastille.

E a sua luxúria.

Eu me viro, apoiando as suas costas nos azulejos.

— Você é tão linda — sussurro, e lentamente abro caminho para dentro dela.

Ela inclina a cabeça para a parede e grita.

O som viaja até a ponta do meu pau.

E eu começo a me mexer.

Forte. Rápido.

Seus calcanhares pressionam a minha bunda, me estimulando. Seus braços ao redor do meu pescoço me embalam enquanto eu a penetro. De novo e de novo. Sua respiração acelera, ficando mais alta e áspera em meu ouvido enquanto ela se aproxima do clímax.

— Sim. Sim — sussurra ela, e não sei se é um apelo ou uma promessa.

Ana.

Meu amor.

De repente, ela grita, enquanto seu orgasmo a consome, e eu a solto, transbordando com ela, gozando dentro da minha mulher e chamando o seu nome.

Quando volto a mim, estou encostado nela, segurando a nós dois. Ana solta as pernas e as desliza pelo meu corpo para que ambos fiquemos de pé sob o chuveiro.

Eu pressiono a testa na dela.

E, juntos, recuperamos o fôlego.

Apoiando um ao outro sob o fluxo de água quente.

Ana inclina a cabeça para cima, segura a minha nuca e roça os lábios nos meus. Gentil. Doce.

— Eu precisava disso — diz ela.

Eu rio.

— Eu também, baby!

Meus lábios encontram novamente os dela, mas dessa vez em agradecimento.

— Podemos desfrutar da segunda parte na cama? — Seus olhos ainda estão ardendo.

— Mas... e o trabalho?

Ana balança a cabeça.

— Tirei o dia de folga. E quero passá-lo na cama com você. Nunca mais comemoraremos um ano de casados de novo, e quero aproveitar o nosso aniversário fazendo o que fazemos de melhor.

Sorrio para ela, sentindo todo o amor do mundo.

— Sra. Grey. Seu desejo é uma ordem.

Erguendo-a em meus braços, eu a carrego de volta para a cama e a deito, ambos encharcados.

ANA ESTÁ COCHILANDO DE bruços e nua em nossa cama. Beijo seu ombro e me levanto. No closet, visto uma calça de moletom e uma camiseta e saio em busca de comida. Verifico Teddy e encontro Hope com ele, trocando sua fralda.

— Bom dia, Sr. Grey. — Ela tem um sotaque doce, entregando suas raízes sulistas.

— Bom dia, Hope.

Hope cuida de Teddy quando Ana está no trabalho e mora no andar de cima com o resto da equipe. Ela tem quarenta e poucos anos. Nunca se casou. Nunca teve filhos. Tenho certeza de que há uma história ali e que Ana a descobrirá algum dia. Ana leva jeito para fazer as pessoas falarem.

Ela fez isso comigo.

Hope está conosco há três meses e, até agora, está funcionando bem. Ana insistiu em uma pessoa mais velha, uma babá profissional, porque Ana é muito jovem. *Eu quero alguém com quem eu possa aprender. Minha mãe mora muito longe e a sua mãe é muito ocupada.*

Hope não aprova que Ted durma em nossa cama.

Por mais que eu o ame, estou com Hope nessa, mas Ana não se deixa influenciar.

Hope beija a barriga de Teddy e ele ri de alegria.

É um lindo som.

— Vou deixá-la com ele — digo para Hope.

A Sra. Jones está no fogão.

— Bom dia, Gail.

— Ah! Sr. Grey. Bom Dia. Feliz aniversário de casamento.

— Obrigado. Eu gostaria de levar o café da manhã da Ana na cama.

— Boa ideia. O que gostariam de comer?

— Panquecas, bacon. Amoras. Café.

— Já está saindo. Vai demorar uns vinte minutos.

— Excelente.

Entro no meu escritório para buscar o primeiro dos meus presentes de aniversário para Ana. O segundo, um anel de eternidade — um símbolo do meu amor eterno —, eu lhe darei durante o jantar esta noite. Abro a gaveta da minha mesa para verificar se a caixa vermelha com o anel ainda está lá dentro, mas meus olhos se desviam para o retrato de Ella Pusztai adornado por uma moldura de prata que agora está escondido em minha gaveta. Ana pegou a foto do meu quarto de infância e mandou ampliá-la e emoldurá-la como um presente em meu último aniversário, mas não importa quantas vezes eu abra a gaveta: a visão da minha mãe biológica ainda me pega de surpresa.

"Você ainda queria a sua mãe. Você a amava."

Minha mulher é muito persistente. Ela também descobriu onde Ella foi sepultada e iremos até lá algum dia... Eu acho. Talvez eu descubra mais sobre ela, e, depois disso, talvez ela ganhe um lugar em minha estante.

"Você pode querer direcionar parte de seu perdão para ela."

Estou trabalhando nisso, John. Estou trabalhando nisso.

Chega, Grey.

Fecho a gaveta e pego o primeiro presente que darei para Ana esta manhã. Espero que ela goste. Coloco o presente sobre a cômoda e consulto as horas. São 8h30, Andrea deve estar em sua mesa. Minha mulher decidiu ficar em casa, e eu também. Pego o telefone e faço uma ligação.

— Bom dia, Sr. Grey.

— Bom dia, Andrea. Cancele todas as minhas reuniões de hoje, vou tirar o dia de folga.

Há uma ligeira pausa e um breve suspiro antes que ela responda:

— Sim, senhor.
— E não ligue para mim. Em hipótese alguma.
— Ahn... claro. Quero dizer, sim.
Eu rio.
— Obrigado. Diga isso para Ros também. E diga para ela não me ligar. Seja o que for, pode esperar até amanhã.
Ela ri.
— Farei isso, Sr. Grey. Aproveite o seu dia.
Estamos os dois de bom humor.

ANA ESTÁ COCHILANDO QUANDO trago a sua bandeja, o lençol enrolado frouxamente ao redor de seu corpo, de modo que desfruto da visão espetacular que é a minha mulher. Seu cabelo está despenteado por causa do nosso recente encontro sexual, e se espalha pelos travesseiros em uma exuberante expansão. Ela está com um braço levantado sobre a cabeça, um seio e uma perna bem torneada parcialmente expostos. A luz da manhã acaricia o seu corpo, como se ela tivesse sido capturada por um Grande Mestre. Um Ticiano ou, talvez, um Velázquez.

Afrodite.
Minha deusa.

Ela perdeu peso desde o nascimento de Ted e sei que quer perder mais. Para mim, ela está linda como sempre.

O barulho de nossas xícaras de café a desperta e ela me recompensa com um sorriso de tirar o fôlego.

— Café da manhã na cama? Você está mesmo me estragando.

Coloco a bandeja na cama e me sento ao lado dela.

— Uma festa! — Ela bate palmas. — Estou faminta!

Ela come as panquecas com bacon.

— Você terá de agradecer à Sra. Jones por isso. Eu não posso levar nenhum crédito.

— Vou agradecer — murmura ela, de boca cheia.

Comemos em um silêncio amigável, apreciando a proximidade um do outro.

É uma sensação curiosa.

Esse contentamento absoluto.

Só senti isso com Ana.

E me permito um momento para refletir sobre a minha sorte extraordinária.

Tenho uma esposa adorável, inteligente e linda.

Um lindo filho, que no momento está sendo entretido por Hope.

Minha empresa está em boas mãos. Todas as companhias que compramos nos últimos anos são altamente lucrativas. O tablet solar é um grande sucesso e estamos criando novas tecnologias relacionadas a ele, focando especificamente nos países em desenvolvimento.

Estar sentado aqui, com a minha mulher, comendo panquecas, é o melhor que posso imaginar.

Assim que termino, baixo o prato.

— Tenho algo para você, e por isso eu posso levar crédito.

Ao lado da minha cama, pego o pacote embrulhado para presente.

— Ah!

Ana pega um guardanapo e limpa as mãos enquanto coloco seu prato vazio na bandeja e a tiro do caminho.

— Aqui.

Ela me lança um olhar interrogativo e eu lhe entrego o pacote largo, pesado e retangular.

— São as nossas bodas de papel, essa é a única pista que lhe dou.

Ela sorri e começa a desembrulhar o papel com cuidado, tentando não o rasgar. Dentro há uma grande pasta de couro. Ana morde o lábio enquanto destrava a alça que a mantém fechada e a abre. Ela solta um arquejo levando a mão à boca. Sob a capa está uma foto em preto e branco de Ana e Ted: ela está sorrindo para ele, e ele está olhando para ela com adoração. A luz é perfeita, iluminando os dois com um brilho caloroso repleto de amor. Tirei essa foto há algumas semanas, especificamente para esta série de gravuras em tamanho ofício; a imagem me faz lembrar da Virgem no pequeno santuário da Catedral de St. James, em Seattle.

— Isso é lindo — diz Ana, admirada.

Estou orgulhoso dessas fotos. Minha intenção é pendurá-las no lugar de algumas das Madonas do vestíbulo. Na segunda imagem, ela está segurando Ted e olhando para mim, olhos brilhando, divertidos, e só um pouco mais escuros... só para mim. Eu amo essa foto.

Há outras quatro gravuras com Ana e Teddy, e, então, a última.

Ela volta a suspirar. Somos eu e Ted, em uma selfie. Ele está nos meus braços, com destaque para as covinhas e fofurinhas de bebê, enrolado no meu peito nu, dormindo enquanto olho para a câmera.

— Ah, Christian, isso é lindo. Eu adorei. — Ana se vira para mim com lágrimas nos olhos. — Meus dois homens favoritos, em um delicioso instantâneo.

— Nós dois a amamos muito.

— E eu amo você! — Ela fecha o álbum, coloca-o de lado com cuidado e se lança sobre mim, sacudindo as xícaras e os pratos. — Você é os três desejos da lâmpada de Aladim, um prêmio de loteria e a cura do câncer em uma só pessoa!

Eu rio e passo os dedos pelo seu rosto.

— Não, Ana. Essa é você.

AGRADECIMENTOS

Agradeço a:

Dominique Raccah e à equipe dedicada da Sourcebooks, por terem me recebido na minha casa nova com tanto carinho e entusiasmo, e por terem feito um trabalho fabuloso com este livro.

Minha editora, Anne Messitte, por mais uma vez me conduzir com tanta graça pelo caos que é Christian Grey.

Kathleen Blandino, pela leitura inicial e por organizar meu site. Ruth Clampett, pela leitura e pelo seu amável e constante encorajamento. Debra Anastasia, por me ajudar a focar no processo de escrita e pelas palavras de força... Chegamos lá, no final das contas! Crissy Maier, pelos conselhos sobre os procedimentos policiais. E Amy Brosey, por todo o seu trabalho árduo no manuscrito.

Becca, Bee, Berlinda, Britt, Jada, Jill, Kellie, Kelly, Leis, Liz, Nora, Rachel, QT e Taylor: meninas, vocês são maravilhosas e um poço de confiança. Agradeço também pelos "americanismos". Vocês vivem me lembrando que pertencemos a quatro grandes nações divididas por uma língua em comum. Quem diria que "flor de lapela" pode ser chamada de "boutonnière"?

Vanessa, Emma, Zoya, Crissy por serem amigas maravilhosas e defensoras nas redes sociais.

Todos os maravilhosos e solidários blogueiros literários por aí; são muitos para mencionar! Reconheço a importância de vocês e agradeço por tudo o que fazem por mim e pela comunidade de escritores.

Philippa e todos os aliados nas redes sociais que fazem barulho e dão apoio. Muito obrigada.

Meninas do Bunker 3.0: vocês são demais.

Todos os meus amigos do mundo literário, por serem uma fonte constante de inspiração e apoio. Vocês sabem quem são. Espero que a gente possa se encontrar em breve.

Julie McQueen, por toda a sua ajuda remota e por tudo o que você faz por mim e pelos meus.

Val Hoskings. Minha agente. Minha amiga. Você é uma mulher maravilhosa que sempre me apoia. Obrigada por tudo.

Niall Leonard, obrigada pela primeira leva de edição, pelas xícaras de chá, pelo apoio inabalável e, acima de tudo, pelo seu amor.

Meus dois meninos lindos. Meu amor por vocês me sobrecarrega às vezes. Vocês são minha alegria. Obrigada por serem rapazes tão maravilhosos e prestativos. (E, Minor, obrigada por toda a ajuda no jogo de pôquer!)

E aos meus leitores, obrigada por terem aguardado. Este livro demorou mais do que eu imaginava, mas espero que gostem. Foi feito para vocês. Obrigada por tudo o que fizeram por mim.

1ª edição	JUNHO DE 2021
reimpressão	JULHO DE 2021
impressão	IMPRENSA DA FÉ
papel de miolo	IVORY SLIM 58G G/M²
papel de capa	CARTÃO SUPREMO ALTA ALVURA 250G/M²
tipografia	FAIRFIELD